세계화 시대의
국어국문학

세계화 시대의 국어국문학

국어국문학회 편

보고사

간행사

올해는 국어국문학회가 창립된 지 60년을 맞이하는 해입니다. 참으로 긴 세월 동안 우리 학회는 국어국문학의 모학회로서의 역할을 성실하게 수행하였습니다. 국어국문학 연구와 보급을 통한 사회와 국가에 대한 기여를 위해 1952년 전쟁의 상황에서 고고의 창립을 선언하면서 국어국문인의 연구와 활동을 위한 장으로서의 역할을 충실하게 수행하여 왔던 것입니다.

국어, 국문학에 대한 관심과 보급의 중요성은 모든 나라의 역사가 증명하고 있습니다. 모진 일제의 식민지하에서도 우리 국어와 국문학을 지켜온 선학들이 있었기에 우리는 떳떳한 현재의 언어생활을 영위하고 있습니다. 자국의 말과 문자를 잃어버림으로써 어쩔 수 없는 문화의 예속상태를 지속하고 있는 나라의 현재를 우리는 잘 알고 있습니다. 소중하게 지켜온 우리의 언어가 있기에 우리는 우리의 생각과 정서를 영롱하게 펴 나갈 수 있게 된 것입니다. 이러한 소중한 전통을 계승하고, 이를 미래의 바람직한 언어생활과 연결시키는 것이야말로 우리 국어국문인들이 해야 할 가장 큰 과업일 것입니다. 이런 일이 체계적이고 조직적으로 이루어질 수 있도록 논의의 터전을 마련한 것이 바로 우리 학회였습니다.

이러한 역할과 기대는 현재에 이르러서도 결코 지나칠 수 없는 소중한 푯대입니다. 이를 지키고 키우고자 노력한 것이 우리 학회가 수행해 온 역사라고 할 수 있습니다. 이 역사의 흐름 속에서 많은 학회가 탄생하여 국어국문학 연구의 폭을 넓히고, 깊이를 더해 왔습니다. 특정 분과 학문을 위한 학회나 현실과의 관련성을 중시한 응용 학회도 많이 나타나, 지금은 오히려 학회의 난립을 우려할 만한 상황이라고 말할 수도 있습니다. 이러한 상황에서 모학회인 국어국문학회의 역할과 기대는 더욱 커지고 있습니다. 학회가 나아가야 할 지향과 본분을 굳건히 지키고, 모범적인 모습을 제시해야 할 책무가 부과되기 때문입니다. 이런 기대에 부응하기 위한 활동을 더욱 강구하고자 합니다.

이런 이유에서 우리는 국어국문학회의 지난 60년 학회 활동을 정리하고, 이를 바탕으로 미래의 학문 활동을 위한 비전을 제시하는 일을 기획하였습니다. 지난 60년 중 우리 학회지에 발표된 연구물 중 '세계화 시대의 국어국문학', '국어국문학과 융합학문'에 해당하는 논문을 따로 뽑아 학계에 제공하기로 하였습니다. 또한 60년을 회고하는 원로 평의원들의 말씀을 모아, 60년을 기념하는 학회지의 서두에 싣기로 하였습니다. 이 책은 이 중 국어국문학의 세계화와 관련된 업적을 국어학, 고전문학, 현대문학, 어문교육 분야로 나누어 정리한 것입니다. 국어국문학이 나아가야 할 먼 미래와 광활한 세계를 위해 소중한 업적을 남겨주신 필자 여러분에게 깊은 감사를 드립니다. 미리 말씀드릴 것은 보다 많은 분들에게 이 업적을 소개하고 전달하기 위해 필자에게 보다 평이한 글로 '다시쓰기'를 부탁하였고, 필자들께서는 이러한 학회의 뜻에 흔쾌히 부응해 주셨다는 점입니다. 따라서 원문의 깊이와 맛을 느끼고자 하는 분들은 해당 논문과 필자의 이후 후속된 업적을 참고하실 수 있을 것입니다.

지금은 60년을 지난 학회가 어떤 모습으로 굳건하게 서야 할 것인지에 대한 논의가 활발하게 이루어질 때입니다. 수많은 국어국문학 관련 학회를 꾸려 가시느라 모두 고생이 많으신 줄 압니다. 그러나 가장 먼저 만들어져 우리의 나갈 길을 제시한 국어국문학회의 융성은 우리 모두가 소중하게 지켜야 할 공동 자산이라고 할 수 있습니다. 더욱 지켜 주시고, 방향과 건실한 운영에 대한 말씀을 많이 해 주시기를 충심으로 부탁드립니다.

지금까지 국어국문학회를 이끌어주시고 키워 오신 역대 임원진과 회원 여러분의 노고에 깊이 감사드립니다. 그런 헌신이 있어 현재의 학회가 있고, 미래를 지향할 수 있는 기반이 형성되었기에 감사의 말씀과 함께 지속적인 사랑을 더욱 부탁드립니다. 또한 보고사는 국어국문학회의 업적을 소개하고 펼쳐 나가는 데 있어 든든한 동반자로서의 역할을 다하고 있습니다. 앞으로도 소중한 뜻을 우리와 함께 해나가실 것으로 믿으며 깊은 감사를 드립니다.

2012년 5월

국어국문학회 대표이사 정 병 헌

목차

현대문학

어문교육

국어학

세계화 시대의 국어국문학

세계화 시대의 국어 정책 방향

권재일

1. 머리말

언어는 의사소통의 도구인 동시에 그 언어를 사용하는 구성원들의 삶이 담겨 있는 문화유산이기도 하다. 그래서 국어 정책은 국민들의 의사소통 능력을 향상시키는 것과 언어문화를 발전시키는 것을 큰 목표로 삼고 있다.

우리말과 우리글인 한국어와 한글은 이제는 한반도에만 머무는 것이 아니라 세계 속으로 뻗어나가 다른 어느 때보다 훨씬 더 그 위상을 드높이고 있다. 그래서 우리가 이러한 세계화 시대에서 우리말과 우리글에 대한 정책의 현황을 살펴보고 앞으로 나아가야 할 바람직한 방향을 모색해 보는 것은 대단히 뜻 깊은 일이라 생각한다.

이 글은 2010년 제53차 국어국문학회 전국학술대회에서 같은 제목으로 발표하고 국어국문학 제155호 실은 발표문을 바탕으로 내용을 다시 더 보태고 고친 것이다. 이 글은 먼저 한국어와 한글의 세계적 위상을 확인하고 국립국어원이 펼치는 국어 정책의 내용을 소개하면서 우리나라 국어 정책의 현황을 살펴보고자 한다. 그리고 이를 바탕으로 앞으로 세계화 시대에 국어 정책이 지향할 방향을 "국어 사용 환경 개선"과 "국어 보전"이라는 과제로 설정하고 이에 대한 내용을 제시하고자 한다. 그 가운데 특히, 세계 속으로 우리말을 펼쳐 나가는 사업인 "외국어로서 한국어 교육"에 대해 구체적으로 제시하고자 한다. 마지막으로는 2012년부터 시행하는 정부의 제2차 국어 발전 기본 계획을 소개하면서 글을 맺고자 한다.

2. 한국어와 한글의 세계적 위상

한국어를 사용하는 사람들은 크게 세 부류로 나눌 수 있다. 첫째는 한국어를 제1언어인 공용어로 사용하는 경우이다. 한국과 북한의 주민이 여기에 속한다. 대략 7천5백만 명이다. 둘째는 한국어를 제2언어로 사용하는 경우이다. 중국, 일본, 미국, 중앙아시아 지역을 비롯한 세계 각 지역에 살면서 저마다 중국어, 일본어, 영어, 러시아어 등 그 지역의 언어를 제1언어로 사용하고 가정이나 지역 사회에서는 한국어를 사용하는 경우이다. 주로 한국계 이주민과 그 후손들이 여기에 속한다. 셋째는 외국어로서 한국어를 배워 사용하는 경우이다. 최근 한국이 경제적으로, 문화적으로 발전하면서 한국에 관심을 가지고 한국어를 배우려는 외국인들이 크게 늘어나고 있다. 한국어능력시험에 응시하는 외국인 수가 처음 실시한 1997년에 2천여 명이던 것이 2011년에는 20만 명 가까이로 늘어난 것을 보면 한국어를 배우려는 열기가 정말 엄청나다는 것을 알 수 있다. 이렇듯 한국어를 사용하는 인구는 상당한 수에 이르러 세계 여러 언어 가운데 13위쯤 되는데 이탈리아어나 프랑스어 사용 인구와 비슷하다. 그뿐 아니라 얼마 전 인터넷 관련 국제기구의 발표에 따르면 한국어가 인터넷 사용 인구로 보면 세계 10위라 한다.

또한 2007년 9월 제43차 세계지식재산권기구 총회에서 한국어가 국제공개어로 채택되어, 한국어로 국제 특허를 제출하거나 특허 내용을 열람할 수 있게 되어, 한국어는 이제 국제어로 한 걸음 다가가게 되었다. 지난 2007년 아셈 회의에 이어 2011년 헝가리에서 열린 아셈 회의에서도 한국어가 동시통역어로 선정되었다.

한국어뿐만 아니라 한국어를 적는 글자인 한글의 위상도 대단하다. 잘 알다시피 한글은 창제한 사람, 창제한 날짜가 정확하게 알려져 있으며 창제한 원리를 적은 기록이 전해 오는 이 세상에서 유일한 글자이다. 그 기록인 『훈민정음 해례』는 국보 제70호이며 유네스코 세계기록유산으로 지정되었다. 이것만으로도 한글은 대단히 자랑스러운 글자이다. 이제 이러한 한글이 세계 속으로 보급되고 있다.

2009년 훈민정음학회가 인도네시아의 한 소수민족 언어인 찌아찌아말을 한글로 표기하도록 한 일은 한국어가 아닌 다른 언어를 한글로 표기하게 되었다는 점에서 뜻 깊은 일이다. 2011년 가을에는 볼리비아의 아이마라족에게 한글을 보급할 여건이 마련되어 관련 학계에서 연구를 진행하고 있다. 창제 원리가 가장 독창적이고 과학적이어서 배우기 쉬운 글자임에도 불구하고 지금껏 한국어만의 글자라는 한계를 넘어서지 못하였던 한글이 드디어 한반도를 벗어나 세계로 진출한 것이다. 이것이 성공적으로 지속된다면 장차 한국의 소중한 문화유산 한글을 지구촌 사람들과 함께 나누어 쓰는 길이 열릴 것이며 또한 문맹 타파라는 세종대왕의 한글 창제 이념을 널리 펼치는 길이 될 것이다.

이렇듯 한국어와 한글은 다른 어느 때보다도 지금 세계적으로 그 위상을 드높이고 있다고 하겠다.

3. 국어 정책과 국립국어원

1) 국어기본법

우리나라는 국어의 진흥과 발전을 위하여 국어기본법을 2005년에 제정하여 시행하고 있다. 이 법은 국어의 사용을 촉진하고 국어의 발전과 보전의 기반을 마련하여 국민의 창조적 사고력의 증진을 도모함으로써 국민의 문화적 삶의 질을 향상하고 민족문화의 발전에 이바지함을 목적으로 하고 있으며(제1조), 국가와 국민은 국어가 민족 제일의 문화유산이며 문화창조의 원동력임을 깊이 인식하여 국어발전에 적극적으로 힘씀으로써 민족문화의 정체성을 확립하고 국어를 잘 보전하여 후손에게 계승할 수 있도록 함을 기본 이념으로 삼고 있다(제2조). 이를 실천하기 위하여 국어 발전 기본 계획 수립, 국어심의회 설치, 국어문화원 설치, 그리고 정부 각 부서에 국어책임관 지정을 비롯한 다양한 규정을 포함하고 있다.

2) 국어 정책의 수행 기관

우리나라에서 국어 정책을 수행하는 정부기관은 문화체육관광부와 그 소속기관인 국립국어원이다. 문화체육관광부(담당부서 : 국어정책과)는 국어 및 언어 정책에 관한 종합 계획을 수립하고 조정, 추진하는 것을 기본으로 하여, 국어 관련 제도 정비 및 계획의 수립과 시행, 국어심의회, 국어책임관, 국어문화원에 관한 사항 등을 관장한다. 국립국어원은 국어의 발전과 국민의 언어생활 향상을 위한 연구 활동과 구체적인 사업의 추진을 관장한다.

국어 정책이라는 관점에서 보면, 문화체육관광부는 국어 정책의 수립과 추진에 초점이 있다고 할 것이며, 국립국어원은 국어 정책에 관한 연구와 구체적인 사업의 추진에 초점이 있다고 할 것이다. 정부가 지원하는 국외 한국어 교육기관인 세종학당의 예를 들면, 세종학당의 기본 운영 방안을 수립하고 이에 따라 세종학당을 설치하고 예산을 지원하는 일은 문화체육관광부가 담당하며, 세종학당의 한국어 교육을 위한 표준 교육과정을 마련하고, 다양한 교재를 편찬하고, 교원을 연수하는 일은 국립국어원이 담당한다.

이러한 국립국어원의 간략한 역사와 조직을 보면 다음과 같다. 1984년 문교부 소속의 대한민국 학술원의 부설 임의기구로 "국어연구소"를 설치하여 운영하였다. 이를 모태로 하여 1991년 1월에 문화부 소속기관으로 "국립국어연구원"을 개원하였다. 그 후 2004년에 국어 정책 기능을 강화하면서 "국립국어원"으로 이름을 바꾸어 오늘에 이르렀다. 조직으로는 원장과 어문연구실(어문연구팀, 언어정보팀), 공공언어지원단, 교육진흥부(국어능력발전과, 한국어교육진흥과), 그리고 기획관리과로 구성되어 있다.

3) 국립국어원의 국어 정책

국립국어원은 2011년 1월 23일로 개원 20주년을 맞이하였다. 국립국어원은 1991년 개원 이래 우리 말과 글을 발전시키고 국민들의 언어생활을 향상하기 위해 연구하고 이를 바탕으로 다양한 사업을 수행하는 국어 정책 기관으로서의 임무를 수행해 왔다.

돌이켜보면 국립국어원의 개원은 국어 정책사에 큰 획을 긋는 매우 중요한 일이었다. 이전까지 비상설 심의기구를 통해 결정하던 국어 정책이 권위 있는 전문기관의 연구를 통해 합리성과 체계성을 갖출 수 있는 기반을 마련하게 된 것이다.

1991년 개원 당시 국립국어원이 당면한 가장 큰 과제는 어문규범의 정비와 보급이었다. 정부가 1980년대 중반 이후 한글 맞춤법, 표준어 규정, 외래어 표기법 등의 어문규범을 개정 고시하였으나 일반에까지 널리 알려지지 않아 언어생활에 많은 어려움이 있었다. 이에 국립국어원은 개원 첫 사업으로 어문규범을 안내하고 언어생활을 상담하는 가나다전화를 개통하고 언어생활의 다양한 정보를 교육하는 국어문화학교를 개설하여 국민들에게 봉사하는 일에 힘을 쏟았다. 남북한 언어 차이를 극복하기 위한 남북한 언어 통합에 관한 연구를 수행하면서 남북한 언어학자회의를 개최하여 남북통일에 대비하고자 노력하였다. 그러는 한편 연구원들을 중국과 옛 소련 지역에 파견하여 북한식 규범을 따르는 재외 동포들에게 남한의 어문규범을 보급하였다. 이와 같은 개원 초기에 이루어졌던 모든 사업은 1999년에 발간한 "표준국어대사전" 편찬으로 집대성하였다. 50만 어휘를 수록한 방대한 사전으로 언어생활의 표준으로 자리매김하였다.

그리고 국어기본법을 제정하여 국어 발전과 보급을 위해 국가가 해야 할 일을 정의하고 국민들의 언어생활을 진흥하기 위한 여러 제도적 근거를 마련하기도 하였다.

국립국어원은 하루가 다르게 발전하는 정보화 사회에 대응하기 위해 언어 자료의 전산화를 체계적으로 추진하였다. 10년 계획으로 "21세기 세종계획"이라는 한국어 정보화 사업을 펼쳐 우리말의 말뭉치를 구축하고, 전자사전을 개발하면서 언어생활에 편리하고 언어 연구에 기여할 정보화 사업을 본격적으로 수행하였다. 또한 한국이 경제적으로 문화적으로 발전하여 한국어를 배우고자 하는 외국인이 늘어나면서 한국어 세계화 사업을 전개하여 관련 제도를 개선하고 한국어 교육을 위한 교육과정과 교재를 개발하고 교원에 대한 자격 부여와 연수에 힘을 기울였다.

오늘날 세계는 정보와 경제에 앞선 국가를 중심으로 국제 질서가 재편되면서 언어적으로도 다양성이 사라지고 몇몇 거대 언어로의 통합이 빠르게 진행되고 있다. 이러한 시기에 국어 정책의 올바른 방향은 언어문화의 보전과 발전을 통해서 한국의 언어문화의 긍지와 자존을 지키는 일을 최우선으로 삼는 것이다. 언어는 단지 의사소통을 위한 도구가 아니라, 이를 사용하는 구성원들의 정체성과 고유성을 담는 소중한 정신의 그릇이기 때문이다. 이에 국립국어원은 국어와 한글을 더욱 갈고 닦아 후손들에게 훌륭한 문화유산으로 물려주기 위해 정책을 수립하고 실천해 온 것이다. 외국의 언어 정책 기관과의 교류와 협력을 확대하여 국제적인 언어 문제를 함께 해결하는 한편, 우리의 앞선 언어 정책 경험을 다른 나라들과 나누는 일에도 앞장서 왔다. 지난 2010년 12월에 개원 20주년 기념 "세계 언어 정책의 현황과 과제"라는 주제로 언어 정책 국제학술대회를 개최한 것도 그러한 맥락이었다.

이렇듯 국립국어원이 개원 20년을 계기로 새롭게 시작하면서, 소수 언어가 점차 사라져 가는 세계적 추세와 외국어와 비속어가 범람하는 한국의 언어 현실에서, 앞으로 국립국어원은 "국어 사용 환경 개선"과 "한국어 보전"이라는 두 가지 목표를 이루기 위해 온 힘을 모으기로 하였다. 국어 사용 환경 개선을 위해 어문규범을 합리적으로 관리하며 공공언어의 품격 향상을 위한 다양한 사업을 펼칠 것이며, 한국어 보전을 위해 전문용어의 국어화와 한국어의 국외 보급 사업의 확대를 수행해 나갈 것이다.

4. 국어 사용 환경 개선 정책

국어 사용 환경 개선이란 국민들이 쉽고 정확하게 그리고 품격 있게 언어생활을 할 수 있는 다양한 환경을 마련해 나가는 것이다.

그동안 규범을 보급하는 데에 힘썼다면 앞으로는 국민들이 한층 더 편하게 언어생활을 할 수 있도록 규범을 정비하고 보완하는 합리적인 관리에 주력하는 것이다. 이를 위해 국민의 실제 언어 사용 실태를 조사하고 규범을 현실에 맞게 조정해 나가는 것이다. 국어기본법에는 어문규범 영향 평가를 실시하도록 규정하고 있다. 어문규범에 대한 국민들의 인식 정도, 불합리한 규정 등에 대한 실태를 조사하는 것이다. 2009년부터 연차적으로 국어의 로마자 표기법, 외래어 표기법, 표준어 규정, 표준발음법, 그리고 한글맞춤법 등의 평가를 실시하고 있다. 표준어 규정에 대한 영향 평가를 바탕으로 현실 언어를 반영하여 2011년 8월에 39개의 단어를 새롭게 표준어로 인정한 바 있다. 예를 들어 '날개, 냄새, 뜰, 손자'에 대하여 '나래, 내음, 뜨락, 손주'가 비표준어로 되어 있었으나, 언어 현실을 반영하여 '나래, 내음, 뜨락, 손주'도 모두 표준어로 인정하였으며, '먹을거리'에 대해 '먹거리'도 표준어로 인정하였다. 그 동안 국민들이 가장 불편을 많이 겪었던 '자장면'에 대해서도 '짜장면'을 표준어로 인정하여 복수표준어를 허용하였다. 이 경우 '자장면'을 표준어에서 제외할 경우 지금까지 이 말을 써 온 사람들을 존중하고 현재 출판된 서적, 간판 등을 다시 제작해야 하는 혼란을 덜기 위해 복수표준어의 방법을 택한 것이다.

이와 같이 어문규범 영향 평가를 지속적으로 실시하여 어문규범을 합리적으로 관리하려는 것이 바로 국어 사용 환경을 개선하는 한 과제가 될 것이다. 다음으로는 국가 경쟁력을 강화하면서 국민들이 쉽고 편리하게 쓸 수 있는 디지털 국어 지식 체계를 구축하는 "개방형 한국어 지식대사전"을 편찬하는 일이다.

국립국어원은 2008년부터 "표준국어대사전"을 웹상에서 제공하고 있다. 이를 바탕으로 2010년부터 3년간 제1단계 "개방형 한국어 지식대사전" 편찬 사업을 수행하여 2012년 말에 공개한다. 이 사전은 올림말 100만 항목 규모의 국어 어휘 자료를 집대성하는 것을 목표로 하며, 사용자가 참여할 수 있는 위키피디아형 언어 지식 체계 구축을 지향한다. 뜻풀이를 쉽게 다듬고 용례, 자료(그림, 동영상 등)를 보완하고, 어휘의 역사적 변화 과정을 기술하는 한편, 새롭게 생활용어, 방언을 발굴하고 전문용어를 표준화한다. 또한 한국어를 배우려는 외국인들이 활용할 수 있도록 올림말 5만 항목 규모의 한국어 학습용 기초사전과 5개 언어 다국어사전도 함께 구축한다. 이러한 사전 구축 사업을 통해 국가 경쟁력을 높이면서 다언어, 다문화 사회에서 의사소통 능력을 향상하고자 하는 것이다.

국어 사용 환경 개선과 관련하여 또 하나의 중요한 정책은 공공언어에 관한 정책이다. 행정기관의 언어, 매체언어(신문, 방송, 인터넷 등), 교육언어의 품질을 향상하고자 하는 정책이다.

행정기관에서 사용하는 용어를 국민이 잘 이해하지 못한다면 아무리 좋은 정책이라도 공감을 얻기 어렵다. 행정기관에서 사용하는 언어는 국민의 권리와 의무에 직접 관계를 맺고 있다. 따라서 훨씬 더 쉽고 정확해야 한다. 공문서, 보도자료 등에 어려운 말, 잘못된 말을 쓰지 않도록 국어 정책이 노력할 것이다. 불필요한 외국어를 섞어 쓴 일은 없는지, 지나치게 어려운 한자말을 섞어 쓴 일은 없는지 되돌아보고 제대로 된 행정용어를 사용하여 국민에게 다가가도록 국어 정책이 앞장서는 것이다. 대표적인 공공언어인 방송언어도 그러하다. 방송언어는 생활의 생생한 언어 그대로를 반영한다 하더라도 언어예절이 실종되고 막말과 비속어가 일상화된 품격 없는 말을 방송에서 계속하여 내보내는 것은 바람직하지 않다. 방송에는 우리 사회의 언어 사용을 이끌어 가야 하는 의무도 있기 때문이다. 적어도 청소년에게 이런 언어 환경이 노출되지 않아야 할 것이다. 언어는 인격 형성과 밀접한 관계를 맺고 있기 때문에 청소년의 언어 사용은 그 어느 것보다도 중요하다. 방송뿐만 아니라 교육기관에서도 청소년의 올바른 언어 사용을 위해 노력하도록 국어 정책은 그 책임을 다해 나가야 하는 것이다.

국어 정보화를 지속적으로 추진하기 위해서는 앞서 이룬 21세기 세종계획 결과를 바탕으로, 전자사전 보완과 말뭉치 구축, 다양한 프로그램 개발을 통하여 국민들이 실생활에서 언어 관련 자료를 한층 쉽게 접하고 활용할 수 있도록 노력해야 할 것이다.

소외 계층의 국어 사용 환경 개선을 위해, 북한이탈주민(새터민)의 국어 능력 향상(발음, 어휘, 화법)을 위한 프로그램을 개발하여 교육을 하는 일, 청각장애인과 시각장애인을 위한 특수언어(수화, 점자)를 표준화하여 보급하는 일, 역시 중요한 국어 정책의 대상이다. 사라져가는 지역방언과 민족생활어를 조사하여 보전하는 일, 남북 언어 통합을 위한 다양한 연구와 교류를 수행하는 일도 역시 중요한 국어 정책의 대상이다.

5. 국어 보전 정책

언어학자들은 미래에 언어의 소멸 속도가 급속도로 가속화될 것이라고 예측한 바 있다. 2주일에 하나 꼴로 세계의 언어가 사라져 가고 있는 현 시점에서 앞으로 300년 이후에는 영어, 중국어, 스페인어만 살아남을 것이고, 일본어, 독일어, 프랑스어, 이탈리아어는 문화적인 이유로 몇 백 년 정도 존재할 것이라고 예측하기도 한다. 그렇다면 국어도 소멸할까? 그러나 국어는 저 만주어처럼 소멸하지는 않을 것이라 본다. 한국이 국가를 유지하고 정치-경제적으로 안정을 유지하는 한 소멸하지 않을 것이다.

그렇지만 언어 다양성이 사라지고 정보와 경제에 앞선 국가 언어를 중심으로 언어의 통합이 빠르게 진행되는 것을 그냥 보고만 있다면, 저 부탄의 종카어나 필리핀의 타갈로그어처럼 국어도 멀지 않아 가정언어 또는 일상언어에 머물고 행정언어, 학술언어 등과 같은 전문언어로서의 지위를 잃어버릴 수도 있을 것이다.

그렇다면 우리는 어떻게 해야 할까? 무엇보다도 국어를 지키려는 적극적인 노력이 필요하다. 그래서 지금 이 시점에서 우선 국어 정책이 할 수 있는 몇 가지 방안을 제시하고자 한다. 전문용어의 국어화, 자동번역 프로그램 개발, 그리고 외국어로서 한국어 교육의 강화가 그것이다.

제1언어로서의 국어를 보전하기 위해서는 영어에서 쏟아져 들어오는 행정용어, 학술용어와 같은 전문용어의 국어화를 위한 노력이 절대적으로 필요하다. 세계 언어의 소멸이 가속화되고 있는 현 시점에서 국어 보전을 위해 각 분야의 전문적인 학술용어를 국어로 보급하는 것은 매우 중요하다. 세계 여러 언어가 일상용어로만 사용되고 전문 학술용어는 외국어를 그대로 사용함으로써 그 언어의 위상이 낮아지고 사용 범위도 줄어들고 있다. 국어도 예외가 아니어서 많은 전문용어가 외국어 그대로 쓰이고 있다. 이러한 문제를 극복하고 국어를 보전하기 위해 국립국어원에서는 제1단계로 2012년까지 각 분야에서 구축한 전문용어 34만 어휘를 표준화하고 뜻풀이하여 이를 국민들이 쉽게 활용할 수 있도록 웹사전에 실어 제공하는 사업을 수행하고 있다.

다음으로 영어로부터 들어오는 정보를 한국어로 이해하기 위한 영어-한국어 쌍방향 자동번역 프로그램의 개발이 절대적으로 필요하다. 영어-한국어 자동 번역 프로그램의 개발은 단순히 언어생활을 풍요하게 하는, 삶의 질 향상에 의의가 있는 것이 아니라, 어쩌면 사라질 위기에 놓일지도 모르는, 국어를 지키는 주요한 방편이 된다. 정보의 세계화가 전개되면 그러할수록 영어에 대한 이해는 불가피하다. 특히 인터넷으로 공급되는 정보 자료가 영어로 되어 있는 한, 앞으로 정보화 시대에 노출될 다음 세대들은 영어 속에서 생활하고 영어로 생각해야 할 것이다. 영어를 모르면 쏟아지는 정보에 눈을 막고 살아야 할 판이다. 정보에 눈을 막을 수가 없다면 영어에 매달려 일상생활을 하지 않을 수 없다. 그렇게 될 경우, 우리를 오늘날까지 이끌어 온 우리의 문화유산, 한국어에 대한 자긍심이 사라질 뿐만 아니라, 나아가서 영어 전용의 시대가 될 지도 모른다. 이를 극복하기 위한 길은 완벽한 영어-한국어 자동 번역 프로그램을 개발하는 데 관심을 가지는 일이다.

국어 보존의 또 하나의 방법은 세계적으로 한국어 사용 인구의 확대라 하겠다. 한 언어의 사용 인구가 1억 명 정도가 된다면 언어 보존에 큰 어려움이 없지 않을까 생각한다. 이를 위해서는 수천만 명 정도의 한국어를 할 줄 아는 외국인이 필요하다고 하겠다. 따라서 이제 한국어 교육은 이러한 관점에서도 접근할 필요가 있다고 생각한다. 한국어 사용 인구의 확산을 위해 기존의 세종학당 개설을 확대하고 외국의 중고등학교와 대학 정규과정에 한국어를 개설하는 일에 더욱 정책의 관심을 쏟아야 하는 것이다.

세종학당이란 한국어 교육을 원하나 교육 사정이 어려운 지역에 정부가 지원하는 한국어 교육기관이다. 정부에서는 2012년까지 90곳을 지정하여 재정적으로 지원하고 있다. 물론 이를 뒷받침하기 위한 기반 사업인 교육과정과 교재의 표준화와 우수한 교원의 양성에도 힘을 기울여야 하는 것이다. 국립국어원이 외국인을 위한 한국어 교육의 표준 교육과정을 수립하고 이에 따라 수준별, 학습자 언어권별 교재를 편찬하는 일에 노력하고 장차는 국내외에서 출판되는 한국어 학습 교재에 대한 인증, 추천 제도를 시행하려는 것도 이러한 기반 사업의 일환이다. 아울러 전문성을 갖춘 한국어 교원의 양성을 통하여 수준 높은 한국어 교육이 이루어질 수 있도록 노력하는 일, 국내외에 우수한 교원을 확보하기 위하여 교원 자격 제도를 개선하고, 각급 교육기관에서 교원 자격을 가진 사람을 교원으로 활용하는 제도적인 방안을 마련하는 일, 또한 외국에 거주하는 교원들에게도 일정한 교원 자격을 부여하는 현실적인 방법을 마련하는 일, 모두 중요한 정책 과제이다.

참고로 현재 추진 중에 있는 국립국어원의 한국어 교육 사업의 주요 내용을 간추려 소개한다. 한국어 교육 사업의 목표는 "한국어 세계화를 위한 기반 강화"로 삼고 있다. 이러한 목표를 달성하기 위하여 구체적으로 다음과 같은 사업을 수행하고 있다: (1) 한국어 교육의 기반 연구, (2) 한국어 교재 발간 및 보급, (3) 한국어 교원 양성, (4) 한국어 학습 지원.

(1) 한국어 교육의 기반 연구

1. 한국어 교육의 표준화와 체계화

- 국외 세종학당과 국내 한국어 양성기관 등에 전반적으로 통용될 수 있는 표준 한국어 교육과정 개발
- 한국어 교재 개발과 교육에 기초가 되는 문법 내용 개발
- 한국어 교재 개발과 교육의 기초가 되는 어휘 내용 개발
- 한국어 학습자를 위한 언어권별, 수준별 말뭉치 자료 구축

2. 한국어 교육 관련 조사 연구

ㅇ한국어 교육(교육기관, 교원, 학생) 현황 전수 조사

ㅇ국내외 한국어 교육 수요 및 동향 분석, 한국어 교육 관련 통계 및 현황 자료 관리, 한국어 교육 활동 성과 분석

(2) 한국어 교재 발간 및 보급

1. 한국어 교재 발간

ㅇ국외용

초급한국어: 읽기, 쓰기, 말하기, 듣기 4권으로 영어, 중국어, 베트남어, 몽골어, 타이어, 타갈로그어, 러시아어, 스페인어로 발간

중급한국어 1: 영어, 중국어, 베트남어, 몽골어, 타이어, 타갈로그어, 러시아어, 스페인어로 발간

중급한국어 2: 영어, 중국어, 베트남어, 몽골어, 타이어, 타갈로그어, 러시아어, 스페인어로 발간

고급한국어: (개발 중)

세종한국어 1-2: 세종학당용 표준교재

세종한국어 3-4: (개발 중)

ㅇ국내용

여성결혼이민자와 함께 하는 한국어 1-6

부부 공동학습교재 알콩달콩 한국어: 중국어, 베트남어로 발간

이주노동자용 아자아자 한국어 1-2

2. 한국어 교재 보급: 세종학당을 비롯한 국내외 기관에 교재 배포

3. 한국어 교재 추천/인증제도 추진: 민간 발간 한국어 교재 중에서 우수 교재의 추천/인증

(3) 한국어 교원 양성

1. 국외 한국어 교원 연수

ㅇ한국인 교원 교육: 한국인 교원을 대상으로 한 고급 수준의 한국어 교수법 위주의 연수

- ㅇ현지인 교원 교육: 현지인 교원을 대상으로 한 한국어와 한국문화 이해 교육 및 한국어 교수법 연수
- ㅇ세종학당 우수 학습자 초청
- ㅇ한국어 전문가 국외 파견을 통한 현지 연수

2. 국내 한국어 교원 양성 및 파견
- ㅇ다문화 가정을 대상으로 한 한국어 교원 양성
- ㅇ국내 한국어 교원 양성 과정 개발
- ㅇ전국 주요 한국어 교육기관에 대한 교원 파견

3. 한국어 교원 자격 심사

(4) 한국어 학습 지원

1. 국내 거주 외국인에 대한 한국어 학습 지원
- ㅇ외국인 한국어 겨루기 한마당
- ㅇ외국인 참여형 한국어 학습 지원

2. 다양한 매체를 활용한 한국어 교육 확대
- ㅇ방송을 통한 외국인을 위한 언어권별 한국어 강의
- ㅇ포켓용 한국어 회화 책자 개발, 보급
- ㅇ다문화 가정 자녀 대상 한국어 방문학습지 개발, 보급

6. 맺음말

국어기본법 제6조에는 "문화체육관광부장관은 국어의 발전과 보전을 위하여 5년마다 국어 발전 기본 계획을 수립·시행하여야 한다."라고 규정되어 있다. 이 법에 따라 2007년에 제1차 국어 발전 기본 계획을 수립하여 시행한 바 있으며, 2012년에 "문화 창조와 상생, 한국어의 도약을 위한" 제2차 국어 발전 기본 계획을 수립하여 발표하

였다. 그 주요 내용을 소개하면 다음과 같다.

1. 품위 있는 언어생활을 위한 국민의 창조적 국어 능력 향상
   1-1. 국민의 바르고 편리한 언어 사용 환경 조성
   1-2. 국어능력 향상 프로그램 강화
   1-3. 청소년 언어문화 개선
2. 공생공영의 국어 문화 확산
   2-1. 언어적 소외계층의 언어 환경 개선
   2-2. 남북 언어 통합 기반 구축
   2-3. 한민족 언어 소통 강화
3. 공공언어 개선을 통한 사회 이익 증진
   3-1. 공공언어의 대국민 소통성 제고
   3-2. 전문용어 정비 및 표준화
   3-3. 언어 사용 문화 개선
4. 한국어 보급을 통한 우리말 위상 강화
   4-1. 세종학당 확대·운영
   4-2. 한국어교육 콘텐츠 개발 및 보급
   4-3. 한국어 교원의 현장 역량 강화
5. 우리말 문화유산 보전과 활용 기반 마련을 통한 국어 진흥
   5-1. 한글문화 확산을 위한 기반 구축
   5-2. 언어 정보 자원 통합 관리
   5-3. 지역 언어문화 보존 및 활성화

2009년부터 정부에서는 한국어와 한글의 국제 경쟁력을 높이는 "세종사업"을 추진하고 있다. 세종사업에는 나라 밖으로는 한국어 교

육기관을 세종학당으로 지정하여 한국어를 체계적으로 보급하는 정책이 들어 있고, 나라 안으로는 공공언어를 쉽고 정확하게 쓰기 위한 다양한 사업이 들어 있으며, 이를 지원하기 위한 새로운 개념의 개방형 한국어 지식대사전 편찬 사업도 함께 들어 있다. 한민족 문화의 꽃인 한글의 발전을 위한 한글박물관을 건립하는 일도 들어 있다. 이렇게 하여 우리의 자랑스러운 한국어와 한글의 가치를 세계인이 함께 누리는 날을 준비해 나아가는 것이다.

우리나라가 정치와 경제 분야에서 세계 속에서 우뚝 솟아 있고 스포츠, 대중문화 분야에서도 세계인 모두의 주목을 받으면서 우리는 국격에 대해서 자주 말하곤 한다. 그래서 우리의 국격을 높이는 것이야말로 오늘을 사는 우리가 해야 할 중요한 몫이다. 주시경 선생께서 일찍이 말씀하신 "말이 오르면 나라도 오른다"는 말에서 나라가 오르는 것이 바로 국격이라 하겠다. 국격을 높이는 데는 여러 가지 할 일이 있지만, 그 가운데 우리는 말글 생활을 통해서도 국격을 높일 필요가 있다. 우리 사회가 더욱 바르고, 쉽고, 정확한 말, 그리고 품격 있는 말을 사용하기를 희망한다. 이것이 바로 세계화 시대에 국어 정책이 궁극적으로 지향하는 바일 것이다. 그래서 말이 올라 나라가 오르는, 그러한 사회가 되길 기대한다.

이 글은 『국어국문학』 155호(국어국문학회, 2010)에 수록한 논문을 수정하여 재수록한 것이다.

한국어 변천사 연구에서의 일본 제국주의 식민 사관의 자취

◎ 김동소

1. 머리말

역사를 기술하거나 연구하는 학자들에게 사관(史觀)이 얼마나 중요한 것인지는 더 말할 나위가 없다. 이 사관에 따라, 그 학자에 의해 기술되거나 연구된 어떤 역사의 모습이 구체적으로 형상화하기 때문인 것이다. 그러나 역사를 보는 '역사 의식'이라 할 수 있는 이 사관이 한 학자의 머릿속에 어떤 과정을 거쳐 들어와 형성되는 것인지 정확히 알아 낼 수는 없다. 개인 학자의 타고난 천성과도 관계가 있겠고, 그가 자라난 복잡한 환경의 영향도 받게 될 것이다. 그러나 무엇보다도 한 학자의 사관을 형성하는 가장 큰 영향력은 그 학자가 받은 지적 교육의 환경에서 오는 것임은 아무도 부정하지 못할 것이다. 어떤 학자는 의도적으로 이미 이루어져 있는 어떤 사관을 받아들이기도 하고, 또 다른 학자는 자기도 모르는 사이에 주위의 환경에 의해 운명적으로 어떤 사관을 받아들이게 되기도 한다. 전자의 경우라면 어느 정도 뚜렷한 주관을 가지고 본인이 선택한 경우로 볼 수 있겠기에 다른 사람이 그의 사관에 관해 논란할 이유는 적어질 수 있겠지만, 후자의 경우는 본인 자신도 의식하지 못하고 어떤 역사를 기술하거나 연구하게 되므로 그의 연구 결과가 본인은 생각하지도 못했던 어떤 영향을 다른 사람들에게 미칠 수 있게 되어 경우에 따라서는 상당히 심각한 상황으로까지 발전될 수 있는 것이다. 그리고 또 이런 사관은 그것을 처음 갖게 된 한 학자 개인의 생애와 함께 끝나는 수도 있지만, 경우에 따라 여러 세대에 걸쳐 그 사관이 계속 전해질 수도 있다. 이른바 영향력 있는 학자의 사관일수록 쉽게 바뀌지 않고 다음 세대에까지 전달되는 일이 자주 있는 것이다.

일본 제국주의 식민 사관은, 우리나라 학자들이 모든 학문 분야에서 뚜렷한 주체적 역사관을 가지기 이전에 강력한 일본 제국주의 정권과 일본 학자들에 의해 강제로 우리 민족에게 이식되었기 때문에 그 영향력은 상당한 것이었다. 이 일제 식민 사관에서 벗어나기 위해 1세기 가까이 우리 민족주의 학자들이 눈물겨운 노력을 기울여 온 것은 사실이지만, 불행히도 어떤 분야의 우리 학문 안에는 아직도 이 일본 제국주의 사관의 흔적이 남아있고, 더욱 불행한 일은 우리 학문 속의 어떤 사관은 일제 식민주의 사관이라는 사실조차 인식하지 못하고 있어 계속 후학들에게 교육되고 있다는 사실이다.

필자는 필자의 관심 분야인 한국어 변천사 연구에서 찾아볼 수 있는 일본 제국주의 식민 사관을 가려내어, 이의 철저한 극복을 시도해 보자는 의도에서 이 연구를 진행하려고 한다.

2. 이른바 한일 양민족·양언어 동계론

이른바 민족주의 사학자들에 의해 자주 일컬어지는 일본 제국주의 사관의 정체가 무엇인지 정의부터 하는 것이 이 연구 진행의 순서가 될 것이다.

상식적인 이야기가 되겠지만 우선 사전적 의미로 장상철·장경희의 『새로 쓴 국사 사전』(1999: 318~9)의 '식민 사관' 항목을 소개한다.

> "일제가 우리의 주권을 강탈한 뒤 그 행위를 정당화하려 했던 역사관. 식민지 지배가 역사적으로 필연적이며, 문화적으로 유익하다고 믿게 하려는 왜곡된 역사 의식이다. 일제는 식민지 문화 정책의 일환으로 조선사 편수회, 고적 조사 위원회, 청구 학회 등의 어용 단체를 만들어 우리 역사의 우수성 및 자율성을 외면한 채 부정적인 면만을 부각시켰다. 식민 사관의 주된 요소는 우리 역사의 타율성론과 정체성론 및 일선 동조론(日鮮同祖論)이다. 타율성론은 우리 역사가 한국 민족의 자주적 결단에 의해서 전개·발전된 것이 아니고, 외세에 의해 타율적으로 전개되어 왔다는 주장이다. 정체성론은 한국이 왕조의 교체는 있었으나, 사회·경제 구조에는 발전이 없었기 때문에 한국의 근대화를 위하여 일제의 역할이 크다는 주장이다. 일선 동조론은 한국 민족과 일본 민족은 같은 종족이며 같은 지역에서 출발했다는 것이다. 이들은 이 주장을 합리화하기 위해 역사의 왜곡도 서슴지 않았다. 식민 사관은 우리의 민족 의식을 말살하여 독립 의지를 약화시키고 식민 통치를 합리화하기 위한 것이었으나, 이에 대한 반발로 한국사의 주체적인 발전을 강조하는 민족주의 사학이 발전하였다. 일제에 의한 식민 사관의 영향은 광복 후 거의 소멸되었으며, 제2차 세계 대전 후 식민지 국가들의 독립으로 세계적으로도 사라졌다. 그러나 아직도 일본의 일부 지도층에서는 식민 사관을 버리지 못하고 그들의 침략 전쟁을 식민지 해방

전쟁이라고 하며, 아시아의 발전에 기여하였다고 망언을 하기도 한다."

위의 인용에서 우선 한국어 변천사 연구와 직접 관계있는 대목은 일선 동조론이라 할 수 있다. 실제로, 일제 식민 사관을 가진 학자들은 한국으로의 침입과 강제 점령을 합리화하기 위해 이미 19세기 말부터 한국과 일본은 동일 계통의 민족이라는 주장을 강조해 왔다. 이런 주장을 한 사학자 중 대표적인 인물이라 할 만한 쓰네야[恒屋盛服]의 글을 한 대목 인용해 본다. 먼저 쓰네야는 그의 명저 『조선 개화사(朝鮮開化史)』(1901)의 인종편(人種編)에서 조선인의 인종에 관해 다음과 같이 말한다.

"일본인과 반도인(半島人)은 동일 모형에 의해 주조(鑄造)된 인종임은 양국의 사정에 주의하는 사람들이 두루 인식하는 바이다. 그 첫째는 용모와 골격이 거의 같은 점, 둘째는 어맥(語脈)과 문법이 전혀 동일한 점, 셋째는 고대의 풍속이 서로 비슷한 점이 그것이다. 나는 잠시 이들 세 가지 점에 관해 예증을 드는 것을 중지하고 어떻게 해서 동일 인종이 바다를 사이에 두고 두 나라로 퍼지게 되었는가를 연구하기로 한다. (140쪽)"

그리고는 일본 인종과 조선 인종(그의 표현으로는 '반도 인종')은 모두 '천강 인종(天降人種)'이라고 주장하며 이 인종의 분포와 특색, 종류, 역사 등에 관해 긴 설명을 한 후(140~160쪽), 한반도와 관계 있는 각 종족이라 하여 '부여족, 예족, 맥족, 마한족, 진한족, 변한족, 옥저족, 숙신족, 읍루족, 말갈족, 흑수 말갈족' 등에 관해 언급하고(161~171쪽), 다시 한(漢)족, 일본족, 부여족 등의 유입 및 그 후대의 혈통에 관한 나름대로의 주장을 편 후(171~207쪽), 결론적으로 "반도의 혈맥이 크게 분란(紛亂)했었음은 이미 이를 이야기했다. 그런데 반도인에게 자주 자립의 정신이 결핍됨은 그 역사적 국성(國性)과 주위의 형세에 기인한 것이라 하더라도, 혈맥의 분란 또한 함께 더불어 영향을 주었음에 틀림없다. 이제 추측으로써 한 표를 만들어 아래에 들어 둔다."(207쪽)라고 하며 다음 〈표 1〉과 같은 한민족의 인종 분포도를 제시해 놓고 있다.

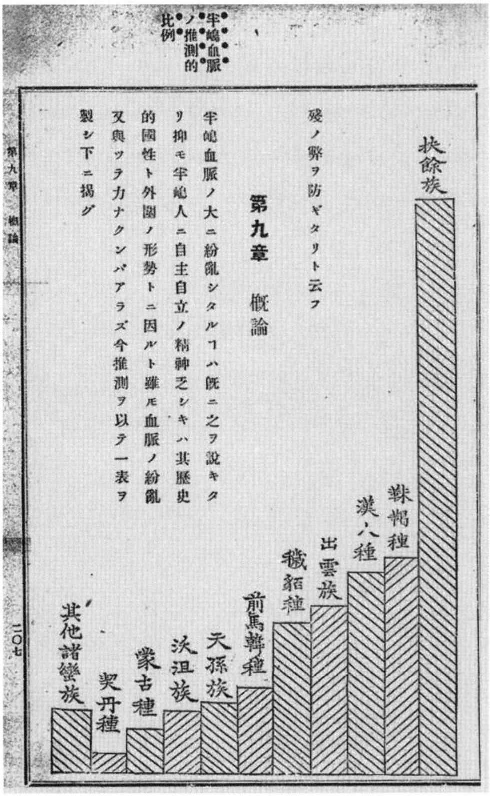
半嶋血脈ノ推測的比例

殘ノ弊ヲ防ギタリト云フ

第九章 概論

半嶋血脈ノ大ニ紛亂シタルコハ既ニ之ヲ說キタリ抑モ半嶋人ニ自主自立ノ精神乏シキハ其歷史的國性ト外圍ノ形勢トニ因ルト雖モ血脈ノ紛亂又與ツテ力ナクンバアラズ今推測ヲ以テ一表ヲ製シ下ニ揭グ

第九章 概論 二〇七

〈표 1〉 한민족 인종 분포도(쓰네야 1901: 207)

이 저자는 한민족이 이른바 단일 민족이 아니라 얼마나 다양한 인종들로 구성되어 있는가를 강조하고 있는 셈인데,[1] 그러나 한 가지 지적해 둘 일은 이 무렵만 해도 한민족 안에 이른바 부여족과 삼한족이 함께 포함되어 있다는 점을 인정하고 있는 것이다. 즉, 이른바 조선 민족은 부여족, 예맥족, 삼한족 들의 융합이라고 믿었다는 점이다. 이런 태도는 같은 시기의 시라토리[白鳥庫吉] 등 사학자의 저술에서도 유사하게 나타나고 있다. 예컨대 시라토리의 『한사 개설(韓史概說)』(1907)에서 다음과 같은 구절을 찾아볼 수 있다.[2]

"그렇지만 이 우랄 알타익에 속하는 여러 민족 중에서, 한국인과 가장 비슷한 이는 일본인이다. 그 골격에 있어서도, 또 그 언어에 있어서도 그렇습니다. 따라서 분류를 할 때에는 일한인(日韓人)이 가장 밀접한 그룹이 되는 것이다. 이러한 방식으로 유사함이 있는 인민이면서, 한국의 국민이 오늘날처럼 볼품없는 모양에 빠지고, 일본인이라 말하는 대화(大和) 민족이 세계를 놀라게 하는 커다란 사업을 행하여 국위가 더욱 떨친다고 할 만하게 된 것은, 이것은 어떻게 말할 것인가? 이것은 결코 혈족의 관계에서 오는 것이 아니다. 그것도 어느 정도는 있겠습니다만, 한 국민이 발달한다든가 쇠퇴한다든가 하는 것은, 그 국민이 어떻게 사느냐는 경우에 기인하는 일이 많다. 이것은 주로 지리상의 경우입니다만, 그 경우에 따라 같은 인간이면서도 발달의 경로를 아주

---

1) 한국 민족이 단일 민족이 아니라는 주장에는 한국인들의 단합을 포기하게 만들어서 일본의 강점에 항거하지 못하게 하고 이를 운명적으로 받아들이게 하려는 저의가 들어 있다고 본다.

2) 시라토리의 이 『한사 개설』은 1907년 8월에 행한 강연집에 수록되었던 것이라 한다. 그러나 여기 번역한 글의 원문은 1971년에 간행된 『白鳥庫吉全集』 제9권 290쪽에 실린 것이다. 문체가 높임말과 낮춤말이 뒤섞여 있는 것은 당시의 독특한 일본어 문체이므로 우리말로는 이상하게 느껴지겠지만 원문 그대로 번역하여 둔다.

달리 하는 일이 있는 것입니다. 그 예를 가장 분명한 모양으로 보이고 있는 것은 조선 반도에 살고 있는 한국인과 우리 일본 국민일 것이라고 생각합니다."

이렇게 한국 민족과 일본 민족이 혈연적으로 가까운 관계에 있다고 강조하는 이유는 무엇일까? 물론 이 두 민족이 혈연상으로, 언어상으로 가깝다는 것을 부인할 사람은 없다. 그러나 이 시대 일본 학자들의 이 문제에 관한 이러한 적극적 주장은 광복 이후 현금까지의 일본 사학자들의 자세와 비교해서 당시의 어떤 풍조였던 것처럼 느껴질 만큼 열성적임을 부정할 수 없다. 이런 의도도 결국은 일본의 한국 강점이 동족끼리의 결합에 불과하므로 이른바 한일 합방은 자연스러운 역사적 귀결임을 말하고자 한 것이다. 일본 사학자들의 이런 태도는 일제 말기까지 계속되었는데, 비교적 초창기에 나온 가나자와[金澤庄三郎]의 『일한 양국어 동계론(日韓兩國語同系論)』(1910)에는 말할 것도 없고, 일제 말기에 이르기까지 출판되었던 『일선 동조론(日鮮同祖論)』(1929/1943)에도 유사한 내용의 사관이 들어 있다.[3)]

그러나 이런 한일 양민족·양국어 동계론은 광복 이후 한국 학계의 주류에서 거의 밀려났다고 생각된다. 다만 마틴(Samuel E. Martin 1966, 1975)이나, 특히 밀러(Roy Andrew Miller 1971)와 같은 서양 학자들에게 다소나마 그 영향을 주었으리라 믿어지지만 확증은 찾아볼 수 없다.

3) 가나자와의 『일선 동조론』의 판권란에는 이 책의 출판 연도가 1943년으로 되어 있지만, 이 책 마지막의 필자 후기에는 '쇼와(昭和) 4년(1929년) 1월 13일자'로 쓴다고 되어 있다.

3. 이른바 부여계 제어와 한계 제어 문제

그런데 1904년 발표된 시라토리[白鳥庫吉]의 "조선의 일본에 대한 역사적 정책(朝鮮の日本に對する歷史的政策)"에는 다음과 같은 논조가 들어 있다.[4)]

> "조선 반도에서 중국의 세력이 사라지고 나서 그 후에는 어떤 나라가 출현했는가 말하면, **북쪽에는 고구려, 남쪽에는 신라, 서쪽에는 백제, 백제와 신라의 사이에는 임나(任那)로서, 도합 네 나라가 나타난다.** 이 네 나라는 각각 자신이 반도를 통일하려 하여 빈번히 싸웠다. 여기서 임나국은 신라 등에 항상 압박 받은 결과 스스로 기꺼이 일본에 귀복(歸服)하고, 또 백제는 북방으로부터 고구려의 공격을 당하고 동으로는 신라 등에 항상 압박 당해 고립되어 있었다. 그리하여 백제는 한편으로는 일본에 의지하고, 다른 편으로는 중국 남조(南朝)의 위력(威力)을 빌려 자신의 지위를 유지하려 힘썼다. 이렇게 조선 반도에는 4개의 나라가 있었지만, 그 중의 둘(임나, 백제)은 정치적 필요로 인해 스스로 일본의 속국이 되거나 보호국이 되었다. 그런데 여기서 남은 신라, 고구려 두 나라는 처음부터 일본에 반대하고 있었다. **고구려는 조선 북부에 터잡아 일본으로부터 떨어져 있고 또 나라가 강했기 때문에 일본으로서는 어떤 일도 할 수가 없었던 것이다.** 그런데 신라는 일본에 가장 가까이 있고 또 나라도 작았으므로, 일본이 반드시 복종시키려 하여 자주 침입하니 저항 없이 일본에 조공을 바치게 되었는데, 이것은 역사상으로는 징구[神功] 황후, 오징[應神] 천황의 시대이다. 그러나 신라가 일본에 복종하는 일은 본래 마음 내키지 않았던 것이고, 다만 일시의 압력을 받아 할 수 없이 했을 뿐이었으므로, 기회가 있으면 일본의

4) 시라토리의 『白鳥庫吉全集 第九卷』(1971: 272~273쪽)에서 인용·번역한 것임.

속박을 벗어나려는 생각을 가지고 있었다. 당시 신라가 일본에 대해 취했던 외교 정책은 그 후 대대로 조선국 정책의 기초가 되었다. 그 정책이란 곧 일본국의 세력에서 벗어나기 위해서는 자신만의 힘으로는 어쩔 수 없으니 어떻게 해서든지 다른 유력자의 힘을 빌려, 이로써 일본의 속박을 벗어나지 않으면 안 된다고 생각했고, 이것이 신라의 야마토[大和] 조정에 대한 정략이었다. 그렇다면 당시 조선 반도에는 일본에 필적할 만한 나라가 있었던가? 있었다. **그것은 고구려라고 하는 나라로서, 이 나라는 오늘의 조선 북방부와 요동(遼東)의 성경성(盛京省) 부분을 차지하여, 토지는 광대하고 인민은 용감하였다.** 이렇게 신라는 일본의 압박을 견디지 못해 고구려의 힘을 이용하여 일본의 세력을 몰아내려 했다. 따라서 처음에는 일본에 조공을 바치다가 뒤에는 일본의 세력이 쇠퇴한 것을 보고 조공을 바치지 않은 일이 가끔 있었다. 그리고는 고구려에 사신을 보내어 고구려와 연합했다. 고구려의 생각으로는 먼저 자신이 조선 반도를 취하려고 했던 것으로, 조선 반도를 취하기 위해서는 일본의 세력을 반도에서 몰아내지 않으면 안 되었다. 이리하여 신라를 도와 일본에 맞서고 일본의 세력이 약해졌을 때 일시에 조선 반도를 삼키려 했던 것이다. 이것이 고구려의 정략이었다. 이것을 신라가 이용하여 자신의 이익 쪽으로 끌어들이려 한 결과, 일본이 오징[應神] 천황 때에 얻었던 임나를 병탄해 버렸다. 일본은 이를 회복할 수 없어 일본의 위력은 조선 반도에서 더욱 힘을 잃게 되었던 것이다. **이렇게 하여 조선 반도는 삼국으로 나뉘었는데, 즉 북쪽의 고구려, 서쪽의 신라[sic], 동쪽의 백제[sic]라는 세 나라가 그것이다. 이렇게 삼국이 정립(鼎立)하여** 일본의 위력이 반도에서 힘을 잃었기 때문에 고구려는 신라를 돕는 일을 불리하다고 보아 도와주지 않았다. ……"

위의 글에서 알 수 있는 점은, 시라토리 교수가 고대 조선 반도에는 4국 내지 3국이 있었고, 고구려도 분명 이들 중에 포함되는 조선 반도의 한 국가였음을 인정하고 있다는 사실이다. 이 밖에도 쓰다[津田左右吉]의 『조선 역사 지리(朝鮮歷史地理)』(1913)나 이마니시[今西龍]의 『조선사 개설(朝鮮史槪說)』(1919)[5] 등에서도 고구려, 신라, 백제를 모두 조선족의 조상으로 보고 삼국 시대의 역사를 기술하고 있으며, 아울러 이 조선 민족은 일본 민족과 가까운 관계에 있다는 주장을 그치지 않고 있는 것이다.

그렇던 것이 1930년대가 되면 일본 사학자들의 태도가 조금씩 바뀐다. 고구려를 한국의 역사에서 밀어내기 시작하는 것이다. 이런 태도의 변화는 1930년대 초부터 시작한 일본의 대륙 진출 및 만주 제국(滿洲帝國)의 건국과 밀접한 관계가 있는 것이다. 즉, 일본 사학자들은 만주 진출과 만주 제국의 건국을 합리화하기 위해 만주 지역의 정체성과 역사성을 세우려고 노력하는 것이다.[6] 이러한 사관의 시작은 이미 이나바[稻葉君山]의 『만주 발달사(滿洲發達史)』(1915)에서 보이기 시작하지만, 보다 구체적인 것으로 혼마[本間泰次郎]의 『만주 사요(滿洲史要)』(1933)를 들 수 있는데, 이 책 첫머리에 제시되어 있는 다음 〈표 2〉의 계통도는 바로 '부여 → 고구려 → 발해 → 금(金) → 후금(後金) → 만주국'의 전통을 조심스럽게 암시하는 것이다.

---

5) 이마니시의 『조선사 개설』은 1936년에 간행된 그의 저서 『조선사의 입문(朝鮮史の栞)』 속에 들어 있지만, 이 『조선사 개설』은 1919년에 강연한 원고를 수록한 것이다.

6) 일본 군부(軍部)는 1931년 9월 만철(滿鐵) 폭파 사건을 조작하고 이를 구실 삼아 무력으로 만주 일대를 점령한 후, 1932년 청나라 최후의 황제 푸이[溥儀]를 옹립하여 만주국(처음에는 입헌 공화국, 34년부터는 허수아비 황제 국가)을 건립하고 이를 대륙 침략의 근거지로 삼는다. 만주국은 비합법적인 국가라 하여 국제 연맹(The League of Nations)이 이를 승인하지 않자 일본은 1933년 국제 연맹에서 탈퇴하는 일이 벌어진다.

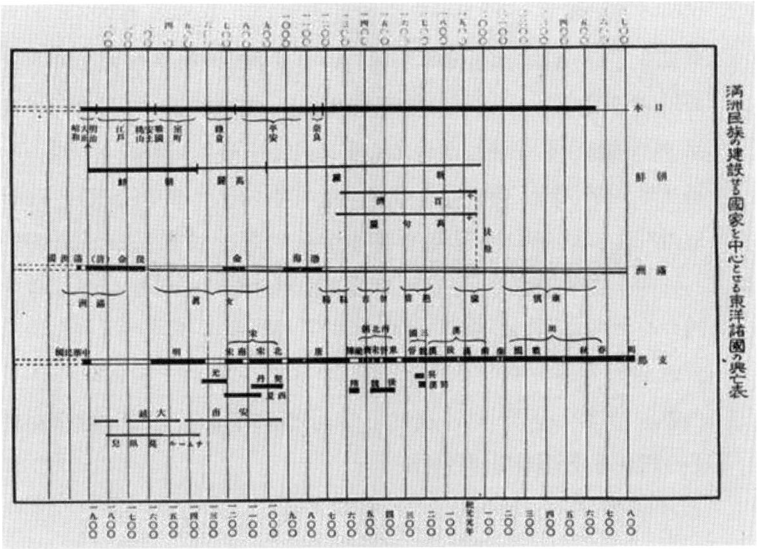

〈표 2〉 만주 민족이 건설한 국가를 중심으로 한 동양 여러 나라의 흥망표 (혼마 1933: 책머리)

고구려를 보다 적극적이고 강력하게 조선 역사에서 배제하려고 한 진술의 예로 역시 시라토리 교수의 “아시아 제민족 사론(アジア諸民族史論)”(1939)을 들 수 있다.7)

> “부여와 동일 종족으로 동진(東進)하여 압록강 유역에 고구려국을 세운 자가 있었고, 다시 남하하여 백제국을 일으킨 자가 있었으며, 또 조선의 함경도·강원도 지방, 그리고 동북방인 현재의 간도(間島) 지방에 옥저국을 시작한 자가 있었다. **이들은 어느 쪽이나 예(濊)의 일족으로 퉁구스를 주체로 하여 여기 약간의 몽고가 혼혈된 자이다. …… 종래 신라, 백제, 고구려라고 삼국을 병칭(竝稱)했던 관계상 고구려를 조선**

7) 『白鳥庫吉全集 第八卷』(1970: 213~214쪽)에서 인용·번역한 것임.

인이라 생각하고 있는 사람들도 없지 않겠지만, 이것은 잘못이므로 고치고자 한다. 위의 설명에서 이해되듯이 고구려는 퉁구스 계통의 몽고와의 잡종이다. …… 우리가 연구한 바로는, 백제도 고구려와 마찬가지로 예맥(獩貊)에 속하는 일족으로서 조선인이 세운 나라는 아니다. 즉, 백제의 서민 계급, 바꾸어 말하면 피통치자 계급의 토민(土民)은 조선인이지만, 그 지배자, 결국 백제의 상류 사회는 예맥으로서, 고구려·· 부여와 전혀 동일한 것이다. 백제는 우리나라에 충성을 다해 조공을 게을리 하지 않았고, 여러 종류의 대륙 문화를 우리나라에 수입하게 했던 일은 누구나 아는 사실이지만, 이런 일을 좌우한 상류의 유식 정치층은 예맥의 잡종이었던 것이다. **조선 반도의 삼국 중 순수한 조선인은 다만 하나 신라일 뿐이다.**"

시라토리 교수는 처음부터 고구려인을 부여족, 또는 예족 계통으로 보아 오기는 했지만 위의 글에서는 조선의 역사에서 아예 고구려를 제거하려는 의도가 뚜렷이 드러난다. 만주 지방이 퉁구스족과 몽고족의 터전임을 생각하면 이 글의 의도는 충분히 짐작되리라 믿는다. 이런 태도는 만주 제국의 건국(建國) 대학교 사학과 교수들과 이른바 남만주(南滿洲) 철도 주식 회사의 연구부를 중심으로 점차 구체화되고 공고해진다. 이 무렵의 만주 관계 저술로 이런 태도를 취하고 있는 것이 한두 가지가 아니지만 1934년 도쿄 요시카와 쇼분도[東京吉川獎文堂] 편집부의 이름으로 발간된 『최신 만주 제국 및 극동 지리 자료(最新滿洲帝國及極東地理資料)』나, 야스이[保井克己] 교수의 『만주·민족·언어(滿洲·民族·言語)』(1941) 등, 그리고 당시 조선인의 저술인 김유동(金遺東)의 『만몽 신흥 대관(滿蒙新興大觀)』(1932: 8~16, 19~50) 같은 데에서도 쉽게 찾아볼 수 있다.

다시 언어학자인 고노[河野六郎]의 『조선 방언학 시고(朝鮮方言學試攷)』(1945: 159~164)에 오면 다음과 같은 기술이 보인다. 좀 장황하지만 한국어 변천사와 직접 관계있는 중요한 기록이므로 많은 부분을 인용, 번역한다.

"역사 시대에 들어와 가장 옛 시기에 이 반도에는 어떤 종족이 거주하고 있었나 하면, 서기 전 3세기, 즉 중국의 전국(戰國) 시대에는 북방에 조선, 남방에 진번(眞番), 동남에 진국(辰國), 동방에 임둔(臨屯)이 나라를 세워 있었다. 이 중 조선·진번·진국은 한(韓) 종족이고, 임둔은 예(濊) 종족이라고 말할 수 있는데, 그 옳고 그름은 자세하지 않다. 그러나 어쨌든 남방(남부 지방)에 한(韓) 종족이 있었고 동방(강원도 방면)에 예 종족이 있었다고는 말할 수 있을 듯하다. 또 함경도 방면에는 옥저(沃沮)라는 종족이 있었다. 이들은 말할 나위 없이 자못 개괄적인 것이고, 실제로는 굉장히 많은 종족이 있었을 것이라고 생각된다. 다만 그들 많은 종족이 대략 위와 같이 큰 종족으로 나뉜다고 말할 정도에 불과한 것이다. 소위 고조선국은 기자 조선이든 위만 조선이든 그 종족이 어떤 종족이었는지는 불명확하지만, 이 중에는 북방에서 유입되어 온 한(漢) 민족을 포함하고 있었음은 명백하다. 이리하여 이 옛 시대의 언어 상황을 고려해 보면, 남쪽에는 한어계(韓語系)의 언어, 동쪽에는 예어계(濊語系)의 언어, 동북쪽에는 옥저계의 언어, 그리고 서북쪽에는 중국어계의 언어가 쓰이고 있었음을 알 수 있다. 그리고 …… **예어(濊語)와 옥저어는 뒤에 말할 고구려어와 함께 부여어계라는 일대 어계(一大語系)에 속해 있었을 것이다.**[8] **이 어계(語系)에 대해 한어(韓**

8) [원저의 미주(尾註)] 『위지 동이전(魏志東夷傳)』예(濊) 조항에 "其耆老舊自謂, 與句麗同種, (中略) 言語法俗大抵與句麗同"이라 하고, 또 같은 책 동옥저(東沃沮) 조항에 "其言語與句麗大同, 時時小異"라 한다. 또 이 책 고구려의 조항에는 "東夷舊語以爲夫餘別種, 言語諸事多與夫餘同"이라 한다. 이에 의해 예·옥저·고구려의 언어가 부여

語)가 어떤 관계에 있는가는 현재까지 불명이다. …… 고구려어는 상당 기간 북부 조선에서 행해졌지만, 이것도 신라의 발흥과 당(唐)의 압력에 의해 오늘날에는 근소한 재료만이 한자로 기록되어 남아 있을 뿐이다. 이 고구려족을 기간(基幹)으로 하는 발해 왕국도 또 아무런 언어 자료를 남기지 않고 역사에서 사라져 버린 것은 우리로서는 아주 유감스러운 일이다. 이 언어와 같은 계통에 속하는 예어와 옥저어도 같은 운명을 걸었다. 이들의 언어가 행해졌던 지역은 뒤에 이른바 여진족이 반거(蟠居)하는 곳이 되었다. 이 여진족의 언어가 만약 상세한 기록을 남겼다면 이들 선주(先住) 종족의 언어의 잔해를 볼 수 있었을지도 모르지만, 이것도 근소한 자료만을 남기고 있을 뿐으로 상세한 것은 알 수 없다.

이 반도 북반의 땅은 위에서 말한 바와 같이 우여 곡절이 있었음에도 언어적으로는 공백 상태이다. **그것이 현재의 조선어의 성립에 기여한 공헌은 그다지 많지 않았다고 생각된다.** 현재의 조선어에서 중요한 것은 차라리 남부 조선이다. 조선의 남부에 옛날부터 한족이 살고 있었던 일은 위에서 말한 대로이지만, 이 한족에 관한 지식은 서기 3세기경이 되어서 명료해진다. **그 무렵 한족은 수많은 소집단으로 나뉘어 있었는데, 이들은 대개 마한·진한·변진의 셋으로 대별되었다. 언어도 마찬가지로 역시 많은 방언으로 나누어지고, 그리고 그들 여러 방언은 위의 삼대 구분으로 나눌 수 있다고 생각된다. 그리고 이 삼대 방언 중 진한 방언과 변진 방언은 서로 가깝고 마한 방언에 대립되어 있었다.**[9] ……

어의 일파임을 알 수 있다.

9) [원저의 미주] 『위지 동이전』(魏志東夷傳)에 "辰韓在馬韓之東, 其耆老傳世而自言, 古之亡人避秦役來適韓國. 馬韓割其東界地與之, 有城柵, 其言語不與馬韓同. 名國爲邦, 弓爲弧, 賊爲寇, 行酒爲行觴, 相呼皆爲徒. 有似秦人, 非但燕齊之名物也"라 하고, 또 "弁辰與辰韓雜居, 亦有城郭衣服居處與辰韓同, 言語法俗相似"라 되어 있음에 의하면, **마한과 진한·변진이 다른 언어를 쓰고 있었던 듯하다.** 그러나 진한의 언어가 진(秦)의 언어와 유사하다는 것은 몇 개의 단어에 지나지 않고, 또 그 단어가 진한 본래의 언어라고는 생각되지 않는다. 진한과 변진에 대해서 『후한서』는 『위지』와는

이 이른바 삼한 시대는 그 많은 소집단이 군웅 할거의 상태에 있었지만 일찍이 이들 중에서 강력한 자가 나타나 다른 집단을 병탄하여 나라를 세움에 이르렀다. 즉 서쪽의 백제, 동쪽의 신라가 그것이다. **백제는 마한의 한 소집단인 백제(伯濟)가 흥기(興起)한 것이지만 그 지배 계급은 부여족의 한 부족이었다고 전해진다. 이 전설은 또 언어 상으로 확증된다. 즉 『주서(周書)』이역전(異域傳) 백제 조항에 다음과 같은 기록이 있다.**

"王姓夫餘氏, **<u>號於羅瑕</u>, <u>民呼爲鞬吉支</u>, 夏言竝王也, 妻號<u>於陸</u>, 夏言妃也**"10)

이 기록은 명백히 지배자와 피지배자의 사이에 언어적 상위(相違)가 있었음을 보여주는 것이다. 즉 지배자의 언어는 부여어계에 속하는 언어이고 피지배자의 언어는 한(韓)어였다고 생각된다. 백제를 세운 부여 부족은 확실히 한족(마한)보다도 용맹했을 것이지만 그 소수에 의한 다수의 통치는 끝내는 그 언어를 잃어버리고 아마도 피지배 계급의 언어를 채용함에 이르렀을 것이라고 생각된다. 즉 백제어는 다소라도 부

반대로 "言語風俗有異"라 적고 있다. 어느 쪽이 옳은지는 불명이지만, 이 경우 언어의 같고 다름이 어떠한 기준에 의해서 말해졌는지가 의문이다. 위와 같이 중국으로부터의 차용어로써 언어의 서로 다름을 말한다면, 참된 언어 계통의 구별에는 쓸모가 없다. 생각건대 이 세 언어는 한(韓)어라는 동일 계통에 속해 있는 것이었지만 방언적 차이 ―그 중에는 중국 망명인의 영향과 이민족의 혼입 등에 의해서 생긴 차이가 고려될 수 있을 것이다― 가 아주 현저했기 때문에 위와 같은 기사를 썼던 것이라고 생각된다.

10) [원저의 미주] 이 '於羅瑕'와 '鞬吉支'는 『일본 서기(日本書紀)』의 새김[訓]에 이에 해당하는 것이 눈에 띔은 주목되는 일이다. 즉 『일본 서기』에서는 조선의 왕을 orikoke, worikokisi, konikisi, kokisi 등이라 하고 있는데, 이 orikoke 또는 woriko(kisi)는 『주서』의 '於羅瑕'에 해당되고, konikisi, kokisi는 이 책의 '鞬吉支'에 해당된다. 이 새김이 터무니 없는 것이 아님은 음형으로 보아 그리 말할 수 있지만, 또 왕비를 '於陸'이라고 하는 『주서』의 기사에 대하여 『일본 서기』에는 woriku, woruku, orike 등으로 되어 있음에 의해서도 판명된다. 이 '於羅瑕, oriko, orikoke (-ke는 접사일까?)' 및 그 여성어 '於陸, woriku, woruku, orikoke'가 부여어임에 대하여, '鞬吉支 konikisi'는 마한어라고 말할 수 있다.

여어계 언어의 요소를 포함한 마한어였다고 생각된다.[11)]

마한 땅에서 백제가 일어나고 진한 땅에서 신라가 일어났을 때 변진

---

11) 이기문(1961, 1972, 1998)에는 다음과 같은 기록이 있다.

"백제어는 한(韓)계 언어로서 지배족의 부여계 언어의 상층(superstratum)의 영향을 입었음을 특징으로 한다. 『양서』신라전에 「語言待百濟以後通焉」(중국인의 입장에서 신라인은 백제인을 기다려 언어가 통한다는 말)은 백제어와 신라어가 서로 잘 통했던 것을 암시하는 듯도 하다."(1961: 66쪽)

"백제어에 대해서는 『양서』(629) 백제전에 '今言語服章 略與高驪同'이라 하였다. 이것은 아마도 백제의 지배족의 언어에 관한 기술로 생각된다. 다 아는 바와 같이 백제의 피지배족은 한계에 속하는 마한어를 사용했을 것이므로 그들의 언어가 지배족의 그것과는 달랐을 것을 짐작하기에 어렵지 않다. 이 차이에 대해서는 『주서』(636) 이역전 백제조에 '王姓夫餘氏, 號於羅瑕, 民呼爲鞬吉支, 夏言竝王也…'라는 기록에서 그 일단을 엿볼 수 있다. 이 기록은 지배족의 언어로는 왕을 '於羅瑕'(어라하)라 하고 피지배족의 언어로는 왕을 '鞬吉支'(건길지)라 했다는 것으로 해석된다. 이것은 고대에 있어서의 부여계 제어와 한계 제어의 차이를 단적으로 드러내는 사실이라고 할 수 있다. 오늘날 남아 있는 백제어의 편린은 이 언어가 신라어와 매우 가까웠음을 보여 주고 있다. 이것은 백제에 있어서 지배족의 언어가 피지배족의 언어를 동화시키지는 못했고 다만 그것에 어느 정도의 영향을 미친 데 그쳤음을 결론케 한다. 따라서 백제어는 마한어의 계속으로서 부여계 언어의 상층을 가지고 있었음을 특징으로 한다고 할 수 있다."(1972: 36~37쪽, 1998: 44~45쪽)

『양서』신라전의 기록은 백제 상층부의 말이 신라말과 서로 잘 통했다는 증언이 된다. 또 "오늘날 남아 있는 백제어의 편린은 이 언어가 신라어와 매우 가까웠음을 보여 주고 있다. 이것은 백제에 있어서 지배족의 언어가 피지배족의 언어를 동화시키지는 못했고 다만 그것에 어느 정도의 영향을 미친 데 그쳤음을 결론케 한다."와 같은 옹색한 논리를 펼 것이 아니라, 고구려어가 속한다고 하는 이른바 부여계 언어(곧, 백제 지배층의 언어)와 신라어가 동일한 언어였다고 가정한다면 간단히 해결될 것인데, 바로 고노의 잘못된 식민 사관의 영향 때문에 이렇게 뒤틀린 논리를 가져오게 된 것이다. 이에 대한 상세한 비판은 김수경(1989: 18~20쪽, 108~111쪽, 120~123쪽, 171~172쪽)에 나온다.

이기문(1972: 237~258쪽)에는 비교적 자세한 미주(尾註)와 참고 문헌이 달려 있고 여기에 '河野六郎'의 이름이 3회 나온다. 고노 교수가 훈민정음 창제를 고대와 중세의 경계로 삼는 견해에 대한 비판(245쪽), 고노의 저서 『조선 한자음 연구』(247쪽) 소개, 고노 교수가 『계림 유사』의 '割子蓋(剪刀)'를 [*kʌsigai]로 읽은 데 대한 비판(250쪽)이 그 전부이다.

의 땅에는 아직 한족의 소집단이 잔존했었다. 소위 가라(加羅) 10여국이 그것이다. **이 가라의 언어가 한어임은 말할 필요도 없다. 혹은 한족의 언어를 가라어라 칭하는 쪽이 적절할지 모른다. 이 가라가 일본의 세력 아래에 있었던 일은 두루 아는 사실이다. 따라서 이 땅의 한어에 일본어의 영향이 있었다고 생각할 수 있다.** 그러나 이것은 실증할 수가 없다.

진한도 몇 개의 소국가로 나뉘어져 있었지만 그 중의 사로(斯盧)가 점차 강대해져서 이웃 집단을 아우르고 하나의 국가를 형성하였는데, 신라가 곧 그것이다. 이 신라의 발흥에 관하여 이마니시[今西] 박사는 다음과 같이 흥미 있는 설을 말하였다.

"왕족과 인민과는 명백히 종족을 달리 한다. 생각컨대 왕족은 정복자로서 타지에서 들어온 여러 종족이 여러 시대에 걸쳐 결합되었을 수 있고, 여기에는 고구려 방면에서 들어온 흔적이 있다. (중략) 신라는, 첫째로 원시적 국가가 발전할 만한 지리상의 위치를 점하였고, 둘째로는 특수한 정체(政體)를 가져 상하가 일치 협력하고, 셋째로 한(韓) 종족 중에 강건한 이민족의 피를 섞어 더욱 강건하게 되어 2,3세기 무렵부터 점차 강대한 나라가 되었다."[12)]

이 설이 과연 타당한가 아닌가 하는 것은 필자와 같은 문외한이 비판할 수 있는 것은 아니지만 신라 발흥의 한 가설로서 채택하여도 좋은 설이라고 생각된다. 적어도 언어에 관한 한 신라어의 기본인 사로어(斯盧語)가 한어가 아니었다고 말할 수 있으리라 생각된다. 그것은 수사가 다르기 때문이다. 현재의 조선어는 고려를 통해서 신라어가 연장된 것이므로 그 기본은 사로어이다. 따라서 현재의 조선어의 수사는 다소의 음운 변화를 입었다 하더라도 그 원형은 사로어의 그것이었음에 틀림없다. 그런데 한족의 지명에 나타난 여러 개의 수사는 현대 조선어의 수사와는 전혀 다르고 차라리 일본어의 그것에 가까운 것이다. 즉『삼

---

12) [원저의 미주]「朝鮮史の栞」, 94쪽.

국 사기』지리지에서 삼현현(三峴縣)은 옛 밀파혜(密波兮)라 하고, 칠중현(七重縣)은 난은별(難隱別)이라 하고, 십곡현(十谷縣)을 덕돈홀(德頓忽)이라 하고 있음에 의하면, 옛 한어로는 3을 '密[mit]', 7을 '難隱[nan-ɯn]', 10을 '德[tək]'이라고 말했다고 판단된다.[13] 그런데 현대 조선어로는 3은 '세'(sɔi > se), 7은 '닐곱'(nilgop > ilgup), 10은 '열'(jɔl)로서 전혀 다르다.[14] 수사가 다른 어휘와는 달리 새로 형성되거나 혹은 차용되거나 하는 일이 적은 종류의 말임은 언어학의 상식이다. 따라서 만약 사로어가 한어였다면 이 지명에 보이는 수사는 어떻게 설명될 수 있는 것인가? 그 해결이 쉽지 않다. 따라서 신라도 또 백제와 마찬가지로 이민족이 한족 사이에 잡거하면서 흥기했을 것이라고 생각할 수 있는 것이다. 다만 백제처럼 한족에 동화되지 않은 것은 아마도 그 보수적인 성격에 기초한 것이리라. 만약 이 설이 올바르다면 사로는 본래

---

13) [원저의 미주] 이 수사를 발견하여 문제를 일으킨 이는 신무라[新村出] 선생이다(『東方言語史叢考』 "國語와 朝鮮語의 數詞에 대하여"). 이 밖에도 '五谷郡'을 '于次呑忽'(『세종 지리지』에 의함)이라 한 것에서 '于次'와 itutu를 비교할 수 있지만(p. 20) 이것은 좀 무리이다. 또 '密'을 mil로 읽었다고도 생각되는 예가 있다. 그것은 신라의 지명 현효현(玄驍縣)인데, 이것은 '本推良火縣一云三良火'로 되어 있다. 이에 따르면 '3'과 '推'는 같은 음일 수 있는데, '推'에 해당하는 조선어는 현대에는 mil-이다. 만약 이 현대형이 옛날에도 같았다고 한다면 '3'도 mil이 되지 않으면 안 된다. 또 '推'가 '密'에 해당하는 예도 있다(密城郡—推火郡, 密津縣—推浦縣). 이 '현효현'은 '比自火郡'에 속해 있는 지방이기 때문에 '三 = mil 또는 mit'은 한(韓)어라고 생각하지 않으면 안 된다. '密波兮·難隱別·德頓忽'은 모두 고구려의 옛 땅이었으므로 이 수사를 고구려어라고 생각할 수 있지만, 현효현의 예에 의해 일본어와 유사한 이 수사가 한어의 수사임을 알 수 있다.

[김동소의 의견] 고구려 지명에서도, 신라 지명에서도 '三'을 '密'로 읽을 수 있다는 말이 된다.

14) [원저의 미주] 신라어의 순수한 수사가 지명에 전혀 남아 있지 않은 것은 아니다. 지금의 삼척(三陟)은 본래 '悉直國'이라는 작은 나라의 이름이었는데, 이것이 경덕왕 때에 삼척으로 고쳐진다. '悉'은 수당(隋唐)에서는 sjĕt으로 발음되었다. 이 '悉'을 '三'으로 고친 이유는 아마도 이 sjĕt이 수사 '3'(현재 se < 초기 sɔi < 고대 sei ?)과 음이 유사했기 때문으로 생각된다. 즉 수사 '3'은 한쪽으로는 한어계의 mil(mit), 다른 쪽으로는 신라어계의 sje-가 병존했었음을 알 수 있다.

어떠한 종족이었던 것일까? 이것은 더욱 곤란한 문제이지만, 진한의 북쪽 즉 강원도에는 위에서 말한 예(濊)족이 원래 살고 있었다. 아마 이 일파가 동해안을 따라 들어왔던 것은 아닐까? 마치 백제가 부여족의 대이동의 한 흐름으로서 남하했던 것처럼 동부로 이동한 예족의 일파가 남하했던 것이 이 사로족일 것이다.

그러나 이 사로족의 언어는 주위의 한족과의 관계에 의해 한어적 색채를 농후하게 갖고 있었음은 상상하기에 어렵지 않다. 이 일은 사로에서 신라로 되어 한족을 합병해 가면서 강대해짐에 따라 더욱 심해졌다고 생각된다. 그리고 가라를 병합하고 백제를 멸망시키고 고구려를 쓰러뜨린 일에 의해 신라어는 더욱 발전하여 신라의 최전성기에는, 지금의 경상 남북도는 원래부터 그러했고, 백제의 옛 땅이었던 전라 남북·충청 남북, 또는 고구려의 지배 아래 있었던 경기도·황해도에 이르기까지, 또 예족이 거주했던 강원도 일대도 모두 그 세력 아래 들어왔다. 그리고 신라 멸망 후까지 위의 9도는 경주를 중심으로 하여 모두 신라어화하였음에 틀림없다. 물론 당시로서도 각지에 방언이 존재했음은 분명하다. 특히 신라가 지배하던 백제와 가라의 옛 땅, 혹은 고구려의 옛 영역 예족의 원주지에는 그들 각 종족의 substratum이 존재하고 그것에 의해서 방언도 또 다종 다양하였을 것임에 틀림없다. 그러나 이 옛 방언의 상황은 오늘의 방언에 어느 정도 반영되어 있는가 심히 의문이다. 신라의 통일에서부터 오늘날에 이르기까지 이미 천수백 년이 지났다. 따라서 이 긴 기간을 통해 아직도 그 옛 모습을 남기고 있기는 어려울 것이다.

신라 말년 각지에서 호족(豪族)이 봉기(蜂起)했는데, 그 중 지금의 경기도 북부의 호족 왕건(王建)은 마침내 신라를 대신해서 왕위에 올라 고려라 이름 불렀다.

이 고려조는 언어 상으로 보아 한 커다란 의미를 지닌다. 즉 그때까지는 남쪽 모퉁이의 경주가 언어의 중추였던 것인데 이 왕조에 이르러 언어의 중심이 서북 개성으로 옮겨졌던 것이다. **왕건은 개성 부근 사람**

이므로 그의 조선어는 신라어로서는 서북쪽의 방언이었다. 앞에서도 말한 바와 같이 이 땅은 고구려의 옛 땅이었던 것이므로 이 방언 중에는 고구려어의 요소가 혼입되어 있었을지도 모른다.[15] 또 서론에서 말한 대로 변경에는 고층(古層)이 잔존해 있었다 한다면 이 서북쪽의 방언에는 신라어의 옛 형태가 남아 있었을지도 모른다. 그런데 이 변두리의 한 방언이 갑자기 중심의 언어로 되었던 것이므로, 만약 신라로부터 고려를 거친 조선어가 충실히 기록되어 있었다면 그 변화는 급격한 것이었음에 틀림없음을 알게 될 것이다. 이것은 어쨌든 이 지방의 방언에 중심이 옮겨져 왔으므로, 조선어는 이 새로운 수도와 옛 문화의 중심인 경주라는 두 개의 중심을 가지게 된 것이다. 이 사정은 이조 시대에 들어와서도 크게 차이가 없었다고 생각된다. 왜냐하면 이조의 중심인 서울은 개성과 거의 같은 지방에 속하여 있기 때문이다. 또 고려·이조 일천 년 간 경주의 세력은 점차 약화하여 오늘날은 언어상 경주의 세력이라고 할 만한 것은 거의 찾아볼 수 없다. 그러나 이 남북의 양 중심의 대립이 오늘날 중부 방언과 남부 방언과의 대립의 역사적 배경을 이루고 있음은 누구도 부정하기 어려운 바라고 생각된다."[16]

고노의 학설을 이렇게 길게 인용한 이유는 구태여 설명이 필요 없을 것이라 믿는다. 이 학설이 아직까지도 우리 한국어 역사 학계에 얼마나 큰 영향을 미치고 있는지 관심 있는 이라면 누구나 알 수 있을 것이기 때문이다. 결국 그 이전 일본의 만주 진출 계획과 함께 형성된 일본 학자들의 '부여 → 고구려 → 발해 → 금(金) → 후금(後金) → 만주국'이라는 제국주의 사관으로 인해, 고노 교수는 마침내 신라어

15) 이와 관계있는 이기문(1961: 73쪽, 1972: 85~87쪽, 1998: 95~97쪽)도 참조할 것. 또 고노의 이러한 견해에 대한 비판으로 김수경(1989: 171~177쪽) 참조.

16) 진하게 표시한 것은 김동소에 의해서임.

와 고구려어를 이질적인 언어로 규정해 버리고, 결국 고구려는 '한국 ← 조선 왕조 ← 고려 ← 신라'의 계통에서 제외될 수밖에 없게 된 것이다. 한국어 변천사에서 고구려어란 고려어의 형성에 한 작은 영향을 준 이민족의 언어로 전락되어 버리게 된 것이다. 이런 생각을 보다 확실하게 나타내고 있는 것이 다음의 〈표 3〉이고, 이를 거의 그대로 받아들인 가설이 〈표 4〉가 되는 것이다.[17)]

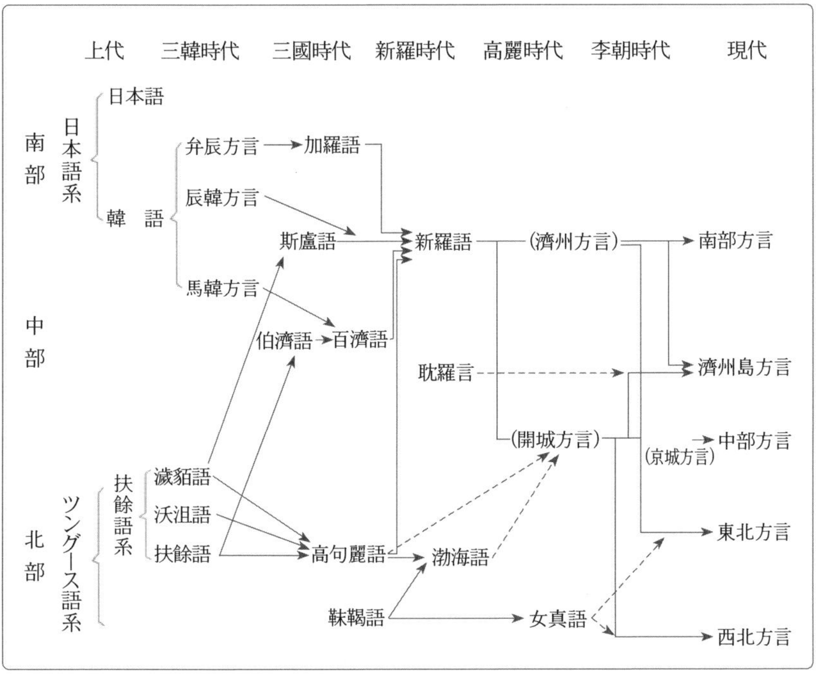

〈표 3〉 동양 여러 나라의 민족 언어 계통표(고노 1945: 172)

17) 〈표 3〉에서 일본어와 한어(韓語)를 모두 '일본어계(日本語系)'라 한 것은 전형적인 한일 동조론(同祖論)이라 할 수 있다.

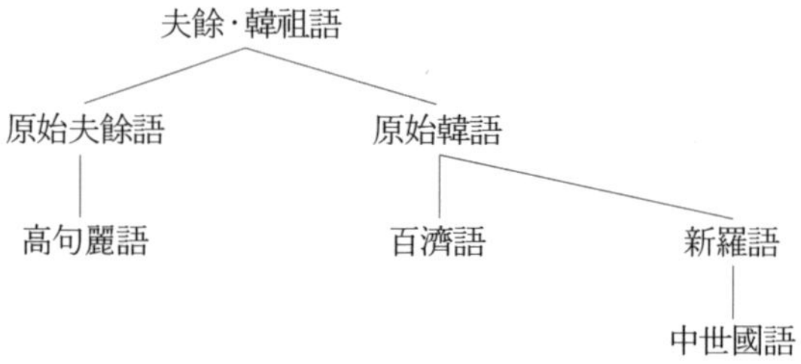

〈표 4〉 고대 한민족 언어 계통도(이기문 1961: 18, 1972: 41, 1988: 50)

〈표 4〉에서는 부여어와 한어의 조어(祖語)를 묶어 '부여·한 조어'에서 나온 것으로 말함으로써 우리 민족의 언어가 단일한 기원에서 출발한 것처럼 하고 있으나, 예를 들어 '몽고 조어'와 '퉁구스 조어'가 '알타이 공통 조어'로 묶인다 하더라도 몽고어와 퉁구스어가 서로 이질적인 언어이듯이 부여어와 한어가 동일 민족의 언어가 될 수는 없는 것이다. '부여·한 조어'의 설정이 아무 의미 없음은, 위의 고노 교수의 글에도 보이듯이, 고려의 건국을 한국어 변천 역사에서 굉장히 큰 사건으로 인식하여 '고대 국어'와 '중세 국어'의 경계로 삼는 논리로 몰고 가게 되는 데에서 알 수 있다. 결국 신라어와 고구려어는 아주 이질적인 언어였다고 믿음으로써, 신라의 수도였던 경주에서 고구려의 옛 땅인 개성으로 수도를 옮긴 사건, 즉 고려의 건국 사건은 우리 한국어를 아주 변화시킨 획기적인 사건으로 만들고 만 것이다.[18)]

18) 다시 말하면 고대 한국어와 중세 한국어의 시대 가름을 고려 건국에 두는 일은 어이없게도 일제의 만주 지배욕과 관계된다는 것이다. 그런데 지적해 둘 일은 아래에서 보듯이 고노 교수는 고려 건국이라는 사건을 중요하게 생각하기는 했으나 이를 시대 구분에 이용하지 않았다는 점이다. 오히려 한국 학자들이 한 걸음 더 나아가 고려 건국을 한국어 변천사의 일대 사건으로 생각해 버린 것이다. 또 한가지 지적해

4. 임진왜란과 중세·근대 국어의 갈림

일찍이 한국어의 역사적 연구에서 많은 견해를 내었던 고노 교수는 이미 1955년에 '조선어사 약설(朝鮮語史略說)'이라는 이름으로 한국어 변천사를 개략적으로 제시한 바 있다. 고노(1955: 428)에서 그대로 인용한다.

> "조선어의 전사(前史)는 불명하지만, 그 역사를 편의상 다음의 세 시기로 구분할 수 있다. 이 구분의 기준은 언문의 발명과 임진왜란이다.
> 고대 조선어 : 언문 발명(1443년) 이전.[19]
> 중기 조선어 : 1443년부터 1592년의 **임진왜란까지**. 개괄적으로 말하면 15세기 중엽부터 16세기 말까지.
> 근세 조선어 : 그 이후 현대까지."

"도요토미 히데요시[豐臣秀吉]가 일으킨 분로쿠[文祿]·게이초[慶長][20] 두 차례에 걸친 이른바 조선 정벌은 조선에 대타격을 주어, 다수의 문헌이 망실(亡失)되었다. 언문 문헌도 큰 피해를 입었다. 분로쿠[文祿]의 싸움은 임진년(1592년)에 일어났고, 이 해를 기준으로 하여 중기어의 끝으로 삼는다. 이 일본의 입구(入寇) 이후 문헌의 부흥이 계획되

둘 것은, 북한 학자들이 고구려어와 신라어의 이질성을 강조하는 고노 교수와 이기문 교수를 통절하게 비판하면서도(예컨대 김수경 1989: 11~103쪽), 〈표 5〉에서 보듯이 북한(김영황, 류렬)과 중국 조선족 학자(안병호, 최윤갑, 리득춘)들도 고대 한국어와 중세 한국어의 경계를 고려 건국에 두는 '일본 제국주의 사관'에서 벗어나지 못하고 있다는 사실이다.

19) 고노 교수가 훈민정음 이전을 전부 고대 조선어로 본 것도 한국의 고대 문화에 대해 폄시(貶視)적인 태도에서 온 것이다.

20) 분로쿠 원년은 1592년, 게이초 원년은 1596년으로 이 해는 각각 임진년과 정유년에 해당한다.

었는데, 언문의 표기도 변화되고, 중기어의 기간 중에 일어난 2, 3의 음운 소멸도 나타나, 대체로 현대어로 옮는 과정을 보여 온 것이므로, 여기 한계를 설정함이 적당하다."

고노 교수가 임진왜란을 경계로 그 이전을 중기 조선어, 그 이후를 근세 조선어로 나눈 이유는 위에 있듯이 '언문 문헌의 큰 피해'와 '언문 표기의 변화'와 '2, 3의 음운 소멸'이다. 이런 시대 구분이 합리적인지에 대해서는 이미 논한 바 있으므로(김동소 1997, 1999: 9~19, 2003: 9~18) 여기서 더 언급하지 아니한다. 그런데 지적해 둘 것은 고노 교수 이후 오늘까지 남북한을 통틀어 20명 가까운 한국어 변천사 연구 학자들이 그 통사(通史)를 출판한 바 있는데, 임진왜란을 중세와 근대의 경계로 잡지 않은 논저는 〈표 5〉에서 보듯이 김근수(1961), 김형주(1996), 김동소(1998, 1999, 2003) 셋밖에 없다는 사실이다.[21] 여기서 짚고 넘어가야 할 점은, 과연 임진왜란이 우리 한국어를 변모시킬 만큼 큰 전쟁이었던가 하는 점이다. 이와 관련된 이기문(1972: 185, 1998: 196)의 주장을 먼저 제시해 둔다.

"종래의 국어의 역사적 연구가 지녀 온 가장 큰 편견의 하나는 중세

21) 김근수(1961)는 훈민정음 반포에서 병자호란(1636)까지를 근고어로, 그 후 갑오경장(1894)까지를 근대어로 구분하였다. 김형주(1996)는 훈민정음에서 17세기말까지를 중세 국어로, 그 이후 19세기말까지를 근대 국어로 나누었는데, 그가 중세 국어를 17세기말까지로 잡은 이유는 어두 경음 음소의 형성 및 완성 때문이라 하였다. 김동소(1997, 1998, 1999, 2003)는 13세기말 몽고 지배에서 17세기말까지를 중세 한국어, 18세기 이후를 근대 한국어로 분류하였다. 중세 한국어를 17세기말까지로 잡은 이유는 이 무렵 음운 체계가 크게 바뀌기 때문이라 하였다. 북한과 중국 조선족 학자들도 모두 임진왜란에서 중세와 근대를 나눈다.

어와 근대어 사이에 나타나는 거의 모든 변화를 임진란에 결부시킨 것이라고 할 수 있다. 가령 음운사적 관점에서 음소 'ㅿ'의 소멸, 성조의 소멸, 또 어두 평폐쇄음의 경음화 내지 유기음화 등 중요한 제현상이 임진란을 계기로 일어났다는 것이 지금까지 통설이 되어 왔다. 그러나 …… 위의 음운사상의 제변화뿐 아니라 문법사상의 여러 중요한 변화가 이미 16세기 말 임진란 이전에 일어났던 것이다. 그리하여 임진란이 지난 뒤 국어는 근대적 면목을 띠고 나타나게 되었던 것이다. 임진란과 같은 전란이 언어 변화의 요인이 되는 것은 부인할 수 없지만 이 변화는 상당한 시간이 경과한 뒤에 나타나는 것이 보통이다."

장황한 설명을 피하고 결론만 적어 보면, 임진란은 일반적으로 흔히 생각하고 있듯이 그렇게 큰 전쟁이 아니었고,[22] 또 이 전쟁으로 인한 한국어의 변화는 사실상 별로 없는 것이라 생각되는 것이다. 임진란이 사실보다 확대된 것도 일본 제국주의 식민 사관과 결코 무관하지 않다.

---

22) 흔히 임진란을 7년간의 전쟁이라고 말하지만, 실제로는 1592년(임진년) 4월부터 1593년 2월까지 10개월 간 [임진왜란], 그리고 1597년(정유년) 7월부터 1598년 11월까지 1년 5개월 동안 [정유재란] 있었던 전쟁이다. 이 전쟁이 벌어지고 있던 중에도 한 쪽에서는 서적들을 간행하고 있었던 것으로 보아(이 시기에 간행된 서적 목록은 김동소 1999: 233쪽 참조), 그리고 실제로 임진란 이전과 이후 한국어가 달라졌다는 아무런 증거가 없으므로, 임진란이 언어를 바꿀 정도의 큰 전쟁이었다고 생각할 수 없다. 일본인 학자인 고노 교수는 임진란을 과대평가하면서 임진란 전후의 문헌 연구를 소홀히 했음에 틀림없다. 현대 한국인들도 임진란이 한반도를 완전히 황폐화한 대전쟁으로 생각하고 있는 경향이 있는데, 이것은 아마도 이광수의 반민족적 소설 '이순신'(1931년 6월부터 동아 일보에 연재, 1932년 단행본으로 출간)이 널리 읽혔음과, 박정희 정권의 지나친 충무공 영웅화 운동의 역작용과 관계있을 것으로 추측된다. 즉 충무공을 보다 위대하게 묘사하기 위해서는 당시 조선인들은 무능하기 짝이 없는 인간들이었고, 또 임진란이 역사상 전무후무한 커다란 전쟁이었음을 강조하지 않을 수 없었을 것이다.

〈표 5〉 한국어 변천사의 시대 구분표

연대	0 500 1000 1500 2000							
이숭녕 (1954)		상대 국어	통일 신라어	고려 시대 국어	조선 시대 국어	현대 국어		
고 노 (1955,1971)	古代 朝鮮語	中期 朝鮮語	近世 朝鮮語					
김형규 (1955)		신라어	고려어	조선 초기어	조선 중기어	조선 후기어	조선 말기어	현대어
김근수 (1961)	상고어	중 고 어	근고어	근대어	현대어			
이기문 (1961)		고대 국어	전기 중세국어	후기 중세국어	근대 국어	현대 국어		
김형규 (1962,1975)	상고어(고대어)	중고어	중기어	근대어	현대어			
이숭녕 (1967)	고대 국어	전기 중세 국어	후기 중세국어	근대 국어	현대 국어			
이기문 (1972)		고대 국어	전기 중세국어	후기 중세 국어	근대 국어	현대 국어		
김영황 (1978)	고대노예 소유자 국가시기	봉건국가 분립시기	통일봉건국가시기	봉건사회 붕괴시기	*			
안병호 (1983)		고대 조선어	초기 중세조선어	후기 중세조선어	근대 조선어	현대 조선어		
이철수 (1984)		고대 국어	전기 중세국어	후기 중세국어	근대 국어	현대 국어		
최범훈 (1985)	형성기 한국어	고대 한국어	중고 한국어	중세한국어	근대 한국어	현대 한국어		
최윤갑 (1988~9)		고대 조선어	전기 중세조선어	후기 중세조선어	근대 조선어	현대 조선어		
리득춘 (1988)	고대 조선어	중세 전기 조선어	중세 후기 조선어	근대 조선어	현대 조선어			
박병채 (1989)	고대 국어	중기 국어	근대 국어	현대 국어				
류렬 (1990,1992)	고 대 조선말	중세 전기 조 선 말	중세 중기 조선말	중세후기 조선말	근대 조선말			
강길운 (1993)	상고 국어	중고 국어	근고 국어	근대 국어	현대 국어			
박종국 (1996)	고대 국어	중고 국어	중세 국어	근대 국어	현대 국어			
김형주 (1996)	전기 고대 국어	후기 고대 국어	중세 국어	근대 국어	현대 국어			
김종훈 외 (1998)	고대 국어	중고 국어	중세 국어	근대 국어	현대 국어			
김동소 (1998,1999, 2003)		고대 한국어	중세 한국어	근대 한국어				

5. 맺음말

지금까지 우리 한국어 변천사 연구에서 찾아볼 수 있는 일본 제국주의 식민 사관의 흔적을 논하였는데, 이를 요약하면 다음과 같다.

가) 일본 제국주의 식민 사관에서 비롯된 한일 양민족·양언어 동계론은 최근까지의 한국어 변천사 연구에 별로 영향을 주지 못한 듯하다.

나) 고대 시대에 한반도와 그 북방에 이질적인 부여계 제어와 한계 제어가 있었다는 가설은 일본 제국주의의 중국 대륙 진출 및 만주 제국(滿洲帝國) 건립을 위한 식민 사관에서 나온 것이다. 아울러 이 두 이질적인 언어 무리를 설정함으로써 고구려어와 신라어가 이질적인 언어가 되고, 이로 인해 고려의 건국(중앙어의 이동)이 한국어 변천사 시대 구분에서 고대와 중세를 나누는 획기적 사건으로 인정된 것이다.

다) 임진왜란을 실제 이상의 대전쟁으로 간주하여, 한국어 변천사 시대 구분에서 중세와 근대로 나누는 계기로 보는 것도 일제 식민 사관과 무관하다고 하기 어렵다.

이 글은 『국어국문학』 135호(국어국문학회, 2003)에 수록한 논문을 수정하여 재수록한 것이다.

21세기와 국어학

이기문

1. 국어학의 창조적 전통

(1)

21세기가 코앞에 닥쳐왔다. 천문학자들은 21세기의 시작을 2001년으로 본다는데 한 해라도 앞당기려고들 서두른다. 새 세기가 시작되면 갑자기 세상이 달라질 것을 바라고 있는 듯하다.

새 세기에는 국어학이 비약적인 발전을 이룩했으면 하는 바람을 국어학자라면 누구나 가지고 있을 것이다. 국어학이 세계 학계에서 떳떳한 자리를 차지하고 존경을 받게 되었으면 하는 것이 나의 간절한 소망이다. 이렇게 되기 위해서는 무엇보다도 독창성을 발휘해야 한다는 생각을 나는 가져 왔다. 학문 연구에 있어서 가장 중요한 것은 독창적 이론이기 때문이다. 독자적인 이론이 없는 학문은 진짜 학문이라고 할 수 없다.

나는 우리 민족의 창조 능력을 굳게 믿고 있다. 고대로부터 현대에 이르기까지 우리 민족은 고비고비마다 놀라운 창조력을 발휘하여 왔다. 그리하여 독자적인 민족 문화를 건설하여 왔다. 창조적 노력의 성과가 언어, 문자와 관련된 분야에서 특히 두드러졌다고 말할 수 있음을 나는 매우 자랑스럽게 생각한다.

(2)

이렇게 말하면 여러분은 곧 훈민정음(訓民正音) 창제를 떠올릴 것이다. 훈민정음 창제는 우리가 그 동안 말해 온 것보다 훨씬 더 위대한 업적임을 나는 여기서 강조하고 싶다. 인류가 만든 어느 문자도 어깨를 겨룰 수 없는 최고봉임을 조금도 망설임 없이 말할 수 있는 것이다.

그런데 훈민정음 창제의 밑에 깔린 것은 중국의 이론이었다. 여기서 특히 우리의 눈길을 끄는 것은 송대(宋代)에 와서 우주와 인생의 근원을 밝힌 성리학의 틀 속에 운학(韻學)이 자리 잡게 되었고 이 성리학의 한 집대성으로 편찬된 『성리대전(性理大全)』(明 永樂 13년, 1415)이 세종(世宗) 원년(1419)에 우리나라에 들어온 뒤로 세종과 집현전을 중심으로 모인 엘리트 학자들의 깊은 연구 대상이 된 사실이다. 이 『성리대전』이 훈민정음과 매우 깊은 관계에 있음은 그 동안의 연구로 잘 밝혀진 바 있다.

훈민정음 밑에 깔려 있는 이론의 바탕이 중국 학문에서 온 것임은 지극히 분명한 사실이지만, 여기서 주목할 사실은 그 이론을 고치고 보태어 환골탈태(換骨奪胎)한 점이다. 우선 중국에서는 예로부터 자음(字音)을 성모(聲母)와 운모(韻母)로 나누는 이분법(二分法)이 있어 왔는데 훈민정음 창제자는 이것을 고쳐 초성, 중성, 종성의 삼분법(三分法)을 택한 점을 들 수 있다. 이 새로운 삼분법에 있어서 특히 다음과 같은 두 처리가 돋보인다. 첫째, 초성과 종성을 따로 설정했으면서도 이들을 동일한 것으로 파악한 점이다.("終聲復用初聲") 둘째, 중성은 전혀 새로운 개념이었음에도 불구하고 지극히 아름다운 체계를 마련한 점이다. 동서양의 모든 음운이론을 총동원하더라도 훈민정음의 중성자들의 제자(制字)를 밑받침한 이론을 넘어설 수는 없을 것이라는 생각이 든다. 훈민정음이 진정한 의미의 음소문자(音素文字)가 될 수 있었던 것은 중성과 종성에 관한 이러한 탁월한 연구에 말미암은 것이다.

훈민정음 창제를 고찰함에 있어서 인도와 중앙아시아에서 우리나라에 들어온 문자들–범자(梵字), 위구르문자, 파스파(八思巴)문자 등–에 관한 지식을 과소평가해서는 안 된다고 나는 생각한다. 이들은 음소문자의 가능성을 보여 주었던 것이다. 세계 문자사(文字史)의 통례대로라면, 이 중의 어느 하나를 국어 표기에 맞게 조금 고쳐서 쓰는 길을 택했을 것이다. 그러나 세종대왕은 아주 새로운 길을 택했던 것이다. 과거에 위의 문자들에서 훈민정음의 기원을 찾으려는 학자들이 있었음을 우리는 알고 있다. 그러나 이것은 세종대왕을 모르고 저지른 헛수고였다. 모든 것은 우주(자연과 인간)를 꿰뚫고 있는 이치(理)에 맞아야 한다고 생각한 이상주의자, 완벽주의자인 세종대왕으로서는 언어와 필연적인 관계가 없는 문자란 생각조차 할 수 없는 것이었으니, 그의 눈에 이들 문자는 문자의 기본조차 갖추지 못한 것으로 비쳤을 것임에 틀림없다. 초성과 중성의 기본자를 발음기관과 천지인(天地人) 삼재(三才)를 본떠 만들고, 가획(加劃)과 합성(合成)으로 나머지 글자를 만든 파천황(破天荒)의 제자(制字) 원리는 세종대왕의 이런 문자관(文字觀)에서 나온 것이었다. 여기서 나는 훈민정음 창제에 나타난 세종대왕의 문자관이 무엇보다도 높이 평가되어야 함을 강조하고자 한다. 동서양을 통틀어 이런 문자관은 세종대왕 이전에는 없었던 것이다.

세종대왕은 훈민정음을 창제함에 있어 국어를 깊이 연구한 흔적이 역력히 보인다. 「훈민정음 해례(종성해)」에도 '곶(花)', '갗(皮)' 등의 표기가 가능함이 제시되었지만 「용비어천가(龍飛御天歌)」와 「월인천강지곡(月印千江之曲)」에서 'ㅈ, ㅊ, ㅌ, ㅍ' 등을 종성에 사용한 사실은 국어에 대한 통찰력 있는 깊은 연구에서만 나올 수 있는 것이다. 이에 대해서는 조금 뒤에 다시 말하려 한다.

(3)

실상 이미 고대에 우리 민족은 문자에 관한 탁월한 창조적 재능을 발휘하였었다. 이 점도 오늘날까지 우리 학계에서 분명하게 인식되지 못한 듯하여 조금 힘주어 말하려 한다. 고대 삼국에서 쓴 문자는 중국에서 들어온 한자였다. 그런데 이것은 중국어와는 구조가 다른 삼국의 언어를 표기하기에 적합하지 않았다. 그리하여 한문을 그대로 받아들이지 않을 수 없었다. 그러나 기록의 내용에 고유명사 같은 것이 포함되어 있어 고유어 표기법을 고안하게 되었다. 중국에서 외국어 표기에 한자의 음을 이용하여 온 전례가 있어 이 방법을 채택하였다. 그러나 한자의 음을 이용하는 것만으로는 고유어를 만족스럽게 표기할 수 없었으니, 한자의 새김을 이용하기에 이른 것이다. 한자 학습 과정에서 그 의미를 나타내는 고유어 단어가 제시되는 것이 관례였는데, 이 중에서 한자와 가장 밀착한 대표적인 고유어 단어가 새김으로 굳어져 이것을 표기에 이용하기에 이른 것이다. 고구려의 용례를 들면 그 지명 표기(『삼국사기(三國史記)』 권37)에 "買忽一云水城"

이라 한 것이 있다. 이것은 오늘의 수원(水原)인데, 한 고장에 두 이름이 있었던 것이 아니라, 한 이름을 두 가지로 적은 것이다. 즉 '買忽'은 음(音)을 이용한 것이요 '水城'은 새김을 이용한 것이라고 보면 '水'의 새김이 'ᄆᆡ'(買)요 '城'의 새김이 '홀'(忽)이었으리라는 추정이 가능하게 된다. 혹시 이 한 예뿐이라면 이것은 어디까지나 가정에 그칠 것이지만 같은 추정을 하게 하는 지명 표기들이 더 있으므로 고구려어에 'ᄆᆡ'(水), '홀'(城)이란 단어가 있었음을 제법 확실성 있게 결론할 수가 있게 된다. 오늘날 우리가 고구려어에 대해서 가지고 있는 지식이란 이런 두 표기가 있는 고유명사들의 해석에서 얻은 지극히 단편적인 것이다. 한자를 새김으로 읽는다는 것, 본래 중국에서는 없었던 새로운 독법을 한자에 준다는 것은 참으로 기발한 발상이 아닐 수 없다. 문자란 하나의 기호에 지나지 않는다. 그리고 그 가치는 사회의 공인에 의해서 정해질 수 있다는 깨달음이 있었던 것이다.

위에서 고구려의 예를 들었지만, 한자를 그 새김으로 읽는 일은 아마도 고구려에서 처음 시작되어 백제, 신라에 파급된 것으로 보인다. 오늘날 남아 있는 자료를 보면 신라에서 이것이 널리 일반화되었음을 확인할 수 있다. 이것이 고려로 이어졌음을 보여 주는 자료도 확인된다.

이보다 더욱 놀라운 사실은 신라와 고려 때에는 한문 문장의 글자들을 국어의 어순(語順)에 맞게 고쳐서 읽었다는 것이다. 쉽게 말하면 국어로 번역을 하여 읽었다는 것이다. 이 사실은 지난 1973년에 문수사(文殊寺, 충청남도 서산군)의 금동아미타여래좌상(金銅阿彌陀如來坐像)의 복장물(腹藏物) 속에서 발견된 고려 시대의 『구역인왕경(舊譯仁王經)』(上)의 낙장(落張)에서 처음으로 확인된 뒤 불경 자료들이 잇달아 나타나 그 동안 적지 않은 연구가 이루어졌다. 이 자료들이 나타남으로써 『삼국사기』(권46)에 8세기 신라의 설총(薛聰)에 관하여 "以方言讀九經 訓導後生 至今學者宗之"라고 한 참뜻을 이해할 수 있게 되었다. 그러나 아직 설총이 읽은 유경(儒經) 자료가 발견되지 않아 자세한 사실을 말할 수 없음이 유감이다. 나는 훈민정음 창제 이후에 이 문자로 불교와 유교 서적들이 간행되었는데, 그 언해문(諺解文)은, 꼭 그대로는 아니더라도, 옛 독법(讀法)의 유풍(遺風)을 보여주는 것이라는 생각을 가지고 있다.

여기서 또 하나 대서특필할 것은 이 한문 독법을 표시한 구결자(口訣字)들이다. 워낙 좁은 원문(原文)의 행간(行間)에 적어 넣기 위하여 극단적인 약체자들이 사용되었음은 널리 알려져 온 사실인데, 이 극단적인 약체자들에 대한 문자론적인 평가가 미흡했음을 지적하지 않을 수 없다. 약체(略体)라고 하지만 이들은 사실상 원자(原字)의 한 조각만으로 된 기호에 지나지 않는다. 문자란 필경 시각적 기호에 지나지 않으며 그것은 간략할수록 좋다는 진리를 깨닫고 있었기에 이런 대담한 작자(作字)가 가능했던 것이다. 구결자(口訣字)들은 사실상 한자(漢字)와 동떨어진 존재들이다. 20세기의 중국에서 만든 간자(簡字)들과 비교해 보면 이 사실이 더욱 분명히 드러난다.

위의 논술에서 새김이라는 말을 썼는데 우리나라의 옛 문헌에는 '訓' 또는 '釋'으로 나타남을 지적해 둔다. 『삼국유사(三國遺事)』(권1)의 "徐伐 今俗訓京字云徐伐"이라 있음은 '訓'이 고대에 쓰인 듯한 인상을 주는데 이것이 근세까지도 이어졌다.(박지원(朴趾源)의 『열하일기(熱河日記)』, 정약용(丁若鏞)의 『아언각비(雅言覺非)』 등) 그러나 조선 시대에는 '釋'이 일반적으로 사용되었다. 『세종실록』(권103)에 기록된 최만리(崔

萬理)의 말, 최세진(崔世珍)의 『훈몽자회(訓蒙字會)』(凡例), 이수광(李睟光)의 『지봉유설(芝峯類說)』(권16), 황윤석(黃胤錫)의 『화음방언자의해(華音方言字義解)』 등에 광범하게 나타난다. 그동안 우리 학계에서 '訓'이 널리 사용되어 왔는데, 이것은 일본 학계의 영향에 말미암은 것임을 분명히 지적해 둔다. 역사적으로 보면 '訓'이나 '釋'이 다 우리 선인들이 쓴 말이어서 어느 것을 써도 무방하지만, '訓'에 맺혀 있는 부끄러운 과거를 떨쳐버리기 위하여 나는 근년에 '釋'을 쓸 것을 권장하여 왔다. 우리 학문이 20세기에 와서 경험한 단절의 아픈 흔적이 어찌 이에 그치랴.

지금까지 우리 고대인들이 한자와 한문을 가지고 고민하면서 여러 가지 창의를 발휘한 사실이 지금까지 제대로 평가되지 못했음을 우리는 깊이 반성해야 할 것이다. 우리 고대인들의 업적은 동아시아 문자사(文字史)에서 대서특필할 사실이었으며 세종의 훈민정음 창제도 이 역사적 맥락과 떠나서는 온전하게 이해될 수 없다고 나는 믿는다. 특히 일본에 대한 영향은 절대적이었다. 한문의 훈독(訓讀)과 假名(Kana) 문자는 온통으로 우리 고대인들의 창의의 덕택이었다.

(4)

지금까지 조금 장황하게 훈민정음과 그 이전의 문자사(文字史)에 대하여 말한 것은 우리 학문의 독창적 전통이 어떠했는가를 보기 위함이었다. 이런 독창성이 고대와 중세에만 있었던 것은 아니다. 20세기 초엽에도 놀라운 독창성을 드러낸 학자가 있었다. 바로 한힌샘 주시경(周時經)이다.

오늘날 주시경의 이름은 널리 알려져 있다. 20세기초의 국어학자

중에서 가장 주목할 만한 분을 들라면 누구나 서슴없이 주시경의 이름을 들 것이다. 무엇보다도 먼저 나라 사랑, 우리 말 사랑의 정신을 들 것이다. 그러나 진정으로 높이 평가되어야 할 것은 학문의 독창성이다. 그의 연구에는 신비로운 면이 없지 않다. 이상하리만큼, 그는 우리나라의 옛 선배들로부터도, 바깥 세계의 학자들로부터도 받은 것이 극히 적었다. 이것이 도리어 그로 하여금 독자적인 탐구를 하게 하였다. 그는 당초에 'ㆍ'에 대하여 문자론의 관점에서 살피기 시작했으나 국어의 '音理'에 관한 체계적인 연구로 마무리 짓게 된다. 그의 음운 연구는 20세기 중엽과 후반에 구미(歐美)에서 발달한 현대음운론의 이론과 방법의 핵심을 거의 그대로 보여준다. 그 중에서도 '次序規模'와 '本音'의 이론은 그저 놀랍다는 말로 표현할 수밖에 없다. 형태론과 통사론에 관한 그의 연구도 읽으면 읽을수록 감탄을 금할 수 없다. 그는 형태 분석의 극치를 보여 나중에는 '늣씨'의 개념에 도달하였고 문장 구조의 심층을 '속뜻', '숨은 뜻'으로 설명하기에 이르렀다.

그 학문의 불모지에서 어떻게 이런 업적이 나올 수 있었을까. 생각할수록 기적이라고 할 수밖에 없음을 느낀다. 다만, 그의 논술은 지극히 소박하고 초라한 모습을 띠고 있다. 가냘픈 싹만 있을 뿐이다. 척박한 풍토에서 겨우 이렇게 자랄 수밖에 없었던 것이다. 학문의 발전은 선배가 기른 싹을 후배들이 키워 줄기와 잎, 꽃과 열매를 맺게 함으로써 이루어지는데, 이런 후배들이 없어 그 싹은 아주 흙 속에 묻히고 만 것이다. 그 당시 주시경을 따른 제자들이 적지 않았으나 스승의 학문의 알맹이를 꿰뚫어 본 사람이 없었다는 것은 못내 한스러운 일이 아닐 수 없다.

2. 20세기의 국어학에 대한 반성

(1)

19세기말, 20세기초에 우리나라는 일찍이 없었던 안팎의 환란에 시달렸고 1910년에는 국권을 일본에 빼앗기고 말았다. 서양 문물의 흐름이 동양을 온통 뒤흔드는 와중에 우리가 동양 세 나라 중에서 가장 늦게 이 흐름에 접하게 된 것이 20세기 내내 후진(後進)의 굴레를 벗어날 수 없는 원인이 되었다. 간악한 제국주의의 식민지가 된 것도 참을 수 없는 일이었는데, 그 세력이 물러난 뒤에 나라가 두 동강이 나는 크나큰 비운이 닥칠 줄이야.

19세기말에 우리나라에는 새로운 시대의 동이 텄고 일찍이 없었던 큰 변혁을 치르지 않으면 안 되었다. 이것저것 예비를 할 겨를도 없이 닥친 일이었기에 모든 것이 서툴기만 하였다. 그 한 예로 갑오년(甲午年, 1894) 11월 21일에 공포된 '公文式'에 관한 칙령(勅令) 14조("法律勅令總以國文爲本 漢文附譯 或混用國漢文")를 들 수 있다. 國文(한글)을 위주로 한다니, 우스갯말이라도 이렇게 느닷없이 할 수는 없지 않은가. 이것은 한문(漢文)과 국문(國文)의 처지가 뒤바뀔 때가 다가왔음을 알린 것이라고 할 수 있는데, 國漢文(한글과 한자를 혼용한 글)도 쓸 수 있음을 들어 우리나라 문자 생활의 앞날이 순탄하지 않을 것임을 예고하였다. 여기서 국문(國文)에 관한 연구가 시급한 과제로 떠올랐고 10여년의 우여곡절 끝에 1907년 학부(學部) 안에 국문연구소(國文研究所)가 개설되어 문자체계와 맞춤법에 관한 연구가 행해졌다.

이 무렵 문법(文法)이란 새로운 학문이 우리나라에 들어왔다. 주로 일본어 문법의 본을 보고 국어 문법을 쓰게 되었다. 이렇게 시작된 국어 문법 연구는 오랜 동안 국어학의 중요한 분야로 자리잡았다.

1910년에 국권(國權)을 빼앗긴 뒤 가장 먼저 나타난 것은 '國語'와 '國文'이 '朝鮮語', '朝鮮文'으로 바뀐 것이다. 대한제국(大韓帝國)을 침탈한 일본은 새 식민지의 이름을 '朝鮮'으로 정하였던 것이다. 그 결과, 1910년 4월에 간행된 주시경의 '國語文法'은 이듬해 재판 때에는 '朝鮮語文法'으로 고치지 않을 수 없었다. 일본은 우리를 종으로 만들기 시작하였으니, 학교에서 일본어 교육을 앞세웠고 조선어 교육은 마지못해 허락했다가 나중에는 아주 없애고 말았다. 광복이 조금만 늦었다면 우리 국어는 영영 지구 위에서 사라질 운명에 있었던 것이다.

이런 혹독한 환경에서 학문의 순조로운 발전은 있을 수 없는 일이었다. 더구나 국어를 연구한다는 것은 여간 어려운 일이 아니었다. 그 때의 국어학은 곧 민족 독립 운동이었던 것이다. 이런 관점에서 이 시기의 국어학을 볼 때 가장 크게 눈에 띄는 것이 학회 활동이다. 억압에 항거하기 위해서는 뿔뿔이 흩어지는 것보다 힘을 모으는 것이 유리하고, 특히 맞춤법 제정과 같은 민족적 과업을 하기 위해서는 민간 학회로써 국가 기관을 대신할 수밖에 없음을 깨달았던 것이다. 삼일 운동(三一運動) 뒤에 조선어연구회(朝鮮語硏究會)가 조직되고 이것이 조선어학회(朝鮮語學會)로 발전한 것은 비단 우리 학계뿐 아니라 민족 문화의 역사를 통틀어 특기할 만한 사건이었다. 그런데 이 학회의 원천이 주시경에 있었음을 생각할 때, 한 선각자의 역할이 얼마나 큰가를 새삼 느끼게 된다.

(2)

20세기 전반의 국어학을 되돌아 볼 때, 가장 큰 업적은 조선어학회의 '한글 맞춤법 통일안'(1933)이었음을 나는 서슴없이 말할 수 있다. 우리 학계에서 협동적으로 이런 일을 이룬 것도 장하거니와, 그 내용이 오늘의 언어학 이론으로 보아도 흠잡을 데가 없는 것이다. 이 맞춤법의 원리는 주시경이 일찍이 주장한 바, '本音'을 적는 것이었다. 주시경은 이 원리를 깨달은 뒤에 「용비어천가(龍飛御天歌)」를 보게 되었는데, 거기에 '곶'(華), '깊고'(深), '높고'(高), '닢'(葉), '좇거늘'(遂) 등이 있음을 보고 자기의 생각이 바로 세종대왕의 생각이었음을 발견하고 기뻐하였다고 한다. 세종대왕이 개인적으로 이 받침법을 생각해 내고 그것이 옳음을 믿으면서도 아무런 설명도 하지 않았음은 참으로 유감된 일이라 아니할 수 없다. 그러나 이 섭섭한 마음은 주시경의 '本音'의 이론에 접하는 순간에 확 풀리게 된다. '한글 맞춤법 통일안'이 채택한 받침의 원리는 '本音'의 이론으로 설명할 때 아주 명쾌하게 이루어질 수 있는 것이다. 그런데 '한글 맞춤법 통일안'에서는 이런 설명을 볼 수가 없다. 그 총론에는 "한글맞춤법(綴字法)은 표준말을 그 소리대로 적되 語法에 맞도록 함으로써 原則을 삼는다."고 규정하고 있는 것이다. 여기서 "어법에 맞도록"은 새로운 받침법을 이론적으로 설명하기에는 충분하지 못한 것이다. '깊고, 깊으니'라 쓰지 않고 '깁고, 기프니'라 쓴다고 해서 어법에 맞지 않는 것은 아니기 때문이다. 더구나 '소리대로'의 요건은 이것이 오히려 충족시키고 있는 것이다. 요컨대, 이 맞춤법 제정에 참여한 학자들은 일찍이 주시경이 가르친 받침법을 이으면서도 그 밑에 깔린 이론은 잇지 않았던 것이다.

이것은 20세기 국어학의 가장 쓰라린 한 단면을 보여준다. 많은 제자들 중에 스승의 학설을 잊지 않은 사람이 있음직하건만 그렇지 않았던 것이다. 왜 그랬을까. 제자들이 외래의 이론을 받아들인 것이 가장 큰 원인이었다고 나는 생각한다. 주로 일본을 통해 들어온 음성학이나 문법 이론에는 신기한 것이 많았고 그것에 정신이 쏠리다 보니, 이 외래 이론과 일치하지 않는 스승의 학설을 소홀히 여기게 되지 않았을까 한다. 어떤 이론이나 정해진 틀이 있어서 그 틀에 맞지 않는 이론은 받아들일 수 없게 되어 있다. 주시경의 '本音'은 구미(歐美)의 전통 이론이나 구조주의 이론에도 맞지 않는 것이었다. 그것은 생성 음운론이 나온 뒤에 비로소 평가될 수 있었던 것이다. 일반 문화에 있어서도 그렇지만 학문에 있어서 후진(後進)은 선진(先進)을 뒤쫓기에 급급하여 독자적인 것을 챙길 겨를이 없는 법이다.

(3)

20세기 국어학의 가장 두드러진 특징으로, 그 이론과 방법에 있어서, 외래적인 것에 압도되어 왔음을 들 수 있다. 외국의 선진 이론에 경도되어 온 것이다. 받아들일 것이 너무나 많아서 정신을 차릴 수 없을 지경이었다. 1945년을 경계로 해서 그 이전에는 주로 일본 학계에서 받아들였고 그 이후에는 범위가 차츰 넓어져 구미에서 직접 받아들이게 되었다.

지난 30년대까지 우리나라에서 간행된 국어 문법들은 거의 예외없이, 일본에서 간행된 일본 학자의 어떤 문법을 본으로 삼았었다. 그 본을 밝힌 경우도 있었지만, 밝히지 않았더라도 일본의 문법학계가 그것을 찾기 어려울 만큼 복잡하지도 않았다. 일본어의 형태·통사 구조가 우리 국어와 혹사(酷似)한 사실이 이런 의존을 부추겼던 것도 부인할 수 없는 사실이다.

개인적인 경험을 말하면, 대학에 입학했을 때, 새로운 국어학의 건설을 위하여 언어학을 도입해야 한다는 열의가 높았던 일이 지금도 기억에 새롭다. 이 열의가 그 뒤 국어학과 언어학이 가까운 관계를 맺게 하는 좋은 결과를 가져온 것으로 생각된다. 내가 국어학에 몸담고 있어서 그런지, 국어학의 성격이 본래 그런 탓인지는 모르지만, 오늘날 우리나라에 관한 학문 중에서 국어학만큼 개방적 성격을 강하게 지닌 분야도 드물지 않은가 하는 느낌이 든다. 비근한 예로, 일본 국어학의 폐쇄적 성격과는 너무나 대조적이다. 우리 국어학의 개방성은 그 발전을 위한 매우 중요한 발판이라고 나는 믿고 있다. 지금까지는 구미 언어학의 이론을 받아들이기에 여념이 없었음이 사실이다. 이것은 절대로 비난받을 일이 아니다. 멀리는 19세기 초엽부터 역사비교언어학, 19세기 말엽에 움튼 언어지리학, 20세기 전반의 구조언어학, 후반의 변형생성문법 등등, 우리는 밖으로부터 배울 것이 너무나 많았던 것이다. 배울 것이 있는데도 배우지 않는 것은 학문이 취할 올바른 태도가 아니다.

언어학의 새로운 이론을 받아서 국어에 적용한다는 것은 여간 어려운 일이 아니다. 기계적인 적용으로 끝나는 간단한 경우도 있지만, 이런 경우는 매우 드물다. 많건 적건, 크건 작건, 복잡하고 미묘한 문제들에 부닥쳐 고민하게 마련이다. 여러 분야를 살필 때, 음운론과 형태론보다도 통사론과 어휘론에 더 많은 어려움이 있는 듯이 느껴진다. 요컨대, 의미가 개입하는 정도가 많을수록 연구의 어려움도 커진다. 최근에 올수록 언어학은 의미의 문제를 해결하려고 애면글면 애써 왔다고 할 수 있다. 겉보다 속을 밝히는 것이 더 어려운 것은 정한 이치다. 우리 학계의 그 동안의 동향을 보면 현대국어 통사론은 처음에는 미국에 가서 변형생성문법을 배운 사람들이 시작했으나 점차 국내에서 국어학을 전공한 사람들도 끼어들어 비교적 순조로운 발전을 해온 것으로 보인다. 나는 이 방면에 직접 손댄 일이 없고 옆에서 기웃거리기만 하였으니 아무 말도 할 자격이 없음을 잘 알고 있으나, 우리나라 학자들의 적극성, 진취성은 높이 평가되어야 할 것으로 믿는다.

외래의 학문에 의존하는 경우에 생기는 문제들 중의 하나는 해마다, 달마다, 날마다 새로워지는 이론에 대처하는 일이다. 여러 해 전에 어떤 논문 발표회에서 한 젊은이가 현대국어의 모음체계에 관한 선배 학자의 연구를 비판하는 것을 본 일이 있다. 나중에 선배 학자가 등단하여, "내가 그 논문을 쓸 때에는 그 이론이 가장 새로운 것이었다. 그런데 최근에 그 이론이 비판을 받았다. 나는 지금은 내 논문의 결론을 옳다고 생각하지 않는다."고 말하여 만장의 폭소를 자아내었다. 나도 웃기는 했지만 가슴이 꽉 막힘을 느꼈다. 남의 학문에 의존한 학문이 빚어낸 하나의 소극(笑劇)을 보면서 마음이 무거웠다.

위의 선배와 후배가 스스로 세운 이론을 가지고 논전을 전개했다면 얼마나 좋았을까. 그러나 이것은 과욕이다. 이런 소극을 여러 번 거치지 않고 대뜸 독창적인 학문의 길에 들어설 수는 없는 것이다. 세종대왕의 새로운 학문이 그 시대의 중국 학문을 배우고 뛰어넘은 데서 이루어진 것임을 명심할 필요가 있다. 그런데 건성으로 수박겉 핥기로 배워서는 뛰어넘는 단계에 영영 도달하지 못한다. 이것이 오늘의 학자들에게 주고 싶은 나의 간절한 충고다.

(4)

19세기에 우리나라는 외부 세계에 '은자의 나라'(Hermit nation)로 비쳤지만 20세기가 끝나는 지금에도 우리나라는 아직 이 티를 벗지 못하고 있다. 국어학의 경우를 들어 말하더라도, 광복 이후에 많이 달라진 것이 사실이지만, 아직도 세계 학계에 널리 알려지지 않았음을 솔직히 인정하지 않을 수 없다. 이 세계에서 인류가 쓰고 있는 5천 이상의 언어들 중에서 우리 국어는 15째 안에 드는 큰 언어임에도 불구하고 이상하리만큼 그 존재가 뚜렷하지 못하였다.

일반언어학에 관한 논저에 국어의 예가 나오는 일이 극히 드물었다. 국어학의 그 동안의 성과가 외국 학자들의 경탄을 살 만큼 우수하지 못하였고 그나마도 영어를 비롯한 여러 외국어로 소개된 것이 매우 적었음을 중요한 이유로 들 수 있을 것이다.

이런 형편이고 보니, 우리나라 학자들의 연구가 아무리 좋은 것이 있더라도 세계 학계의 넓은 인정을 받기는 바라기 어려웠다. 그 가장 대표적인 예가 한글의 독창성과 과학성에 관한 우리나라 학자들의 연구를 들 수 있다. 이 연구는 1940년 「훈민정음」(해례본)의 출현으로 본격화되었음은 우리들이 익히 알고 있는 바와 같다. 이것은 사실상 우리 국어학계가 독자적으로 발전시킨 유일한 학설이었는데 오랜 동안 우리나라 학자들의 독단으로 치부되어 왔던 것이다. 그러나 우리나라 학자들의 주장에 귀를 기울인 외국 학자들이 하나 둘 나타나게 되었고 그들의 노력으로 지난 60년대에 한글은 "세계에서 가장 좋은 알파벳"(the world's best alphabet)으로 인정되기에 이른 것이다. 그 뒤 한글은 예사 음소문자가 아니라 자질 문자(featural system)라는 새로운 학설이 나오기도 하였다. 이에 관한 자세한 이야기는 여러 차례 쓴 일이 있어서 다시 늘어놓지 않으려 한다.

이제 한글은 세계 문자론(文字論)의 핵심으로 떠올랐다. 우리나라 학자들의 오랜 바람이 이루어진 것이다. 이 과정에서 우리들은 몇 가지 중요한 교훈을 얻었다. 옳은 학설은 필경 세계 학계의 인정을 받게 되는 것이니 너무 조급하게 생각하거나 절망해서는 안 된다는 것이다. 그리고 우리가 세계 학계에 직접 나서지 못하고 우리 학계를 아는 외국 학자들의 도움을 받은 것이 겸연스럽다. 그러나 무엇보다도 뼈아픈 것은 한글의 우수성, 그 독창성과 과학성을 누누이 말하면서도 예사 알파벳들과 이론적으로 차별화하지 못한 점이다. 우리나라 학자들은 서구 문자론의 이론 체계에 얽매여 그 틀을 벗어나지 못했던 것이다. 이런 우리에게 자질 문자 이론은 하나의 충격이 아닐 수 없었다. 이것은 한글의 우수성을 강조하면서 예사 알파벳들과는 차원이 다름을 지적해 온 우리나라 학자들의 주장에서 암시를 받은 것이지만, 학문 이론의 발전이 어떻게 이루어지는가를 우리들에게 생생하게 보여준 것이다.

(5)

위에서 1940년대에 「훈민정음」(해례본)이 출현했음을 말했는데, 그것은 한글 연구의 획기적 발전을 촉진했을 뿐 아니라, 국어의 역사적 연구에도 하나의 전기를 가져 왔다. 국어의 역사적 연구는 19세기 말에 시작되었다고 할 수 있으나 우리나라 학자들의 관심은 극히 미미하였다. 도리어 일본 학자들의 연구가 활발하였다. 그들의 연구는 일본어의 계통에 대한 관심에서 시작되어 먼저 고대 자료에 손을 대었고 그 뒤 중세국어, 방언으로 확대되었다. 때이른 향가 연구가 나온 것도 이런 맥락에서 이해할 수 있으나, 중세국어에 대한 연구도 없이 고대국어 자료에 손을 댄 것은 어설프기 짝이 없는 일이었다.

우리나라 학자들이 국어의 역사적 연구에 뛰어든 것은 30년대에 들어서의 일이었다. 이 연구에서 가장 큰 업적을 이룬 분야는 중세국어 음운론이라고 할 수 있는데, 이 연구에 대한 해례본의 기여는 절대적이었다. 광복을 전후하여 훈민정음해례의 내용을 현대적 관점에서 해석하고 정음 문헌들에 보인 용례들을 면밀히 검토하여 중세국어 음운론의 초석을 놓은 이숭녕(李崇寧)의 업적은 길이 잊히지 않을 것이다. 이 기초가 있었기에 국어 음운사 연구는 장족의 발전을 이룰 수 있었으며 형태론, 통사론 연구로 뻗어날 수 있었던 것이다. 오늘날 국어의 역사적 연구는 우리나라 학계를 중심으로 이루어지고 있다. 이 연구는 근년에 와서 외부 세계에 알려지게 되었으며 차츰 주목의 눈길이 쏠리고 있음은 다행한 일이라 아니할 수 없다.

3. 21세기에 국어학이 나아갈 길

(1)

우리는 앞날에 대한 기대로 살아간다. 더 좋아지겠지, 더 발전하겠지 하고 바라는 마음으로 살아간다. 때로는 한갓된 망상에 지나지 않음을 알면서도, 늘 속으며 살아간다.

솔직히 말해서 21세기를 생각하면 나는 가슴이 답답해짐을 느낀다. 20세기에 인류가 저지른 온갖 만행, 살육과 환경 파괴가 극에 달할 것이 불을 보듯 뻔하기 때문이다. 그 중에서도 특히 두 동강이 난 우리 민족은 가장 어려운 처지에 놓여 있다. 우리 민족이 슬픈 운명의 굴레를 큰 불행 없이 벗기를 바라는 우리의 마음은 애절하기

그지없다.

21세기의 국어학을 생각할 때, 내 머릿속은 우리나라의 학문이 장차 어떻게 될까, 대학이 어떻게 될까 하는 온갖 상념으로 착잡해진다. 설마 국학(國學)의 중심인 국어학이 위축되지는 않겠지 하는 희망을 가지면서도 모든 학문의 균형잡힌 발전 속에서만 국어학이 발전할 수 있음에 생각이 미칠 때 우울한 마음을 떨쳐 버릴 수 없다. 인문학 전반의 위기가 느껴지는 요즈음의 분위기에서는 더욱 마음이 산란해진다. 학문의 발전은 우수한 두뇌 집단의 노력에 의해서만 이루어질 수 있는데, 과연 젊은이들이 국어학에 얼마나 매력을 느낄지 걱정이 앞선다. 나는 우리나라 인문학은 국가적 차원의 각별한 보호 정책에 의해서만 유지되고 발전될 수 있다는 생각을 오래전부터 가져왔다. 우수한 인력을 끌어들여 그들의 연구 생활을 한 평생 보장하는 정책을 세우고 하루 빨리 실천하는 일이 요망된다. 우리나라가 세계에 내놓고 자랑할 것은 오랜 인문학과 예술의 전통이다. 이 전통을 이어갈 때 우리는 문화 민족으로 존경을 받게 될 것이다.

(2)

오늘날 우리들의 가슴을 아프게 하는 인문학의 위기가 느닷없이 닥쳐온 것은 아니다. 그 동안 우리 사회에서 자라 온 여러 요인을 들 수 있는데, 그 밑바닥에 깔린 것이 각급 학교의 국어 교육이라고 나는 생각한다. 그 동안의 우리나라 국어 교육은 참담하다는 한 마디로 요약될 수 있다. 일본 총독부의 압정 밑에 시달린 국어를 되살리는 것이 광복 이후의 국어 교육의 목표가 되어야 했을 것인데, 그렇지 못했던 것이다. 이에 관하여 자세히 말하자면 한이 없으므로 줄이고,

그 중에서 가장 잘못된 것이 한자 교육의 배제였음을 지적함에 그치려 한다. 1945년 11월에 미군정청(美軍政廳) 학무국(學務局) 안에 설치된 조선교육심의회가 "초등, 중등 교육에서는 원칙적으로 한글을 쓰고 한자는 안 쓰기로 함"을 결의함으로써 시작되었다.(1948년 10월에 대한민국 국회에서 「한글 전용에 관한 법률」이 통과됨으로써 그 근거가 더욱 튼튼해졌다.) 현실 사회에서 널리 쓰이고 있는 한자를 학교에서 가르치지 않는다니, 도대체 어떻게 이런 생각을 할 수 있는지, 범상한 머리로는 도저히 상상도 할 수 없다. 아마도 이 교육 방침을 주동한 사람이 한자를 모르는 세대가 우리나라를 가득 메우게 된 오늘을 본다면 이상향(理想鄕)이 실현되었다고 기뻐할는지도 모른다. 그러나 이 나라의 젊은 세대가 한자를 배우지 않아 국어 어휘의 70퍼센트 이상을 점하고 있는 한자어를 제대로 이해하지 못하게 되었고, 그 결과 정상적인 국어 생활조차 큰 위협을 받고 있음을 알게 되면 깊은 회의에 빠지게 될 것으로 짐작된다. 혹시 한자를 모르고도 한자어의 이해가 가능하다는 군색한 논의를 펼는지도 모른다. 그러나 그 비능률은 이루 말할 수 없으며 결국은 실패로 끝나고 말 것이다. 한자어에 대한 전반적인 이해에 도달하는 길은 한자를 배우는 길밖에 없다. 이것이 가장 쉽고 효율적인 길이다. 이런 관점에서 나는 설사 한글 전용을 하더라도 한자 교육은 반드시 해야 한다고 믿는다.

한자 및 한자어에 대한 교육을 정상화하기 위해서는 편견을 버려야 함을 강조하지 않을 수 없다. 본래 중국의 문자인 한자가 들어오고 국어 속에 한자어가 대량으로 침투한 것은 사대주의자들 때문이었다는 주장은 잘못된 것이다. 그렇다면 오늘의 영어 어휘의 50퍼센트 이상을 차지하는 라틴어 단어들은 어떻게 설명할 수 있는가. 중세

구라파의 여러 나라에서 라틴어로 대학의 강의를 한 것은 또 무엇인가. 대문명어(大文明語)가 그 문화권 속의 여러 언어에 큰 영향을 미치는 것은 동서양을 막론하고 동일하다고 할 수 있다. 우리 조상이 한자·한문을 받아들인 것은 문명으로 가는 데는 그 길밖에 없었기 때문이다. 오늘의 우리는 도리어 한문화(漢文化)의 거센 물결 속에서도 우리 국어를 지킨 조상들에게 고마움을 느껴야 할 것이다.

한자 문제에 대하여 좀 길게 논한 것은 이것이 국어의 장래 및 학문의 발전과 직접적인 연관이 있기 때문이다. 오랫동안 국어가 높은 문화와 학술의 언어일 수 있은 것은 한자어의 왕성한 생산력 덕분이었다. 그런데 이 생산력이 정지된 것이다. 아무런 대안도 없이 정지되었으니 지금 국어는 저급 언어로 급속도로 전락하고 있는 중이다. 이만저만 큰 문제가 아니다. 이미 그 심각한 증세가 나타나고 있다. 하나는 학술어로 영어를 택하는 현상이다. 오늘날 대학에서 자연과학은 말할 것도 없고 인문과학 강의에 쓰이고 있는 언어는 영어 술어에 토를 단 것이다. 나는 이것을 '현대판 이두(吏讀)'라고 부른 일이 있다. 옛날 이두는 글에만 쓰였는데 오늘의 이두는 말에 쓰임이 다르다 하겠다. 또하나의 현상은 학술 용어의 역어(譯語)를 일본에서 통째로 수입하는 것이다. 일본 제국주의 시대에 국어에 대한 일본어의 가장 큰 영향이 바로 일본식 한자어였는데, 이제는 한술 더 뜨게 되었으니 한숨이 절로 나온다.

요즈음의 국어학 강의, 특히 현대국어 통사론의 강의를 엿들으면 바로 '현대판 이두'를 듣게 된다. 때로 술어들의 역어도 제시되는데, 이것들은 예외없이 일본 학계에서 만든 것을 수입한 것이다. 학술 용어를 스스로 만들 능력, 심지어 외래어 용어를 번역할 능력조차 없어졌으니 독립된 학계라고 할 수조차 없게 되었다. 한자를 배우고 한자어의 생산력을 되찾는 것만이 우리나라의 학문을 살리는 길임을 거듭 강조해 둔다.

(3)

국어학은, 현대국어의 공시적 연구에 있어서는 말할 것도 없고 통시적 연구에 있어서도 일반언어학의 이론을 흡수하기에 많은 노력을 기울여 왔다. 일찌감치 이런 개방적 자세를 몸에 익힌 탓으로 이제는 조금도 어설프지 않게 되었다.

우리 학계에는 폐쇄주의, 국수주의의 경향이 거의 없다. 한 때 그런 경향의 싹이 보이기도 했으나 크게 자라지 못하고 말았다. 이것은 여간 다행한 일이 아니다. 광복 이후 오늘에 이르기까지 이런 부정적 자세가 자리잡을 틈을 주지 않은 학자들의 노력은 높이 평가할 만한 것이다.

오늘의 시점에서 볼 때, 국어학은 앞으로 외래 이론의 흡수에 더욱 많은 노력을 기울여야 할 것임을 나는 강조하고 싶다. 우리의 개방적 자세가 이런 일을 능히 감당해 낼 것으로 나는 믿어 의심치 않는다. 다행히 우리나라에는 외국에 가서 직접 언어학의 새로운 이론을 공부하고 돌아온 학자들이 많이 있다. 이들도 국어 연구에 큰 관심이 있으므로 자연스럽게 한 마당에서 만날 수 있게 되었다. 국어국문학회, 국어학회, 한국언어학회의 구성을 보면 이들에 걸쳐 있는 회원들이 아주 많다. 이들 학회가 각각의 특징을 살려 가면서 서로 사이좋게 공존하고 있음은 흐뭇한 일이 아닐 수 없다. 아직은 어떤 도랑이 있음을 느낄 수 있다. 그러나 이 도랑이 그렇게 넓고 깊지 않다고 나는 생각한다. 이것이 나 혼자만의 생각이 아니기를 바란다.

여기서 두 가지를 크게 경계할 필요가 있다. 하나는 수박겉핥기 모방이다. 이런 모방은 국어에 적용하기 쉬운 것만 택하는 경향을 지닌다. 기계적으로 적용하기 때문에 고민이 조금도 없다. 외국 이론을 그 뿌리로부터 줄기, 가지까지 온전히 이해하도록 애쓰지 않으면 안 된다. 둘째는 외국의 이론이나 방법에 전적으로 의존하는 마음이다. 맹목적인 추종은 끝내 추종에 그치고 만다. 열등의식에 사로잡히게 된다. 열등의식이 체질화될 때 독창성의 싹이 마르게 된다.

우리는 앞서 가는 외국의 학문을 배우되 국어를 좀 더 깊이 이해하려고 고민하지 않으면 안 된다. 그러면 아주 작은 것이라도 간혹 독창적인 것을 찾게 된다. 이렇게 해서 이론화의 능력을 조금씩 키워 나가야 한다. 우리가 남의 것을 받아들이는 것은 우리 자신을 더욱 키우기 위한 것임을 잊어서는 안 된다.

우리 국어학계는 아직 세계 언어학계의 주목이나 존경을 받지 못하고 있음이 사실이다. 되돌아보면, 세계 학계에 우리의 존재를 알릴 기회가 전혀 없었던 것은 아니다. 한글에 관한 연구를 들 수 있다. 한글에 관한 국어학자들의 연구를 직접 세계에 알렸더라면 더 좋은 결과를 얻을 수도 있지 않았을까 하는 아쉬움이 없지 않다.

최근에 사정이 달라지고 있음을 느낀다. 국제 학계에 진출하는 학자들이 조금씩 눈에 띄기 시작하였다. 그러나 조급할 필요는 조금도 없다. 안으로 힘이 가득 차면, 절로 밖으로 흘러넘치게 될 것이다.

근본적으로 국어학자들의 마음가짐에 폐쇄적인 경향이 짙었음을 반성하지 않으면 안 된다. 우리나라 안에서 우리들만의 학문을 하고 있다는 생각을 하루 빨리 벗어 버려야 한다. 우리의 학문은 곧 세계의 학문이라는 자각을 가져야 한다. 세계의 어디에 내놓아도 부끄럽지 않은 학문을 한다는 생각으로 임해야 한다. 학문에 국내용(國內用)과 국제용(國際用)이 따로 있을 수 없다. 보편타당한 학문 정신을 확고히 가질 필요가 있다. 이것은 결코 우리의 특수성을 버리라는 뜻이 아니라 그것을 드러냄으로써 세계의 학문에 기여할 것을 말하는 것이다. 옳게 파악된 특수성은 보편성에 통하는 것이기 때문이다.

(4)

국어학은 앞으로 더욱 내실(內實)을 기하도록 노력할 것이 요망된다. 국어학의 건전한 발전은 충실한 기초적 작업들의 토대 위에서 이루어져 왔으며, 앞으로도 이루어져 갈 것이기 때문이다. 지금 우리 앞에는 각종 사전의 편찬, 색인 작성, 방언 조사 등의 일이 수북이 쌓여 있다. 지금까지도 이런 일에 수고를 아끼지 않은 학자들이 적지 않았다. 학문의 성과를 말할 때, 논문, 저서 중심으로 논하는 것은 큰 결함이 있다고 나는 생각한다. 특히 교수들의 연구 업적 평가의 기준은 매우 신중하게 정해져야 할 것으로 믿는다. 현행의 기준이 수고로운 기초 작업들을 외면하는 경향을 조장하고 있음은 개탄스러운 일이 아닐 수 없다.

국어학의 자료는 과거와 현재의 국어다. 국어의 역사적 연구를 위한 일차적 자료는 옛 문헌이다. 이 책들을 직접 읽으면서 필요한 예들을 스스로 모으는 것이 국어사 학자들의 주된 일이다. 지금까지 간행된 고어사전이나 어휘 색인이 큰 도움이 되었음은 두말할 것도 없다. 그러나 이들이 완벽하다는 보장이 없으니 원자료를 스스로 뒤지게 된다. 그런데 원자료는 대부분 영인본에 의존할 수밖에 없음이 우리의 현실이다. 오늘날까지 보존된 옛 문헌이 극히 귀한 우리나라에서 일일이 원본을 찾아본다는 것은 거의 불가능한 일이다. 그런데 문제는 영인본들이 완전할 수 없다는 데 있다. 특히 중세국어 문헌의 경우 원본에 있는 방점이 사라지기도 하고 없는 방점이 나타나기도 한다. 여러 해 전 한 외국학자가 서울에 머무는 동안 「두시언해(杜詩諺解)」의 영인본과 원본을 대조·검토하기 위하여 몇 달 동안을 인사동의 서점에서 보낸 일이 있었다. 그는 한 장 한 장 들추면서 방점을 대조하는 지루한 작업을 하였다. 이와 비슷한 작업을 한 우리나라 학자들이 있음을 나는 알고 있다. 품만 많이 들고 보람이 적지만, 이런 일이 쌓일 때 국어학은 굳건한 반석 위에 놓이게 될 것이다.

지금까지 국어사 학자들의 관심은 한글로 표기된 자료에 집중되어 왔다. 한문 문헌은 고대국어 연구에서나 필요하다는 생각이 널리 퍼져 있는 듯하다. 이것은 아주 잘못된 생각이다. 이런 생각으로 국어 어휘의 전모를 파악할 수 없음은 자명한 일이다. 그리고 한글로 표기된 단어들의 올바른 이해에 한문 문헌의 도움을 받는 일도 드물지 않다. 17세기의 「연병지남(練兵指南)」에 '블랑긔'가 보인다. 「화포식언해(火砲式諺解)」에 '佛블狼랑機긔'가 있어 한자어에서 온 것을 짐작케 하지만 의문이 남는다. 이 의문은 『지봉유설(芝峯類說)』에서 쉽게 풀린다. "佛浪機國 在暹羅西南海中 乃西洋大國也 其火器號佛浪機 今兵家用之." 이 '佛浪(狼)機'에 관한 추적은 당연히 중국의 문헌으로 이어지게 될 것이다. 다 아는 예지만, 국어사 자료의 범위를 확대할 필요가 있음을 보이기 위하여 들어 보았다.

나는 여기서 현대국어의 자료 수집이 중요하고 또 시급함을 강조하려 한다. 현대 국어 자료는 서울말과 지방 방언으로 나누어 생각하는 것이 편하다. 그 어느 쪽이나 중요하기는 마찬가지지만, 서울말 조사가 더 시급하다고 하면 의아해 할 분이 있을는지도 모르겠다. 그러나 이것은 어김없는 사실이다. 서울말 조사는 한 번도 제대로 이루어진 일이 없다. 그런데 '서울말'이 무엇인가를 정의하는 것은 그리 쉬운 일이 아니다. 이 정의는 서울과 그 주변의 언어를 전반적으로 광범하게, 그리고 세밀하게 조사한 뒤로 돌려도 상관없는 일이다.

종래의 방언 조사의 성과는 결코 적다고 할 수 없다. 그러나 이만하면 되겠다고 마음을 놓을 지경에는 이르지 못하였다. 지금까지의 조사는 어휘를 중심으로 이루어졌는데, 어느 한 지방의 방언에 대하여 그 어휘의 전항목을 남김없이 채집한다는 목적을 가지고 행한 조사는 극히 드물다. 아마도 제주도 방언의 경우가 거의 유일하지 않은가 한다. 이태준(李泰俊)이 지난 30년대에 쓴 단편소설(鐵路)에서 '불녁(해변)'과 만났을 때의 충격을 나는 지금도 기억하고 있다. 이것은 함경남도 송전(松田) 지방의 방언이다. 여러 해 뒤에 영덕(盈德) 출신의 젊은 국어학자에게 들으니 자기 고향에서는 '불'이라고 한다는 대답이었다. 이 대답으로 나는 이 단어가 동해안 방언들의 특징임을 깨달았다. 그 뒤로 나는 동해안 방언들에 혹시나 이와 같은 특이한 단어들의 묶음이 있지나 않을까 하는 생각을 떨쳐 버릴 수가 없다.

자세한 방언 조사는 단기간의 방문으로는 불가능하다. 위에 든 것과 같은 특수한 단어는 그 고장에 오래 묵어야 얻을 수 있다. 그리고 단어들의 발음과 뜻을 기록함에 그치지 않고 그 다양한 용례들의 채취에 힘쓰지 않으면 안 된다. 긴 이야기를 채록할 수 있다면 더 바랄 것이 없다. 이런 채록은 상당히 긴 기간의 체류에서만 가능하다.

우리나라 방언들은 최근 수십 년간 급격한 변화를 겪어 왔다. 제주도 방언의 예를 들면, 이 방언의 가장 큰 특징으로 중세국어의 '·'에 대응하는 모음을 들 수 있었는데 지금의 젊은 세대는 이미 이 모음을 알지 못한다. 육지 방언들의 변화는 더 심할는지도 모른다. 이미 늦었다는 절망감이 들기도 하지만, 더 늦기 전에 여러 방언들의 모습을 조금이라도 더 기록에 남기기 위한 마지막 노력을 기울여야 할 것이다.

국어학 발전의 밑거름이 되는 기초 작업에 대해서, 각종 사전 편찬 등 들어야 할 것이 더 있지만, 이만 줄이려 한다. 끝으로 꼭 당부하고 싶은 것은 품이 많이 들고 보람이 적은 일을 하는 일꾼들을 격려할 각별한 조처가 필요하다는 것이다. 개인의 힘으로 할 수 없는 경우에는 여럿이 협동할 수 있는 길이 마련되어야 할 것이다.

(5)

국어학은 앞으로 그 주변을 다지는 일에도 더한층 큰 관심을 기울여야 할 것이다. 국어학은 국문학과 늘 붙어 다닌다. 대학에도 '국어국문학과'가 있다. 그러나 국어학과 국문학 연구 사이에는 밀접한 교섭이 별로 없다. 문학 작품의 해독(解讀)이나 주석(註釋)을 제외하면, 국어학자가 국문학 연구의 발전에 공헌한 일이 아주 드물다. 이것은 두 분야의 연구가 아직 덜 성숙한 때문이 아닌가 하는 생각을 나는 가지고 있다. 그리고 각자 자기 일만으로도 힘겨워서 옆을 돌볼 여유가 없었던 것도 사실이다. 앞으로 더욱 성숙해지고 여유가 생기면 서로 돕는 일이 잦게 될 것으로 믿는다. 이런 앞날을 생각할 때 국어국문학회의 존재는 매우 소중하다고 아니할 수 없다.

한편, 국어학은 시선을 넓게 나라 밖으로 돌릴 필요가 있음을 나는 강조하고 싶다. 중국어와 일본어는 과거와 현재를 통하여 우리 국어와 밀접한 관계를 맺어온 만큼 이들에 대한 연구 성과에 세심한 주의를 기울여야 할 것이다. 욕심 같아서는 이 둘 또는 그 중의 하나에 반전문가가 되는 것이 바람직하다. 국어의 계통 연구에 관심이 있는 사람은 앞으로 직접 중국, 몽고, 시베리아, 중앙아시아에 가서 알타이제어를 현지에서 조사·연구하는 일이 바람직하다. 외국학자들의 연구에 전적으로 의존해 온 지금까지의 소극성을 극복하는 일이 바람직하다. 이미 이런 현지 연구에 젊은 학자들이 뛰어들기 시작하였음은 여간 반가운 일이 아니다.

국어학자가 국어 이외의 어떤 한 언어를 택하여 연구하는 것이 그의 국어연구에 도움이 될 것이라는 생각을 나는 가져 왔고 후배들에게 권하기도 하였다. 국어와 아무 관련이 없는 언어라도 상관이 없다. 이것은 결과적으로 우리나라 언어학의 경계를 넓히게 될 것이다.

(6)

우리나라에는 학회가 많다. 국어학자들은 대개 국어국문학회, 국어학회, 한국언어학회의 회원으로 이들 학회에서 간행하는 잡지에 논문을 싣고 있다. 그리고 이들 학회에서 해마다 또는 철마다 여는 대회에서 논문을 발표하기도 한다.

그런데 이들 학회의 잡지를 보면 서평(書評)다운 서평이 없고 대회에 가 보아도 토론다운 토론이 드물다. 학회 설립의 가장 중요한 목적이 서로 비판하고 토론하는 자리를 마련하는 것인데, 우리나라 학회에는 아직 이런 자리가 마련되어 있지 않다.

학문 발전의 가장 중요한 활력소인, 건전한 비판과 토론의 풍토가 조성되지 않은 이유는 무엇일까. 겸양의 미덕 때문일까. 많지는 않았지만, 우리 학계에 매우 격렬한 논쟁이 있었음을 보면 반드시 그렇지만은 않은 것 같다.

이유로는 여러 가지를 들 수 있겠지만, 무엇보다도 우리 학계의 허약한 체질을 들 수 있지 않은가 한다. 비판은 비슷하거나 같은 주제를 연구하는 학자들 사이에 이루어질 수 있는데, 지금까지 우리 학계를 볼 때 워낙 학자의 수가 적어서 한 주제를 여러 학자들이 연구하는 경우가 거의 없었음이 사실이다. 근래 우리 학계의 체질이 몰라보게 강화되고 있으므로 21세기에는 서평이 정착될 수 있을 것으로 믿는다.

여기서 문제는 서평을 가볍게 보는 그릇된 생각이다. 이런 생각이 고쳐지지 않는 한, 서평 쓰기는 정착되지 않을 것이다. 중후한 서평 한 편은 웬만한 논문보다도 쓰기 힘들다는 인식이 없음이 문제다. 앞으로 우리 학회가 앞장서서 서평을 존중하는 풍토를 조성해 주기를 바라 마지 않는다.

(7)

21세기의 국어학은 할 일이 너무 많다. 20세기에 다하지 못한 일이 많고 새로 해야 할 일도 많다. 위에서 이것저것 늘어놓은 것은 그 일부에 지나지 않는다.

이 많은 일을 해내기 위해서 국어학은 새로운 힘을 길러야 한다. 우수하고 부지런한 일꾼들을 기르는 일부터 21세기의 국어학은 시작해야 한다.

나는 위에서 국어학의 새로운 발전을 위해서 꼭 이루어져야 할 희망사항들을 제시한 바 있다. 이 간절한 바람들이 이루어지지 않는다면 국어학의 순조로운 발전은 기대할 수 없다. 제발 공염불이 되지 않기를 바랄 뿐이다.

21세기 국어학의 가장 중요한 과제는 주체성의 확립이다. 주체성이 확고할 때에만 국어학은 선조들의 빛나는 전통을 이어 올바른 방향을 잡아 나아갈 수 있을 것이다. 창조적 정신의 싹이 트는 것도 주체성의 바탕 위에서만 가능한 일이다. 창조적 재능이 발휘될 때 국어학은 세계의 학문 속에서 그 오롯한 자리를 차지하게 될 것으로 믿는다.

이 글은『국어국문학』125호(국어국문학회, 1999)에 수록한 논문을 수정하여 재수록한 것이다.

디지털 시대의 국어국문학

◎ 홍윤표

1. 머리말

국어 연구 방법은 본격적인 국어 연구가 시작되면서 외국 언어학 이론의 영향을 받아 변화하여 왔다. 전통문법, 구조언어학, 변형생성문법 등의 영향이 국어학에 반영되어 그 방법의 틀 안에서 국어 연구는 변화하고 발전되어 왔다. 20세기말에 이르러 국어연구는 이러한 외국의 언어학 이론에서 벗어나는 모습을 보이고 있다. 그것은 외국 이론에 식상한 이유도 있겠지만, 더 큰 이유는 시대의 변화에 따른 것이다. 아날로그 시대에서 디지털 시대로의 변화에 따른 것이다. 특히 우리나라가 디지털 시대를 주도하면서 국어학의 성격, 연구 목적, 연구 방법 등도 독자적인 토대를 마련하면서 변화를 하게 되었다.

이러한 디지털 시대에 국어학이 어떻게 변화하였는가를 밝혀 보고 이러한 시대에 국어학에서 해야 할 일들은 무엇인가를 제시하는 일은 국어학의 앞날을 위해 반드시 필요한 일이라고 생각한다. 그래서 이 글은 다음과 같은 내용들을 포함하여 기술, 설명하려고 한다.

① 아날로그 시대의 국어학이 디지털 시대에 어떻게 변화하였는가?

② 그 결과로 국어학 연구는 어떠한 특성을 가지게 되었는가?

③ 디지털 시대의 국어학 연구에서 발생하는 문제점은 무엇인가?

④ 앞으로 바람직한 국어학 연구로 나아가기 위해서 우리는 무엇을 해야 할 것인가?

이 글은 21세기의 디지털 시대라는 시대적 특수성으로 인한 국어 연구와 연관된 문제를 다루기도 하면서 한편으로는 지금까지의 국어 연구에서 발생하였던 문제도 함께 다루기로 한다.

2. 디지털 시대의 특징

디지털 시대의 국어학이 아날로그 시대에 비해 어떻게 변화하였는가를 파악하기 위해서는 우선 디지털 시대의 특징부터 살펴야 할 것이다. 디지털 시대의 특징을 든다면 다음과 같을 것이다.

1) 컴퓨터를 활용하는 시대

모두가 컴퓨터를 도구로 하여 살아가고 있다. 직장에서나 집에서나 어른이나 아이나 모두 컴퓨터 앞에 앉아 있다. 사무를 보는 사람, 공장에 있는 사람, 학자, 학생 모두가 컴퓨터 앞에 앉아 있는 것이다. 컴퓨터에서 자료와 정보를 찾고 컴퓨터로 자료와 정보를 처리·가공한다.

2) 정보의 중요성을 인식하는 시대

컴퓨터를 활용한다는 것은 물질과 에너지와 정보 중에서 정보의 중요성을 인식하는 시대로 변화하였음을 의미한다. 이것은 물질과 에너지는 소비하면 사라지지만, 정보는 아무리 소비를 해도 소멸되지 않고 오히려 재생산되는 정보의 속성과도 연관된다.

3) 정보를 공유하는 시대

정보 자원의 비소모성은 특히 물질이나 에너지와는 달리 정보는 복제가 가능하기 때문에 일어난 특성이다. 그래서 모든 사람이 정보를 공유할 수 있는 기회가 많아지게 되고, 이 정보들은 계속 확장된다. 결국 정보는 물리적인 한계가 존재하지 않는데, 이러한 특징은 언어의 특성과도 유사하다. 언어는 물질이며 에너지이고 동시에 정보인 셈이다. 그래서 언어 연구에서 정보의 공유와 확장은 매우 일반적인 현상이 되었다.

4) 정보 형태의 다양성 시대

이렇게 공유되고 확장되는 정보의 형태는 매우 다양하다. 예컨대 문자 정보, 음성 정보, 이미지 정보 등이 각각 독립해서 존재할 수도 있고, 또 그것이 복합된 형태로도 존재한다. 이것은 의사전달 과정에서 언어나 문자가 담당하는 기능과도 상통되는 것이다. 언어가 음성으로만 그 기능을 하는 것이 아니라 그 음성을 기호화한 문자 및 코드 등의 복합된 형태로도 기능을 발휘하는 것이다.

5) 의사소통의 양방향 시대

이러한 특징으로 인하여 의사소통의 양방향 시대가 되었다. 즉 라디오나 텔레비전처럼 한 방향으로 의사전달이 되는 시대에서 컴퓨터를 이용하여 멀티미디어 방식으로 양방향으로 의사소통이 되는 시대가 된 것이다. 그래서 이제는 라디오나 신문이나 텔레비전과 같은 전통적 커뮤니케이션 매체가 보도했던 내용들을 독자나 시청자들이 일방적으로 보고 듣기만 하는 시대가 지나고 인터넷상에 개설된 사이트의 게시판에 독자나 시청자의 자격으로 자신의 의견을 직접 개진할 수 있는 시대가 된 것이다.

6) 현실세계의 일을 가상세계가 대체하는 시대

현실세계의 일을 가상세계가 대체하는 것은 사회 일반에서 급속히 확산되어 가고 있다. 특히 과학기술의 연구와 개발 분야에서 급속히 진행되고 있다. 실험이 일반 실험실이 아니라 가상의 공간 안에서 운영하는 실험실에서 진행되고 있는 것이다. 컴퓨터 프로그램이 실험 장비를 대신하고 온도나 기압의 조절과 같은 환경의 변화, 그리고 시약의 투입, 원료의 배분 비율, 운전 속도의 조정이 모두 디지털화된 데이터 값의 변화로 이루어질 수 있도록 하는 것이다. 이것을 소위 전자적 연구 개발(Electronic Research & Development, 줄여서 e-R&D라고 한다)이라고 한다. 이와 같은 학문 연구의 새로운 방법은 디지털 세계 속에 들어가 연구 개발 행위를 수행하는 것을 의미한다. 국어학 분야에서도 이러한 실험은 가능하다. 예컨대 일정한 방언 자료와 규칙을 제공하면 어느 지역어의 모음체계, 자음체계 및 문법체계 등은 가상의 컴퓨터 시스템이 자동으로 만들어 줄 수 있을 것이다.

7) 정보 수혜자의 다양성 시대

국어학 분야의 정보화 사업이 추구해 온 지금까지의 대부분의 목표는 주로 전통적인 학문 활동의 효율성을 제고하기 위한 것이었다. 그래서 각종의 말뭉치를 구축하여 놓고 다양하고 많은 자료들을 신속하고 정확한 검색을 통해 분석하고 분류하여 국어 연구의 효율성을 높이는 것이었다. 이러한 정보화의 수혜자는 결국 국어학 연구자 자신들에 국한되어 있었다. 그러나 앞으로 국어학 관련 정보는 수많은 지식 수요자들에게 전달되어서 그들 지식 수요자가 재생산한 정보를 통해 국어학 연구의 새로운 주제를 발굴하는 데 도움을 줄 것이다.

3. 디지털 시대의 특징이 국어 연구에 미친 영향

이러한 디지털 시대의 영향은 국어학에 어떠한 영향을 주었을까?

1) 국어학의 범주 변화

디지털 시대는 국어학의 성격에 많은 변화를 일으켰다. 얼마 전까지만 해도 국어학은 언어학의 하나로 인식되어 왔다. '국어학은 언어학이다'란 명제는 귀가 따갑게 들어 왔지만, 실제로 국어학은 주로 문과대학(또는 인문대학)의 국어국문학과에서 연구되어 왔다. 그 명제가 맞다면 국어학은 언어학과에서만 연구되어야 한다. 국어학이 언어학의 하나라고 하면서, 실제로는 인문학의 하나로 인식되어 온 것이다. 그렇지만 오늘날 국어학은 한국학의 하나로서, 그리고 인지과학의 하나로서 인식되어 다양한 분야에서 국어학을 바라볼 수 있게 되었다. 국어에 대한 다각적인 접근이 시도되어서, 국어학은 언어학, 인문학, 한국학, 인지과학, 정보학 등의 측면에서 다양하게 연구되고 있는 것이다.

2) 국어와 한글에 대해 다양한 분야에서 접근

우리는 지금까지 국어나 한글을 의사전달 매체의 도구로서만 인식하여 왔고, 그 결과 국어와 한글은 국어학자의 전유물처럼 생각하여 왔다. 그러나 국어와 한글은 우리나라 문화재의 하나로서, 그리고 아름다움을 전달하는 도구로서, 그리고 컴퓨터 코드의 하나로서 인식되어, 서예학, 컴퓨터 공학, 디자인학 등에서도 관심을 가지게 되었다. 심지어 미술계와 무용계에서도 국어나 한글(특히 한글)을 표현하고자 하는 노력을 하고 있는 것이다.

3) 국어의 기능에 대한 관심 집중

아날로그 시대의 언어학에서는 언어학의 중요한 연구 대상은 주로 음운이나 문법 등 언어의 구조이었다. 언어행위나 언어생활에 대한 연구는 소홀히 하여 왔다. 그러나 최근에는 국어의 기능에 많은 관심을 가지게 되었다. 구조주의적 관점에서 본 언어의 정의인 "언어란 사회집단의 구성원들이 협동하고 상호작용하는 자의적인 음성기호의 체계다"에서 지금까지는 주로 언어의 형식요소인 '자의적인 음성기호의 체계'에 중점을 두고 연구하여 왔다면 오늘날에는 차차 '사회집단의 구성원들이 협동하고 상호 작용하는'에 관심을 갖게 되었다.

4) 국어의 의미에 관심 집중

언어의 주된 기능은 의사전달에 있었기 때문에, 언어의 의미전달에 깊은 관심을 가지게 되었다. 그 결과 '음운론' 연구자는 줄어들게 되고, 의미론이나 텍스트 언어학과 화용론 등의 분야를 연구하는 사람이 많이 등장하게 되었다. '어떠한 형식으로 의미를 전달하는가'에서 '어떠한 의미를 전달하기 위해서 형식을 구조화하는가'로 그 관심의 초점이 바뀐 것이다. 이것은 1960년대 - 1980년대에 나타났던 현상과는 판이한 현상이다.

5) 언어의 기본단위에 대한 새로운 인식

이러한 관점에서 언어의 기본단위에 대해 회의를 하게 되었다. 구조주의 언어학에서는 언어의 정의에서 보는 바와 같이 '자의적인 음성기호의 체계'에서 지적한 것처럼 '음성'을 언어의 기본단위로 인식하여 왔다. 이에 비해 변형생성문법에서는 '문장'을 기본단위로 인식하였다. '언어란 유한집합의 구성요소들로 이루어진 유한 또는 무한집합의 문장이다'란 언어의 정의에서 그 사실을 명시하였다.

그러나 언어의 가장 작은 단위가 '음성'도 아니고 가장 큰 단위도 '문장'이 아님을 알게 되었다. 물질의 기본적인 구성입자로 이전 시대에는 양성자와 중성자가 가장 작은 단위인 것으로 인식하여 왔으나 양성자와 중성자 그 자체도 쿼크(quark)로 이루어져 있음이 밝혀졌듯이, 언어에서 음성도 더 작은 단위인 세그먼트(segment)로 잘라낼 수 있게 되었다. 그리고 문장보다도 더 큰 단위인 '텍스트'와 그보다도 더 큰 단위인 '코퍼스'까지도 연구하게 되어 텍스트 언어학과 코퍼스 언어학 등이 등장하게 되었다.

6) 어휘 중심의 국어 연구 필요성 인식

더 작거나 더 큰 단위를 인식하면서 동시에 언어에서 의사전달의 가장 기본적인 단위가 단어나 어휘임을 알게 되었다. 그래서 어휘론이 언어 연구의 중요한 연구 분야가 되었다.

언어의 기본단위나 언어의 기본요소가 음운에서 어휘나 단어로 변화하여 어휘론 연구가 언어 연구의 중요 대상이 되었다. 그러나 국어학계에서 어휘론 연구는 아직도 매우 미미한 실정이다. 특히 국어 어휘론 연구는 주로 북한과 중국에서 이루어져 왔고, 남한에서는 미미한 상태였다.

이것은 국어 어휘론 연구 방법론이 제시되지 않은 데에 기인한다. 연구자들도 어휘에 많은 관심을 가지고 있지만, 선뜻 그 연구에 매달리지 못한다. 어휘의 형태를 다루면 '국어 형태론'이 될 것이고, 또한 어휘의 의미를 다루면 '어휘의미론'에 해당한다고 생각하기 때문이다. 결국 어휘에 접근하는 방법론에 대한 이론적 토대가 없기 때문이다.

그래서 언어 연구의 절차는 바뀌어야 한다. 언어의 기본 단위에서부터 출발하였던 언어 연구의 절차인 '음성학 → 음운론 → 형태론 → 통사론'(또는 그 역)과 같이 작은 단위에서 큰 단위로, 또는 큰 단위에서 작은 단위로 연구해 나아가는 과정보다는 언어에서 의사전달의 가장 기본적인 단위인 단어나 어휘로부터 연구가 시작되는 언어 연구의 절차를 세워야 한다고 생각한다. 이 절차를 언어 구성의 요소와 연관시켜 필자가 생각하는 바를 표로 그려 보면 다음과 같다.

<table>
<tr><td>단위</td><td>음성</td><td>음운</td><td>음절</td><td>어절</td><td>단어
(어휘)</td><td>구</td><td>절</td><td>문장</td><td>텍스트</td><td>말뭉치</td></tr>
<tr><td rowspan="2">기존의 분야</td><td>음성학</td><td colspan="3">음운론</td><td colspan="3">형태론</td><td>통사론</td><td>텍스트언어학</td><td>말뭉치언어학</td></tr>
<tr><td colspan="4"></td><td colspan="4">의미론</td><td></td><td></td></tr>
<tr><td rowspan="2">제안 분야</td><td colspan="4">어휘음운론</td><td colspan="3">어휘형태론</td><td>어휘통사론</td><td>텍스트 언어학</td><td>말뭉치언어학</td></tr>
<tr><td colspan="4"></td><td colspan="3">어휘의미론</td><td colspan="3"></td></tr>
</table>

7) 사전학의 발달

어휘를 중심으로 한 언어 연구는 자연히 사전학의 발달을 가져왔다. 세기말의 한 현상이라고 할 수 있는 사전편찬에 대한 관심이 디지털 시대를 맞아 더욱 활성화되었다. 오늘날에는 컴퓨터 없이 사전을 편찬한다는 일은 가능하지 않은 것으로 인식할 정도가 되었다. 그래서 한국사전학회가 탄생하였고, 사전편찬이 다양하게 이루어졌다.[1)]

이제는 남북의 통합 국어사전인 겨레말큰사전 편찬이 시작되어 남북이 공동으로 문학작품에 나타난 새로운 어휘, 방언에 나타나는 새로운 어휘, 생활 현장에서 사용되는 생활어휘 등이 조사되고 있다.

8) 문화로서의 국어 연구

언어 연구에서 기능을 중시하면서, 구조와 체계 등 구조언어학에서 중요시하던 개념들의 중요성이 엷어지고 실생활과 연관된 국어학을 연구하여야 한다는 생각이 설득력을 얻게 되었다. 그래서 어문생활에 관심을 가지게 되었다.

국어는 일상생활과 불가분의 관계를 가지는 요소이지만, 한편으로는 그것을 연구하는 분야인 국어학은 일반 생활과 완전히 괴리된 영역에서만 존재하는 모순된 모습을 보여 왔다. 디지털 시대가 되면서 국어는 국어학자의 연구대상인 전유물에서 벗어나 일반인들이 관심

---

1) 그 대표적인 사전을 든다면 다음과 같다.
한글학회, 『우리말큰사전』, 어문각, 1992; 홍윤표·송기중·정광·송철의, 『17세기 국어사전』, 태학사, 1995; 정양완·홍윤표·심경호·김건곤, 『조선 후기 한자어 검색사전』, 한국정신문화연구원, 1997; 연세대학교 언어정보연구원, 『연세한국어사전』, 두산동아, 1998; 국립국어연구원, 『표준국어대사전』. 두산 동아, 1999; 박재연, 『고어스뎐』, 선문대학교 중한번역문헌연구소, 2001.

을 가지는 중요한 문화의 한 요소로 자리 잡게 되었다. 언중들은 모음체계 자음체계 문법체계 등에는 거의 관심이 없다. 그들은 학문의 연구 대상으로서 국어에 대해 관심을 가지는 것이 아니라 문화로서의 국어, 생활로서의 국어에 관심이 있기 때문이다.

그래서 어문생활사에도 관심을 가지게 되었다. 어문 생활사를 기술·설명하기 위해서는 연구자의 태도에 변화가 있어야 할 것이다. 학문적인 연구대상으로서의 국어(한글 포함)를 대하던 것으로부터 벗어나서 문화로서의 국어로 접근하여야 한다. 최근에 젊은 학자들이 어문생활사에 관심을 보이고 있으나, 생활사를 밝히는 데는 실패한 것으로 보인다. 그 이유는 다루는 자료만 생활사 자료일 뿐, 그 자료에 접근하는 태도는 여전히 언어학적이기 때문이다. 어문생활사에는 두 가지가 있다. 하나는 문자 생활사이고 또 하나는 언어 생활사이다.

어문생활사에 대한 관심은 주로 생활과 연관된 국어학 연구 자료에 눈을 돌리게 하였다. 그들의 하나가 '언간'을 비롯한 한글 고문서이었다. 최근에 언간 연구가 활발하여 여러 업적들이 보이지만, 이들은 엄밀히 말하여 어문생활에 대한 문화적인 연구가 아니라 생활사 자료에 대한 국어학적 연구라고 할 수 있다. 언간에 대한 주석이나 여기에 나타난 언어 현상을 연구하는 것은 지금까지의 국어학 연구와 다를 바 없는 것이다. 그것이 단지 '언간'을 대상으로 했을 뿐이다. 오히려 문화사 측면에서 어문생활을 검토한 것은 몇이 되지 않는다.[2)]

그러나 우리 생활과 연관된 언어 자료에는 '언간'만 있는 것이 아니

---

2) 그 대표적인 업적은 다음과 같은 것이다.
백두현, 「현풍곽씨 언간에 나타난 17세기의 습속과 의례」, 『문헌과 해석』 3, 1998.
백두현, 「17세기 한글 편지에 나타난 생활상」, 『문헌과 해석』 1, 1997.

다. 판소리, 민요, 소설, 희곡, 방송드라마 등에 나타난 국어도 그 중요한 생활 언어 자료이다.

9) 국어 자료 이용 방법의 변화와 연구 방법의 변화

(ㄱ) 자료

① 아날로그 시대에 국어학에서는 대개 두 가지 방면으로 자료를 이용하였다. 하나는 문헌에서 필요한 자료를 부분적으로 추출하여 이용하는 것이었고, 또 하나는 현대국어의 경우에는 연구자의 직관으로 연구자의 머릿속에서 나오는 문장을 문법적인 문장으로 인정하여 그것을 연구대상으로 하는 것이었다. 그래서 이미 결론을 유도해 놓고 거기에 해당되는 자료를 추출하는 연역적 방법을 택하는 것이 대부분이었다. 이러한 방법에 커다란 변화가 일어났다. 자료의 추출 과정이 검색 과정으로 변화하였다. 예컨대 카드를 만드는 작업이 아날로그 시대의 자료 이용 방법이었다고 한다면, 디지털 시대의 자료 이용 방법은 말뭉치에서 필요한 자료를 검색하는 것이다.

② 최근에는 문어 자료가 아닌 구어 자료를 중심으로 한 국어 연구가 활발히 일어나고 있는데, 이것은 살아있는 언어를 대하고자 하는 연구자들의 의욕과 구축해 놓은 구어 말뭉치의 영향인 것으로 해석된다.

③ 언어 연구에서 언어 요소의 빈도와 분포를 파악하는 일이 중요한 과제가 되었다. 구조주의 언어학 시대에 중시하였던 발생의 빈도와 분포 개념은 변형생성문법 시대에 와서 그 중요성을 인정받지 못했는데, 말뭉치를 중요한 연구 대상으로 하면서 그 중요성이 다시 대두되었다. 그래서 빈도와 분포 통계처리를 할 수 있는 프로그램들

이 등장하게 되었다.

④ 최근에는 주석 말뭉치를 이용하여 정확한 자료를 추출할 뿐만 아니라, 그 빈도와 분포를 정확하게 추출할 수 있게 되었다. 주석 말뭉치를 만들기 위한 형태소 분석기 등은 현대국어만을 대상으로 하였지만, 최근에는 국어사 자료들을 대상으로 하여 작동되는 형태소 분석기도 개발되어, 쉽게 이용할 수 있게 되었고, 이미 이를 이용한 업적들도 등장하기 시작하였다.

⑤ 기존에는 우리가 직접 문헌을 보면서 자료를 추출하였기 때문에, 그 자료의 총량이 무척 적은 편이었다. 그러나 말뭉치의 활용으로 자료의 총량이 많아져서, 각 논문마다 예시되는 자료가 넘쳐 나게 되었다. 이전에는 어떻게 하면 예문을 더 추출하여 제시할 수 있을까를 고민하였는데, 이제는 어떻게 예문을 줄이는가에 더 고민을 하게 되었다.

⑥ 이러한 문제로 인하여 지금까지 주로 관심을 가져 왔던 국어는 주로 표준어였지만, 전국의 모든 지역어를 동시에 중시하는 의식의 변환으로 인하여, 방언과 공통어가 중시되는 현상을 가져 오게 되었다. 그래서 방언사전이 봇물 터지듯 등장하였다.[3)]

⑦ 문학 작품에 나타난 국어에 대한 연구도 매우 활발하게 이루어지고 있다. 그래서 문학어 사전이 속속 편찬되었다.[4)]

---

3) 김주석·최명옥, 『경주 속담·말 사전』, 한국문화사, 2001; 이기갑 외, 『전남방언사전』, 전라남도, 1997; 이상규, 『경북방언사전』, 태학사, 2000; 한국정신문화연구원, 『한국방언자료집』 1-9, 1987; 현평효 외, 『제주어사전』, 제주도, 1995 등.

4) 김병선·전정구, 『소월의 시어와 그 쓰임새』 1-3, 1994; 민충환, 『『임꺽정』 우리말 용례사전』, 집문당, 1995; 임우기·정호웅 외, 『토지 사전』, 솔출판사, 1997; 김재홍 편, 『시어 사전(한국 현대시)』, 고려대학교 출판부, 1997; 김윤식 외편, 『소설어 사

⑧ 국어 자료를 입체적으로 처리하는 자세가 이루어지게 되었다. 예컨대 방언조사를 하면서 이루어진 녹음자료는 예전에는 전사를 위한 자료로서만 중요하였는데, 이제는 그 방언 자료들을 컴퓨터로 처리하여 그 방언 음성 자료를 직접 들을 수 있도록 하기 위한 자료로 필요하게 되었다. 문자와 음성과 그것을 발음하는 화자의 입모양, 그리고 의미 전달의 정확성을 위하여 그 사물의 실제 모양을 이미지로 볼 수 있도록 하여, 국어에 대해 입체적으로 접근할 수 있도록 하고 있다. 예컨대 컴퓨터에서 또는 인터넷상에서 '사과'라는 문자를 클릭하면 [sagwa]라는 음성을 제공받기도 하고, 또 '사과'의 이미지를 제공받을 수도 있는데 지금까지 언어 정보는 그 중 하나만 대상으로 하여 연구되어 왔지만, 이제는 이들을 복합적으로 처리하여 연구할 수 있게 된 것이다

⑨ 각종 논문이나 자료들을 논문집이나 문헌자료 등을 책꽂이에 놓고 일일이 찾아보는 시대가 아니라 이제는 그 논문들을 컴퓨터상에서 검색하여 직접 볼 수 있도록 하는 시대가 되었다. 그리하여 '국어국문학, 국어학, 한글'지를 비롯한 수많은 논문집이 데이터베이스로 구축되어 있다. 국어사 자료도 마찬가지로 이용할 수 있다.

전』, 고려대학교 출판부, 1998; 임무출, 『김유정 어휘 사전』, 박이정, 2001; 국립국어연구원, 『20세기 전반기 어휘조사(2) -염상섭의 단편소설을 대상으로-』, 국립국어연구원, 2001; 곽원석, 『염상섭 소설어 사전』, 고려대학교 출판부, 2002; 한승옥, 『이광수 문학 사전』, 고려대학교 출판부, 2002; 민충환, 『송기숙 소설어 사전』, 보고사, 2002; 민충환, 『박완서 소설어 사전』, 백산출판사, 2003; 최동호, 『정지용 사전』, 고려대학교 출판부, 2003; 장일구, 『혼불의 언어』, 한길사, 2003; 조재수, 『윤동주 시어 사전』, 연세대학교 출판부, 2005.

(ㄴ) 연구 방법

① 특정한 이론에서 다양한 이론으로

국어 연구는 대개 특정한 이론이 한 시대를 지배하여 왔다. 그래서 국어 연구는 구조주의 언어학이, 또한 변형생성문법이 국어학계를 지배하였던 시대가 있었다. 그러나 이제는 그러한 이론의 독점적 자세는 사라져 가고 있는 셈이다.

② 실험 방법의 다양성

자료를 처리하여 이를 토대로 언어의 구조나 기능을 이해하기 위한 다양한 방법이 소개되었고, 이를 처리하기 위한 각종의 소프트웨어가 등장하여 국어연구 방법 또한 다양하여졌다.

③ 연역적 방법에서 귀납적 방법으로

다량의 말뭉치를 이용함으로써 국어 연구가 귀납적인 방법으로 변화하여 갔다. 최근의 많은 논문들이 논리적이라기보다는 나열과 배열을 중심으로 이루어진 것이라는 인상을 주는 주요한 이유는 대용량 자료를 처리하는 과정에서 자료를 중심으로 한 연구가 되었기 때문이다.

4. 디지털 시대에 대비하는 국어학계의 움직임

구어학계에서는 디지털 시대에 국어학을 효율적으로 연구하기 위하여 다각도로 노력하고 있는 것으로 보인다.

1) 디지털 시대에 국어학이 나아갈 길에 대한 지속적인 논의

각 학회에서는 새로운 국어학 시대를 맞이하여 국어학이 나아갈 길을 제시하기 위한 각종의 기회를 마련하고 있다. 국어국문학회에서 논의된 '디지털 시대의 국어국문학'이란 주제는 다른 곳에서는 '21세기의 국어학', '정보화 시대의 국어학' 등등의 유사한 주제로 계속 논의되어 왔던 것이다. 그러나 각종의 발표에서 이루어진 결과들을 종합하고 이를 실현시킬 수 있는 과정들이 생략되어 있어서, 발표의 의미를 상실하고 있는 것으로 보인다. 앞으로는 이렇게 논의된 사항 중에서 단 한 가지라도 실행해 가는 자세가 필요할 것으로 보인다.

2) 국어 정보처리 가능한 학과나 전공의 신설과 교수의 초빙

아직은 미미한 상태이지만 국어 정보학과나 그에 상응하는 전공을 신설하는 대학이 늘고 있으며, 또 국어국문학과의 전임교수 초빙광고에 국어 정보학 전공이나 국어 정보학 강의 가능자를 찾고 있어서 디지털 시대에 대비하는 모습을 보이고 있다.

3) 말뭉치의 구축

21세기 세종계획이 시행된 지 10년이 가까워지는데, 이렇게 짧은 시간에 많은 말뭉치를 구축해 놓은 선례가 다른 나라에는 없을 정도로 말뭉치 구축이 활발하게 이루어져 왔고, 이제 국어 연구는 이러한 말뭉치를 활용하지 않고서는 거의 가능하지 않은 시대가 되었다. 그러나 지금까지 구축되었고 또 활용되는 말뭉치는 주로 문자로 입력해 놓은 텍스트 원시말뭉치다. 앞으로는 주석 말뭉치가 더 많이 구축되어야 할 것이며, 또한 음성말뭉치와 이미지 말뭉치 등의 구축에도 큰 관심을 가져야 할 것이다. 문자로 입력해 놓은 텍스트 자료는 주로 21세기 세종계획에서 구축하였고, 이미지 말뭉치는 주로 디지털 한글

박물관과 한국 역사정보 통합 시스템에서 구축하였고, 그리고 음성말뭉치는 국립국어원의 지역어 조사 과제를 통하여 이루어지고 있다.

4) 각종 프로그램의 개발

말뭉치 처리를 위한 각종 프로그램이 개발되었다. 몇 가지를 예시하면 다음과 같다.

지능형 형태소 분석기	국어사 자료 형태소 분석기
통합 사전 검색기	용례사전 만드는 프로그램
검색 프로그램(깜짝새, 유니콩크 등)	한국어 말뭉치 처리 프로그램

5) 각종 사전 자료의 구축

사전 편찬이 곳곳에서 일어나면서 각 사전을 비교해 볼 수 있도록 하기 위하여 거의 모든 종류의 사전을 입력하여 그 자료가 쌓여 가고 있다.

5. 문제점

디지털 시대의 영향으로 국어학 연구에 긍정적인 요소만 나타났던 것은 아니다. 문제점도 많이 노정되었다.

① 컴퓨터의 활용은 기계적 처리를 유도하고 이 태도로 논문에서 예문의 양은 많아졌지만, 이 자료들이 정세하게 검토되지 않은 채 예시되기 때문에 국어에 대한 심층적인 연구를 소홀하게 하였다.

② 컴퓨터 화면으로 확인할 수 있는 내용들은 매우 단편적이고 비체계적인 면이 많아서 종합적인 면의 부족이 나타나고, 이것이 국어 연구에도 종합적인 연구보다는 미시적인 연구가 더 많아지는 경향으로 나타나고 있다.

③ 그래서 국어학이 지나칠 정도로 분석적인 태도를 보여 전체를 보지 못하고 종합적인 연구에 소홀하여졌다.

④ 컴퓨터로 인하여, 논문의 다작 시대가 되면서 논문의 수명까지도 단축시켰다. 즉 논문의 수명은 논문집이 나오는 그 순간에 사라지는 것이다. 논문을 읽지 않는다는 뜻이다. 이것은 생각하거나 고민하지 않고 기계적으로 자료를 처리하는 데에서 온 결과이다.

⑤ 언어 정보 자료의 변화

지금까지 국어 연구는 국어를 문자로 표기해 놓은 자료를 대상으로 하거나 음성 자료를 전사한 문자 언어를 통해 이루어져 왔다. 그러나 이제는 전자화된 텍스트 자료, 디지털화한 음성자료, 그리고 역시 디지털화한 이미지 자료를 모두 대상으로 하고 있다. 이제는 음성인식기를 통해 음성을 텍스트 문자로, 그리고 이미지 자료를 텍스트 자료로 바꾸는 작업을 쉽게 하고 있다. 따라서 자료 영인본이 사라져 가는 추세이다.

6. 앞으로 해야 할 일

(1) 정보는 생산, 유통, 소비의 세 단계를 거쳐 또 다른 정보를 창조한다. 지금까지 국어학 관련 말뭉치들은 생산만 했지, 유통, 소비,

재창조의 단계를 거치지 못하였다. 따라서 각종의 말뭉치를 총괄적으로 수집, 관리, 유통시킬 수 있는 기구를 창설하여야 한다.

(2) 현재까지 구축된 각종 말뭉치의 총목록이 작성되어야 한다. 여기에는 입력자, 자료의 신뢰도, 원본(책 자료)의 소장 여부, 저작권 관련 문제, 공개 가능성 여부, 말뭉치의 형태, 말뭉치의 종류(분류) 등등에 대한 정보가 제시되어 있어야 한다.

(3) 말뭉치를 활용할 수 있는 각종의 프로그램을 개발하고 이를 활용하는 방법을 국어학 전공자들에게 공지시켜야 한다. 그러기 위해서는 국어정보학 관련 저서들이 더 많이 간행되어야 할 것이다.

(4) 프로그램은 말뭉치를 개발하는 프로그램 이외에 전자적 연구개발(e-R&D)이 가능하도록 국어를 직접 실험할 수 있는 도구를 만들어야 한다. 이것은 국어정보학과 자연언어 처리 전공자들과 국어학자들이 모여 만들어야 할 것이다.

(5) 국어학을 실제의 언어생활과 연관시켜 연구함으로써 일반인들에게 가까이 갈 수 있는 길을 택하여야 할 것이다. 이것이 국어학이 발전하는 유효한 길이라고 생각한다. 그러기 위해서는 일반인들이 국어학계에 요구하는 것이 무엇인지를 세밀하고 광범위하게 파악하는 일이 필요하다. 예컨대 국어 어휘 역사나 어원, 또는 사투리에 대한 관심, 한글에 대한 관심 등에 대해 중요한 정보를 제공해 주어야 한다.

(6) 그 기초적 작업 중에 시급히 우리가 해야 할 일들이 있다. 그것은 기존에 우리 선조들이 남겨 놓은 국어 관련 정보들을 찾아 종합·정리하는 일이다. 예컨대 우리 선조들은 국어 어휘에 대해 많은 관심을 가지고 기술하여 왔다. 특히 20세기초에는 이러한 일이 일상화

되어 있었다. 그럼에도 불구하고 우리는 20세기초의 자료들에 전혀 눈을 돌리지 않았다. 한자만 해도 우리나라에서는 아직 표준 석음이 없으며, 한자어에 대한 체계적인 자료를 제공해 주지 못하고 있다. 그러나 필자가 조사한 바에 의하면 우리 선조들은 이미 20세기초에 이에 대한 많은 관심을 가져 왔던 것으로 보인다. 즉 우리 선조들이 사용하였던 문자(예전부터 전하여 내려오는, 한자로 된 숙어나 성구 또는 문장)를 정리한 것들이 있다.[5)]

(7) 한자에 대한 관심이 높아져 가고 있는데, 현재까지 한자의 표준 석음이 결정되어 있지 않다. 현재까지 편찬된 자석 문헌 자료를 검토하여 한자의 표준 석음을 결정할 수 있다. 현재까지 알려진 한자 석음 문헌만도 약 200여종이 있는데, 이 자료를 이용하면 한자음의 역사적 변천도 쉽게 파악할 수 있는 사전을 편찬할 수 있다.

(8) 국어를 음성, 문자, 이미지로 통합적으로 처리할 수 있다는 인식의 변화가 필요하다. 따라서 음성은 음성대로 문자는 문자대로 처리하여 연구하는 것이 아니라 이들을 통합적으로 연구하는 자세가 필요하다.

---

5) 이에 대한 몇몇 문헌을 보이면 다음과 같다.
① 문자 해석 자료집
簡牘要覽(또는 文字收合)(1897년)　　문ᄌᆞ연습ᄌᆞᆼ(19세기 필사본)
문ᄌᆞ칙(19세기 필사본)　　李柱浣, 諺文註解 普通文字集, 永豊書館, 1914.
李昌東, 行用漢文語套, 海東社, 1939.
② 한자어 주석 자료집
李容漢, 『신식언문 무쌍쳑독(新式諺文 無雙尺牘)』, 東美書市, 1915.
李容漢, 『最新式 註解尺牘』, 滙東書館, 1923.
池松旭, 『附音註釋 新式金玉尺牘』, 新舊書林, 1924.
姜義永, 『註解附音 無雙金玉尺牘』, 永昌書館, 1928.
姜義永, 『註解附音 無雙金玉尺牘』, 永昌書館, 1928 등.

(9) 점차로 학문은 분석적, 개별적 연구에서 종합적으로 바라보는 방법으로 변화하여 가는데, 국어학계는 국어를 구성하는 구성요소에 따라 연구하는 풍토가 마련되어 있다. 그래서 음성, 형태, 문법, 통사, 의미, 구결, 등등 연구 주제별로 학회가 존재한다. 이제 이 학회들은 통합하여 국어학을 종합적으로 연구할 수 있는 학회가 될 수 있도록 노력할 필요가 있다.

7. 맺음말

디지털 시대의 특징에 따라 국어학이 어떻게 변화하였으며, 앞으로 국어학이 나아갈 길과 방향을 구체적으로 제시하였다. 디지털 시대는 정보와 문화의 시대이다. 그래서 국어학은 여기에 맞추어 연구대상이나 방법론 등에 변화가 이루어져야 한다. 그것이 '국어'를 정확하게 이해하는 것이며 또한 그러한 방법으로 국어에 접근하는 것이 침체된 국어 연구를 다시 살리는 길이다. 그래서 기존의 연구방법인 언어학적 접근 방법과 디지털 시대의 연구방법인 문화적 접근 방법을 조화롭게 적용시켜 연구하는 것이 앞으로 우리가 해야 할 일이다.

이 글은 『국어국문학』 143호(국어국문학회, 2006)에 수록한 논문을 수정하여 재수록한 것이다.

고전문학

세계화 시대의 국어국문학

한국문학 연구의 동아시아적 시각과 세계적 지평

◎ 임형택

1. 논점의 방향

이번 학술대회의 주최측으로부터 받은 제목은 '국문학과 세계문학의 통합과 확산'이었는데 발제자의 입장에서 논제를 구체화하여 위와 같이 조정한 것입니다. 본 기획안을 보면 "새로운 세기에 국어국문학의 위상은 어떠해야 하는가"를 문제로 제기하여, 국어국문학 안팎의 학문·학자 상호간의 통합과 확산을 모색하려는 취지를 가지고 있는 것으로 밝혀 놓았습니다.

국어국문학회가 50년의 나이를 먹은 지금 스스로 쇄신을 모색하는 몸짓은 어쨌건 바람직한 일이라고 보겠습니다. 마침 당면한 21세기는 학문영역마저도 '상아탑'으로 놓아두질 않고 변화의 물결 속에 한데 휘몰아치는 상황임을 느끼지 않을 수 없게 된 것입니다. 오늘의 '세계화' 추세는 이미 우리들이 일상으로 먹고사는 데까지 파고들어 왔음을 체감하는 터요, 눈부신 정보기술의 발전에다 신의 조화를 무색케 만드는 생명공학의 '반역'은 어디까지 나갈지 실로 두렵기까지

합니다.

혹자는 지금 이 시대를 '근대' 이후로 보는 것 같습니다. 그러나 역사적 의미의 근대는 자본제 사회라는 관점에서 말할 때 아직은 근대를 넘어선 역사단계로 규정지을 수 없는 듯 합니다. '세계화'는 자본주의의 전지구화를 향한 마지막 행보인데, 거기에 초강대국의 헤게모니를 전일적으로 땅 끝까지 관철시키려는 음모가 담겨 있다는 점도 부인할 수 없는 사실일 것입니다. 그런데, 지난 19세기말 20세기초의 한반도상에서 위정척사론(衛正斥邪論)이 취했던 것처럼 '세계화'를 막무가내로 거부하고 외면하는 방식은 (그 때도 큰 의미를 갖지 못했지만) 이젠 그렇게 하기 더욱 어려운 상황이 되었다고 봅니다. 그렇긴 하나, 자본주의는 거의 극에 다다라 거대 자본의 횡포 및 제어능력을 상실한 발전의 부작용은 너무나 현저해져서 '이거 큰일이구나'하는 위기의식이 지난 1백 년 전에 견주어 지구적으로, 인류적으로 공감대의 폭이 확산된 것으로 판단됩니다. '세계화'의 추세를 전인류의 화합과 우주자연의 안녕(安寧)으로 활용하는 지혜를 희구하고 있는바 그것은 꼭 불가능하지만은 않다는 생각을 해봅니다.

한편에서 인문학의 위기를 우려하는 목소리가 들립니다. 신자유주의가 판을 치는 사회, 지식정보화의 시대에 있어서 인문학의 설자리는 자꾸 좁아 드는 것이 또한 현실입니다. 물론 지금의 위기는 인문학의 바깥에서 일으킨 것이지만 인문학 자체에도 반성할 소지가 적지 않다고 봅니다. 근대학문의 체계 속에서 분절화·기능화된 인문학은 스스로 인문정신을 팽개치고 '얼치기 과학'으로 위장을 한 점을 먼저 지적해야 할 것입니다. 근대라는 환경에 순응하다보니 인문학의 근본을 상실하고 마침내 존재 의의마저 스스로 잃어버린 꼴입니다. 문제는 지금의 위기 국면에 처해서 대응능력—인문정신을 되살리기 어렵게 되었다는 것입니다.

저의 개인적인 소견입니다만, 인문학의 의미를 회복하는데 관건은 다른 어디가 아니고 인문학과 문학의 재결합에 있다고 봅니다. 우리가 잘 알고 있듯, 인문학과 문학은 당초에 하나였습니다. 문학은 '상상적 글쓰기'라고 근대적으로 규정되면서 인문학으로부터 분리되었던 바, 문학을 분가시킨 인문학은 결국 문학성의 탈각이 인문정신의 상실로 이어지지 않았던가 합니다.

지금의 상황은 인문학의 위기 뿐 아니라 문학 또한 위기를 맞고 있다고 보겠습니다. 문학은 근대적인 교환경제의 구조 속에서 문화상품의 일종으로 발전해왔습니다. 때문에 문학의 의미 또한 '예술로서의 문학'으로 규정되기에 이른 것입니다. 이때 '상품적 가치'와 '문학적 가치'는 모순을 일으키기 마련인데 양자의 모순의 접점에서 묘하게 창조성이 발휘되곤 하였음을 허다히 보아왔습니다. 아슬아슬하지만 그런대로 균형을 이룬 그런 경우들입니다. 그런데, 오늘의 신기술의 발전으로 문학의 기반인 인쇄 매체가 뒷전으로 밀리는 한편, 편향된 발전논리·경제논리에 의해서 '문학적 가치'는 살아남기 어렵게 되고 있습니다. 상품적 가치로 편향하여 종래의 아슬아슬했던 균형마저 깨어지는 지경입니다.

인류사회에서 '문학적 가치'란 왜 꼭 옹호되어야 하는 것이며, 인문정신은 굳이 애써 찾을 것이 무엇이냐? 확실히 이런 의문도 제기해봄직 합니다. 사실 또 현대사회의 주도적인 논리는 문학이나 인문학의 진정한 의미 따위는 염두에도 두고 있지 않지요. 저는 바로 이점이 문제라고 지적한 바 있습니다. 인간 고유의 양심·양지(良知)를 되살리고 인간과 자연이 더불어 길이 생생(生生)을 누려갈 방도를 모색하자면 우선 문학이 왜곡된 인간 본연의 정감을 불러일으키고 인문학이 반성적 사고를 일깨워야 한다고 여기는 때문입니다. 그런 뜻에서 반인문·반문학에 대항하여 인문학과 문학의 재결합을 제의하는바 한국문학의 학적인 존재의의 또한 바로 이 대목에서 추구해야 할 것으로 판단하는 터입니다.

이번 학술대회에서 저는 논제를 '한국문학연구의 동아시아적 시각과 세계적 지평'이라고 붙였습니다. 한국문학의 학은 '세계화'에 대응하여 '동아시아적 시각'으로 추스르고 새로운 '세계적 지평'을 열어가자는 그런 취지입니다.[1)]

2. 학적 사고의 안과 밖

필자 자신 일제 식민지 시기의 끝자락에서 태어났는데 앞 세대 일반에 대해 가졌던 의문이 한가지 있었습니다. 저 세대들은 일제의

1) 필자는 평소 자신이 하는 학문에 대해 스스로 반성도 하고 어떻게 해야할 것인가 나름으로 생각도 하여 견해를 기왕에 누차 표면한 바 있었다. 논문형식의 글로서는 「국문학, 무엇을 어떻게 할 것인가」(『창비 1987』, 1987. 『실사구시의 한국학』, 창작과비평사, 2000 수록), 「분단 반세기의 남북의 문학연구 반성: 實事求是의 관점에서」, 『민족문학사연구』 제1집, 1991. 『한국문학사의 논리와 체계』, 창작과비평사, 2002 수록), 「The Meaning of East Asia and Confucian Cul- ture : In Search an Independent Approach to East Asian Studies」, Sungkyun Journal of East Asian studies, V.1 N.1 2001)을 들 수 있으며, 좌담형식을 통해 발언한 경우로는 「한국문학연구와 동아시아문학」(『민족문학사연구』 제4호, 1993)과 「지구화시대의 한국학 : 민족주의와 탈민족주의의 긴장」(『창작과 비평』 96, 1997)을 들 수 있다. 본고는 이들에 표명된 견해 및 논리를 수렴하되 당면한 상황을 고려하여 다소간 논의를 진전시켜보고자 한 것이다.

교육제도 하에서, 일본어로 교육을 받았으면서도 왜 일본사 전공자는 한 명도 없고, 일본문학을 즐겨 읽으면서도 학문적으로 접근하려 하지 않았을까? 일본을 잘 안다고 들 자부하면서 일본을 정작 학적으로 인식할 줄은 몰랐다고 보아야겠지요. 물론 일본에 대한 감정적 거부반응이 요인이 되었겠습니다. 뿐 아니고 일제 식민지 통치가 조선인들을 그쪽으로는 유도하지 않았으며, 조선인들 또한 일본교육에 추종하면서도 배우는 목적지는 일본의 학술 문화가 아니고 서구의 학술 문화에 있었습니다. 이런 등의 사실로 미루어 대략 이해가 되긴 합니다. 허나 나를 지배하는 타자에 대한 체계적 인식의 결여 이 자체를 우리는 식민성의 결과로 짚어보아야 할 것입니다. 일본측의 식민지 조선에 대한 조사·연구에 견주어 본다면 어떤가요? 각 분야에 걸쳐서 샅샅이 파고든 저들의 조선학의 실적은 지금에도 놀라운바 있습니다. 조선을 공고히 지배하기 위한 식민지학으로서의 성격을 띤 것임이 물론이지만, 오히려 그렇기에 "지피지기(知彼知己)면 백번 싸워도 위태롭지 않다(白戰不殆)"고한 손자병법(孫子兵法, 謀攻)의 격언을 떠올려 볼 때 이모저모로 깊이 생각케 합니다.

근대 이전의 단계에서 중국 인식은 어떠했을까요? 중국과는 실로 오랜 기간 관계를 맺고 문화적으로 가장 활발하게 교류하여 그야말로 '소중화'라 일컬어질 정도였습니다. 옛날 지식인이라면 중국고전을 입이 닳도록 외우고 한문을 능수로 쓸 줄 알아야 했습니다. 하지만, 엄밀한 의미에서 중국에 관한 학문은 부재한 상태였다고 말해야 옳을 듯합니다. 달달 외운 중국의 역사, 중국에 관한 지식은 조선인의 입장에서 연구 조사된 것이 아니었으니까요. 일본에 관한 학문의 부재 자체가 '식민성'의 한 현상이라고 보겠거니와, 근대 이전의 중국에 대한 태도 역시 중국중심주의에 매몰된 결과, 즉 '노예성'입니다. 타자를 객관화해서 자기 눈으로 보지 못하는데 자기 자신인들 어떻게 객관적으로 살필 수 있었겠습니까? 손자병법을 다시 인용하면 "상대를 모르고(不知彼) 자기를 모르면(不知己)면 싸울적마다 반드시 패한다(每戰必敗)"고 했으니, 무자각 상태에서 굴종이 있었을 뿐이라 하겠습니다.

이런 유형의 중국인식과 실학(實學)은 차별화해서 특히 그 의미를 평가할 필요가 있다고 봅니다. 실학에서는 주체의 자각이 뚜렷하여, 그 학문적 성과가 실학이란 이름을 얻게 된 것입니다. 류형원(柳馨遠)의 『반계수록(磻溪隨錄)』으로부터 정약용(丁若鏞의 『목민심서(牧民心書)』, 그리고 최한기의 『인정(人政)』에 이르는 경세적(經世的)인 저작들은 오늘의 개념으로는 사회과학에 해당합니다. 중국 고전에 대해서도 본격적인 연구분석이 시작되어 경학(經學)이란 학문을 실로 방대하게 축적시킵니다. 경학과 경세학은 주체의 확립과 주체의 실현이라는 안과 밖의 관계를 갖는 것이었습니다. 주체적인 자아인식과 객관적 세계인식은 표리의 관계를 갖습니다.

여기서 사례의 하나로 박지원(朴趾源)의 『열하일기(熱河日記)』를 들어 보겠습니다. 『열하일기』는 요컨대 한 실학파 지식인의 중국기행문입니다. 이에 대해 높이들 평가하고 많이들 거론해 왔지만, 근대의 분화된 지식체계에는 유감스럽게도 그것을 전체로서 파악할 틀이 없었습니다. 학술과 문학을 통일적으로 인식하지 못해서 성격 자체를 애매하게 넘겼을 뿐 아니라, 문학으로 인식하는 경우에도 분류체계 어디에도 끼어 넣기 마땅찮았던 것입니다. 말하자면 그것을 인지할 코드가 없어 장님이 코끼리 만지듯 된 셈입니다. 국문학은 「허생전(許

生傳)」과 「호질(虎叱)」이란 제목으로 그 속에서 2편만을 자의적으로 분리, 특별취급 하였던 사실을 우리는 익히 알고 있습니다.

『열하일기』는 북학(北學)의 명저라는 것이 학계의 통설입니다. 저 역시 이 통설을 부인하진 않습니다. 중국은 동아시아 세계의 전통적 중심부일 뿐 아니라, 서세동점(西勢東漸)이란 새로운 세계사의 조류를 인지하는 데도 당시 조선으로서는 거의 유일한 창구였습니다. 바야흐로 세계 대국(大局)이 어떻게 변하느냐? 거기에 조선은 어떻게 대응하고 참여할 것인가? 중국을 직접 답사한 박지원 시각의 초점은 바로 여기에 있었습니다. 「허생전」이 들어 있는 『열하일기』의 「옥갑야화(玉匣夜話)」에서는 허생의 입을 빌어 우리나라의 지식인 및 상인들을 중국의 선진 지역으로 진출시킬 것을 제안합니다. 동아시아의 변혁을 위한 진보적 세력의 국제적 연대를 구상한 듯 보입니다. 『열하일기』에서 북학의 논리는 '천하대세의 전망'이란 대주제에 딸린, 대국적·정치적 변혁의 물적(物的) 기반으로 제기했던 것으로도 해석할 수 있습니다. 그럼에도 『열하일기』를 논할 때 대주제는 덮어둔 채 북학만을 대서특필하였을까? 한국 근대의 정신적 문제점을 고스란히 보여준 사례라고 하겠습니다. 저는 기왕에 『열하일기』를 분석하면서 이 점을 거론한 바 있습니다.

> "그런데 왜 오늘날 우리들은 『열하일기』를 중시하면서 그것의 핵심 주제를 간과하였을까? 해답이 간단히 떨어질 물음은 아니겠으나 이 또한 우리의 특수한 현재적 상황의 반영으로 생각된다. 오늘날 미국과 긴밀한 관계를 맺어왔고 학계 및 일반의 관심과 유행이 온통 그쪽에 경도되어 있음에도 아직 『열하일기』에 비견되는 주제의식을 담은 '미국기행'이 한 권도 나오지 않은 현재의 한국적 풍토와 무관하지 않을

것이다.”[2)]

북학이란 요컨대 중국의 선진기술을 도입하자는 의미를 담은 개념입니다. 지난 반세기 오직 서양 따라가기에 바빴던 근대화 논리가 『열하일기』를 북학의 측면으로만 치우쳐 과장해 보도록 한 것입니다. 한국 근대의 특수한 사정이 안으로 주체적 자각을 애매하게 만든 나머지 밖으로 세계인식 또한 모호하게 만들었다고 보겠습니다. 자아와 세계는 인식론적으로 각각 떨어져 있는 것이 아닙니다. 『열하일기』의 경우 그 작가의 자아각성이 남달리 청초(淸楚)하였기에 세계인식이 또한 가능해서 위대한 작품으로 쓰여질 수 있었다는, 일종의 성공사례로 평가할 수 있겠습니다.

제가 지금 『열하일기』를 거론한 목적은 『열하일기』에 있지 않습니다. 『열하일기』에서 작가정신의 최대 고심처요 해석의 관건어(關鍵語)인 세계인식에 대한 몰각, 이 엄연한 현상은 자아의 결여와 일맥상통합니다. 바로 한국 근대학문의 맹점을 여지없이 드러낸 대목입니다. 『열하일기』의 위대한 성취를 가능케 했던 안과 밖의 인식을 명색 근대 지식인으로서 해득하지 못한 이 사실을 일깨우고자 한 것입니다.

자아는 타자에 비추어야 보이는 법입니다. 한국문학은 세계문학의 조명을 받아야 한다는 논리가 성립합니다. 이점에 있어서 우리가 연구하고 가르치는 ‘국문학’이란 개념부터 재고할 필요가 있겠습니다.

‘국문학’이란 용어 자체가 벌써 자아의 객관화를 차단합니다. 일화

---

2) 임형택, 「朴趾源의 주체의식과 세계인식 : 『熱河日記』 분석의 시각」, 『실사구시의 한국학』, 창작과비평사, 2000, 154쪽. 이 논문은 원래 대동문화연구원 제3회 국제학술회의논문집 『동아시아 삼국 고전문학의 특징과 교류』(1985)에 발표된 것이다.

하나를 들어보겠습니다. 벌써 40년이 지났습니다만 제가 대학에 처음 입학하여 과연구실에서 학과 소개를 받는데 이상한 것들이 눈에 들어왔습니다. 과연구실의 한쪽 벽의 서가는 일본문학 관련 서적들로 잔뜩 채워져 있는 것입니다. 먼지가 듬뿍 앉은 상태로. 그 방은 경성제국대학 시절 국문학과(國文學科) 연구실이었답니다. 일제 식민지하에서 '국어국문학'은 일본어문학이었고 우리의 어문학은 '조선어문학'으로 불리어졌던 것입니다. 민족주권을 회복하자 '국어국문학'이란 학문 주권을 회복한 셈입니다. 이는 일단 당연한 귀결이라고 보겠지만 여태껏 '국어' 혹은 '국문학'으로 통용되고 있는 것은 이모저모 반성할 점입니다.

따지고 보면 이들 용어는 일본어의 '고쿠고[國語]'와 '고쿠분가쿠[國文學]'를 차용한 것입니다. '고쿠(國)' 돌림자들은 일본이란 근대국가가 안으로 국수적 천황제 체제로 변질되고, 밖으로 침략적 제국주의로 발전하는 과정에서 정착된 것이라 지적되고 있습니다.[3] '고쿠시(國史)'와 함께 '고쿠코'나 '고쿠분가쿠'에는 분명히 이데올로기가 묻어있으며, 그것이 우리만 아니라 동아시아, 그리고 범인류적 차원에까지 질곡으로 작용했던 터입니다. 일제 잔재의 청산에 무척 열을 올려왔지만, 정신적 얼룩들이 씻겨지지 않고 남아 있다고 하겠습니다.

지금 한국에서 국어니 국문학이니 하는 말들은 국가제도상에서 중대한 위상을 차지하는 개념이며, 또 누구나 별다른 생각 없이 관행적

---

3) 이에 관해서는 Gomori Yoichi, 「Nationalism in Modern Japan」(Sungkyun Journal of East Asian Studies, V.1, N.1, 2001, Seoul)에서 지적된 바 있으며, 한국문학의 반성적 문제제기는 최원식, 「한국문학의 안과 밖」(『민족문학사연구』, 제17호 2000)에서 이루어진 바 있다.

으로 쓰고 있습니다. '국문학'은 분명히 민족주의와 상관관계가 있는 개념입니다. '국문학'을 그대로 통용하는 한국의 민족주의는 객관을 결여하고 있는바 그 나마 일제의 잔재를 무비판적으로 수용한 것이라는 혐의를 떨쳐버릴 수 없습니다.

필자는 개인적으로 국문학은 한문학에 대칭적 의미로 한정해 쓰고 우리 문학 전체를 가리키는 경우는 '한국문학'으로 표현하고 있습니다. 지금의 '세계화' 시대에 대응하자면 '한국문학'을 정식용어로 채택하는 것이 불가피하다고 봅니다. 단순히 개념상에서 그칠 일이 아니요, '국문학'을 '한국문학'으로 이름을 바꾸는데 따르는 학적 사고의 일대 전환이 요망되는 것입니다.

3. 한국문학의 동아시아적 시각

한국문학 연구가 일국적 시계를 넘어서 세계문학에 비추어 보고, 인류보편의 차원에서 의미를 갖도록 하는 과제는 방법론적으로 지난한 일입니다. 그야말로 천장지구(天長地久)의 시공간에 무수한 민족국가들의 고금의 문학을 도대체 무슨 수로 다 살피고 따져서 논한단 말입니까? 모쪼록 정직하게 서두루지 말고 아는 만큼 펼치되 요는 사고의 틀[패러다임]을 어떻게 잡느냐가 긴요합니다.

한국문학의 연구자 입장에서 밖을 고려할 때 사고의 틀은 일단 두 단계로 나누어서 설정할 필요가 있다고 봅니다. 여기서 글의 제목으로 내세운 '동아시아적 시각'과 '세계적 지평'이 그것입니다. 이 단원에서는 동아시아를 사고의 틀로 잡은 배경 및 그 현실적 중요성, 그리고 그것을 한국문학연구에 적용하는 문제를 대략 검토해 볼까 합니다.

동아시아라고 하면 통상적으로 한·중·일 삼국을 가리키게 됩니다. 문화적 개념으로 동아시아라면 응당 베트남까지 포함시켜야 할 것입니다. 이 동아시아는 서구 주도의 근대로 진입하기 전에는 한자 문명권(정신적 측면으로 보면 유교문명권)이라는 하나의 세계로 존속해 왔습니다. 근대 이후로 동아시아 문명권은 급속히 해체되는 길을 걸었는데 그 과정에서도 상호간의 유사점·차이점은 비교의 시각을 제공하고 있습니다. 아울러 상호관계가 밀접하면서 갈등을 일으켰던 사실도 유의해야 할 점입니다

동아시아를 하나의 인식단위로 설정하는 것은 매우 타당한 듯 보입니다. 그러나 실제에 있어서는 그렇지 못했으며, 근래 와서 동아시아 담론이 자못 성행하고는 있지만 알맹이가 부족하고 다분히 겉도는 인상입니다. 동아시아는 지리적 의미로 그치지 않는 하나의 문명권으로서 실감하고, 하나의 공동체라는 인식을 공유하게까지 되려면 아직 요원합니다. 지구상에서 역사·문화적으로 동아시아와 대칭을 이룬 곳은 유럽입니다. 유럽공동체와 같은 수준의 통합·교류를 동아시아에서는 생각조차 하기 어려운 상태인데 그 원인은 어디 있을까요? 물론 동양과 서양은 역사적 배경이 워낙 다르고 현실적 조건이 판이해서 '(동)아시아 공동체'는 앞으로도 좀처럼 출현할 수 없으리라 봅니다. 그렇지만 동아시아라는 데 대해 적어도 상호 인식의 공유는 있어야 할 것입니다. 바로 이 인식의 공유를 가로막는 결정적 요인이 동아시아 내부에 있습니다.

중국의 경우 역사적으로 동아시아 세계의 중심부였거니와 현재적으로도 워낙 거대합니다. 중국인들은 과연 동아시아의 여러 국가들

가운데 하나로 상대적 위상의 중국을 인식하고 있는가? 저들의 머릿속에는 동아시아란 개념이 당초 입력되어 있지 않은 듯합니다. 중국에서 일반적으로 통용되는 '중서(中西)'라는 표현에 단적으로 들어 나지요. 동아시아와 서유럽을 범칭하는 동서(東西)란 말을 중국인들은 거의 쓰지 않고 으레 중서(中西)라 하고 있습니다. 중국인 일반의 의식구조에 중국중심주의가 청산되었는지 자못 의심이 가지는 대목입니다.

동양(東洋)이란 말을 서양의 대척적인 개념으로 처음 등장시킨 것은 근대 일본입니다. 일본인의 경우 동양이란 개념은 중국중심주의에 대한 청산적·대체적(代替的) 의미를 내포하고 있는바 거기서 그치지 않고 대륙으로 자기 영역을 확장하고자 하는 야욕을 기르고 있었던 것입니다. 이른바 대동아공영권(大東亞共榮圈)의 논리로 귀착되기에 이른 것입니다. 20세기의 허구적·침략적인 대동아공영권의 논리가 21세기에 다시 부활하긴 어려울 것으로 생각되지만 연대·화합을 위한 동아시아의 개념에 상흔으로 남아 있다는 것입니다. 문제는 그 원인제공자인 일본이 안으로 깊이 반성하려 않고 밖으로 피해자들에게 솔직히 사죄하지 않는다는 데 있습니다. 이는 과거의 일로 그치지 않고 현대 일본의 우경화와 정신적, 현실적으로 연계되어 있기 때문입니다. 일본지식인들은 중국지식인들과 달리 동아시아 담론에 관심을 두는 편이지만 그 저의를 들여다보면 20세기 동아시아에서 자기들이 누렸던 우위를 견지하려는 뜻을 숨긴 것 아니냐는 의구심을 해소시키지 못하고 있습니다.

이렇듯 동아시아적 시각은 회의적으로 비쳐지는 측면이 없지 않으며, 그 실효 또한 낙관하기 어렵습니다. 그렇다 해서 동아시아를 인식의 범주로 고려할 필요조차 없는가? 저는 역설(逆說) 같지만 그렇기 때문에 도리어 동아시아적 시각을 똑바로 일으켜 세우고 그 방향으로 역사를 힘차게 밀고 나갈 필요가 있다고 감히 주장합니다.

한반도가 지정학적으로 중요하다는 점은 너나없이 말하고 있습니다. 중국과 일본 사이에서 균형을 잡아주는 역할은 한반도에 있습니다. 지난 세기에 한반도상의 남북 분단의 갈등은 한반도 뿐 아니라 동아시아 민족국가들의 대립 반목을 초래했으며, 동아시아적 시각을 차단하는 주요인으로 역기능을 하였습니다. 분단 갈등의 해결 또한 동아시아적 시각에 의해 풀어야 할 21세기의 우선 과제입니다.

한국문학 연구에서 동아시아적 시각은 어떻게 학적 구체화를 이룰 것인가? 우리가 이 실천적 과제를 수행함에 당해서 따로 정해진 원칙이 있을 수 없겠으나 워낙 복잡하고 만만찮은 과제이므로 거기에 요점과 요령은 있어야 할 듯 싶습니다. 이에 관한 저 자신의 견해를 일단 들어 두겠습니다.

1) 한자문명권 안에서의 보편성과 특수성의 양상

동아시아 국가들의 제반 양상은 근대 이전과 이후로 판연히 구별됩니다. 근대 이전의 시대에는 한자문명권에 속해 있었다는 사실이 무엇보다 중시되어야 할 점입니다. 보편적 문어—한문으로 보편적 형식에 따라 글쓰기를 했기에 한자문화권이라고 부르는 것입니다. 근대 이전의 동아시아 국가들에는 보편적 문학이 (국민문학과는 성격이 다른 것이지만 그런대로) 뚜렷이 존재했습니다. 중국의 고전문학, 한국·일본·베트남에 두루 수용, 발전했던 한문학이 그것입니다. '보편적 문학'과 함께 각기 자국의 고유한 문학형식이 따로 또 존재했습니다. 한국의 경우 시·산문 같은 한문학에 대해서 시조·가사류의 국문학이 그것입니다. '보편적 문학'에 대해서는 응당 한자문명권의 보편성을 기본전제로 해야 할 것입니다. 비교문학의 관점은 이 점을 고려하지 않았던 것 같습니다. 기왕의 비교문학연구에서 문제점의 하나로 지적할 사안입니다. 동아시아 각국의 보편성과 특수성의 관계 양상은 흥미로운 비교의 시각을 열어줍니다. 그리고 보편성과 특수성의 관계는 여러 층위로 설정해 볼 수 있습니다. 보편적 형식이 각국의 사회·문화적 조건, 작가 자신의 개성에 따라 수용, 창출된 양상 역시 보편성과 특수성의 관계로 분석할 필요가 있습니다. 예컨대 중국의 당대(唐代)에 성립했던 전기소설(傳奇小說)은 동아시아의 보편적 문학 형식으로 되어 한국·일본·베트남의 문학사에 각기 어떻게 수용되었으며, 어떤 창조적 변용이 일어났는가? 이 연구 주제는 각국의 자국어 문학에까지 관련이 있는 것입니다. 당대의 전기소설에서 처음 선보인 재자가인(才子佳人)적 인간형은 한국의 『금오신화(金鰲新話)』 등 한문소설, 그리고 『구운몽(九雲夢)』 등 국문소설에 두루 등장하고 있으며, 그 잔영(殘影)은 이광수의 『무정』에까지 지워지지 않고 있습니다. 저는 이런 등의 사실에 주목하여 동아시아 서사학을 과제로 제기해 본 바도 있습니다.[4)]

2) 근대이후 문학의 전개과정 비교

동아시아는 근대적 전환을 거치면서 한자문명권의 전통이 급속히

---

4) 「동아시아 敍事學 試論 : 『구운몽』과 『홍루몽』을 중심으로」, 『대동문화연구』 제40집 2002. 이 논문은 영문으로도(「On the East Asian Narrative: the Case *Guunmong* and *Hongloumeng*」,Sungkyun Journal of East Asian studies, V.2 N.1) 발표된 바 있음.

해체되었고 서구의 문물제도가 전면적으로 수용되었습니다. 동아시아 세계의 전통적 관계는 분해되었는데, 그럼에도 오히려 근대적으로 변화된 환경에서 상호간의 인적·물적인 교류와 함께 문학적 교류도 자못 활발했던 사실을 간과해서는 안될 것입니다. 이런 과정에서 각국의 독자적인 근대문학이 탄생한 것입니다. 이 근대문학의 단계로 와서는 상호 관계의 양상이 크게 달라졌으므로 그에 대한 시각도 응당 조정해야 할 것입니다. 동아시아 각국의 근대문학은 자국어에 기초하여 각이한 얼굴을 하고 있지만 단계적 공통성이 있어 상호간의 유사점·차이점은 비교의 대상으로서 서로 비추어 보는 거울이기도 합니다. 특히 동아시아적·한문학적 전통의 해체과정을 주목해야 할 것이요, 이어서 서구의 사상·문학에 접목(接木)하여 각기 '신문학'을 창출, 발전시킨 과정을 주목해서 살펴야 할 것입니다. 예컨대 '계몽주의(啓蒙主義) 시기'를 동아시아 삼국에 공통적으로 설정하고 계몽문학의 서로 같고 다른 성격을 규명해 볼 수 있겠습니다. 그리고 시대를 내려와서 사회주의적 계급문학이나 자유주의적 모더니즘이 한·중·일 삼국에 나라니 수용된 양상 또한 비교의 시각이 유효할 것입니다. 조선의 카프는 일본 나프의 영향하에 성립한 것은 주지하는 사실입니다. 물론 근원적으로 소비에트의 코민테른의 세계전략 및 사회주의 문예학이 제기한 과제이므로 세계사적 고려가 먼저 있어야 할 테지만 식민모국의 계급문학과 피식민지의 계급문학의 서로 다른 추이는 자못 흥미롭기도 하며, 이후 양국 문학의 상이한 전개과정을 설명하는데도 요긴할 것입니다. 또 그리고 중국으로도 눈을 돌려서 계급문학이 수용되는 단계에서 빚어진 이런저런 갈등을 살펴서 상호 대비해 볼 수 있겠습니다.

방금 제기한 비교의 시각은 비교문학적 관점과는 같은 것이 아닙니다. 영향 수수(授受)의 관련 양상을 고려하되 영향을 준 자와 받은 자 사이에 전제되기 쉬운 문화적 우열 의식을 경계하고 배제하는 입장입니다. 그리고 비교문학의 방법론이 흔히 빠지기 쉬운 박식 자랑에 그치는 식을 경계하지요. 비교의 시각은 겉으로 드러내기보다는 차라리 내화되는 편이 바람직합니다. 동아시아 여러 나라(의 문학은)는 연구자로부터 객체로 떨어진 채 놓아둘 것이 아니라 주체화해서 통일적인 동아시아문학을 구상할 필요가 있다고 봅니다.

과연 통일적인 의미를 갖는 동아시아 문학이란 존재할 수 있는가? 근대 이전의 시대에는 동아시아의 보편적 문학이 존재했던 것으로 말했습니다. 그것은 옛날 옛적의 모습이니 이미 흘러간 물입니다. 20세기 동아시아 국가들의 근대문학, 각국의 국민문학은 독자성을 가지면서 하나로 묶여질 어떤 동질성 내지 보편성을 확보했는가를 묻는다면 아무래도 부정적인 답밖에 나올 것이 없습니다. 이는 동아시아의 근대상황을 여실히 반영한 현상으로 생각됩니다. 지금 역설하는 동아시아적 시각은 장차 하나의 동아시아문학을 수립하기 위한 창조적 모색이라고도 할 수 있겠습니다.

4. 한국문학의 세계적 지평

한국문학 연구에서 '세계적 지평'은 학문 주체의 지향점입니다. 그것은 21세기에 당면해서는 '세계화'에 대응하는 우리의 학문전략인데 앞서 위대한 학문을 성취한 실학자들의 기본 자세와 통한다는 점을 잠깐 짚어보고 싶습니다. "우주간(宇宙間)의 일이 곧 나의 일이요, 나 자신의 일이 곧 우주간의 일"임을 주희(朱熹)의 이학(理學)에 맞서 심학(心學)을 주창한 학자 육구연(陸九淵)은 일찍이 갈파했습니다. 정약용은 이 말을 원용한 다음 "우리 인간 된 본분은 스스로 범상한 것이 아니다"고 공부하는 자들을 인간 본연의 자세로서 일깨운 바 있었습니다. 박지원 또한 천하문명(天下文明)을 인류 보편의 과제로 인식하고 이 과제는 오직 독서하는 사(士)의 주체적 참여에 의해 성취될 것으로 천명하였습니다. '나'를 세계의 주체로 통일시키는 일은 독서=학문에서 출발하는 것으로 확신한 것입니다.[5)]

실학자들이 일깨운 주체의식은 근대 학문에서 어디로 가버렸는가? 필자가 학창 시절에 어떤 노학자로부터 들은 "요즘 것들은 좀팽이가 되었다"는 말이 뇌리에 지워지지 않고 남아 있습니다. 이 땅의 근대인들의 왜소성에 대한 탄식인 것입니다. 물론 실학자들의 주체의식을 근대 주체로 동일시할 수 있느냐는 반론이 가능합니다. 하지만 우리로서 엄숙히 반성해야 할 바, 그것이 근대 주체냐 아니냐를 따지기에 앞서 명색 근대 학문을 한다면서 주체 의식이 흐리멍덩해진 나머지 민족유산으로 자기 앞에 있는 실학의 주체성이 갖는 의미를 새겨들을 마음이 없었다는 데 있습니다. 다름 아닌, 정신의 식민성, 학문의 종속성에서 해나지 못한 때문입니다.

동아시아적 시각과 세계적 지평은 별개의 사안이 아닐 것입니다. 이 글에서는 다만 논리적 순차로서 나누어 설명하고 있을 뿐입니다.

---

5) 임형택, 「국문학, 무엇을 어떻게 할 것인가」, 『실사구시의 한국학』, 445쪽.
임형택, 「한국문화에 대한 역사적 인식논리: 동아시아 전통과 근대 세계와의 관련에서」, 『실사구시의 한국학』, 62쪽.

그렇지만 동아시아의 한계를 호도하거나 간과해서는 안 된다고 봅니다. 동아시아는 서구 주도의 근대 세계에서는 주변부에 속합니다. 서구적 가치가 인류 보편의 가치로 통용되고 우리가 수행하는 학문 자체도 서구 중심적 지식구조로부터 유래한 것임을 부정할 수 없습니다. 동아시아적 가치는 전지구적 의미로 격상시키기란 결코 쉽지 않을 뿐 아니라 동아시아 내부에서도 확실치 못한 상태입니다. 최근 일부 논객들이 동아시아적 가치를 내세웠다가 국제금융위기(IMF)를 맞아 이론적 파산을 당한 사태를 목격했던 터입니다. 동아시아적 시각의 한국문학 연구가 세계적 지평에 발돋움이나 해 볼 수 있을까 염려하면서 본 사안을 사고할 필요가 정히 있다고 봅니다. 왜냐하면 '나'의 주체적 학문은 서구 중심주의와의 싸움이 불가피한데 그 싸움이 결코 만만치 않은 일이기 때문입니다.

서구중심주의의 극복이란 과제를 논하기에 앞서 서구의 근대문명이 갖는 인류사적 의미를 생각해 봅시다. 요컨대 서구에 의한 근대 주도는 자본주의 문명의 세계 지배를 뜻합니다. 그것은 지난 역사요 아직은 현실입니다. 서구극복=근대극복은 자본주의의 극복에 다름 아닙니다. 자본주의의 안티로서 사회주의가 출현했으며, 제3세계론이 등장하기도 했습니다. 그런데 우리가 지난 세기말에 경험했듯, 소비에트 체제의 사회주의 실험은 실패하였고, 제3세계론 또한 일시 유행하다가 시들해지고 말았습니다. 자본주의적 세계체제는 지금 전지구를 석권하고 있으니, 이 대세에 무작정 등돌리고 거부하기는 어려운 상황입니다. 그리고 근대 서구가 산출한 학문과 문학은 전지구적 역사운동을 주도한 만큼 선진적인 면이 있고 인류적 가치를 풍부하게 내장하고 있다는 점 또한 무시할 수 없겠습니다. 서구극복의 지혜로운 방안은, 서구의 학문과 문학에 눈을 감는다고 능사가 아닐 터이므로 그것을 받아들여 소화시켜서 극복의 자양분으로 삼자는 논리가 설득력을 얻고 있습니다. 분별지(分別智)와 함께 호랑이를 잡기 위해 호랑이 굴속에 들어가는 적극성이 동시에 요망된다 하겠습니다.

한국문학을 연구하는 입장에서 서구의 문학이론과 미학적 기준을 어떻게 대하느냐는 문제를 거론해 보렵니다. 여기에 두 상반된 태도 — 인식의 기준을 서구 이론에 두는 추수주의적 경향과 배타적으로 안에서 찾는 회고적·국수적 경향이 있어 왔습니다. 양자 모두 바람직하지 않다는 점을 필자는 누차 지적했던 터지만 후자 역시 서구중심주의의 역반응으로 기실 서구중심주의의 덫에 걸린 현상임을 주의해야겠습니다. 그렇다면 어떻게 해야 할까요. 하나는 서구의 학문과 문학을 우리와 이웃들의 삶의 요구와 문학의 실상에 맞추어 비판적으로 해석하는 문제요 다른 하나는 서구적 잣대를 상대화해서 활용하는 일입니다. 서구적 가치를 상대화시킬 때 동아시아적 시각과 조응될 수 있을 뿐 아니라 지구상의 다른 여러 지역의 다양한 문화들을 이해하고 화합하는 여유도 생길 것입니다.

과연 우리가 힘쓰는 한국문학의 연구와 해석이 세계적 지평으로 올라갈 수 있을까요? 결코 만만한 일이 아닙니다. 한국문학 연구는 목적이 세계문학의 보편적 이론 수립에 있다는 입장이 있습니다. 지당한 견해로 생각되고 또 그렇게만 되면 한국문학 연구는 세계적 지평에 도달하고도 남을 것입니다. 헌데, 그 목적지가 고도의 추상적 차원이어서 의미와 실현 가능성이 다 함께 의문시됩니다. 그럼에도 서두르다 보면 '바늘허리 매어 못 쓴다'는 식으로 망용자대(妄庸自大)가 되지 않을까 우려됩니다. 여기서 필자가 평소 염두에 둔 요점을 간략히 진술해 보겠습니다. 우리가 한국문학을 공부하고 논의함에 당해서 특히 인류 보편의 의미와 정서, 인간의 자유와 평등을 향한 역사를 염두에 두고 세계적으로 소통 가능한 담론을 만들도록 노력해야 한다는 것입니다. 역시 추상적이고 고도가 너무 높아 보일 듯합니다. 하지만, 내가 하는 일에 있어 인류 보편을 생각하는 자세는 이미 옛 성인들이 그러했고 참 학문, 참 지식에 뜻을 둔 사람이라면 그들 역시 이 점을 소홀히 않았습니다.

먼저 한시를 거론합니다. 한국의 한시는 자연시(自然詩)의 양적 비중이 큰 편입니다. 종래 흔히 음풍농월이라 해서 유한적·퇴영적이라고 지목한 그 부분입니다. 이 역시 근대적 편견의 하나입니다. 자연시는 문명론적으로 새롭게 조명할 소지가 광활해 보입니다. 그것은 동아시아 전통문화에서 보편적인 서정 양식인데 오랜 기간에 걸쳐 풍부하게 창출된 한국의 산수 자연의 시세계는 동아시아의 보편적인 형식과 미학에 기반하면서 자못 특이하고도 다채로운 풍격을 구현하고 있습니다. 어떤 면에서 진정한 자연시는 조선조의 문인들에게서 나올 수 있었다는 생각이 듭니다. 명청(明淸) 시기 중국의 문인들은 생활이 대개 성시(城市)에서 이루어졌으므로 그네들이 즐겨 읊은 자연은 가공적인 자연 아니면 허위의 자연으로 되기 쉬웠습니다. 반면 생활 현장이 산수자연과 혼연일체를 이루었던 조선의 문인들은 자기들 나름의 취(趣)를 살려서 자연시를 창작한 것입니다. 자연과의 화합을 실생활에서 체인(體認)한 그 서정적 언어를 놓고 동아시아적 보편성에서 한국적 특수성의 미학적 현현(顯現)을 분석할 수 있고, 아울러 현대인이 잃어버린 자연성을 회복하는 어떤 촉매재를 거기서 혹 찾아낼 수 있지 않을까 하는 것입니다.

다음으로 우리의 귀에 친숙한 『춘향전』을 들겠습니다. 주인공 춘향의 형상을 봉건적인 도덕관념의 화신으로 간주하는가 하면 하층의 신분상승의 욕구를 대변하고 있다는 식으로 규정하기도 했고, 심지어는 '저항 없는 춘향'이라고 매도한 바도 있었습니다. 이 모두 요컨대 인간해방의 도정이라는 사회 현실적·인간 보편적인 문맥에서 『춘향전』을 읽지 못한 때문에 빚어진 곡해입니다. 권력의 횡포에 맞서 "충신 열녀 상하 있소?"라고 외치며 끝내 자아를 지킨 저 춘향의 형상은 조선조 내부에서 자생한 민권의식의 반영이니 응당 자주 평등의 의미를 부여해서 해석할 수 있는 것입니다.

5. 두 가지 제언

오늘 이 발제는 우리 학계에 두 가지 제의를 하는 것으로 결론을 대신하렵니다.

하나는 이미 거론한바 한국어 한국문학 등을 일반 용어로 확정짓는 문제입니다. 저 자신도 국어 국문학이라는 말이 입에 익고 무척 향수를 느끼는 사람이지만 아무래도 학술 용어의 객관성은 소홀히 넘길 수 없다고 봅니다. 한국문학을 용어로 채택하면 국문학은 한문학에 대칭적 개념이 되겠습니다. 한국문학이라 할 때 분단상황에서 북조선문학을 무시하는 듯하여 마음에 걸리는데 남한의 처지에서는 불가피하지 않은가 합니다. 보다 중요한 현안은 남한문학과 북조선문학이라는 분단을 어떻게 극복, 통합을 이루느냐에 있습니다. 본고는 계제가 닿지를 않아서 이 현안을 제대로 거론하지 못했는데 따지고 보면 지난 20세기 후반기 동아시아적 시각을 차단했던 직접적 계기는 한반도상의 분단에 있었습니다. 동아시아적 시각의 정치적인 우선 목표는 동아시아의 대립구도를 화해구도로 전환시키는데 있으니 시각을 똑바로 관철하면 한반도상의 분단을 해소하고 통일로 가는 큰 길이 열릴 것입니다.

다른 하나는 한국문학 연구자들이 동아시아적 시각을 확충하고 세계적 지평을 획득할 수 있도록 대학 제도를 마련해 놓아야 한다는 것입니다. 최근 추진되는 대학 개혁은 문제점이 많고 특히 순수 학문의 입지가 위축되고 있는 점은 우려할 사태입니다. 그렇지만 기존의 분과 학문으로 나누어진 대학제도가 그대로 존속하기 어려운 현실도 일단 인정해야 할 것입니다. 차제에 한국문학을 동아시아 어문학 및 사상문화와 함께 공부하고 나아가 세계로 학습과 인식의 폭을 넓혀주는 교육제도를 차세대에게 제공하는 문제를 진지하게 강구할 필요가 있겠습니다. 동아시아학부로 개편하는 것이 바람직한 방안의 하나입니다. 한편으로는 학문 간의 장벽을 트면서 학문과 실용의 거리까지 소통하는 길을 모색할 필요가 있습니다. 우리의 연구 대상이 과거에 있으므로 회고의 늪에 빠져들기 쉽고 문학과 학문의 근대적 개념이 순수주의로 흘러 기왕에 현실·실용과의 소통이 이루어지지 못한 폐단이 없지 않았습니다. 이제 그야말로 개방적이고 창조적인 한국문화학부를 기획해 볼 수도 있을 것입니다.

이 글은 『국어국문학』 131호(국어국문학회, 2002)에 수록한 논문을 수정하여 재수록한 것이다.

문학지리학의 관점에서 본 등주(登州)

권혁래

1. 공간의 발견, 등주(登州)

한 사람의 삶을 이해하고 표현하는 데 있어 시간과 공간은 원초적인 기준으로 작용한다. 공간 문제에 한정한다면, 인간은 공간에 대한 경험을 바탕으로 삶을 이해하고 사물을 이해하고 세상을 이해한다. 인간은 살아가면서 공간을 의미화하고, 아울러 공간은 그곳에 사는 인간을 의미화한다. "공간에 내재되어 있는 기억의 힘은 위대하다."는 키에르케고르의 말을 굳이 떠올리지 않더라도, 우리는 한 역사 공간 속에서 한 개인의 체험을 넘어 한 공동체 구성원들이 공유하는 기억과 경험의 가치에 대해 깊이 공감한다.

문학에서도 공간은 작가가 습득했던 삶의 인식과 감수성이 발현되는 주요 소재이다. 당연하게도 모든 문학 작품들은 그것의 배태지(胚胎地)로서의 공간을 머금는다. 따라서 작가가 경험했던 공간, 또는 그것의 표현 방법에 대한 탐구는 문학작품을 이해하고 평가하는 데 매우 중요한 근거가 된다.[1] 이런 점에서 문학을 해석하는 문학지리학의 유용성을 긍정할 수 있다. 문학지리학은 특정 지역과 연관하여 발생한 문학적 자산을 자연지리에 대한 관심과 연결해 그 지리의 위치, 지형, 인심, 풍속, 인물, 기후, 생태, 역사, 지역의 방언 분화, 공동체의 체험 등을 전제로 아우르며, 그것이 문학 상상력에 어떤 자양분을 공급하고, 미학적 숨결을 불어넣었는가를 따지고 캐는 것을 본령으로 한다.[2] 지방·환경·자연을 포괄하는 한 공간이 문학지리학의 발생론적 대상이 되는 것은 개별자의 사사로운 공간애가 개별화의 수준을 넘어서서 사회적 의미장 안에서 뜻을 얻을 때 가능해진다. 이는 그 심리적·문화적 상징성이 공공적 기림이 될 만하다는 공증을 얻는다는 뜻이다.[3]

이 글에서 필자가 주목하는 공간은 중국 산동 반도의 등주(登州), 또는 봉래·펑라이(蓬萊)라고 하는 곳이다. 봉래·펑라이는 현재 중화인민 공화국 산동성(山東省) 옌타이(烟台) 시의 현급시(縣級市)인 행정구역이다. 넓이는 1,129㎢이고, 인구는 2007년 기준으로 약 45만 명이다. 봉래는 산동 반도의 최북단에 위치해 있다. 북쪽 발해해를 제외하면 봉래는 완전히 옌타이 시에 둘러싸여 있다. 봉래는 19세기에 외국인들에 의해 개방된 산동 반도의 첫 번째 항구이며, 첫 번째 선교회가 세워진 곳이다. 이후에 서쪽으로 88km 떨어진 옌타이 항의 발전으로 봉래는 쇠락하게 되었다. 이 도시는 도교의 선인 팔선(八仙)이 내려온 곳이라는 이야기로 유명해졌다. 또한 '해시(海市)'라고도 하는, 5~6월의 빈번한 바다의 신기루로도 유명하다.[4]

---

1) 최수웅, 『문학의 공간, 공간의 스토리텔링』, 한국학술정보, 2006, 32쪽.
2) 장석주, 『장소의 탄생』, 작가정신, 2006, 28~29쪽.
3) 위의 책, 34쪽.

봉래시의 옛 지명은 우이국(嵎夷國), 모자국(牟子國), 동래군(東萊郡), 동모군(東牟郡), 등주부(登州府) 등이 있는데[5], 가장 대표적인 것은 등주이다. 등주는 역사적으로 한반도와 인연이 깊다. 등주는 일찍이 고구려 살수 대첩 때 수나라 해군의 출발처이고, 고려 말과 조선 초, 그리고 17세기 전반에는 해로사행(海路使行)의 주요 기착지(寄着地) 중의 하나였다. 등주는 조선과 중국 간에 외교적으로 중요한 의미를 갖는 공간으로, 해로사행록(海路使行錄)에서도 거의 빠짐없이 언급되었다.

한편 등주는 17세기 후반 경 지어진 〈김영철전〉의 주요 공간으로 등장한다. 〈김영철전〉은 1619년 심하(深河) 전투에 참전하였던 김영철의 포로 생활과 외국에서의 결혼 생활, 귀국 후의 종군(從軍) 등 그의 파란만장한 생애를 소설화한 작품이다.[6] 작품에 의하면, 김영철은 약 스무 살의 나이에 심하 전투에 참전, 후금에 포로가 되었다가 1625년 가을, 명(明)으로 1차 탈출을 하여 등주에 정착하였다. 그 뒤 영철은 1631년 봄 등주에 정박하였던 진하사(進賀使) 정두원(鄭斗源)의 사행선(使行船)을 타고 등주를 탈출하여 조선으로 돌아왔다. 17세기 전반 명청 교체기의 험난한 현실에서 등주는 영철에게 6년간의 안식

4) 『위키 백과사전』

5) 謝壽昌 외, 『中國古今地名大辭典』(6판), 臺北:臺灣商務印刷館, 1982, 926쪽.

6) 〈김영철전〉은 대부분 역사적 사실에 기초하여 서술되어 있다. 따라서 작품에 그려진 세태풍속이나 사건 내용을 역사주의적 관점으로 분석할 때 얻을 수 있는 것이 매우 많다. 〈김영철전〉의 이본으로는 홍세태본, 박재연본, 나손본 등이 있는데, 그 중에서 작중인물의 내면 심리 묘사가 탁월할 뿐만 아니라 사건의 형상화가 매우 구체적으로 이루어진 박재연본을 이 논문의 텍스트로 삼았다. 박재연본에 대한 구체적인 정보에 대해서는 양승민·박재연의 「원작 계열 〈김영철전〉의 발견과 그 자료적 가치」(『고소설연구』 18집, 한국고소설학회, 2004, 97~100쪽)를 참조할 것.

을 제공한 공간이었다.

고려 말 및 조선 후기 사신들에게 등주는 어떤 이미지로 다가왔을까? 17세기 조선의 소설 〈김영철전〉에는 등주의 어떤 풍경이 그려져 있는 것일까? 또 김영철의 인생사에서 등주 시절은 어떠한 의미를 갖는 것일까? 필자는 문학지리학의 관점에서 해로사행록에 그려진 등주의 풍경, 그리고 소설 〈김영철전〉에 그려진 등주 형상을 고찰하고자 한다. 이를 통하여 우리 문학 속에 그려진 14세기 말 및 17세기 전반 등주의 풍경 및 세태, 그리고 이미지에 대해 고찰할 수 있을 것이다.

2. 고려 말 사행시의 등주 형상

고려조의 중국 사행은 보통 육로를 이용하였는데, 14세기 후반에 와서 육로와 함께 해로를 이용하게 되었다. 이는 고려에 대한 외교·군사 정책에서 효과적인 지배책을 강구하려는 명의 요동 폐쇄 정책의 영향 때문이었다. 명은 명과 원 사이에서 확실한 태도 표명을 하지 않고 있던 고려를 의심하여 잔존하고 있는 북원(北元) 세력이 고려와 결탁할 것을 염려하는 한편, 고려의 사절이 요동 지역을 정탐하지 못하도록 하기 위하여 육로를 통한 요동 통과를 허락하지 않았던 것이다.[7] 이승수가 작성한 여말선초 사행기록표에 의거하면, 1372년에서 1401년 사이 노정을 추정할 수 있는 8건의 자료에서 거의 대부

7) 국사편찬위원회 편, 『한국사』 제20권, 국사편찬위원회, 1994, 364~368쪽 ; 장동익, 『고려시대 대외관계사 종합연표』, 동북아역사재단, 2009, 390~400쪽 참조.

분의 사행이 요동반도와 산동반도를 잇는 해로를 이용하고 있음을 알 수 있다.[8)]

고려 말 당시의 구체적인 사행 노정과 사정을 알 수 있는 사행기록으로는 정도전(1384년), 정몽주(1386년), 권근(1389년) 등이 남긴 시편들이 있다. 이 중에서 가장 기록 내용이 풍부하고 흥미를 끄는 자료는 권근(權近, 1352~1409)의 〈봉사록(奉使錄)〉이다. 권근은 창왕(昌王) 원년(1389) 6월부터 9월까지 문하평리(門下評理) 윤승순(尹承順)의 부사(副使)로 명나라에 다녀왔다. 그때의 사행을 기록한 것이 〈봉사록〉인데, 여기에는 모두 132수의 사행시가 실려 있다. 〈봉사록〉의 서문에 의하면,

> 만여 리를 갔다가 돌아오면서 성지의 큼과 궁실의 장엄함, 갑병(甲兵)과 주거(舟車)의 풍부함과 인물·재부(財賦)의 번성함 등 본 것은 많지만, 필력이 미치지 못하는 점이 있어 그 상세함을 다할 수 없고, 다만 그 대략을 열거한다. 아! 해외의 보잘 것 없는 유생으로서 천하가 통일되는 날을 만나게 되어 사명을 받들고 황제의 대궐에 조회함으로써 그 관람을 넓혀 평소에 원유(遠遊)하고자 했던 뜻을 이룰 수 있게 되었으니 어찌 다행한 일이 아니겠는가. 그러므로 천박하고 비루함을 헤아리지 아니하고 무릇 이목에 닿는 것이 있으면 반드시 기록하여 그것을 시로 지었으니, 감히 작품으로 삼자는 것이 아니라 스스로 잊지 말자는 것일 뿐이다.[9)]

---

8) 이승수, 「고려말 대명 사행의 요동반도 경로 고찰」, 『한문학보』 20집, 우리한문학회, 2009, 13쪽.

9) 往還萬餘里 城池之大 宮室之壯 甲兵舟車之富 人物財賦之繁 所見旣廣 而筆力有不逮 不能盡其祥 姑擧其略爾 噫 以海外蕞爾之儒 得逢天下同文之日 御使命而朝帝庭 因以廣其觀覽 以償平日遠遊之志 豈不華哉. 是以不撥淺陋 凡有接於耳目者 必記而詩之 非敢爲作 要自不忘耳(權近, 〈奉使錄〉, 『陽村集』 券6)

한 것처럼, 권근은 당시 자신이 견물한 중국의 모습을 빠짐없이 기록하여 두는 것을 자신의 사명으로 삼고 사행 노정을 따라 시를 남겼다. 그는 평양성을 떠나 의주, 압록강, 개주성, 요동성, 안산역, 우강역 등 요동 지역을 지나 산해관, 통주 노선을 거쳐 운하를 타고 남하하여 남경에 이르렀다. 하지만 환국로는 이와 달리 산동반도 쪽으로 향하여 등주까지 육로로 이동한 다음, 등주에서부터는 해로를 이용하여 발해만을 건너 여순구에 도착, 요동반도로 북상하여 요동에서 동팔참을 거쳐 귀국하였다.

권근은 등주를 제재 및 배경으로 한 시를 다섯 편 남겼는데, 이 중 세 편은 사신이자 이방 땅의 나그네로서의 심회를 읊은 시이고, 나머지 두 편은 등주와 연관된 역사적 연고를 회고한 시이다. 먼저 나그네의 심회를 읊은 시를 살펴보면 다음과 같다.

〈1〉 봉래역에 머물러 바람을 기다리면서 벽상(壁上)의 윤찬성 시에 차운하다

고향길 해북을 연대었기에	鄕程連海北
역마로 산동을 지난다	郵傳過山東
공연히 날만 보내니 적막하다	寂寞空消日
바람에 막혀 머물고 있네	淹留致阻風
말굽의 먼지를 언제나 털까	馬蹄鹿未拂
기러기 발엔 서신 전하기 어려워라	鴈足信難通
험지를 건너면 좋아지는 법	濟險當終吉
궁해도 마음 잡고 참아야 하네	操心要固窮

(〈留蓬萊驛待風次壁上尹贊成韻〉, 『陽村集』 권6)

〈2〉 이튿날 또 앞의 운을 사용하다

타향살이 가을도 저물어가니	旅泊秋將晩
가고픈 마음 날로 동쪽으로 향하네	歸心日向東
장막 안은 텅 비어 이지러진 달이 가엾고	帷空憐缺月
옷 엷으니 찬 바람이 두렵구나	衣冷畏寒風
먼 지역에 몸마저 게을러지고	遠地身方倦
한 바다라 길조차 통하질 않네	滄溟路不通
봉래산엔 신선이 많다 하니	蓬萊多羽客
힘 있거든 궁한 나를 좀 건네주었으면	有力濟吾窮

(〈翌日又用前韻〉, 위의 책)

〈1〉과 〈2〉는 봉래역의 벽상에 써 있는 윤찬성 시의 운을 빌려 배 뜨기를 기다려 하루빨리 귀국하고 싶은 마음을 거듭 노래한 것이다. 권근은 당시에 창왕의 명나라 입조(入朝)를 청하기 위해 사행하였다. 돌아올 때 그는 명 황제의 자문을 가지고 돌아왔다. 하지만 그 자문에는 왕씨가 아닌 신씨가 왕위를 계승하였음을 꾸짖는 내용이 들어 있었다. 그는 하루빨리 자문을 가지고 가서 국내의 왕위계승에 대한 논란을 막아야 할 필요가 있었던 만큼, 해로를 선택한 그의 귀국길은 초조하고 급하였을 것이다. 〈1〉에서는 아직 갈 길은 먼데 바람이 불어 배를 띄우지 못하고 있는 상황에서, 등주에 머물며 마음을 다잡고 떠나기를 고대하고 있는 마음이 표현되어 있다. 봉래역 숙소에서 권근은 8천 리 긴 노정에 깊어가는 가을밤에 나그네로서 힘겹고 궁한 처지, 고국에 대한 그리움을 노래하고 있다. 〈2〉는 그 이튿날 같은 운으로 지은 것으로, 평양성을 출발한 것이 6월인데 어느덧 가을이 되었음을 느끼며 봉래산에 신선이 있거든 자신을 좀 건네주었으면

하는 바람을 노래하였다.

〈3〉 새벽 비에 짓다

팔천 리 노정에 나그네 되니	爲客八千里
어버이 생각은 하루 열두 때	思親十二時
타향 시름 견디기 어려운데	羈愁難自遣
찬 가을 기운에 더욱 슬프구나	秋氣復堪悲
계자의 갖옷도 해져가고	季子裘將敝
양주의 눈물도 드리워지네	楊朱淚欲垂
잠 못 든 채 하늘은 또 새벽이라	不眠天又曉
비바람 으스스 처량도 해라	風雨颼凄其

(〈曉雨作〉, 위의 책)

권근은 위 시에서 밤새 뒤척이다가 새벽 비 소리에 일어나 상심해하고 있는 자신의 신세를 나타내었다. 5·6구에서는 자신이 객지에 온 지 오래되어 옷이 해졌으나 사신으로서의 임무는 제대로 수행하지 못하였음을 소진(蘇秦)과 양주(楊朱)의 고사에 비유하여 토로하였다. 계자(季子)는 전국 시대 변사 소진(蘇秦)의 자로, 그는 진왕(秦王)을 설득하려고 진나라에 갔으나 뜻을 얻지 못하고 돌아올 적에 검은 초피(貂皮) 갖옷이 모두 해졌다. 양주(楊朱) 또한 전국 시대 사람으로, 두 갈래 길에 당도하여 울었는데, 이는 사람이 선의 길로 가느냐 악의 길로 가느냐의 판가름이 마치 이 기로에서 갈라지는 것과 같아서였다고 한다. 위 시는 봉래역 공관에 누웠으나 힘겨운 사신 임무의 압박감에 눌려 잠들지 못하고 새벽을 맞은 모습을 잘 보여준다.

권근은 또 자신이 거처하고 있는 등주 봉래역 및 봉래각과 관련하여 고적을 영회(詠懷)한 시 두 수를 남겼다.

〈4〉 등주 봉래역에 자면서 고적을 영회(咏懷)한 네 절구

탕탕하신 요 임금 성신으로	蕩蕩陶唐乃聖神
수시 빈일 백성에게 부지런했네	授時賓日最勤民
진실로 그 덕이 하늘 같으니	信知帝德如天大
사해의 봄이 양곡에서 비롯되었네	陽谷和均四海春
조룡의 편석도 공이 없어라.	祖龍鞭石竟無功
죽지 않는 신선을 뉘 보았더뇨	誰見神山不死翁
삼십이라 오년이 참으로 한 순간	三十五年眞一瞥
정어리 썩는 냄새만이 수레에 찼네	終敎鮑臭滿車中
방사들 사술 부려 시끄럽게 떠들지만	方士紛紛競騁邪
한황은 어찌 진나라를 거울삼지 않았던고	漢皇何不鑑秦家
무릉이라 다른 날 가을풀이 쓸쓸한데	武陵異日生秋草
만리라 부질없이 만리사로 제사했네	萬里空祠萬里沙
뭇 백성 팔다리에 구더기 이니	手脚生蛆衆力疲
인심과 천명은 벌써 수나라를 떠났네	人心天命已離隋
백만 척 누선인들 어디다 쓰리	樓船百萬終安用
살수의 시체만이 슬플 뿐이지	薩水流尸自可悲

(〈宿登州蓬萊驛詠懷古迹四絕〉, 위의 책)

권근은 등주 봉래역 숙소에서 묵으면서 요임금, 진시황, 한무제, 수양제의 고적을 회상하며 시를 지었다. 봉래는 신선들이 살던 곳이며, 진시황과 한무제가 장생불사 약을 구하려고 했던 곳이다. 권근은 이러한 연고를 회상하며, 1연에서는 백성을 위해 수고를 아끼지 아니한 요 임금을 칭송하였다. 양곡은 해가 처음 돋는 동쪽, 곧 등주를 말하는 것으로 사해의 봄이 등주에서부터 시작됨을 노래하였다. 2연

에서는 진시황이 불사약을 구했으나 결국 허사였음을 말하였다. 진시황은 불사약을 구하기 위해 동남동녀(童男童女)를 삼신산(三神山)에 보냈으나, 즉위한 지 37년째에 외유 길에 죽었다. 이때 수행한 간신 이사(李斯)와 조고(趙高)는 상(喪)을 발표하지 않고 거짓 조칙을 꾸며 장자 부소(扶蘇)를 죽이고, 차자 호해(胡亥)를 태자로 세운 다음 돌아왔는데, 시체 썩는 냄새를 막기 위하여 정어리 한 섬을 수레에 실어 그 냄새인 것처럼 꾸몄다.10) 3연에서는 한무제 또한 방사(方士)들의 말에 혹하여 불사약을 구했으나, 결국 국고만 탕진하였음을 말하였다. 만리사(萬里沙)는 신의 이름으로, 무제가 신선을 찾아 등주에 갔다가 제사하고 돌아왔다는 고사가 있다. 4연에서는 수양제가 많은 백성을 혹사하여 궁궐을 짓고 운하를 팠으며, 배를 만들고 무기를 제작하여 고구려를 공격하다가 을지문덕 장군에게 살수에서 대패하고 나라가 멸망하였음을 말하였다. 권근은 고려인으로서 등주가 살수 대첩 때 수나라 해군의 출발지였음을 상기한 것이다. 이렇듯 등주, 봉래는 권근에게 역사의 흥망성쇠와 제왕의 고사를 환기하는 제재가 되었다.

〈5〉 봉래각에 올라서

봉래각 옛 집은 언덕 위 높이 있고	蓬萊古閣在高丘
깨진 주초와 무너진 담은 가을풀에 묻혔구나	破礎頹垣野草秋
서불은 아니 오고 하늘은 아득한데	徐市不還天渺渺
안기생을 만날세라 물만이 유유하네	安期難遇水悠悠
고래는 물결 뿜어 바람이 길게 일고	鼉噴雪浪長風壯
자라는 신산을 이고 맑은 기운 떠오르네	鼇戴神山灝氣浮

---

10) 司馬遷, 〈秦始皇本紀〉, 『史記』.

진시황과 한무제의 마지막 사업은 무엇인고　　秦漢到頭何事業
천년이라 흰 구름 시름만 남겼구려　　白雲千載使人愁
(〈登蓬萊閣〉, 위의 책)

봉래각은 봉래시 북쪽 해안가에 있는데, 송 가우(嘉佑) 6년(1061)에 지어졌다. 전설에 의하면 여동빈(呂洞賓), 장과로(張果老) 등 8명의 신선이 봉래각에서 취한 뒤, 파도를 건너 날아갔다고 한다. 소동파(蘇東坡)는 1085년 등주지부(登州知州)로 부임하여 봉래각에서 본 바다의 신기루에 대한 감회를 〈登州海市〉라는 시로 남긴 적이 있는데, 후대의 시인들이 봉래각에 오를 때면 반드시 동파의 시를 언급하였다.

서불(徐市)과 안기생(安期生)은 모두 진나라 때의 방사(方士)이다. 진시황은 불사약을 구하려고 서불을 삼신산에 보냈으나 끝내 돌아오지 않았으며, 사자를 해중으로 보내어 안기생을 만나려 하였으나 풍랑을 만나 이르지 못하고 말았다.[11] 봉래각에 올라 권근은 불사약을 구하고 신선이 되려고 한 진시황, 한무제를 떠올리며 그들의 행동이 부질없었음을 상기하였다.

다음으로 정몽주의 사행시를 살펴보고자 한다. 〈포은집(圃隱集)〉 권1에는 등주를 배경 및 제재로 한 〈三月十九日過海宿登州公館郭通寺金押馬船遭風未至因留待〉, 〈蓬萊驛示韓書狀〉, 〈登州仙祠〉, 〈登州過海〉 등 네 수의 시가 있다. 앞의 두 수는 발해만을 막 건너와 육로행을 떠나기 전에 지은 시이고, 뒤의 두 수는 남경에서 돌아와 사행선을 띄우기 전에 지은 시이다.

정몽주는 권근보다 3년 앞선 1386년에 사행을 다녀왔다. 당시 고

---

11) 위의 책, 같은 곳.

려와 명 조정 간에는 군사·외교적 긴장이 팽팽하게 존재하고 있었다. 특히 북원(北元)의 나하추(納合出)가 아직까지 군사행동을 펴고 있었고 명은 고려에 대해 여전히 의심을 풀지 않고 있던 상황이었기 때문에, 현안을 해결하기 위해 사행길을 나선 정몽주는 사신으로서의 임무에 큰 부담을 갖고 있었다.12) 그 괴로운 심회가 잘 나타난 시가 다음의 시다.

〈6〉 3월 19일 바다를 지나 등주 공관에서 묵고 곽통사 김압마의 배가 바람을 만나 오지 않아 기다리다

등주서 바라보는 요동의 벌판	登州望遼野
머나먼 저 하늘 한 모퉁이에 있구나	邈矣天一涯
멀리 발해가 그 사이를 경계하여	溟渤限其間
땅이 동이(東夷)와 중화(中和)로 갈렸구나	地分夷與華
배를 타고 오니	我來因舟楫
건너기 편리함은 자랑할 만하구나	利涉還可誇
어제는 바다에 북설(北雪)이 흩날리더니	昨日海北雪
오늘 아침 바다엔 남화(南花)가 날리네	今朝海南花
기후가 이리도 다르니	夫何氣候異
가는 길 먼 줄 알겠네	可驗道路賒
나그네 마음은 쉬 쓸쓸해지고	客懷易凄楚
세상 일은 어그러지기 좋아하네	世事喜蹉跎
함께 온 두세 사람	偕行二三子
풍파에 길을 잃고	相失迷風波
괴로운 생각에 밤을 새니	終夜苦憶念

12) 엄경흠, 「정몽주와 권근의 사행시에 표현된 국제관계」, 조규익 외 편, 『연행록 연구총서』 7권, 학고방, 2006, 326~327쪽.

북소리 또렷이 들려오누나　　耿耿聞鼓撾
새벽녘 봉래각에 오르니　　晨登蓬萊閣
파도는 산을 덮을 만치 우뚝하구나　　浪湧山嵯峨
돌아와 외로운 숙소에 나아가　　歸來就孤館
베개에 기대어 하염없이 시름 읊네　　攲枕空吟哦
(〈三月十九日過海宿登州公館郭通寺金押馬船遭風未至因留待〉, 『圃隱集』 권1)

시인은 1386년 3월 19일에 등주에 먼저 도착하여 공관에 머물면서 뒤에 처진 곽통사 김압마의 배를 기다리고 있다. 배를 타고 먼 거리를 수월하게 건너왔지만 그의 마음엔 시름이 그치지 않아, 11·12구에서 "나그네 마음은 쉬 쓸쓸해지고, 세상 일은 어그러지기 좋아하네.", 15·16구에서는 "괴로운 생각에 밤을 새니, 북소리 또렷이 들려오누나."와 같이 괴로운 심사를 토로한다. 새벽녘에 봉래각에 올라 바다를 보니 파도는 산을 덮을 만치 커 보이고, 숙소에 돌아와도 외로움만 더할 뿐이다. 바다를 막 건너와 사신으로 겪는 막막함과 심적 부담감을 잘 표현한 시이다.

정몽주는 남경에 가서 관복(冠服)을 청하고 또 세공(歲貢) 감면을 청하였다. 그 결과로 명 조정의 오해를 풀어 조복(朝服)을 하사받고 5년 동안 못 바친 조공을 면제 받은 것은 물론, 다시 세공(歲貢)을 평상시 액수대로 정하고 돌아왔다.[13] 하지만 어려운 임무를 마치고 귀국길에 오르는 그이지만, 그의 마음은 그리 밝지 않은 듯하다. 정몽주가 등주에 도착한 때는 1386년 11월 즈음으로 파악된다.[14] 그때의 심회

13) 鄭麟趾, 〈鄭夢周列傳〉, 「列傳」 券30, 『高麗史』.
14) 그가 남경을 떠난 것이 10월 12일임을 보아 추정한 날짜이다.(〈壬子十月十二日發京師宿鎭江府丹徒驛〉, 『圃隱集』 券1)

를 기록한 시가 〈登州仙祠〉, 〈登州過海〉이다. 〈登州仙祠〉에서는 "어디에 올라가서 나의 생각 위로하리. 지불성 아래의 옛 신선 사당(何處登臨慰我思 之罘城下古仙祠)"와 같이, 괴로운 마음을 위로하기 위해 배회하다가 지불성(之罘城) 아래의 옛 신선사당을 찾아 거기서 기도하기도 하였다. 그리고 드디어 배를 타고 등주를 떠나 바다에 들어서는 순간의 심회를 읊은 것이 다음의 〈登州過海〉이다.

지불성 아래에 조각 돛을 띄웠나니	之罘城下片帆張
잠깐 사이에 망망대해 들어섰다	便覺須臾入杳茫
구름은 봉래산의 신선각에 멀었으며	雲接蓬萊仙闕遠
달 밝은 요해 바다 나그네 옷 서늘하다	月明遼海客衣凉
백년 인생 하늘 땅에 몸은 좁쌀 같은 것이	百年天地身如粟
공명 두 글자에 수염은 희었더라	兩字功名鬢欲霜
언제나 귀거래사 길게 노래할꼬	何日長歌賦歸去
봉창에 밤새도록 조각 마음 아파 온다	篷窓終夜寸心傷

(〈登州過海〉, 위의 책)

전날까지 시름에 젖었던 시인이지만 등주 앞바다를 지나 큰 바다로 접어들면서 시인의 마음에 조금의 변화가 있는 듯하다. 탁 트인 바다에서 느끼는 일종의 치유 효과일 것이다. 하지만 5·6구에서처럼, 천지 아래 인생은 보잘것없이 작은 것인데 연행길을 왕복하다가 지치고 늙어가는 자신의 모습을 발견하며 자기연민의 정을 표현하였다.

이상에서 등주를 제재 및 소재로 한 권근과 정몽주의 사행시 몇 편을 살펴보았는데, 주된 소재는 등주·봉래역의 숙소, 봉래각, 신선각, 신선사당, 등주 앞바다 등이었으며, 이를 통하여 사신으로서의 심적 부담감, 나그네의 심회, 등주라는 공간에 관련된 역사적 감회,

자연풍광에서 느끼는 감회를 주로 표현하였음을 파악하였다.

3. 〈조천항해록(朝天航海錄)〉의 등주 형상

조선 후기의 해로사행은 1617년부터 병자호란으로 대명 외교가 단절된 1637년까지 25차례 실시되었다. 1617년 해로사행이 시작될 때 국내 출발지는 평안북도 곽산(郭山) 선사포(宣沙浦)였다. 여기를 출발하여 철산(鐵山) 가도(椵島), 거우도(車牛島), 녹도(鹿島)를 지나, 중국 영토인 요동반도 연안의 석성도(石城島), 장산도(長山島) 등, 발해 해협의 황성도(皇城島), 타기도(鼉磯島), 묘도(廟島)를 거쳐, 산동 반도의 등주(登州)에 이른다. 등주부터는 육로로 이동하여 북경(北京)에 이르렀는데, 총 수로가 3천 7백 60리이고, 육로가 1천 9백리였다.[15] 1629년부터는 군사적인 이유로 해로사행의 종착지가 등주에서 각화도(覺華島)로 바뀌었지만, 등주 수로와 각화도 수로가 시기에 따라 일률적으로 구분되는 것은 아니었다.

등주 수로를 택했던 해로사행 노정 중에서 북경(北京)과 한양(漢陽)의 정보를 서로 교환하고, 사행의 목적 성취를 위해 인정의 교류가 시작되는 지점이 바로 등주였다. 조선의 연행사는 등주에서부터 외교관으로서의 역할을 시작하였고, 중국 또한 등주에서부터 조선의 사절을 외교사절로 맞는 영접을 시작하였다.[16]

---

15) '航海路程', 〈事大〉 上, 『通文館志』 3권.

16) 임기중, 「수로연행록과 수로연행도」, 『한국어문학연구』 43집, 한국어문학연구회, 2004, 23쪽.

고려 말의 해로사행이 주로 단편적인 시 형태로 남아 있다면, 조선 후기에는 대부분 일기체의 산문으로 기록되어 있다. 현전하는 해로사행록은 안경(安璥)의 〈가해조천록(嘉海朝天錄)〉(1617), 이민성(李民宬)의 〈조천록(朝天錄)〉(1622)을 비롯하여 27종이 있는데[17], 널리 알려진 것으로 1624년 정사 이덕형(李德泂)의 서장관 홍익한(洪翼漢, 1586~1637)이 기록한 〈조천항해록(朝天航海錄)〉이 있다. 홍익한은 사명을 받고 조정을 하직한 1624년 7월부터 이듬해 4월까지 일기 형식으로 사행 일정을 기록하였다. 홍익한은 뒤에 병자호란 때 주전파(主戰派) 삼학사(三學士)의 한 사람으로, 청나라로 끌려가서도 끝내 뜻을 굽히지 않다가 죽음을 당한 것으로도 유명하다.

8개월간의 사행 일정 동안, 사행사 일행이 등주에 머문 것은 8월 23일부터 9월 12일까지의 20일, 그리고 환국길인 이듬해 3월 14일부터 20일까지의 일주일이었다. 출발 때의 모습을 보면, 사행선은 곽산포를 떠나 등주에 도착하기까지 해로로 20일이 걸렸는데, 풍파가 너무 심하여 사행단이 노심초사하는 모습이 잘 나타나 있다. 사행사가 8월 23일부터 20일 간 등주에서 행한 주요 임무는 군문(軍門)에서 표문(票文)을 받고 호송 인원을 지원받아 북경으로 떠날 채비를 하는 것이었다. 하지만 그 일에는 적지 않은 시간이 필요하였다.

홍익한은 그 기간 동안 등주에서 사행사 일행이 겪었던 일과 견문을 비교적 자세히 기록해 놓았다. 사행사 일행은 그 기간 동안에 등주지부(知府)에 자신들이 도착하였음을 알리고, 군문(軍門)에 가 현관례(見官禮)를 행하였다. 또한 사신들은 등주의 관리들과 연회를 갖으며

17) 위의 책, 9~10쪽.

교류하거나 시중 풍속을 살폈으며, 역관들은 밀무역을 하기도 하였다. 사신단은 군문에서 표문(票文)을 받고 수십 명의 호송 무사와 병거 및 기마 등을 지원받고서야 북경으로 출발할 수 있었다. 사행사가 등주 군문으로부터 사신으로서의 외교적 승인과 제반 지원을 얻는 것은 절차가 이처럼 까다로웠다. 그런데 이보다 사행사가 노심초사했던 일은 지연되고 있는 인조의 책봉 건을 조속히 완결지을 수 있도록 명나라 조정 인사들에게 전할 서신을 얻는 일이었다. 당시 군문의 책임자는 무지망(武之望)이었는데, 다음의 기록에는 그러한 사정이 구체적으로 나타나 있다.

> "…원컨대 노야께서는 의정부의 신문(申文)과 우리들의 정문(呈文)을 살펴 보시고 표 노야의 상본(上本)에 의하여 속히 봉전을 완결시켜 주시면 동방의 창생들이 또한 장차 정성을 다하여 보답할 것입니다." 하니, 군문이 말하기를, "내가 4월 전에 북경에 있어 예부 임 노야와 친분이 있었으므로 이 일을 소상히 알고 있는데, 조정의 의론이 서로 엇갈려 있었소. 지금은 각부에서도 명백히 알고 있으니, 그대들은 북경에 가서 다만 각로(閣老)와 종백(宗伯) 앞에 소상히 전달하오." 한다. 우리가 또 고하기를, "노야가 상본(上本)할 때에 각로(閣老)와 종백(宗伯) 및 과관(科官)에게도 아울러 서신을 내 주심이 어떻겠습니까?" 하니, 군문이 쾌히 승낙하였다(8월 29일).[18](밑줄은 인용자 강조 표시)

1624년은 광해군이 폐위된 지 2년째 되는 해인데, 인조 책봉은 그때까지도 명 조정의 승인을 받지 못하고 있었다. 이번 사행의 주 목적

---

18) 홍익한 저, 정순범 역, 〈조천항해록〉, 『국역 연행록선집』 II, 민족문화추진회, 1976, 173쪽.

도 명 조정에 인조 책봉을 승인받는 것에 있었다. 현관례에서 조선의 사신을 맞은 군문의 무지망은 밑줄 친 부분에서처럼, 북경의 조정 백관들이 인조 책봉을 도울 수 있도록 자신이 그들에게 서신을 써주겠다고 호의를 베풀었다. 하지만 서찰은 조속히 처리되지 않았고, 사신들은 몇 차례나 사람을 보내어 독촉하고 간청한 끝에 10여 일 만에 서신을 얻을 수 있었다. 그리고 뒤에는 사신들을 호위할 무사, 수레와 말 등을 조정하는 감합표문(勘合票文)이 늦어서 고심하였다.

이밖에 홍익한 일행이 등주에서 견문한 주요 내용은 다음과 같다.

ㅇ상·부사와 함께 보정사(普靜寺)에 구경 가다. 주연(酒宴)이 있어 음식을 대접 받았으나 식성에 맞지 않아 고통스러웠다. 군문의 신임 관리는 문묘에 배향하여 이날 현관례를 하지 못하다(8월 27일).

ㅇ신임 관리들의 사찰과 신묘 배향하는 관습을 한탄하다(8월 28일).

- 또 현관례를 하지 못하다. 명에서는 관리가 새로 부임하면 먼저 사찰과 신묘에 두루 알현하는 것이 규례가 되었는데, 이처럼 사귀(邪鬼) 섬기는 것이 풍습이 되고 성교(聖敎)가 인멸되었음을 한탄하다.

ㅇ군문에 가 현관례를 행하다. 공자 문묘를 알현하다(8월 29일).

ㅇ진해루(鎭海樓)에 오르다(9월 1일).

ㅇ봉래각 참관을 하다(9월 4일).

- "오후에 상.부사와 함께 봉래각에 올라 동으로 창망한 운해 밖에 있는 본국을 바라보니, 소식(蘇軾)의 이른바 '아득한 나의 회포여 미인을 하늘 저 끝에 바라보도다.'라는 구절이 바로 이것이다. 난간에 의지하여 사면을 바라보니 산천은 수려하고 만 길이나 되는 붉은 석벽이 바닷가에 솟았으니, 과연 신선이 살 만한 곳이었다."[19]와 같이 봉래각을 둘러본 소회를 기록하다.

---

19) 위의 책, 178쪽.

○홍익한이 역관들을 신문하며 출발을 독촉하다(9월 9일).

– "소낙비. 우리들이 왕명을 받들고 바다를 건너는 사행으로서 목숨을 내걸고 사명을 완수할 책임이 있는데, 이 곳에 당도한 지 10여 일이 되었다. 앉아서 세월만 보내고 한갓 여비만 허비하니, 어찌 답답한 일이 아니겠는가? 그윽히 생각건대, 역관들이 사사로 가져온 물품을 매매하기 위하여 고의로 출발 기일을 지체하는 듯하므로, 상통사 2인을 잡아들여 장으로 신문하여 떠날 길을 독촉하니, 상·부사가 굳이 만류하므로 곧 놓아 주었다."와 같이 출발이 지체된 것에 대한 답답함과 역관들의 밀무역에 관해 서술하다. 그 외에 여러 관리들과 교유하였음을 기록하다.

이상의 내용에서도 알 수 있듯이, 홍익한은 군문에서 표문을 얻기를 기다리는 사이, 틈틈이 보정사, 공자 문묘, 진해루, 봉래각 등을 오르며 등주의 경관을 관람하고 풍습에 대해 견문한 일들을 그날 그날 기록하였다. 사행은 9월 12일 오후에 드디어 등주를 떠나 북경을 향하였다.

홍익한 일행은 북경 일정을 마치고 이듬해인 1625년 3월 14일 등주에 도착, 일주일을 머물렀다. 이때 견문한 내용은 다음과 같다.

○북마포(北馬舖)에서 길을 떠나 오후 늦게 등주에 도착하다(3월 14일).

○조선사람 고한로(高漢老)가 찾아와 만나다(3월 16일).

– 고한로라는 자는 연안부 사람으로, 임진왜란 때 진유격을 따라 중국에 들어왔다가 중국 군인이 되었다.

○군문에 나아가 봉군(封君) 일이 완료되었음을 사례하고, 선박을 요청하였으나 허락하지 않다. 저녁에 봉래각에 올라 성모묘(聖母廟)에

제사하다(3월 17일).

○연회를 갖고, 등주의 시인 오대빈을 만나다(3월 18일).

○천비(天妃)·풍신(風神)·용왕(龍王)·소성(小聖)에게 제사하고, 해로사행길에 사망한 사신들[20]에게 제사를 지내다. 무지망이 조정의 뜻을 받아 연무장에서 연회를 베풀고 사신 일행들을 융숭하게 대접하다(3월 19일).

이와 같이 귀국길의 등주 일정은 대부분 교류와 사례(謝禮), 안전 귀향을 위한 제사 등으로 채워졌음을 알 수 있다. 3월 19일 연회에 다녀왔던 홍익한은 "오후에 연회에 참석하니 찬품(饌品)이 풍성하고 예수(禮數)가 융숭하여 정의가 간곡하니, 우리나라 대우하는 도리를 알 수 있다."고 기록하였다. 사행선은 3월 20일 자정에 배에서 선신(船神)에게 개양제(開洋祭)를 지내고, 오시(午時) 초에 배를 출발, 묘도 앞바다에 정박하였다. 이후 진주문, 황성도, 평도, 장산도, 석성도, 가도를 거쳐 선사포에 4월 2일 도착하였다. 뱃길은 늘 험하였고, 바람이 불지 않거나 역풍을 맞을 때마다 홍익한 일행은 천비(天妃), 해신(海神)들에게 제사 지내며 안전을 빌었다. 홍익한이 육로로 한양으로 돌아온 것은 4월 18일 경이었으니, 등주에서부터 한양까지 해로와 육로를 합쳐 약 한 달이 걸렸다.

20) 이들은 1620년 광해군이 명나라 신종을 조문하려고 보낸 진위사 박이서, 진향사 유간, 서장관 정응두인데, 육로를 통해 명나라에 갔다가 요동반도의 통행이 막히자 1621년 뱃길로 귀국하다가 폭풍을 만나서 모두 죽고 말았다.

4. 〈김영철전(金英哲傳)〉의 등주 형상

소설 〈김영철전〉에 그려진 등주는 어떠한 형상이었을까? 작품에서 등주는 주인공의 인생에서 특별한 의미를 지닌 삶의 거소이자, 당대의 특수한 역사적 정황과 결합하고 문화적 함의를 품는 공간으로 형상화된다. 이에 대해 상술해보고자 한다. 김영철은 1619년 심하 전투에 출전하였다가 포로가 되어 지금의 백두산 근처인 건주(建州) 지역에서 후금 장수 아라나의 가노(家奴) 생활을 6년간 하였다. 그리고 거기서 후금 여인과 부부가 되어 아들 둘을 낳았다. 하지만 그는 고향으로 돌아가려는 마음에, 함께 있던 한인(漢人)들과 1625년 8월 15일 건주를 탈출하였다. 영철과 다섯 명의 한인들은 마침내 영원위(寧遠衛)로 살아 돌아왔다. 그들은 곧 북경으로 보내져 명 조정의 조사를 받았고, 조사가 끝난 뒤 영철은 친구 전유년(田有年)의 고향 등주에 정착하였다. 그때가 1626년 초였다. 전유년의 집안은 등주에서 큰 가문을 이루고 있었다. 영철이 등주에 정착할 때, 그는 명 조정으로부터 적지 않은 정착금을 받았다. 영철에 대해서 명 조정 및 등주 태수는 큰 관심을 갖고 옷과 양식을 지급하고, 또 은자 백 냥을 내렸다. 그 돈은 능히 집 한 채를 사고, 양가집 처자와 혼사를 준비할 수 있는 큰 액수였다.

영철은 1626년 봄에 전유년의 여동생과 결혼을 하였다. 두 사람은 일가친척들의 축복을 받았고, 물질적으로도 풍족한 삶을 살았다. 또 전씨녀는 화가를 시켜 조선에 있는 시부모의 화상을 그려 조석으로 봉양할 만큼 효성스러웠다. 두 사람은 애틋하게 사랑을 하였고, 행복한 삶을 살았다. 인생 전체에 걸쳐 고단한 삶을 살았던 영철에게 이러한 등주 시절은 매우 특별한 것이었다.

영철의 등주 생활에서 한 가지 특기할 점은 조선 가무에 대한 등주인들의 특별한 관심이다. 등주에는 크고 작은 잔치가 많았는데, 사람들은 그때마다 반드시 영철과 유년을 불러 만주족의 춤을 추게 하여 흥을 돋우고, 후한 선물을 주었다. 또 영철에게는 조선의 춤과 노래를 하게 하니 보는 사람들이 시장에 모인 사람들처럼 많았고, 그에겐 따로 예물을 많이 주었다. 그런데 작품에는 이와 연관하여 흥미로운 사건이 소개된다.

> 하루는 마을사람들이 잔치에 많이 모였다. 두 사람이 함께 걸어 왔는데, 의관이 훌륭하고 풍의가 아주 준수하여 장자인(長子人)이라는 것을 알 수 있었다. 사람들이 일어나 맞이하자 윗자리에 앉았는데, 누구도 어떻게 오게 되었는지 이유를 물을 수 없었다. 그 사람이 말하였다. "최근 조선 사람이 여기에 머물면서 조선의 춤과 노래를 잘 한다고 들었는데, 우리들도 한 번 보러 왔소." 영철이 앞에 나아가 무릎을 꿇어 예를 표하자, 두 사람이 말하였다. "당신은 사해가 모두 우리 형제라는 말을 듣지 못했는가? 나라는 크고 작음이 있으나 사람은 같고, 땅은 안팎으로 나뉘어 있으나 하늘은 하나이다. 어찌 당신과 나 사이에 물색(物色)이 중국과 조선 사람이라고 해서 달라지겠는가? 이로써 당신이 홀로 이 곳에 있는 것을 불쌍히 여겨 위로하러 특별히 왔다. 당신은 나를 위해 조선의 가무를 하여 우리 두 노인을 즐겁게 해주지 아니하겠는가?" 영철이 감히 사양하지 못하고, "예" 하였다.[21]

21) 一日, 鄕人大會宴飮. 有兩人聯步而至, 衣冠甚偉, 風儀極俊, 可知其長子人也. 衆人起而迎之, 坐於上座, 不敢問其來到之由矣. 其人曰, "近聞朝鮮之人來寓於此地, 善爲東國歌舞云. 吾輩欲一見而來矣." 英哲進前跪禮, 兩人曰, "君不聞四海皆吾兄弟之語乎? 國有大小, 而人則同也, 地分內外, 而天則一也. 何必物色於爾我, 異同於華夷? 是以憐君流落, 特來相慰. 君未可爲我以貴國歌舞娛我兩老人乎?" 英哲不敢辭, "唯唯!"

위 인용문에서는 등주의 장자인(長子人)이 영철을 찾아와 조선의 춤과 노래를 청하면서 나타내는 우호적인 태도를 볼 수 있다. '장자인'이라고 하는 사람은 등주의 유력자임에 틀림없다. 그런 그가 음악에 관한 한, 명과 조선이 다를 바 없다는 것을 말하면서 전개하는 사해동포주의(四海同胞主義)의 논리가 흥미롭다. 그는 나라는 크고 작음이 있으나 사람은 같고, 땅은 안팎으로 나뉘어 있으나 하늘은 하나라고 하였다. 사해의 백성들이 모두 하나의 백성이니, 음악이라고 해서 명과 조선이 다를 것이 없다고 하였다. 이 사해동포주의에 대한 언술이 실제 등주 장자인의 말일지, 아니면 소설가가 만들어낸 말일지 궁금해진다. 다음 인용문을 보고 좀 더 추론해보기로 하자.

> 물러나 무릎을 꿇고 노래를 부르고, 일어나 춤을 추었다. 두 사람이 말하였다. "춤의 절차가 가히 볼 만하다. 노래는 비록 소리를 들으나, 뜻을 알 수 없으니, 당신은 나를 위해 뜻을 번역해 주게." 영철이 이에 중국어로 번역하여 말하니, 두 사람이 붓을 들어 종이에 적고, 읊조리기를 세 번 반복하며 감상하였다. 또 말하기를, "단가는 이미 들었으니, 장가를 사양하지 말고 한 번 불러주시오." 영철이 명을 받들어 관동별곡, 관서 등의 별곡 및 목동사를 불렀다. 두 사람이 중국어로 번역하여 베끼고, 크게 칭찬하여 말하였다. "세상 가곡이 이와 같은 것이 많으나, 격렬호방(激烈豪放)한 것은 조선의 가사만한 것이 없도다. 무곡은 또한 조용하나, 중국보다 뛰어나다. 이 사람은 조선의 일개 전사인데 이와 같다면, 가무를 직업으로 삼는 사람들은 보지 않아도 그 수준을 알 만하다."[22]

(박재연본 〈김영철전〉, 31면)

22) 退, 跪而謌, 起而舞, 兩人曰, "舞節次誠可觀也. 謌則雖聞其聲, 不知其意, 君須飜譯而言之." 英哲乃以華語釋而告之, 兩人拈筆, 寫於紙一面, 吟咏三復歎賞, 且曰, "短歌

위 인용문에서는 조선 음악의 구체적인 예가 등장한다. 영철은 먼저 단가(短歌)를 부르고 이에 맞춰 춤을 추었다. 그러자 장자인은 춤의 절차를 칭찬하였고, 단가의 내용을 중국어로 번역하여 들었다. 또 그들은 장가(長歌)를 요청하였다. 영철이 부른 것은 〈관동별곡(關東別曲)〉, 〈관서별곡(關西別曲)〉 등과 〈목동사(牧童詞)〉였다. 두 사람은 또한 이를 중국어로 번역하여 베끼고 칭찬하였으니, 조선의 가사(歌詞)는 격렬호방(激烈豪放)하며, 무곡(舞曲)은 조용하나 중국보다 뛰어나다고 하였다. 이방 등주에서 백광홍(白光弘, 1522~56)의 〈관서별곡〉[23], 정철(鄭澈, 1536~93)의 〈관동별곡〉[24], 임유후(任有後, 1601~73)의 〈목동사〉[25] 등이 거명되고 영철이 이를 춤추며 노래 불렀다는 것과, 등주의 유력자가 그것을 중국어로 번역해서 듣고, 또 자신의 입으로 조선 가사를 품평했다는 점은 분명 특기할 만한 대목이다.

이 내용 또한 두 가지의 가능성을 지니고 있다. 첫째, 실제 있었던 일로, 등주의 장자인이 실제로 조선의 가사와 춤을 높게 평가했을

既聞之矣. 長謌須無讓一唱也." 英哲受命, 卽唱關東·關西等別曲及牧童詞. 兩人又以華語飜寫, 大加稱歎曰, "世上歌曲若此者多矣. 激烈豪放, 無如東國之歌詞者, 舞曲亦從容, 遠勝於中國. 此人卽朝鮮一戰士也, 猶尙如此, 其以歌舞爲事者, 不見而可知矣."(같은 책, 31~32쪽)

23) 〈관서별곡〉은 조선 명종 때의 문신 백광홍이 지은 기행가사로, 백광홍이 평안도 병마평사에 부임하여 그 지방의 뛰어난 경관과 견문을 읊은 것이다.

24) 〈관동별곡〉은 조선 선조 때의 문신 정철이 지은 기행가사로, 1580년 강원도 관찰사로 제수되어 부임하면서 관동팔경과 내금강·외금강·해금강을 유람하고 이 작품을 지었다. 정철은 박력 있고 화려한 문체로 자신의 풍류와 애국심을 유감없이 발휘하였다. 서포 김만중은 이 가사를 '동방의 이소(離騷)'라고 할 만큼 높이 평가하였다.

25) 〈목동사〉는 정식 명칭이 〈목동문답가(牧童問答歌)〉로, 임유후73)가 약관 시절에, 안분지족(安分知足)과 공명무상(功名無想)을 읊은 작품으로 평가된다.(육민수, 「〈목동문답가〉 창작시기 및 이본의 실현 양상」, 『반교어문』 26집, 반교어문학회, 2009, 227쪽.)

가능성이다. 실제 중국 내에서 조선의 가곡을 직접 보고 들은 사람은 거의 없었으리라는 점을 생각한다면, 이는 조선의 가무에 대한 중국인들의 반응을 살필 수 있는 매우 흥미로운 자료라 할 것이다.

둘째, 〈김영철전〉 속의 평어(評語)를 실제 중국인의 평어가 아니라 소설적 담화로 보는 견해다. 말하자면, 소설가가 가사에 대한 당시의 일반적인 인식을 대변했다고 보는 것이다. 사실상 소설이라는 장르의 특성상 작가가 조선의 문학 및 무곡(舞曲)의 우수성을 약간 과장한 셈이 되는 것인데, 그렇다 하더라도 이 서술은 1620년대 유행하던 조선 가곡의 상황을 이해하는 유력한 방증 자료가 된다.

위 인용문과 연관하여 홍만종(洪萬宗, 1643~1725)의 언술을 들어볼 필요가 있다. 그는 〈순오지(旬五志)〉에서 조선의 가곡과 중국의 가곡을 비교하면서, 조선의 가곡이 우리말 그대로 악보에 옮겼기 때문에 감상과 흥치가 뛰어나 읊조리고, 춤추고 뛰어놀게 된다고 하였다.[26] 상촌(象村) 신흠(申欽, 1566~1628)의 한중 가사에 대한 비평을 근거로 조선 장가의 음악성을 높이 평가한 대목이다. 홍만종은 이어서 〈면앙정가(俛仰亭歌)〉·〈관서별곡〉·〈관동별곡〉·〈사미인곡(思美人曲)〉·〈강

26) "우리나라 사람이 지은 가곡은 오로지 방언(方言)만 사용하고 간혹 문자를 섞었으나, 대개가 언문으로 된 것이 세상에 전하고 있다. 대개 방언을 사용하는 것은 그 나라 풍속에 있어서 그렇지 않을 수가 없기 때문이다. 그러니 그 가곡이 중국의 것과 비등하지는 못할지라도 또한 볼 만하고 들을 만한 것이 전혀 없지도 않다. 〈상촌집〉에 보면 지봉(芝峰)의 〈조천록가사〉에 대해서 쓴 것이 있다. 거기에 말하기를, '중국의 가사는 옛 악부와 및 그 시대의 소리로서 관현에 이것을 올려놓았지만, 우리나라에서는 지방의 소리 그대로를 문자에만 맞추어 놓은 것이다. 이것이 비록 중국과 다르긴 하지만 그 감상과 흥치에 있어서는 자연히 이것을 읊게 되고, 춤추게 되고, 뛰놀게 되니 그 귀추를 말한다면 일반이다." 하였으니 이 말이야말로 믿음직한 말이 아닌가? 내가 우리나라 가곡 중에서 제일 좋다는 것만 몇 편 뽑아서 여기에서 평가해보기로 한다.'하였다."(홍만종 저, 이민수 역, 『순오지』, 을유문화사, 1971, 264~265쪽.)

촌별곡(江村別曲)〉·〈목동가(牧童歌)〉에 이르기까지 우리말로 표현된 장가 14편에 대해 평가를 하면서 중국의 악보와 견주어도 손색이 없다고 하여, 우리 문학에 대한 당당한 긍지를 나타내었다.

〈순오지〉의 내용을 근거로 추론해본다면, 조선 가무에 관련한 〈김영철전〉의 인용 부분은 실제 등주인의 평어라기보다는, 당대 조선 문인들의 우리 문학과 음악에 대한 긍지와 자부심을 〈김영철전〉의 작가가 공유하여 소설에 반영한 것이라 이해하는 것이 무리가 없지 않을까 생각한다. 사해동포주의 발언도 이와 같은 맥락에서 이해할 수 있을 것이다.

영철은 전씨녀와의 사이에서 아들 둘을 얻었으며, 유족하고 행복한 삶을 살았다. 그런데 그러던 어느 날, 그는 조선에서 온 사행선 소식을 듣게 되고, 항구의 사행선을 찾아가 고향 친구를 만난다. 거기서 부모의 소식을 들은 영철은 고민 끝에 고향으로 돌아가기로 마음먹는다. 그때가 1630년 10월이었다. 사신 일행이 북경을 다녀온 이듬해 봄, 그는 몰래 사행선에 숨어들어 마침내 등주를 떠나 귀국한다. 이때 등주에 출입한 사행선에 관한 사실 여부를 따져본다면, 이는 사실에 근거한 설정으로 보인다.[27] 작품에는 영철의 등주 탈출 장면이 매우 극적으로 그려져 있다. 아내와 자식을 버리고 고국행을 선택

27) 1630년 10월 당시에 등주에 정박한 사행선은 정두원(鄭斗源:1581~1642)을 정사(正使)로 한 일행이 탄 배였다. 『인조실록』에 의하면, 정두원은 1630년 7월 한양을 출발하여 9월에 등주에 도착, 북경 사행을 마치고 이듬해인 1631년 봄에 다시 등주로 돌아오고, 동년 6월에 한양으로 임무를 마치고 돌아왔다(『인조실록』, 인조 9년 2월). 소설에 그려진 사행선이 실제 정두원을 정사로 한 배와 일치하는지 여부를 확증할 수는 없다. 하지만 적어도 사실 관계에서는 작품 내 기록과 실제 사행선의 출입 기록이 정확히 일치한다는 점에서 소설의 개연성이 확보되어 있음을 알 수 있다.

하는 영철의 내적 갈등, 남편을 찾아 새벽에 사람들을 몰고와 미친 듯한 모습으로 배를 뒤지는 전씨녀의 모습, 외교적 책임을 면하기 위해 전씨녀를 모질게 간부(姦婦)로 몰아세우는 조선 사신의 모습, 떠나가는 배를 보고 오열(嗚咽)하는 전씨녀의 모습 등을 그린 장면은 우리 소설사에서 아프고도 슬픈 '이별'의 명 장면으로 꼽힐 것이다.[28)]

영철은 마침내 고국에 돌아가 조부와 홀어머니를 모시고 효도를 하였지만, 그는 늘 등주에 두고온 처자를 그리워하며 가슴아파했다. 훗날 영철은 노년에 자모산성에서 성지기를 하면서 등주의 처자를 그리며 탄식하였다. 19세에 고향 영유를 떠나 17세기 동아시아 전란에 휩쓸린 김영철은 일생 동안 심하, 허투알라, 건주, 요양, 영원, 북경, 등주, 개주, 금주 등 이방땅을 전전하며 유랑의 삶을 살았다. 그런 영철에게 고향 영유는 회귀의 장소이며, 끊임없는 삶의 구심력으로 작용하였다. 그렇다면 영철에게 등주는 어떤 곳이었을까? 영유와 대비하여 등주는 일시적이긴 하지만, 삶의 평안과 사랑을 맛보게 해준 피난지요 안식처로 형상화되었다. 그럼에도 불구하고 사랑하는 처자를 두고 떠나올 수밖에 없는 운명을 영철은 평생 한스러워했다. 등주에서의 사랑과 우정, 이별의 아픔은 그래서 더욱 절절한 여운을 남긴다.

---

28) 〈김영철전〉의 다른 이본인 홍세태본에서는 이 장면이 간략하다. 이에 비해 박재연본은 훨씬 풍부하고 극적으로 형상화되어 있다. 이에 대한 상세한 분석은 권혁래의 「17세기 동아시아 전란의 소설적 수용 양상」(『고소설연구』 26집, 한국고소설학회, 2008, 77~80쪽)을 참조할 것.

5. 맺음말

역사적으로 중국 산동성 등주는 한중 간에 중요한 외교적 의미와 인연을 지닌 공간이다. 하지만 현재 한국 사회에서, 한적한 현급(縣級) 도시로 쇠락한 등주·봉래를 기억하는 이는 그리 많지 않다. 필자는 고려 말의 사행시와 홍익한의 〈조천항해록〉 및 소설 〈김영철전〉에 그려진 등주 형상을 분석하며, 문학지리학의 관점에서 등주의 의미를 고찰하였다.

고려 말, 조선 후기 사행 노정 중에 그려진 등주는 해로와 육로를 잇는 중간 기착지(寄着地)였다. 20여 일간의 험난한 해로를 건너 등주에 들어설 때 사신들은 안도의 숨을 내쉬며 외교관으로서의 역할을 시작하였고, 중국의 관원 또한 등주에서부터 고려 및 조선의 사절을 영접하기 시작하였다. 또한 사신들이 임무를 마치고 돌아와 등주에 머무르며 사행선의 출발을 기다릴 때, 등주는 나그네로서의 자신을 돌아보게 하는 외로움과 성찰의 공간이 되었다.

고려 말 및 조선 후기에 지어진 사행문학에 등장하는 등주의 주요 거소는 등주역·봉래역의 숙소, 봉래각, 보정사 등이 있다. 등주를 거쳐간 고려와 조선의 문인들은 이들 공간을 반드시 관람하고 문학 작품의 제재로 삼았다. 이 글에서 등주와 연관하여 살펴본 주요 인물 및 문학 작품은 고려 말 원·명 교체기에 사신의 고단한 심회를 읊은 권근의 〈曉雨作〉, 〈宿登州蓬萊驛詠懷古迹四絕〉, 〈登蓬萊閣〉, 그리고 정몽주의 〈三月十九日過海宿登州公館郭通寺金押馬船遭風未至因留待〉, 〈登州過海〉 등이 있다. 조선 후기에는 봉전(封典) 완결의 임무를 수행한 서장관 홍익한과 그의 저술 〈조천항해록〉 속에 등장하는 등주를 기억할 필요가 있다. 홍익한이 기록한 약 30일 간의 등주 일정은 당시 사행의 첫 임무를 수행하기 위해 고심한 행적과 등주의 경관 및 풍속 등을 살필 수 있는 매우 구체적인 자료이다.

소설 〈김영철전〉은 대체로 사실(史實)에 부합하고, 실사(實事)에 가까운 작품이며, 김영철의 등주 시절도 대체로 실사(實事)에 기초한 이야기라 파악된다. 〈김영철전〉에 그려진 등주는 피로인 김영철이 건주에서 탈출하여 안착한 도시로, 삶의 공간으로서의 냄새가 흠씬 풍겨나는 거소이다. 〈김영철전〉의 전승 덕분에 우리는 등주를 영철과 전씨녀 부부의 사랑과 행복, 이별의 고통이 그려진 문학공간으로 기억하게 될 것이다. 영철의 인생에서 등주 시절은 전유년의 우정 및 등주인들의 후의(厚意)에 힘입어 새로운 삶의 소망을 갖게 되었고, 무엇보다 전씨녀와 아름다운 사랑을 나눈 시기로 형상화되었다. 이로 인하여 영철은 그의 인생사에서 가장 빛나는 행복을 누릴 수 있었다. 이상에서 고찰한 한국 문학 속의 등주 형상이 한중 간에 의미 있는 기억과 인연으로 작용하기를 바란다.

이 글은『국어국문학』154호(국어국문학회, 2010)에 수록한 논문을 수정하여 재수록한 것이다.

『열하일기』의 〈황성기〉, 청 왕조 정통론

이현식

1. 머리말

『열하일기』는 우리 고전 중 몇 손가락 안에 꼽히는 역작으로 평가받는다. 17세기에서 19세기까지 북경을 다녀온 후에 쓴 여행록은 셀 수 없을 만큼 많다. 그러나 연암 박지원(영조 13년, 1737~순조 5년, 1805)의 『열하일기』만큼 후인들의 관심을 끈 글은 없었다. 그 이유는 무엇일까? 그것은 『열하일기』가 여행기로서 최고의 수준을 보여주었기 때문이다.

이를 살펴볼 수 있는 글 중 하나가 〈황성기〉다. 1780년 8월 1일 박지원은 황성, 곧 북경성에 들어갔다. 그는 그 날의 일기에 자신의 감회를 적었다. 그는 황성의 번영이 중화문명을 집대성한 결과라고 평가하고, 청의 황제들이 공자의 뜻을 현실에서 이루었다고 평가했다. 이는 청 왕조를 중화문화의 계승자로 인정하는 동시에, 청 왕조를 공자의 후계자로 평가한 것이다.

이런 평가는 거의 도발적인 수준이다. 청 왕조에 대한 조선의 기억은 참담했다. 17세기 중반 조선은 청 왕조의 침략을 당했다. 국토는 유린되었고 왕은 무릎을 꿇었다. 조선은 말할 수 없는 모욕을 감수해야 했다. 게다가 청 왕조는 명 왕조를 멸망시켰다. 명 왕조는 중화였고 조선의 상국이었다. 청 왕조에 대한 역사적 기억은 이처럼 적대감으로 가득 차 있었다.

청 왕조에 대한 적대감은 역사적 경험 때문만이 아니었다. 더 완고한 것은 춘추대의 세계관이었다. 공자는 『춘추』에서 존하와 양이를 강조했다. 주나라 왕실을 높이고 오랑캐를 배척하라는 것이다. 이 춘추대의에서 세계의 중심은 한족이고, 오랑캐는 배척의 대상일 뿐이었다. 오랑캐가 누구인가는 시대에 따라 달라졌지만 오랑캐에 대한 배척의식은 바뀌지 않았다.

처참한 역사적 기억과 춘추대의의 세계관은 청 왕조를 바라보는 기본적인 틀이었다. 청 왕조는 야만족이요, 그들은 중원을 짐승의 비린내로 오염시킨 이물질이었다. 청 왕조는 오직 물리쳐야 할 대상이었다. 하지만 〈황성기〉의 주장은 이런 상식과 정반대였다. 청 왕조는 중화문명을 집대성했으며, 그것이 바로 공자가 이루려고 했던 꿈이었다고 평가했다. 청 왕조가 중화요 정통이라는 것이다.

이 글은 공자를 모욕하고 부정했으며, 역사적 기억을 망각하고 명 왕조에 대한 의리를 배반한 것이라고 왜곡될 수 있었다. 그 순간, 그의 글은 불온한 것이 되며, 그는 위태로워질 것이다. 그런데도 그는 그렇게 썼다. 그 이유는 무엇일까? 그는 18세기 청 왕조가 성취한 문명이 너무나 눈부신 것에 놀랐다. 그는 춘추대의로는 그런 사실을 설명할 수 없다는 사실을 깨달았던 것이다.

도덕적 명분은 진실의 바탕 위에 설 때 힘을 지니는 법이다. 춘추대의는 한 때 훌륭한 도덕적 명분이었지만 연암의 시대에는 실제와 맞지 않았다. 청 왕조의 문명을 목격한 사람은 많았지만 그런 진실을 받아들인 사람들은 거의 없었다. 그들은 그저 관습처럼 춘추대의를 외쳤다. 연암은 달랐다. 그는 진실 앞에서 솔직하고 용감했다. 『열하일기』는 그것에 대한 고백이었고 〈황성기〉는 그 정점에 위치한 글이다.

청 왕조의 문명을 인정한 것에는 또 다른 의미가 있다. 이는 청 왕조가 조선의 역사 발전의 기회라는 것을 연암이 자각하고 있었다는 뜻을 함축한다. 박지원이 『열하일기』 곳곳에서 조선이 청 왕조와 무역을 행하고, 수레와 벽돌과 같은 제도를 수용해야 한다고 주장한 것은 그 방증이다. 그는 청 왕조를 도덕적으로 비난하기보다는 그 문화의 유용성에 주목했던 것이다.

청 왕조를 기회로 인식했다는 것은 그가 지식인으로서의 사명감을 지녔다는 뜻이다. 실제로 그는 여행 내내 조선의 지식인들이 어떻게 변해야 하는지, 또 청 왕조의 무엇을 배워야 하는지에 대해 고심했다. 동시에 청 왕조의 지식인들에게 조선을 어떻게 알려야 하는지도 사색했다. 이런 사색과 고민이 없었다면 청 왕조의 문명을 수용해야 한다고 주장하기 어려웠을 것이다.

〈황성기〉는 『열하일기』의 이러한 특징을 가장 압축적으로 보여준 작품이다. 이제 본고는 〈황성기〉의 내용과 그 의미를 분석할 것이다. 이를 통해 연암이 이적인 청 왕조를 어떻게 중화문화의 계승자로 인정할 수 있었는지, 또한 청 왕조의 천하 통치를 어떻게 현실적으로 인정했는지를 정리하려고 한다. 이를 통해서 『열하일기』를 이룬 가장 중요한 주제 중 하나를 이해하게 될 것이다.[1)]

2. 연구사의 점검

〈황성기〉에 대해 연구자들은 별로 관심이 없었다. 몇몇 연구자들만 이 글의 특정 부분을 분석했을 뿐이다. 이가원은 연암의 북학 사상을 설명하기 위해 이 글의 한 부분을 인용했지만 자세히 분석하지는 않았다. 김명호는 이 글에서 청나라를 보는 관점이 변한 것에 주목했다. 그는 중화의 개념을 혈통이 아니라 문화적인 측면에서 해석했다고 진단했다.[2)]

김동석과 서현경은 성인과 우인을 대비시킨 부분에 관심을 보였다. 그러나 그 해석은 서로 달랐다. 김동석은 성인과 우인, 중화와 오랑캐가 문화 창조적인 측면에서 동등할 뿐 아니라 계승적인 관계에 있는 지적한 것이라고 평가했다.

> 우인은 『한서』의 고금인물표에 의하면 악한 일은 할 수 있지만 착한 일은 할 수 없는 사람이다. 연암은 정일한 심법으로 문명을 창조하는 데 공로가 성인과 우인에게 동등하게 있음을 강조하고 있다.
>
> 세상의 모든 문물은 모두 정일한 심법의 결과물이다. 성인과 우인, 중화민족과 이적이 창조한 문명은 동일하게 정일한 심법에서 나온 것으로 성인과 우인, 중화민족과 이적이 서로 계승 발전시킨 것이다. 이 부분은 '문화적인 측면을 강조'한 것이라고 말하고 있다.[3)]

---

1) 다만 박지원의 내면 모습은 따로 고찰하지 않았다. 분석의 텍스트는 박영철이 정리한 『열하일기』이다. 박지원, 『연암집』 권11, 『한국문집총간』 252집, 민족문화추진회, 2001, 200쪽 하좌~202쪽 상우.

2) 김명호, 『열하일기 연구』, 창작과비평사, 1980, 123쪽.

3) 김동석, 「『열하일기』의 서사적 구성과 그 특징」, 『한국실학연구』 제9집, 한국실학

세상의 모든 문물이 유정유일의 심법(정밀하게 살피고 한결같이 지키는 마음 씀씀이)에서 나왔는데, 그런 심법이 성인이나 중화민족만이 아니라 우인과 이적(오랑캐)에게도 적용된다는 것이다. 그러므로 그 문물은 성인과 우인, 중화민족과 이적이 서로 계승하고 발전시킨 결과라는 것이다. 이 말은 청나라에 대한 존명양이론을 극복하기 위한 것이라고 평가했다.[4)]

서현경은 이것이 지식 기술의 독자성을 인정한 북학의 특징을 보여준다고 생각했다. 성인은 문화적인 것(본원 유학과 신유학)을 남기고 우인은 문명적인 것(지식 기술)을 남겼는데, 성인과 우인을 구분하여 문명적인 것, 곧 지식 기술의 독자성을 강조한 것이라고 평가했다. 연암이 지식 기술 도입을 주장하고, 역법과 기술로서의 서학 도입에 관심을 가진 이유가 이 때문이었다는 것이다.

> 첫 번째 인용된 박지원의 설명을 굳이 현대어로 번역하자면, '문화'에 더 가깝고, 두 번째 인용은 '문명'에 오히려 더 가깝다. 그런데 박지원은 특별히 '문명적'인 것에 대해 주목한다. 그리고 도덕관념을 제거한 '문명적'인 요소의 독자성을 강조함으로써 박지원은 '중국'을 넘어 '유럽'을 사유할 수 있는 가능성을 타진했다. 실제로 박지원의 선진한 '지식기술' 도입 주장은 북학을 넘어 서학의 경계에까지 근접한다. (중략) 그런데 여기서 '서학'은 당시의 관념을 반영할 때, 이른바 '야소교적인 요소를 제외한 역법과 기술로서의 서학이다.[5)]

학회, 2005, 112~113·114쪽.

4) 김동석, 위의 글, 114~115쪽.

5) 서현경, 「『열하일기』 정본의 탐색과 서술 분석」, 연세대학교 대학원 박사학위논문, 2008, 127쪽.

김동석은 성인과 우인, 중화민족과 이족의 동질성을 강조했고, 서현경은 그 차이를 주목했다. 그러나 이 글의 의미를 바로 알려면 동질성과 이질성 양쪽 모두를 종합적으로 이해해야만 한다. 연암은 성인과 우인이 중화문화의 발전에 공과 이익을 남긴 것은 동일하다고 했다. 하지만 성인은 공평무사한 유정유일의 심법으로 일한 반면, 우인은 개인적 이익을 추구했다고 평가했다. 동질성과 이질성을 함께 지적한 것이다.

성인창시론과 우인계승론의 의미를 제대로 알려면 그것이 청 왕조 정통론을 논증하기 위한 명제로 작동하는 것을 알아야 한다. 연암은 우인이 자기 이익을 추구했지만 성인의 계승자였다는 점은 인정했다. 도덕적 비난과는 별도로 그들이 백성들에게 공적과 이익을 남겼기 때문이다. 중화문화의 계승을 도덕성의 관점이 아니라 공적과 이익의 측면에서 본 것이다.

이는 공적과 이익을 기준으로 중화문화 계승자격을 따지겠다는 뜻이다. 이렇게 되면 공적과 이익을 증대시켰다면 이민족이라도 따로 차별할 근거가 없게 된다. 이로써 청 왕조가 비록 자기 이익을 추구했지만 백성들에게 공적과 이익을 남겼으니 중화문화의 정당한 계승자라고 주장할 수 있게 된 것이다. 성인창시론과 우인계승론이 청 왕조의 정통성을 인정하기 위한 논리로 작동한다고 한 것은 이 때문이다.

3. 중화문화의 본질, 창시와 역사적 전개

17세기 중반 이후 청 왕조는 조선에게 이중적인 의미를 지닌 존재였다. 청은 조선을 침략하고 상국인 명나라를 멸망시킨 원수이기도 했지만 중원을 차지한 실질적인 천자국이기도 했다. 정서적으로는 무찔러야 할 대상이었으나 현실에서는 조공을 바치고 머리를 조아려야 할 대상이었다. 이러한 이중적 상황은 아마도 모든 지식인들을 불편하게 만들었을 것이다.

치욕의 기억이 생생했던 시기에는 복수와 설치(모욕을 갚음) 의식이 강했다. 시간이 지나면서 청에 관한 인식은 차츰 변모했다. 청나라가 정치적으로 안정되고 문화적으로 발전하면서 상황이 달라졌다. 조선 역시 전쟁의 상처가 아물자 청나라를 인정한 사람들이 하나둘씩 등장했다. 연암은 그런 인식을 지닌 대표적 인물이었다.[6]

이 글은 크게 전반과 후반으로 나눌 수 있다. 전반부는 청 왕조가 중화문화의 계승자라는 것을, 후반부는 역사적으로 정치적으로 청 왕조가 중원의 주인임을 지적했다. 청 왕조 중화문화 계승자론은 성인창시론과 우인계승론을 통해서, 청 왕조 통치론은 청 왕조의 역사적, 정치적 위상론을 통해서 정리했다. 모든 논의는 청 왕조 정통론으로 집약된다.

1) 성인창시론과 우인계승론

연암은 역사에 기록된 21대 삼천년의 중국 역사에서 초기 인물 9명을 선별하여 분석했다. 그들 중 다섯은 성인으로 추앙받았고, 넷은

6) 연암만이 아니라 홍대용 등 북학파 인물들은 비슷한 생각을 가졌다. 북학파로 거론되지 않은 사람들 중에도 청나라를 인정한 사람이 있었을 것이다. 그러나 이들을 제외하곤 청 왕조 정통론과 같은 주장을 체계적으로 전개한 인물은 발견하기 힘들다.

우인, 곧 어리석은 사람으로 비판받았다고 했다.

> 아! 옛날 역사서들은 '문자가 만들어지기 이전에 대해서는 그 연대나 나라를 따져볼 수가 없다. 그러나 문자가 생긴 이후에는 21대 왕조 3천여 년 동안은 어떤 방법으로 천하를 다스렸을까? 아마도 이른바 '유정유일의 심법(정밀하게 살피고 한결같이 지키는 마음 씀씀이)'이 아니었겠는가?'라고 했다.
>
> 그러므로 나는 천하를 다스린 데에는 요 임금 순 임금이 있었음을 알고, 물을 다스린 데에는 하 왕조 우 임금이 있었음을 알고, 정전법을 시행한 데에는 주공이 있었음을 알고, 학문에는 공자가 있었음을 알고, 공물세과 토지세에는 관중이 있었음을 알지만, 21대 왕조 3천여 년 이전 문자가 만들어지기 이전에 대해서는, 또 몇 명의 성인이 자기 마음과 생각을 다하고, 몇 명의 성인이 자기의 청력을 다하고, 몇 명의 성인이 자신의 시력을 다하고, 몇 명의 성인이 처음 만들고, 몇 성인이 문채나게 하고 몇 성인이 첨삭을 했는지 알지 못한다.[7]

연암은 성인들의 업적을 먼저 정리했다. 요 임금과 순 임금은 유정유일의 심법으로 천하를 다스렸고, 우 임금은 치수를 통해서 홍수를 다스리고 생활터전을 확보했다. 주공은 정전법을 시행하여 백성들이 먹고 살 수 있도록 했고, 공자는 유학을 창시하여 나라를 다스리는 도리를 가르쳤다. 관중은 국가의 재정을 잘 꾸려서 부국강병을 이루었다.

요와 순, 우는 통치자의 자리에 있었고, 주공, 공자, 관중은 그렇지 않다. 처지도 다르고, 업적도 그렇다. 그런데도 박지원은 이들을 같

---

7) 박지원, 앞의 책, 200쪽 하좌. 이하 〈황성기〉에서 인용한 글은 인용처를 따로 밝히지 않는다.

은 범주에 놓았다. 그 이유는 두 가지다. 하나는 이들이 자신들의 능력을 다해서, 백성들을 잘 살게 만들었다는 것이고, 다른 하나는 그런 열매를 영원히 백성과 함께 누리려고 했다는 것이다.

> 뭇 성인들이 자신의 마음과 생각을 다하고 눈과 귀의 능력을 다하고, 처음으로 만들고, 문채 나게 하고, 첨삭한 것은 대개 스스로를 이롭게 하기 위한 것이었던가, 아니면 백성들과 만세토록 그 복을 함께 누리기 위한 것이었던가?

성인의 존재는 무엇을 의미하는가? 이들은 오제 시기부터 춘추시기에 걸친 인물들이다. 그들은 중국 역사의 본질, 곧, 중화문화의 본질이 무엇인가를 알려준다. 중화문화는 지도자가 자신의 능력을 다해 백성들을 잘 살게 하고 그 성취를 백성과 함께 누리는 문화였다는 것이다. 곧 업적과 유정유일의 심법이라는 도덕성 두 가지가 중화문화의 본질이라는 것이다.

성인들이 창시한 중화문화는 어떻게 되었을까? 그 이후의 중원을 통치한 임금들은 어떤 업적을 이루고 어떤 마음을 지녔던 것인가? 연암은 성인의 뒤를 이은 임금들을 우인이라고 불렀다. 어리석은 사람이란 뜻이다. 이는 흔히 말하듯 지능지수가 낮은 사람이라는 뜻이 아니라 성인의 유정유일한 마음 씀씀이를 잃은 사람이라는 뜻이다.

> 조금이라도 마음 씀씀이가 다르고 업적이 다르면, 어리석은 사람으로 여겨서 처음부터 나라와 집을 흉하게 하고 해치지 않은 것이 없다고 평가했다. 하지만 마음 쓰는 것을 분수에 넘치도록 다 하고 눈과 귀의 솜씨 좋은 재주를 다 써서 성인을 넘어선 점이 있으면, 오히려 후세

사람들의 기쁨거리가 되었다. (후세 사람들은) 겉으로는 그를 배척하면서도 속으로는 그 공을 거둬들이고, 밖으로는 그에게 화를 내면서도 몰래 그 이익을 누리니, 천하에 기이한 기술과 지나친 재주가 이로부터 날마다 늘어났다.

저 궁전을 아름답게 꾸미고 누대의 계단을 옥으로 깐 것은 어찌 이른바 걸 임금 주 임금이 아니겠는가! 저 산을 깎고 골을 메우고 만리장성을 쌓은 것은 어찌 이른바 몽염이 아니겠는가! 천하의 직도를 닦은 것은 어찌 이른바 진시황제가 아니겠는가! 법이 아니면 천하의 일이 서지 못한다고 하여, 나무를 옮긴 자를 포상하고 재를 버린 것을 처벌함으로써 법을 세우고 그로써 제도를 하나로 통일한 것은 어찌 이른바 상앙이 아니겠는가!

이 4, 5 인의 인물은 그 힘과 도량, 재주와 지혜, 정신과 기백, 안배하고 실행하는 것이 천지를 진동시키지 않는 것이 없었으니, 처음부터 우주 간에 뭇 성인과 머리를 마주하여 나란히 서려고 하지 않은 것은 아니었다. 불행히도 문자가 만들어진 후에 가장 걸출했으므로 공과 이익을 누리는 것은 오직 후인에게만 돌아가고 자신은 재앙의 우두머리가 되어 영원히 어리석은 사람이라는 오명을 뒤집어썼으니 어찌 슬픈 일이 아니겠는가! 나는 문자가 만들어진 후, 21대 왕조 3천여 년 동안에 또 몇 명의 걸주, 몇 명의 몽염, 몇 명의 시황제, 몇 명의 상앙들이 자신이 비난했던 잘못을 본받았는지 모른다.

우인들의 자취는 어떤가? 걸 임금과 주 임금은 옥으로 계단을 까는 등 호화로운 궁전을 지었고, 몽염은 산을 깎고 골을 메워 만리장성을 축조했다. 진시황제는 구원에서 운양까지 중원과 내몽고를 잇는 직도를 닦았다. 상앙은 편법으로 상을 주고 가혹하게 처벌하는 방식으로 법치 개념을 세웠다. 이들의 업적은 성인처럼 위대했지만 오히려 비난을 받았다.

이들도 처지가 다르고 한 일이 다르다. 왜 이들을 함께 묶어서 우인이라고 했을까? 이들은 자신들의 힘과 도량, 재주와 지혜, 정신과 기백, 안배와 실행으로 천지를 진동시켰다. 공과 이익으로 따지면 성인과 같다. 그러나 그 성취를 자기 이익으로 돌렸다. 마음 씀씀이가 성인과 달랐다. 그 때문에 이들을 우인이라고 부른 것이다.

우인의 존재는 무엇을 의미하는가? 이들은 상나라에서 춘추 시기에 걸친 인물들이다. 이들의 존재는 이 시기에 중화문화가 이미 성인의 심법을 잃었음을 일깨워준다. 남은 것은 이제 공적과 이익뿐이라는 것이다. 우인으로 이들이 거론된 것은 이들만 우인이었기 때문이 아니라 그들이 최초의 인물이었기 때문이다. 후대의 임금들도 모두 여기에 속하게 될 것이다.

2) 우인계승론의 의의

성인창시설과 우인계승론은 대비적 성격이 뚜렷하다. 대비의 목적은 무엇일까? 가장 먼저 눈에 띄는 것은 계승자의 변질 또는 타락이다. 그것을 도덕적 타락이라고 부를 수 있을지 모른다. 그래서 도덕적 관점에서 보면 두 인물군의 대비는 우인들에 대한 비판처럼 느껴진다. 하지만, 여기에는 도덕적 평가 이상의 의미가 있다.

그들을 두고 '공과 이익을 누리는 것은 오직 후인에게만 돌아가고 자신은 재앙의 우두머리가 되'었다고 했다. 이 말을 제대로 이해하려면 도덕적 타락에 대한 비난과 함께 그들의 공적을 인정한 사실도 함께 주목해야 한다. 그들이 이룩한 궁전의 건축, 장성의 수축, 직도의 건설, 법제의 확립과 같은 것이 후대에 큰 이익이 되었음을 인정한 것이다.

잠깐 물러서서 보면 연암의 논리는 일방적이고 자의적이다. 우선 인물 선정과 업적 평가가 그렇다. 성인 중에 탕, 문왕, 무왕이 빠지고, 관중이 거론되었다. 관중이 탕이나 문무보다 위대하다는 뜻인가? 관중의 성취가 높다고 하더라도, 모두 이에 동의하지는 않을 것이다. 공자는 그가 자기 분수를 모르는 사람이라고 비판했다. 아마도 공자처럼 평가할 사람이 또 있을 것이다.

그뿐이 아니다. 걸 임금과 주 임금의 호화로운 궁전은 향락의 징표요, 백성들을 도탄에 빠뜨린 원인이며 혁명의 빌미였다. 그것을 업적이라고 할 수 있으며. 과연 만리장성이나 법치제도와 비교할 수 있을까? 또 진시황의 대표적 업적은 천하의 통일, 혹은 수레나 문자의 통일을 꼽는 것이 자연스러운데, 여기서는 도로망 개설을 꼽았다. 이것은 과연 정당할까?

이외에도 여러 가지 의문을 제기할 수 있다. 그렇지만 이런 의문보다 더 긴요한 것이 있다. 연암의 인식이다. 그는 역사적으로 볼 때 중화문화의 계승 자격으로 단지 공적 이익을 남겼는가 하는 것만 따졌다. 도덕성은 그 핵심 요소가 아니다. 사적 이익을 추구했다는 비난을 아끼지 않았지만 그것은 단지 비난거리일 뿐, 유일하거나 우선적인 기준으로 삼지 않았다.

연암은 궁전 건축사를 정리했다. 궁전이야말로 역대 왕조가 이어온 중화문화가 사적 이익의 추구로 이어진 것임을 보여주는 증거라고 여겼기 때문이다. 그것을 통해 중화문화 계승의 본질이 사적 이익의 추구에 근거한 업적의 창출과 누적 과정이었음을 구체적으로 밝힌 것이다.

> 문자가 만들어진 후가 이러하니 문자가 만들어지기 전의 일도 어떻게 바뀌었는지 알 수 있을 것이다. 무엇으로 그런 것을 알 수 있나?
>
> 옛날 진시황제는 육국을 본떠서 크게 아방에 앞 궁전을 지었다. 본떴다는 말은 화공처럼 보고 베꼈다는 것이다. 육국의 선비들이 자기 임금에게 유세하면서 처음에는 걸 임금과 주 임금을 꾸짖지 않은 적이 없지만, 이른바 '궁전을 아름답게 꾸미고 누대를 아름답게 만든 것'은 곧 장화대와 황금대의 복사본 같은 것이라고 할 수 있으니, 장화대와 황금대는 처음부터 아방궁의 스케치가 아닌 것이 아니었던 것이다.
>
> (아방궁은) 항우가 한 바탕 불을 질러 태워서 모조리 재로 만들었으니, (이는) 족히 후세 토목 공사의 교훈이 될 만했다. (그러나) 그 마음은, 자신이 거주하지 못하지만 다른 사람이 와서 차지할 것도 싫다고 생각했던 것이다. (항우가 다스리던) 팽성의 수도도 또 장차 하나의 아방궁이 될 것이었으나 완성을 시키지 못한 것뿐이다.
>
> 소하가 미앙궁을 크게 지을 때 한나라 고조는 눈도 있고 귀도 있었건만 거짓 모르는 체했다. 궁전이 다 완성되자 도리어 소하를 꾸짖었다. 꾸짖음이 진실로 맞는다면, 어찌 소하를 처벌하여 시장과 조정에 조리 돌리고 한 바탕 불을 질러 태워 버리지 않았는가? 이로써 보건대 옛날 육국을 본떠서 크게 아방궁의 앞 궁전을 지은 사람은 처음부터 미앙궁을 위하여 초고를 만들지 않은 것이 아니었던 셈이다.

걸 임금과 주 임금이 요대와 요궁을 만들자 전국 시대에는 그것을 비난하면서도 그것을 본떠서 장화대와 황금대를 만들었다. 진시황은 다시 장화대와 황금대를 본떠서 아방궁을 지었다. 항우는 아방궁을 불태웠지만 팽성에 아방궁을 지으려고 했다. 한 왕조의 미앙궁 역시 아방궁을 모델로 삼은 것이다.

연암은 문자 이전 시대의 흐름도 이와 같을 것이라고 했다. 그러나 그의 관심은 이들을 비난하는 것이 아니다. 그는 역대 왕조의 계승이 도덕성의 성취가 아니라 이익 추구의 역사였다는 것을 말하고 싶었던 것이다. 그들은 앞선 시대를 비난하면서도 이익을 추구했다. 그것은 역설적으로 도덕적 비난이 중화문화의 계승 자격을 박탈하지 않는다는 것을 일깨워준다. 우인계승론의 의미는 이것이다.

궁전 건축을 구체적 사례로 삼은 것에는 또 다른 의미가 있다. 이 글이 황성에 대한 소감을 다루고 있다는 것을 생각하면 이는 쉬이 짐작할 수 있다. 연암은 북경성을 역대 왕조 궁전 건축의 연장선상에 놓고 있음이 분명하다. 북경성은 청 왕조의 상징이다. 이를 매개로 해서 청 왕조의 황제들도 우인 중의 하나라고 말하려는 것이다. 이 부분은 뒤에서 더 따질 것이다.

4. 청 왕조 중화문화 계승론

왜 우인계승론이 필요했을까? 우인계승론은 중화문화의 계승이 이중적 구조를 지니고 있음을 일깨워준다. 그것은 공적 이익과 개인적 이익의 결합이다. 따라서 계승자의 자격은 공적 이익의 성취 여부로 결정된다. 이 논리를 왕조로 확대시킬 경우, 이 말은 어떤 왕조가 백성의 이익을 증대시켰다면, 그 왕조에게 중화문화 계승자 자격을 부여해야 한다는 뜻이 된다.

우인계승론이 왜 필요한지 이제 짐작할 수 있을 것이다. 이것은 청 왕조가 중화문화 계승자라는 것을 입증하기 위해 필요한 논리였다. 도덕성과 공적 이익의 분리는 청 왕조의 중화문화 계승론을 증명할 수 있는 근거가 된다. 궁극적으로 청 왕조와 관련된 도덕적 비난을 인정하면서도 청 왕조를 중화문화의 계승자로 인정할 수 있는 우회로였던 것이다.

1) 청 왕조 중화문화의 집대성론

박지원의 의도는 금세 확인된다. 조양문에 들어섰을 때 연암은 그곳에서 중화문화의 모든 것을 보았다고 했다, 그뿐만이 아니다. 청 황제가 공자의 뜻을 계승했다고도 평가했다. 이는 청 왕조가 중화문화를 계승했다는 뜻이다. 먼저 중화문화의 모든 것을 보았다는 것, 곧 중화문화 집대성론의 내용과 근거가 무엇인지 정리해보자.

연암은 황성에 들어선 소감을 다음과 같이 적었다.

> 내가 조양문에 들어섰을 때, 저 요 임금과 순 임금의 유정유일의 심법이 이와 같고 하 왕조 우 임금의 물 다스림이 이와 같고 주공의 정전법이 이와 같고 공자의 학문이 이와 같고 관중의 이재가 이와 같고, 걸 임금과 주 임금이 궁전을 아름답게 한 것이 이 법에 지나지 않고 몽염이 산을 깎고 골을 메운 것이 이 법에 지나지 않고, 진시황이 직도를 닦은 것과 상앙이 제도를 하나로 통일시킨 것이 이에 지나지 않은 것을 볼 수 있었다.

황성의 동쪽에는 두 개의 문이 있다. 조양문은 그 중 남쪽에 있는 문이다. 우리 사신들은 대개 이 문을 통해 들어와서 숙소로 나아간다. 연암은 조양문에 들어서서 요순의 유정유일의 심법, 하우의 치수, 주공의 정전, 공자의 학문, 관중의 이재, 걸주의 찬란한 궁전, 몽염의 거대한 토목, 진시황의 곧은 도로, 상앙의 술법 등 성인과 우인이 남긴 모든 것들을 보았다고 적었다.

이는 중화문화의 모든 유산을 청 왕조가 계승해서 발전시켰다는 것이고, 황성에서 그것을 확인했다는 뜻이다. 적지 않은 감탄이다. 그가 황성의 규모나 질서, 번화함을 어떤 표정으로 바라보았는지 생생하게 느낄 수 있다. 어쩌면 압록강을 건넌 이후의 청나라 문물에 대해 찬탄했던 속마음을 이제야 제대로 토로할 곳을 얻었는지도 모른다.

이는 흥미로운 일이다. 문물의 번성함에 경탄하는 일이야 여행자로서 자연스러운 반응일 수 있다. 이는 다른 연행록에서도 종종 목격되는 것이다. 문제는 그런 번성함을 왜 중화문화를 계승한 결과로 해석했는가 하는 것이다. 왜 그랬을까? 그는 이에 대해 다음과 같이 적었다.

> 어찌 그러한 것을 아는가? 성인이 일찍이 음률과 도량형을 통일시킴이여! 둥근 것은 그림쇠에 맞도록 하고 네모진 것은 곱자에 맞도록 하고, 곧은 것은 먹줄을 따르게 하였으니, 그것을 사해에 퍼뜨리자 사해 사람이 그것을 기준으로 삼았고 걸 임금과 주 임금에게 전해주자 걸 임금과 주 임금이 기준으로 삼았다.
>
> 성인이 일찍이 산을 안고 언덕을 삼키며 흐르는 큰물을 다스림이여!, 그 많은 삼태기와 가래, 날카로운 도끼와 끌을 사용하고 공교로운 공수의 솜씨, 많은 역부의 인원을 동원하는 공정을 (개발하여) 어찌 산을 깎고 골을 메워 만 리에 성 쌓는 일에만 썼겠는가?
>
> 성인이 일찍이 천하의 밭을 구획하여 (성인 남자마다) 균등하게 백무(사방 100보 넓이의 땅)씩 나눈 제도를 만듦이여! 그 수로 사이의 길들은 이른바 '수레 몇 대가 지나가는 폭'으로 구분했다. (그 제도를 정비할 때 사용했던 제도, 곧) 곱자로 네모를 그리고 먹줄로 선을 바르게

잡는 기술을 어찌 다만 직도 천리 길을 닦는 일에만 썼겠는가?

성인이 일찍이 나라를 다스리는 도에 대하여 문인에게 대답하심이여! 이는 그 말로만 표현할 뿐 몸소 행하지 못한 것이었다. 그러나 하늘의 뜻을 잇고 황극을 세운 후세의 임금은 학문이 꼭 성인보다 나은 것은 아니었지만 하루아침에 이를 들어 행할 수 있었다. 또한 어찌 다만 중화의 민족만 이러했겠는가? 이적으로 중화의 주인이 된 자도 일찍이 그 도를 계승하여 간직하지 않은 적이 없었다.

(관중은) 의식이 풍족한 후에야 예절을 아는 법이라고 했으니, 후세 사람 중 자기 나라를 부유하게 하고 군사를 강하게 하려는 사람은 오히려 각박하고 베풀 줄 모른다는 오명을 무릅쓴 것이지, 어찌 자신에게 사사로운 이익을 돌린 것이겠는가?

연암은 중화문화의 계승이 일회적일 리가 없다고 했다. 요순의 도량형 통일이 걸주의 궁전 건축으로, 하우의 토목 공사가 몽염의 장성 축조로, 주공의 농지정리가 진시황의 직도 개설로, 관중의 강병책이 상앙의 각박한 부국강병책으로 이어졌듯이, 이후에도 이어졌을 것이라는 것이다. 그리고 황성을 보니 그것이 청 왕조까지 이어졌음을 알겠다는 것이다.

아쉽게도 연암은 청조의 문물을 왜 중화문화와 관련시켜야 하는가에 관하여 따로 언급하지 않았다. 어쩌면 연암에게 이런 질문은 애초부터 존재하지 않았을지도 모른다. 중원에 성립한 왕조는 곧 중화문화의 계승자라고 하는 전제를 미리 깔고 있었는지도 모른다. 그는 청조의 문물이 중화문화의 역사적 귀결이라는 점만 증명하고 싶었을지도 모른다.

반론이 있을 것이다. 이적에게 중화문화의 계승자로서의 자격을 인정할 수 있을 것인가? 연암이 준비한 답이 바로 우인계승론과 궁전 건축사의 흐름이다. 우인계승론은 중화문화 계승자의 자격으로 필요한 것이 한 가지뿐이라는 것을 입증했다. 그것은 도덕성이 아니라 백성의 이익을 증대시킨 성과다. 궁전 건축의 역사도 앞선 왕조에 대한 도덕적 비난과 계승 자격 사이에 아무런 연관이 없다는 점을 일깨워준다.

이제 황성에 중화문화가 집대성되었다는 것이 무엇을 의미하는지 짐작할 수 있다. 청 왕조가 중화문화의 계승자라는 것이다. 도덕적 비난이 중화문화의 정당한 계승자로 인정하는데 문제가 되지 않는다고 했으니, 청 왕조에게 여러 가지 흠결이 있을 수 있더라도 그들이 중화문화 계승자라는 점을 부정할 수는 없는 것이 분명하다.

우인계승론에 중화문화 집대성론이 이어진 이유도 분명해졌다. 그것은 청 왕조를 평가할 때 그 기준이 무엇인지 보여주었다. 흔히 조선의 지식인들이 지적하는 이적의 신분이 중화문화 계승 자격을 따질 때는 문제가 되지 않는다는 것을 일깨워주었다. 중화문화의 계승은 단 한 가지 기준, 공익의 증가뿐이다. 우인계승론은 청 왕조 중화문화 계승론을 위한 예비인 셈이다.

2) 나라 다스리는 도와 청 왕조 공자 계승론

청 왕조 중화문화 계승론은 도전적이다. 이런 결론은 단숨에 내릴 수 있는 것이 아니다. 앞서 지적했듯이 청 왕조에 관련된 기존의 담론은 꽤 다양하다. 따라서 그것과 관련된 복잡한 명제들을 모두 해결하지 않으면 이런 결론에 도달할 수가 없다. 『열하일기』를 보면 연암이 이를 위해 치밀하게 준비한 흔적을 발견할 수 있다. 이를테면 청나라 중화론과 청나라 천명론[8]과 같은 것이 그것이다.

조선의 청 왕조 관련 담론은 대개 청 왕조 배척론으로 귀결된다. 이 논리의 이데올로기적 근거는 춘추대의다. 그것은 중화와 이적의 차별적 질서를 강조한다. 그래서 존하와 양이(주 왕실을 높이고 오랑캐를 쫓아냄)를 주장한다. 이 개념은 공자의 가르침이었다. 이는 청 왕조 배격론이 공자의 뜻이라고 사람들이 믿고 있다는 뜻이다. 만약 청 왕조에 중화문화 계승자의 자격을 부여하려면, 이 문제부터 해결해야 한다는 것을 의미한다.

(1) 청 왕조와 춘추대의

연암은 이를 어떻게 설명했을까? 그는 청 왕조와 춘추대의를 분리시켰다. 청 왕조를 춘추대의의 관점에서 보아서는 안 된다는 것이었다. 공자의 춘추대의를 부정했다거나 청 왕조가 이적이 아니라고 한 것은 아니다. 그는 공자가 춘추대의를 가르친 것도, 청 왕조가 이적이라는 것도 모두 인정했다. 다만 춘추대의는 청 왕조와 무관하다고 주장했다. 그 대신 청 왕조와 공자의 관련성을 다른 곳에서 찾았다.

---

8) 청 왕조 중화론을 집약적으로 다룬 것은 〈제일장관〉이다. 이현식, 「『열하일기』의 〈제일장관〉, 청나라 중화론과 청나라 문화 수용론」, 『동방학지』 제144집, 연세대학교 국학연구원, 2008, 454~457쪽 참조. 청 왕조 천명론을 집약적으로 다룬 것은 〈호질〉의 〈사평〉이다. 이현식, 「〈호질〉, 청나라에 관한 우언」, 『한국한문학연구』 제35집, 한국한문학연구회, 2005, 372~375쪽. 명 왕조 의리론 문제를 집약적으로 다룬 것은 〈문승상사당기〉, 이제묘의 일기 등이다. 이현식, 「문승상사당기, 대비와 가변성의 미학」, 『박지원 산문의 논리와 미학』, 이회문화사, 2002, 333~363쪽. 「연암 박지원 문학 속의 백이 이미지 연구」, 『동방학지』 123집, 연세대학교 국학연구원, 2004, 337~343쪽. 이현식, 『박지원 산문의 논리와 미학』(이회문화사, 2002)에 재수록.

먼저 연암이 공자에 대해서 어떤 생각을 지녔는지부터 따져보자. 그는 공자를 부정했을까? 그는 춘추대의를 부정했을까? 오히려 그 반대다. 연암이 공자를 성인으로 인정하고 춘추대의를 인정한 것은 『열하일기』의 다른 곳에서 확인할 수 있다.

> 성인이 『춘추』를 지은 것은 당연히 중화를 높이고 이적을 물리치기 위한 것이다. 그러나 이적이 중화를 침략한 것을 분하게 생각하여 중화의 받들만한 열매를 함께 물리쳤다는 말을 들어본 적이 없다. 그러므로 지금 사람들이 확실히 이적을 물리치기 원한다면 중화의 전해온 법을 다 배워서 먼저 우리의 어리석은 풍속을 바꾸는 것 만한 것이 없다.[9)]

『춘추』를 지은 공자의 뜻이 중화를 높이고 이적을 물리치려는 것이라는 점을 인정했다. 이적이 중화를 침략한 것이 분한 일임도 인정했다. 마치 춘추대의를 인정하고 옹호한 것처럼 보인다. 아마 맞을 것이다. 그런데 그 다음 말이 흥미롭다. 그렇다고 중화의 열매까지 물리치는 법은 없다고 했다. 정 물리치려면 그것을 배워서 우리가 먼저 그 수준이 되어야 한다고 했다.

요컨대, 춘추대의는 인정하지만 그것을 무조건적으로 적용해서는 안 된다는 말이다. 왜 그럴까? 이적도 이적 나름이다. 이적이 이적 그대로 있는 상태라면 모를까, 중화의 열매를 지녔다면 이적은 더 이상 이적이 아니라고 본 것이다. 이런 생각은 의미심장하다. 이적은 언제나 이적이라고 믿는다면 결코 할 수 없는 말이다. 이적이 중화로 변할 수 있다고 믿어야만 이렇게 말할 수 있는 법이다.

---

9) 박지원, 앞의 책, 176쪽 상우.

연암은 이렇게 믿었다. 비록 그 출신은 이적이지만 중화의 문물을 수용해서 발전시켰다면 중화가 된다는 것이다. 청 왕조가 그런 경우라는 것이다. 청 왕조가 중화문화의 열매를 가졌으니 청 왕조를 쫓아내야 한다고 해서는 안 된다는 것이다. 그는 오히려 배워야 한다고 했다. 청 왕조에 비하면 차라리 조선의 수준이 더 낮다는 말일 수도 있다.

이 말의 의미가 무엇인지 분명하다. 춘추대의가 공자의 뜻인 것도 알고, 그것이 정당하다는 것도 알지만, 그것을 청 왕조에 적용시키지 말라는 것이다. 이런 생각은 춘추대의 신봉자들과는 다르다. 춘추대의를 주장하는 사람들에게 중요한 것은 혈통이다. 혈통은 어느 경우에도 바뀔 수 없으니 이적은 이적일 뿐이다. 하지만 연암은 백성에 대한 이익만 중요하다고 생각했다.

그렇다면 청 왕조에 춘추대의를 적용하지 않았으니 무조건 공자를 부정한 것이라고 평가해야 할까? 공자 이후에 춘추대의를 수용하지 않은 사람들은 어떻게 평가받았을까? 맹자는 주 왕실을 떠받들어야 한다고 생각하지 않았다. 그는 오히려 양혜왕이나 제선왕 등 제후들이 주 왕실을 대신하기를 바랐다. 또한 이적도 쫓아내기보다는 중화로 바꾸어야 한다고 생각했다.

맹자의 생각은 언뜻 보면 오히려 공자와 정반대되는 것처럼 보인다. 그러면 그는 공자를 부정한 것일까? 후대 학자 중 어느 누구도 이런 평가를 내린 사람은 없다. 오히려 공자의 뜻을 충실히 이어서 유학의 도를 이었다고 평가한다. 왜 그럴까? 그가 공자의 속마음을 알고 따랐기 때문이다.

공자와 맹자는 살던 시대는 다르다. 공자가 원한 것은 중화 문화의 보존과 실천이었다. 공자 시대에는 아직 주 왕실의 힘이 있었으므로 주 왕실에게 그것을 기대했다. 맹자 시대에는 주 왕실의 힘이 너무 약해져서 그것을 기대할 수 없었다. 대신 공자의 의도가 중화문화의 보존이라는 것을 알았기 때문에 제후에게 그 일을 기대했던 것이다.

다시 연암과 공자의 문제로 돌아가 보자. 연암은 맹자의 경우와 비슷하다. 맹자는 제후에게서 중화 문화의 보존을 기대했던 것이고 연암은 청 왕조에서 그 성취를 확인했던 것이다. 연암의 생각은 맹자와 크게 다르지 않다. 단지 춘추대의를 배제했다고 해서 공자에 대해서 적대적이라거나 공자를 무시했다고 해석해서는 안 된다. 그것은 온당한 판단이 아니다.

춘추대의를 청 왕조에 적용시킨 이유는 무엇이었을까? 공자가 가리킨 이적은 초나라나 오나라 등이다. 이적을 금 왕조나 청 왕조와 연결시킨 것은 후대인의 해석이다. 춘추대의와 청 왕조가 본래부터 관련이 있는 것은 아니었다. 그것은 청 왕조 시기에 만들어진 조선 사대부들의 선택이었을 뿐이다.

(2) 청 왕조와 공자의 나라 다스리는 도

공자의 가르침은 춘추대의만이 아니다. 청 왕조에 어떤 가르침을 적용할지는 무엇을 택하는가에 따라 달라질 것이다. 연암이 선택한 것은 나라를 다스리는 도였다. 앞서 인용한 내용을 자세히 살펴보기 위해 다시 인용한다.

> 성인이 일찍이 문인에게 나라를 다스리는 도에 대하여 대답하심이여! 이는 그 말로만 표현했을 뿐 몸소 행할 수는 없었었다. 그러나 하늘

의 뜻을 잇고 황극을 세운 후세의 임금은 학문이 꼭 성인보다 나은 것은 아니었으나 하루아침에 이를 들어 행할 수 있었으니, 또한 어찌 다만 중화의 민족만 이러했겠는가? 이적으로 중화의 주인이 된 자는 일찍이 그 도를 계승하여 간직하지 않은 적이 없었다.

성인이란 공자다. 공자는 나라를 다스리는 도를 가르쳤지만 실천은 못했다고 했다. 반면 후세의 임금들은 학문에서는 공자보다 못했지만 그 뜻을 실천했다고 평가했다. 공자와 임금 사이의 우열을 논하는 것이 초점이 아니다. 그들의 뜻이 하나였다는 것이 초점이다. 연암은 후대의 임금을 공자의 계승자로 평가한 것이다.

그 임금들은 중화의 임금만을 가리키는가? 연암은 이적으로서 중화의 주인이 된 임금은 모두 그 도를 계승하여 간직했다고 했다. 어떻게 이렇게 단정할 수 있을까? 그들이 임금으로서 나라 다스리는 도를 실천했기 때문이다. 말하자면 중원을 다스린 모든 임금은 그 도의 실천자로 보아야 하며, 그 범주에 당연히 이적도 포함된다는 것이다.[10)]

이적은 누구인가? 명시적으로 대상을 한정하지 않았다. 이 글이 〈황성기〉인 것을 감안하면 그것은 당연히 청 왕조이다. 연암은 청 왕조에게 중화의 왕과 동일한 자격을 부여한 것이다. 그렇게 말한 근거나 이유는 무엇인가? 청 왕조가 집대성한 중화의 문명이 그 근거이고 증거다. 그것을 이룬 임금이라면 당연히 공자의 가르침을 계승

---

10) 성인과 우인으로 거론된 인물들은 각기 대응되는 상대가 있다. 요순과 걸주, 하우와 몽염, 주공과 진시황, 관중과 상앙이 각기 그러하다. 그런데 공자만은 대응된 상대가 없다. 이렇게 된 이유는 후대의 모든 왕을 공자와 대응시켰기 때문이다. 이전의 논문에서는 이런 내용을 지적하지 못했다. 여기에서 그 내용을 바로잡는다.

했다고 보아야 한다는 것이다.

청 왕조가 성인의 반열에 속한다고 말한 것은 아니다. 청 왕조가 유정유일의 심법을 지녔거나 공익을 위해서 공적을 이루었다고 한 것도 아니다. 연암은 다만 그들이 유정유일의 심법을 본받으려 했고 공과 이익을 남겼다고 인정한 것이다. 말하자면 청 황제도 우인 중 하나라고 인정한 것이다.

> 마음 씀씀이가 도심에서 나왔는지 인심에서 나왔는지를 따지고, 그 사업이 공익을 위한 것인지 사익을 위한 것인지를 가린다면, '유정유일의 심법'이란 저를 두고 말한 것이 아니다. 그러나 공과 이익을 누리는 일 같은 것은 그 법이 비록 이적에게서 나왔을지라도 여러 장점을 모았으니 '유정유일의 심법'을 배우지 않은 것이 없었다. 그러므로 옛날 이른바 재주와 지혜, 힘과 도량이 하늘과 땅을 흔든 사람, 그것으로 위대한 중국을 만들었으니, 21대 왕조 3천여 년 사이의 만든 법과 남긴 제도를 상고할 수 있을 것이다.

연암은 단 한 가지만 지적했다. 청 왕조가 공적과 이익을 성취했다는 것이다. 그것이 비록 이적에 의해서 이루어진 일이지만 여러 장점을 모았으니 그것들은 유정유일의 심법을 본받은 결과라고 했다. 청 왕조의 성취를 청 왕조의 법과 중화문화가 결합된 결과라고 한 것이다. 청 왕조를 성인창시설과 우인계승론의 틀로 수용함으로써 자신의 생각이 아무런 모순이 없다는 것을 논증한 셈이다.

청 왕조를 공자의 계승자로 본 논리는 타당할까? 이것을 객관적으로 검증하려고 애쓸 필요는 없다. 중요한 것은 연암의 생각이 무엇을 반영하는가 하는 점이다. 그는 청 왕조와 공자의 관계를 춘추대의의 틀로 보지 않고, 나라를 다스리는 도의 관점에서 보고 있었다. 그래서 청 왕조와 공자를 갈등 관계가 아니라 계승 관계로 이해했던 것이다.

연암은 공자가 청 왕조 중화문화 계승론에 장애가 아니라는 것을 증명했다. 오히려 그 반대다. 나라 다스리는 도를 기준으로 할 때 공자의 존재는 오히려 중화문화 계승론의 근거가 된다. 이로써 조선은 자신이 원한다면 춘추대의의 틀에서 벗어나 새로운 시야를 지닐 수 있게 되었다. 그것이 정당한 것인지 또는 조선이 그것을 택했는지 여기서 논의하지 않는다. 다만 연암이 조선에게 새로운 시야를 제공한 것은 분명하다.

5. 황성과 청 왕조의 역사적 정치적 위상

청 왕조 중화문화 계승론은 이론이다. 현실에서 청 왕조의 위상을 연암은 어떻게 파악하고 있었을까? 그것에 부합할까? 〈황성기〉 뒷부분은 이에 관한 내용이다. 이 부분은 크게 네 단락으로 나눌 수 있다. 하나는 황성이 소재한 순천부의 연혁이다. 둘은 황성의 위치와 성문의 배치다. 셋은 청 왕조의 지위와 정체성에 관한 내용이다. 넷은 이 글을 쓴 연암이 자신의 이름과 그 날짜를 기록한 부분이다.

앞의 세 단락은 단지 황성이 위치한 순천부 지역과 청 왕조에 대한 객관적인 정보만을 모은 것처럼 보인다. 마치 지리지(일정한 지역의 지리적 내용과 특성을 서술한 책)의 한 대목처럼 느껴진다. 청 왕조 정통론을 어렵게 전개한 후에 등장한 내용치고는 낯설게 느껴진다. 하지만, 황성에 들어선 첫날의 기록이라는 점에서 보면 이해할 수 없는 것은 아니다.

첫 인상과 달리 이 부분을 자세히 들여다보면 음미할 부분이 적지 않다. 순천부의 연혁 부분을 보자.

> 그들이 세운 나라의 이름은 청이요, 수도를 건설한 구역은 순천이다. 하늘의 천문으로는 기수와 미수의 분야(해당 영역)요, 땅의 지리로는 〈우공〉의 기주 지역이다. 고양씨 때는 유릉이라고 했고 도당 때는 유도라고 했고 우임금 때는 유주라고 했고 하나라·상나라 때는 기주라고 했고 진나라 때는 상곡·어양이라고 했다. 한나라 초기에는 연국이라고 하였다가 뒤에 나누어 탁군이라 했고 또 고쳐서 광양이라고 했다. 진당 때는 범양이라고 했다. 요나라 때는 남경이라 하였다가 뒤에 고쳐서 석진부라고 했다. 송나라 때는 연산부라고 이름을 바꾸었다. 금나라 때는 연경이라고 칭했다가 얼마 뒤에 중도로 바꾸었다. 원나라 때는 대도라고 했다. 황명 초에는 북평부라고 했다가 태종황제 때는 이곳으로 도읍을 옮기고 순천부라고 이름을 바꾸었다. 지금 청나라는 이를 따라서 도읍지로 삼았다.

연암은 북경성이 소재한 순천부의 위치와 연혁에 대해서 적었다. 옛날 이곳은 우공의 기주 지역이었다. 고양씨 시기부터 중원에 편입되어 요순 시대, 하상주 왕조 이래로 여러 왕조의 중요 도시였다. 요 왕조, 송 왕조, 금 왕조, 원 왕조는 이 땅에 수도에 버금가는 비중을 두었다. 명 왕조는 이곳을 수도로 정했고, 청 왕조도 그것을 따라 수도로 정했다.

모두 객관적인 정보와 역사적인 사실들이다. 외형을 보면 보통 지리지의 연혁과 같은 구성이요 내용이다. 다른 연행록들도 대개 이런 내용을 소개한다.[11] 보통의 경우라면 이런 수준에서 이해하는 것만으로도 충분하다. 그런데 청 왕조의 중화문화 집대성론과 공자 계승론과 이 부분이 연결되면서 미묘한 의미가 만들어졌다. 이 글은 청 왕조의 역사적 위상을 드러낸다.

위의 사실들은 이 지역이 중원의 중심지역이었던 사실을 알려준다. 동시에 이 땅의 주인이 수 없이 바뀌었다는 점도 일깨워준다. 역사적으로 보자면 이 땅은 한족의 왕조와 이적의 왕조가 갈마들며 주인 노릇을 했다는 것이다. 이 말은 중원을 지배한 민족이 한족만이 아니었으니, 청 왕조의 지배가 새삼스러운 일이 아니라는 뜻을 함축한다.

여타의 연행록에서 연혁은 대개 여기에서 그친다. 간혹 지리적 위치나 도성의 구조를 설명하는 것까지 연장되기도 한다. 연암의 글은 이 부분도 수용했다. 다음을 보자.

> 황성의 둘레는 사십 리다. 왼쪽으로 창해가 둘렀고 오른쪽으로 태행산이 감싸고, 북으로 거용관을 베고 남으로는 황하와 제수를 옷깃으로 삼았다. 황성의 정남쪽 문을 정양이라고 하고, (남쪽의) 오른쪽 문을 숭문이라고 하고 왼쪽 문을 선무라고 하고 동남쪽 문을 제화라고 하고 동북쪽 문을 조양이라고 하고 서남쪽 문을 평택이라고 하고 서북쪽 문을 서직이라고 하고 북동쪽 문을 덕승이라고 하고 북서쪽문을 안정이라고 한다. 외성의 문은 일곱이요 자금성의 문은 셋이다. 궁성은 십칠리요, 그 문은 넷이다.[12)]

---

11) 『연원직지(燕轅直指)』나 『계산기정(薊山紀程)』의 경우가 그렇다. 金景善, 『연원직지·유관록 상(留館錄上)』 임진년 십이월 십구일 일기, 徐長輔, 『계산기정·유관(留館)』 계해년 십이월 이십오일 일기 참조.

12) 연암의 설명은 명나라 초기 명칭과 섞여 있으며 잘못된 부분도 있다. 『日下舊聞考·京城總記』에 의하면, 황성의 문은 모두 아홉인데, 영락 4년에 수도를 옮기면서 붙였

황성의 크기와 위치, 성문의 위치와 규모를 적었다. 이것은 황성의 규모에 대한 정보들이다. 그렇게만 읽어도 좋다. 그렇지만 이 말에서 청 왕조의 통치 역량과 규모가 한족 왕조와 다르지 않다거나 또는 그 이상이라는 의미를 찾을 수도 있다. 꼭 그런 뜻으로 읽어야 하는가에 대해 의문을 제기할 수 있지만, 청 왕조 중화문화 계승론과 연결시킨다면 어려운 일도 아니다.

이 부분의 다른 기능은 시선과 초점의 이동이다. 연혁에서 시선과 초점을 순천부에 맞추었다면, 이제 그것은 황성을 거쳐서 자금성으로 이동했다. 순천부, 황성, 자금성은 청 왕조의 중심이다. 중화문화의 집대성이란 측면에서 상징성이 서로 다르지 않지만, 굳이 따지자면 자금성의 상징성이 가장 크다고 할 수 있다. 이 글이 자금성의 주인에 관한 내용으로 연결된 것은 이 때문일 것이다.

자금성 주인에 관한 내용은 여타의 연행록에서는 거의 보이지 않는다. 그런데도 연암은 굳이 이 부분을 넣었다. 그것에 특별한 의미가 있다.

앞 궁전은 태화전이라 하고, 한 사람만 거한다. 그 성은 애신각라요

던 이름이 정통 초에 바뀌었다고 기록되어 있다. 정남문은 麗正에서 正陽으로, 남쪽의 동문은 文明에서 崇文으로 남쪽의 서문은 順承에서 宣武으로, 東南문은 齊化에서 朝陽으로 바뀌었고, 西南문은 平則인데 阜成로 바뀌었다. 동쪽의 북문인 東直과 서쪽의 북문인 西直, 북쪽의 동문인 定安과 서문인 德勝은 그대로 썼다. 청나라 때에는 이를 그대로 따랐다. 연암이 쓴 『熱河日記·黃圖紀略·皇城九門』에서는 정남향은 正陽이요, 동남은 崇文이요, 서남은 宣武요, 정동은 朝陽이요, 동북은 東直이요, 정서는 阜成이요, 서북은 西直이요, 북서는 德勝이요, 북동은 定安이라 적고 있는데, 청나라 시기에는 이 명칭이 맞다. 두 부분이 달라진 이유가 글을 쓸 때 출전이 달랐기 때문인지, 의도적인 것인지 확실하지 않다.

> 그 종족은 여진 만주부요 그 지위는 천자요, 그 호칭은 황제요, 그 직분은 하늘을 대신하여 만물을 다스리는 것이다. 그는 스스로 짐이라고 부르고 만국 사람들은 높여서 폐하라고 부른다. 말한 것은 조요, 명령한 것은 칙이다. 그 관은 홍모(청 왕조의 붉은 모자)요, 그 옷은 마제수(말발굽 모양의 소매)다. 세대를 건너온 것이 4대요, 그 건원은 건륭이다. 기록한 사람은 누구인가? 조선의 박지원이다. 기록한 때는 언제인가? 건륭 사십오 년 가을 초하루다.

자금성 태화전의 주인, 그는 천자다. 그는 조칙을 내리는 황제다. 천하 사람들이 폐하라고 부르며, 하늘을 대신하여 만물을 다스린다. 그러나 그 종족은 여진 만주부요, 성은 애신각라이다. 그 관이 청 왕조 특유의 붉은 모자요 그 옷은 말발굽 모양의 소매를 가졌다는 점도 빠뜨리지 않았다. 이민족으로서 천자의 자리에 있으니, 청 왕조가 바로 천하의 주인이다.

청 왕조의 정치적 위상을 소개하는 연암의 목소리에는 거리낌이나 망설임이 느껴지지 않는다. 그는 청 왕조가 이적인 동시에 천자라고 지적했지만 그것을 예외적이거나 이상한 현상으로 여기지 않았다. 여진족에 대한 어떤 폄하 의식도 느낄 수 없다. 이는 앞에서 지적했던, 한족과 이민족이 중원을 갈마들며 지배했었다는 판단과 어긋나지 않는다.

그는 자신의 서술에 대해서 당당했다. 자신의 이름과 기록 시점을 밝힌 것이 이를 방증한다. 연암은 이 글을 기록한 것이 자신이요, 기록한 시기가 건륭 45년 8월 초하루라고 적었다. 이름을 밝힌 것은 기록자를 알린 것 이상의 의미를 지닌다. 그것은 그가 자신의 인식에 대해서 당당할 뿐 아니라 그것에 대해서 어떤 책임도 감수하겠다는 뜻을 시사한다.

기록의 시점을 밝힌 것도 함축적이다. 이는 그의 판단이 특정 시점에 근거하고 있음을 드러낸다. 이는 그가 이전의 선배들과 다른 관점을 지니게 된 이유이기도 하다. 또 이 부분에서 건륭제의 연호를 썼다. 청 왕조의 치세를 인정한다는 뜻이다. 이는 당시 선비들이 청 왕조를 인정하지 않았던 것과 대조적이다. 그들은 명나라 마지막 황제 의종의 연호인 숭정 연호를 썼다. 연암은 그렇게 하지 않았다.

연암도 숭정 연호를 쓴 적이 두 번 있었다. 『열하일기』 첫 부분 〈도강록서〉에서 '후삼경자(後三庚子)'라고 기록한 것이 첫 번째다. 숭정 기원 이후 세 번째 경자년(1780년)이라는 뜻이다. 자신이 강을 넘어 청나라 지경으로 들어가기 때문에 숭정 연호를 쓴다고 했지만 그것은 사실과 다르다. 그 서문은 조선으로 돌아온 지 3년 뒤에 쓴 것이다.

이는 자신이 마치 춘추대의를 옹호한 것처럼 보이도록 하기 위한 것이었다.[13] 왜 위장이 필요했을까? 청 왕조의 연호를 쓰는 위험을 피해보려고 했기 때문이다. 연암의 걱정은 근거가 있는 것일까? 그는 뒤에 청나라 연호를 썼다는 이유로 『열하일기』는 오랑캐의 원고라고 비난받았고, 그는 목숨이 위험한 상황에 처하기도 했다. 그의 걱정은 근거가 있는 것이었다.

이 외에 『관내정사』 7월 27일자 일기에 숭정 연호를 사용한 부분이 나온다. 그 내용은 과거의 일을 회상한 것이었으며 그 내용은 백이의 절의 숭상론을 비판한 것이다. 청 왕조와 관련한 절의 숭상론은 대개

13) 이런 사실은 그의 고백으로 확인할 수 있다. 이에 대해서는 다음 논문을 참조할 것. 이현식, 「〈도강록서〉, 『열하일기』를 위한 위장」, 『동방학지』 제152집, 연세대학교 국학연구원, 2010, 163~203쪽.

명 왕조에 대한 의리를 주장하는 장치다. 그것은 청 왕조 복수론, 북벌론의 한 축이다. 그러나 연암이 숭정 연호를 쓴 것은 절의 숭상론을 비판하기 위한 것이었다.

『열하일기』 전체를 통해서 그가 자신의 이름과 기록 일자를 밝힌 것은 이곳 외에 두 곳이 더 있다. 한번은 노룡성에서 이광이 바위를 호랑이로 착각하여 화살을 쏘자, 화살이 바위에 꽂혔다는 전설이 있는 바위에 자신의 이름을 썼고, 다른 한 번은 열하로 가기 위해 한밤중에 고북구 장성을 지나며 장성 벽에 이름을 썼다. 두 곳에서 연암은 감개에 찬 감정을 토로했다.

〈황성기〉도 비슷하다. 그가 황성 앞에서 감개에 사로잡혔을 것이라는 것은 충분히 짐작할 수 있다. 그러나 여기에서는 감정 이상의 것이 느껴진다. 청나라에 대한 자신의 평가와 인식이 정당할 뿐 아니라 그에 따른 어떤 책임도 감수할 수 있다는 확신과 당당함이 엿보인다. 이전의 선배들 중에 이런 목소리는 없었다. 그의 행위는 확신에 차 있으며, 공개적이다.

요컨대, 후반부의 내용은 객관적인 정보들이지만 그 함축적 의미는 그것에 그치지 않는다. 연혁은 청 왕조의 역사적 위상이 어떤지를 알려주고, 자금성의 주인에 대한 서술은 청 왕조의 정치적 위상을 일깨워준다. 이렇게 읽힐 수 있는 것은 이 부분이 청 왕조의 중화문화 계승론과 집대성론에 연결되어 있기 때문이다. 객관적 정보를 정통론의 현실적 증거로 읽히도록 한 것이다.

요컨대, 〈황성기〉는 청 왕조의 위상과 정체성에 대한 연암의 모든 인식을 압축적으로 보여준다. 이를 위해 공자의 춘추대의가 지닌 굴레를 나라를 다스리는 도라는 코드를 이용해서 벗겨내었다. 그는 청 왕조가 중원을 차지하여 역사적으로는 역대 왕조를 계승했고, 정치적으로는 중원을 다스리는 천자가 되었으며, 문화적으로 중화문화의 유산을 계승하고 집대성했다고 평가했다. 청 왕조가 중화의 정통이라는 것이다.

6. 맺음말

연암은 『열하일기』에서 청 왕조에 관한 담론을 여러 차례 남겼다. 〈황성기〉는 이런 담론의 정점을 차지한다. 18세기말 중원은 청 왕조에 의해 지배되었고, 청 왕조의 문화적 성취는 세계 최고의 수준이었다. 연암은 그것을 목격한 후 이 글을 남겼다. 연암은 청 왕조가 중원을 지배했던 어떤 왕조보다 더 찬란한 문화를 이룩했음을 증언한 것이다.

북경을 오간 수많은 사람들 중 이런 글을 남긴 경우는 거의 없었다. 〈황성기〉는 단순히 청 왕조의 정통론으로만 이해해서는 안 된다. 그의 고백은 사회의 금기를 깨는 것이었고, 적지 않은 용기가 필요한 일이었다. 북경을 여행했던 대부분의 사람들은 청 왕조를 업신여기고 배척했다. 청 왕조에 대한 적개심은 처참한 전쟁 체험의 결과였지만 여기에 이데올로기도 결합되어 있었다.

문제는 시간이었다. 연암은 그로부터 한 세기가 훨씬 넘은 시기를 살았다. 그 사이 청 왕조는 중원의 역사상 최고의 문명을 이룩했고, 전쟁의 처참한 기억은 희미해졌다. 조선은 1세기 이전의 기억을 계속해서 재생산했지만 연암이 목격한 현실은 그것과 달랐다. 이전에 연행을 했던 몇몇 사람을 통해서 들었던 청 왕조의 실상을 연암은 확인했다.

그는 선택의 기로에 섰다. 현실을 인정하면 위험에 빠지고, 비현실적인 명분을 택하면 거짓에 빠질 것이다. 현실이 옳고 명분이 틀리다는 뜻이 아니다. 다만 지식인이라면 자신의 시대에 어느 것이 국가와 백성에게 이로울 것인가 하는 것은 먼저 헤아려야 하는 법이다. 그것은 지식인의 사명이요 책무이기도 하다. 연암의 선택을 결정한 것도 그것이었다.

그는 나라를 강하게 만들고 백성의 삶을 풍요롭게 하는 길이 무엇인가 생각했다. 그런 눈으로 보았을 때 청 왕조는 커다란 기회였다. 청 왕조는 세계의 중심이었다. 조선의 발전의 계획을 세우고 미래에 대한 전략을 수립하려면 청 왕조를 연구하지 않을 수 없었다. 연암은 먼저 마음을 열어서 청 왕조의 실상을 볼 것을 역설했다.

『열하일기』는 그 결실이다. 그는 끊임없이 여러 사람과 대화하며 청 왕조를 탐색했고 국제 정세를 정리했다. 그의 분석이 모두 온전한 것은 아니지만 그가 시도한 것들은 매우 가치 있는 일이었다. 연암의 고심이 여기에서 출발했음을 이해하지 않으면 열하일기의 방대한 분량은 불가사의한 일이 된다. 〈황성기〉는 그런 고심의 열매 중 하나였다. 모두 마음을 닫고 있었던 시대에 그는 마음을 열었다. 그에게 그런 기회를 제공한 것이 북경 여행이었다.

이 글은 『국어국문학』 152호(국어국문학회, 2009)에 수록한 논문을 수정하여 재수록한 것이다.

만주망명 여성의 가사 〈원별가라〉 연구

고순희

1. 머리말

규방가사에 관한 연구[1]는 여성 생활문학으로서의 본질적 특징, 여성 글쓰기의 성격과 다양성, 여성 담론의 성격과 변화, 의미 있는 개별 작품들의 문학적 성취 등에서 괄목할만한 성과를 얻었다. 그러나 아직 규방가사의 전모가 밝혀졌다고 하기에는 무리가 있다. 유형적 접근에 함몰되어 개별 작품의 독립적 의의가 제대로 파악되지 못하고 있는 가운데, 아직도 읽히지 않은 상당수의 작품들이 있기 때문이다. 규방가사 필사본 영인 자료는 『역대가사문학전집』 전50권, 『한국가사자료집성』 전12권, 『영남내방가사』 전5권, 그리고 『국문학연구자료』 제1·2권[2] 등에 엄청난 양이 실려 있다. 활자본으로는 『규방

1) 주요 연구성과를 단행본만 소개하면 다음과 같다.
이재수, 『내방가사연구』, 형설출판사, 1976; 권영철, 『규방가사연구』, 반도출판사, 1980; 권영철, 『규방가사각론』, 형설출판사, 1986; 서영숙, 『한국여성가사연구』, 국학자료원, 1996; 이정옥, 『내방가사의 향유자연구』, 박이정, 1999; 나정순 외, 『규방가사의 작품세계와 미학』, 역락, 2002; 정길자, 『규방가사의 사적 전개와 여성의식의 변모』, 한국학술정보, 2005; 박경주, 『규방가사의 양성성』, 월인, 2007.

가사 1』과 「내방가사자료」[3] 등이 더 있다. 개인 소장의 자료는 차치하더라도 이러한 막대한 양의 규방가사 자료 중에는 아직 연구자의 손이 닿지 않은 작품들이 존재한다.

대부분의 규방가사는 기본 유형에서 작가 개인의 정서나 체험을 수용해 변이된 양상을 지닌다. 그 변이 양상이 소폭이어서 단지 이본으로 처리해야 하는 작품도 많지만, 독자적인 작품세계를 구성해 전혀 다른 작품세계를 구성하는 경우도 있다. 본고에서 다루고자 하는 〈원별가라〉는 아직 읽히지 않은 작품이지만, 독자적인 작품세계를 갖추고 있는 규방가사 작품이다. 『역대가사문학전집』 제43권, 작품번호 2030번에 실려 있는데[4], 4·4를 1구로 계산하여 총 546구로 비교적 긴 장편에 속한다. 이 작품은 그 동안 탄식가류 규방가사와 거의 같은 내용의 작품세계를 지녔을 것이라는 생각에 주목을 받지 못했던 것으로 보인다. 그러나 한 여성이 만주 망명지에서 친정부모와 고국을 그리워하면서 만주망명의 동기와 과정, 만주 도착 노정, 만주 생활 등을 술회하여 특수한 내용성을 지닌다.

〈원별가라〉는 멀리 떠나온 고국과 부모를 그리워하며 탄식하는 탄식류 가사를 기본으로 한다. 탄식류는 규방가사의 가장 보편적이고도 핵심적인 유형이어서 규방가사 연구의 초창기부터 이재수와 권영

---

2) 임기중 편, 『역대가사문학전집』 전50권, 아세아문화사, 1987~1998; 단국대율곡기념도서관 편, 『한국가사자료집성』 전12권, 태학사, 1997; 조동일 편, 『국문학연구자료』 제1·2권, 박이정, 1999; 이정옥 편, 『영남내방가사』 전5권, 국학자료원, 2003.

3) 권영철 편, 『규방가사 1』, 한국정신문화원, 1979; 이종숙, 「내방가사자료-영주·봉화 지역을 중심으로 한」, 『한국문화연구원논총』 제15집, 이화여대 한국문화연구원, 1970, 367~484쪽.

4) 임기중 편, 『역대가사문학전집』 제43권, 아세아문화사, 1998, 373~393쪽.

철에 의해 자세히 다루어졌다[5]. 이후 이정옥, 이동연, 박경주, 박춘우, 양태순 등에 의해 작가의식이나 이별과 관련하여 논의되어[6], 탄식의 양상이 정리되고 그 본질이 파악되었다. 이와 같은 탄식류에 관한 기존의 많은 논의에도 불구하고 본고에서 다루고자 하는 〈원별가라〉는 언급되지 않았다. 이희숙이 〈형제원별가〉를 다루는 자리에서 이본으로 비교한 〈원별가라〉도 본고에서 다루는 작품과 제목은 같지만 다른 작품이다[7].

필자는 〈원별가라〉가 독립된 텍스트로 따로 다루어질 필요성이 있는 작품이라고 판단했다. 이 작품은 탄식류 규방가사의 관습적 글쓰기 방식을 통하면서도 한일합방 직후 서간도로 망명해 떠나가는 한 여성의 삶의 역정과 자아 정체성의 변화상을 보여준다. 일제 강점 직후 독립운동 기지를 건설하기 위해 만주로 망명했던 한 여성 독립운동가의 삶과 의식이 규방가사의 글쓰기 관습을 통해서 드러난 점은 주목을 요한다.

---

5) 이재수, 「탄식류 및 여자자탄가 연구」, 『내방가사 연구』, 앞의 책, 26~34쪽; 권영철, 「신변탄식류」, 『규방가사각론』, 앞의 책, 9~99쪽.

6) 이정옥, 「내방가사의 작가 의식과 '탄'」, 『내방가사의 향유자 연구』, 1999, 51~83쪽; 이동연, 「가사」, 『한국고전 여성작가 연구』, 이혜순 외, 태학사, 1999, 331~345쪽; 박경주, 「남성화자 규방가사 연구」, 『한국시가연구』 제12호, 한국시가학회, 2002, 253~282쪽; 박춘우, 「가사에 나타난 이별의 양상」, 『한국 이별시가의 전통』, 역락, 2004, 147~191쪽; 양태순, 「규방가사에 나타난 '한탄'의 양상」, 『한국시가연구』 제18호, 한국시가학회, 2005, 241~297쪽.

7) 이희숙, 「규방가사 〈형데원별가〉 연구」, 『사림어문연구』 제11집, 사림어문학회, 1998, 107~133쪽.

『역대가사문학전집』 제26권에는 〈원별가라〉라는 제목으로 작품번호 1277번(519~542쪽)과 작품번호 1278번(543~561쪽) 두 편이 실려 있는데, 본고에서 대상으로 하는 작품과는 다르다. 이 작품은 한 남성이 서울에 시집 가 살다 친정에 온 여동생에게 이별의 슬픔을 전하고 그간의 형제 일을 술회한 〈형제원별가〉의 이본이다.

논의의 순서는 우선 2장에서 작가의 만주 망명 이유에 대해 살펴보고자 한다. 일제 강점 직후 독립운동 기지 건설을 위해 서간도로 망명해 갔던 당시의 역사적 상황을 통해 작가의 만주 망명 이유를 상세히 알아볼 필요가 있다. 3장에서는 서술단락에 따라 작품세계를 살피는데, 그에 따른 글쓰기 방식을 함께 분석하는 논의의 방식을 택하고자 한다. 이어서 4장에서는 여성인 작가의 자아 정체성이 어떻게 변화해 가는 지를 분석한다. 그리고 마지막 5장에서는 이상의 논의를 집약해 이 작품의 가사문학적 의의를 규명해보고자 한다.

2. 작가와 만주 망명 이유

작품 내용에 의하면 〈원별가라〉의 작가는 "ᄉᆞ동촌 평ᄒᆡ 황씨가"[8]에 시집을 간 여성이다. '사동촌 평해 황씨가'는 울진군 기성면 사동리에 세거하였던 평해 황씨가를 말한다. 작가는 시집을 가서 자주 친정을 오고 간 점[9], 시댁을 떠나 만주로 가는 길에 친정에 들러 이별하는 점[10] 등으로 미루어 보아 시댁에서 그리 멀지 않은 곳에서 출생

8) "곳곳이 ᄆᆡ파노아 명문거족 구혼할ᄉᆡ / ᄉᆞ동촌 평ᄒᆡ 황씨가에 쳔젼연분 ᄆᆡ젓고나" "ᄉᆞ동촌"은 울진군 기성면 사동리이다.

9) "시부모 실하에도 ᄉᆞ랑으로 지ᄂᆡ다가 / 일연가고 잇히가셔 귀령부모 ᄒᆞ리로다 / 반정맛촤 친정가고 몃날지나 시가오고 / 가고오고 논일젹에 무삼걱정 잇션든고"

10) "원근친쳑 동이사람 면면이 이별할제 / 손목을 셔로잡고 정신이 캄캄ᄒᆞ야 / 고국에 싸인말을 다못하고 잘이시쇼 / 쥭기젼 만납시다 계우하는말이 그뿐이라 / 한심으로 썩나서서 셔쳔을 바라보니 지향이 망망ᄒᆞ다 / ᄉᆡᆼ이ᄉᆞ별 될터이니 우리부모 친정가셔 / 몃칠유하여 가는거시 인ᄌᆞ정 이여ᄉᆞ라 / 친정집을 차자드니 우리 부모동기 / ᄃᆡ문을 을픗나셔 누슈로 ᄒᆞ는마리"

하고 성장한 것으로 추정된다. 그런 작가가 만주 서간도로 이주하게 된 배경은 무엇일까?

> 관즁하신 우리ᄉᆞ량양반 남면여 삭발ᄒᆞ고 /<u>평ᄒᆡᄃᆡ흥학교 ᄉᆡᆼ도되야</u> 불고가사 불고쳐ᄌᆞᄒᆞ고 / 일단졍신을 반하야 다니드니 / <u>찬찬삼연이 다못되여</u> ᄎᆡᆨ보을 둘너메고 집으로 드러오ᄆᆡ / 어두운 여ᄌᆞ소견은 방약이 되엿는가 ᄒᆞ엿드니 / 삼경쵸에 한심을 기리짓고 죵용이 하는말이 / 못살깃ᄂᆡ 못살깃ᄂᆡ 우리민죡 삼쳘이 안에는 못살깃ᄂᆡ / 원슈놈의 졍치상이 엇지 혹독한지 / 사람의 ᄉᆡᆼ활계는 져가다 상관ᄒᆞ고 / <u>쳥연들 학교과장 책도다 ᄊᆡ아셧스니</u> / 장ᄎᆞ잇스면 츌입도 임의로 못ᄒᆞ고 / 그놈의 ᄭᅩ라지을 볼슈 업ᄉᆞ오니 / 죠흔구쳐 잇스니 엇졀난가 / ᄂᆡ말ᄃᆡ로 ᄒᆡᆼ할난가 은밀이 하는말이 / 쳥국에 만쥬란 ᄯᅡᆼ은 셰계 유명한 ᄯᅡᆼ이요 / 인심이 슌후하고 물화가 풍죡하고 / 사람살기 죳타ᄒᆞ니 그리로 가자 ᄒᆞᄂᆡ

위에 인용한 구절에 의하면 작가의 만주행은 순전히 남편 때문이었다. 당시 남편은 평해대흥학교 학생이었다. 대흥학교를 다니던 남편이 어느날 집에 돌아왔다. 작가는 방학이 되어서 돌아왔나 생각했지만, 실은 그것이 아니었다. 남편이 원수놈이 구속하는 이 땅에는 살 수 없으니 살기 좋은 만주로 가자고 제안하기 위해 온 것이다. 그런데 남편의 말에서 일제의 압박에 대한 울분과 저항이 강하게 드러난 것은 사실이지만 이것만으로는 남편의 만주행을 망명이라고 하기는 곤란하다. 오히려 문면 상으로만 본다면 만주로 가자고 하는 이유로 만주의 살기 좋음을 내세우고 있어서 '생활형 이주'에 가깝고, 독립운동과의 연관성을 확인할 수는 없다.

그러나 평해대흥학교와 한일합방을 전후로 한 당시의 민족독립운동 진영의 움직임을 자세히 살펴보면 작가와 그 남편의 만주 이주는 '생활형 이주'라기보다는 '정치적 망명'임이 드러난다. 평해대흥학교는 독립운동가인 황만영(黃萬英, 1875~1939)이 1908년 4월에 애국계몽의 일환으로 설립한 학교이다. 그러나 1910년 8월 29일 한일합방이 되고나서 일본에 의해 강제 폐지되었다[11]. 따라서 위에 인용한 구절의 상황은 평해대흥학교가 일제에 의해 강제 폐지되자 남편이 집에 돌아온 상황이다. 그런데 작가가 시집을 간 사동촌 평해 황씨가는 바로 독립운동가 황만영 선생의 고향이었다. 즉 작가의 남편은 평해 황씨의 세거지인 사동촌에 살면서 같은 마을 종친인 황만영 선생이 세운 평해대흥학교에 다니고 있었던 것이다. 따라서 작가와 그 남편의 만주행은 독립운동가 황만영의 만주행과 그 행보를 같이 하는 것임을 알 수 있다.

1910년 8월 대한제국이 일제의 식민지로 완전히 전락하게 되자, 국내의 민족독립운동가들은 종래의 애국계몽운동이 불가능해졌음을 인식했다. 그리하여 신민회를 중심으로 하는 민족독립운동가들은 집단적으로 서간도 지방에 이주하여 독립운동 기지를 창건하는 사업을 수행하기로 결정하고 발빠르게 움직였다. 1910년 11월에 서간도에 독립군 기지 후보지를 선정하고, 회인현 횡도천에 임시연락지를 만들어놓고, 각도 대표들은 서간도로의 이주민을 모집하였는데, 상당한 성과를 거두게 되었다. 유하현과 통화현을 중심으로 한 서간도에 1910년 12월경부터 서울, 안동, 선산, 울진 등 각지에서 이주가 시작되었다. 한 가족, 한 문중, 심지어 한 마을민이 재산을 모두 팔아서

11) 『울진군지 중』, 울진군, 2001, 289쪽.

집단으로 이주하는 현상이 벌어지게 되었다. 이러한 서간도 독립군 기지 건설계획에 황만영은 적극적으로 개입하였다. 황호·황만영·황도영 일가 전체가 이주함은 물론[12], 고향 주민 100여 세대를 이주·정착시켰다.

〈원별가〉의 내용에 의하면 작가는 전래 전답과 살림살이를 모두 팔아 고향을 떠나는데, 시부모를 포함해 전가족이 만주로 떠난 것으로 보인다[13]. 따라서 작가의 가족은 황만영이 이주시켰던 황만영의 문중으로 100여 세대 마을민에 속했다. 황만영의 영향을 받아 그 취지에 동조하여 집단으로 이주하는 대열에 함께 끼어서 만주로 건너간 것이다. 만주로 집단이주해 신한민촌을 만들고 기회를 보아 독립전쟁을 일으켜서 국권회복을 도모하고자 했던 만주 망명자의 일원인 것이다. 작가 일행은 만주에 도착해 처음으로 회인현 횡도천(작품 중에는 '홍도촌'으로 표기되어 있다)에 정착했고, 통화현에 1년 간 살고, 이어서 유하현으로 들어가 살았다. 한일합방이 되자마자 신민회가 마

---

12) 신용하, 『한국민족독립운동사연구』, 을유문화사, 1985, 109~113쪽.
"유하현 통화현 등을 중심으로 한 서간도에 1910년 12월경부터 서울과 그 부근에서 이석영 철영 희영 시영 등 이회영 6형제와 그 가족 대소가, 이동영 이장녕 일가, 장유순 김창환 이관식 윤기섭 여준 등, 경북 안동과 그 부근에서 이상룡 이준형 부자와 이상룡의 아우 이봉희 이문형(이광민으로도 불림) 부자 등 대소가, 김대락 김형식 부자 대소가와 김동삼 일가 및 그들이 이끈 문중 청장년과 그 지방 청년들, 황호 황만영 황도영 일가, 이원일 일가, 이희영 일가 등, 경북 선산 임은에서 허위의 중형인 허로(겸, 환, 혁으로 불림)와 허위의 부인과 그 자제 등 대소가, 허위의 사촌인 허형 부자 등 대소가, 권팔도 일가 등과 다른 지방 사람들이 이주하였다"(서중석, 「청산리전쟁 독립군의 배경」, 『한국사연구』 제111호, 한국사연구회, 2000, 4쪽).

13) "의논한 그잇흣날부터 가장지물 방ᄆᆡ하고 / 졀ᄂᆡ젼답 방ᄆᆡ하야 힝장을 단속ᄒᆞ고 / 슈십ᄃᆡ 사든가장 일죠일셕 써나가니 / 눈물이 졀노나고 한심이 졀노난다 / 원근친척 동이사람 면면이 이별할제"

련한 만주 망명인들의 임시연락지가 회인현 흥도촌이었고, 이들의 활동 무대는 서간도 통화현과 유하현이었다. 이렇게 작가 일행이 서간도에서 머문 곳은 정확히 독립운동기지 건설을 위해 독립운동가들이 설정한 신한민촌과 일치한다.14)

이와 같이 작가의 서간도행은 독립운동을 위한 집단 망명임을 알 수 있다. 작가 일행은 한일합방이 되자 고향의 원로인 황만영 선생을 따라 서간도행을 결정하고 1911년 봄에 고국을 떠났다. 서간도 회인현에 도착해 그해 농사를 지으며 첫겨울을 보내고, 이어 통화현에서 1년을 지내다 다시 유하현으로 옮겨 삼사년을 지냈다. 〈원별가라〉는 바로 이 시점인 1916년경에 창작되었다. 이 때 작가의 나이는 20대 후반 정도였을 것으로 추정한다. 16세에 시집을 가서 2년 만에 귀령부모한 후 친정을 몇 번 쯤 오고가고 한 점, 한일합방 전에 2년 반 정도 남편이 학생의 신분이었던 점 등으로 미루어 볼 때 한일합방 당시 작가의 나이가 20대 초반 쯤으로 추정되기 때문이다.15)

---

14) 신민회의 국외 독립군 기지 창건 사업의 선발대는 1911년 1월 횡도천의 연락지를 거쳐 유하현에 신한민촌을 건설하고 4월 봄에 경제적 자립을 위한 농업경영을 위해 경학사를 조직하고 사관양성기관인 신흥강습소를 창설함으로써 제 1의 독립군기지를 만들었다. 이어 1912년 가을부터 1913년 이른 봄에 걸쳐 근거지를 통화현으로 옮겨 제2의 독립군기지를 만들고 부민단을 조직하였다. 신흥강습소도 1913년 5월에 통화현으로 옮겨 이름도 신흥(무관)학교로 고쳤다. 신흥무관학교는 1919년 3·1운동 이후 찾아오는 청년들이 많아 다시 유하현으로 옮겼다(신용하, 앞의 책, 113~119쪽).

15) 한편 가사의 말미에 다음과 같은 기록이 덧붙여 있다. "정축 츈이월 하순에 등셔ᄒᆞ엿시되 졈잔은 양반 오셔 낙자와 글시 넉넉지 못ᄒᆞ오나 졀문ᄉᆞ람 일너보되 관즁이 두손으로 읍ᄒᆞ고 공손한 ᄐᆡ도로셔 보아야지 만일 웃다가 빗두러지면 셔울 가도 약이 업고 결국 가쟘이 입과 눈이 될터이니 미리 명심불망ᄒᆞ기 바ᄅᆡ압ᄂᆞ니다" "정축년(1937년) 이월 하순에 등서했다"고 한 것으로 보아 이 기록은 창작 당시 작가에 의해 쓰여진 기록이 아니라 향유자가 필사를 마치고 쓴 기록으로 보인다. 젊은 사람들에게 두 손을 읍하고 공손한 태도로 보라고 하면서 만약 웃으며 보다가 입이 비뚤어지면

3. 〈원별가라〉의 작품세계와 글쓰기 방식

〈원별가라〉의 형식은 4·4조 연속의 가사체 형식이 지배적이지만, 4음보 연속의 정형적 틀을 벗어나는 경우가 빈번하다. 3음보 내지 5음보로 끊어지는 경우가 많고, 한 음보 내에서의 자수도 2자나 6자가 자주 사용되었다. 편의상 1음보를 1구로 계산[16]하여 작품의 서술단락을 정리하면 다음과 같다.

① 서사 : 1구 - 84구
② 성장 및 결혼 : 85구 - 249구
③ 한일합방 : 250구 - 303구
④ 만주망명 결심 : 304구 - 392구
⑤ 시댁 출발 : 393구 - 430구
⑥ 친정 식구 이별 : 431구 - 615구
⑦ 만주 도착 여정 : 616구 - 855구
⑧ 만주생활 : 856구 - 987구
⑨ 결사 : 988구 - 1092구

울울한 이닉마음 쌀쌀부는 찬바람에 / 문박글 쒸여나가 고국강산을 바라보니 / 나의 부모동기 면목이 히미ᄒᆞ고 ᄒᆡ쳔이 망망하다 / ᄇᆡᆨ운은

서울 가도 약이 없고 가자미 입과 눈이 될 거라고 말한 대목이 재미있다. 서울 운운한 것으로 보아 만주 지역에서라기보다는 작가의 고향인 울진군에서 필사·향유되었던 것으로 보인다.

16) 이 작품은 4음보 연속의 정형적 틀을 벗어나는 경우가 빈번하다. 그래서 전체 구수를 계산하거나 서술단락을 나눔에 있어서 가사문학에서 일반적으로 계산하는 4·4를 1구로 혹은 4·4·4·4를 1구로 하는 방식을 사용할 수 없는 측면이 있다. 따라서 〈원별가라〉의 구수는 특별히 1음보를 1구로 계산하였다. 〈원별가라〉는 1음보를 1구로 계산하여 총 1092구(4·4를 1구로 계산하면 총 546구)이다.

무심히 이러나고 청유슈는 무졍하게 흘너간다 / 그립도다 우리부모 보고져라 우리동기친척 / 느린다시 바려두고 무엇하려 예을왓나 / 원창취이 ᄉᆞ고무친척이요 묘창ᄒᆡ지일속이라[17] / ᄉᆞ향하는 이ᄂᆡ심회 비길곳 젼혀업다 / 슬푸다 부모임아 불효한 이ᄌᆞ식을 ᄉᆡᆼ각마라 글역에 허비한다 / ②남다른 ᄌᆞᄋᆡ와 특별한 ᄌᆞ졍으로 일ᄌᆞ일여을 나으시고 / 만실기화 이르시고 ᄉᆞ랑으로 기를젹에 / 장즁에 보옥이요 안젼에 구살이라 / 츈하츄동 ᄉᆞ시절에 명들세라 상할세라 / ᄋᆡ지즁지 키울젹에 ᄇᆡᆨ연이나 천연이나 / 부모실하 써나지 마잣더니 쳐량ᄒᆞ다 여ᄌᆞ몸이 / 원부모형제는 뉘라셔 면할손가 / 무졍한 져광음이 ᄉᆞ람을 짓촉ᄒᆞ여 이ᄂᆡ나이 이팔이라 / 곳곳이 ᄆᆡ파노아 명문거족 구혼할ᄉᆡ / ᄉᆞ동촌 평ᄒᆡ 황씨가에 천젼연분 ᄆᆡ졋고나

위는 서술단락 ①, ②의 연결부분을 인용한 것이다. ①에서는 만주에서 고국강산을 바라보며 친정부모와 고향을 그리워하는 마음을 격정적으로 술회했다. 그리고 ②에서는 친정에서 고이 자라다가 16세에 평해 황씨가에 시집을 간 사실, 어머님의 소원대로 남동생과 합동결혼을 한 사실, 그리고 근행도 다니며 행복한 시절을 보낸 사실을 술회했다. 탄식가류에서 보편적으로 다루고 있는 "혼전교육 - 혼인 - 근행"의 순차적 삶의 행로가 그대로 답습되는 가운데 부모와 고국을 그리워하는 서정이 격정적으로 술회되었다.

실푸다 국운이 망극ᄒᆞ니 민졍도 가련하다 / 이쳔만 우리민족 무삼죄로 하인의 노예되고 / 사쳔연 젼ᄂᆡ하든 죵묘ᄉᆞ직 압즁의 드렷난가 / 쳔운이 순환ᄒᆞ고 인심이 회ᄀᆡᄒᆞ야 국젹을 회복할걸 / 엇지하야 우리민

---

17) 원창취이(遠暢取邇: '먼 데나 가까운 데를 다 보아도'라는 뜻일 듯) 사고무친척(四顧無親戚)이요 묘창해지일속(渺滄海之一粟)이라

> 죡 슈하노예 왼일인고 / ᄋᆡ국자의 츙셩과 의리ᄌᆞ의 열심히 / 각도열읍 고을마다 학교을 셜입ᄒᆞ야 / 인ᄌᆡ을 보랴더니 지독한 원슈놈이 / 삼쳘이 금슈강산 소리업시 집어먹고 / 국ᄂᆡ에 모든거슬 졔임의로 페지ᄒᆞ고 / 학교죠ᄎᆞ 페지하니 가련ᄒᆞ다 이쳔만의 청연ᄌᆞ제 / 학교좃ᄎᆞ 업셔지ᄆᆡ 무어스로 발달되리

③에서는 한일합방이 된 우리민족의 현실을 격앙된 어조로 읊었다. 어찌하여 우리 민족이 원수의 노예가 되었느냐. 애국자들이 학교를 설립하여 인재를 키우고자 했으나 "지독한 원수놈"이 국내의 모든 것을 폐지하여 학교조차 없어지게 되었다고 했다. 일제의 압박 현실에 대한 개탄과 인재 육성을 위한 학교 교육의 중요성에 의식이 경도되어 있어 20세기 초 애국계몽가사의 어조가 나타난다.

이어서 ④에서는 대흥학교에 다니던 남편이 학교가 폐지되자 어느 날 집으로 돌아와 만주로 갈 것을 제안하고 작가가 이것을 받아들인 사실을 서술했다. 남편의 말은 "삼경쵸에 한심을 기리짓고 죵용이 하는말이(5구)"로 시작하여 일제의 압박 속에서는 못살겠다는 취지의 말이었다. 남편은 중간에 다시 "죠흔구쳐 잇스니 엇졀난가 ᄂᆡ말ᄃᆡ로 힝할난가 은밀이 하는말이(7구)"라 하여 만주가 좋다고 하니 가는 것이 어떻겠냐고 긴하게 제안한다. "규즁여ᄌᆞ 동서을 모르거든 무어슬 관계하리(5구)"로 연결되어 화자의 개관적 진술로 잠깐 이어지다가, 다시 작가의 말 "우스며 ᄃᆡ답하야 여필 죵부라니 어ᄃᆡ가면 안짜르리 / 부모님 의향드려 가ᄌᆞᄒᆞ면 뉘아니가리"로 이어진다. 이렇게 이 단락은 밑줄친 부분에서도 드러나듯이 두 사람 사이에서 오고간 말을 사실적으로 전달하고자 대화체를 수용한 글쓰기 방식이 쓰여졌다. 남편이 말하고 자신이 답한 사연을 대화체로 전달했기 때문에 위의

괄호 안에 표시한 바와 같이 그 율격도 가사체의 정격에서 많이 벗어나 마치 소설 산문체의 진술과 같아졌다.

⑤에서는 남편과의 말이 있은 그 다음 날부터 논답과 가장지물을 팔아 행장을 꾸려 수십대 살던 고향 집을 떠난 사실을 술회했다. 친척과 동네 사람들이 모두 나와 손목을 붙잡고 이별하는데 정신이 캄캄하여 고국에 쌓인 말을 다 못하고 다만 "잘이시쇼 죽기젼 만납시다"가 겨우였다. 집을 나서 가야할 "셔쳔을 바라보니 지향이 망망ᄒᆞ다"고 하여, 만주망명을 결심하고 길을 떠나야 했던 한 가족의 비장함과 망망함을 담담하게 술회했다.

⑥에서는 시댁을 떠나 도중에 친정집을 들러 친정식구들과 이별하는 것을 술회했다. 시댁 고향을 이별하는 서술단락 ⑤가 불과 38구(4·4를 1구로 하면 19구)인 점에 비하면 이 단락은 185구로 매우 장황하게 길어졌다. 친정 식구와의 이별은 주로 대화체로 나타냈다.

가)친정집을 차자드니 우리 부모동기 / ᄃᆡ문을 을픗나셔 누슈로 ᄒᆞ는마리 / 너을보니 반가우나 이별할일 ᄉᆡᆼ각하니 / 미리한심 졀노난다 원망으로 하신말솜 / 왼일이냐 너일이야 만쥬로 간단말이 졍말인가 / ᄉᆞ회 이리오계 ᄌᆞ네가 엇지 무졍한고

나)눈물노 겨오 삼ᄉᆞ오일 유련ᄒᆞ야 / ᄒᆡᆼ장을 ᄎᆞ리여셔 큰길을 ᄯᅥ나셔니 / 잇ᄯᅵ는 어나ᄯᅢᆫ고 신ᄒᆡ삼월 호시졀이라 / 화초만발 할시로다 엄엄ᄒᆞ신 어문님은 / 용아을 등에업고 오리만곰 ᄯᅡ라나와 / 가마치을 틀어잡고 ᄒᆞ난말이

다)오냐오냐 어마야 불효한 이ᄌᆞ식을 / 너모 ᄉᆡᆼ각ᄒᆞ야 셔려마라 글역이 ᄑᆡᆨᄒᆞᄂᆞ니 / 불효로다 불효로다 이ᄂᆡ몸이 불효로다 / 그젼에 먹은

> 마암 부모실하 가직이잇셔 / 오고가고 인졍잇게 사잣더니 / 죠물이 시기ᄒᆞ야 이지경이 되얏스니 이셰상불효 나뿐이라 / 졔남아 말드러라 너난 실하에 / 지셩으로 효도하야 지극히 봉양ᄒᆞ여라

먼저 가)는 친정집을 들어섰을 때의 장면이다. 친정부모는 눈물을 흘리며 작가에게 만주로 간다는 말이 정말이냐고 묻고, 사위를 불러서는 수십대 살던 곳마저 던져두고 창해원로로 떠나다니 "마음도 쳘셕갓고 인졍도 무졍하다"고 했는데, 말한 것을 그대로 술회했다. 나)는 친정에서 삼사일을 머물다가 신해년(1911년) 삼월에 길을 떠나며 이별하는 장면이다. 친정엄마가 오리 밖에까지 마중 나와 가마채를 틀어잡고 작가에게 하는 말이 장장 55구에 달한다. 우리 모녀가 전생에 무슨 죄가 있어 이생에서 생이별을 하게 되었느냐, 일본 저 원수를 어떻게 물리칠까, 멀고먼 길 어찌 찾아갈까, 죽기 전에 서로 모여살기를 천신께 축수한다는 말이었다. 친정 엄마의 말에 작가는 다)의 "오냐오냐 어마야"라는 대화체로 답한다. 근력[기력]이 상하니까 이 자식을 너무 생각하여 서러워말라는 말이었다. 이어 잠시 자신이 불효라는 객관적 술회가 이어지다가 다시 남동생에게 말한 것이 대화체로 이어진다. 너는 지성으로 효도해라, 나는 여자몸으로 어쩔 수가 없다, 부디 편지나 자주 해라는 말이었다. 대화체로 이어져 장면성이 살아나면서 이별의 비극성이 강조되었다. 앞서와 마찬가지로 오고간 말을 대화체로 전달해서 율격의 파괴가 심하게 나타났다.

⑦에서는 울진군을 출발해 만주 회인현 흥도촌에 도착하기까지의 노정을 술회했다.[18] 거의 한 달이나 소요된 노정에 비하면 그 서술이

---

18) 노정은 다음과 같다. 동해안 가를 따라 삼사일 간 남하 → 영천 도착 → 기차 승차

구체적이지는 못했다. 시간적·공간적 순서에 따른 서사적 글쓰기의 중간 중간에 작가의 감회를 담은 서정적 글쓰기가 길게 서술되어 전체적으로 총240구나 되었다.

작가는 울진에서 삼사일을 남하해 영천에 도착했다. 물화가 번화해 규중에서 자라난 작가로서는 구경하기조차 어지러웠다. 왜놈들을 본 작가는 소리 없는 총이 있으면 몇 놈 죽이고 싶은 심정이었다. 기차에 올라 일주야를 달려 신의주에 도착했다. 객주에서 사오일을 유숙한 후 배를 타고 압록강을 건너 만주 안동현에 도착했다. 만주 땅을 밟으면서 작가는 긴 감회를 읊었다. 한반도, 부모, 청년들을 향해 다시 만날 것을 기약했다. 작가의 만주 망명은 해외에서 독립군을 키워 독립을 쟁취하기 위한 것이었다. 가족애와 조국애로 가득 찬 서정적 글쓰기가 이루어지는 이면에 희망을 잃지 않는 독립쟁취 의지가 피력되었으며, 마지막 구절에서는 청년들을 향해 희망의 메시지를 전달했다. 안동현에서 작가는 뱃삯을 정하고 압록강 물길을 따라 북상했다. 도중에 광풍과 파도가 일어 뱃장이 흔들리고 위험하기도 했지만 십여일 만에 회인현 홍도촌에 무사히 당도할 수 있었다.

⑧에서는 만주 생활을 술회했다. 시간적·공간적 순서에 의해 자기 삶을 술회하면서 동시에 감회와 독립계몽을 술회하여 서사, 서정, 독립계몽이 교차하는 글쓰기 방식을 쓰고 있다. 회인현 홍(횡)도촌은 독립군 기지를 창건하기 위해 만주로 건너오는 사람들의 임시 연락지였다. 회인현에 내린 작가 일행은 동포가 인도해주는 농장으로 가서 그 해 여름을 농사를 지으며 살았다.[19] 만주의 매서운 추위를 처

→ 일주야만에 신의주 도착 → 사오일 유숙 후 압록강 도강 → 만주 안동현 도착 → 승선 북상 →십여 일만에 회인현 홍도촌 도착.

음으로 경험한 작가는 자신을 추스릴 겸 만주땅에 건너온 동포들을 향해 참고 참아 전진하여 무가객(無家客)을 면하자고 독립계몽의 목소리를 높였다. 이어 작가는 통화현으로 이주해 일년을 살다 유하현으로 옮겨 삼사년을 지내게 되었다.

마지막 결사 ⑨에서는 보고 싶은 부모님에 대한 감회, 하나님에게 비는 조국 광복에의 기원, 만주에 오는 여성들에게 향한 독립계몽적 발언 등으로 이루어져 있다.

이상으로 〈원별가라〉의 서술단락을 따라 작품세계를 살펴보면서 글쓰기 방식을 분석해 보았다. 부모와 고국을 그리워하는 탄식가류 가사를 기본 틀로 하고 있어, 부모와 고국을 그리워하는 한탄의 서정적 글쓰기가 작품 전체를 주도한다. 그러면서 성장과 결혼, 고향 이별과 만주 망명 노정, 만주 생활 등 자기 삶을 술회하는 서사적 글쓰기가 병행되었다. 지난 일을 핍진하게 전달하고자 오고갔던 말을 대화체로 그대로 술회하여 소설 산문체가 수용되기도 했다. 그리고 중간중간에 애국·독립계몽적[20] 글쓰기도 쓰여졌다. 이와 같이 〈원별

---

19) 독립군 기지 창건을 위해 집단으로 이주해와 신한민촌을 건설한 만주망명 가족들은 농사를 지으며 살았다. 토지를 개간하고 농업 경영을 통해 경제적 자립을 꾀하고자 했다. 그러나 추운 대륙성 기후와 재정 궁핍은 만주망명민들을 괴롭히는 주요 요인이었다. 특히 1911년 농사를 짓기 시작한 첫해에는 극심한 흉작이 들었으며, 수토병이라는 괴질이 유행하여 많은 생명을 앗아갔다(신용하, 앞의 책, 113~114쪽).

20) 본고에서는 '애국계몽'과 '독립계몽'을 구분하여 사용하였다. '애국계몽'은 국권 상실 이전에 풍미했던 사상담론의 총칭이라고 할 수 있다. 한말 애국계몽주의의 사상구조는 개화근대사상, 사회진화론, 국학적 민족주의로 구성되었다. 애국계몽주의의 구국운동은 대한제국이 1894년부터 반식민지화되고 1904년부터 준식민지화되었음에도 불구하고 그 현실인식이 정확하지 못하였고, 근대자본주의나 제국주의에 대한 논리적 이해가 부족하였으며, 민중민족주의와 만날 수 있는 여지가 적은 한계를 지녔다. 그럼에도 불구하고 한말 애국계몽주의는 "시민민족주의를 성장시키는 데에 일정

가라〉의 글쓰기는 서정, 서사, 계몽을 골고루 사용한 혼용적 양상을 드러낸다. 작품 전체는 서정과 서사가 주도하면서 후반부로 갈수록 독립계몽적 진술이 두드러지게 많아지는 경향을 보인다.

4. 경험의 확대와 자아 정체성의 변화

앞서 살펴보았듯이 〈원별가라〉는 후반부로 갈수록 독립계몽적 진술이 두드러지게 많아지는 경향을 보인다. 이러한 글쓰기는 작가 자신의 자아 정체성이 변화해가는 과정과 밀접하게 관련해 있다. 고향을 떠나 만주를 향해 여행하고, 만주에 도착하여 생활하는 경험의 확대에 따라서 작가는 여성으로서의 자아 정체성을 변화시켜갔다.

> ②<u>쳐량ᄒᆞ다 여ᄌᆞ몸이</u> / 원부모 형제는 뉘라셔 면할손가 ---(중략)--- 바든날이 당하오니 물이치리 뉘잇스리 / <u>연약한 분여마음</u> 붓그렴이 압흘마가 / 병든모친 하직할ᄯᆡ 말한마ᄃᆡ 못엿쥬고 / 누슈만 흘엿스니 <u>여ᄌᆞ마음 잔약하다</u>

> ④<u>규즁여ᄌᆞ 동서을 모르거든</u> 무어슬 관계하리 / 우스며 ᄃᆡ답하야

한 공헌이 있었던 것이 사실이다. 그것이 1910년대 독립운동에서 공화주의 이념이 성장하는 기초가 되어 대한광복회나 조선국민회를 탄생시켰으며 아울러 독립운동 방략을 새롭게 발전시켜 해외 독립운동의 방향을 정착시켜 간 것이라고 할 것이다." (조동걸, 「한말계몽주의의 구조와 독립운동상의 위치」, 『한국학논총』 제11호, 국민대학교 한국학연구소, 1988, 47~98쪽)

그러나 국권 상실 이후에는 구국의 주제가 독립 쟁취로 일원화되어 그것에 집중되고 있어서 20세기 초 일제 강점 이전의 애국계몽과 구분하여 독립계몽이라는 용어를 사용하였다.

여필 죵부라니 어ᄃᆡ가면 안ᄶᅡ르리 / 부모님 의향드려 가ᄌᆞᄒᆞ면 뉘아니가리

⑤제남아 말드러라 너난 실하에 / 지셩으로 효도하야 지극히 봉양ᄒᆞ여라 / 나는 여ᄌᆞ몸이 되엿스니 / 엇지할슈 업ᄉᆞ오니 부ᄃᆡ부ᄃᆡ 잘잇거라

위는 작가가 만주로 떠나기 이전에 자신의 정체성을 어떻게 생각하고 있었는지를 보여주는 구절들이다. ②의 "쳐량ᄒᆞ다 여ᄌᆞ몸이", "연약한 분여마음", "여ᄌᆞ마음 잔약하다", ④의 "규즁여ᄌᆞ 동서을 모르거든", "여필 죵부라니", ⑤의 "나는 여ᄌᆞ몸이 되엿스니 / 엇지할슈 업ᄉᆞ오니" 등에서 알 수 있듯이 작가는 여성의 삶을 순응하여 받아들이고 살아간다. 친정부모, 남편, 그리고 시댁이 요구하는 당대의 여성상 안에서 성실하게 적응하며 살아가고자 한다. 그렇다고 그러한 자신의 삶이 처량하고 구속 받는 삶이라는 사실을 모르는 것은 아니다. 그 시대가 요구하는 순응하는 여성상으로 살아가면서 그러한 여성의 삶에 한탄하는 여성상은 규방가사에서 가장 흔한 것으로서 당대 보편적 여성상이라고 할 수 있다.

그러나 이러한 작가의 여성상은 한일합방을 계기로 변화하기 시작한다. 서술단락 ③에서 한일합방이 된 사실을 술회하는 작가의 어조는 매우 격앙되어 있고 애국계몽적이었다. 이제 작가의 관심은 여성의 일상사와 개인사에 한정되지 않고 객관적인 조국 현실로까지 확장되었다. 그러나 이러한 작가의 애국계몽적 사상은 작가 자신의 것으로 충분히 내면화한 단계의 것은 아니었고 남편의 애국계몽적 사상에 영향을 받은 것이라고 할 수 있다. 그리고 작가가 순응하는 여성상을 포기한 것도 아니었다. 만주로 가자는 남편 말에 작가는 서슴없

이 "여필종부"라는 말을 내세우는데, 그러한 자신을 자랑스럽게 생각했다. ⑤의 "나는 여ᄌᆞ몸이 되엿스니 / 엇지할슈 업ᄉᆞ오니" 라는 남동생에게 한 말에서 작가는 여성으로서 친정부모를 모시지 못하는 것을 기정사실로 받아들인다. 친정 부모도 갑작스러운 딸과의 이별 현장에서 가지 않았으면 좋겠다는 말을 할 수 없을 정도로 남편의 뜻을 따르는 딸을 당연시했다. 그런데 이렇게 작품의 전반부를 지배했던 순응하는 여성상은 이후 표면적으로는 나타나지 않고 이면화한다.

> ⑦북문밧 정거장 오고가고 ᄒᆞ는 왜놈들 / 동경을 살피노라 가작이 드러서서 치보고 네려보니 / 분여의 간장이나 분심이 졀노나고 쌀짐이 졀노쩔여 / 소리업난 총잇스면 몃놈우션 죽이겟다 / 열심으로 겨우참고 화ᄎᆞ에 올나안ᄌᆞ

영천 기차역에서 행인들을 검문하는 왜놈 순사들에 대한 작가의 반응이 흥미롭다. 분한 마음에 살이 절로 떨렸고, 소리 없는 총이 있으면 몇 놈을 우선 죽이고 싶었는데 참았다고 했다. '처량하고', '연약하고', '어찌할 수 없고'하던 수동적 여성은 어디 가고 비록 마음 뿐이긴 하지만 대단히 과격하고 충동적인 여성 전사가 현재한다. 만주로 망명길에 오른 지 불과 얼마 되지 않았지만 벌써 민족독립운동가의 일원이 되어가고 있는 것이다. 살던 곳의 모든 재산을 다 팔아서 오직 독립운동을 위해 가족 모두가 길을 떠나던 참이라 그 비장함의 내면에 저항성과 투쟁성의 폭발적 힘이 자라나기 시작한 것이다.

> ⑦슬푸다 고국쌍은 오날부터 하직이라 / 이곳이 어ᄃᆡ미냐 부모면목 보고져라 / 부모국을 하직ᄒᆞ니 이ᄉᆡᆼ에 죄인이라 / 한심이 노ᄅᆡ되야 노

ᄅᆡ가 절노난다 / 화려강산 한반도야 오날날 이별ᄒᆞ면 / 언제다시 맛ᄂᆡ 볼고 부ᄃᆡ부ᄃᆡ 잘잇거라 / 오날우리 ᄯᅥ나갈ᄯᆡ 쳐량하게 이별ᄒᆞ나 / 이후다시 상봉할ᄯᆡ ᄐᆡ평가로 맛나리라 / 어엽부다 우리부모 보고져라 우리부모 언제다시 맛나볼고 / 부ᄃᆡ부ᄃᆡ 기체만슈 강영 ᄒᆞ압시면 다시볼날 잇나니다 / 나라가는 져ᄶᅡ마구는 비록 미물이나 반포지심 착ᄒᆞ고나 / 흘너가는 져강슈야 너엇지 흘너가면 다시오지 못ᄒᆞ느냐 / 가고가는 져세월은 너엇지 무정ᄒᆞ야 ᄉᆞ람을 ᄌᆡ촉ᄒᆞ나 / 우리청연 늘지마소 독입국 시절바ᄅᆡ 츔을츄고 노라보ᄉᆡ

위는 역시 서술단락 ⑦ 가운데서 만주땅에 도착하자마자 조국을 떠나는 감회를 술회한 부분이다. 작가는 뒤로하는 부모와 고국에 대해 다시 만날 것을 약속한다. 한반도에게는 다시 만날 때는 태평가를 불며 만날 것이라고 하고, 부모님께는 부디 몸조심하시어 살아계시면 다시 볼 날 있을 것이라고 했다. 그리고 청년들에게는 늙지 말고 독립국을 바라면서 춤을 추고 놀아보자고 했다. 작가는 만주 벌판에 당도하자마자 고국을 등지는 슬픈 현실에서 다시 오기 위한 것이라는 희망을 노래한다. 한반도에게, 부모에게, 그리고 청년들에게 당당하게 술회하는 작가의 독립계몽적 목소리에서 작가 자신이 당당한 독립군이 되어 있음을 발견하게 된다. 단지 보름여를 걸쳐 만주 땅에 망명해왔을 뿐인데, 작가의 자아 정체성은 일대 전환점을 맞게 된 것이다. 재산까지 다 팔고 살던 고향을 등지고 망명하는 극적인 경험으로 인해 자아 정체성도 극적으로 변화한 것이다.

⑧만쥬ᄯᅡᆼ 건너오신 우리동포 이ᄂᆡ말슴 드러보소 / 산고 곡심한 이곳을 엇지왓나 / 다정한 부모동기 이별ᄒᆞ고 / 분결갓흔 삼쳘이 강산을

하직ᄒᆞ고 / 찬바람 씰씰불고 찬눈은 쐴쐴소리 치ᄂᆞᆫᄃᆡ / ᄃᆡ국짱 만쥬지방 무어시 ᄌᆞ미잇나 / 여보시요 동포님 젼졍을 ᄉᆡᆼ각ᄒᆞ여 / 고ᄉᆡᆼ을 낙을 삼고 참고참기 ᄆᆡ양ᄒᆞ야 / 월왕구쳔 이상신삼[21] 쎈을바다 / 인ᄂᆡ역 힘을써셔 ᄋᆡ국의 ᄉᆞᄉᆞᆼ두어 / 어셔어셔 젼진하야 육쳘이 동삼셩에 무가ᄀᆡᆨ을 면합시다

위는 서술단락 ⑧에서 처음 당도한 회인현 흥도촌의 추위에 놀라면서 술회한 부분이다. 만주땅에 있는 동포들을 향해 부모와 삼천리 강산을 하직하고 무엇하러 이 추운 곳에 왔냐고 반문한다. 그리고는 고생을 낙을 삼고 참고 참아 애국의 사상으로 전진하여 무가객을 면하자고 했다. 만주독립군 기지 건설을 위해 같이 만주로 건너온 동포들에게 독립의지를 고취시키는 독립계몽의 발언이다. 실제로 작가가 동포들을 계몽할 수 있는 위치에 있었는지와는 상관없이 만주 땅 회인현에서 첫 해 겨울을 보내는 작가의 자아 정체성은 독립계몽가의 위치로 확장되어 있었던 것이다. 아마도 독립군 기지 건설을 위해 만주 땅에 들어온 당시의 동포들은 거의 같은 생각이었을 것이다.

⑨고당의 ᄇᆡᆨ발부모 죤안이 히미ᄒᆞ니 / 보고져라 보고져라 부모동기 쉮갓치 이별한후 / 쳔ᄋᆡ지각 삼쳘이라 엇지하야 보잔말가 / 펄펄나는 ᄉᆡ가되야 나라가셔 보잔말가 / 핑핑부난 바람되야 부러가셔 보잔말가 오ᄆᆡ불망 못잇깃ᄂᆡ / 비나니다 비나니다 하나님ᄭᅴ 비나니다 / 우리민족 ᄉᆞ랑ᄒᆞᄉᆞ 권능만이 쥬압시고 / 모든일 힝할ᄶᅴ에 실슈업시 되게ᄒᆞ고 / ᄎᆞᄎᆞ 젼진ᄒᆞ야 일심 단체되야 독입권을 엇게ᄒᆞ소 / 못잇겟ᄂᆡ 못잇겟

21) 월왕구천 와상신담(越王句踐 臥嘗薪膽) : 오나라 夫差와 월나라 句踐 사이의 고사에 나오는 와신상담을 말한다. '이'는 '와'의 오기인 듯하다.

> ᄂᆡ 우리고국 못이질ᄉᆡ / 못잇겟ᄂᆡ 못잇겟ᄂᆡ 우리부모 못이질ᄉᆡ / ᄂᆡ가 비록 여ᄌᆞ오나 이목구비 남과갓고 / 심졍도 남과갓ᄒᆡ 힝ᄒᆞ든 못ᄒᆞ오나 ᄉᆡᆼ각이야 업슬소냐 / 우리여ᄌᆞ 만쥬에 거름ᄒᆞ는 여러형졔 / 어리셕은 힝위다 바리고 지금 / 이시ᄃᆡ 시십셰기 문명한 빗흘어더 / 남의뒤을 쌀치말고 만쥬일ᄃᆡ 부인 왕셩ᄒᆞ여 / 독입권을 갓치밧고 독입기 갓히들고 / 압녹강을 건너갈졔 승젼고을 울이면셔 / 쇼흔노ᄅᆡ 부을젹에 ᄃᆡ한 독입 만만셰요 / ᄃᆡ한 부인들도 만셰을놉히 부르면셔 / 고국을 ᄎᆞᄌᆞ가셔 풍진을 물이치고 / 몃몃ᄒᆡ 그리든 부모동기와 연아쳑당 상봉ᄒᆞ고 / 그리든졍회 셜화ᄒᆞ고 만셰영낙 바라볼가

위는 작품의 결사인 서술단락 ⑨의 전문이다. 부모님을 그리는 감회가 상당히 축소되었는데, 작가에게 부모님은 고국과 동일한 것이어서 부모님을 그리는 마음이 희석되어 버린 것은 절대로 아니다. 부모님에 대한 감회의 서술이 적어진 것은 결사로서 해야할 다른 말이 많아졌기 때문이다. 만주에 도착해서 이미 5, 6년이나 지나 작가의 생활이나 사고는 이전의 것과 상당히 달라졌다. 독립운동가들의 아지트에서 그들과 생활했던 작가는 이미 수동적인 누구의 아내가 아니라 자신도 당당한 독립운동가였다. 조국의 독립을 갈망하는 마음은 하나님께의 간절한 기도에서 잘 나타난다. 우리 민족에게 권능을 많이 주고, 모든 일을 실수 없이 되게 하고, 한마음이 되어 독립권을 얻을 수 있게 해 달라는 기원에서 작가가 이미 독립투쟁의 한복판에서 행동하는 독립운동가가 되었음을 알게 한다. 부모를 잊는 못하는 것처럼 고국을 잊지 못하겠다는 작가의 말은 독립운동가의 절규처럼 느껴진다. 작가는 마지막으로 만주에 들어오는 여성들을 향해 발언을 하면서 끝을 맺는다. 어리석은 행위들은 다 버리고 남의 뒤를

따르지 말고 독립을 쟁취하는 날 같이 승전고를 울리면서 고국으로 돌아가자는 것이다. 작가는 자신을 독립운동의 당당한 주체로 인식하고 있으며, 다른 여성에게도 이러한 삶을 권고하고 있다.

이상에서 경험의 확대에 따른 자아 정체성의 변화를 살펴보았다. 작가는 친정에서 고이 자라다가 16살에 시집을 가서 며느리로 살던 보통여성이었다. 그러한 작가의 인생에서 한일합방과 만주 망명은 일대 전환점을 주는 계기가 되었다. 일제 식민지로의 전락이라는 객관적 민족 현실 상황에서 작가가 진술한 애국계몽적 발언은 남편에게서 영향을 받은 것으로서 작가 자신의 진정한 내면의 목소리로는 보이지 않는다. 그러나 가산을 정리하여 만주로 여행하면서 작가의 여성성은 일대 전환점을 맞게 되었다. 저항성과 투쟁성이 마음속에 자리하게 되고 만주 땅에 들어서서는 희망 찬 조국의 미래를 다짐하는 독립운동가가 되어 있었다. 그리고 독립군 기지에서의 생활은 독립운동의 주체로서 당당한 자아 정체성을 확고하게 자리잡게 하였다. 만주 망명과 그로 인한 공간 경험 및 역사 경험의 확대는 여성으로서의 자아 인식을 확장하게 만들었다. 남성을 따르는 수동적인 보통의 여성에서 독립운동의 주체인 당당한 여성으로 극적인 전환을 이룬 것이다.

집안 모두가 의병운동 및 독립운동에 참여하여 자신도 적극적인 활동을 보였던 윤희순처럼, 작가가 독립운동에 참여한 것은 문중과 남편의 뜻에 따른 결과였다. 그래서 영남의 보통 며느리였던 작가가 만주에서 독립운동가가 될 수 있었다. 이렇게 구국의 길에 여성도 동참해야 한다는 생각은 당시를 풍미했던 계몽사고의 하나였다. 그렇다고 해서 작가의 당당한 자아 정체성을 내면화하지 못한 것이라고 단정지을 수는 없다. 독립운동가로서 행동하고 남을 향해 독립계몽의 발언을 당당히 진술하고 있는 것은 새로운 여성의 변화상임에 틀림없다. 특히 작가 스스로 지니고 있었던 자아 정체성은 의심할 나위가 없이 당당한 독립운동가였고, 역사의 주체자였다. 당시로서는 작가 스스로 분명 역사의 주체로서의 여성상을 당당히 내면화하고 있었다. 다만 과거의 순응하는 여성상과 새로운 여성상 사이에서 빚어질 수 있는 갈등 상황을 아직 체감하지 못했던 것으로 볼 수 있다. 주체로서 당당한 여성상과 남성에 순종하는 여성상 사이에서 후자를 포기하는 단계로 가기에는 시대의 요구가 너무나 급변했다. 작품에 의하면 순종하는 여성상과 역사 주체로 선 여성상 사이에서 빚어질 수 있는 갈등은 전혀 나타나지 않는다. 어쩌면 작가는 철저히 순종했기 때문에 역사 주체로서의 여성상을 획득할 수 있었던 것이라고 할 수 있다. 이 둘은 아이러니컬하지만 작가의 내면에 절묘하게 조화를 이루고 있다. 이러한 조화는 독립권 쟁취라는 국가적 위기 상황이 마련해준 절충점이었다고 보여진다.

5. 맺음말 : 가사문학적 의의

〈원별가라〉의 가사문학적 의의는 우선적으로 이 작품이 일제 강점 직후 만주에 망명해 독립운동을 하던 한 여성의 작품이라는 데서 찾을 수 있을 것이다. 작가는 생활인이자 민초에 불과한 한 여성이었다. 이 작품은 이러한 여성의 시각에서 일제 강점 초창기에 만주로 망명한 독립운동가들의 망명 동기와 과정, 망명노정, 만주생활상, 독립운동의 열기 등을 표출해 보여준다. 만주에서 독립운동에 투신하다 죽어간 이름 없는 사람들이 많이 존재하지만 이들의 사고나 생활상은 역사 속에 묻혀버리고 말았다. 이 작품은 역사의 현장을 지켰지만 역사에서 묻혀버린 이름 없는 사람들의 기록이라는 점에서 의의를 지니기에 충분할 것이다. 민족의 역사에 뛰어든 생동감 넘치는 한 인간의 인생 역정과 생각을 가감 없이 담고 있다는 점에서 가사문학사적 의의를 충분히 지닌다고 하겠다.

〈원별가라〉의 작품세계는 탄식가류 규방가사의 전통적 글쓰기 관습이 있었기에 가능한 것이었다. 탄식가류 규방가사의 글쓰기 전통이 당대 역사 사회 현실을 흡수함으로써 이루어낸 성과라고 할 수 있다. '원별'은 의미상 '遠別'과 '怨別' 두 가지가 다 가능하다. 멀리 떨어진 슬픔을 탄식하거나 이별을 한탄하는 내용을 지닌다. '원별'의 모티브는 규방가사에서 가장 흔하게 사용되는 것이다. 생이별, 사별, 특수 사정에 의한 이별 등 이별의 사연은 많다. 그리하여 〈사친가〉〈사향가〉〈원별가〉〈석별가〉 등의 규방가사가 쏟아져 나와 이별의 아픔과 그리움을 표현했다. '원별'의 주제와 제목을 갖춘 규방가사 작품으로는 〈원별가〉〈원별가라〉〈붕우원별가〉〈형제원별가〉 등이 있는데, 부모자식, 부부, 붕우, 형제 간에 공간적·시간적으로 멀고 긴 이별을 탄식하는 내용으로 구성된다. 필자는 아직 이러한 '원별' 모티브의 가사 작품들을 정리할 능력이 없다. 다만 이 자리에서는 〈원별가라〉가 규방가사의 이러한 관습적 글쓰기 전통 내에서 멀리 떠나온 부모와 고국을 그리워하고 탄식하는 것을 창작의 기반을 삼았다는 점을 강조하고자 한다. 가사의 개방성은 자신의 만주 망명 노정 및 만주 생활은 물론 자신이 하고 싶은 말도 얼마든지 수용할 수 있어서 이러한 작품세계를 창작할 수 있었다.

〈원별가라〉는 서정적, 서사적, 산문 소설체적, 그리고 계몽적 글쓰기 방식을 골고루 갖추고 있다. '여성들에게 있어 친정은 다시는 그 집단의 일원으로 돌아갈 수 없는 영원한 이탈의 공간이며 과거의 공간이기에 그리움의 깊이'22)가 훨씬 깊게 느껴졌다. 더군다나 작가는 친정부모와 고국을 동일시하였으므로, 친정부모에 대한 사친의 서정과 갈 수 없는 조국강산에 대한 사향의 서정이 겹쳐져 한탄의 비극적 정서23)가 전체를 관통하여 극대화되어 나타났다. 한편 〈원별가라〉는 역사 사회 현실에 의해 규정받아 굴곡이 많았던 작가 개인의 삶을 술회하여 서사적이다. 극적인 대화체의 수용으로 소설적 문체를 형성하기도 하면서 자신의 지난 삶을 술회하여 작품 안에 서사성이 만만치 않게 발현되었다. 그리고 이 작품에는 독립운동의 사상적 기반이 되는 애국계몽적 담론과 독립의지를 고취하는 독립계몽적 담론도 적지 않게 술회되어 있다.

대부분의 규방가사는 서정적인 것에 작가 개인의 체험을 가미하거나, 교훈적인 것에 작가 개인의 삶을 수용하거나, 교훈적인 것에 작가 개인의 서정을 토로하여 글쓰기 방식의 혼용 양상을 보인다. 그런데 〈원별가라〉는 각각의 글쓰기 방식을 극대화하여 혼용했다. 애국계몽·독립계몽적 담론은 교훈과 상통하는 진술이다. 보통 규방가사에서는 교훈의 글쓰기가 윗사람에 의해 실현되었다. 그런데 이 작품

22) 박경주, 「남성화자 규방가사 연구」, 앞 논문, 267쪽.

23) 양태순은 「규방가사에 나타난 '한탄'의 양상」(앞 논문)에서 계녀가류, 화전가류, 탄식가류에 '한탄'이 나타나는 양상을 살폈다. '보편성, 전형성, 확장성, 비극성'의 측면에서 '한탄'의 성격을 살폈는데, 〈원별가라〉에서의 서정적 정서도 '한탄'의 네 가지 성격을 기반으로 하면서 '조국'이라는 주제를 덧붙인 것이라고 할 수 있다.

에서는 나이가 어린 여성 작가에 의해 애국계몽·독립계몽 글쓰기가 실현되었을 뿐이다. 가사가 서정, 서사, 교훈의 진술 양식을 얼마든지 혼용하고 극대화하여 활용할 수 장르로서의 특성을 지닌다고 할 때 〈원별가라〉는 그것을 전형적으로 보여주는 한 작품이라는 점에서 가사문학사적 의의를 지닌다고 하겠다. 일제 강점 직후 역사의 격동기는 진술양식의 극대화된 혼용을 요구했는지도 모르겠다.

규방가사는 여성의 자아 정체성의 면에서 다양한 스펙트럼을 형성한다. 〈원별가라〉는 한일합방 직후 보통의 여성이 독립운동가가 되어가는 과정을 보여줌으로써 한 작품 안에서 당시 여성의 다양한 여성 인식의 스펙트럼과 여성 인식의 변화 과정을 반영해 보여준다는 의의를 지닌다. 전반부에서 보여준 작가의 자아 정체성은 규방가사에서 흔하게 발견되는 구속받는 것을 알지만 순응해 사는 여성상이다. 그리고 한일합방을 진술하는 애국계몽적 진술은 20세기 초 근대계몽기 여성작가의 시가에서처럼 진정으로 내면화한 것은 아니었다.[24] 그러나 만주 이주 후의 작가는 역사의 주체로서 당당한 한 여성이었다. 이때 작가의 자아 정체성은 독립운동가로 생활했던 경험값에서 우러나온 것으로 그 진정성을 의심할 수 없는 내면화된 것이었다고 할 수 있다.

가사문학사에서 만주 독립운동과 관련하여서는 이 작품 외에 1910

24) 이형대는 근대계몽기 시가 중 여성 작가의 작품들이 "개명진보, 보국안민, 여성교육, 남녀동등"과 같은 "계몽적 열망을 강렬한 주제의식과 함께 격렬한 어조에 실어 담아내고 있"음에도 불구하고, "궁극적인 지향은 계몽지식인들의 근대국가 기획과 동일선상에 있으며," "개인의 내재적 가치나 개성의 실현, 진정한 여성해방과는 거리가 있다"고 보았다(이형대, 「근대계몽기 시가와 여성 담론」, 『한국시가연구』 제10호, 한국시가학회, 2001, 297~298쪽).

년대 이호성의 〈위모사〉[25]와 김대락의 〈분통가〉[26], 1920년대 윤희순의 〈신세타령〉[27] 정도가 있다. 이들 작품은 모두 혁신유림 집안에서 창작되었으며, 〈분통가〉를 제외하고는 모두가 여성이 작가이다. 특히 〈위모사〉는 이 작품과 거의 동시기에 같은 이유로 만주로 망명한 한 여성인 이호성의 가사 작품이다. 이들 작품에 관한 종합적·비교적 검토는 후고로 미룬다.

이 글은 『국어국문학』 151호(국어국문학회, 2009)에 수록한 논문을 수정하여 재수록한 것이다.

25) 고순희, 「만주 망명 여성의 가사 〈위모사〉 연구」, 『한국고전여성문학연구』 제18집, 한국고전여성문학회, 2009.

26) 김용직, 「분통가의 의미와 의식」, 『한국학보』 5권 2호, 일지사, 1979, 204~225쪽.

27) 고순희, 「윤희순의 의병가와 가사 – 여성주의적 성격을 중심으로」, 『한국고전여성문학연구』 창간호, 한국고전여성문학회, 2000, 241~270쪽.

현대문학

세계화 시대의 국어국문학

세계화 시대의 한국문학: 세계문학과 지역문학의 좌표

윤여탁

1. 한국문학의 개념

우리나라의 대학교 전공학과와 전문 학회로 대표되는 학문적 체계 내에서 한국문학의 개념이나 용어에는 여전히 국문학이라는 어휘가 핵심어로 존재하고 있다. 즉 한국문학을 교수-학습하거나 연구하는 대학교 관련 학과가 '국어국문학과'이고 한국연구재단의 학문 분류 체계도 '국문학'이다. 그리고 이와 관련된 이런저런 학과에 개설된 기초적인 강좌 명칭('국문학개론', '국문학사') 등이나 이런 강의에 사용되는 교재에도 '국문학'이라는 용어가 대세를 이루고 있다.

이와 같은 학문 체계에서 한국문학의 범위에는 대체로 구비문학, 한문학, 국문문학이라는 세 영역이 포함된다. 여기에서도 한글문학이 아닌 국문문학으로 개념이 사용되고 있다. 또 한국문학의 범위를 한글이라는 문자로 제한하지 않고, 구비문학을 비롯하여 기록 문학의 초기 형태인 차자(借字)문학뿐만 아니라 한문학까지 널리 포용하고 있다. 이런 점은 근대 민족주의 학문인 국학(國學)의 한 분야로 한

국문학의 역할이 강조되었던 근대 한국학의 역사와도 밀접한 관련이 있다.[1)]

이처럼 본격적인 근대 학문의 대상이자 문학적 실천의 총체상이라고 할 수 있는 한국문학은 일제 강점기에는 조선문학으로 불렸으며, 해방 이후에는 국문학으로 명명되었다. 특히 국문학이라는 용어는 1920년대 시조부흥운동이나 민요조 서정시 운동을 주창했던 국민문학파의 문학운동이나 일제 말기 일본어로의 글쓰기를 주창했던 친일적인 '국민문학'과 구별하기 위해서 이 용어를 선택하였다. 그리고 이와는 약간 다른 맥락에서 '민족문학'이라는 개념도 사용되었다.

한국문학의 개념 중에서 민족문학이라는 용어는 1945년 해방 이후 우익 문단과 좌익 문단에서 서로 다른 내포 개념으로 사용되었다. 그러다가 1974년 백낙청이 「민족문학 이념의 신전개」[『월간중앙』, 1974. 7, 이 글은 『민족문학과 세계문학 Ⅰ』(창작과비평사, 1978)에 「민족문학 개념의 정립을 위하여」로 제목이 바뀌어 수록되었다.]라는 글에서 '민족의 주체적 생존과 대다수 구성원의 복지가 심각한 위협에 직면한 위기의 상황에서 올바르게 대응하는 문학'이라고 그 개념을 재정립하면서, 이후 20세기 한국문학계를 지배하는 중요한 이데올로기 담론(談論)으로 자리를 잡게 되었다.

특히 한국전쟁 이후 재편된 우리 한국문학계를 장악한 사람들에 의해서 전개된 민족문학이 민족의 현실과 동떨어진 허구의 문학, 어

---

1) 지역학으로서의 국학 또는 한국학이라는 개념은 조선시대에는 동국학(東國學), 본국학(本國學)으로, 일제 강점기에는 조선학(朝鮮學)으로, 해방 후에는 국학(國學), 한국학(韓國學)으로 그 명명을 달리하면서 발전했다.
윤여탁, 『외국어로서의 한국 문학 교육』, 한국문화사, 2008, 6~9쪽.

용의 문학을 유지하는데 동원되었음을 비판하면서 시작된 민족문학 바로 세우기 운동[정명(正名) 운동]은 이후 민중문학, 민족해방문학, 민주주의 민족문학 등의 논의로 이어지기도 했다. 어떻든지 1970~80년대에는 민족문학이 한국문학을 대표하는 학문적, 창작적 실천(활동)이자 그 실천의 대상이었다.

그리고 1990년대 소련 연방의 해체로 상징되는 현실사회주의의 붕괴를 경험하면서 민족문학론에 대한 비판이 시작되었으며, 이후 민족문학론에 대한 비판과 이에 대한 반론, 민족문학 갱신 논의들이 활발하게 전개되면서 한국문학이라는 용어로 정리되고 있다. 즉 한국문학은 새로운 시대인 21세기의 우리 문학 담론이자 화두(話頭)로 자리를 잡게 된다. 이밖에 민족문학에 대한 비판의 대안으로 영어 'National Literature'의 또 다른 번역어인 국민문학을 제안하는 견해도 있지만, 이 역시 내·외재적인 모순과 한계를 지니고 있다. 특히 한국어의 민족과 국민, 영어의 'nation' 개념이 일치하지 않는다는 점을 고려한다면 한국문학이라는 포괄적인 용어 선택이 타당할 것으로 판단된다.

2. 한국문학과 세계문학

한국문학의 특성에 대한 이해는 분단문학과 세계문학이라는 오래된 논의와 결합하여 확대되는 양상도 보여주었다. 이 중에서 전자의 논의는 근대 이후 동아시아 분단국가라는 특수성의 관점에 주목하여 한국문학의 특성을 설명하는 논거였으며, 후자의 논의는 세계화, 지구화 시대 보편문학[2)]으로서의 한국문학을 설명하는 논거였다. 이 중에서 전자의 문제는 해방 이후 민족문학론의 발전 과정에서 시작되어 1960년대 참여문학, 1970년대 민중문학, 민족문학, 통일문학 등 다양한 스펙트럼(spectrum)으로 논의되었다.

후자의 문제는 다시 세계화 시대라는 맥락에서 한국문학과 세계문학의 관계를 특수성과 보편성에 주목하는 관점으로 나누어진다. 이 중에서 특수성에 주목하는 관점에서의 한국문학은 서구 문학이나 세계문학과는 다른 아시아, 동아시아, 동북아시아라는 지역적 특수성을 강조하는 관점이다. 이런 관점은 일찍이 서구 중심주의의 대안(代案, 對案)으로 제안된 제 3세계론, 오리엔탈리즘(orientalism)과 맥락을 같이 한다. 그리고 그 극단에 국수주의에 바탕을 둔 민족문학, 국민문학이나 자기중심주의에 빠진 지역문학이 자리를 잡고 있다.

또 보편문학으로서의 한국문학이라는 관점 역시 보편적인 인간성을 실현하는 세계 명작이나 고전이어야 한다는 근대 제국주의의 보편적 가치를 중시하게 되는 논리로부터 자유스러울 수 없었다. 서로 다른 문학의 차이를 선진국의 문학에 비하여 한국문학은 무엇인가 부족하다는 '결핍 이론'의 관점에서 설명하고, 한국문학이 도달해야 할 지점으로 세계문학을 위치지우는 견해들이 여기에 속한다. 최근 들어 멀어지기만 한 노벨상을 향한 우리 국가, 국민, 작가의 열망이

---

2) 1970년대 이후 한국문학계에서 거대 담론으로 작용했던 민족문학을 비판하는 논자들이 선택한 용어로, B. 앤더슨의 '상상의 공동체'와 가라타니 고진의 '근대문학의 종언' 등에 기대고 있다. 이와는 달리 '상상의 공동체'가 민족이나 민족주의를 배척하거나 대립하지 않는다는 주장도 있다.
이택선, 「앤더슨의 『상상의 공동체』에 대한 올바른 이해와 새로운 민족주의 대안의 모색을 위하여」, 『현대비평과 이론』 15권 2호, 한신문화사, 2008, 74~120쪽.

그 단적인 예라고 할 수 있다.

위에서 살핀 것처럼 한국문학과 세계문학의 관계를 설명하는 두 관점에는 많은 문제점을 안고 있다. 이제 이를 반성하는 차원에서 문화 간의 차이를 인정하는 문화 상대주의의 관점, 나아가서는 상호 문화 이해의 맥락에서 한국문학과 세계문학의 관계를 재정립해야 한다. 즉 모범이 되는 타자로서의 외국문학이나 보편으로서의 세계문학이 아니라 한국문학과 세계문학의 서로 다른 차이를 인정하고 존중하는 '차이 이론'의 맥락에서 이들의 관계를 이해해야 한다.[3)]

그리고 이런 자리에서 흔하게 이야기되는 '가장 민족적인 것이 세계적인 것이다.'라는 구호에 부응하여 한국문학의 위상을 세계문학의 맥락에서 바라보려는 논의가 진행되었다. '세계문학론'(백낙청), '동아시아 담론'(임형택, 최원식), '초국가적 통행'(황종연) 등이 그 예이다. 또 국제적인 작가회의가 연달아 개최하면서 세계문학의 맥락 속에서 한국문학을 바라보려고 시도하고 있다. '서울국제문학포럼'(2000, 2005, 2011), '아시아 아프리카 문학 페스티벌'(2007), '한중 작가대회'(2007~2011), '동아시아 문학포럼'(2008), '아시아 아프리카 라틴아메리카 문학 심포지엄'(2009), '인천 AALA(아시아 아프리카 라틴아메리카) 문학포럼'(2010~2012) 등이 개최되면서 한국문학과 세계문학의 교류가 활성화되고 있다.

아울러 한국문학의 세계화라는 문제를 중심으로 한국문학과 세계문학의 관계를 생각할 수 있다. 이 경우 한국문학에 대한 해외 소개나

---

3) '결핍 이론'은 서로 다른 문화 간의 관계를 문화적 결핍(cultural deprivation)으로 보는 차별적 관점이며, '차이 이론'은 이들 사이의 문화적 차이(cultural difference)를 인정하는 관점이다.

한국문학 작품의 번역과 해외 보급의 문제가 논의되어야 한다. 특히 한국문학 작품의 번역 사업은 앞에서 언급한 노벨문학상을 향한 열망을 실현하기 위한 전제이기도 하다. 1996년 설립된 '한국문학번역원', 2005년 '프랑크푸르트 도서전' 주빈국가로의 참여 등을 계기로 이 분야에 대한 관심과 지원이 증가하였다. 먼저 '한국문학번역원(http://www.klti.or.kr/)'은 한국작가의 해외 연수 지원, 한국문학 번역 작품 선정 및 지원, 한국문학 전문번역가 양성 및 재교육 프로그램, 번역 관련 국제회의와 워크숍 개최 등의 사업을 하고 있다. 2001~2012년 사이에 총 32개 언어권 780 작품을 선정하여 번역 지원하였다. 이밖에 '대산문화재단(http://www.daesan.or.kr/)'에서도 1993년부터 한국문학 작품을 선정하여 번역하는 사업[1993년부터 2009년까지 190권의 한국문학 작품을 4개 언어(영어, 불어, 독어, 스페인 어)로 번역하는 사업]을 지원하고 있으며, 이런 노력에 힘입어 고은, 박완서, 김지하, 황석영, 이문열, 김훈 등의 한국문학 작품이 다양한 국가의 언어로 번역·보급되고 있다.

이와 더불어 최근 들어 한국문학을 소개하는 사업이나 해외 대학에서의 한국학, 한국문학, 한국어 강의 지원도 이루어지고 있다. 주로 '한국국제교류재단(http://www.kf.or.kr/)'에서 지원하는 해외 대학교의 한국학 관련 강좌로 개설된 한국문학 소개(introduction), 강독(reading), 번역(translation)을 위한 교수, 연구, 학술 지원 사업이나 해외에서의 한국문학, 특히 시조(Sijo 또는 Korean Haiku) 쓰기와 번역 보급 사업 등이 그 예이다. 그 대표적인 예로 하버드 대학의 맥캔(D. R. MaCann)이 중심이 되어 지난 2009년(만해사상실천선양회, 하버드대 한국학연구소 공동 개최)에 영어 시조 낭독회가 보스턴에서 있었으며, 2010년

4월(시카고 세종문화회, 한국국제교류재단)에는 시카고에서 지역의 교사들을 대상으로 한 영어 시조 쓰기 강좌와 시조 낭독회가 개최되었다. 또 미국의 시카고 '세종문화회'(http://www.sejongculturalsociety.org/)는 2008년부터 미국의 고등학생을 대상으로 영어 시조 작품을 공모하여 시상하고 있다.

물론 이와 같은 한국문학 번역이나 소개 사업에 문제가 없는 것은 아니지만 한국문학의 해외 보급의 한 방편일 뿐이라는 점도 인정해야 한다. 일찍이 중국이나 일본이 한시와 하이쿠[俳句], 그림을 매개로 자신들의 문화를 세계의 다른 나라 대중들에게 보급했던 경험도 참고가 될 수 있다. 아울러 세계화 시대의 한국문학은 전문 번역가 양성을 양성하여 세계문학의 맥락에서 위상을 제고하는 노력을 더 많이 보여주어야 한다. 현재 한국문학 번역가 양성은 '한국문학번역원'의 '번역아카데미과정'이나 '해외 원어민 번역가 초청 연수', 미국이나 유럽, 중국, 일본 등의 대학교에 개설된 한국학이나 한국어 과정의 '한국문학 번역(Translation of Korean Literature)' 강좌에서 아주 제한적으로 이루어지고 있기 때문이다. 이와 같은 세계문학 속에서 한국문학의 위상을 제고하고 극복하는 역할 역시 오늘, 우리 시대의 한국문학을 창작, 연구, 번역하는 사람들이 해결해야 할 중요한 과제의 하나임을 명심해야 한다.

3. 한국문학과 지역문학

한국 근대문학은 반제, 반봉건의 과제와 같이 한 민족문학이었으며, 1945년 이후 현대문학은 분단 극복과 민주화 문제와 여정(旅程)을 같이 한 문학이었다. 이와 같은 한국 근·현대사의 특수성과 맞물려서 한국문학은 거대 담론의 성격을 지니고 있었으며, 이념적인 획일성과 경직성이 지배했다는 비판으로부터 자유스러울 수 없었다. 그러다가 지난 세기 말부터 후기 산업사회의 특성인 다원주의와 개인주의가 우리 문학과 삶에 강력한 영향력을 행사하면서 우리 시대의 문학[당대(當代)문학]은 새로운 도전에 대한 다양한 대응을 보여주고 있다.

이 부분에서는 이런 현상의 하나로 지역문학과 한국문학의 관계를 중점적으로 논의하고자 한다. 이 관점은 그동안의 한국문학 창작이나 이에 대한 연구가 중앙 문단 중심으로 진행된 것에 대한 반성에서 출발하고 있으며, 각 지역의 특수성을 인정하여 개별문학으로서 지역문학의 역할과 기능, 성과를 밝히려는 노력이다. 그리고 이런 논의를 바탕으로 밖으로는 중앙 문단에 지역 문단의 위상을 확인시키고, 안으로는 지역문학의 정체성을 확보하는 노력으로 발전하고 있다. 궁극적으로는 지역의 문학사 기술과 지역문학을 한국문학사에 적극적으로 편입시키는 방향으로 나아가고자 한다. 중앙과 지역, 지역과 지역 간의 서로 다른 차이를 인정하는 문화 상대주의의 관점에서 이런 지역문학의 위상 정립은 한국문학의 특수성을 풍성하게 보장하는 데에도 기여할 것이다.

그러나 그동안 우리 한국문학은 중앙집권주의적인 정치, 경제, 사회 조직의 영향과 국가가 통제하는 획일적인 교육 제도(교육과정, 교과서, 표준어, 국가고시 등)의 영향으로 '하나의 국가, 하나의 언어, 하나의 한국문학'을 지향(指向)하였다. 더구나 남북으로 분단된 작은 국가이면서 이념적으로 대립하는 관계로 서로 다른 다양성은 인정되지 않았으며, 때로 다양성은 반국가적인 것으로 오해되기도 했다. 이에 더하여 1960년대 이후 지역 갈등이라는 변수가 등장하면서, 실상과는 다르게 지역주의는 마치 금기(禁忌)의 언어인 것처럼 간주되었다.

그럼에도 불구하고 각 지역의 문인들에 의해서 자신들의 문학적 성과를 보급하고 정리하는 작업[4]이 진행되었으며, 지역의 문인들의 중앙 진출이 활발해지면서 지역문학의 중요성도 강조되었다. 이처럼 지역의 독자성을 존중하고 지역의 정체성을 인정하는 지역주의는 지방 자치 제도가 정착되면서 나름의 자리를 찾아가고 있다. 여기에는 서로 다름이 인정되고 존중되는 한국 사회의 성장과 정치적 변화(정권 교체)도 중요한 역할을 하였다. 이후 각 지역문인단체의 기관지[『경남작가』, 『사람의 깊이(전남광주)』, 『작가들』(인천), 『작가와 사회(부산)』, 『작가의 눈(전북)』, 『충북작가』 등]뿐만 아니라 지역을 기반으로 하는 정기간행물(『시와 반시』, 『시와 사람』, 『시와 사상』, 『시와 정신』 등)이 활발하게 발행되고 있다.

이와 같은 지역문학은 나름의 독자 공간을 확보하고 있으며, 이

---

4) 박태일이 정리한 자료(박태일, 『한국 지역문학의 논리』, 청동거울, 2004, 35면)를 보면 다음과 같다.

경남문인협회, 『경남문학사』, 불휘, 1995; 경북문인협회 엮음, 『경북문인전집』, 새암기획, 1996; 광주문인협회, 『광주문학사』, 한림, 1994; 김상훈과 여럿, 『부산문학사』, 부산문인협회, 1997; 김영화 엮음, 『탐라문학: 1900-1949』, 제주대학교 탐라문화연구소, 1995; 대구문인협회 엮음, 『대구문학선집』, 대일, 1995; 발간위원회 엮음, 『광주문학대표작전집』, 광주광역시문인협회, 1997; 양동기 엮음, 『보성문학대간: 보성문학 600년의 발자취』, 보성문학회, 1997; 추진위원회 엮음, 『전남문학 변천사』, 전남문인협회, 1997; 충북문인협회 엮음, 『충북문학전집』, 뒷목, 1983; 편찬위원회 엮음, 『부산문학선집』, 부산문인협회, 1999; 한국문인협회 강원도지회, 『강원도 문인의 등단 및 대표작 선집』, 강원일보사 출판국, 1996.

공간을 터전으로 하여 발전해왔다. 이 점은 지역문학의 한계이기도 하지만 특성이자 장점이기도 하다. 특히 지역 사회라는 공동체의 공간에서 '동호인'이라는 집단을 매개로 하여 생활로서의 문학을 실천하고 향유하고 있음은 옛날 선인들의 문학 활동과도 크게 다르지 않다.[조선시대 과거제도로 대표되는 재도지기(載道之器)의 공리적 문학관과는 차이가 있지만] 그리고 문학 표현론적 관점에서는 지역문학이야말로 문학을 향유하는 공간에서 생성된 진솔한 문학이며, 생산자 자신이 또 다른 수요자가 되는 자족적인 문학의 본질에 충실한 문학이자 창작적 실천이다.

또한 1995년 지방 자치가 전면적으로 실시되면서, 각 지방 자치단체와 지역 사회가 지역의 문화, 문학 활동을 지원하면서 지역문학에 대한 본격적인 연구도 활발하게 진행되었다. 고전문학 분야에서는 지역문학에 대한 국내외의 연구 동향을 중심으로 조동일의 『지방문학사: 연구의 방향과 과제』(서울대 출판부, 2003)가 간행되었다. 특히 현대문학 분야에서 지역의 대학교에서 한국문학을 강의하고 연구하는 사람들이 중심이 되어 지역문학에 대한 연구가 본격화되었다. 이들의 연구는 각 지역 출신 문인의 발굴 및 소개, 지역문학의 문학사적 평가 작업[5]뿐만 아니라 각 지역에서 이루어지고 있는 지역문학 활동을 이론적 차원에서 뒷받침하고 있다.

---

5) 김영화, 『변방인의 세계: 제주문학론』, 제주대 출판부, 1998; 남송우, 『지역시대의 문화논리』, 전망, 1995; 이강언·조두섭, 『대구·경북 근대문인연구』 태학사, 1999; 현길언, 『제주문화론』, 탐라목석원, 2001; 손광은 외, 『우리시대의 시인연구』, 시와 사람, 2001; 박태일, 『한국 지역문학의 논리』, 청동거울, 2004; 박태일, 『경남·부산 지역문학 연구 1』, 청동거울, 2004; 양왕용, 『한국현대시와 지역문학』, 작가마을, 2005.

이제 지역문학은 더 이상 지역에 머물거나 안주하지 않고 있다. 각 지역의 독자성을 가지고 존재할 뿐만 아니라 '문학의 위기'를 걱정하는 시대에도 여전히 그 터전을 유지, 확장하고 있다. 이밖에도 지역 출신 문인들의 문학촌이나 문학비 건립이나 이와 관련된 문화 사업들(작가 관련 문학제나 지역 축제 등)도 문학의 대중화, 문학의 생활화라는 맥락뿐만 아니라 지역문학의 활성화라는 맥락에서 중요한 역할을 하고 있다. 이런 점은 한국문학 전반에 팽배되어 있는 위기론으로부터 지역문학 역시 자유스러울 수 없지만, 그래도 지역문학이 존재하는 나름의 기반은 소중하고 중요하다는 사실을 확인시켜주는 증거라고 할 수 있다.

4. 현대사회와 한국문학

현대사회에서 주목해야 할 한국문학 현상으로는 재외동포 문학, 다매체(multimedia) 문학, 다문화(multicultural) 문학 등이 있다. 먼저 재외동포 문학은 비교적 이른 시기부터 한국문학사에서 논의되었다. 일찍이 강용흘의 「초당(草堂, The Grass Roof)」(미국 뉴욕 Charles Scribner's Sons, 1931)이 '구겐하임상' 등을 수상하면서 한국문학계에서도 주목[6]을 받았으며, 이미륵의 「압록강은 흐른다(Der Yalu Fließt)」(독일 뮌헨

6) 이 작품은 1947년 김성칠에 의해 1권이 번역되었으며, 강용흘이 이 작품을 이광수에게 보내면서 이광수에 의해 「강용흘 씨와 『초당』」(『동아일보』, 1931. 12. 10)이라는 서평이 발표되었다.
김욱동, 「강용흘과 한국문학」, 『세계비교문학연구』 10호, 세계문학비교학회, 2004, 6~10쪽.

Piper-Verlag, 1946)도 이른 시기에 한글로 번역[7] 소개되었다. 그리고 20세기 말에 세계 각국에 흩어져 살고 있는 재외동포 문학이 본격적으로 소개되면서 이에 대한 논의가 시작되었다. 해외에 거주하면서 문학 창작 활동을 하는 이들 재외동포 문학은 세계화 시대 한국문학의 다양한 양상 중의 하나이자, 디아스포라(Diaspora) 문학[8]이라는 보편적인 성격을 지닌 한국문학의 특별한 현상이라고 할 수 있다.

이와 같은 재외동포 문학을 한국문학사 논의에 적극적으로 포용해야 한다는 견해도 만만치 않다. 그러나 재외동포 문학은 표현 도구인 언어와 그 문학세계의 두 측면에서 그 가능성을 고민해야 한다. 우선적으로 언어의 측면에서는 한글로 쓰여야 하며, 그 문학 세계도 한국인 또는 재외동포들의 삶과 생각을 표현해야 한다. 이 경우에도 한국문학으로만 볼 수 없는 양면성이 존재한다. 우리의 관점에서는 한국문학의 성과를 다양화하고 풍성하게 하는 장점이 있지만 한국문학의 일반적 특성에 벗어나는 사례로도 작용할 수 있다. 또 재외동포 거주국의 관점에서는 자신들의 문학적 성과이며, 자국의 소수자 또는 소수민족의 문학적 성취로 평가되기 때문이다.

이와 같은 재외동포[9] 문학 작품을 대상으로 하여 본격적으로 논의

---

7) 1959년 이 작품의 일부가 전혜린에 의해 번역되어 출간(여원사)된 이후 여러 번역자와 출판사에 의해 출간되었다.

8) 원래 유대인의 유랑 경험을 가리키는 그리스어로 이산(離散) 또는 분산(分散)으로 번역되며, 근대 이후에는 식민지배나 분쟁으로 인한 이주, 경제적 이유로 인한 이민 등으로 고국을 떠난 사람들의 경험을 뜻하는 말로 사용된다.

9) 재일동포 작가(김사량, 김달수, 김석범, 이회성, 이양지, 현월, 유미리, 양석일), 조선족 작가(김학철, 리근전, 김성휘, 김철, 리욱, 박화, 리원길), 고려인 작가(아나톨리 김, 미하일 박, 리진, 양원식), 재미동포 작가(강용흘, 김은국, 차학경, 이창래, 수잔 최, 수키 김)

했던 대표적인 연구들을 보이면 다음과 같다.

재일동포 문학: 김학렬, 『재일동포 한국어문학의 전개 양상과 특징 연구』, 국학자료원, 2007; 한승옥, 『재일동포 한국어문학의 민족문학적 성격 연구』, 국학자료원, 2007; 홍기삼, 『재일 한국인 문학』, 솔, 2001; 전북대학교 재일동포연구소, 『재일 동포 문학과 디아스포라 1-3』, 제이앤씨, 2008; 김학동, 『재일조선인 문학과 민족』, 국학자료원 2009.

조선족 문학: 오양호, 『한국문학과 간도』, 문예출판사, 1988; 오양호, 『일제강점기 만주조선인 문학연구』, 문예출판사, 1996; 김승찬 외, 『중국 조선족 문학의 전통과 변혁』, 부산대 출판부, 1997; 김호웅, 『재만조선인문학연구』, 국학자료원, 1998; 오상순, 『개혁개방과 중국조선족 소설문학』 월인, 2001; 리광일, 『해방 후 조선족 소설 연구』, 경인문화사, 2003; 김경훈, 『중국 조선족 시문학 연구』, 한국학술정보, 2006; 윤윤진, 『재중 조선인 문학연구』, 서우얼출판사, 2006; 이해영, 『중국 조선족 사회사와 장편소설』, 역락, 2006; 장덕준 외, 『중국 조선족 문학의 어제와 오늘』, 푸른사상, 2006; 오양호, 『만주이민문학연구』, 문예출판사, 2007; 송현호 외, 『중국 조선족문학의 탈식민주의 연구 1, 2』, 국학자료원, 2008, 2009.

고려인 문학: 이명재, 『소련지역의 한글문학』, 국학자료원, 2002; 김필영, 『소비에트 중앙아시아 고려인 문학사(1937-1991)』, 강남대 출판부, 2004; 이명재, 『억압과 망각, 그리고 디아스포라』, 한국문화사, 2004; 장사선, 『고려인 디아스포라 문학연구』, 월인, 2005.

재미동포 문학: 조규익, 『해방전 재미한인 이민문학 1-6』, 월인, 1999; 이동하·정효구, 『재미한인문학연구』, 월인, 2003.

재외동포 문학 일반: 김종회 편, 『한민족 문화권의 문학 1, 2』, 국학자료원, 2003, 2006; 김형규, 『민족의 기억과 재외동포소설』, 박문사, 2009.

다음으로 현대사회의 특징적인 현상으로 부각하고 있는 문제의 하나인 다매체 시대의 한국문학에 대해서 논의할 수 있다. 특히 영화, 텔레비전 등의 대중매체(mass-media)와 인터넷으로 대표되는 신매체(new media)가 현대사회의 중요한 소통 방식으로 등장하면서 한국문학의 생산-분배-소비의 양상에 커다란 변화가 일어났다. 이런 현상은 물론 한국문학에 국한된 문제만은 아니다. 한국 문화, 예술계 일반이 현대의 매체 발달이라는 현실에 절대적인 영향 아래 놓여 있다.

현대사회의 이와 같은 특성 때문에 기성 작가들의 글쓰기 방식에 변화가 일어나고 있으며, 신인 작가나 예비 작가의 글쓰기 방식과 소통 방식도 달라지고 있다. 즉 인터넷을 통해서 글쓰기가 이루어지고 이를 계기로 문단에 등장하고 있다. 기성 작가로는 박범신(『촐라체』), 황석영(『바리데기』: '한겨레' 온오프라인 연재, 『개밥바라기별』), 박민규(『죽은 왕녀를 위한 파빈느』), 김훈(『공무도하』), 신경숙(『어디선가 끊임없이 나를 찾는 전화벨이 울리고』: 연재 완료, 출간 준비 중), 은희경(『소년을 위로해줘』: 현재 연재중) 등이 인터넷['네이버 카페 문학동네'(http://cafe.naver.com/mhdn.cafe)]나 개인 홈페이지]에 문학 작품을 연재하면서 독자와의 만남을 시도하다가, 인쇄 매체인 책으로 출간하고 있다. 그리고 이같은 출판계의 변화는 배급자의 논리 또는 출판사의 마케팅 전략이라고도 할 수 있지만, 현대 미디어 사회의 새로운 소통 방식으로부터 문화 상품으로서의 한국문학 역시 자유스럽지 못하다는 점을 보여주는 현상이기도 하다.

또 신진작가들은 인터넷을 매개로 하여 멀티미디어 시, 하이퍼텍스트 시, 인터넷 문학, 팬픽(Fan fic), 컴퓨터 게임, 하이퍼텍스트 소설 등의 새로운 문학 형식을 보여주고 있다. 이와 같은 문학에서는 수용자의 선택이 생산에도 적극적으로 개입하여 영향을 미치는 쌍방향적인 소통이 가능하게 되었으며, 적극적인 수용자들은 새로운 텍스트의 생산에도 능동적으로 참여하게 되었다. 즉 현대의 미디어를 매개로 하는 문학 수용자는 생산자에 의해 선조적(線條的)으로 제시된 텍스트를 단순히 수용하거나 비판적으로만 읽는 것이 아니라 새로운 텍스트의 구성이나 생산에 참여하게 된다.

특히 다매체 시대에 한국 문학교육은 정전(canon) 중심의 지식 교육에서 벗어나 대중문학, 대중문화 텍스트, 학습자들의 습작 등을 적극적으로 활용하거나 이런 텍스트를 생산하는 문학 활동 교육으로 나아가고 있다. 이에 따라 현대사회의 문학계나 문학교육에서는 작가보다는 독자나 분배자가 중요시되며, 이를 매개하는 매체의 역할이 증대되고 있다. 따라서 앞으로 한국문학은 다매체, 다원성, 다양성이라는 현대사회의 명제를 적극적으로 활용하고 반영하는 방향으로 나아가야 할 것이다.

끝으로 현대 한국사회가 다문화[10)]사회로 진입하였다는 관점에서 한국문학의 위상을 논의할 수 있다. 이미 한국은 전인구의 2%에 달하는 외국인이 우리와 같이 한반도에서 살고 있으며, 매년 10% 이상이 외국인과의 결혼을 통해서 가정을 꾸리고 있다. 2007년 8월 '유엔인종차별철폐위원회(CERD)'는 한국사회의 다민족적 성격을 인정하

10) 다문화라는 개념은 미국(multiculture)과 유럽(interculture)에서 차이가 있지만, 대체로 인종(race), 종교, 문화, 언어, 민족(nationality)의 다양성이나 성(gender), 장애(disabilities), 사회계층(social class)과 같은 사회적 불평등으로부터 생기는 다양성을 뜻한다.
J. A. Banks, 모경환 외 역, 『다문화교육 입문』, 아카데미프레스, 2008, 33~35쪽.

고 단일민족국가라는 이미지를 극복할 것으로 권고하였다. 이제 한국은 단일민족국가가 아니라는 점을 사실을 인정해야 한다. 그리고 우리 정부도 2006년부터 다문화 정책을 수립하고, 그동안 비정부기구(NGO)가 중심이 되어 추진하였던 다문화 정책의 방향을 수정하기에 이르렀다.

이와 같은 다문화적 상황은 외국인 결혼 이민자, 외국인 결혼 이민자의 자녀, 외국인 노동자, 외국인 노동자의 자녀, 북한 이탈주민, 북한 이탈 청소년, 재외동포 중도 입국자 등 아주 다양한 양상이다. 이에 따라 현대의 한국문학은 다문화 사회에서의 한국인의 삶과 한국사회의 문제를 문학적 형상화의 대상으로 삼고 있다. 예전에 재외동포들이 남의 나라 땅에서 겪어야 했던 경험이나 상황들이 우리 사회에서도 나타나면서 한국문학은 이 문제를 외면할 수 없게 되었다. 이와 같은 다문화사회의 문제를 본격적으로 다루고 있는 작품의 예를 보이면 다음과 같다.

소설: 방현석, 『랍스터를 먹는 시간』, 창비, 2003; 이명랑, 『나의 이복 형제』, 실천문학사, 2004; 김재영, 『코끼리』, 실천문학사, 2005(단편은 『창작과비평』, 2004. 가을); 공선옥, 『유랑가족』, 실천문학사, 2005; 박범신, 『나마스테』, 한겨레출판, 2005; 손홍규, 「이무기 사냥꾼」, 『문학동네』, 2005. 여름; 전성태, 「강을 건너는 사람들」, 『문학수첩』, 2005. 가을; 천운영, 『잘 가라, 서커스』, 문학동네, 2005; 김중미, 『거대한 뿌리』 검둥소, 2006; 황석영, 『바리데기』, 창비, 2007; 이시백, 『누가 말을 죽였을까』, 삶이 보이는 풍경, 2008; 정도상, 『찔레꽃』, 창비 2008; 김훈, 『공무도하』, 문학동네, 2009; 서성란, 『파프리카』, 화남출판사, 2009.

시: 하종오, 『반대쪽 천국』, 문학동네, 2004; 하종오, 『국경 없는 공장』, 삶이 보이는 창, 2007; 하종오, 『아시아계 한국인』, 삶이 보이는 창, 2007; 하종오, 『베드타운』, 창비, 2008.

청소년 문학: 오미경, 『연변에서 온 이모』, 웅진출판, 1994; 김향이, 『쌀뱅이를 아시나요』, 파랑새어린이, 2000; 조대현 외, 『지붕 위의 꾸마라 아저씨』, 문공사, 2003; 국가인권위원회 기획, 김중미 외, 『블루시아의 가위 바위 보』, 창비, 2004; 김일광, 『외로운 지미』, 현암사, 2004; 김옥애, 『엄마의 나라』, 청개구리, 2005; 원유순, 『우리 엄마는 여자 블랑카』, 중앙출판사, 2005; 김송순, 『모캄과 메오』, 문학동네, 2006; 박채란, 『카매서 안 더워?』, 파란자전거, 2007; 홍종의, 『똥바가지』, 국민서관, 2007; 김려령, 『완득이』, 창비, 2008; 김기정 외, 『빨주노초파남보똥』, 사계절, 2008; 안선모, 『마이 네임 이즈 민캐빈』, 대교출판, 2008; 임희옥, 『예슬이 엄마 이름은 구티엔』, 아이코리아, 2008; 김형진, 『몽당분교 아이들』, 책먹는아이, 2009; 오미경, 『선녀에게 날개옷을 돌려줘』, 한겨레아이들, 2009.

영화: 박찬욱 외, 『여섯 개의 시선: 믿거나 말거나, 찬드라의 경우』(2003); 주현숙 외, 『여정』(2003), 박경희 외, 『다섯 개의 시선』(2005), 유진희 외, 『별별 이야기』(2005), 안동회 외, 『별별 이야기2: 여섯 빛깔 무지개』(2008), 이재민, 『타래』(2008); 장수영, 『세르와 하르』(2008); 노경태, 『허수아비들의 땅』(2009); 신동일, 『반두비』(2009); 심상국, 『로니를 찾아서』(2009), 김동현, 『처음 만난 사람들』(2009)

이상의 자료에서 알 수 있는 것처럼, 21세기 새로운 세기의 한국문학이나 영화에는 다문화를 화두로 삼았던 작품들이 많았으며, 이 작품들은 대체로 상업적으로나 예술적으로 성공하였다는 평가를 받고 있다. 이처럼 한국문학·문화는 다문화라는 주제를 통해서 한국사회와 한국인의 새로운 문제들을 보여주고 있다. 특히 다문화사회라는 현실을 체험하면서 살고 있는 아동들을 대상으로 하는 아동문학, 청소년 문학이나 영화(주로 인권 영화)는 이 문제를 다양하고 심층적으로 형상화하여 보여주고 있다.

현대 다문화사회의 쟁점은 다양성과 차이를 인정하고 받아들이는 것이다. 이제 더 이상 그들은 우리가 배려해야 할 타자가 아니라 우리 사회의 일원으로 공존하는 존재이다. 이런 맥락에서 다문화주의나 다문화교육의 화두는 이들 소수자에 대한 배려나 도움이 아니라 이들과 가족, 이웃을 하고 있는 다수자들에 대한 교육과 다수자들의 의식을 변화시키는데 초점을 맞추어야 하며, 구체적으로 실천으로 이어져야 한다. 이에 따라 다문화의 문제를 다루고 있는 문학이나 대중문화 역시 소수자 또는 타자에 대한 동정이나 관심에 머물렀던 한계를 극복해야 한다.

5. 한국문학의 과제

이 글에서 살핀 것처럼 한국문학은 숱한 과제를 안고 있다. 그럼에도 불구하고 한국문학이 한국의 독자로부터 외면만을 받고 있는 것은 아니다. 여전히 우리 독서계에는 베스트셀러가 출현하고 있으며, 작가별로 비교적 튼튼한 독자층을 확보하고 있는 작가들도 있다. 다양한 미디어의 발달에도 불구하고 인쇄 매체로 대표되는 출판 문학도 그 영향력을 잃지 않고 있다. 더구나 새로운 미디어 산업과의 상호교섭 작용을 통하여 문학의 존재 영역도 넓혀가고 있다. 문학 작품이 영화나 연극, 만화 등으로 매체 전환을 시도하고 있으며, 거꾸로 대중문화의 성공이 문학 작품의 성공으로 이어지고 있다. 달리 보면 '원 소스 멀티유스(one source multi-use)'라는 미디어 사회의 특성을 보여주고 있다.

그리고 21세기 한국문학은 지난 세기에 보여주었던 민족이나 민중, 통일과 같은 이념이나 갈등의 문제뿐만 아니라 다원화 사회의 다양성이나 일상성 등의 문제의식으로 그 영역을 확대하고 있다. 다문화의 여러 양상을 다룬 문학이나 대중 독자들의 기호를 충족시킬 수 있는 대중문학의 창작 등이 그 대표적인 예이다. 이와 같은 우리 문학의 영역 확장은 현대사회 기계 문명의 산물인 대중매체, 다매체(multi-media), 신매체의 거센 도전으로부터 문학을 지키려는 노력의 하나이다.

이 외에도 오늘의 한국문학은 새로운 양식적 실험을 통해서 그 영역을 개척하기도 한다. 일제 강점기 김기림이 영화의 기법을 시에 도입했던 것처럼, 일찍이 황지우는 만화, 신문 기사, 전단지나 벽보, 광고, 음악, 영화 등의 매체와의 만남을 시적 언어로 표현(『새들도 세상을 뜨는구나』, 문학과지성사, 1993)했다. 그리고 현대의 시인들 역시(서정)시라는 갈래적 속성에만 매달리기보다는 다른 표현 매체 장르(영화, 광고, 연극, 드라마 등)와 만나고 있다. 김경주가 『기담』(문학과지성사, 2008)에서 보여주고 있는 연극과의 만남이나 소위 '미래파'(황병승, 장석원, 김민정 등)가 보여준 시적 실험이 그 대표적인 예이다. 장르의 해체 또는 혼성(混成, hybrid)이라고 할 수 있는 이와 같은 한국 현대시의 새로운 실험은 다양성이라는 현대사회의 특성을 표현하는 방식이기도 하다.

이제 새로운 시대의 한국문학은 세계문학, 지역문학, 재외동포 문학, 다매체 문학, 다문화 문학 등의 다양성을 극복해야 할 문제로 간주하기보다는 같이 살아가야 하는 현실의 문제로 받아들여야 한다. 그동안 한국문학계를 지배했던 거대 담론도 고급문학, 순수문학이라는 순혈주의도 더 이상은 아니라는 사실도 인정해야 한다. 그리고 이 터전 위에서 새로운 시대의 한국문학은 성장하고 발전할 수 있을 것이다.

이 글은 『국어국문학』 155호(국어국문학회, 2010)에 수록한 논문을 수정하여 재수록한 것이다.

해외 한인문학과 탈식민의 관점

조규익

1. 머리말

해외 한인문학[1]의 존재에 대한 인식은 한국문학사의 통념을 바꾸게 될 기틀을 마련했다는 점에서 획기적인 일이다. 해외 한인문학이 모습을 드러냄으로써 범주나 주체, 주제의식의 면에서 한국문학이 지녀오던 공고한 관습성을 탈피하고 인식 상의 지평을 넓힐 계기를 맞은 것이다. 대부분의 연구자들은 해외 한인문학을 우리 문학의 영역에 포함시킬 때가 되었음을 이구동성으로 강조하고 있는데, 그런 주장들은 해외 한인문학을 통하여 우리 민족문학의 폭과 깊이를 대폭 확장해야 할 시점에 도달했음을 확인시켜주는 일이기도 하다.

무엇보다도 민족적 삶의 현실에 대한 다양한 체험과 복합적 시선

---

1) 논자에 따라 '해외 동포문학', '이민문학', '재외(해외) 한인문학' 등으로 쓰기도 하나, '동포문학'은 지나치게 자아를 강조하는 말이고[우리나라 외교통상부에서는 공식적으로 '재외동포'라는 명칭을 사용하고 있다.] '이민문학'은 한인들의 출향이나 출국이 타율적인 일이었음에도 자율적인 면을 주로 부각시킨다는 점에서 그리 타당치 않다. 따라서 잠정적이긴 하나 이 글의 대상을 '해외 한인문학'으로 부르고자 한다.

으로 자신들의 삶을 말하고, 민족 전체의 지향점을 암시하는 해외 한인문학이야말로 시대의 변화에 부응하여 한국문학도 객관적 자기 인식을 바탕으로 변화해야 한다는 당위성을 깨우쳐 주기 때문이다. 우선적으로 챙겼어야 할 민족문학의 한 부분을 세계문학 혹은 이민지 중심부 문학[2]의 한 구석에 방치해 왔다는 자기 반성적 인식이 선행되어야 하는 이유도 그 점에 있다.

이제 주변부 문학으로 소외되어온 한인문학의 성격을 살펴보고, 이들을 한국문학과 같은 범주에 흔쾌히 소속시킬 방도는 없는지 생각해 보아야 할 때다. '한민족문학'의 탈식민주의적 인식은 그 지점에서 비로소 시작될 수 있다고 보기 때문이다. 사실 그동안 세계 곳곳에 분산되어 자아 정체성 확립을 위해 노력해온 해외 한인들의 문학 유산을 우리 문학의 품으로 끌어들여 '한민족문학'으로 통합하고, 기존의 한국문학보다 큰 범주로 정위(定位)시키는 문제는 지금의 국문학계가 수행해야 할 긴요한 과제가 아닐 수 없다. 이 글에서는 이런 점을 염두에 두고 해외 한인문학의 성격을 탈식민과 언어라는 두 축을 바탕으로 살펴본 다음, 그것과 모국 문학을 아우르는 범주로서 '한민족문학' 수립의 당위성을 제시하고자 한다.[3]

---

2) 영미문화권, 일본어 문화권, 중국어 문화권, 구소련 문화권 등 어느 지역을 막론하고 그간 한인문학은 주변문학으로 존속되어 온 것이 사실이다.

3) 해외 한인들의 디아스포라는 지역이나 시기에 따라 다르고, 그들이 속한 주변부나 주류사회인 중심부도 지역에 따라 다르다. 이런 상황을 감안할 때 해외 한인들의 상황이나 문학의 성격을 일률적으로 규정할 수는 없을 것이다. 그렇다고 각각의 경우에 맞는 논리들을 하나의 담론으로 집약시키는 일도 쉽지는 않다. 이 글에서는 단순화와 보편화의 위험을 무릅쓰면서 해외 한인문학의 대체적인 경향을 언급하는 것으로 만족하고자 한다.

2. 해외 한인문학과 탈식민, 그리고 언어

제국주의의 발호나 그로 인해 초래된 식민 상황은 19세기부터 20세기에 걸쳐 세계를 지배했으나, 20세기 후반에 이르러 일반화된 탈식민의 바람은 그러한 구질서를 크게 흔들어 놓았다. '우리 사회가 식민이냐 탈식민이냐'를 따지는 것은 관점에 따라 다를 수 있고, 또 한국문학의 개념이나 범주를 재설정하는데 그 문제가 그리 중요치 않다고 볼 수도 있다. 그러나 20세기 후반에 이르러 국문학계가 거둔 개가들 가운데 가장 큰 것으로 해외 한인 문학의 존재를 인식한 점과 그 존재론적 근거나 본질 파악에 착수하게 된 점을 꼽을 수 있다면,[4] 그러한 인식의 출현은 탈식민 혹은 탈영토의 복합문화적 조류가 초래한 긍정적 변화의 일단으로 보고 그 지점에서 새로운 의미를 찾아 나가야 할 것이다. 즉 타자나 주변부의 존재가 이제 제대로 평가되는 시점, 다시 말하여 그간 타자나 주변부로 살아온 해외 한인들도 제대로 평가를 받을 시점에 도달했다는 것이다.[5] 한동안 분명히 이민지 주류사회 즉 중심부의 외곽에 자리 잡고 있던 해외 한인들의 문학이

4) 그간 재미한인문학, 중국 조선족 문학, 재일 한국인 문학, 구 소련 고려인 문학 등에 관한 연구업적들이 상당수 출현했다. 물론 현재 문학작품이나 창작활동의 양상에 대한 조사 단계를 벗어나지 못했으므로 속단할 수는 없지만, 정치한 논리와 분석을 보여주는 논저들도 상당수 출현했다. 해외 한인문학의 의미를 제대로 읽어내기 위해서는 예술적 형상화의 수준보다는 작품들이 갖고 있는 역사적 의미 분석이 선행되어야 할 것이다.

5) 미국 문단에서 비주류인 아프리카계 미국인 토니 모리슨[1993/*Song of Solomon*]이 노벨문학상을 받은 사실이나 일본 문단에서 재일 한국인인 이회성(李恢成)[1972년/『砧をうつ女』], 이양지(李良枝)[1989/『由熙』], 유미리(柳美里)[1997/『家族シネマ』] 등이 아쿠다카와 상[芥川賞]을 받은 사실들은 미약하나마 제국주의의 중심부에서 불고 있는 변화의 조짐을 암시한다고 할 수 있다.

민족적 정체성을 추구하는 것도 민족담론과 결부된 '탈식민'의 새로운 징후라 할 수 있다. 뿐만 아니라 그러한 '주변부의 상승과 등장'은 중심부의 각성을 촉구하는 계기로 작용한 것도 사실이다.[6)]

이민지의 주류문학과 한인문학은 중심부와 주변부로 대응한다. 마찬가지로 한국문학과 해외 한인문학도 중심부와 주변부로 대응한다. 지금까지 해외 한인문학은 이민지와 모국 모두로부터의 '중복되는 주변성'으로 철저히 소외되어온 셈이다. 그러나 시대는 바뀌었고, 시선의 방향 또한 해외 한인문학의 입장에서 이민지의 주류문학이나 한국문학을 보는 쪽으로 바뀌어야 한다는 당위적 요구에 직면하게 된 것이다. 이러한 변화를 통해 궁극적으로 '문화적 혼종성'이나 복합성을 인정하는 방향으로 자리매김될 수 있을 것이다.

일본, 연변, 중앙아시아, 미국 등지에 산재한 동포들을 포괄하는 탈영토화된 우리의 민족문화란 필연적으로 복합문화적일 수밖에 없다.[7)] 해외의 한인들은 이미 해당 지역들의 주류문화에 접변되거나 동화되어 점점 민족의 정체성을 상실해가고 있는 것이 현실이다. 말하자면 '탈영토화된' 민족문화나 정서를 감안할 때 그들이 산출한 문학의 내용이나 분위기 역시 혼합적이거나 겹칠 수밖에 없다는 것이다. 원래 탈식민적인 글쓰기는 영국이나 북미의 유색인종 작가들 즉 소수자들의 문학을 지칭하는 말이었다.[8)] 그러니 식민 지배를 벗어난

---

6) 각국의 한인 커뮤니티에 대한 주류사회의 눈초리가 최근 따스해진 것도 이런 시대의 변화가 반영된 결과라 할 수 있다. 물론 그 점에는 중심부가 그렇게 할 수밖에 없는 정치적 이유도 있을 것이고, 한인들의 모국인 대한민국의 국세가 신장된 이유도 있을 것이다. 그러나 아무리 그렇더라도 중심부와 대한민국의 자세를 변화시킨 근본 요인을 탈식민의 세계조류 밖에서 찾을 수는 없다.

7) 태혜숙, 「한국 지식인의 탈 식민성과 미국문화」, http://cafe.naver.com/gaury/15125.

우리 문학은 더 이상 식민의 문학일 수 없으며, 이민지의 해외 한인문학도 더 이상 주변부의 문학이 아니라는 인식 또한 새로운 시대의 문학관으로 정착될 필요가 있다.[9] 말하자면 제국주의적 통제가 사라진 것은 아니지만, 우리 문학이나 해외 한인문학은 절대적 가치를 토대로 독자적 문학으로서의 당당한 자기 목소리를 가져야 한다는 것이다. 물론 중국·일본·구소련 등 특정한 지역의 특정한 시기를 제외할 경우 이민자들에게 동화(同化)를 강요하는 등의 정치적 횡포를 부린 지역은 흔치 않다. 그러나 상당기간 주류사회가 중심부로 군림해온 이상 해외 한인들로서도 중심부에 가까워지려는 노력을 기울이지 않을 수 없었다. 다시 말하면 '거의 동일하지만 똑 같지는 않은 차이의 주체로서' 개명된 인식 가능한 타자를 지향하는 열망, 즉 '식민지적 모방'[10]을 시도하는 것은 당연한 일이다. 현지어로의 작품 활동을 통해 중심부에 들어가려는 노력을 기울이면서도 내용상으로는 민족의 정체성을 추구하는 것이 일종의 '모방의 양가성'으로 해석될 수도 있다는 것이다.[11] 식민 지배를 벗어나려는 노력은 곧 민족 정체성을 확보하려는 노력이기 때문이다.

그간 해외 한인들은 생존의 극한상황을 경험해오면서 자기 존재나 정체성 확인의 절실한 필요에 의해 문학창작을 지속해 왔으며, 국내

---

8) 피터 차일즈·패트릭 윌리엄즈, 김문환 옮김, 『탈식민주의 이론』, 문예출판사, 2004, 54쪽.

9) 식민시대는 끝났으나, 제국주의는 아직도 남아서 개별 민족문학들에 관여하는 현실을 부인할 수 없다.

10) 호미 바바, 나병철 옮김, 『문화의 위치·탈식민주의의 문화이론』, 소명, 2002, 178쪽.

11) 박상기, 「탈식민주의의 양가성과 혼종성」, 『비평과 이론』 6, 한국비평이론학회, 2001, 90쪽.

의 우리 자신들도 그러한 해외 한인들의 존재나 상황을 깨달음으로써 그들이 산출해낸 문학작품의 의미를 새롭게 관조할 만한 내면적 여유를 비로소 갖게 되었다. '한국인이 한국어로 쓴 창작문학'만이 한국문학이라는 협소한 생각으로부터 구비문학과 한문학은 물론 현대문학을 연구대상으로 삼아야 한다는 열린 견해에 이르기까지 한국문학에 대한 학계의 관점은 긍정적으로 변화되어 왔으며, 그런 변화된 의식을 바탕으로 최근에는 그 대상을 '만주나 북간도, 미주의 한인문학'으로까지 확대시키는, 보다 진전된 모습을 보여주기도 한다. 이런 생각을 바탕으로 할 때 비로소 '한국문학'이란 협소한 국가 차원의 개념을 초월하여 '한민족문학'이란 상위범주의 설정으로 접근할 수 있게 되는 것이다.

현재까지 한국문학 연구사는 1세기 가까이 이어져 오고 있다. 그간 모색된 변화들 가운데 가장 의미 있는 것은 한국문학의 저변을 넓힌 일이고, 해외 한인들의 문학을 한국문학의 한 분야로 수용할 만한 인식 상의 여건을 마련했다는 점 등인데, 그것들은 한국문학의 한 갈래로 구비문학이나 한문학을 정위시킨 일 못지않게 중요하다. 한국문학사의 서술에서 얻은 원리와 밝힌 사실이 동아시아 문학사와 세계문학사의 새로운 이해와 서술에 기여한다는 담론과 실적들이 우리 학계에 이미 출현했지만, 세계문학의 개념이 쉽게 파악하기 어려울 만큼 거대하고 관념상으로든 실제상으로든 세계문학과 한국문학의 거리가 지나치게 멀다는 점에서 양자 간의 관계는 더 깊은 논의를 필요로 한다.

사실 지금까지의 관점으로는 한국문학의 객관적 위상 파악이 쉽지 않았다. 이런 상황에서 해외 한인문학의 존재는 한국문학 혹은 한민족문학의 현실적 위치를 보여줄 가늠자로서 긴요한 의미를 지닌다. 분명 해외 한인문학은 그들이 활동하는 현지의 문학에 대하여 주변부의 입장을 벗어나지 못했고, 같은 언어를 사용하는 고국의 문학에 대해서도 주변부의 처지를 면하지 못했다. 이민 현지의 주류 문인들뿐만 아니라 국내의 문인들도 해외 한인문학의 존재를 인식하지 못하고 있거나 그 담당자들을 주변적인 존재로 인식하고 있을 가능성이 크기 때문이다. 현지에서 주류사회에의 접근을 어렵게 하는 언어의 장벽과 함께 해외 한인들이 역사적으로 주류사회에 대하여 갖고 있는 일종의 피해의식을 그 주된 이유로 꼽을 수 있을 것이다.

이것과 약간 다른 경우로 예컨대 구소련 고려인들 사이에서 발견할 수 있는 '모국어[12]인 고려 말 상실'의 사례 또한 해외 한인들의 언어문제를 살피는데 유용하다. 그들은 생존을 위해 주류세력에 동화되는 길밖에 없었으며, 현실적으로 '더 이상 쓸모없는 모국어'를 버리고 러시아어를 배울 절실한 필요가 있었다. 그와 함께 구소련 체제가 붕괴되고 새로운 공화국들이 등장하면서 강화된 자민족 중심 정책은 고려인들에게 모국어의 포기와 새로운 체제에 대한 적응이라는 과제를 안겨 주기도 했다.[13]

한국어는 해외 한인들이나 한인문학의 정체성을 보여주는 결정적 실체다. 따라서 주류사회의 언어와 극명하게 구분되는 한국어로 주류사회를 파고들거나 문화영토를 확장하기는 처음부터 불가능했고, 오히려 그러한 언어적 차이야말로 한인사회에 대한 주류사회의 편견

12) 예컨대 카자스흐탄의 고려인 1세 혹은 2세에게 한국어는 모어이자 모국어이나, 3세 이하에게는 러시아어(혹은 카자흐스탄어)가 모어, 한국어가 모국어인 셈이다.
13) 전성호, 『중국 조선족 문학 예술사 연구』, 이회, 1997, 31쪽.

을 고착시키는 데 일조한 것으로 보인다. 뿐만 아니라 탈향의 시점부터 변화를 겪지 못한 채 고정되어온 해외 한인들의 한국어는 부단히 변해온 중심부 즉 모국의 언어사회에 대해서도 주변적 위치를 벗어나지 못하고 있는 것이 사실이다. 언어의 한계는 문학 표현상의 한계와 직접적으로 연결된다. 그들의 문학이 성취한 미학적 세련성 여부가 최우선적인 문제로 다루어질 수는 없는 것도 그 때문이다.

이처럼 해외 한인들이 겪어온 정체성의 위기나 그들 문학의 탈식민적 성격은 결정적으로 언어의 문제에서 찾을 수 있다. 그 점을 설명해줄 수 있는 좋은 사례가 이창래의 『네이티브 스피커』[14]다. 이 작품에서 스파이인 주인공 '나'의 삶을 '엿보기'로 설명하기도 하고,[15] 탐정소설적 구조와 기법을 동원한 작품으로 설명하기도 하며,[16] 기존의 네이티브 스피커들과 새로이 그 대열에 합류하려는 자들 혹은 어느 관계망 속에서는 네이티브 스피커이면서 또 다른 관계망 속에서는 네이티브 스피커가 아닌 사람들의 이야기, 자본주의의 거대한 체제 아래 다면적인 정체성을 지니고 사는 현대인들의 모습이 뉴욕 이민자 사회를 통해 재현되는 이야기[17]로 설명하기도 한다. 그러나 이 작품을 지탱하는 몇 가지 이야기의 축들 가운데 가장 흥미로운 것은 '주류사회와 언어'의 문제이고, 그 점은 이민사회 공통의 문제이자 문학행위나 문학작품의 정체성을 보여주는 결정적 담론이기도 하다.[18]

---

14) 이창래, 현준만 역, 『네이티브 스피커①, ②』, 미래사, 1995.

15) 왕철, 「『네이티브 스피커』에서의 엿보기의 의미」, 『현대영미소설』 3, 현대영미소설학회, 1996.

16) 유선모, 『한국계 미국 작가론』, 신아사, 163쪽.

17) 김미영, 「『네이티브 스피커』를 통해 본 우리 시대 본격소설의 가능성」, 『문학수첩』 제3권 제3호(가을호), 2005, 407쪽.

작품 중의 소재나 언급들 가운데 언어와 관련하여 주목할 만한 것으로 '바벨탑'[19]을 들 수 있다. 주인공은 로마와 뉴욕에 이어 로스앤젤레스를 마지막 바벨탑이라 했는데, 그 경우 바벨탑은 주류와 비주류의 언어 구사자들이 섞여 사는 공동체를 의미한다. 제1의 바벨탑인 로마의 시민들은 식민지 주민들 즉 대사나 연인, 군인, 노예 등과 섞여 살았다. '이 찬란한 도시에 입성하려면'[즉 '주류사회에 끼어들려면'] 그들은 구세계의 말을 버리고 라틴어를 구사해야 했다. 마찬가지 논리로 뉴욕의 주류 시민이 되기 위해서는 영어를 '모국어처럼' 구사해야 했다.[20]

원래 노예는 독립적 인격체로서의 자아 정체성을 가질 수 없는 존재다. 그런데 신세계 뉴욕이 요구하는 것은 주류사회의 말과 문화, 사고방식에 복종하는 것이다. 마치 로마시대의 노예가 로마시민의

---

18) 사실 해방 전 미주 이민 1세대이자 영어로 소설을 발표한 강용흘 이래 미주 지역 한인 작가들은 작품을 통해 언어의 문제를 꾸준히 부각시켜 왔다. 피부색과 함께 영어는 언제나 이민들을 주류사회의 주변에 머물게 했는데, 정도의 차이는 있지만 1.5세대인 이창래에 이르러서도 그런 현실은 크게 나아지지 않은 듯하다. 물론 이창래 자신은 영어를 모국어 이상으로 잘 구사하고 있지만, 영어와 관련하여 그가 목격했을 부모 세대 이민자들의 어려움은 외면하기 어려웠을 것이다. 말하자면 피부색과 영어로 인해 이민자들이 당한 소외는 정체성의 혼란을 심화시킨 본질적인 문제였다. 그런 점에서 예컨대 카자흐스탄을 비롯한 CIS 지역의 경우는 미국과 다른 모습을 보여준다. 현재 이 지역의 고려인들 가운데 한국어로 소통할 수 있는 비율은 극히 미미한데, 한국어가 현실적으로 '쓸모 없다'는 인식 때문이라고 한다.(전성호, 앞의 책, 같은 곳 참조.)

19) 이창래, 앞의 책(①), 99쪽.

20) 이 말로부터 '중심부의 문학으로 인정받으려면 완벽한 중심부의 언어로 작품을 써야 한다'는 논리가 도출된다. 말하자면 해외 한인 작가들이 늘 시달려 온 문제들 가운데 하나가 정체성의 징표인 언어 구사의 완벽성에 있었고, 이창래는 그 점을 제대로 포착하여 작품화시키는데 성공했다고 할 수 있다.

말과 문화, 사고방식에 따랐던 것처럼 뉴욕의 한인 역시 그래야 했다. 그러나 바벨탑처럼 현실은 언어 장벽과 그로 인한 소통 부재의 공간 그 자체였다. 주류사회의 오만과 이민자들의 열등의식이 혼합되어 형성된 장벽이 바로 그것이었다.[21]

주인공인 내가 영어 교사인 아내 릴리아를 만나면서 빠지는 심한 언어 콤플렉스는 이민자들의 주류사회에 대한 집단적 콤플렉스를 대변한다. 재미 한인들이 현지에서 겪을 수밖에 없는 자아 정체성의 혼란이야말로 이민자들의 모국어와 신세계 주류사회의 말[즉 '완벽한 영어'] 사이의 충돌에 관한 경험담의 본질적 문제들 가운데 가장 중요한 것이다. 이 작품은 언어라는 하나의 요소를 통해 자아 정체성을 확인하려 분투하는 이민자들의 삶을 극적으로 보여주기 때문이다. 어린 시절 몇몇 언어장애 아동들과 함께 특별반에서 과외교습을 받은 주인공은 그 아이들을 '정신적으로 약간 모자란 아이들, 말을 더듬거리고, 언제 무슨 행동을 저지를지 모르고, 바지에 오줌을 지리기도 하고, 말을 제대로 못하는 낙오자들'[22]로 표현하고 있는데, 그야말로 지독한 자기 모멸감의 표출인 셈이었다.

이처럼 어려서부터 이중적인 언어세계 속에서 자란 주인공은 피부색과 함께 영어를 제대로 구사하지 못하는 이민 1세대[부모]로부터 말에 대한 콤플렉스를 유전자처럼 물려받은 셈이었다. 한국어를 사용하는 내부 공간으로서의 가정과 영어를 사용하는 외부 공간으로서의 사회를 왕래하는 주인공이 처음부터 혼란을 겪게 된 것은 피할 수

---

21) 조규익, 「바벨탑에서의 自我 찾기」, 『어문연구』 제34권 제2호, 한국어문교육연구회, 2006, 165~166쪽.

22) 이창래, 앞의 책(①), 96쪽.

없는 운명이었고, 이 점은 모든 이민자들에게 공통적인 현상이었다. 자연스럽게 작품 주제의 중심축은 '주류사회와 언어'의 문제였고, 영어를 모국어로 구사하는 계층만이 주류사회의 일원으로 행세하는 미국에서 한인들은 여타 세계의 이민자들과 함께 주변인일 따름이라는 것이 그 구체적인 설명이다. 즉 지배와 피지배, 혹은 식민과 피식민의 관계를 바탕으로 조성된 차별상의 극명한 모습이다.

이 작품은 이민자들의 현실을 작품화한 것이다.[23] 그러니 소재적인 측면에서 작품의 골자는 이민자들의 삶이고, 구체적인 사건들과 내용의 축은 그에 대한 작가의 해석이다. 그러면서도 이 작품이 단순한 소설로만 읽힐 수 없는 것은 소재와 해석 모두 어느 지역의 이민들이나 공감할 수 있는 보편성을 지니고 있기 때문이다. 작품의 무대를 미국 아닌 일본이나 중국, 러시아, CIS지역으로 옮겨도 이런 소재의 선택과 해석이 들어맞을 만큼 이민자들에게 언어는 생존의 문제 그 자체다.[24]

사실 타율적이든 자율적이든 '남의 땅에 새로 뿌리를 내리는 일'이 이민자들의 과제인 만큼, '지배와 종속' 혹은 '식민과 피식민'이라는 역사적이면서도 사회적인 원리가 필수적으로 수반된다. '제 땅에서

23) 이창래, 같은 책, 5쪽.

24) 소수민족의 언어나 문학을 인정해온 중국 조선족의 경우는 이런 점에서 비교적 자유로웠다고 할 수 있다. 그러나 "1945년부터 비로소 한반도 본국으로부터 고립되어 '중국문학'이라는 낯선 '다수적 문학'의 운명을 받아들여야 했던 재중교포문학이 본토문학과의 관계가 태생적이며 운명적인, 대단히 자연스러운 관계였다면 중국문학과의 관계는 인위적으로 새로이 건립해나가야만 했던, 다수적 문학의 압도적이면서 때로는 폭력적인 세례와 맞닥뜨려야만 했던 관계였다."는 설명[이영구, 「소수적 문학으로서의 재중 교포문학」, 『中國學硏究』 28, 중국학연구회, 1984, 313쪽]은 중국의 조선족이 문학에서 누려온 재량에도 한계가 있었음을 잘 보여준다.

살 수 없어 도망치다시피' 떠난 존재들이 이민이고 보면 제국주의에 의한 식민지배의 논리는 그들의 삶을 이해하기 위한 해석 틀일 수 있다. 따라서 무엇보다도 중요한 것이 이민지 중심부의 언어가 갖고 있는 제국주의적 성격이고, 이 점은 이민들의 사회적 지위나 문학을 규정하는 결정적 요인이기도 하다. 필립슨이 주장한 바와 같이 "영어와 다른 언어 사이의 구조적·문화적 불평등의 구축과 끊임없는 재구축에 의해서, 영어의 지배가 굳건해지고 보지(保持)되는 것"이 언어 제국주의라면,[25] 해외 한인들이나 한인문학은 근본적인 면에서 중심부 언어권[혹은 '제대로 된 중심부 언어권'] 바깥의 주변적 존재들일 수밖에 없다.[26]

『네이티브 스피커』에 그려진 바와 같이 '언어 차별주의'가 내재해 있는 한 언어 제국주의는 없어지지 않을 것이고, 한국어로 쓰였거나 '제대로 된 영어'로 쓰이지 못한 작품들이 중심부의 문학으로 대접받지 못하리라는 점 또한 자명하다. 『네이티브 스피커』의 막바지에 주인공이 '안으로 달려 들어가 거울을 들여다 본 것'은 그가 존경하던 존 광의 몰락이 사회적으로 확인되던 순간이었다. 그 '고독한 순간'에 '진정 나는 누구인가'를 깨닫고 싶었기 때문이었다. 그러나 그곳엔 영어가 서툴러 주변 사람들에게 놀림을 받던 소년 시절 자신의 모습만 비치고 있었다. 미국 주류사회에 동화되고자 하던 그의 꿈을 실현하지 못했음을 확인하게 된 것이다. 그러나 그것은 '또 다른 무엇으로

---

25) 미우라 노부타카·가스야 게이스케, 이연숙·고영진·조태린 옮김, 『언어제국주의란 무엇인가』, 돌베개, 2005, 371쪽.

26) 언어에만 국한할 경우 '주변적 존재들'이란 이민 1세나 2세들을 말한다. 특별한 이유가 없는 한 이민지의 공적인 교육체계 속에서 자라날 3세 이후는 언어의 주변성을 경험할 이유가 없다.

바뀔 수 없는' 존재의 절대성을 의미하는 일이었다. 그것이 바로 그의 정체성이었다. 한국인의 범주를 벗어날 수 없는 '한국인으로서의 운명'을 비로소 깨달은 것이었다. 그것은 존 쾅이 별로 힘들이지 않고 '한국인 노릇'과 '미국인 노릇'을 해왔다는 지적과 상통한다. '노릇'이란 말은 '흉내'란 의미를 내포하고 있다.[27] 한국인과 미국인 흉내를 내왔다는 것은 그가 본질적으로 한국인일 뿐 미국인은 아니었음을 뜻한다.[28]

작품의 말미에 주인공의 시선은 아내 릴리아에 맞추어진다. 유로 아메리칸으로서 주류사회의 구성원 되기에 손색없는 그녀가 차별 받는 이민의 자녀들을 상대로 '정확하게' '정성들여' '까다롭기만 한 그들의 이름을 열두 가지가 넘는 모국어로 불러주는' 광경에서 주인공은 감동을 받고, 깨달음을 얻게 된다. 비로소 주인공과 이민자들은 소수민족으로서 미국인이 된 자신들의 정체성을 깨닫게 되는 것이다. 그들은 알아들을 수 없을 만큼 많은 말들이 난무하는 바벨탑에서 비로소 자신들의 모국어로 자신들이 거명되는 환희를 맛보게 되었다.[29] 말하자면 두 문화 간 협상과 중재를 통한 융화의 중요성을 강조한 것이다.[30] 그러나 역으로 생각하면 주인공은 스스로가 미국인임을 확인했지만, 언제까지나 소수자를 면할 수 없다는 점도 인정한

---

27) 호미 바바는 자신의 이론에서 '잡종성(hybridity), 양가성(ambivalence), 흉내내기(mimicry)' 등을 들었다.(호미바바, 앞의 책, 177쪽) 식민체제가 식민지 백성을 만들어내고 종속·순화시키는 과정에서 그들을 완전히 식민체제 내로 끌어들일 수 없다는 사실을 여러 식민담론을 통해 밝혀낸 것이다.

28) 조규익, 「바벨탑에서의 自我 찾기」, 176쪽.

29) 조규익, 같은 논문, 177쪽.

30) 정덕준, 「재외 한인문학과 한국문학-연구방향과 과제를 중심으로」, 『한국문학이론과 비평』 32, 한국문학이론과 비평학회, 2006, 28쪽.

것으로 보는 게 타당하다. 다수자가 중심부라면 소수자는 주변부이고, 주변부는 중심부에 의해 지배를 받을 수밖에 없다는 점을 이 작품은 암시한다. 말하자면 한국인도 아니고 미국인도 아닌 경계자적 자아에서 소수자로나마 미국인임을 인정받게 되었다는 것인데, 이것을 충돌하는 두 세력[혹은 문화] 간의 융화로 볼 수는 있지만, 그렇다고 지배와 피지배의 구조로부터 자유로워지는 것은 아니고 완벽하게 '탈식민'의 경지로 나아가는 것도 아니다. 비록 극적인 깨달음으로 작품이 마무리되긴 했으나, 주인공은 소수자로 고착된 자신의 사회적 위치를 인정하지 않을 수 없게 된 것이다.

사실 미국을 비롯한 이민지의 주류사회가 지니고 있는 식민주의적 시선은 피식민자[혹은 이주민]에게 오리엔탈리즘적 정체성을 부여하려 한다. 그러나 피식민자의 진정한 정체성은 그런 시선에 의해 결코 '보여질 수 없으며', '실종된 인격'이나 '탈락된 정체성'으로 남는다.[31] 대개의 경우 피식민자는 모방 즉 식민자의 문명을 받아들여 흉내내려 시도하게 되는 것이다. 모방의 양가성[거의 동일하지만 아주 똑같지는 않음]은 물신화된 식민지 문화가 잠재적이고 전략적으로 반란적인 항의를 포함함을 암시한다.[32] 뿐만 아니라 양가성이나 혼성성이 발휘되는 순간은 피식민자로 규정되는 이주민을 서구의 상징계 안에 감금하려는 권력으로부터 벗어나는 순간이기도 하다. 말하자면 그 과정에서 이민지의 주류사회와 주인공이 속해있는 주변사회는 지배와 피지배의 관계를 역전시킴으로써 주인공인 '나'로 하여금 주류사회에 저항하면서도 주류와 주변을 모두 타자로 포함하는, 지나치

31) 호미바바, 앞의 책, 16쪽.

32) 호미바바, 같은 책, 189쪽.

게 배타적이지 않은 주체적인 자리를 확보하게 되는 것이다. 필자는 언어라는 한 축만을 보았지만, 해외의 한인들이 주류사회와의 갈등을 통해 새로운 자리를 차지하게 된 점은 이 작품의 주인공이 대표하는 해외 한인들의 바람직한 입장을 대변했다고 보아야 한다. 바로 이 지점에서 탈식민의 가능성도 점쳐진다고 할 수 있다.

호미바바의 이른바 '혼성성'은 사실 이민지의 주류사회가 행사해온 권력적 속성을 살피게 하는 일종의 지배논리의 범주에 속해있는 문화 양상을 지칭할 수 있고, 그러한 혼성성은 탈식민 문화를 바라보는 유용한 관점이기도 하다. 혼성성이야말로 식민지 권력, 그 변환의 힘과 고착성에 포함된 생산성의 기호[33]이기 때문이다.

이 논리를 문학으로 전위(轉位)시키거나 다른 지역의 한인들에게 적용시켜도 결론은 마찬가지다. 동양적인 마스크에 '형편없는 언어 구사자'[34]인 주인공의 단계를 문학으로 치자면, 해당 지역 주류사회의 언어로 쓰이긴 했으나 주류문학으로 편입되기 어려운, '어정쩡한 모습'을 지칭한다. '소수자의 입장에서 주류의 언어로 주류가 보여주는 부정적 행태를 꾸짖어준' 것이나 '소수자의 입장에서 주류의 언어로 소수자 자신의 이야기를 하는' 것 모두 탈식민의 기본 취지를 충실히 구현한 경우들이다. 사실 주류사회의 강한 힘과 그에 대한 이민자들의 선망은 주류사회로부터 가해지는 동화나 복종의 강요일 수 있다. 여기서 간과할 수 없는 것이 '거의 동일하지만 아주 똑 같지는 않은 차이의 주체로서 개명된(reformed) 인식 가능한 타자 지향의 열망' 즉 식민지적 모방이다.[35] '닮는 것인 동시에 위협이기도 한'[36]

33) 호미바바, 같은 책, 225쪽.

34) 이창래, 앞의 책(①), 13~14쪽.

'모방의 양가성'은 이민지의 어느 곳에서나 나타나는 주변인들의 삶의 방식이다. 주류사회로의 동화를 직접적으로나 물리적으로 강요하든 하지 않던 이민지의 주변인들은 동화[언어 혹은 삶의 방식 등]에의 강박증을 가질 수밖에 없으며, 동화를 시도하는 경우에도 '어설픔'으로 인한 자기모멸의 응징을 피할 수 없는 것이다. 이 작품의 주인공인 '나'가 마지막에 깨달은 자신의 모습은 이민지의 주변인들이 원하는 행복한 종착역일 것이다.

지나치게 민족적 정체성의 확인에 집착하지만 않는다면, 소수자들이 소수자의 언어로 자신들의 이야기를 펼치는 것을 소중하게 생각하는 것 또한 이론의 여지가 없는 탈식민의 관점이다. 여기서 우리는 이런 해외 한인들의 문학을 어떻게 대우해야 하는가의 문제에 봉착하게 된다. 소수자의 이야기를 펼치고 있는 한 그것을 소수적 문학이자 주변적 문학임은 물론이다. 소수자가 주류사회의 언어로 작품을 쓴 경우는 그럭저럭 현지 문학에 포함될 수는 있을 것이나, 아무리 탈식민의 관점에 선다 해도 소수자의 언어로 창작되는 문학까지 그들의 문단에 포함시킬 방도는 없다. 후자의 경우 일단 우리 문학의 범주로 수용하는 것은 당연하고, 전자의 경우도 소수자인 우리의 목소리로 우리의 이야기를 하고 있는 한 넓은 범위의 우리 문학으로 받아들이는 게 당연한 일이다.

탈국가, 탈민족, 탈이념, 탈중심적 세계관을 토대로 하고 있는 재일 코리언 문학의 다양성과 변용을 언급하면서 세계문학으로서의 가치를 이끌어내는 동시에 보편적 가치를 확장시키는 계기로 작용할

---

35) 호미바바, 앞의 책, 178쪽.

36) 호미바바, 같은 책, 180쪽.

것이라고 확신하는 견해[37]도 탈식민의 연장선에서 이해될 수 있으며, 이 점에 대해서는 여타 지역들의 한인문학도 같은 성향을 보여준다고 할 수 있다. 이는 해방 후 중국에서 진행된 조선족 문학의 중국화와 직결되는 문제이기도 하다. 중국이 조선족 문화를 자국의 소수민족으로 편입해감으로써 한민족 문화라는 독자성을 탈취 당하는 실정을 감안하거나, 소수 언어 혹은 문화들이 급속히 소멸하는 상황에서 탈식민화에 대한 근본적인 문제를 환기한다고 볼 때,[38] 민족 정체성 상실이야말로 해외 한인문학이 당면한 탈식민 시대의 문제로 거론될 수 있을 것이다.

3. '한민족문학' 범주 설정의 필요성

'세계문학사는 인류가 하나임을 입증하는 의의를 가진다'는 대전제를 바탕으로 "민족문학사를 문명권문학사로 통합하고, 여러 문명권의 문학사가 만나 세계문학사를 이룩한 과정을 밝혀내고, 한 걸음 더 나아가 바람직한 미래상을 제시하는 작업을 수행해야 한다"고 주장하는 문학사가가 있다.[39] 여러 개의 국가들이 모여 이루어진 것이 세계다. 그리고 하나에서부터 다수의 민족들이 모여서 이루어진 단위가 국가다. 단일민족 국가도 있지만, 다민족 국가가 여전히 많은

---

37) 김환기, 「재일 디아스포라 문학의 형성과 분화」, 『일본학보』 74, 한국일본학회, 2008, 173~174쪽.

38) 정수자, 「문화 대혁명기 조선족 시의 탈식민주의적 성격」, 『韓中人文學硏究』 18, 한중인문과학연구회, 2006, 100쪽.

39) 조동일, 『세계문학사의 전개』, 지식산업사, 2002, 5쪽.

것이 오늘날 세계의 모습이다.

따라서 세계의 보편성을 말하는 것도 민족의 정체성을 말하는 것만큼이나 어렵다. 앤더슨은 민족을 '상상의 공동체'라 말하고, 민족을 상상하는 가능성 자체와 세 가지의 근본적인 문화개념들을 결부시켰다. 특정한 정본 언어(script-language)가 바로 진리와 분리할 수 없는 부분이기 때문에 존재론적 진리에 접근할 수 있는 특권을 제공한다는 개념이 하나이고, 다른 인간들과 구별되며 어떤 우주적[신성한] 형태의 섭리에 의해 통치하는 상위 중심부의 주변과 그 밑에서 사회가 자연스럽게 조직된다는 믿음이 그 둘이며, 우주관과 역사가 구별되지 않고 세계의 기원과 인간의 기원이 본질적으로 동일하다고 보는 시간의 개념이 그 셋이다.[40] 말하자면 우리는 구체적이고 뚜렷한 물증에 바탕을 두지 아니 한 채 '하나의 언어'를 사용하는 공동체를 민족이라는 개념으로 상상하기도 하고, 국가조직을 민족의 형성과 직결시키거나 인류의 출발과 민족 공동체의 출발을 동일시하기도 한다는 점이 그것이다.

『네이티브 스피커』에서 이민자들의 눈으로 이민지를 '바벨탑'으로 바라본 것은 '보편 언어'를 말할 수 없는 존재가 인간임을 강조하기 위해서다. 말하자면 보편 언어 아닌 영어나 한국어 등 특정언어를 사용하는 '언어 공동체'가 민족이라는 것이다. '상상의 공동체'에서 '상상'을 가능하게 만드는 것은 언어이며, 민족 정체성의 확인을 가능하게 만드는 요소 또한 언어다. 하나의 집단을 민족으로 인식한다면, 그 공동체 의식의 결정적인 조건이야말로 '동일한 언어'라고 할 수

---

40) 베네딕트 앤더슨, 윤형숙 역, 『상상의 공동체』, 나남출판, 2007, 62쪽.

있다는 것이다.

'상상의 공동체'에서 상상을 가능하게 하는 또 하나의 요소는 중세의 순간적인 현재에 과거와 미래가 동시에 나타나는 '시간상의 동시성'이며, 그것을 대체한 것이 바로 발터 벤야민의 '동질적이고 의미없는 시간'이라 했다. 하나의 공동체가 기대고 있는 '동질적이고 의미없는 시간'의 동시성은 시계와 달력에 의해 측정되는 시간의 우연적 일치에 의해 표시된다고 한다. 그는 18세기 유럽의 예를 들면서 신문과 소설이 민족과 같은 '상상의 공동체'를 '재현'하는 기술적 수단을 제공했다고 한다.[41] 그리고 그 '상상의 공동체'란 민족의 정체성이 원래부터 존재하던 본질적 요소라기보다는 여타 민족들과의 관계 즉 갈등이나 교섭 등을 통해 후천적으로 형성된 사회적·문화적 구성물이므로, 신생 독립국들의 정체성 역시 식민시대에 형성되었거나 강화된 그것임을 강조하고 있는 게 분명하다. 그러나 '민족성(nationality), 민족됨(nation-ness), 민족주의(nationalism)'가 특수한 종류의 문화적 조형물이라면,[42] 우리의 경우 구체적인 '민족됨'의 인식은 식민시대보다 훨씬 앞으로 당겨질 수 있다. 원래 우리는 근대가 되기 오래 전부터 소규모의 국가들이 각자의 주권을 행사해온 역사를 갖고 있었다. 그렇게 단일한 언어를 사용하는 공동체가 형성되어 있었다는 점으로도 그것들이 민족의 의미나 정체성까지 손상시키지는 않는다. '역사와 단일 중앙정부, 문화·혈연·언어의 측면에서 동질성이 가장 높은 민족'이 한민족인데,[43] 단일한 정체(政體)로 식민시대를 맞으면

41) 베네딕트 앤더슨, 같은 책, 48쪽.

42) 베네딕트 앤더슨, 같은 책, 23쪽.

43) 박명림, 「분단시대 한국 민족주의의 이해」, 『세계의 문학』 여름호, 민음사, 1996,

서 그런 민족의식이 강고(强固)해졌을 뿐이지, 민족 자체가 근대에 이르러 처음으로 형성되었다고 볼 수는 없다. 그만큼 단일 언어, 단일 혈통에 대한 확신의 역사는 식민 지배를 받은 다른 나라들보다 길다고 할 수 있다. 이와 관련하여 단일 혈통주의의 강한 전통을 갖고 있는 한국인들이 해외동포까지 포함해 만든 '한민족 공동체'의 개념에서 한국기업의 해외진출과 함께 성장한 팽창주의적인 암시와 무의식적인 염원을 엿보게 된다는 해석도 있다.[44]

그렇다면 한국의 민족주의는 어떻게 형성된 것일까. 한국은 자주적 근대화를 이루지 못하고 일본 제국주의의 식민 지배를 겪으면서 주권이 국민에게 있는 국민국가 형성에 실패한 만큼 '한민족 공동체'의 의식은 19세기 말, 즉 일본을 포함한 서구 제국주의의 침략의 결과물로 보아야 한다는 견해들이 지배적이다.[45] 이처럼 우리가 구체적으로 민족의 개념을 인식하게 된 것은 최근의 일이라 할 수 있겠는데, 우리가 당한 식민주의와 디아스포라는 그 직접적 동인들이다. 그리고 그러한 민족주의 담론은 일제 강점기를 거쳐 해방과 건국, 근대화를 거치면서 민족·민주·통일 등 거대담론들을 주도해온 것이 사실이다. 그런데 민족주의나 국가주의가 자칫 자기중심적 폭력성을 옹호한다는 점에서 그에 대한 반발로 탈민족주의의 조류가 강해지는 현상 또한 간과할 수 없다. '국수주의를 두려워 한 나머지 민족주의 자체를 경계하고 민족문화·민족문학의 이념 자체를 부인한다면, 본

62쪽.

44) 베네딕트 앤더슨, 앞의 책, 282~283쪽.

45) 장사선, 「재일 한민족 문학에 나타난 내셔널리즘」, 『한국현대문학연구』 21, 한국현대문학회, 2007, 413쪽; 고부응, 「식민 역사와 민족공동체의 형성」, 『문화과학』 13, 문화과학사, 1997, 194쪽 등의 견해 참조.

말을 뒤집는 꼴'이라는 지적은 민족주의와 세계주의가 대립적 개념이면서 어떤 면에서는 통할 수도 있다는 우리 역사나 문화적 상황의 본질을 잘 설명한 경우다. 즉 참다운 민족문학이 선진적인 세계문학이듯 식민지적 상황에서의 민족주의 역시 그것이 맞서 싸우는 상대의 국제적 성격 때문에라도 국제주의적 성격을 띨 수밖에 없다는 것이다.[46)]

그간 우리가 당한 디아스포라의 역사를 네 시기[1860년대부터 한일합방이 일어난 1910년/1910년부터 1945년(한국이 일본 식민통치로부터 독립한 해)/1945년부터 1962년(남한 정부가 이민정책을 처음으로 수립한 해/1962년부터 현재]로 나눈 사람도 있지만,[47)] 사실 첫 시기 이전에도 디아스포라는 있었고, 마지막 시기 이후에도 디아스포라는 끊임없이 지속되고 있다. 그 과정에서 우리의 민족의식은 강화되었고, 그 강화된 민족의식이나 민족 정체성에 대한 확인 작업은 상당 부분 해외 한인들의 문학을 통해서 이루어져 온 것이 사실이다. 사실 문학사와 민족주의의 상관성에 대한 담론은 꽤 오래 전부터 학계에서 왕성한 재생산의 구조 속에 지속되어 왔고, 세계화나 탈식민의 역사가 진전될수록 그런 논의는 새로운 차원에서 발전되어갈 것이다.

민족주의와 관련된 논의는 민족이나 국가가 처한 상황의 변화에 따라 복잡하게 전개될 수 있을 것이다. 분명 이 시대는 세계화나 탈식민의 징후를 강하게 보여주고 있고, 그런 상황에서 이루어지는 민족 정체성의 추구는 시대 조류와 어긋난다고 하지 않을 수 없다. 그럼에도 불구하고 필자가 '한민족문학'의 범주를 제시하고자 하는 것은 식

---

46) 백낙청, 『民族文學과 世界文學』, 창작과 비평사, 1978, 137쪽.
47) 윤인진, 『코리안 디아스포라』, 고려대 출판부, 2004, 8~10쪽.

민의 터널을 거쳐 온 우리 민족사의 특수성 때문이다. 말하자면 탈식민의 시대에 오히려 민족의 색채가 강하게 인식되는 것은 그 문학의 상당 부분이 식민 상황 하에서 이루어졌고, 시대가 바뀐 지금에도 식민의 담론은 지속되고 있기 때문이다. 그렇다 해도 '한민족문학'을 '단일민족'이라는 '상상의 공동체'에만 국한시키는 것은 의미가 없다. 그것은 우리 민족의 특수성과 세계 문학적 보편성이 공존하는 문학이어야 하기 때문이다. '한민족공동체를 규정하기 위해서는 유구한 역사와 전통에 빛나는 단군조선의 영속성이라는 것을 넘어서서 구체적으로 한민족이라는 사회를 구성하는 여러 집단들-여성, 외국인 노동자, 하층민, 그리고 통일 전이든 후이든 민족공동체에 포함하여야 할 북한사람들-을 동시에 고려하며 그 각각의 모순과 긴장, 또한 결연을 고려하여야 한다'는 견해[48]는 이런 점에서 타당하다.[49] 여기서 한 발 더 나아가 "한민족문학은 그 지평을 확대하고 세계로 나아갈 때 인류에 공헌하고 민족에 공헌한다. 이런 점에서 오늘의 한민족문학은 북한문학, 연변 조선족 문학, 재일동포문학, 재미동포문학 등 한민족이 살고 있는 땅의 문학을 모두 수용하고 연구하고 문학사로 정리되어야 한다는" 단계[50]에 이르러서야 비로소 이 글의 취지와 부합하는 비전을 확보할 수 있게 된다. 물론 이 경우 한민족문학은 해외 한인문학만을 포섭하는 개념이어서는 안 된다. 그동안 해외 한인문학에 대하여 또 다른 중심부 문학의 지위를 누려온 한국문학 자체도

---

48) 고부응, 식민 역사와 민족공동체의 형성, 『문화과학』 13, 문화과학사, 1997, 196쪽.

49) 그러나 고부응이 제시한 범주에 '해외 한인들'까지 포함되어야 비로소 '한민족공동체'로서의 의미는 인정될 수 있을 것이다.

50) 오양호, 「世界化 時代와 韓民族文學 硏究의 地平擴大」, 『한민족어문학』 35, 한민족어문학회, 1999, 144쪽.

포괄할 수 있어야 비로소 전체를 총괄하는 한민족문학일 수 있는 것이다.

사실 지금까지 우리는 한국문학만 생각해왔고, 그 해석조차 아주 협소한 모습을 보여주었다. 분단 이후 지속된 정치적 이유로 최근에서야 해외 한인문학의 전모를 접하게 되었다는 점, 상당한 발전을 이룩했다고 생각하는 국내문학에 대해 상대적으로 낙후된 주변문학으로 머물러 있다는 점 등이 국내학자들의 일반적인 견해였다. 해외 한인문학이 갖고 있는 역사적 성격을 도외시한 채 미적 형상화의 수준에만 비평적 잣대를 들이밀 경우 그에 대한 제대로 된 평가가 이루어질 수 없는 것은 당연하다. 해외 한인문학에 대한 논의들이라 해도 기껏 '소극적인 국적주의의 입장에서 민족의 정체성을 확인하는 차원에서 벗어나지 못하고 있다는 점'을 들어 동북아 지역을 비롯한 해외 한인문학에 대한 논의는 단순히 한국문학의 외연을 확장하거나 민족의 동질성을 확인하는 차원에서 벗어나 적극적으로 한민족문학의 영역을 개척하는 시각에서 개진되어야 한다는 견해[51]는 시사하는 바가 크다. 이 말 속에는 지금까지 한국문학 연구자들이 해외 한인문학을 한국문학으로 처리하지 않은 데 대한 비판이 들어 있다. 이른바 국적주의를 적용할 경우 해외 한인문학의 상당 부분은 소외될 수밖에 없다. 지금까지 해온 것처럼 해외 한인문학을 민족의 정체성이나 동질성의 확인을 위한 증거물 정도로나 취급한다면, 한국문학을 한민족문학으로 확장·심화시키는 일은 불가능하다. 앞으로 시간이 흘러 민족의식이 엷어질 경우에는 어쩔 수 없는 일이지만, 민족의식을 확인

---

51) 정덕준, 「재외 한인문학과 한국문학-연구방향과 과제를 중심으로」, 『한국문학이론과 비평』 32, 한국문학이론과 비평학회, 2006, 19쪽.

할 수 있는 1~3세의 해외 한인들이 창작한 문학마저 이민지 문단의 변방에 방치할 수는 없는 일이다. 한민족문학의 범주 설정은 그래서 절실한 것이다.

이 지점에서 '한민족문학'의 개념 수립은 가능해진다. 우리 입장에서 세계문학사의 서술이 가능하려면 한국문학보다는 한민족문학을 출발점으로 삼는 게 보다 합리적이다. 민족 개념으로, 흩어져 살고 있는 국가들의 다양성을 아우를 수 있기 때문에, 더 쉽게 세계문학사로 나아갈 수 있다. 이처럼 한국문학은 한민족문학을 징검다리로 삼아 세계문학사와 연결될 수 있다고 이해하는 것이 타당하다.

지금까지 국내학자들은 세 가지 측면을 전제로 한국문학의 개념을 정리했다. 첫째, 창작자는 한국인이어야 할 것, 둘째, 한국어로 씌어져야 할 것, 셋째, 창조적인 문학이어야 할 것 등이 그것들이다.[52)] '조선문학이란 조선문으로 쓴 문학'[53)]이라거나 '한문문학의 자료가 아무리 한우충동(汗牛充棟)의 것이라 하더라도 순수한 국문학적 자료들이 아닌 것은 분명한 사실',[54)] '한문에 대한 조선인의 관념은 결코 이것을 이국문시 할 수 없었기 때문에, 이것은 순조선문학[순국문학]은 아니지만 큰 조선문학[큰 국문학]'[55)]이라고 하는 등 한국문학의 개념을 정의하는데 매우 까다로운 면을 보였다. 그러다가 '말로 된 문학인 구비문학, 문어체 글로 된 문학이기만 한 한문학, 구어체 글로 된 문학인 국문문학'[56)]이라는 견해에 이르러 문자 표기 여부, 표기문자

52) 민제 외, 『한국문학총설』, 한누리, 1994, 17~23쪽.
53) 이광수, 「조선문학의 개념」, 『新生』, 신생사, 1929.
54) 이병기, 『국문학전사』, 신구문화사, 1957, 6쪽.
55) 조윤제, 『국문학사』, 동국문화사, 1949, 7쪽.
56) 조동일, 『제4판 한국문학통사 1』, 지식산업사, 2005, 24쪽.

의 제한을 벗어나 한국문학의 범주가 획기적으로 넓어지게 되었다.[57] 그러나 이것만으로 한국문학을 전부 포괄했다고 할 수는 없다. 700만에 이르는 해외 한인들의 문학을 처리할 방도가 없기 때문이다. 기존의 국문학계에서 거론되어 오던 창작주체의 국적이나 창작 언어의 제한을 넘어서는 일이야말로 한국문학의 지평을 획기적으로 넓히기 위한 대전제일 수 있다.

탈식민을 언급하면서 지나치게 민족을 강조하는 것이 모순적인 일이라는 비판을 받을 수는 있겠지만, 식민시대와는 다르다 해도 지금껏 디아스포라가 지속되고 있으며 해외 한인들의 문학이 중심부에 의해 차별받는 주변부로 위치해 있는 상황에서 민족 정체성의 추구는 얼마간 용인될 수 있을 것이다. 이제 한국문학의 개념은 한민족문학으로 확장·격상되어야 하며, 한국문학과 해외 한인문학은 그 하위개념으로 정위되어야 한다. 국내의 한국문학은 한글문학과 한문문학, 구비문학으로, 해외 한인문학은 한글문학과 구비문학, 현지어문학[58]으로 각각 나뉘어야 비로소 우리 민족이 생산했거나 생산하고 있는 문학들 모두를 포괄할 수 있게 될 것이다. 그동안 '한국문학'은 문학의 계통이나 장르를 논하는데서 최상위 개념이었다. 그러나 이제 우리의 문화권을 세계로 넓혀야 하는 시점을 맞아 '한민족문학권'

57) 이러한 견해들을 정리하여 도식화 하면 다음과 같다.

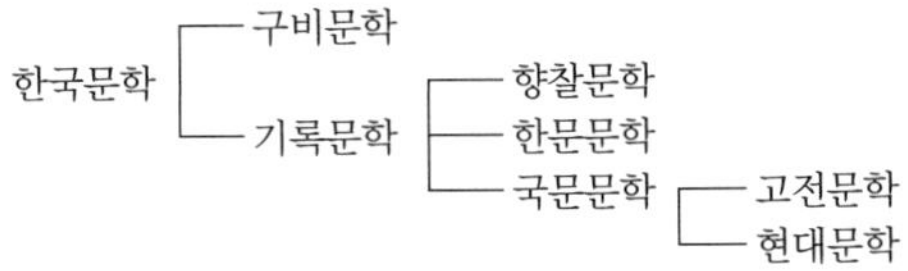

58) 이 경우 현지어문학은 민족 정체성의 추구를 내용이나 주제의식으로 하는 문학으로 한정되어야 한다.

혹은 '한민족문화권'의 설정은 피할 수 없는 과제가 되었다. 그렇게 함으로써 우리 문학의 폭과 깊이는 확대되고 심화될 것이며, '한민족문학'은 세계문학으로 나아가기 위한 교두보로서의 역할을 확실히 해내리라 본다. 그것을 도표로 그려 보이면 다음과 같다.

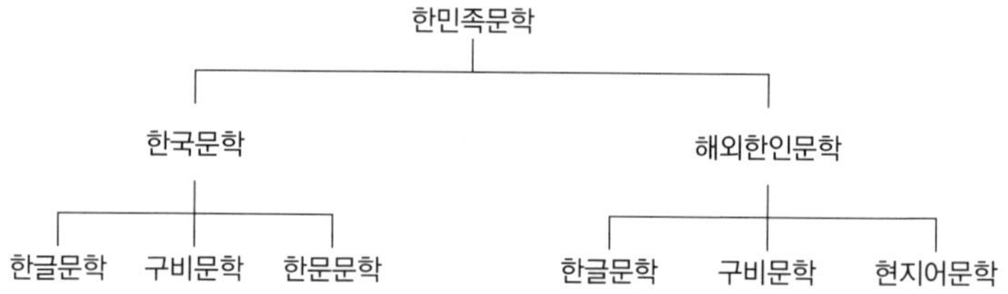

4. 맺음말

지리적 인접성이나 식민지배의 여파로 이른 시기부터 이주를 시작한 중국의 조선족과 구소련의 고려인, 식민지배와 전쟁의 산물인 재일동포, 타율로 시작되었지만 자율적 이민이 압도적인 재미 한인 등 지역의 다양성 못지않게 한인들의 상황 또한 다양하다. 그러한 현실을 형상화 해낸 만큼 문학적 소산의 성향 역시 다양한 양상을 나타내지만, 어느 지역에서나 공통되는 점은 그것들이 주변문학을 벗어나지 못하고 있다는 사실이다. 그들의 문학이 주변적이라는 점은 모국의 문학에 대해서도 마찬가지인데, 그 바탕에는 언어의 문제가 도사리고 있다.

이 글의 목표는 해외 한인문학을 탈식민의 관점에서 바라보고, 지금까지 그것이 갇혀 지내던 주변적 위치로부터 벗어나 '지배와 피지배'의 구조에서 자유로워질 수 있도록 우선적으로 우리가 해야 할 일을 제시하는데 있었다. 그 논리를 추출하기 위해 『네이티브 스피커』를 선택했고, 그 작품의 한 축인 언어의 문제를 중심으로 논의해 보았다. 그 작품에서 거론된 언어담론은 대상을 문학으로 바꾸어도, 다른 지역의 한인들에게 적용시켜도 마찬가지의 결론이 도출된다. 동양적인 마스크에 '형편없는 언어 구사자'인 주인공의 단계를 문학으로 치자면, 해당 지역 주류사회의 언어로 쓰이긴 했으나 주류문학으로 편입되기 어려운, '어정쩡한 모습'을 지칭한다. '소수자의 입장에서 주류의 언어로 주류가 보여주는 부정적 행태를 꾸짖어준' 것이나 '소수자의 입장에서 주류의 언어로 소수자 자신의 이야기를 하는' 것 모두 탈식민의 기본 취지를 충실히 구현한 경우들이다. 소수자들이 소수자의 언어로 자신들의 이야기를 펼치는 것을 소중하게 생각하는 것은 말할 것도 없이 탈식민의 관점이다. 그렇다고는 해도 그들이 소수자의 이야기를 펼치고 있는 한 그것은 소수적 문학이자 주변적 문학을 벗어날 수 없다. 소수자가 주류사회의 언어로 작품을 쓴 경우는 그럭저럭 현지 문학에 포함될 수는 있을 것이다. 그러나 아무리 탈식민이라 해도 모국어로 창작되는 한인들의 문학까지 그들의 문단에 포함시킬 방도는 없다. 후자의 경우 일단 우리 문학의 범주로 수용하는 것은 당연하고, 전자의 경우도 소수자인 우리의 목소리로 우리의 이야기를 내뱉고 있는 한 넓은 범위의 우리 문학으로 받아들이는 게 온당하다.

탈식민은 탈영토, 탈이념, 탈민족 등과 위상을 함께 하는 개념이다. 민족 정체성에 대한 지나친 강조는 탈식민의 시대정신과 어긋날 수 있다. 그러나 식민시대 이전부터 우리 민족은 특이한 집단체험을 지속해 왔으며 지금도 그러한 역사체험은 지속되고 있다는 점에서 탈식민을 강조하면서 민족 정체성을 강조하는 일이 불합리하지 않을 수 있는 것이다.

해외 한인들이 남겼거나 남기고 있는 문학을 우리는 우리의 문학으로 수용해야 한다. 그러기 위해서는 우리가 중심부의 자리에서 스스로 내려와야 한다. 그리고 이제 세계문학을 논의하는 시점에 도달한 만큼 그 중간 단계로 삼을 수 있는 최상위 범주로서 '한민족문학'을 설정하는 것이 타당하다. 기존의 중심부 문학이었던 한국문학과 주변문학이었던 해외 한인문학이 똑 같은 자격으로 한민족문학의 범주 안에 소속되어야 한다는 것이다. 해외 한인문학 중 한글문학은 예외 없이 수용할 것이며, 현지어 문학들 가운데 민족적 정체성을 다룬 문학들은 빠짐없이 선별하여 한민족문학의 범주 안으로 수용해야 할 것이다. 이들을 재료로 한민족문학개론이나 한민족문학사가 서술될 때 비로소 해외 한인문학의 디아스포라는 종식될 것이며, 우리 문학의 폭과 깊이 또한 대폭 확장, 심화될 수 있으리라 본다.

이 글은 『국어국문학』 152호(국어국문학회, 2009)에 수록한 논문을 수정하여 재수록한 것이다.

해이수 소설의 여행·디아스포라·다문화의식

『캥거루가 있는 사막』, 『젤리피쉬』를 중심으로

○ 이미림

1. 최근의 문학적 코드와 서사의 특징

21세기는 유동성의 시대로서 노마드(nomad)적·디아스포라(diaspora)적 삶이 진행되고 있다. 전세계의 인구이동은 필연적인 결과이며, 자발적이고 유희적인 관광과 여가를 위한 여행뿐만 아니라 난민, 탈북자, 외국인노동자, 결혼이주여성과 같이 극빈층의 생존을 위한 월경(越境) 등 이동의 성격도 다양하다. 물질적 향유를 누리는 상류층의 여행이든 노동, 결혼, 생존을 위한 반(半)강제 이주든 21세기는 탈민족적·초국가적·전지구적 상황에 놓인다. 국경을 넘는다는 것은 타문화, 타언어, 타민족과 대면하고 접촉함으로써 다양성과 타자성을 사유하게 된다. 그런 점에서 디아스포라와 다문화의식은 여행을 바탕으로 하고 있다. 최근 각 학회에서도 이주, 디아스포라, 다문화주의 등의 주제로 학술대회가 개최됨으로써 우리 문학의 특징적 징후임을 알 수 있다. 여행자의 탈주는 유학과 이민, 교육과 노동의 경계가 모호하고 돌아올 수 있는 잠재성을 지니므로 여행과 디아스포라가 혼효되어 있다고 볼 수 있다.

1990년대 여행의 자유화 이후 여행서사를 바탕으로 탈국경서사와 다문화서사가 출현했는데, 특히 해이수 소설은 전지구적 자본의 재편입 하에서 사회의 마이너리티이자 디아스포라로서의 타자성을 그리고 있다. 작가는 2000년대에 두 권의 소설집을 출간하였는바, 이에 수록된 10편의 소설이 외국공간을 배경으로 한다. Homo Viator(여행하는 인간), Homo Migrans(이주하는 인간)로 유목민적 삶의 특징을 지닌 소설 주인공은 실직을 하거나 미래가 불안정한 2,30대 백수청년들이다. 해외여행 자유화 1세대인 작가와 1990년대 대학생들은 어학연수, 배낭여행, 워킹홀리데이 프로그램 등이 활성화되어 하나의 문화로 자리 잡은 비정규직 세대이다. 우석훈은 이들을 자신의 이름조차 갖지 못한 세대, 아무도 아닌 자(Nobody), 산업화 이후 가장 빈곤할 세대, 승자독식세대, 희망고문세대, 배틀로열세대 그리고 한국의 20대 비정규직의 평균월급에서 착안한 88만원 세대로 명명한다. 이들은 신자유주의 무한경쟁의 치열함에서 벗어나기 위해 국경을 넘거나 문명의 영향권 밖으로 탈주한다는 점에서 마이너리티이자 타자이며, 시대와 불화하거나 시대 이념에 대한 정합성을 갖지 못해 늘 불안한 상태로 잃어버린 것을 찾아나서는 떠돌이이자 아웃사이더이다. 여행지는 유학, 연수, 이민의 적지로 평가받는 호주와 문명화되지 않은 천혜자연의 보고인 네팔과 아프리카 공간이다. 지구상에 얼마 남지 않은 원시적 공간이 목적지가 되는 이유는 "근대성의 구조적 비진정성에 대한 반응으로서 진정성을 추구하는 한 형태"(닝왕)가 관광(여행)이기 때문이다. 이주정책이 개방적이고 유연한 다문화국가인 호주는 1970년대 아메리칸 드림을 안고 떠났던 한국이주민의 대체공간이 되고 있다.

해이수 소설은 여행과 관광, 유학과 이주와 같은 이동의 서사구조를 이루는데 이와 같은 여행소설과 모험소설의 플롯은 인간을 노출시키고 도발시키는 특수한 상황에다 인간을 세워놓고 '인간 속의 인간'을 생소하고 예기치 않은 상황 속에서 타인과 만나게 하여 충돌시킨다고 바흐친은 설명한다. 세상에 내던져진 존재적 상황을 떠돎과 여행서사라는 문학적 장치를 활용하기 때문에 소목차는 시간의 흐름으로 짜여진다.

> 돌베개 위의 나날: D-3, D-2, D-1, D-0
> 우리 전통 무용단: 첫날 저녁, 둘쨋날 이른 아침, 둘쨋날 오후, 셋쨋날, 마지막날 아침
> 어느 서늘한 하오의 빈집털이: 9:40a.m, 10:20a.m, 12:50p.m, 3:54p.m.
> 고산병 입문: 고산병 징후, 고산병 초기, 고산병 중기, 고산병 말기, 고산병 후기
> 루쿨라 공항: 휴항 삼 일째, 사 일째 오전, 사 일째 오후, 오 일째 오전, 오 일째 오후, 육일 째
> 나의 케냐 이야기: 카이로스의 시간, 스쳐지나가는 시간, 야생동물 구호의 시간
> 아웃 오브 룸비니: The Way to Lumbini, The Days in Lumbini, Out of Lumbini

〈돌베개 위의 나날〉의 목차는 이민권 혹은 영주권을 획득하느냐 추방당하느냐의 기로에 서있는 다급하고 불안한 시간을 뜻하고, 〈우리 전통 무용단〉은 3박 4일의 관광일정이며, 〈어느 서늘한 하오의 빈집털이〉에서는 오전 9:40에서 오후 3:54까지 하루 동안의 사건이

그려진다. 〈루쿨라 공항〉의 목차는 비행기를 기다리는 여행자의 초조한 기다림이, 〈나의 케냐 이야기〉에서는 9일간 깨달음의 시간들이, 〈아웃 오브 룸비니〉 역시 시공간이 배치되어 있다.

여행, 이민, 유학생활은 안정적인 삶이 아니라 소변을 보거나 담배를 피우는 시간조차 허락되지 않은 채 '빨리빨리'를 외치거나 일정 시간이 지나면 법의 보호조차 받지 못하는 불법체류자가 되거나 인종차별을 받는 생활로 그려진다. 이와 같이 여정을 쫓는 순서대로 서술되는 그의 문학은 기행문과 서사의 중간적 성격을 띠며, 생존과 추방의 위협에 놓인 절실하고도 다급하며 불안한 상황 속의 인간을 제시한다. 바흐친은 사회·심리소설, 세태소설, 가정소설, 전기소설이 가족관계나 일상사에 관한 전기적 관계, 사회적 신분 및 사회적 계층 관계가 모든 플롯의 구성이 되는 우연성 배제의 구조를 지니는데 비해, 모험소설이나 여행소설에서는 가정적·사회적·전기적 상황에 기초하지 않고 그것들을 무시한 상태에서 전개된다고 말한다. 모험/여행에서는 에피소드들이 연결되지 못한 채 개연적 사건의 인과성이 생략되거나 단절된 채 기억과 상념으로 이야기가 진행되므로 정통소설의 플롯과는 차이를 보인다. 사람을 대하는 방식이 관계 맺기(relationships)에서 거래(transaction)로 변화되었으므로 자신의 삶을 연속적인 이야기로 만들어 줄 수 있는 어떤 전후 연관성도 사라지게 하는 자본주의의 속성으로 인해 '삶의 서사(narrative)가 단절된 시대'(리처드 세넷)이자 '상호결속의 종말 시대'(지그문트 바우만)가 작품에 반영된 것이다. 다시 말해 삶의 형태적 변화가 소설의 위기, 서사의 위기를 가져왔으며, 탈국경서사, 여행서사, 다문화서사가 등장한 것이다. 소설이라는 문학형식과 시장사회 내에서 일반적으로 인간과 상품, 인간과 다른 인간 간의 일상적 관계 사이에 엄격한 상동관계가 존재한다고 할 때 서사의 위기는 필연적인 결과이다.

익숙하고 편안한 곳을 떠나 낯선 상황에 처하는 환경이 외국여행이다. 작가는 불안의 상태에서 생을 가장 정확히 볼 수 있으며 이러한 상황이 여행이라고 말하고 있다. 익숙한 공간이 아닌 낯설고 탈일상적일 때 의외의 순간을 맞이할 수 있다. 타인의 지배 아래에 놓여 있는 일상세계로부터 떨어져 나온 유한하고 고독하며 불안으로 가득 찬 세계 그곳이야말로 우리의 본디적인 세계이며 그곳에서 비로소 존재 의미를 밝힐 수 있다는 하이데거의 말처럼 해외여행은 불안 속에서 참된 자기, 본디적 자기를 찾을 수 있는 상황으로 선택된 문학적 장치이다. 시공간, 만남, 불안, 배려, 실존은 해이수 소설을 이해하는 관건이 되는 문학적 코드를 지닌다는 점에서 하이데거적 사유를 바탕으로 하며, 작가는 2000년대 삶의 특징을 여행(이주)서사와 불안으로 보고 있다. 바우만 역시 변덕스러움, 불안정성, 진입의 용이성을 우리 시대의 삶의 조건이라고 말한다. 그의 소설은 여행과 이주를 통해 출구가 보이지 않는 실업, 고용불안, 빈곤, 일자리 부족과 같은 청년문제를 다룬다는 점에서 한국사회의 키워드가 생존임을 피력하고 있다. 1990년대 여행소설과는 달리 여행과 이주의 바탕 속엔 먹고 살기라는 현실의 절박함이 나타나고 있다. 따라서 해이수 문학의 불안은 존재망각의 결과로 인한 실존적 불안과 더불어 전지구적 제국주의와 화폐로 인한 사회적 불안을 의미한다.

작가는 타국에서 불법체류 이주노동자나 비정규직 노동자 혹은 백수로 살아가야하는 이유가 글로벌경제와 전지구화, 삶의 양극화와 같은 사회적 변화 때문임을 포착하며 실업과 생계가 최고의 화두인

2,30대 한국청년들의 삶을 불안과 공포의 상황 속에서 그려낸다. 다문화주의 및 디아스포라 연구는 외국인노동자, 결혼이주여성, 탈북자에 대한 차별을 고발하거나, 재외거주민 작가 –조선족 작가, 재일·재러·재미작가– 소설 속의 타자성을 보여주는데 비해, 해이수 문학의 경우 외국에서 겪는 차별과 배제를 드러내는 동시에 바깥의 시선으로 안을 들여다보고 있다.

2. 유학과 이민의 나라, 호주공간의 디아스포라적 삶

해이수 소설은 한국 바깥에서 타자성을 인식하는 코리안 디아스포라 문학이다. 팔레스타인땅을 떠나 세계 각지에 거주하는 유대인을 지칭하던 '디아스포라'는 소문자 'diaspora'로 쓰면서 다양한 이주자를 지칭하는 폭넓은 의미로 사용되고 있는데, 이들은 유학, 여행, 일로 국경을 넘은 이방인이자 경계인으로서 삶을 영위한다. 유학생, 가이드, 여행자, 이주민인 2,30대 주인공은 디아스포라 의식을 갖고 타국땅에서 차별과 배제를 받는 소수자로서의 고통을 느낌으로써 한국인이 타자가 되어 겪게 되는 이국생활의 불안심리와 생존문제를 제시한다. 처음엔 유학이 목적이었지만 이민을 결심하거나 불법체류자가 되기도 해 자발적/반강제적, 여행/이주의 경계가 모호하다.

완화된 이민정책으로 아시아인이 지속적으로 증가하고 있으며, 세계화가 가장 잘 나타난 호주는 17세기 탐험과 함께 유럽인에게 알려져 영유권을 갖게 된 곳으로, 스피박이 제기한 "식민지 개척자들이 어떤 세계에 갔을 때 그 땅을 자신들이 이름을 붙여야 할 등록되지 않은 땅으로 여긴다는 가설"로 간주되는 곳이다. 전지구적 자본주의와 국제적 노동분업이 이루어지면서 이민자에 의해 건국된 호주야말로 다문화·다인종의 장이자 아시아, 여성, 3D업종 노동자, 유색인의 타자성이 드러난다. 유학생이자 이민자인 주인공은 등록금 마감에 쫓겨 새벽부터 육체노동을 해야 하는 급박한 시간의 지배를 받으며, 자국민보다 열배나 비싼 등록금액수부터 노동액수나 노동조건 자체가 다른 타자적 삶을 영위한다.

〈돌베개 위의 나날〉에서의 D-day는 컴퓨터학과의 준석사과정에 적을 둔 아내의 등록금 마감일을 뜻한다. 영문학과 박사과정을 밟기 위해 유학을 온 사내의 공부를 포기하고 컴퓨터 전공인 아내가 새삼스레 공부를 하게 된 연유는 영주권을 따기에 유리한 체류조건 때문이다. 추방을 면하기 위해 전공이나 대상조차 바꿔버린 젊은 부부의 삶은 시간에 쫓기듯 늘 초조하고 바쁘며 남루하고 위험한 나날이다. 운동장, 화장실, 공장, 오피스, 슈퍼마켓, 홈 청소를 전전한 사내는 시드니에 사는 한국인들이 서로 경쟁하고 고발하는 사이이며, 최고 학력자임에도 불구하고 청소나 세탁소, 봉제공장 일을 하고 있다는 사실을 알게 된다. 유학생의 노동단가가 싼 이유도 중간에 슈퍼바이저가 두세 명씩 끼기 때문으로 한국에서의 제3세계 노동자의 착취구조를 백인의 나라에서 실감하게 되는 것이다. 그러나 저임금, 부당대우, 노동력 착취의 3D업종에 종사하면서도 이곳에 머무는 이유는 한국이야말로 지역, 학벌, 촌수를 가르는 세계에서 가장 차별이 심한 나라이기 때문이다. 영문학 박사를 취득하고 영주권을 받아 어머니를 모셔올 수 있으리라는 희망으로 이주를 선택했지만 타국생활은 추방의 위험을 느끼는 고달프고 불안한 일상의 연속이다. 탈북자나 제3세계 노동자가 한국에서 타자로서 고통을 받고 있듯이 고학력의 한국인도 타국에서 타자가 되는 것이다.

"시드니에서 사는 게 참 똥 같다. 지난 삼 년간 맨날 먹고 싸기만 했어. 뭔가 큰 뜻을 세우거나 남을 위해 좋은 일 한번 한 적 없어"라고 고백하는 선배의 말에 사내도 공감한다. 불법체류자가 된 선배는 귀국을 결심하고 청소비를 사기당한 사내는 두 달 동안 성경책을 읽으며 무위도식하면서 호주땅을 떠나야 하는 날을 무기력하게 기다린다. 이 소설은 유학이라는 부푼 꿈을 안고 백인의 나라로 떠났으나 차별대우를 받으면서 전락해가는 젊은 부부의 고단한 일 년 간의 유학생활을 그리고 있다. 사내에게 타국에서의 삶은 '돌베개 위의 나날'이었다. 전세계적으로 만연한 신식민주의와 인종차별, 동일자의 타자에 대한 배척이 여전하며, 피부색깔과 경제력, 영어수준의 기준으로 타자성에 기반을 둔 정체성으로 인한 차별대우와 불안정한 삶이 드러나고 있다. 이민자에게 이주한 땅은 언제나 이방인이자 토지, 언어, 문화를 공유하지 못한 소수자로 위치지운다. 외국에서 "휩쓸고 주름잡고 누비는" 한국인은 청소, 세탁, 미싱일을 하는, 존재감 없는 동양인으로 인식될 뿐이다. 이 젊은 부부는 유학생이라는 신분에서 3D업종 노동자 혹은 불법체류자로 전락하며, 디아스포라 경험을 하는 것이다.

〈어느 서늘한 하오의 빈집털이〉는 오전 9시 40분에서 오후 3시 54분까지 일어나는 이야기를 담고 있다. 이혼한 마흔의 선배와 대학을 다니는 20대 중반의 '나'는 이사를 위해 48도가 넘나드는 엘리스스프링스의 사막지역을 여행 중이다. 아내의 우울증을 견디지 못해 이혼을 결심했다고 하소연하는 선배의 안절부절 못하거나 우왕좌왕하는 불안한 모습 때문에 나는 신경질과 짜증을 부리며 어렵게 아파트를 찾는다. 간단하다는 이삿짐이 생각보다 많아 밤새 쓴 에세이를 제출하러 학교에 가는 시간조차 맞추지 못한 나는 이 집에 있는 빛바랜 결혼사진 속의 남편과 우울증을 앓고 있는 환자가 선배임을 알게 된다. 이민생활동안 이혼과 병을 얻은 선배는 백인의사에게 상담을 하는 처지에 놓인 것이다. 팔차선 한가운데 정지된 차 속에서 눈물을 흘리며 길을 잃은 선배의 방향성 상실을 통해 이민자의 타자적 삶이 그려지며, "수줍게 웃던 결혼사진의 청년"은 먼 타국에서 꿈과 소망을 잃은 채 클랙슨 소리와 욕설이 터져 나오는 이국땅의 한가운데 위치지운다. 이 소설은 1970년대 아메리칸 드림을 갖고 미국땅을 밟은 최인호의 〈깊고 푸른 밤〉의 로드무비소설처럼 2000년대 호주드림을 꿈꾸던 이주민이 극빈층으로 전락함으로써 극소수의 상류층과 대비되는 상대적 박탈감과 상실감을 보여준다.

두 편의 소설에 등장하는 선배들은 먼저 이국땅에 와서 경험한 아르바이트나 생활담을 주인공에게 전수하는 지로자(指路者)이자 멘토 역할을 하며 살아남기 위해 세속적이 되거나 일벌레가 되지만 결국 병을 얻거나 불법체류자가 되고 만다. 인종차별을 당하며 육체노동자로 전락함으로써 모멸감과 자존심을 훼손하지만 고향, 고국에 대한 향수가 드러나지 않는 이유는 한국 또한 호주에서 받는 차별의 시선이 작동하고 있기 때문이다. 이혼, 질병, 인종차별, 굴욕감과 절망감에 고통당하는 선배의 삶은 곧 다가올 주인공의 삶인 것이다.

〈젤리피쉬〉의 '나'는 박사과정 4년째에 이르면서 한계점에 도달한 유학생이다. 오년간 막일을 했던 아내는 통증으로 몸져눕게 되고, 등록금 마감일에 시달리는 나는 교회의 주선으로 17살 한국여자아이에게 한국어 과외를 맡게 되면서 생활비와 집세를 해결한다. 등록금을 간청하기 위해 부목사의 집을 방문한 나는, 영화제에서 세계적으로 유명한 늙은 영화감독이 카메라 세례를 받으며 젊은 동양여자와 포즈를 취하는 TV화면을 보며, 아시아 여자앨 입양해서 다 크면 갖지만 그래도 결혼하면 비난할 수 없다는 목사부부의 얘기를 듣는다. 영어로 기도하는 목사야말로 식민화된 내면으로 제국의 언어로 생각하고 제국의 관점으로 자기정체성을 구성해나가는 '바나나'적 정체성을 갖고 있다. 유학생, 이주자에게 일거리나 정보를 제공해주지만 교회, 기독교에 대한 나의 시각은 시혜적인 서양의 입장과 동일시해 냉소적이고 비판적이다.

욕설과 폭언, 속어, 반말을 일삼는 망나니이자 타자의식이 결여된 에밀리는 세상과 절연한 채 가족사진조차 없는 호화저택에 감금되어 있다. 나는 자기중심적인 에밀리에게 타인에 대한 배려와 한국어를 가르치며 미납분 마감일이 한 달 밖에 남지 않은 상황에서 그녀의 도움으로 등록금을 해결하고 박사학위를 받는다. 그리고 이사 간 그녀의 집앞 쓰레기통에서 비아그라를 발견함으로써 서양남자와 에밀리의 관계가 부녀지간이 아님을 알게 된다. 바다에 가본 적도 없이 감금되어 성적으로 착취당하는 그녀는 모국어를 갖지 못하며 스스로 말할 수 없는 성적(性的)인 하위주체이다. 뱀모양의 젤리를 머리부터 씹고 구멍을 막아 개미를 괴롭히거나 강아지를 애완으로만 여기는 에밀리의 동물학대는 무관심과 아동학대가 낳은 정신적 황폐의 결과이며, 이렇게 성장한 아이는 남을 배려하는 능력이 없게 되는 것이다. 배려와 타자의식을 모르는 괴물이자 야만인으로 그려진 에밀리는 수업 중 "막막한 미납금에 대한 불안과 뜻밖에 몰아닥친 성욕이 뒤엉킨"

나의 성기를 능숙하게 다루며 배려한 것이라고 말함으로써 성기만 발달한 훼손된 소녀로 영어를 쓰는 나라에서 이방인으로 살고 있다. 영어도 한국어도 서툰 에밀리야말로 목소리를 전유당하고 침묵되어진 아시아적 신체이자 벌거벗은 생명이다. 동양, 비서구적 타자, 외국인, 아이, 여성인 에밀리는 소문이나 추측으로 구성된 타자적 정체성을 형성하고 있다. 아시아 여자애를 입양하여 키운 후 성적 대상으로 삼은 서양남성의 시선 속에서 그녀는 조국으로부터 버려진 아이이자 여성이며 동양인이라는 복합적 타자성을 지닌다. 에밀리야말로 백인/남성/어른/문화의 타자이자 가부장제하에 '감금된 여성'이다. 어린 여성의 감금 모티프는 동화나 〈제인 에어〉와 같은 소설에서도 나타나고 있는데 닫힌 방에서 여성들은 절대적 침묵과 절대적 복종만이 살 길이라는 진실을 배우며, 저항이나 반항의 결과는 갇힘과 형벌이라는 사실을 습득하게 된다.

〈마른 꽃을 불에 던져 넣었다〉에서의 준과 벡스는 우범지대인 킹스 스트릿에서 포켓볼 게임으로 인생의 승부를 걸기로 한다. 테이프 칼리지(기술전문대학) IT코스 2학기째 유학생활을 하는 '나'(준)는 경제적 궁핍으로 심신의 병을 얻은 채 능숙하지 못한 언어와 호주학생보다 10배 비싼 등록금을 감내하며 파트타임 클리너로 생활비를 충당하는 극빈층 생활을 한다. 1998년의 유학생활은 IMF로 극심한 청년 실업문제와 사회구조적 변화로 인해 여학생들은 남자와 동거하거나 업소로 등교를 하며 삶의 곤궁함을 해결해 나가고 있다. 아프리카 출신의 벡스와 친구가 된 나는 졸업과 귀국을 위한 마지막 수단으로서 게임을 하기로 한다. 용감한 전사의례를 회피한 벡스의 트라우마만큼이나 나 역시 위치에 대한 콤플렉스가 있는데, 바둑을 두던 시절

시합에서 패로 버티기를 거부하고 '싸움은 계속된다. 그것이 견딜 수 없다'는 두 줄짜리 유서를 남기고 자살한 섭의 기억 때문이다. 그의 유서는 우리나라 20대들에게 주어질 게임의 룰인 승자독식(Winner-Takes-All)이 주는 미래에 대한 불안과 공포를 상징한다.

'Stairway To the Heaven' 클럽에서의 게임에서 불리해진 나와 벡스의 난동과 도망으로 달려온 경찰의 총에 맞은 벡스는 피를 흘리며 쓰러지고 앰블런스를 불러달라는 나의 절규에 아랑곳하지 않고 과잉 진압하는 백인경찰의 흑인과 동양인에 대한 인종차별적 폭력이 이루어진다. 나는 온통 붉게 물들어 타오르는 벡스의 가슴에 3개월 동안 밀림 속에서 살아남은 자만이 볼 수 있는 '천둥의 심장'이란 마른 꽃다발을 던진다. 치열한 생존경쟁에서 버티지 못하고 자살한 친구가 있는 한국을 떠난 나와 전사가 되지 못하고 아프리카를 떠나온 벡스는 상처를 공유한 타자로서 고국(아시아, 아프리카)과 타국(호주) 어느 곳에서도 정착하지 못하는 경계인의 아슬아슬한 위치에 서있다.

주인공은 영주권을 얻지 못하면 대학등록금이나 노동조건에서 차별을 당하거나 법의 보호에서조차 벗어나 추방당하게 되는 상황 하에 놓여있다. 한국에서 고학력자이자 전문직에 종사했던 유학생과 이민자는 청소, 세탁업에 종사함으로써 모멸감과 열등감을 느끼며 차별과 질병, 우울증, 이혼, 육체노동과 남루한 생활을 하고 있지만 이민을 선택한 이유는 한국이야말로 가장 인종차별이 심하고 학벌, 지역, 핏줄에 대한 배제의식이 강하다고 여기기 때문이다. 이와 같이 호주공간을 배경으로 하는 소설들은 외부에서 한국을 성찰하는 시선을 갖는다. 제3세계 노동자들이 한국에서 겪는 인종차별과 성적 학대를 백인의 나라, 호주공간에서 한국인이 겪는 것이다. 어린 동양여성을 입양해 키운 후 성적 대상으로 삼거나 박사학위를 따더라도 강사 자리조차 타민족에게 내어주지 않으며 유색인종을 바라보는 차별적 시선, 의식과 행동이 백인으로 동화된 '바나나'적 모습은 한국사회의 제3세계인에 대한 차별적 태도와 다르지 않다. 이민자는 고정된 주소나 국적이 없다는 것만으로 배제되고 법적 차별을 받는 예외상태에 놓인다. 호주를 공간으로 하는 소설들은 M(multicultural, 다문화)세대 작가의 유학 체험을 바탕으로 생생하고 현실감 있게 재현한다는 점에서 설득력을 지니며, 학비의 중압감, 실업대란에서 벗어날 수 없는 한국 젊은이의 현주소를 리얼하게 표출한다.

작품의 제목에 나타나는 '돌베개'는 각박한 이민생활의 불편함을, '빈집털이'는 이혼당한 자신의 집을 옮기는 과정을 도둑의 심정으로, '젤리피쉬'는 부표하는 유목민적 타자의 잠재력을, '마른꽃'은 자국의 고학력자이자 전사가 이국땅에서 차별당하고 배척당하는 타자성을 상징한다. 호주유학 및 이민을 통해 유색인종의 소수자 노동(labour of minority)의 취약함과 불평등한 현실을 고발하는데, 이는 사회경제적 불평등과 불안이 증가될수록 낯섦에 대한 경계와 외국인혐오증의 심화 때문이다. 여행과 유동이 빈번한 21세기란 자본의 전지구적 영향과 효율성과 이윤극대화만이 지배하는 비인간적이고 반규범적 사회의 현실이 조성되었으며, 인간으로서의 최소한의 품격과 배려, 존엄이 상실된 지구촌의 형성을 의미한다. 신자유주의가 야기하는 야만적이고 배타적인 산업화 앞에서 아시아적 신체가 훼손당하고 유린되며 매매되고 있음을 작가는 호주에서 포착하고 있다. 제1세계의 인간주체의 향락과 풍요로움은 제3세계 식민주체의 성적 억압과 착취에 빚지고 있다고 스피박은 비판한다. 외국인을 차별하는 호주 이민자의 삶을 통해 다문화 공생은 요원하며, 국가의 이익에 편성되는 다문화주의임을 확인할 수 있다. 즉 서경식의 말처럼 현재의 "다문화란 국가나 기업의 이익이 먼저인 채 그 아래에 종속되어 있는 다문화" 이자 다문화 없는 다문화주의일 뿐이다.

3. 네팔 삼부작에 나타난 자본의 전지구화와 타자성

〈고산병 입문〉의 여행자인 '나'는 외국계 보험회사의 유능한 과장 아내를 둔 백수이다. 결혼 후 사년 가까이 가사를 담당하며 곰인형 발바닥을 붙여 270만원을 벌어들인 나는 아내로부터 포상여행선물을 받는다. "존재감이 바닥을 치는 놈들일수록 마음 속에 설산을 품고 사는" 나는 한번쯤 세상을 발밑에 두고 싶기에 히말라야를 여행한다. 그러나 등산장비 구입 과정에서 주인아저씨의 장사수완에 넘어가 아내의 크레디트 카드로 과도하게 지출하게 되어 심적으로 위축해진다. 출발부터 돈, 카드, 기능성 등산용품과 같은 자본의 영향 하에 놓이게 되는 것이다. 네팔의 수도 카트만두의 타멜에 도착한 나는 에베레스트 트레킹을 위해 루클라까지 아슬아슬한 비행기 여행을 한다. 무기력증과 두려움이 엄습하는 가운데 트레킹을 시작한 나는 스코트의 고산병을 치유하고자 네팔할머니의 의식을 흉내 내며 주문을 외워보지만 크레디트 카드에서 3000달러 결제를 확인하는 순간 헬리콥터가 이륙한다는 사실을 알게 되며 무소불위의 돈의 위력에 놀란다. 크레디트 카드야말로 "일종의 부적인 동시에 생사의 갈림길을 결정하는 필수품"이었던 것이다. 가장 성스러운 공간이자 반문명, 비자본의 자연공간에서조차도 돈과 카드가 신과 의술을 대신하고 있다. 전지구적 자본주의 질서가 재배치되고 이에 종속되면서 자본의 영향에서 벗어나는 영역이란 없으며 오염되지 않은 설산에서조차 신의 위치에 신용카드가 대체된 셈이다.

이 소설은 직장도 없고 돈도 못 버는 남편이 생계를 담당하는 아내의 눈치를 보며, 일상에서 탈출하여 대자연의 설산을 탐험하는 이야기로, 아내가 준 카드에 이백만 원밖에 없음을 아는 순간 현기증을 느끼면서 끝이 난다. 실직과 비정규직을 양산한 후기 자본주의 시대에 출근을 하지 못하거나 노동을 할 수 없는 남성의 자존심 훼손은 치명적이므로, 일상의 탈출을 시도했지만 오히려 설산에서 돈이 곧 생명을 보존하는 일임을 확인할 뿐이다. 여행 내내 엉덩이를 배기게 하며 불편하게 했던 크레디트 카드는 그것 없이는 집을 나서지 못하는 현실을 반영하며, 카드야말로 일상생활에서 맞닥뜨리는 온갖 문제를 해결해주는 긍정적 수단이자 예상치 못한 해외여행을 할 때 구세주와 같다는 신용홍보회사가 홍보한 이미지를 확인시켜주고 있다.

〈루클라 공항〉은 〈고산병 입문〉의 연작으로 에베레스트 베이스캠프 트레킹을 마치고 루클라 공항에 도착했으나 대폭설과 한파로 사흘째 비행기가 운항되지 않아 고립된 여행자의 사흘 동안의 일을 담아낸다. 설산과 도시를 이어주는 교량지점에 위치한 루클라 공항은 자연과 문명, 도피와 현실 사이에 위치한 세계 최고지대의 공항이다. 러시아어, 독일어, 영어, 네팔어 등 알 수 없는 외국어들의 불평과 항의가 이어지는 가운데 '나'는 트레킹 중 만났던 여행자들과 재회한다. 미국인 찰스는 현대문명사회에 대한 회의 때문에, 웨일스에서 온 알란은 술, 담배를 끊기 위해, 호주여성 재클린은 실연의 아픔과 불교심취로 여승이 되기 위해 이곳까지 왔지만 비행기를 초조하게 기다리며 떠나온 곳으로 돌아가지 못해 낙심한 채 밤새 술과 담배 그리고 인터넷과 섹스를 즐긴다. 탕탕(넓고 먼 것)과 외외(높고 큼)하기를 바라는 마음으로 지구의 등뼈인 히말라야의 설산고봉을 여행한 나 역시 냉엄한 정신과 숭고함을 잊은 채 새로 사귄 태국여성 챙의 행방만을 쫓을 뿐이다. 비행기를 기다리는 중에도 삼천 달러가 소요되는 헬기를 부른 사람들은 상당한 권력가가 속해있는 한국의 산악자전거 동호회원들이다. 두 다리를 가진 인간이면 모두 평등하다는 히말라야에서도 돈과 힘이 있는 지배자는 가장 잘 빠져나간다는 사실을 확인하며 백인주체뿐만 아니라 한국인의 돈과 권력을 통한 특권의식과 위선을 꼬집고 있다.

〈아웃 오브 룸비니〉는 여행자가 절을 방문하고 귀국하는 여정을 그린다. 타이어가 금방이라도 펑크날 것 같은 초만원의 미니버스로 이동하면서 여행자는 불안감에 휩싸인다. 한 생명의 무게란 어느 정도인가라는 특별기획원고를 청탁받고 마감일에 쫓긴 '당신'의 목적지는 네팔 남부 바이러하와이다. 히말라야에서 이십일 동안 폭설로 헤매고 포카라에서 사흘 요양 후 탄센에서 부트왈을 거쳐 이곳에 온 후 당신은 파업으로 모든 교통편이 중지되었음을 알고 당황한다. 유일한 외국인 승객인 당신은 애처롭고 간절한 눈빛으로 자신을 선택해달라고 끈질기게 어필하는 릭샤꾼을 물리치지 못하고 가격을 흥정하게 된다. 굽실굽실거리며 당장이라도 눈물을 떨어뜨릴 듯 두 손을 가슴 앞에 모으는 사내야말로 레비나스가 말한 빈자, 고아, 과부의 얼굴로 현현한 타자이다. 가난과 고통어린 얼굴의 현현으로 인해 타자의 무력함과 주인됨을 동시에 계시하는 모순에 나는 직면한다. 진정성이 느껴지는 사내의 태도에 자전거에 올라탄 당신은 지극한 평화와 지극한 빈궁의 길가 풍경에 “놓치고 싶지 않은 이익과 치열한 경쟁에서 승리하고픈 욕망”이 허망해짐을 느낀다. 중간중간 비스킷과 초콜릿과 담배를 주며 사내를 쉬게 하면서 달린 자전거꾼은 목적지에 다다르자 매서운 눈빛을 하며 한국사원까지 돈을 더 달라고 떼를 쓰고 대학 때 받은 명예의 시계까지 바꾸자며 치졸하고 비굴하다 못해 간교해지는 것이다. 당신은 타자의 자신의 지배력이나 가정을 빼앗는다 할지라도 그것을 받아들여야만 하는 무조건적 환대에 응한 것이다. 왜냐하면 환대의 윤리는 타자 중심의 윤리적 지향이며 환대는 주체에 의해 베풀어지지만 타자의 권리이기도 하기 때문이다. 마지막까지 담배를 달라는 그의 몰염치하게 내미는 손과 얼굴에서 나의 윤리적 책임성은 발현되며 ‘인간은 타자를 위한 존재’임을 알게 되는 것이다.

사원에 도착한 당신은 몇 년 동안 셀 수 없이 국경을 넘나든 자유인인 미쯔라는 일본인 청년과 남선생을 만난다. 편집장으로부터 닐가이를 찾아보라는 말에 마을을 돌아다니는 당신은 법당에서 돈을 달라며 버티다가 치마를 내리고 음부를 가리키는 거지소녀의 매춘행동에 당황하며 아기를 안은 채 사과를 파는 젊은 아녀자와 대면한다. 일정을 마치고 다시 릭샤를 타고 공항으로 가는 당신은 식사를 하겠다며 갈 길을 멈춘 릭샤꾼 때문에 비행기를 놓칠까봐 불안해 하지만 곧 오토바이 운전자가 나타나 공항으로 안내를 한다. 그리고 카트만두행 비행기 안에서 닐가이가 자신을 도와준 남선생임을 깨달으며 원고문제도 해결한다.

네팔은 여행자에게 가장 인기가 많은 여행지로 문명의 혜택을 받지 못한 종교와 미신의 나라이다. 그럼에도 불구하고 여행자는 이곳에서 자본과 권력 속에 놓인 인간의 생명과 차별의식, 카드와 돈의 막강한 위력을 느낌으로써 자본의 전지구적 재편으로 인한 탈지리화를 확인한다. 여행자는 현실에서 느끼는 자신의 무력함과 콤플렉스, 부적응에서 벗어나기 위해 세계의 최고봉이자 지구의 등뼈를 바라보면서 비움과 탕탕외외(蕩蕩巍嵬)를 갖고자 하지만 여행이 끝나자 곧바로 현실적 삶에 복귀하게 되는 것이다. 승자독식, 인종차별, 고용불안, 차별과 배척이 심한 한국사회를 벗어나 여행과 이민을 선택하지만 그 또한 탈출구일 수 없음을 역설적으로 보여준다.

4. 여행을 통한 다문화주의의 수용과 본디적 자아 추구

〈우리 전통 무용단〉의 가이드인 '나'는 신혼여행단이나 골프모임 여행객이 아닌 시골의 청년회장과 할머니들로 구성된 여행객들로 난감해 한다. 버스 안에서 변소타령만 하거나 관광코스 면세점에서 물건을 사지 않는 할머니들이 관광코스에 흥미를 갖지 않아 박물관과 기념관을 취소하고 오페라 하우스에 당도하자 구형 카세트플레이어의 타령조 노랫가락을 틀더니 춤을 추며 맴돌기 시작한다. 세계적인 망신이 될까봐 나는 걱정하지만 오히려 외국인들은 인상적이고 독특한 공연이라며 무슨 예술단이냐고 되묻는다. 일체의 가식 없이 스스로 즐기기 위해 추는 할머니들의 춤이 끝나자 외국인들은 그녀들과 기념 촬영하느라고 야단이고 온갖 인종들이 뒤섞여 한바탕 신명난 춤판에 동참하며 하나가 된다. 관광의 마지막 날 그토록 피곤하고 힘들게 했던 할머니들이 껌, 사탕, 카세트테이프와 오천 원을 내게 주고 출국장으로 나가자 나는 콧등이 시큰거리고 가슴이 울렁거린다. 그리고 이 할머니들이 젊었을 적 우리 역사의 거친 시절에 남편을 잃어버린 부녀자들의 모임이라는 사실을 알게 된다. 인류를 감탄케 했던 춤사위야말로 신명난 한풀이이자 타자의 몸짓이었던 것이다.

중학교를 마치고 호주로 이민 와 "한국인도 아니고 호주놈도 아닌" 나는 시골할머니의 가식 없는 온정과 춤사위야말로 다문화주의로 나아가는 지향점임을 알게 되고 예술학부 대학원생인 데이비드가 세계적으로 유명한 한국의 문화예술공연을 물었던 것에 대한 답을 찾는다. 기교나 연습을 통한 세련되고 짜맞춰진 무용이 아니라 국가, 성별, 인종, 지역을 초월하여 지난한 삶의 울림 속의 춤이야말로 감동과 공감을 얻는 것이다. 서양의 고급예술이 아니더라도 늙고 한 많은 동양여성의 꾸밈없는 몸짓으로 이루어진 무용이야말로 전인류의 보편적 지지를 얻는 다문화적 시각의 가능성을 보여준다. 늙고 촌스러운 동양여성이라는 타자성과 다양성을 포용하고 다르지만 평등하게 사는 다문화적 사유가 이루어지는 순간이다. 이와 같이 다문화주의의 가치실현을 이루는데 있어 어떠한 인종적·민족적 차별이 없는 사회로서의 다문화사회 지향은 무조건적 환대로 이루어진다.

〈캥거루가 있는 사막〉의 여행자는 취업 걱정이 태산 같은 삼류지방 사립대학의 영문학과 사학년생으로 막노동을 해서 번 돈으로 호주배낭여행 중인 '가련한 청춘'이다. 시드니, 캔버라, 멜버른, 애들레이드, 엘리스스프링스를 거쳐 에어스록 리조트에 도착한 '나'는 여자친구 아영이 있는 '이곳'과 '그곳'의 거리를 확인하며 선택의 기로에서 방황하는 중에 사막도시인 쿠버페디에서 일본인 여행자 코바(고바야시 이사오)를 만나 동행한다. 여행자는 일본인과 자주 조우하는데 일본 역시 초고령화 사회에 진입하면서 국가의 재정악화, 경기침체, 기업의 정리해고, 고용불안 탓으로 일본대학생들의 65%가 미래의 꿈이 없다고 대답하였으며, 이들을 잃어버린 세대 혹은 프리터(free+arbeiter), 니트족(Not in Education, Employment or Training), 패러사이트 싱글(경제적 독립을 이루지 못하고 부모에게 의지해서 사는 20대 후반부터 30대의 독신자)로 불린다. 10개월을 여행하면서 아무 것도 하지 않았다고 대답하는 코바의 말에 "이십대 후반의 사지 멀쩡한 청년이 아무 것도 하지 않는 경우가 거의 없는" 한국인인 나는 그의 말에 의아해 한다. 근대사회는 아무 것도 하지 않거나 노는 인간형을 용납하지 않는 사회이기 때문이다.

임신한 아영과 동성동본이기에 근친상간 금지라는 법과 윤리에 부딪쳤고 그녀와의 관계가 버거워 여행을 떠났음을 나는 회상한다. 코바와 에어스록(Ayers Rock)에 도착하여 "특별하고 신성한 정신의 성역"인 바위 앞에서 "무엇 때문에 이곳을 오고 싶어했는가? 도대체 무엇 때문에 나는 이곳을 그토록 열망했는가?"를 스스로에게 묻는 내게 이 순간이야말로 고독한 단독자로서의 자기자신 앞에 직면하게 되는 순간이며, 불안의 기분을 통해 고독하게 되는 현상이야말로 인간실존의 깨달음인 것이다. 여행이 끝난 뒤 한국에 돌아가서도 뭘 해야할지 모를까봐 두렵다고 말하자 코바는 알 때까지 다시 여행을 떠나라고 답한다. 그와 헤어지고 마그네틱 섬에 도착한 나는 아영의 선물로 부메랑을 사는데, 이 물건은 여행처럼 돌아갈 수밖에 없는 운명을 상징하며 사막에서 만난 캥거루는 절대 후진을 모르는 동물로 달리다가 죽을 캥거루를 낳는 일이 자신의 운명이며, 우리 삶도 캥거루와 다를 바 없는 실존문제를 사유하는 매개체가 되고 있다. 이곳에서 나는 서른두 살의 우미코를 만나 관계를 맺고 그녀와 헤어진 후 여행을 끝내지만 여전히 취업과 결혼에 대한 고민에서 벗어나지 못한다. 그리고 우미코 역시 친동생과의 근친상간으로 방황 중이며 그가 바로 얼마 전 만난 코바라는 사실을 알게 된다.

이 소설은 정착–여행–정착의 원점회귀형의 잘 짜여진 여행소설이다. 여행자가 여행 중에 만난 자들은 자기 안의 타자들이다. 죽을 줄 알면서도 달려가는 캥거루나 운명을 극복하려는 코바, 여행처럼 회귀하는 부메랑, 그리고 자신과 같은 고통을 겪는 우미코는 바로 여행자 자신의 모습이자 지로자(指路者)이다. 자신을 객관화하고 타자화할 때 실존적 문제의 단서를 제공받을 수 있으며 여행이란 상황은 이에 적합한 문학적 장치이다. 수험서나 기출문제집을 달달 외며 바글거리는 대학 도서관의 각종 자격증 준비생들과 똑같이 된다는 것이 끔찍해 한국을 탈출한 여행자는 코바가 "대학을 어영부영 다니다가 군복무를 마친 뒤 육 개월 혹은 일 년 정도 어학연수를 마치고 지금은 귀국 전에 잠시 여행 중"인 대부분의 한국인이 아니라는 사실에 안도한다. 존재를 잊어버린 현대문명의 상징인 서울을 탈출한 나는 신자유주의의 무한경쟁에 내몰린 질서에 적응하거나 타협하지 못하는 이방인이자 경계인으로 규격화되고 획일적인 사회를 용납할 수 없어 떠난 여행에서도 현실적 고민에서 벗어날 수 없음을 깨닫고 귀환한다. 여행은 어떤 해결책도 제시해주지 않지만 부메랑과 캥거루, 코바, 우미코와의 만남을 통해 삶의 본질을 깨닫고 운명을 극복하게 되며 지표를 획득할 수 있다. 제목이 암시하듯이 사막의 캥거루나 에어스록의 바위는 하이데거가 말한 세계에 내던져진 인간의 실존성을 의미한다.

〈나의 케냐 이야기〉도 여행소설이다. 왕복 항공료와 체류비용 그리고 두 달간의 연재 기회 조건의 9일간의 아프리카 여행은 실업대란의 29세의 백수청년인 '나'에겐 행운이었으며 떠나기 전 부모의 치킨 가게를 돕는 희준을 만난 후 여행을 떠난다. 야생국립공원인 마사이 미라와 마사이족을 방문하는 것으로 일정이 시작되는데 동반자인 시인은 아무도 보지 못한 기린과의 대면을 카이로스의 시간이라고 설명한다. 카이로스는 결단을 해야 하는 중대한 상황 혹은 사람이 숙명적으로 이끌려 들어가는 상황을 뜻하며, 작가는 체험자의 뇌리 속에 영원히 각인되는 찰나적 순간이라고 설명하고 있다. 누떼의 도강장면을 촬영해 국제콘테스트에 출품하는 것이 여행의 목적인 마라강에서의 한국인 포토그래퍼와 헤어진 후 암보셀리 초원에서 요의를 느껴 금기사항을 어기고 차에서 내리게 된 나는 "굶주린 맹수가 먹잇감을 노리고 초식동물은 늘 경계를 늦추지 않는 생존의 각축장 안에 내가 서 있음"으로써 자신이야말로 가장 연약한 짐승인 타자임을 인식한다. 따라서 이 소설은 취업, 방황, 사랑이라는 표면적 주제와 함께, 타자로서의 자아 찾기라는 이면적 주제를 함의하고 있다. 나이로비 호텔에서의 "야생동물 구호를 위한 국제환경 심포지엄"에서 케냐의 여성작가 마타시아의 발표를 감명 있게 듣고 여행은 끝이 난다. 그녀는 아프리카를 미지의 탐험 장소 혹은 서구 열강의 착취의 대상이나 원시의 공간으로 인식함으로써 일방적으로 타자를 길들이고 개별성을 존중하지 않는 신식민주의적 태도를 비판한다. 검은 대륙과 흑인을 바라보는 타자성을 지적하며, 오리엔탈리즘적 사고 속에서 백인과 서구의 잣대로 재단되고 표상되는 현실을 비판하는 여성학자의 발표에 나는 공감한다. 이러한 나의 시각은 고정관념 속에 매사 퀴즈로 정답을 찾아내고 이상해 하고 지적하는 윤간사와의 대화에서도 드러나고 있다. 나는 각자의 태생과 습성이 있는 것이므로 기린이 왜 목이 긴지 대학생이 왜 만년설이 보고 싶은지 묻지 말라고 그녀에게 충고한다. 여행자는 이러한 무조건적이고 절대적 환대와 "행동과 지성의 통일된 모델을 부과하는 것에 반대하는 다문화주의적 관점으로서의 관용(tolerance)"(알랭 바디우)의 자세를 수용하고자 한다.

비정규직의 프리랜서이자 20대 후반의 백수인 나는 근근이 여행과 관련된 일거리를 얻곤 한다. 여행지는 문명의 이기와 무관한 아프리카이지만 이곳에서도 생존경쟁과 타자적 삶이 존재함을 여실히 느끼게 된다. 인도의 사막, 네팔의 설산, 케냐의 초원 그리고 앞으로 가게 될 북극의 빙하를 여행하는 나만큼이나 한국땅에서 오토바이를 몰고 동네의 골목과 빌딩숲 사이로 배달하는 친구에겐 그곳이 아프리카의 정글인 것이다. 열심히 치킨배달을 하는 친구를 보며 "녀석에겐 그곳이 생존의 각축장이자 평원이었다"라고 함으로서 이쪽과 저쪽, 고국과 타국, 정글과 (정글)사회 어느 곳에서든지 인간의 실존성과 생존문제가 공존하고 있음을 알게 된다. 낯선 여행지인 사막, 설산, 바다는 고산병, 무기력증, 호흡곤란, 비행기 추락사고, 도둑 및 납치, 말라리아, 황열병, 동물 공격의 위협 등등의 위험이 도사리는 곳이며 인간의 실존성을 탐색하기에 적합한 장소이다.

여행자는 세상에서 가장 평등하다는 히말라야에서 고산병에 시달리거나 요의로 아프리카 밀림 한가운데 놓인 위태로운 상황 속에서 자신의 하찮음과 보잘 것 없음을 확인한다. 전세계는 신식민주의와 신자유주의하에 놓여있으며 이에 대한 저항으로의 탈식민주의와 다문화주의, 타자인식이 나타난다. 아프리카라는 타자적 대륙과 일본인, 네팔인, 호주민과의 만남은 다문화적 교류와 접촉의 경험이 되고 있다. 여행자에게 호주의 에어스록, 아프리카 초원에 놓인 상황이란 '단독자의 내면과 욕망을 효과적으로 통찰하기 위한' 무대로서의 비일상적인 공간으로 설정된다. 사막과 바다와 초원을 횡단하면서 일상생활과 정상상태로부터 거리두기(distancing action)를 통해 삶의 의미를 되새겨 보는 해이수 소설은 퇴락한 일상적인 세계-내-존재(비본디적 자기)에서 벗어나 본질적인 자아와 대면하는 순간을 맞이하게 되는 탈국경 여행서사구조로 이루어지고 있다.

5. 유동성의 시대와 방황하는 청춘

해이수 소설의 키워드는 여행(이주)과 불안이다. 그는 이러한 상황을 가장 잘 재현하기 위한 문학적 장치로 이국땅에 놓인 여행자나 이민자를 상정한다. 본디적 자아와 대면하고 다양성과 타자성을 사유하는 그의 문학은 여행·탈국경·다문화서사를 특징으로 한다. 불안은 2,30대 한국 젊은이들이 공유하는 하나의 정서이다. 전지구적 자본의 재편입과 신자유주의는 무한경쟁의 승자독식이란 룰을 따라야 하는 정글사회를 형성하였고 이에 정착하지 못하고 부유하는 현대인은 자발적이든 반강제적이든 국경을 넘나들며, 생존과 생명의 문제에 봉착한다. 타문화, 타언어, 타민족과의 접촉은 다문화적 사유를 이끌며 환대와 포용을 바라지만 신식민주의적·인종차별적·오리엔탈리즘적 차별과 배제가 드러나는 다문화 없는 다문화주의가 형성되고 있다.

해이수 소설이 자본의 전지구화, 타자성, 실직, 이주, 생계 등의 현실문제와 본디적 자아 추구라는 실존문제를 제시하고 있음에도 불구하고 결코 무겁지 않게 느껴지는 이유는 여행서사라는 문학적 장치 때문이다. 그의 소설은 염상섭, 최인호, 윤대녕의 여행서사의 계보를 잇고 있으며, 다문화주의 포용, 타자적 시선, 디아스포라 의식, 아시아적 신체의 훼손이 드러나고 있다. 또한 그의 문학은 환상적이고 '저쪽'세계에 우위를 둔 1990년대 소설과는 달리 생존문제를 바탕으로 경계선상에서 갈등하고 불안해하는 경계인이자 이방인의 삶을 제시하고 있다. 타국에서 바라보는 한국은 단일문화적이고 인종차별적이라는 점에서 비판적이며, 서구에 동화된 바나나적 의식을 경계한다. 여행자, 이민자, 가이드, 외국인노동자, 동양여성은 벌거벗은 생명이자 성적 하위주체로서 타자의 권리, 타자의 윤리, 타자의 인권을 제기하게 만든다. 디아스포라나 이민자의 관점보다는 여행자의 시선에 더 가깝다는 점에서 피상적이라는 한계를 지니지만 해이수 문학은 불안과 생존이라는 2,30대 젊은이의 핵심화두를 포착하고 있다는 점에서 이동의 상상력을 기반으로 하며 2000년대 문학의 서사적 징후를 드러낸다는 점에서 주목받고 있다.

이 글은 『국어국문학』 155호(국어국문학회, 2010)에 수록한 논문을 수정하여 재수록한 것이다.

한중수교가 중국조선족 소설에 미친 영향 연구

최 병 우

1. 머리말

마오주의의 시대가 지나고 덩샤오핑이 중국의 권력을 장악하면서 중국은 본격적으로 자본주의의 길로 나아간다. 덩샤오핑이 주도한 개혁개방으로 이전의 마오주의의 편협한 이념성을 벗어나 비교적 자유로운 사회·경제 활동이 가능해지자 중국인들의 삶은 급격히 변화하고, 중국문학 역시 새로운 시대를 맞이하여 변화를 모색하게 된다. 1970년대 후반을 지나면서 문예계에 사상 해방이 이루어지고 많은 작가들의 복권이 이루어지면서 아픈 과거를 반성하는 상흔문학이나 반사문학이 등장하고,[1] 다른 한편으로 외래문예사조를 도입하여 변화하는 시대에 걸맞은 새로운 문학을 지향[2]하기도 한다.

1) 이 시기 등장한 반성적 재사유는 역사적 경험 전반에 대한 총체적이고도 전면적인 반성이기는 하지만 원리로서의 '사회주의' 그 자체를 문제 삼지는 않았다. 이는 국가의 근간인 사회주의 체재 자체의 붕괴 위험을 회피하는 것이 반성의 절박함만큼이나 중요하기 때문이었다. 이정훈, 「1990년대 중국의 문학장과 지식 담론」, 진재교 외, 『문예공론장의 형성과 동아시아』, 성균관대 출판부, 2008, 262~265쪽 참조.

2) 김시준, 『중국당대문학사조사연구』, 서울대출판부, 2001, 247쪽 이하.

중국 정부의 개혁개방 정책이 추진되기 시작한 1970년대 말부터 홍콩을 통해 중국을 드나드는 사람들에 의해 중국조선족의 존재가 한국에 알려지기 시작했다. 당시 아주 소수이기는 하지만 중국조선족의 존재를 알게 된 한국인들은 진정으로 중국조선족 사회를 이해하고 그들의 발전을 위해 지원을 아끼지 않았다.[3] 중국조선족들도 자신들이 모국으로 생각하고 있던 북한이 아닌 한국의 존재를 인식하기 시작하고 또 한국의 경제적인 풍요를 어느 정도 알게 되었다. 중국조선족들이 한국의 존재를 확실하게 깨닫고 한국의 경제적 성장을 자랑스럽게 여기게 된 계기는 1988년에 열린 서울 올림픽이었다. 텔레비전을 통해 알게 된 한국은 그들에게 꿈을 이룰 수 있는 땅으로 생각하게 된다.

일 년에 수백 명 정도의 친척 방문이 전부이던 중국조선족의 한국 나들이는 1988년 올림픽을 계기로 활발해지기 시작하였고, 친척 방문자의 수가 많아지면서 한국에서는 거리에서 한약을 판매하는 중국조선족이 사회 문제로 되기도 한다.[4] 1992년 8월의 한중수교는 중국조선족이 비교적 자유롭게 한국을 왕래할 수 있는 계기가 되었고, 한국의 기업이 중국으로 진출하여 중국조선족들에게 직접적인 영향을 미치는 계기가 된다. 그리고 한국 사회와 중국조선족 사이의 왕래가 현저하게 늘어나면서 한국은 중국조선족들에게 기회의 땅이면서 동시에 많은 사회적·문화적 문제들을 야기하기도 한다.

개혁개방 이후 중국 사회의 변화는 중국조선족의 삶에 큰 영향을 미쳤다. 20년에 가까운 시간 동안의 사상 투쟁 과정에 있은 많은 사

---

3) 임계순, 『우리에게 다가온 조선족은 누구인가』, 현암사, 2003, 291쪽.

4) 위의 책, 292쪽.

회 문제들에 대한 반성과 비판이 있었으며 새로운 사회·문화적 환경에 적응하기 위한 노력도 함께 했다. 그리고 계획 경제에서 비교적 자유로운 경제로 전환하면서 개인의 노력에 따라 경제적 부를 획득할 수 있지만 또한 빈부의 차이가 나타나기도 한다. 이러한 중국 사회의 전체적인 변화와 함께 한중수교는 한국인들이 중국조선족 사회에 직접 영향을 미쳐 해방 이후 농촌을 중심으로 정체성을 유지하고 있던 중국조선족 사회가 급격히 와해되기에 이른다.

사회·문화적 환경의 변화는 중국조선족 문학에도 커다란 영향을 미친다. 중국조선족 문학은 개혁개방 이후의 중국문학의 변화와 그 길을 함께 하면서도 모국의 존재를 경험한 소수민족으로서 국민 정체성과 민족 정체성이라는 이중정체성의 문제를 심각하게 경험하는 것이다. 그리고 한중수교와 함께 중국조선족 사회에 밀려들어오는 한국의 경제와 문화가 급변시키는 중국조선족 사회를 문학적으로 형상화하기 시작한다. 즉 중국조선족 문학은 중국문학의 일원으로서 개혁개방 이후의 중국문학의 변화에 발을 맞추면서도 한국과의 교류에 따라 소수민족의 문학으로서 새로운 길을 모색한 것이다.

본고에서는 중국조선족 문학에 나타나는 한중수교의 영향을 밝히기 위하여 리혜선, 우광훈, 윤림호, 허련순 등 네 중국조선족 작가를 그 대상으로 한다. 이 네 작가는 1950년대 중반에 연변 지역에서 태어난 중국조선족 2-3 세대로서 반우파 투쟁기와 문화혁명기에 어린 시절을 보내고, 학창 시절 이후 농촌으로 보내져 집체호 생활을 한 경험을 갖고 있다. 그리고 이들은 개혁개방 이후 등단하였고 현재까지 왕성하게 작품을 발표함으로써 중국조선족 작가를 대표하는 위치에 있다는 공통점을 지닌다.

이들 네 작가를 본고의 대상으로 삼은 것은 이들이 중국의 사상적 혼란기에 성장하여 개혁개방과 한중수교를 경험했다는 점에서 문제적이기 때문이다. 이들은 중국에서 태어나 한국에 대해서는 거리를 두고 중국인으로 성장한 세대들로 중국의 현대사의 질곡을 몸소 경험하고 문학으로 그러한 현실을 극복하려 했다. 그러나 이들은 동시대를 살며 급격한 사회 변화를 경험한 세대들이면서도 한중수교 이후의 중국조선족의 문제에 대해 각기 다르게 소설적으로 대처하고 있다. 이런 점에서 이들 네 작가의 작품을 통해 한중수교 이후 나타난 중국조선족 소설의 전반적인 변화 양상을 밝힐 수 있고, 또 한중수교 이후 나타난 중국조선족의 한국에 대한 인식의 변화도 해명해 볼 수 있을 것으로 기대한다.

2. 한중수교 이전 중국조선족 소설의 주제 특성

이념과 정치가 모든 것의 우위에 놓이던 1960-1979년대 중국의 지식인들은 매우 심한 핍박을 받았고, 이념적 자유를 추구하는 문인들의 경우에는 더욱 심한 핍박을 받을 수밖에 없었다.[5] 마찬가지로 이 시기 많은 중국조선족 문인들도 여러 이유로 집필의 자유와 공민으로서의 자격을 박탈당하고 하방되는 수난을 겪기도 했다.[6] 이러한

---

5) 중국이 어느 나라보다도 정책적으로 문학을 중요하게 취급하면서도 혁명기에는 다른 어떤 분야보다 문학인들을 먼저 탄압하는 것은 선전·선동을 문학의 존재 이유로 보는 당국의 문학관 때문으로 볼 수 있다. 이정훈, 앞의 글, 266~272쪽.

6) 반우파 투쟁기에 비판을 받아 공민으로서의 생활을 유지할 수 없었던 김학철이 〈20세기의 신화〉를 집필했다는 이유만으로 10년의 영어 생활을 한 것은 이 시기의

상황 속에서 중국 사회에는 국가가 요구하는 선전·선동의 문학 밖에 존재할 수 없었고, 중국조선족 문학도 거의 황폐화되는 실정에 이른다. 문화혁명 이후 비교적 자유로운 상황에서 작품 활동을 하게 되지만, 정치적 억압을 거친 작가들의 작품에는 사회적인 문제에 대한 관심이 나타나지 않고 당대를 살아가는 개인들의 모습에만 치중하는 양상을 보이기도 한다. 그러나 시간이 지나면서 개혁개방 이후 국가가 허용하는 범위 내에서 문화혁명기의 정치지상주의가 당대를 살아가던 개인들과 가족 관계에 미친 악영향을 비판하기도 한다.

리혜선과 허련순은 여성 특유의 섬세한 시각으로 당대를 살아가는 중국조선족의 삶이 지닌 여러 측면을 소설화하였다. 리혜선은 남녀 간의 사랑의 파탄이나 이혼으로 인한 가족의 붕괴 등을 제재로 한 많은 작품을 발표한다. 〈눈 내리는 새벽길〉(1984), 〈사과배꽃〉(1985), 〈비내리는 날〉(1988) 등의 작품에서 실연의 아픔을 다루고 있고, 〈푸른 잎은 떨어졌다〉(1986), 〈안개 낀 대안〉(1988), 〈야경으로 가는 여자〉(1990) 등 많은 작품에서 남편의 배신과 이혼으로 인한 아픔을 다루고 있다. 이들 작품에는 보잘 것 없다고 생각되는 여인에게 사랑을 빼앗기고 느끼는 여성의 심리 상황이 예민하게 포착되어 효과적으로 그려지고 있다. 그녀는 당대의 현실이라거나 이념의 문제를 소설의 제재로 다루기보다는 인간이 살아가면서 가장 중요한 것으로 경험할 수밖에 없는 남녀 간의 나아가 부부간의 사랑의 모습에 관심을 보인다. 어느 시대든 사람은 사랑으로 인해 기뻐하고 또 사랑으로 아파하고, 사랑하는 사람과 행복해 하고 또 갈등하고 헤어지기도 한다. 이

중국사회와 문단의 상황을 단적으로 보여준다.

러한 남녀 간의 사랑은 인간의 가장 본원적인 모습인 바, 리혜선은 남녀가 사랑하고 헤어지며 그 때문에 겪게 되는 환희와 아픔의 다양한 빛깔들 그리고 이혼에 따른 여러 문제들을 작품의 중요한 제재로 다루고 있는 것이다.

일상적인 삶을 그리고 있는 점에서 허련순도 리혜선과 큰 차이를 보이지 않는다. 그러나 리혜선이 사랑과 이별의 다양한 모습에 집중하는데 비해 허련순은 우리들이 일상에서 만나는 삶의 여러 모습을 소설의 제재로 다루고 있다. 사랑하던 과거의 남자를 만났으나 이혼녀라는 이유로 다시 결합하지 못하는 슬픔을 그리고 있는 〈고루한 넋〉(1988), 이혼한 젊은 미용사가 주위에 꼬여드는 남자들 때문에 정상적인 삶을 유지하기 어려운 모습을 그린 〈사내 많은 녀인〉(1989), 교통사고를 당해 길에 쓰러져 있는 여인을 옮기고도 사고를 내었다고 피해자의 남편에게 봉변을 당했지만 피해자가 가해자는 바로 자신의 남편이라는 사실을 밝히는 〈인간성 그래프〉(1990), 공장에 시찰을 나오는 간부들을 대접하다 건강이 망가져버리는 이야기를 그린 〈때 이른 서리〉(1990) 등 허련순은 우리 주위에 존재하는 다양한 사람들의 삶에 관심을 보인다. 허련순은 이 시기에 발표한 작품에서 리혜선과 달리 제재 상으로 일정한 경향성을 보이지는 않는다. 그러나 허련순의 소설은 소설이 인간의 살아가는 이야기를 담는 것이며 인간의 보편적인 삶을 사실적으로 형상화하는 것이야 한다는 소설의 원론에 충실하였다는 평가가 가능할 것이다.

중국조선족의 일상적인 삶을 그리는 여타의 작가와 달리 우광훈은 지질탐사대라는 남성적인 삶의 체험을 소설로 형상화함으로써 중국조선족 작가 중에서 매우 특이한 인물로 평가된다. 인가로부터 멀리 떨어진 오지에서 남성들끼리 모여 위험을 감수하며 살아가는 탐사공들의 생활은 일반인들에게 매우 이질적인 것이었지만 그 속에서 체험하는 남성들의 우정과 강인한 삶 그리고 조선족과 한족 사이에 느끼는 미묘한 민족적 차이, 그리고 탐사대에 근무하는 여성들이나 주변 농가 여인들과의 사랑 이야기들은 중국조선족 소설의 제재를 넓혔다는 평가를 가능하게 한다. 특히 우광훈은 조선족과 한족 사이에 존재하는 미묘한 심리적 거리를 통해 중국 속에서 중국인으로 살아가며 겪을 수밖에 없는 조선족들의 눈에 보이지 않는 박탈감을 소설로 형상화한 바 있다.[7)]

개혁개방과 함께 등장한 중국조선족 작가들의 소설에 나타나는 주요한 제재 중 하나는 문화혁명기의 정치지상주의에 대한 반성과 비판이다.[8)] 이 시기 중국조선족 소설에 있어서 정치지상주의로 치달았던 과거의 이야기는 대체로 현재와 과거를 비교하는 과정에서 암묵적으로 과거의 문제점을 드러내는 방법을 사용한다. 윤림호는 한 인물의 삶을 통하여 그들이 이념에 열광했던 시기가 내포하고 있었던 왜곡된 삶을 간접적으로 비판하는 방법을 보여준다. 그는 많은 작품에서 나름대로 성실한 삶을 산 인물이 정치지향의 시대에 개인의 이익을 추구한다는 이유로 타도의 대상이 되었지만 시대가 바뀌고 난 뒤 오히려 모범적인 인물로 평가되는 아이러니를 보여준다. 또 정치지향적인 시기에 그에 열광하고 따라 혁명영웅이라는 허명을 얻었으

7) 우광훈 소설의 몇 가지 주제적 특징에 대해서는 최병우, 「우광훈 초기 소설의 주제 특성 연구」, 『한중인문학연구』 22집, 2007.12.를 참조할 것.

8) 정치지향주의에 대한 반성과 비판은 개혁개방 이후 중국문학의 일반적인 성격이었고, 중국조선족 문학 역시 중국 소수민족의 문학으로서 동일한 경향을 보인 것으로 이해할 수 있다.

나, 그로 인해 인간다운 삶이 파괴되는 인물을 통해 정치지상주의를 우회적으로 비판하기도 한다.[9)]

〈념원〉은 이러한 정치지향주의에 의해 파기된 인간성을 매우 잘 그려낸 작품이다. 일제 강점기 어머니와 함께 두만강을 건너와 방문일이라는 총각의 도움을 받아 삶을 부지하고 지병으로 어머니가 죽으며 자신의 그에게 맡겨 결혼하였으나, 정치대혁명의 바람이 불자 남편에 대한 은혜도 잊어버리고 혁명영웅으로 활개를 친다. 아들의 병을 고치기 위해 남편이 일군 담배밭과 인삼밭을 반혁명 행위로 현성에 고발하여 온갖 치욕을 당하게 하고 그 일로 남편이 자살하기에 이른다. 그러나 남편이 죽은 후, 양심의 가책으로 마음의 병을 얻고 남편의 삼년상을 치른 후, 참회의 눈물을 흘리며 아들 경호에게 남편 곁에 묻어줄 것을 당부한다.

> 경호야, 이 에민 양심을 다 버린년이다. 네 병을 고치려고 심은 키짝 같은 담배들을 뽑아 강물에 처넣던 일을 생각하면 지금도 이 손이 생앓이를 할 것 같구나. 앓는 네 아버지를 지에 가두어 두고 〈3·8절〉공연준비하느라고……나는 이렇게 녀성들이 규탄을 받을 인간이 되었어. 너도 정림이 상처가 도져 달전에 죽었다는 말을 들었을거다. 그는 병원에서 만났을 때 우린 죽어도 묻힐 곳이 없다면서 죽으면 둘이 한곳에 가자고 울더구나. 나는 죽어도 정림이의 곁엔 갈수 없어. 꼬 네 아버지곁에 가겠다. 경호야 이 에미를 아버지곁에 묻어줄수 있니? 될수 있을가?[10)]

---

9) 윤림호는 초기에 이러한 주제를 담은 소설을 많이 써서 첫 작품집인『투사의 슬픔』(흑룡강조선민족출판사, 1985.)에 〈투사의 슬픔〉, 〈비석골 신화〉, 〈두만령감〉, 〈념원〉, 〈자취〉 등을 수록하였다.

10) 윤림호, 〈념원〉,『투사의 슬픔』, 흑룡강조선민족출판사, 1985, 337쪽.

정치가 사회를 지배하던 시기에 혁명영웅 칭호를 받기 위해 아들의 건강을 돌보지도 않고 남편을 고발하였던 일에 대해 죽음을 앞두고 갖는 회한이다. 남편을 고발하고 아들을 돌보지 않은 결과 영웅의 칭호를 받고 많은 표창을 받지만 그것은 허망한 일일 뿐이다. 혁명의 시기가 지나가고 인간들이 이성을 찾고 경제적 이익을 창출하는 일의 중요성이 강조되자, 그 때 담배밭과 인삼밭을 갈아엎는데 앞장을 섰던 선전위원 강문서는 선진 경험을 조사하기 위해 자신이 갈아엎었던 인삼밭을 찾아와 7년 된 인삼이 있다는 말을 들었다고 한다. 고향에 돌아와 아버지가 일구던 인삼밭에서 일을 하고 있는 경호는 자기 어머니를 충동하여 혁명에 앞장서게 하고 아버지를 죽음에 이르게 한 강문서에게 7년 된 인삼은 자신의 아버지가 재배하던 인삼 중 살아남은 것들이라며 아버지와 어머니가 죽음에 이른 저간의 상황을 말해 강문서를 비판하고 혁명이 얼마나 헛된 일이었는가를 보여준다.

정치지상주의에 기반을 둔 혁명은 인간성을 황폐화시킨다. 인간의 욕망을 억압하는 것만으로 인간이 인간답게 살 수는 없는 일이다. 문화혁명기가 지나간 후 중국조선족 문학에는 이같이 혁명 시기에 대한 반성이 소설이 한 주제를 이룬다. 그것이 성실하게 살아가는 한 개인이 혁명의 와중에 비판되었지만 시간이 지나 실용의 시대가 되자 그들의 삶이 오히려 정당성을 획득할 수 있음을 보여주어 정치지상주의를 비판하고 인간성을 옹호하는 것이 이 시기 중국조선족 문학에 나타난 중요한 한 특징으로 지적할 수 있다.

이는 삶의 목표가 이념적 가치로부터 경제적 가치로 바뀌게 된 개혁 개방 이후에 밀어닥친 삶의 조건의 변화와 인심의 변화를 반영한 결과이다. 개혁개방 이후 중국조선족 소설들은 정책의 변화에 따라 개인의 능력에 따라 경제적인 부를 획득하는 것이 죄악시 되지 않고 오히려 호도거리가 강조되자 그런 상황 속에서 인간의 삶이 어떻게 변화하는지에 대해 관심을 드러낸다. 그리고 한국의 존재를 조금씩 알아가고 또 가족 방문이 이루어지면서 중국조선족 사회에 나타나는 한국에 대한 관심이 소설화되기 시작한다. 그리고 중국조선족들의 모국 방문이 이루어지면서 한국으로의 가족 방문이 가져다 줄 경제적 이익에 대한 욕망에 따른 가족 간의 갈등이 소설의 제재로 등장하기도 한다.[11] 이러한 문학의 변화는 한중수교 이후 중국조선족 사회가 한국과의 교류가 확대되고 경제적인 급격한 성장이 가능해지자 더욱 심화된다.

3. 한중수교 후 나타난 중국조선족 소설의 몇 가지 변화

개혁개방과 함께 소규모로 시작된 한국과의 교류는 한중수교 이후 공식적인 것으로 바뀌자 엄청난 수의 한국 기업이 중국조선족 사회로 진출하여 그들의 삶의 기반을 흔들어 놓기에 이른다.[12] 또 한국과

---

11) 1980년대 말부터 중국조선족 소설에는 한국이 중요한 소재로 등장하기 시작한다. 한국에서 편지가 오자 누가 부모를 모시고 한국을 방문할 것인가를 두고 일으키는 형제간의 갈등을 다룬 작품으로 허련순의 〈밤나무〉(1990), 윤림호의 〈편지〉(1992) 등이 있다.

12) 1990년대에 들어와 한국 기업의 연변 진출이 시작된다. 기업들의 소규모 투자는 시간이 지나면서 그 투자의 규모가 늘어나 1000만 달러가 넘는 투자들이 줄을 잇고 300개가 넘는 한국 기업들이 연변에 진출했으며,(최웅용 외, 『중국조선족사회의 경제 환경』, 집문당, 2005, 118쪽.) 2005년 현재 52,000개가 넘는 한국 기업이 중국에

중국을 오가는 벌이는 소위 보따리 무역도 그 규모가 점차 커지고 있으며, 한국에 입국하여 몇 년 동안 돈을 벌어 중국으로 돌아가는 사람들 역시 엄청난 규모[13]여서 중국조선족의 사회를 급격히 변화시키기도 원인이 된다.

개혁개방 이전 중국조선족 사회는 연변 지역과 같은 집거지를 중심으로 공동체를 이루고 있었다. 그리하여 그들은 몇 십년간 중국의 소수민족으로서 전통의 문화를 유지하며 살아올 수 있었다. 그러나 개혁개방과 한중수교를 통하여 경제적 성장의 기회가 주어지자 돈을 벌기 위하여 집거지를 떠나 대도시로 이동하고, 또 한국을 비롯한 외국으로 이주하는 사람들이 많아지면서[14] 공동체 문화가 사라지게 되자 가치관도 따라 변화한다.

한중수교 이후 중국조선족 사회에는 물질적으로나 정신적으로 많은 변화가 나타났다. 중국조선족의 삶과 의식의 변화를 살핀 한 연구자는 한중수교 이후 나타난 중국조선족의 의식 변화의 대표적인 예로 민족 정체성에 대한 제고, 개방화와 현대화의 추세, 직업 관념과 생활 관념의 변화 등을 든다.[15] 이와 비슷하게 한중수교 이후의 중국조선족 사회에 나타난 변화 가장 큰 변화로 조선족 집거지 해체, 조선

진출해 있고 중국 전역에 17500개가 넘는 중국조선족 기업이 운영되고 있다.(이장섭 외, 『중국조선족 기업의 경영 활동』, 북코리아, 2006, 356쪽.) 이러한 사실은 한국 기업의 왕성한 중국 진출이 중국조선족의 삶에 얼마나 커다란 영향을 미쳤을지 짐작해 볼 수 있게 해 준다.

13) 2006년 6월 7일 한국 행자부의 집계에 따르면 장기 체류 외국인 중 중국조선족이 17만 명으로 전체의 31.7%에 달한다. 이승률, 『동북아 시대와 조선족』, 박영사, 2007, 281쪽.

14) 중국조선족의 거주 판도의 변화에 대해서는 위의 책, 275~285쪽 참조.

15) 위의 책, 285~302쪽.

족의 가치관 변화, 조선족의 정체성 발견을 든 임계순은 특히 한중수교 이후 경제적 호황을 누리면서 중국조선족에게 나타난 가치관 변화의 구체적인 예로 핵가족화, 직업관의 변화, 유흥업의 번창, 교육수준의 하락 등을 들기도 한다.[16]

중국조선족 사회에 나타난 이러한 물질적, 정신적 변화는 중국조선족 소설에도 일정한 영향을 미친다. 한중수교 이후 중국조선족 소설에 나타난 한국의 영향은 전반적인 양상을 띠고 있어 몇 가지로 항목화하기가 어려운 실정이다. 소설의 공간이 한국으로 확대된 것이나 한국에서의 여러 체험이 소설의 제재로 사용되는 것 그리고 한국과의 교류를 통하여 나타나는 사회의 변화가 소설의 제재가 되는 것은 등은 한국과의 교류를 통하여 모국을 알게 되면서 나타나는 필연적인 변화로 볼 수 있을 것이다. 또 한국 노래의 가사나 한국의 유행어가 작품에 등장하거나 남한의 언어 표현의 영향을 받고 있다는 것과 같은 사소한 변화도 의미 있는 것으로 파악할 수도 있을 것이다.

이 장에서는 한중수교 이후 중국조선족 소설에 나타난 변화를 크게 몇 가지로 나누어 살피고자 한다. 중국조선족 소설에 나타난 대표적인 변화로 공동체의 파괴와 유흥업의 발달과 함께 나타나는 전통적 가치의 파괴와 윤리적 타락, 한국의 발견과 함께 나타난 민족 정체성에 대한 관심의 제고, 한국문학과의 교류에 따른 한국문학의 영향과 중국조선족 작가들의 한국문단에 대한 관심 고조, 한국 사회와의 교류에 따라 나타난 중국조선족 사회의 변화보다는 중국조선족 사회에 변화하지 않고 있는 특수한 문화에 대한 지속적인 관심 등을 들

16) 임계순, 앞의 책, 313~329쪽.

수 있을 것이다.

한국과의 교류를 통해 한국의 저급 유흥문화가 유입되면서 나타나는 문제점들은 한중수교 이전에도 중국조선족 소설의 한 제재로 등장하고 있었다. 리혜선은 1992년에 발표한 〈야경으로 가는 녀자〉에서 한국에서 들어온 다방 문화가 남녀 간의 불륜을 조장하는 문제를 다룬 바 있다.

> "다방문화가 금방 한국으로부터 들어오기 시작한 때였는데 마담들이 가장 먼저 신경을 쓴 고객은 여태껏 정부를 두고도 만날 장소가 없어 속을 태우던 남녀들이었다. 이런 남녀들은 분위기를 사고싶어 오는 사람들이였으므로 돈을 옴니암니 따지는 법이 없었고 잘만 해주면 단골이 될 수도 있었다. 한동안 정부에서는 문발을 없애라고 문건을 내려보내기도 하고 더러는 불시에 검사를 하여 문발을 찢어버리고 벌금을 안기기도 했지만 다방들에서는 여전히 의자사이를 문발로 막는것으로 손님을 끌었다.[17]

경제적인 문제가 다른 어떤 것에 선행하게 되고 욕망의 표출이 어느 정도 자유로워지는 시기에 한국의 유흥 문화가 중국조선족 사회에 도래하자 욕망은 비정상적으로 폭발되어 사회 문제로 등장한다. 차를 마시는 것이 주였던 다방이 불륜 남녀들이 만나는 장소로 변질하고 노래방이 대중적으로 유행하면서 불륜의 장소가 되고 또 성의 상품화가 새로운 사회 문제로 등장하게 되는 것이다. 인용문에서 보듯이 다방이 비정상적인 만남의 장소로 사용되고 그것을 단속하려는

---

17) 리혜선, 『야경으로 가는 여자』, 흑룡강조선민족출판사, 1997, 27쪽.

정부의 노력에도 불구하고 대중의 필요가 있기 때문에 결코 사라지지 않는다. 그리고 이러한 유흥 문화는 시간이 지나갈수록 점점 더 강한 자극을 추구하게 되고, 한국의 기업들이 본격적으로 중국조선족 사회에 진출하면서 엄청난 규모로 성장하기에 이른다.

한국의 하급 문화인 노래방이나 카페 등은 노래 부르고 술을 마신다는 원래의 기능을 넘어 성을 파고 사는 장소로 변질하고, 성적인 욕망을 해소하려는 남녀들은 환락의 장소로 모여든다. 경제적인 이득을 위하여 욕망을 거래하는 일은 인류 역사 상 언제 어디서나 존재하는 일이었으나 한국 기업이 중국으로 진출하면서 중국조선족 사회의 성적인 타락은 그 도를 지나친다. 우광훈은 한중수교 이후 나타나는 이러한 유흥 문화의 범람과 그에 따라 나타나는 윤리적인 타락 현상을 사회 문제로 포착하여 작품의 중요한 제재로 사용한다.

> "기어이 리유를 듣고싶은건 아닙니다만 이렇게 밑도 끝도 없이 사표를 던지는게 서운해요. 저두 처자 일가족 다 버리고 이국땅에 와서 고생하는게 꼭 돈 벌려고 온것은 아닙니다. 동포들이 여기서 살고계시고 어렵게 살고계시는걸 보고 저그마한 도움이라도 주고싶었어요……"
>
> 진이한테는 강사장의 말이 들어오지 않았다. 돈 벌러 오지 안았다구?! 돈 몹시 싫어하네. 그래 처녀사냥 나왔지. 빨각거리는 따라 연계들 다리사이에 착착 끼워넣어줬지 뭐야. 동포라는 이름으로, 구제의 이름으로 말야. 보상은 해진 처녀막을 받고. 기분 하나 좋았겠다. 씨팔, 동포 좋아하네. 그런 지성인이 동포처녈 첩처럼 기르고있는거야? 제기랄, 이 무궁화나무밑에 버려진 멘스 무은 화냥년 팬티같은놈아……
>
> 진은 속으로 낄낄거렸다. 그리고 자기가 생각한 표현에 속이 후련했다.[18]

사업을 핑계로 중국에 건너와서 성적 편력에만 눈이 먼 한국인에 대한 통렬한 비난이다. 중국에 진출한 기업인인 강사장은 조선족 지식인인 진을 사업 파트너로 고용했으나 사업보다는 여성 편력에 빠져 허우적거리는 강사장에 실망하고 사표를 던진다. 말로는 중국조선족을 위해 중국으로 진출했다지만 사업보다는 성적 욕망을 챙기는 일에 급급하다. 그 결과 중국조선족 사회는 돈이 가치의 중심이 되고 윤리적으로 타락의 길을 걷게 된다. 진이 역시 참한 아내가 있지만 아내가 자신이 밖에서 하는 일에 관심을 보이지 않는다는 이유로 같은 직장에 있는 어린 미스 장에게 아이를 배게 하고 술집에서 만난 미스 정과 성적인 만남을 계속하고 있다. 이는 강사장으로 대표되는 한국인들의 중국조선족 사회로의 진출이 중국조선족 사회 전체를 어지럽히고 있음을 암시적으로 보여준다.

미스 정은 대학을 졸업하고 농촌에 있는 소학교 교원 생활을 한 바 있는 엘리트이다. 그러나 미스 정은 그 지방에서는 이방인에 불과하다고 느껴 적응을 하지 못하고 도시 학교로의 전근도 불가능하자 교원 생활을 포기하고 도시로 나온다. 그녀는 카페를 전전하며 적당한 남자를 만나 하룻밤을 즐기고 그들이 쥐어주는 돈으로 살고 있다. 이처럼 도시의 환락적인 분위기는 중국조선족의 삶의 뿌리였던 농촌을 떠나 도시의 환락과 욕망 속으로 빠져들게 한다. 우광훈은 이러한 중국조선족의 현실에 대해 분노하고 그러한 현실에 이르게 된 과정을 소설을 통하여 철저하게 고발한다.[19]

---

18) 우광훈, 〈가람 건느지 마소〉, 『가람 건느지 마소』, 흑룡강조선민족출판사, 1997, 115쪽.

19) 우광훈은 〈락서가 있는 곳〉, 〈숙명 20호〉, 〈흔적〉 등의 작품에서 이러한 주제를

서울 올림픽을 통해 알게 된 한국은 중국조선족들에게는 번영의 상징이자 부의 표상이었고, 한중수교로 한국으로의 왕래가 잦아지면서 중국조선족들은 나는 누구인가 하는 정체성의 문제에 관심을 갖게 된다. 그들은 중국인으로 성장하였고 또 중국인으로 교육을 받았지만 동시에 조선말을 하는 중국의 소수민족이었다. 이러한 이중 정체성의 문제는 이전부터 있어온 문제이지만 한국을 알게 되면서 과연 자신들이 누구인가 하는 의식의 혼란을 심하게 겪지 않을 수 없었다.

중국 내에서 다수인 한족들 사이에서 소수 민족으로서 공동체를 꾸리고 살던 조선족들은 한중 수교 이후 중국을 찾은 한국인들에게서 '우리'라는 의식을 가질 수 있었다. 또 그들은 한국에 들어와 한국어를 사용하는 사람들 속에서 중국과는 다른 편안함을 느낄 수 있었지만, 한국 사회에서 그들을 '우리'로 인식하지 않는다는 사실을 깨닫게 된다.[20] 이러한 정체성의 문제는 한중수교 이후 중국조선족 소설의 중요한 한 주제가 된다. 그러나 이에 대한 문제의식이나 소설로 형상화하는 방식은 작가들마다 조금씩 차이를 보인다.

허련순과 윤림호는 각각 다른 논리적 근거로 중국조선족이 갖게 되는 정체성의 문제를 소설의 직접적인 제재로 즐겨 사용하지는 않는[21] 반면 리혜선과 우광훈이 이에 대해 깊은 관심을 보인다. 리혜선은 앞에서 언급한 수필 〈'우리'라는 것〉에서 보여주듯이 '우리'인 듯

반복하여 사용한다.

20) 중국조선족이 느끼는 이러한 한국에 대한 이질감은 리혜선의 수필 〈'우리'라는 것〉(『도라지』 통권 138기, 2003년 3기), 119~121쪽에 잘 드러나 있다.

21) 허련순과 윤림호의 정체성 문제에 대한 입각점의 차이는 이 장의 말미에서 각각 다루어질 것이다.

하면서 '우리'가 아닌 중국조선족들이 한국 사회에서 어떠한 삶을 살아가는가에 대해 깊은 관심을 보인다. 한중수교 이후 엄청나게 많은 중국조선족들이 한국으로 건너와 육체적인 노동을 통해 적지 않은 돈을 벌어 갔다. 소위 '코리안 드림'이라는 그럴싸한 이름으로 한국에 건너왔지만 그들의 한국에서의 삶은 만족스러운 것은 아니었다. 차별과 멸시 속에서 그들은 모멸감을 느껴가면서 돈을 벌었고 그 과정에서 한국에 대한 애증의 감정이 쌓이게 된다.

리혜선은 한국에 와서 수없이 많은 중국조선족들과 인터뷰를 하고 그 결과를 모아 보고서 형식의 책[22]을 펴낸다. 기회의 땅 한국으로 돈 벌러 건너와 어려운 삶을 살아가면서도 꿈을 잃지 않고 사는 사람들, 국제결혼으로 한국에 건너와 곡절 많은 삶을 살아가는 여성, 고달프고 힘든 삶을 견디는 불법 체류자, 한국에 들어와 법을 어기는 못된 범법자, 유학을 와서 미래에 대한 꿈을 키워가는 학생 등 한국 땅에 와 있는 중국조선족들의 삶을 소설보다 더 소설적으로 보여줌으로써 중국조선족의 정체성은 과연 무엇인가를 생각하게 한다.

또 리혜선은 한국으로 밀항하는 과정과 모습을 사실적으로 그리기도 하고, 공식적으로 한국 방문을 했다가 잠적하여 불법 체류를 해버리는 사람들이나 한국에 온 중국조선족들이 건강을 망쳐 어려움을 겪는 이야기 등 한국 땅에 들어와 있는 중국조선족들의 삶의 편린을 소설로 그려내기도 한다.[23] 이렇듯 자신의 한국 체험과 한국에서 만난 중국조선족들의 삶을 소설화한 리혜선은 한국인보다 더 한국적인 것을 간직하고 살아온 중국조선족으로서의 자긍심을 드러내는 작품

22) 리혜선, 『코리안 드림, 그 방황과 희망의 보고서』, 아이필드, 2003.

23) 리혜선, 『생명』, 연변인민출판사, 2006, 151~158쪽, 208~216쪽, 306~319쪽 등.

을 통해 한국인과 중국조선족들에게 중국조선족의 정체성을 확인하고 중국조선족의 역사를 알리는 데 많은 힘을 쏟기도 한다.[24)]

중국조선족의 민족정체성의 문제를 거시적인 입장에서 다루고 있는 리혜선에 비해, 우광훈은 아버지의 고향을 찾아가 자신의 뿌리를 생각하는 다소 개인적인 차원에서 정체성 문제를 다룬다. 우광훈은 〈흔적〉에서 동업을 하는 한국인 정준태 사장의 도움으로 한국에 입국해서 조상 대대로 살아왔고 중국으로 떠나오기 전 아버지가 살았던 고향을 찾는 창호라는 인물을 보여준다. 그곳에서 창호는 자신의 기억 속에는 전혀 존재하지 않는 아버지의 고향이 자신에게 일정한 의미를 갖고 다가오며 그로 인해 자신의 정체성에 대해 생각하게 되는 상황을 맞이한다.

> 고향이였다! 아버지가 태여나고 할아버지가 태여나고 증조할아버지가 태여나고 그리고 그 이상의 웃대들이 태여나 자란 곳 그리고 죽어간 곳, 창호의 몸속에서 흘러야 하는 피를 길러 이어준 고향이라는 이름으로만 불러야 하는 곳이였다.
>
> 창호는 가슴이 멎는것 같았다. 고향이라는것이 현실적인 감각으로 찾아오지 않았다. 다만 어렸을 때 빠질수 있었던, 그런 환상 같은 환각으로만 느껴질뿐이였다. (중략)
>
> 창호의 눈에 노랗게 익어가는 감들을 주렁주렁 매달고있는 늙은 감나무가 안겨왔다.
>
> "고향집마당에는 너 증조할아버지가 심은 감나무가 있었어. 너 할머

24) 중국으로 팔려온 소녀가 굳세게 조선족으로 성장하는 이야기를 다룬 장편동화 『폭죽소리』(길벗어린이, 1996.)나 한일합방 전후에 살길을 찾아 중국으로 건너와 조선족으로서의 삶을 유지해 온 한 가족의 삶을 연변 특산의 사과배로 상징한 장편동화 『사과배 아이들』(웅진싱크빅, 2006.) 등은 그 대표적인 예이다.

> 니는 감이 익으면 껍질을 깎아 대나무에 꿰여 말려 곶감을 만들었지. 처음 따서 말린것은 제상에 쓴다고 독에 담아 창고에 넣어두었지. 그것이 왜 그렇게 먹고싶던지. 그래 한번 훔쳐먹었다가 너 할아버지한테 피가 나도록 종아리를 얻어맞은적이 있었댔어……”
>
> 이것은 아버지의목소리였다. 창호는 그 목소리를 듣고있었다. 아버지는 조용한 어조로, 언제나 그랬듯이 담담하게 고향을 이야기하고있었다.[25]

창호가 아버지의 고향에 찾아가 만난 것은 중국에서 태어나 소수민족인 조선족으로 살아왔지만 자신의 원래의 뿌리는 이곳이라는 인식이다. 이곳은 자신의 조상들이 대대로 땅 속에 잠들어 있고 자신의 고모도 살고 있고 또 자신의 핏줄을 확인할 수 있게 해주는 공간이다. 아버지를 기억하는 고모는 처음 보는 조카에게 반가움의 눈물을 흘리고 집안과 관련한 모든 것을 알려 주려 애쓴다. 아버지의 형제가 살고 있고, 아버지의 기억이 묻혀 있는 고향집에서 또 아버지가 평생토록 그리워하던 감나무를 보면서 자신의 존재에 대해 생각해 보지 않을 수 없는 것이다.

중국조선족 2세대인 우광훈에게 있어 한국은 부모의 고향으로 인식되겠지만, 한국을 떠나온 기억이 있는 세대들에게 한국은 훨씬 더 커다란 충격으로 다가올 것이다.[26] 또 3세대나 4세대의 경우에도 자신의 증조부나 조부의 고향인 한국에 와서 자신과 같은 말을 쓰고

---

25) 우광훈, 『흔적』, 연변인민출판사, 2005, 75~77쪽.

26) 아홉 살 어린 나이에 부모님을 따라 고향을 떠났던 정판룡이 50년 세월이 흐른 후 고향 담양을 찾아가 느낀 감동을 강렬하게 그린 것은 고향을 기억하는 세대의 고향의식과 2세대의 그것 차이를 실감하게 한다. 정판룡, 『고향 떠나 50년』, 민족출판사, 1997, 477면 참조.

있는 사람들이 살고 있는 한국에서 느끼는 감정은 특별할 수밖에 없었을 것이다. 우광훈은 인용 부분에서 보듯이 한국을 통해 중국조선족들이 개인의 차원에서 느끼게 되는 내밀한 심리적인 문제를 다루어 한중수교 이후 중국조선족들이 느낀 정체성의 문제를 극적으로 형상화하고 있다.

한중수교와 함께 한국인과의 만남이 자유로워지면서 중국조선족 문인들과 한국 문인들과의 교류가 본격화된다. 중국조선족 사회가 한국과의 교류를 통해 나타난 변화 중 언어나 문화면에서 북한과의 밀접한 관계가 한국과의 그것으로 바뀐 점을 들 수 있다. 김학철 같은 작가들이 중국조선족 문학 초기부터 서울말로 창작을 하기는 하였으나 대부분의 중국조선족 작가들은 연변말로 북한의 영향을 일정하게 받으면서 창작을 하고 있었다. 그러나 한중수교로 문단의 교류가 활발해지면서 한국 문인과 공동으로 문집을 내고 한국 문단에 작품을 발표하기도 하면서 중국조선족 문단은 서서히 한국 문단의 변방으로 변화해가는 양상을 보이기도 한다.[27]

한국문학과의 교류와 그 영향으로 나타나는 한국문단에 대한 관심을 가장 직접적으로 보여주는 작가는 허련순이다. 그녀는 1986년 〈안해의 고뇌〉를 『청년생활』에 발표하여 문단에 등단한 후, 첫 창작집 『사내 많은 여인』을 1991년 한국에서 출간한다. 개혁개방으로 중국과의 교류가 증대하면서 1980년대 후반부터 한국에서는 중국조선족 문학에 대한 관심이 고조되어 몇 권의 중국조선족 작품 선집이 발간되었다. 1991년 동아일보사에서 중국 연변 교포작가 작품집을 기획

27) 최근 중국조선족 문인이나 문학연구자들이 탈한국을 이야기하는 것은 이 같은 현상에 대한 반성의 의미를 지닌다 하겠다.

한 바, 허련순은 자신의 첫 창작집을 이 기획물로 출간하게 된 것이다. 이후 허련순은 중국에서 출간한 작품집을 한국에서 재출간하기도 하고, 장편소설을 한국에서 출간하는 등 끊임없이 한국문단으로의 진출을 꾀한다.

중국조선족 작가들의 소설이 한국에 소개된 예는 적지 않다. 김학철의 거의 모든 작품이 한국에서 출간되었고 리근전의 〈고난의 연대〉가 한국에서 발행되었다. 그리고 중국조선족 소설이 선집 형태로 몇 차례 출판되고 연변에서 발간된 중국조선족 작품집이 한국에서 판매되어 독자들에게 어느 정도 알려진 바 있다. 그러나 허련순은 이와는 달리 직접 한국에서 작품집을 출간하여 독자를 만나는 방법을 선택한다.[28] 중국에서 발간한 작품집을 한국에서 재출간하거나 중국에서는 발표되지 않은 작품들을 한국에서 단행본으로 출간하는 것이다.

이렇게 한국 문단을 의식한 작품 활동을 하는 동안 허련순의 문학세계는 점차 변모하게 된다. 초기에는 중국에서 발표된 중국조선족의 삶을 그린 작품들을 한국에서 출간하였지만, 점차 〈뻐꾸기는 울어도〉와 같이 공간적 배경은 연변으로 하고 있으나 가족 간의 갈등과 아이들의 성장 과정의 여러 문제와 같은 보편적인 인간 문제로 제재나 주제가 변화하는 것이다. 이러한 허련순의 모습은 한중수교 이후 중국조선족 작가들의 한국화의 한 전형을 보여준다는 평가가 가능하다.

---

28) 물론 리혜선 역시 한국에서 여러 책을 출간한 바 있다. 그러나 리혜선의 경우 그것이 한국에 들어와 있는 중국조선족과의 면담 결과를 정리한 보고서나 조선족의 삶을 그린 동화집이라는 점에서 자신의 소설을 한국에서 출간하는 허련순과는 그 성격에 조금 차이가 있다.

한국과의 교류에 따른 중국조선족 문학의 이러한 변화와는 달리 오히려 중국조선족의 특수한 삶의 모습에 대해 지속적인 관심을 보이는 작가 또한 없지 않다. 그들은 중국조선족 문학이란 중국조선족 사회의 특수성에 대한 관심에 바탕을 두고 있어야 한다는 생각을 바탕으로 한중수교 이후에 나타나는 중국조선족 삶의 변화보다는 변화하지 않는 모습에 더 관심을 갖는다. 한족들 사이에서 살아가면서 자신들의 삶의 방식을 유지하려는 중국조선족의 모습, 예나 지금이나 변화하지 않는 중국조선족들의 삶의 여러 국면들에 대해 지속적인 관심을 갖고 그것을 소설적으로 그려내는 것은 급변하는 세상에서도 변화하지 않는 진정한 가치에 대한 관심이며, 중국조선족 공동체의 특수성을 소설적으로 형상화한다는 점에서 이의를 지닌다.

중국조선족의 삶의 변화하지 않는 모습에 관심을 갖는 대표적인 작가는 윤림호이다. 흑룡강성에서 태어나 성장한 후, 연변대학에서 창작수업을 한 윤림호는 대학을 졸업하자 자신이 성장한 하얼빈 근방의 해림으로 돌아가 농촌생활을 하며 창작에 전념하였다. 그는 주로 자신의 주위에서 만난 많은 중국조선족들을 제재로 하여 작품을 썼다. 평범한 듯하면서도 자신의 신념대로 살아간 사람들, 평생을 사랑하는 사람을 기다리며 산 사람들, 혁명의 시기 동안 갖은 핍박을 받으며 몸을 낮추고 살았지만 세월이 지나고 보니 그것이 훌륭한 삶으로 인정받을 만한 사람들의 이야기를 끊임없이 펼쳐낸다. 세월이 바뀌고 한중수교 이후 한국과의 교류가 빈번해지더라도 중국조선족의 삶은 또 그대로 이어져갈 수밖에 없는 일이라는 것이다.

흑룡강조선민족출판사에서 발간한 북방조선족문학작품집의 편집자들은 윤림호 소설의 이러한 특징을 연변과 같이 조선족이 모여 사는 곳이 아닌 산재지구에서 활동하는 조선족 작가들의 문학적 특징으로 정리하면서 아래와 같이 평가한 바 있다.

> 산재지구에 살고있는 북방조선족들은 민족적인 심리의식상에서 민족의 고유한 풍속습관과 민족적인 생활자태를 아끼고 사랑하는 애착심이 상대적으로 강하며 변모되여가는 생활의 구석구석에 대한 위구심이 더 짙다. 하여 북방조선족문학작품에서는 자주 민족의 발전과 자강을 우려하는 자기나름으로서의 우환의식이 보다 짙은것이다, 이 점은 단순한 그 어떤 보수주의사상이거나 혹은 배타주의사상에서 출발한 것이 아니고 그만큼 우리의 작가들이 자기의 민족의운명을 념두에 두고 하는 사색인것이다.[29)]

윤림호와 같이 산재지구에 사는 중국조선족들은 소수민족으로서 자신이 속한 민족의 풍습과 생활에 더 애착심이 있으며, 변모되는 모습보다는 변화하지 않는 것에 대해 관심이 클 수밖에 없다는 지적이다. 산재지구의 중국조선족들이 보수주의나 배타주의가 아니라 그들의 삶의 조건에 이해 어쩔 수 없이 민족의 운명에 더 많은 관심을 갖게 된다는 이 지적은 연변 지역의 작가들이 한중수교 이후의 변화에 주목하는데 비해 윤림호가 민족적 특수성의 문제에 더 관심을 갖는 것에 대한 적절한 해명일 수 있다. 그리고 이 평가를 인정한다면 윤림호는 급격히 변화하는 세상 속에서 변화하지 않는 중국조선족의 삶의 모습을 천착한 대표적인 작가이며 그 점에서 중국조선족 문학사에 있어 사적 의의를 갖는 작가로 자리매김 할 수 있을 것이다.

---

29) 「머리말」, 윤림호, 『고요한 라고하』, 흑룡강조선민족출판사, 1992, 3~4쪽.

4. 맺음말

중국조선족 소설은 한중수교로 한국과의 왕래가 잦아지면서 여러 가지 양상으로 변화한다. 중국조선족 소설은 1960-1970년대에 국가의 이념을 전파하는 선전선동의 문학으로 존재했다. 개혁개방 이후 작가들이 복권이 되고 비교적 자유로운 창작 활동을 보장받았지만, 혁명기에 정치적 억압을 받았던 작가들은 사회 문제보다는 개혁개방 이후의 시대를 살아가는 개인들의 모습을 그리는 데에만 치중한다. 그러나 시간이 지나면서 중국조선족 작가들도 국가가 허용하는 범위 내에서이기는 하지만 문화혁명기의 정치지상주의가 개인과 사회에 좋지 않은 영향을 비판하는 작품을 발표한다.

개혁개방도 그러했지만 한중수교는 중국조선족 사회에 물질적으로나 정신적으로 커다란 변화를 몰고 온다. 한중수교 이후 중국조선족 사회는 조선족 집거지가 해체되면서 전통적인 가치관들이 약화되어 핵가족화, 직업관의 변화, 유흥업의 번창, 교육 수준의 하락 등 문제점이 나타나고, 한국과의 교류를 통해 중국조선족의 자기 정체성이 혼란되는 양상을 보이기도 한다.

중국조선족의 이러한 물질적, 정신적 변화는 중국조선족 소설에도 큰 영향을 미친다. 한중수교 이후 중국조선족 소설은 소설적 공간이 한국으로 확대되고, 한국에서의 여러 체험이 소설의 제재로 사용되며, 한국과의 교류를 통하여 나타나는 중국조선족 사회의 변화가 소설의 제재가 된다. 또 한국의 유행가 가사나 유행어가 작품에 등장하고 남한의 언어 표현의 영향이 나타나기도 한다.

이러한 변화와 함께 한중수교 이후 중국조선족 소설에 나타난 대표적인 제재나 주제상의 변화를 본고에서는 중국조선족 사회의 전통적 가치가 파괴되고 윤리적 타락한 현실에 대한 고발, 한국의 발견과 함께 중국조선족들이 느끼게 되는 이중정체성과 관련한 혼란, 중국조선족 작가들의 한국문단에 대한 관심, 중국조선족 사회의 변화하지 않는 특수한 문화에 대한 지속적인 관심 등으로 정리하고 그것이 작품에서 어떻게 나타나고 있는지를 검토해 보았다.

본고는 이를 위하여 리혜선, 우광훈, 윤림호, 허련순 등 문화혁명기에 성장하고 이후 등단한 네 명의 중국조선족 작가를 대상으로 한중수교가 중국조선족 소설에 미친 영향을 검토하였다. 그 결과 한중수교 이후 경제·사회·문화적으로 본격화된 한국과의 교류가 중국조선족 소설에 미친 영향을 살필 수 있었고, 아울러 한국과의 교류가 중국조선족 사회에 미친 영향에 대한 작가들의 인식의 한 면을 살필 수 있었다.

그러나 네 작가를 통하여 대표적인 사례를 살피기는 하였으나 중국조선족 작가의 전체 면모를 검토한 것은 아니라는 것이 이 논문의 한계로 남는다. 이후 더 많은 작가들의 작품에 대한 분석을 통하여 현재 내린 결론의 타당성을 좀 더 살펴볼 필요가 있다. 그리고 이와 함께 한국문단과의 교류를 통해 변화하게 된 중국조선족 소설의 언어적·기법적 변화도 치밀하게 밝혀야 할 것이다.

이 글은 『국어국문학』 151호(국어국문학회, 2009)에 수록한 논문을 수정하여 재수록한 것이다.

어문교육

세계화 시대의 국어국문학

한국어교육학 연구의 최신 동향 및 전망

연구사를 중심으로

강현화

1. 머리말

최근 한국어교육학계의 연구는 매우 활발한 편이다. 한국어교육을 주된 대상으로 하는 관련 학술지도 2~5개에 이르고[1], 일반 국어국문학 관련 학술지나 언어교육 학술지에도 분과로 한국어교육 영역을 다루고 있다는 점을 고려해 보면 매우 활발한 연구 활동이 이루어지고 있음을 알 수 있다.[2] 최근 활동하고 있는 연구진의 저변과 참여 수가 매우 큰 폭으로 증가하고 있으며, 연구 열기가 매우 뜨거움을 알 수 있다. 더구나 관련 학과에서 배출되는 석사, 박사학위 논문의 수도 해마다 증가일로에 있다는 점을 감안할 때, 이 시점에서 한국어교육학에서 이루어진 선행 연구들의 연구들을 되짚어 보는 작업은

1) 〈한국어교육〉, 〈외국어로서의 한국어교육〉, 〈이중언어학〉, 〈언어와문화〉, 〈한국언어문화학〉 등이 있다.

2) 최근 들어 〈응용언어학〉, 〈외국어교육학〉 등의 언어교육 관련지와 〈국어학〉, 〈한글〉, 〈교육한글〉, 〈국어국문학〉, 〈어문연구〉, 〈한국어의미학〉, 〈한말연구〉 등에도 꾸준히 한국어교육 관련 논문이 실리고 있다.

의미 있는 일이라 하겠다.

본고의 목적은 최근 10년간 이루어진 한국어교육학의 성과를 주제별로 분석해 봄으로써 한국어교육 연구의 동향을 점검하고 향후 방향성을 모색하는 데에 둔다. 제2 언어교육에서 오랜 전통을 가지고 있는 여타의 외국어 교육학과는 달리, 한국어교육학 부문은 비교적 짧은 학문적 역사를 가지고 있다. 하지만 최근 국내외에서의 학습자의 증가는 곧 연구자의 증가가 이루어졌고, 연구자의 구성도 분야별로 점점 전문화가 되어가고 있는 추세이다. 이런 흐름을 반영한 듯 그간에 이루어진 연구의 내용들을 살펴보면 양적인 면에서뿐만 아니라 질적인 분야에서도 다양한 분야에서 심도 깊은 연구가 이루어지고 있으며 개론적인 연구에서 구체적이고 실증적인 연구로 바뀌어가고 있음을 확인할 수 있다.[3]

한국어교육학 분야에서 최초의 연구가 발표된 것은 1960년대부터이나 초반의 많은 연구들이 한국어교육의 필요성이나 개론적인 내용의 연구들로 주로 한국어교육의 제반 현상을 파악하는 데에 치중해 왔다. 최근 급증하는 인접 언어교육학의 이론을 도입하여 한국어 자료에 적용하는 도입식 연구가 양산되기도 했다. 이는 서구 이론을 숨 가쁘게 받아들이던 여타 학문들의 모습을 떠올리게 하며, 학문의 초기에 일어날 수 있는 당연한 현상으로 파악되기도 한다. 본고에서는 최근 10년간의 연구사를 연도별, 주제별로 점검해 봄으로 해서 각 영역의 연구의 쟁점과 양상을 분석해 보고자 한다.

---

3) 그간 국어학연감에서 국어 교육의 하위 분야로 다루어지던 한국어교육 분야가 2006년 이후 독립된 학문 영역으로 다루어지게 된 데에는 이런 학문적 성과가 주된 이유가 되었을 것으로 본다.

2. 선행 연구

1) 연구 경향 전반

한국어교육학의 연구는 여느 학문과는 달리 학문적 수요와 연계하여 연구 배경 면에서 독특한 특성을 가진다고 볼 수 있다.

첫째는 응용적 요구가 매우 크다는 것이다. 한국어교육은 현장에서의 교육이 먼저 실시되고 이에 따른 이론적 연구가 후속된 양상으로 현장 자생적 학문이라 볼 수 있다. 따라서 그간의 연구들은 언어교육이론을 바탕으로 하는 것보다는 현장의 경험성에서 우러나는 경험적 연구가 주를 이루었으며, 최근에도 팽창하는 교수 현장에의 적용을 요구하고 있다. 이런 인식은 일부 학자들 사이에서도 팽배하여, 당장의 교수 현장 적용 가능성 여부를 논하지 않고는 한국어교육의 연구로 의미가 없다는 극단적인 태도를 나타내기도 한다.

둘째는 연구자의 '전천후 형' 성향을 들 수 있다. 현재 한국어교육 분야의 연구자는 연구만을 전담하는 인력이라기보다는 현장 교수도 직접 접하는 교사들이 주를 이루고 있다. 이는 타 외국어교육 분야에서 교사와 연구자들이 분리되는 것과도 대비되는 현상이며, 언어습득 연구가, 교재 개발자, 교육정책 운용자, 교사, 평가자 등으로 전문가 집단이 구별되는 것과도 다른 양상이다. 따라서 연구자와 교사의 구분이 혼재되어 있으며, 전문분야별로도 분화가 충분히 이루어지지 않은 것이 특징이다.

셋째는 연구자들의 학문적 배경이 제한적이라는 점이다. 현재 활동하고 있는 연구자들의 학문적 배경은 국어학이 주를 이루며, 일부 다른 외국어 전공이나 국어교육 전공들이 가세하는 상태이다. 짧은 학문 배경으로 인해 학부부터의 전공자를 찾아보기는 어렵고, 관련 학문을 전공한 학자들의 후발 연구로 이루어지고 있다. 이러한 학문적 배경은 국어학과의 연계를 더욱 밀접하게 하는 결과를 낳았으며, 이런 이유로 내용학 연구가 주를 이룬 경향이 있다. 교수학의 영역 역시 영미의 언어교육 이론을 여과 없이 적용하는 수준에 머물고 있는 것이 사실이어서, 타 학문에 영향 받지 않은 독자적이고 자생적인 연구는 그리 많지 않다. 이는 신생 학문의 초기에 나타나는 당연한 결과로도 볼 수 있다.

최근에는 대학원에서의 학위논문의 증가로 논문 주제의 다양성과 연구방법의 다양화(외국이론의 도입 등이 증가)가 이루어지고 있지만 영역별로 연구의 양적 편차를 보인다.

넷째는 연구의 다양성 확보가 이루어지지 못했다는 점이다. 국내 연구의 주된 대상은 소위 '집중 과정'라는 대학 부설 언어기관의 내용에 집중되어 있다. 이에 반해 비정규적 교육, 비집합교육(예. 방문 교육, 자가 학습) 등의 연구는 상대적으로 충분히 다루어지지 못했다. 물론 최근 학습자의 변화에 따라 특수목적 학습자를 위한 분야별 연구나 교수방법론에 대한 연구도 진전이 일기 시작했지만 충분하다고 보기는 어렵다.

또한 현장의 수요에 압도당해, 선발 결과물(교육과정의 운영, 교재 개발)이 나오고 후발 연구가 뒤따르는 문제점이 드러나기도 한다. 이러한 경향은 이주여성 대상의 교육, 대학별 학문목적 학습자 대상 교육 등에서 두드러진다고 하겠다.

다음으로 그간에 이루어진 연구들의 경향을 살펴보면 몇 가지 유형으로 구분된다. 첫째, 외국 학자의 이론에 기대어 해당 이론을 국내의 자료들에 적용한 연구와 둘째, 교수자로서의 실제 교실 경험이나 설문지, 언어 자료 등을 이용한 자료 조사를 바탕으로 한 실증적 연구, 셋째는 기존의 연구 방법에 대한 비판적 고찰을 통해 독자적인 연구 방법을 모색하려는 연구로 구분할 수 있다.

먼저 첫째의 연구 방식은 주로 이중 언어 교육 연구나 중간 언어 연구, 교수 학습 전략, 의사소통 기능(말하기, 듣기, 읽기, 쓰기) 영역 등의 일부에서 나타났으며 최근 증가하는 추세이다. 주로 언어교육에서 이루어진 이론과 성과를 한국어교육에 적용해 보려는 연구들로, 개념과 절차는 국외의 이론을 답습하는 경우가 많다.

두 번째 유형은 학위 논문이나 오류분석, 어휘교육, 문법 교육, 언어 기능별(말하기, 듣기, 읽기, 쓰기) 교육 등의 논문에서 두드러진다. 교사가 연구자를 겸하고 있는 비율이 높은 한국어교육학의 현실적 배경을 바탕으로 다양한 자료 조사에 기반을 둔 실제적인 논문들이다. 가장 많은 비중을 차지하고 있으며 가장 활발히 이루어지고 있는 부분이다.

셋째는 담화분석, 코퍼스 분석 등의 영역에서 나타나고 있지만 활발히 이루어지고 있다고 보기는 어렵다. 결국 다른 외국어교육 이론과의 차별성은 한국어라는 목표언어의 변별적 특성에서 출발해야 하며, 한국 문화라는 독특한 학습 환경에서 출발해야 할 텐데, 이러한 한국어에 기반을 둔 독창적 연구 방법론의 모색은 몇몇 논문에서 문제 제기가 이루어졌을 뿐 충분히 이루어졌다고 보기 어려운 측면이 많다.

논저의 수가 증가하면서 한국어 교육의 학문 영역의 다양화 작업이 이루어지고 있으며, 이와 동시에 관련 학문 분야와의 차별성 확보를 통한 한국어교육학의 연구 방법론 정체성 찾기에 대한 관심도 증대되고 있음을 확인할 수 있었다. 이러한 연구 유형의 다양화 및 독자성 추구의 경향은 향후 한국어교육의 발전에 매우 긍정적인 역할을 하리라 기대한다.

2) 선행 연구

그간 한국어교육 연구사에 대해서는 몇 편의 논의가 있었다. 박영순(2002)에서는 1992년-2001년에 10여 년 간에 학회지에 실린 논문 143편을 15개의 주제로 나누어 그 현황을 분석한 바 있다.

〈표 1〉 학회지 수록 논문의 주제별 연구 현황(박영순, 2002)

분야	논문편수	비율	분야	논문편수	비율
교육 일반	7	4.9%	교수법	16	11.2%
교육 과정	4	2.8%	교육 평가론	12	8.4%
말하기/듣기 교육론	11	7.7%	교재 개발 및 분석	16	11.2%
읽기 교육론	2	1.4%	교사 교육	6	4.2%
쓰기 교육론	3	2.1%	문화 교육	13	9.1%
어휘 교육론	12	8.4%	오류 분석, 대조 분석	17	11.9%
문법 교육론	17	11.9%	전산 한국어 교육	3	2.1%
교육 내용 구성	4	2.8%	합계	143	100%

서상규(2007)에서는 한국어교육의 연구 분야를 정리한 강승혜(2003)의 논의를 이어 2007년까지의 논저를 정리한 바 있다.

〈표 2〉 연구분야별 분포(서상규, 2007)

구분	강승혜(2003)의 연구 분야별 분포										서상규(2004~2007.7)		
번호	주제 영역	하위 주제	60년대	70년대	80년대	90년대	2000~03	계	비율	범주별 비율	논저 수	비율	범주별 비율
1	한국어 교육 일반	한국어와 한국어교육		3	5	24	10	42	5.8%	24.2%	15	3.1%	8.2%
		한국어교육 현황			14	72	9	95	13.2%		15	3.1%	
		이중언어 교육		1	6	17	4	28	3.9%		5	1.0%	
		한국어 언어 정책				6	3	9	1.3%		4	0.8%	
2	한국어 교육 내용	문법			5	27	35	67	9.3%	**32.1%**	43	9.0%	**43.0%**
		어휘			1	12	32	45	6.3%		67	14.0%	
		화용				8	19	27	3.8%		49	10.3%	
		발음/억양			1	14	18	33	4.6%		23	4.8%	
		문학				5	7	12	1.7%		4	0.8%	
		한자		1	1	4	2	8	1.1%		0	0.0%	
		문화			3	11	25	39	5.4%		19	4.0%	
3	한국어 교수/학습	교수법 일반	1		5	25	17	48	6.7%	17.6%	18	3.8%	17.4%
		기능별 교수			4	17	24	45	6.3%		29	6.1%	
		학습 (습득/학습 학습자 요인)		1	3	11	19	34	4.7%		36	7.5%	
4	교육과정 일반					7	4	11	1.5%	1.5%	26	5.5%	5.5%
5	오류 분석				3	13	21	37	5.1%	5.1%	23	4.8%	4.8%
6	한국어 능력 평가				3	21	10	34	4.7%	4.7%	14	2.9%	2.9%
7	한국어 교재			2	7	33	21	63	8.8%	8.8%	43	9.0%	9.0%
8	웹기반/컴퓨터					11	11	22	3.1%	3.1%	6	1.3%	1.3%
9	학습자 사전개발					2	10	12	1.7%	1.7%	2	0.4%	0.4%
10	교사교육				1	5	3	9	1.3%	1.3%	3	0.6%	0.6%
11	기타										33	6.9%	6.9%
	계		1	8	62	345	304	720	100%	100%	477	100%	100%

또한 국립국어원에서 출간한 국어학 연감 2005년, 2006년, 2008년에 한국어교육에 대한 해당 연도의 연구사가 소개된 바 있다.4)

한편 학술지를 대상으로 하여, 연구방법론의 형식적 측면을 분석한 연구도 있었다. 김영규(2005)에서는 한국어교육 제1권부터 제16권까지의 논문들을 검토하여 재분류를 시행하였다. 그는 일차적(경험적, 실증적) 연구와 이차적(비경험적, 이론적) 연구로 구분하였고, 다시 일차적 연구를 다시 양적 연구, 질적 연구, 혼합연구로 하위 구분하였다. 그 결과 이론 연구인 이차적 연구가 대부분인데, 이는 영어교육과도 매우 대비되는 측면임을 확인할 수 있다.

〈표 3〉 연구유형분류에 따른 한국어교육 및 영어교육 게재논문 비교결과(김영규, 2005)

		한국어교육	영어교육
일차적 연구방법	양적 연구방법	42(12.7%)	311(55.8%)
	질적 연구방법	20(6%)	69(12.4%)
	혼합 연구방법	16(4.8%)	17(3.1%)
이차적 연구방법		252(76.4%)	160(28.7%)
총 계		330(100%)	557(100%)

앞선 논의를 정리해 볼 때, 세부 분야별 논문의 양적 통계와 연구방법론의 통계는 다루어진 바 있으나, 세부주제별 구체적인 연구 경향에 대한 진단은 충분히 이루어지지 못했고, 2005년 이후의 연구들에 대해서도 추가적인 연구가 이루어지지 못했음을 알 수 있다. 이에 따라 본고에서는 최근 10년간의 주제별 논문들의 양적 통계와 더불

4) 독자적인 영역으로 소개된 것은 2005년 이후이고, 2007년도 판은 국어학 연감의 형식이 분야별 연구사를 정리하지 않았으므로 해당 내용이 없다고 하겠다.

어 세부 주제별 연구의 경향을 진단해 보고, 시기별 연구의 흐름을 분석해 보고자 한다.

3. 선행 연구

1) 분야별 연구 동향(2000~2009)

주요 학위논문과 학술지를 대상으로 한 분석 결과, 시기별 주제별 연구 성과는 다음과 같았다. 통계의 근거가 된 자료는 한국어교육 전문 학술지에 게재된 논문 및 국회도서관에서 제공하고 있는 학위논문을 대상으로 했다.

〈표 4〉 전체 경향(최근 10년간)

	발음교육	문법교육	어휘교육	문화교수	듣기	읽기	쓰기	말하기	교수법	교재론	평가론	계
2009	30	29	10	7	8	24	18	11	8	13	7	165
2008	30	36	13	16	9	13	24	14	11	29	4	199
2007	17	57	22	20	7	9	20	10	9	23	2	196
2006	22	42	6	11	1	5	11	7	12	30	12	159
2005	19	39	9	21	4	7	12	8	9	28	11	167
2004	18	29	1	19	3	8	4	3	5	19	7	116
2003	13	30	1	23	1	3	7	6	4	10	5	103
2002	14	26	2	20	3	2	6	1	5	13	12	104
2001	6	17	4	11	1	0	4	2	8	8	1	62
2000	4	8	3	7	1	5	4	7	2	4	7	52
계	173	313	71	155	38	76	110	69	73	177	68	1,323

〈표 1〉은 한국어교육 전문 학술지와 학위논문을 중심으로 작성되

었다.[5] 따라서 한국어교육을 일부 다루고 있거나 접근 가능하지 않은 학위논문 등의 배제되었으므로, 양적 통계의 정확성에는 문제가 있을 수 있다. 본고에서는 양적 통계를 위한 것이 아니라 최근 10년간 연구의 경향성을 파악하고자 했다.[6]

영역별로는 문법〉교재〉발음〉문화〉어휘의 순으로 많은 연구가 이루어졌으며, 듣기〉평가〉말하기〉교수법〉읽기 영역의 연구가 상대적으로 부족했음을 알 수 있다. 이는 내용학 연구가 교수학 연구에 비해 강세를 보였음을 말한다. 연도별로 보면 논문 수의 증가가 매우 가파르며, 2005년을 기점으로 폭발적인 증가를 보이다가, 2009년에 이르러 다소 주춤하는 추세를 보이고 있다.

다음 절부터는 세부 영역별로 연도별 주제별 연구의 추이를 살펴보기로 하겠다. 분석의 틀은 민현식 외(2003) 『한국어교육론1,2,3』에서 이루어진 연구에 추가하는 방식으로 이루어졌다. 따라서 각 영역별 분석 기준은 이를 따랐다.[7]

2) 발음 교육

(1) 개관

분석의 대상은 2000~2009년도까지 발표된 한국어 발음 교육 관련

---

5) 본 절의 전체 통계는 〈한국어교육〉, 〈이중언어학〉, 〈언어와문화〉, 〈한국언어문화학〉의 4개 학술지와 국회도서관의 논문을 대상으로 했다.

6) 세부 영역별 연구사에서는 필요한 경우 2000년 이전의 연구를 함께 포함하기도 하였다.

7) 내용학과 교수학을 구분해서 동일한 분석의 틀로 정리하는 것도 필요하다고 본다. 하지만 귀납적 연구결과 분석의 특성상 분석 기준의 통일이 어려웠으므로 이전의 기준을 그대로 적용하였다.

학위 논문 및 학술지 논문 173편이다.

〈표 5〉 발음교육 연구사

년도		연구범주별 논문편수								계
		대조분석(내용학)					발음교수법			
		중국어권	일본어권	영어권	기타언어	두 언어 이상	발음교육	발음교재	기타	
2009	학위논문	10	2	2	5		5	2		30
	학술지	2			2					
2008	학위논문	7	1	1	5		1	1		30
	학술지	7	1				2	3	1	
2007	학위논문	3	1	2	2		1	1		17
	학술지	3			1	1		1	1	
2006	학위논문	7	2		2		2		1	22
	학술지	1	2	1	1	1	1	1		
2005	학위논문	4	1		1		4			19
	학술지	1	1		1	1	3	1	1	
2004	학위논문	1			3		4	1	1	18
	학술지	1			2	1	3		1	
2003	학위논문		2			1	2			13
	학술지	1	2			1	4			
2002	학위논문	2	3	1			1	1		14
	학술지	4		1	1					
2001	학위논문	2	1		1					6
	학술지		1				1			
2000	학위논문		1							4
	학술지	1	1				1			
계		57	22	8	27	6	35	12	6	173
백분율(%)		33.0%	12.7%	4.6%	15.6%	3.5%	20.2%	6.9%	3.5%	100%
		69.4%(120편)					30.6%(53편)			

먼저 대조분석 연구가 69.4%에 달했고, 발음교수에 대한 것은 30.6%에 그쳐, 내용 대조 연구가 매우 활발했음을 알 수 있다. 대조분석 연구만을 비교해 보면 중국어권(47%)과의 대조분석 연구가 가장 많이 이루어졌고, 그 다음으로 일본어(18%) 〉 영어(7%) 〉를 보인다. 하지만 최근 연구에 이를수록 베트남어, 몽골어 등의 기타 언어(23%) 대조가 증가하고 있음을 알 수 있다. 이는 한국어교육의 관심 지역의 변화와 무관하지 않다.

(2) 시기별 연구 동향

발음 교육은 다른 분야에 비해 연구 성과가 많고 증가 속도도 빠르다. 2000년 이후 꾸준히 증가하여 2008, 2009년에 이르러서는 연간 30편에 달하고 있다. 이는 의사소통 접근법에 의해 발음의 정확성보다 억양과 강세 등의 영역으로 전환되면서 보다 다양한 각도에서 발음 교육에 대한 연구가 활발해지고 있기 때문이다. 또한 외국인 연구자들의 증가도 연구 논문의 증가에 일조를 하고 있는 것으로 분석된다.

언어권별 대조분석의 결과를 연도별로 살펴보면 중국어권의 연구수가 가장 급증하고 있으며, 일본어와 영어권은 초기 연구에 비해 현상 유지의 수준을 보인다. 이에 반해 초기에는 거의 이루어지지 않던 언어권(동남아, 러시아 등)의 대조분석은 최근에 들어 급증하는 추세를 보이는데 이는 한국어 학습자의 변화 추이와 무관하지 않은 것으로 보인다.

〈그림 1〉 연도별 총 논문 편수

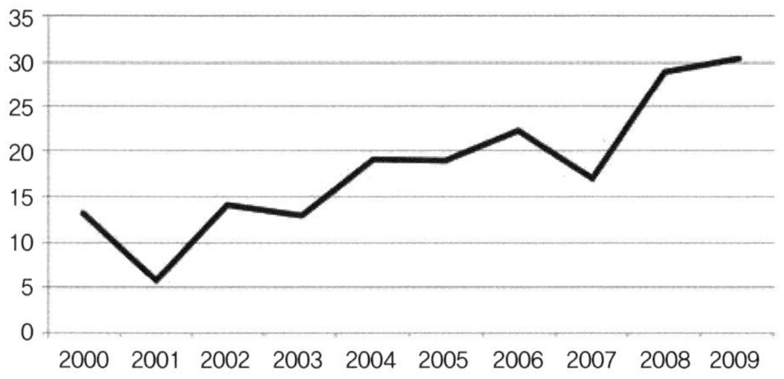

〈그림 2〉 언어권별 논문 편수

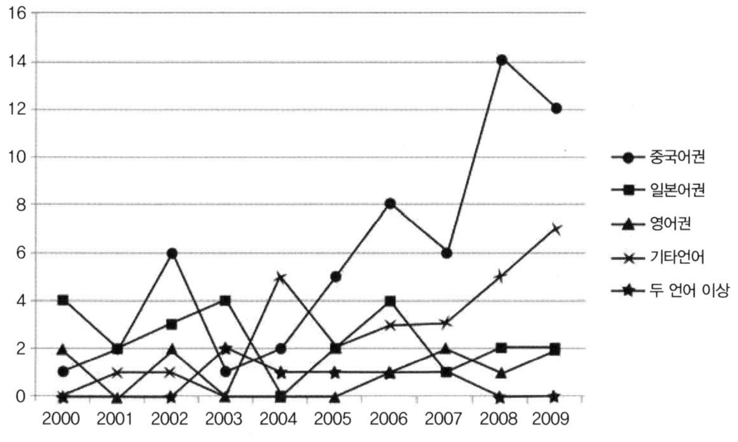

(3) 연구의 세부 주제

발음 교수의 연구는 크게 대조분석적 관점과 발음교수법에 관한 연구로 대별된다. 전자는 총 전체 논문 173편 중에서 69.4%에 달하는 압도적인 편수를 차지하고 있는데, 이는 연구자의 배경과 무관해 보이지 않는다. 최근 외국인 연구자가 급증하면서 자신의 모국어와 한국어를 대조분석한 논문이 증가하고 있기 때문이다. 언어권 별 대조 분석은 다시 중국어, 일본어, 영어, 기타 외국어 및 2개 이상의 언어와 대조 연구로 나뉘고, 교수 방법은 다시 발음교육, 발음교재 및 기타 영역으로 나누었다.

〈그림 3〉 대조분석 관점 논문 분류

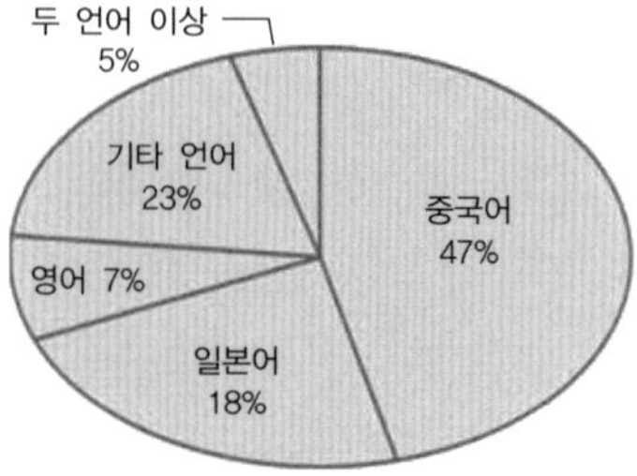

〈그림 4〉 발음교수법 논문 분류

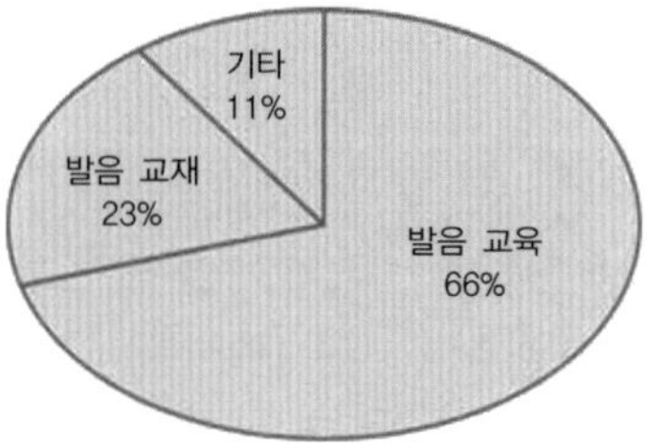

대조분석의 순위를 살펴보면 중국어권(47%) 〉 기타언어권(23%) 〉 일본어권(18%) 등으로 나타나는데, 향후 연구의 분석은 기타 언어권을 세분해서 분석의 틀을 마련해야 할 정도로 다양한 언어권별 대조분석이 이루어지고 있다. 한국어와 중국어의 대조분석 연구는 연구 성과가 많아 숙달도별 접근과 영역별(음소, 음절, 억양 등) 연구가 구체

화되고 있다. 기타 언어권은 러시아(6편) 〉 베트남 〉 몽골 순으로 나타나는데 이들은 모두 최근 한국어교육에 대한 관심이 증가하고 있는 지역들이다.

〈그림 5〉 발음교육 논문 편수

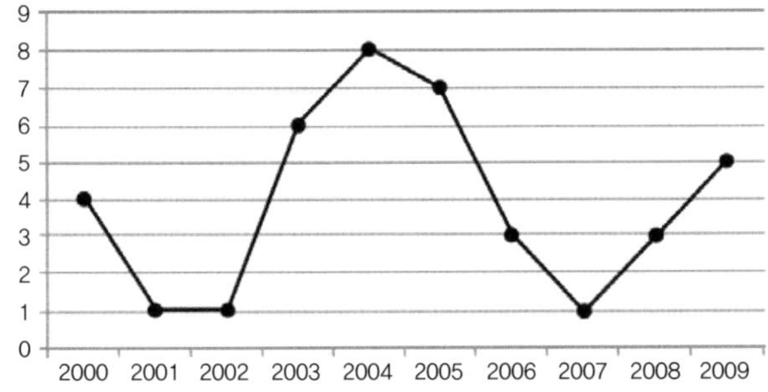

〈그림 6〉 발음교재 논문 편수

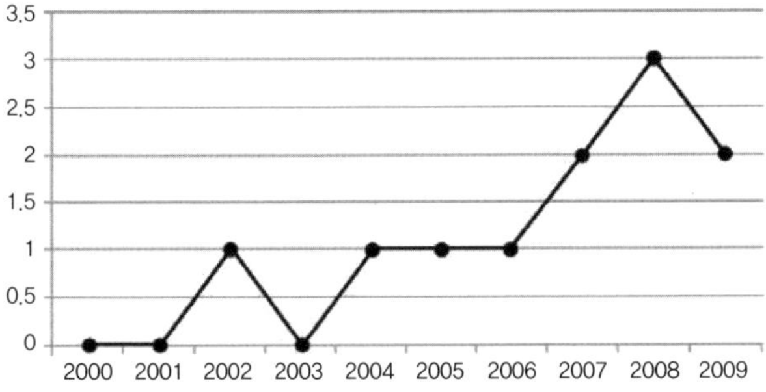

발음교수법에 따른 분류에서는 발음교육(66%)〉발음교재(23%)의 순이다. 발음교재는 발음교육의 세부항목인 만큼 발음교육 및 교재 개발에 관한 전반적인 관심이 높아지고 있음을 알 수 있다. 발음 교수는 발음교육 방법(35편), 발음 교재 개발(12편)이 이루어졌다. 2003-2005

년 사이 크게 증가했던 발음교육에 대한 내용 연구는 다소 주춤한 반면, 2005년 이후 발음 교재에 대한 연구가 증가하고 있는데, 이는 발음교육에 대한 연구 결과와 관심이 발음교재 개발에 관한 연구로 이어지고 있다고 볼 수 있다.

독학용 한국어 발음교재 개발과 같은 분야도 보이기 시작하나, 대조분석학적 연구에 비하면 그 수가 절대적으로 부족하다. 기타 발음교육 관련 연구들은 중간언어 음운론이나 한국어 연속음성 인식을 위한 발음사전 구축, 현대국어의 단형화 현상 등의 음운론적 기초 연구가 수행된 바 있다.

(4) 함의

발음교육 연구사를 살펴보면 한국어교육에서 발음 교육은 시대적인 변화에 매우 민감하게 반응했음을 알 수 있다. 중국 유학생들이 증가하면서 중국어권과의 비교 대조 연구가 활발해졌고, 한국어 수요가 급증하고 있는 동남아, 러시아 쪽의 대조분석도 빠르게 증가하고 있다. 향후에도 새로운 언어권과의 대조 연구는 꾸준히 증가하리라 본다. 이러한 연구와 더불어 향후 연구는 좀 더 구체적이고 현실적인 발음 교수방법 및 교재 개발에 관한 연구가 활성화되어야 하며, 이론적, 추상적인 접근보다 한국어 교육 현장에서 실질적으로 적용되고 검증될 수 있는 발음 교수법들이 연구되어야 한다. 또한 선행 연구들을 바탕으로 하여, 각 언어권별에 맞는 세분화된 발음교육법의 연구 및 개발도 필요하다.

3) 문법 교육

(1) 개관

한국어 문법교육 연구는 전체 연구 중 가장 많은 비중을 차지하고 있다. 학술지 논문에 비해, 학위논문의 숫자가 약간 많음을 알 수 있었다. 연도별로는 꾸준한 연구가 이루어졌고, 비교적 다양한 분야에서 문법 교수의 연구가 이루어졌음을 파악할 수 있다.

(2) 시기별 연구 동향

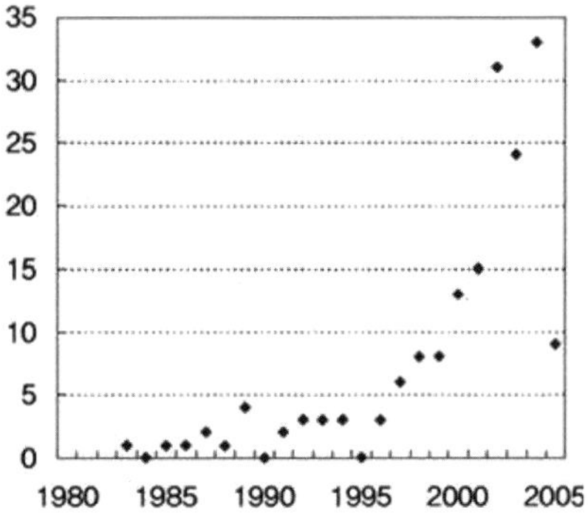

〈그림 7〉

2000년대 초부터 문법 교육에 대한 연구가 급격히 증가하여 전반적으로 계속해서 많은 연구가 이루어지고 있다. 2007년에 연구논문 수가 정점에 달하고 2008년부터는 줄어들고 있음이 드러나는데, 학위 논문 수에는 큰 변화가 없으나 학술지 논문이 큰 폭으로 감소하였다. 한편 연구의 경향은 시기의 변화에 따라 관심 연구 영역이 뚜렷이 달라지지는 않았다.

전반적으로 문법 교수법, 문법요소에 대한 연구가 주로 이루고 문법체계, 교수요목, 교육 자료에 대한 연구는 낮은 비중을 차지하는 흐름이 최근 10년간 계속되었음을 알 수 있다. 그러한 전반적인 흐름 속에서도 2000년대 중반에 들어 교수법 연구가 증가하고, 문법 사용 양상에 대한 연구는 점차 그 비중이 감소하는 변화가 눈에 띈다. 또한

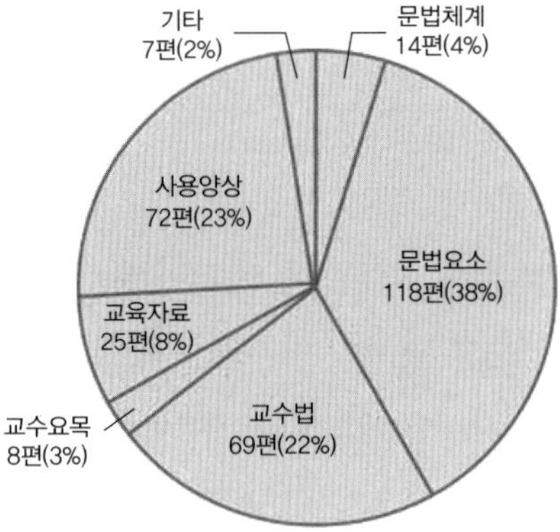

〈그림 8〉

문법 교육 자료에 대한 연구도 계속적으로 그 비중이 증가하고 있다. 2000년~2004년도까지의 전기에는 한국어 문법의 정체성을 찾고자 하는 연구가 시작되었으며 단일 구성 문법 항목과 문법의 형태에 중점을 둔 문법 요소 및 문법 교수법 연구가 주로 이루어졌다. 2005~2009년도까지의 후기에는 전기의 연구 성과를 바탕으로 연구 대상을 확대하여 표현 항목과 문법의 의미 및 기능에 대한 연구가 활발히 이루어졌으며 담화적 관점을 바탕으로 한 문법연구도 시도되었다.

(3) 연구의 세부 주제

주제별로 살펴보면 문법요소, 교수법, 사용양상 연구가 문법교육 연구의 80% 이상을 차지하는 것을 알 수 있다. 특히 교수법과 사용양상 연구에는 개별 문법요소의 교수법과 사용양상을 다룬 논문이 다수 포함되어 있어 전체적으로 개별 문법항목을 대상으로 한 연구에 힘을 기울여 왔으며, 문법교육의 전반적인 영역(한국어 문법교육의 체계 정립, 교수요목 설계를 위한 문법 항목의 선정이나 배열 등)에 대한 연구는 상대적으로 부족하다고 볼 수 있다.

문법 체계에 대한 연구는 3편에 불과하나, 문법 교수의 방향에 대한 논의도 3~4편이 그치나 지속적인 관심의 대상이 되어 왔음을 확인할 수 있다. 2000년대 초반에만 해도 개별어미, 조사 등에 대한 연구가 주를 이루었으나, 중반부터는 범주접근적 문법 연구가 활발하게 이루어졌고 후반에 들어서서는 화용적 특성과 연계한 문형 연구가 늘고 있다.

문법 교수법에 대한 연구는 교수방법론 자체보다는 개별 문법 요소에 대한 자료 연구가 주를 이루었으며, 특정 국적 학습자를 위한 교수 방안을 제시한 연구도 진행되었다.

문법 교육 자료에 대한 연구는 전체 연구에서 차지하는 비중이 높지는 않지만 계속적으로 증가 추세에 있다. 내용 면에서 보면 특정 문법항목에 대한 기존 한국어 교재의 문법 기술을 분석하거나 문법 기술 방안을 제시한 연구가 많은 비중을 차지하고 있으며 새로운 문법 교육자료 개발을 위한 문법 구성 방안을 제시한 연구는 소수에 불과하다.

문법 교수요목에 대한 연구 논문은 총 8편으로 연구 논문 수가 가장 적은 영역이나, 향후 교육 현장에 활용할 수 있도록 학습자 수준별, 문법요소별 문법 항목 선정과 배열에 관한 다양한 연구가 요구된다.

문법 사용 양상 연구는 '문법 사용 빈도 및 양상', '문법 오류', '중간언어의 문법적 특성' 등 세 가지 영역으로 다시 분류될 수 있는데, 최근 10년간 연구를 살펴보면 오류 분석에 대한 연구가 주를 이루고 있음을 알 수 있다. 언어권별, 문법항목별로 다양한 오류 분석 연구가 이루어졌으며 오류 분석을 통해 보다 효과적인 교수 방안을 찾고자 하였다. 습득 양상, 사용 양상에 대해서도 다양한 연구가 이루어지고 있으며 중간언어에 대한 연구는 상대적으로 미흡한데 5편에 그치고 있다.

(4) 함의

문법 교육은 한국어 교육 현장에서 매우 중요한 역할을 담당하고 있으며 그에 따라 한국어 교육의 다른 어떤 영역보다도 문법 교육 영역에서 연구가 활발히 진행되었고 많은 논문이 배출되었다. 개별 문법 항목의 특징을 대조 분석을 통해 밝히고 그것을 바탕으로 각 언어권별 학습자를 위한 교수 방안을 제시하며, 각 개별 항목의 사용 양상을 분석한 것이 그 동안의 연구의 큰 흐름이었다면, 향후 연구는 '개별 문법 항목'에 대해 그 동안 축적된 연구 성과를 바탕으로 보다 전반적인 영역에 대해 다양화된 연구로 나아가야 할 것이다.

그간 한국어 교육문법의 국어문법과의 차별성, 독자성에 대한 동의는 이루어졌으나 그에 그치지 않고 한국어 교육 문법의 체계화를 위한 다양한 접근이 필요하다. 문법에 대한 다양한 관점을 바탕으로 한국어 교육 문법 체계에 대한 논의가 다각도로 이루어진다면 이를 통해 문법 교수요목 연구도 다양화될 수 있을 것이며 다양한 문법 교수요목을 반영한 교육 자료 개발을 위한 연구도 활성화될 것이다. 또한 교수 이론을 한국어 교육 현장에 접목한 연구는 상대적으로 부족하며 해당 교수법의 효과성에 대한 연구는 미흡한 편이다. 따라서 향후 문법 교수법에 대한 연구는 다양한 교수 방법론을 현장에 접목하고 각 교수법의 효과성을 비교 평가하여 교육 현장에서 보다 유용한 교수법을 제시하는 방향으로 나아가야 할 것이다. 또한 현재 교육 현장에서 사용되고 있는 문법 교수법의 현황을 파악하여 학습자 유형별로 유용한 교수법을 분석하는 연구 또한 필요하다고 본다.

4) 어휘 교육

(1) 개관

어휘 교육은 다소 이른 시기부터 학위논문의 대상이 되었다. 주제별로 보면 한국어와 학습자 모국어 사이의 대조 분석을 시도한 논문이 29편으로 제일 많고, 어휘 교수 이론을 다룬 연구 및 의미 관계와 관련된 연구가 상대적으로 그 비율이 낮다.[8)]

한국어와 학습자 모국어 사이의 대조분석을 시도한 논문이 많은 이유는 2000년 대 이후 한국어를 학습하는 외국인 수의 급격한 증가하였고 한국어 교육을 전공하는 외국인 수의 증가함으로 해서 외국인 연구자들의 상당수가 자신의 모국어 체계와 한국어의 체계를 대조·분석하는 논문 작성한 데에 있다고 파악된다. 대조분석의 경우에는 특히 연어 대조에 대한 논문 수가 많은 것이 눈길을 끄는데, 이는 오류 연구와 연계된 부분이라고 파악된다.

---

8) 어휘교육의 일부 내용은 국어학의 연구와 구분이 힘든 것이 많아 일부는 제외되었다.

〈표 6〉 어휘교육 연구사

연도 \ 내용	어휘교수 이론	어휘 대조 분석	교육용 어휘 분석 · 선정	의미관계	특정어휘군	계
2000	1		1	1		3
2001		1	2	1		4
2002		1	1			2
2003		1				1
2004		1				1
2005		4	2		3	9
2006	1	2	1	1	1	6
2007		8	6	3	5	22
2008	1	5	4	1	2	13
2009	3	3		3	1	10
2010	3	3	1	4	1	12
계	9	29	18	14	13	83

(2) 시기별 연구 동향

초기 연구는 어휘 교육의 양이 적고 주제도 한정적이었으나, 차츰 주제의 다양화가 이루어지고, 외국인 연구자의 참여도 증가했다. 특히 2005년도 이후에는 급격히 증가하는 양상을 보이는 점이 특이하다. 초기의 연구는 한국어 어휘 교육에 대한 연구가 그리 활발하게 이루어지지는 않았으나, 한국어 어휘 교육에 대한 필요성과 어휘 교육 방법론 등을 모색하던 시기라는 점에서 의의가 있다고 하겠다. 발표된 논문 수에 비해서는 다양한 주제 시도되었다고 판단되며, 차후 한국어 어휘 교육 연구에 기틀이 되었다고 볼 수 있다. 그 이후에는 어휘 연구의 양적 측면과 다양성의 측면에서 의미 있는 발전이 이루어졌음을 확인할 수 있다.

(3) 연구의 세부 주제

연구 주제는 비교적 다양했다. 특히 한국어와 학습자 모국어 사이의 대조분석을 진행한 연구가 크게 증가했는데, 대다수의 대조분석 연구가 외국인 한국어 교육 연구자에 의해서 이루어진 점이 특이하다. 특히 어휘군별, 기초어휘 중심의 대조가 많이 이루어졌다.

눈에 띄는 것은 교육용 어휘 선정을 주제로 한 연구이다. 하지만 이 연구는 주로 초급 학습자에게 초점을 두고 있어, 중급과 고급 수준의 학습자를 대상으로 하는 연구는 상대적으로 미진함을 확인할 수 있다. 최근 증가하는 학문목적 학습자와 이주 여성을 고려할 때, 고급 수준 학습자를 대상으로 하는 어휘 선정에 대한 연구도 필요하다고 본다. 아울러 특수 목적 어휘 교육에 관한 연구 주제가 다양하지 못한데, 대학수학능력 학습자 대상으로 한 연구가 2편에 그쳤고, 취업 목적의 학습자를 대상으로 한 연구는 아직 없었다. 또한 어휘 교육 이론과 관련된 연구의 양적 성과가 저조함을 알 수 있다.

(4) 함의

어휘는 제한된 음운 수나 문법규칙의 수에 비해 많은 수를 차지하고 있기 때문에 자료 연구가 기반이 되지 않으면 구체적 교수 자료를 확보하기 어렵다. 또한 연어는 대조 연구에서 가장 관심을 두는 영역이다. 어휘 대조의 결과는 문화적 배경에 따른 차이를 도출할 수도 있으며, 특히 어휘 구는 오류로 이어질 가능성이 높다는 점에서 매우 의미 있다. 또한 이러한 대조의 결과는 향후 학습자를 위한 이중언어

사전의 기반이 될 것이므로 좀 더 다양한 언어권별 어휘 대조 연구가 필요하다고 본다.

아울러 기본어휘 선정에 대한 연구가 주로 초급 학습자를 넘어 고급학습자 및 학문목적 학습자에게 유용성을 가지려면 더 큰 규모의 어휘목록의 선정 및 등급화 필요하며, 이에 기반을 둔 교재 개발이나 평가로 연계됨이 바람직하다. 즉, 숙달도별 어휘 등급화에 대한 구체적인 논의가 필요하다는 것이다. 이와 더불어 학습자의 목적별, 대상별 필요에 따른 어휘 목록에 대한 연구도 함께 이루어져야 한다고 본다.

또한 광범위한 목록의 어휘를 학습하기 위해서는 다양한 학습 전략 및 기억하기 전략이 연구되어야 한다. 이 부분에 대한 연구는 아직 미진한 상태이며, 향후 숙달도별, 어휘 특성별 어휘학습 전략에 대한 다양한 논문이 이루어지는 것이 바람직하다.

5) 문화 교육

(1) 개관

언어를 문화의 영향을 받는 의사소통의 일부로 이해하게 되면서 1990년대를 기점으로 언어 교육에서의 문화 교육에 대한 연구가 점진적으로 증가하게 되었다. 초기에는'문화 중심/포괄 관점/거시적 연구'가 주를 이루었으나 최근에는 언어 사용 능력을 배양할 수 있는 문화 교육에 초점이 맞추어지면서'언어 중심/제한 관점/미시적 연구'에 대한 관심이 높아지고 있다. 분석의 대상이 된 자료는 1987년—2009년까지 연구 대상이 문화에 해당하는 총176편이며, 이는 학위

논문과 학술지를 합한 목록이다.

〈표 7〉 문화교육 연구사

	• 교육 현황과 과제 • 교육 내용			• 교육 방안 • 교육 활용 자료								합계 (편)
	교육 현황과 과제	문화 요소	언어 문화	통합 방안	급별 문화 교육	속담 어휘 활용	비언어적 의사소통	문학 활용	노래 광고 활용	영화 드라마 활용	화용 교육	
1987	1											1
1989	1	1										2
1995	1											1
1996	1		2	1				1				5
1997	1	1	1	1								4
1998					1	1						2
1999				3			2	1		1		6
2000	1		1	2	1	1			1			7
2001		1	1	2	1	2	1		2	1		11
2002	3	5	4	1		2	1	1		1	1	20
2003	1	4	4	3	4		1	4			2	23
2004		3	5	7		1		2		1		19
2005	4	2	8	8	1	1	1	1				21
2006	2	3	2		2			3				11
2007	3	2	2	4		4		4	1			20
2008	6	2	1	1	2		1			3		16
2009	1		3			2				1		7
합계	26	23	34	28	12	14	7	17	4	8	3	176

(2) 시기별 연구 동향

2001년부터 연구 실적의 양적인 증가가 이루어지면서 이후 10편 이상의 연구 실적이 꾸준히 발표되었다. 2001년부터 학습자 요구 분석과 교재 분석을 실시한 연구가 주를 이루었는데, 학습자의 학습 실태를 파악하고 그 개선책과 보완책을 제시하려는 시도가 늘면서 학습자 요구와 교재 분석을 위해 양적, 질적 연구 방법 또한 급격히 증가하였다. 또한 2001년부터 증가한 여성 결혼 이민자 및 외국인 노동자로 인해 이들에 대한 사회적 흐름과 관심이 증가하면서 한국어 교육에서의 문화 교육에 대한 현실적인 범주 및 개념 정립 필요성이 부각되고 있다.

(3) 연구의 세부 주제

초기에는 주로 문화교수의 필요성과 당위성에 대한 개괄적 논의가 많았다. 이후 비교적 다양한 연구가 이루어졌으나, 많은 연구가 문화교수의 개념 및 방법론 일반에 대한 것이었으며, 문학과 연계된 문화교수에의 적용 연구가 다수를 차지하였다. 또한 교재에 나타난 문화교수의 내용이 현대문화보다는 전통문화에 집중되어 있는 경향이 있었다. 그 다음으로는 언어와 연계된 문화 학습(어휘, 속담, 관용구, 비언어적 의사소통 등)에 할애되었다. 상대적으로 숙달도별 문화 학습에 대한 논의가 적었고, 문화 간 의사소통 문제에 대한 거시적 접근도 부족했다.

하지만 영화를 활용한 교수나 웹을 활용한 교수 영역은 비교적 활발히 논의되어 왔으며, 속담에 대한 연구 역시 비교적 활발히 이루어져 왔음을 알 수 있다. 특히 최근에 들어 점차 연구가 증가하는 추세라는 것은 국외 언어교육의 동향과도 맞물리면서 의미를 가진다고 하겠다.

(4) 함의

그간의 논의에서 다루어진 언어 중심의 문화 교육이 될 것인가, 문화 요소 중심의 문화 교육이 될 것인가, 아니면 문화와 언어를 구분하지 않는 통합 교육이 될 것인가는 교수 방법과 직결되는 문제들이었다. 하지만 이는 학습자 목적별 대상별로 분화된 접근 방법에 대한 논의가 필요하다고 본다. 즉, 학습자별 요구에 기초한 문화 교수의 범위 및 방법이 정리되어야만 그 효용성을 검증할 수 있을 것이다.[9)]

최근 일부 논문에서 문화 매체를 응용한 연구가 소개되고 있는데 (전래동화, 영화, 광고를 활용한 문화교수 등) 이들은 실제 교수 현장에서 사용할 수 있는 문화 매체를 이용한 학습법에 대한 연구라는 점에서 활용도가 높다고 판단된다. 향후 자료 제작과 활용과 같은 구체적인 후속 연구가 이어지는 것이 바람직하다.

6) 듣기 교육

(1) 개관

듣기 교육은 꽤 이른 시기부터 연구가 이루어졌으며 2000년 이전의 연구도 11편에 이르는 등 비교적 다양하고도 활발한 연구가 이루어진 분야라는 점을 알 수 있었다. 연구 영역 역시 교수법에서부터 교재론, 평가론에 이르기까지 다양한 분야에 걸쳐 고루 이루어져 왔다. 하지만 전체 논문의 비중에서 듣기 교육 분야가 차지하는 비중은 상대적으로 적어, 총 54편에 그쳐 다른 분야에 비해 아직 연구가 많

---

9) 이에 대해서는 강현화(2010)를 참고할 것.

이 이루어지지 않았음을 알 수 있다.

〈표 8〉 듣기교육 연구사

내용 / 연도	교수법			교재론	평가론	기타		계
	교수학습 모형	듣기 전략	말하기·듣기 통합교육	듣기 자료 및 교재	듣기 평가	듣기교육 현황	특정 학습자 대상	
1993						1		1
1994		2	1					3
1998							2	1
1999	3			1	1		1	6
2000		1						1
2001							1	1
2002		1		2				3
2003				1				1
2004	1	2						3
2005	1	1	1	1				4
2006		1						1
2007	1	2		3	1			7
2008			1	3	1	3	1	9
2009	2	2		4				8
2010	1	1		1	1		1	5
계	9	13	3	17	4	3	5	54

(2) 시기별 연구 동향

1993년 한 편을 시작으로 1999년에 들어 6편으로 점차 '듣기 교육'에 대한 관심이 증대 되었으며, '듣기 교재'와 '듣기 평가'에 관한 연구가 이루어지기 시작하였다. 2000년부터 2006년까지 '듣기 전략'과 '듣기 교재'에 대한 논문이 양적으로 확대되었으며, '듣기와 말하기 통합 교육'에 관한 논문도 등장하였다. 그러나 '듣기 평가'에 관한 연구는 충분히 이루어지지 못했다. 2007년에 7편을 시작으로 2010년 4월 현재까지 꾸준히 7~9편의 논문이 발표되고 있어, 이전 시기에 비해서는 상대적으로 점차 연구가 이루어지고 있음을 알 수 있다. 특히 '듣기 자료 및 교재'에 대한 연구가 다수이며, '듣기 평가' 영역이 매년 꾸준히 연구되기 시작했음을 알 수 있다. 그러나 아직도 '듣기 평가'와 '말하기 듣기 통합 교육' 영역은 많이 부족한 실정이다. 특정 지역 학습자를 대상으로 한 연구는 3~5년에 한두 편씩 이루어졌는데, 특히 중국인 학습자를 대상으로 한 연구가 주를 이룬다. 이는 2000년대 이후 중국인 학습자의 양적 증가 때문인 것으로 보인다.

(3) 연구의 세부 주제

듣기 교육에 관한 연구는 크게 교수법, 교재론, 평가론, 기타로 나눌 수 있는데, 주로 '교재론'과 '교수법'에 관한 연구가 많고, '평가론'에 관한 연구는 양적으로 부족한 실정이다. 또한 교수법 중에서도 '말하기와 듣기 통합 교육'에 관한 연구는 실제 연구는 많이 이루어지지 못했다.

'교수법' 영역에서 '교수 학습 모형'과 '듣기 전략'에 관한 연구는 꾸준히 이루어져 왔다. 교수법을 주제로 한 연구에는 '수업 방법에 관한 연구, 발음 교육의 일환으로서의 듣기 교육, 듣기 전략 학습, 담화 표지를 통한 듣기 연습' 등이 주를 이루었다. 그러나 교수법 영역 중 '말하기 듣기 통합 교육' 영역은 가장 연구가 부족하였고 최근 들어 증가하는 추세에 있다. '교재론' 영역은 비교적 가장 많은 연구가 이루어진 분야로 2002년 이후로 꾸준히 연구되고 있다.

'교재 개발의 원리와 적용에 대한 연구, 현장 적용을 위한 교재 개작 연구, 듣기 자료의 실제성'과 관련된 연구가 주를 이룬다. 특히 2008년에 발표된 교재 관련 논문 4편 중 2편은 결혼 이민자를 대상으로 한 교재를 연구하고 있어, 결혼 이민자를 위한 듣기 교재의 필요성이 증대되었음을 알 수 있다. '평가론' 영역은 세 영역 중 가장 연구가 부족한 실정이다. 1999년 이후 거의 없던 것이 2007년 들어 꾸준히 연구되고는 있지만, 아직도 '듣기 평가'에 관한 논문과 연구가 부족하다. '듣기 교육 현황'에 관한 연구는 간간히 이루어지고 있고, '특정 지역 학습자를 대상'으로 한 연구는 '중국'인 학습자를 위한 연구가 주를 이루고 있음을 알 수 있다

(4) 함의

말하기와 듣기 등 구어 교육에 관한 필요성은 충분히 인식하고 있음에도 불구하고, 그 필요성에 비해 교재의 개발은 저조한 것으로 보인다. 이는 최근 통합교재를 추구하는 경향과도 무관하지 않다. 하지만 통합 교재의 개발과 더불어 듣기에 초점을 두는 교재의 개발도 함께 이루어지는 것이 바람직하다. 또한 향후로는 일반 목적의 학습자를 위한 듣기 교재 외에도 특수 목적 학습자를 위한 교재의 개발, 성인 이외의 학습자를 위한 교재의 개발 등이 이루어져야 할 것이다. 듣기 교재의 형태는 텍스트 형태를 넘어, CD-ROM이나 홈페이지를 연계한 다양한 매체를 제공하는 교재의 개발이 필요할 것으로 생각된다.

말하기와 듣기는 상호의존적이며 함께 학습하는 것이 효율적임에도 불구하고, 상대적으로 이들의 통합에 대한 연구의 수는 적었다.

따라서 구어의 특성에 초점을 둔 이들의 통합 연구가 필요하며 교재 개발로 이어지는 것이 바람직하다. 또한 일반 목적 학습자를 위한 연구를 넘어 특수 목적 학습자들에 대한 교재 개발도 필요하다. 이와 관련하여 학문목적 학습자를 위한 듣기 교재 개발을 위해서는 먼저 해당 학습자의 듣기의 내용이 되는 담화 분석 연구가 선행되어야 할 것이다. 일부 이루어지기는 했으나 양적으로나 질적으로 보강할 필요가 있으며, 이들 역시 교재 개발로 연계되는 것이 바람직하다. 또한 외국인 노동자 및 이주 여성들이 실생활에서 필요로 하는 상황별 담화를 바탕으로 한 교재도 필요하다.

7) 읽기 교육

(1) 개관

2000년~2009년까지의 읽기 교육 논문 수는 총 76편으로 다른 분야에 비해 적은 편이지만, 꾸준히 증가하고 있으며, 2007년 이후 양적인 성장을 보이고 있다. 한국어 교육에서 말하기, 듣기, 읽기, 쓰기의 언어교육 분야 중에서 말하기, 듣기의 구어 중심 교육이 먼저 다루어진다는 측면에서 문어, 이해 영역인 읽기 교육은 최근에 와서야 활발한 연구가 이루어지는 것으로 판단된다. 또한 학문목적 학습자의 증가와도 무관하지 않다.

〈표 9〉 읽기교육 연구사

	읽기 자료		읽기 교수 방안					학습자 요구 분석	합계
	읽기 텍스트 분석	자료 및 교재 개발	읽기 전략	수업 방안	매체활용교수	학습자별 교수법	통합 교육		
2000			2	2	1				5
2001									
2002						1	1		2
2003	1	1		1					3
2004		4	1			1	1	1	8
2005	2	1		1		1	2		7
2006	1	2		1		1			5
2007	1	2	2	1		2	1		9
2008	4	1	1	3	1		2	1	13
2009	6	1	4	10		2	1		24
합계	15	12	10	19	2	8	8	2	76

(2) 시기별 연구 동향

초반의 연구 시기에는 포괄적인 연구 외에 다양한 영역에서 많은 연구가 이루어지지는 못했다. 2000년~2003년은 논문 수가 5편 이하이고, 주제도 읽기 전반에 대한 내용에 그쳤다. 2006년까지는 읽기 텍스트 및 자료 분석과 교재 개발에 대한 연구(48%)가 주를 이루었고, 읽기 텍스트 분석은 주로 어휘나 구성, 활동 유형에 대한 분석을 바탕으로 이루어졌음을 알 수 있다. 후반부인 2007년~2009년까지의 논문 수가 46편에 이르는 매우 괄목할 만한 증가를 보였는데, 특히 2009년에 24편이 집중되어 있다. 이를 통해 최근 학문목적 학습자의 증가와 더불어 읽기 연구가 매우 활발히 이루어지고 있음을 파악할 수 있다.

읽기 자료 개발은 상대적으로 활발히 연구되었던 분야로, 학습자 숙달도별 교재 개발이나 특수목적 학습자(주로 학문 목적)를 위한 교재 개발이 주를 이루었다. 이에 반해 읽기 교수 방안에 대한 연구는 상대적으로 적었다. 학습자 특성을 고려한 교수 방안 연구 몇 편을 제외하고는 구체적인 연구가 다양하게 이루어지지 않았고 매체 활용 교육 방안 역시 매우 부족하다. 또한 교육 평가에 관한 논문은 거의 없다.

최근에는 읽기 교수 방안 연구가 두드러지는데, 읽기 전략 탐색 및 읽기 수업 방안에 대한 연구가 주를 이루며, 읽기 능력 향상을 위한 다양한 읽기 전략(자기 질문, 요약하기, 알고 있는 단어 활용, 확장형 읽기 등)에 대한 연구가 나타난다. 언어권별 학습자에 대한 교수법이나 여성 결혼 이민자 대상의 연구도 증가하고 있다.

(3) 연구의 세부 주제

영역별 연구 양상은 2000년~2006년까지는 읽기 텍스트 분석 및 자료 개발에 대한 연구가 많았던 반면, 2007년 이후 읽기 교수 방안 분야의 연구가 활발해졌다는 것을 알 수 있다. 초반기가 텍스트 분석을 통한 현황 파악과 자료 개발을 바탕으로 한 이론적 준비기였다면, 후반기인 2007년 이후 읽기 교육에 대한 이론적인 관심을 벗어나 실제 현장에서의 적용할 수 있는 수업 방안과 수업 모형에 대한 구체적인 연구가 이루어지고 있다고 볼 수 있다. 매체활용 교육, 학습자별 교수법 등을 포함하여 읽기 교수 방안에 대한 연구가 전체 연구 영역 중에서 가장 많은 부분을 차지한다. 전체 영역은 읽기 자료와 수업 방안에 대한 연구가 대다수이며, 쓰기 영역과의 통합교육 부분을 포함하면 교수 방안에 대한 연구에 관심이 집중되어 있음 알 수 있다.

반면에 읽기 교육과정 전반에 대한 연구나 평가에 대한 연구, 학습자 요구 분석 연구는 거의 이루어지지 않았다. 교수 방안의 세부 항목으로 학습자별 교수법 논문(8편)에 학습자 변인 요소를 반영하였지만, 요구 분석에 대한 논문 자체는 2편에 그쳤다.

〈그림 9〉 영역별 연구실적

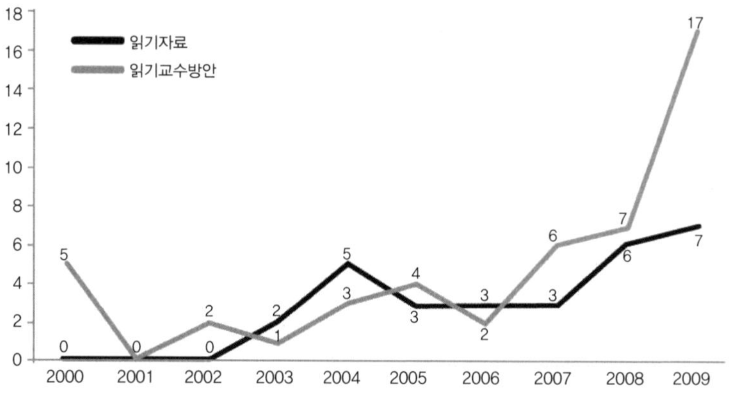

(4) **함의**

텍스트 분석이나 읽기 자료, 교재 개발에 대한 연구를 발판으로 구체적인 수업 방안 연구가 이루어지는 것은 이론과 실제의 조화 면에서 긍정적인 결과라 할 수 있다. 그간에도 일부 관심을 가져왔지만 체계적인 읽기 교육과정과 다양한 수업 방안에 대하여도 지속적인 연구가 이루어져야 한다.

읽기 영역의 통합 교수는 쓰기와의 통합을 중심으로 이루어졌는데, 쓰기 뿐 아니라 말하기, 어휘교육, 문화교육 등의 영역과 통합교육 연구도 필요하다고 본다. 특히 문화 교육이나 어휘 교육은 읽기 텍스트를 바탕으로 활동하게 되는 영역이므로, 읽기와의 통합을 통해서 종합적인 능력 향상을 기대할 수 있을 것이다. 또한 국외에는 어휘와 읽기와의 상관성에 대한 논의가 많은 데에 반해, 한국어교육에서는 이 부분에 대한 논의가 상대적으로 부족하다.

또한 확장적 읽기에 대한 논의는 국외 이론의 도입이나 실험적 연구에만 그칠 것이 아니라 이를 교수에 활용하는 방안을 모색하려는 시도가 필요하다고 본다. 이와 관련해서 학습자의 목적별, 수준별 다양한 읽기 자료의 개발에 대한 논의도 필요하다. 또한 장기 학습으로 이어질 여성 결혼 이민자이나 다문화 가정의 학생을 대상으로 하는 읽기 자료 개발도 시급하다. 한편 향후 변화할 읽기 환경을 고려한다면, 웹북이나 전자책 형태의 학습자가 쉽고 친근하게 접할 수도 있는 다양한 매체를 활용한 자료 개발 연구도 필요하다.

8) 쓰기 교육

(1) 개관

쓰기 교육은, 의사소통 중심 교수법의 강화에 따라 다른 언어 기능 영역 대비 연구가 소홀한 편이었으며, 연구 논문 수 도 비교적 적은 편이다. 그러나 의사소통의 기본은 4가지 언어 영역을 균형 있게 발전시킴으로써 완성될 수 있으며, 또한 쓰기를 통하여 문법과 어휘, 논리적 사고 등을 판단할 수 있으므로 고급 단계로 갈수록 그 중요성은 더해진다고 볼 수 있다. 쓰기 영역은 1990년대부터 연구가 시작되어 2000년대에 이르러 질적 양적 팽창기를 거쳤으며, 2005년 이후부터 연구 영역이 보다 세분화 되었다. 특히 2005년 이후에는 학습자 대상별 쓰기나 평가, 읽기-쓰기 통합 교육 등 실제 현장에 기반 한 다양한 분야의 연구가 확대되고 있다. 분석의 대상은 학위 논문 79편 및 학술지 31편 총 110편이다.

(2) 시기별 연구 동향

2005년 이후 해마다 두 자리 수 논문 발표를 보이면서 2004년까지의 완만한 성장과 대조를 보인다. 2000~2004 논문이 25편, 2005~2009 논문이 85편으로 3배 이상 확대되었음을 확인할 수 있다, 특히 2005년 이후 학문목적 쓰기가 확고한 연구 분야로 자리 잡았으며, 언어권별 쓰기 양상 연구가 급격히 팽창했음을 알 수 있다.

〈그림 10〉 연도별 논문 발표수 추이

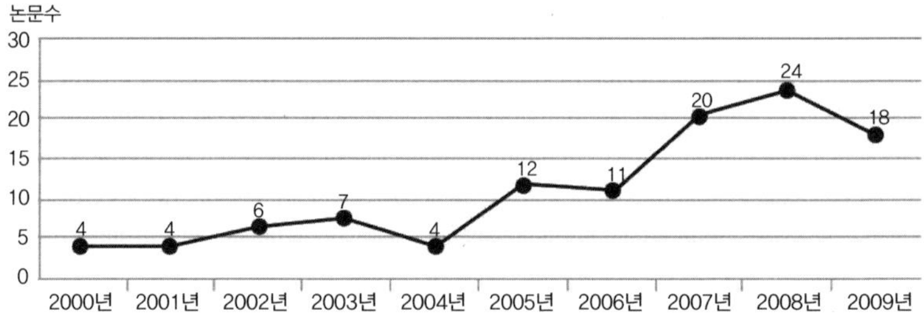

연구 분야가 점차적으로 다양화, 세분화 되는 양상을 보이면서 이주여성, 통합 교육, 교재, 토픽 등과 같은 세부 분류가 연구 주제로 등장하고 있다.

(3) 연구의 세부 주제

2000년대의 쓰기 교육의 방향은 교육 원리나 학문적 교수 학습 방안보다는, 교육 대상별 효과적인 쓰기 제안, 언어권별 쓰기 오류 분석 및 피드백을 통한 쓰기 기능 향상, 쓰기 전략, 타 기능 영역과의 통합 교육 등으로 세분화 되는 양상을 보이고 있다.

특히 언어권별 쓰기 양상 및 과정중심 쓰기, 학문목적 쓰기 의 주요한 세 분야가 전체 연구의 50%가 넘는 비율을 차지하고 있다. 학위 논문 14편, 학술지 10편의 총 24편의 논문이 발표되었으며, 언어권별 대조 분석적 관점을 견지하면서 작문지도, 과정중심 쓰기, 학문목적 쓰기 연구, 쓰기 오류 분석, 텍스트 결속성 분석 등에 관한 연구가 진행되고 있다. 2005년 이전에는 주로 학위 논문들의 발표가 이어지며, 태국, 중국, 일본 학습자의 오류분석을 통한 쓰기 지도에 대한 내용들이 중심을 이루었다면, 2006년부터는 학문목적 학습자의 쓰기 지도, 어휘 오류, 과정 중심 쓰기, 이중 언어화자의 쓰기 능력 평가 등 그 주제가 다양해지고 있다. 언어권별로 구분해 보면, 중국어권이 9편, 영어권 5편, 일본어권 2편, 태국어권 2편, 기타(베트남, 터키, 체코 등) 6편으로 분류되며, 2005년 이후 중국어권 학습자의 비율이 높아가고 있음을 확인할 수 있다.

과정중심 쓰기에 대한 관심도 증가했는데, 학위 논문 13편, 학회지 6편의 총 19편의 논문이 발표되었다. 의사소통 중심 교수법의 영향으로 2000년대부터 한국어 교육에서도 과정 중심의 쓰기에 대한 논의도 활발히 이루어지고 있다. 교사 피드백, 동료 피드백, 자기 점검식 피드백 등 피드백을 통한 쓰기 향상에 대한 연구와 더불어, 학습자들의 오류 분석을 통한 효과적인 작문 지도 등이 주요 내용이다. 학문목적 쓰기에 대한 학위 논문도 14편으로 2005년부터 연구가 자리 잡고 확대되기 시작 하였으며. 학습자들의 요구 분석, 교수요목 설계, 교재 개발, 평가, 교수 방안 등 다양한 주제별 고찰이 이루어졌다.[10)]

(4) 함의

쓰기는 최근 가장 활발히 연구되고 있는 영역이다. 이는 고급 학습자의 증가와 무관하지 않으며, 고급 학습자의 쓰기가 강조됨에 따라, 글쓰기 구조 자체에 대한 교육이나 장르별 글쓰기에 대한 관심도 고조되고 있다. 향후 연구는 학습자별 요구에 맞는 다양한 쓰기 자료 개발 및 숙달도별 혹은 목적별 쓰기 수업 운영 방안에 대한 연구가 필요하다. 이를 위해서는 다양한 장르의 글쓰기의 특성에 대한 담화 분석의 자료가 기반이 되어야 할 것이다.

또한 쓰기는 문법 교육과도 밀접한 관련을 가지고 있으므로, 학습자별 상황에 맞는 어휘나 문법 표현과 연계된 쓰기 교재의 개발도 필요하다고 본다. 아울러 쓰기 능력 향상을 위한 전략 연구도 필요하다.

9) 말하기 교육

(1) 개관

말하기 연구 분야는 비교적 이른 시기부터 관심의 대상이 되어 왔는데, 언어적 형태나 형식보다는 의사소통적 기능을 중심으로 하며,

---

10) 그밖에 통합교육(10편), 쓰기전략 논문(9편), 포트폴리오 논문(9편), 교수 학습 방안(6편), 평가(6편), 매체를 활용한 쓰기(5편), 이주 여성을 위한 쓰기(3편) 등이 이루어졌다.

학습자 간의 상호작용, 과제 해결 중심의 교수가 이루어지는 '의사소통 교수법'이 한국어 교육 현장에서 각광받고, 적용되는 현실과 무관하지 않은 것으로 생각할 수 있다. 하지만 논문의 수는 전체 논문의 수로 볼 때 상대적으로 적은 것이 특징이다.

(2) 시기별 연구 동향

말하기 교육에 대한 본격적인 논의가 시작된 것은 2003년부터라고 할 수 있다. 그 이전까지는 일 년에 한두 편 정도의 논문만이 발표되던 것에 비해 2003년부터 논문의 수가 꾸준히 증가하여 2007년부터는 한 해에 10편이 넘는 논문이 발표되고 있다. 특히 최근에 이르러 논문의 수가 급증하고 있어 말하기 교수에 대한 관심이 고조되고 있음을 파악할 수 있다.

(3) 연구의 세부 주제

먼저 대조분석학적 관점의 연구들은 주로 2005년 이후에 활발히 진행되었던 것으로 보인다. 중국어권 논문(9편)이 가장 많았으며, 일본어권 논문(8편)이 그 다음이었다. 특이한 것은 영어권 논문의 수가 현저하게 적은 데에 비해, 태국어권 논문이 4 편이나 존재한다는 점인데, 이는 외국인 연구자들의 영향으로 보인다. 말하기 교육에서 대조분석학적 관점의 논문들은 주로 말하기 교육을 어떻게 하면 그 언어권 화자에게 효과적으로 교수할 수 있을 것인가, 즉 방법론적인 관점의 논문들이 대부분을 차지한다.

말하기 교수 방법론과 관련된 논문은 총 22편으로, 다른 주제들과 달리 연구 초반부터 꾸준하게 발표되고 있다. 초기의 논문들이 과제나 연습 등을 통한 의사소통능력 배양에 초점을 맞춘 데에 반해, 최근에는 학습자 간의 상호작용이나 다양한 매체 활용을 통한 '실제적 의사소통'에 초점을 맞춘 연구들이 증가했다는 것을 알 수 있다.

교재에 대한 연구는 다른 영역과 달리 5편에 그쳤다. 또한 논문들의 초점이 교재에 나타난 활동이나 과제 분석에 머무는 경우도 많아, 앞으로 교재 구성 및 개발을 위한 연구가 필요함을 알 수 있다. 말하기 평가 연구는 총 13편으로 비교적 활발히 이루어졌다. 의사소통능력과 직결되는 영역임에도 불구하고 측정의 어려움 때문에 실제 평가가 이루어지고 있지 못하지만, 향후 평가도구 개발이 시급하다는 점에서 이에 관한 많은 연구가 많이 이루어졌다고 본다. 평가의 도구 개발부터 시작하여 평가 방안, 평가 실태 연구와 개선 방안 제안 등 평가 전반에 걸쳐서 다양한 연구가 진행되고 있다. 그밖에 교실에서의 상호작용이나 학문목적 학습자를 위한 말하기 자료 개발, 담화 분석 등의 다양한 연구가 20여 편 이루어졌다.

(4) 함의

말하기 영역의 연구의 증가와 다양화는 실제적인 의사소통과 상호작용 증진을 목적으로 나아가고 있음을 살펴볼 수 있다. 연구 초반의 논문들이 거시적인 과제 분석이나 접근을 통해 접근했다면, 최근의 논문들은 학습자의 요구, 실제 교실에서나 사회에서 학습자들이 맞게 되는 의사소통 상황을 논의하고 있다.

하지만 2005년 이후 대조와 평가 영역이 활발한 반면, 교재나, 말하기 능력 제고를 위한 활동에 대한 연구는 상대적으로 부족해지고 있는데, 해당 분야에 대한 지속적인 연구가 필요하다고 본다. 아울러 말하기의 목적에 따른 장르별 말하기 교수에 대한 논의도 요구된다. 이를 위해서는 장르별 말하기의 특성에 대한 이론 연구도 선행되어야 할 것이다.

4. 연구사에 나타난 쟁점과 제언

본고에서는 최근 10년간의 한국어교육학의 내용학 영역인 발음, 어휘, 문법, 문화 교수 영역과 말하기, 듣기, 읽기, 쓰기의 선행 연구 분석을 통해, 시기별 주제별 연구의 흐름을 정리해 보았다. 지면의 제약으로 인해 세부 영역별로 충분히 다루지는 못했으나, 전체적인 경향성을 제시해 보고자 했다. 위의 연구들을 바탕으로 하여 그간의 연구사에 있어서의 주요 쟁점을 짚어보고 이를 토대로 하여 향후 연구에의 제언을 제시하면 다음과 같다.

1) 주제별 연구 분야 측면

주제별 연구 영역의 편차가 큰 편이다. 양적 통계에 기대어 본다면 초기 연구는 내용학 영역의 비중이 매우 컸고 차츰 교수학 영역으로 분산되는 경향을 보인다. 이는 학문이 정착되는 초기에 나타나는 당연한 현상으로 간주되며, 양방향 모두 균형 있게 발전해 간다면 긍정적인 부분이라고 볼 수 있다.

내용학 연구는 양적으로는 많았지만 활용도 면에서는 다소 부족한 면이 있다. 먼저 발음 교수에서는 특히 억양 교수에 대한 선행 연구가 부족하고 대조음운론적 분석 역시 보충되어야 할 영역이다. 어휘 영역의 경우에는 학습자의 목적별, 대상별 어휘 목록 구축과 등급화, 언어권별 어휘 대조 자료 등의 추가적인 연구가 필요하며, 문법 영역에서는 구어문법적, 담화문법적 자료 연구가 보충될 필요가 있다. 문화 영역 역시 문학을 넘어서 의사소통에 문제를 일으키는 언어문화적 요소 및 문화 간 의사소통의 거시적 관점의 연구에도 관심을 가질 필요가 있다. 아울러 국어학의 연구 결과와 차별화된 '외국어로서의 한국어학'의 관점에서 접근해야만 언어 교수에 활용 가능성이 증대되리라 본다.

언어기능별 교수학의 경우에는 지나치게 서구 이론에 기댄 바가 없지 않다. 독립적 이론을 찾아보기 어려웠고, 국외의 교수 이론에 소개된 개념을 적용하는 수준에 머물고 있다. 국외의 언어교수이론을 수용하되, 한국어라는 개별 언어의 특성을 살린 교수 방안을 고민할 필요가 있다고 본다. 아울러 현재의 접근은 이해 영역/표현 영역의 접근이 활발한데, 구어 영역/ 문어 영역의 접근에도 관심을 둔 세부 교수 방안이 연구되는 것이 바람직하다.

2) 연구방법론의 측면

연구방법론 역시 한국어교육학만의 독자성이 부족하다. 최근 일부 학자들이 기존 한국어교육관련 논문의 연구방법론의 부재 혹은 비정립에 대해 비판하면서 대안으로 외국어교육학 영역에서의 서구의 연구방법론을 도입하고 있다. 하지만 이는 근본적인 대안이라고 보기는 어려운데, 다른 외국어교육학과 변별되는 한국어의 특성에 기인하는 독자적인 연구방법론 수립에는 한계를 가진다고 보기 때문이다.[11] 실제로 일부 선행 연구들에서 언어교육학이 사용하는 조사나 실험, 관찰 연구의 방법론 적용의 비전문성 혹은 미비점이 없다고 볼 수 없다. 이는 현실적으로 연구자의 학문적 배경이 대부분 인문학에서 출발했으므로 연구방법론에 대한 인식과 훈련의 부재에 기인한 바도 컸다고 본다.

하지만 한국어교육학' 연구는 교수학의 측면에서는 사회과학적 방법론을 도입하는 게 바람직하지만, 내용학의 측면에서 본다면 인문학의 경향도 함께 띠고 있다고 본다. 즉, 외국어로서의 한국어교육학 내에는 '외국어로서의 한국어학'과 '한국어교수학'이 포함되며, 한국어교육학은 이 둘을 포함하는 상위 개념으로 인식하는 게 타당하다고 본다.

따라서 향후 연구방법론은 다양한 질적 연구방법론이 좀 더 적극적으로 도입되는 것이 바람직하다고 본다. 최근 언어 교육에서의 많은 연구들이 언어 자료(구어든, 문어든, 영상물이든)를 대상으로 하고 있다는 점에서, 향후 한국어교육학에서도 이에 대한 보다 활발한 적용이 필요하다고 생각한다.[12]

---

11) 이는 국어학과 언어학의 연구방법론 비교를 통해서도 짐작해 볼 수 있는데, 영어학을 비롯한 언어학 전공자의 영향을 받은(이론이나 연구방법론에 있어서) 70~90년대에 이르는 다수의 논문들이 국어학계의 논문의 주류를 이루었으나, 결국 이러한 방법들이 국어의 문제들을 모두 풀어주지 못했고 최근에는 국어학계의 자생적인 연구방법론이 형성되어 있다.

12) 언어교육 연구에서 활발하게 활용되고 있는 '코퍼스 분석' 방법론이나 담화 분석(Discourse Analysis), 대화분석(Conversation Analysis), 의사소통 민족지학(Ethnography of Communication) 등의 활용 여부나 언어이론의 교육학적 적용 등의 분석이 그것이다. 문어 담화 분석에서는 학습자들의 텍스트 분석(Text Analysis of Student Texts), 교사 자료의 텍스트 분석(Text Analysis of Teacher Texts), 제2언어 교수자료의 텍스트 분석(Text Analysis of Second Language Teaching Materials)

3) 연구의 다양화와 전문화의 측면

향후 연구는 이론 연구와 현장 연구, 내용학적 연구와 교수학적 연구에의 균형성이 필요하다. 2000년대의 연구를 살펴볼 때, 초기의 연구는 내용 연구에 치중되어 있지만 이후 연구는 점차 교수학적인 논의가 증가하고 있다. 이러한 추세는 한국어교육학의 대상이 이론과 실제를 겸해야 한다는 점에서 매우 당연한 현상으로 생각된다.

아울러 다양화와 전문화가 요구된다. 점차 한국어교육학의 분야가 확대되는 시점에서는 영역별 전문가의 독립적인 연구가 필요하다고 본다. 제2언어 언어습득과 관계된 이론 연구가와 교재 개발 및 교수자료 개발 연구자, 현장에서의 행동 연구와 같은 보다 다양한 연구방법이 보다 다양한 전문가에 의해 적극적으로 도입될 필요가 있다고 생각된다.

이 글은 『국어국문학』 155호(국어국문학회, 2010)에 수록한 논문을 수정하여 재수록한 것이다.

등의 영역이 필요하다.

디지털 언어 소통 시대와 화법

임칠성

1. 머리말

고대 그리스 시대부터 언어 교육은 화법 교육으로부터 시작되었다. 그럼에도 불구하고 Ong(1986/이기우·임명진역, 1997)에 따르면, 연설 중심의 수사학의 발달, 중세의 라틴어 학문, 인쇄술의 발달로 인해 언어 교육이 문어 교육으로 그 중심을 바꾸었고, 화법 교육마저 미리 잘 짜인 내용을 전달하는 연설 중심의 화법을 중시하게 되었다. 연설은 문어로 짜진 사고를 음성을 통해 효과적으로 전달하는 화법 유형이므로 궁극적으로 문어적 사고에 바탕을 둔 화법이라고 할 수 있다. 이런 연설 중심의 화법 교육이 현대에 이르기까지 계속되다가 1970년대에 이르러 화법의 관심이 연설에서 대인의사소통으로 변화하게 되었고, 자연히 화법 교육도 공적 연설 중심에서 대화나 소집단 의사소통 중심으로 변하게 되었다.

연설 중심의 화법이 대화 중심의 화법으로 바뀌면서 화법의 중심 목적도 변화를 겪게 되었다. 연설의 초점이 언어적 의미의 효과적인 전달에 있었다면 대화와 소집단 의사소통에서는 언어적 의미와 함께 말하기를 통한 관계의 형성과 유지 및 발전에도 관심을 가지게 되었다. 화법의 본래 목적이 단순히 사고의 전달에 그치는 것이 아니라 말을 통해 참여자들이 삶을 공유해 가는 과정이라는 인식을 하게 된 것이다. 그리고 인지심리학의 영향으로 의미에 대한 개념도 변하였다. 의미를 이미 짜진 것이 아니라 참여자가 협력적으로 구성해 가는 것으로 인식하여 의미의 역동적 과정을 중시하게 된 것이다.

이제는 디지털언어, 즉 0과 1로 구두 언어, 문자 언어, 그림과 동영상이 복합된 언어가 지배적인 소통의 언어로 등장하고 있다. 디지털 언어의 등장은 매체만 변화시키는 것이 아니라 고등 사고, 인간관계, 집단의 성격, 문화 등 언어와 관련된 제반 상황들을 본질적인 차원에서부터 변화시키고 있다. 이런 변화의 충격은 구어가 문어로 바뀌었던 것보다 더 크게 다가오고 있다. 그리고 디지털언어는 '시공간의 압축'을 통해 지구촌의 글로벌화[1]를 촉진하여 인간의 일상 삶에 대변혁을 요구하고 있다. 언어 관련 상황들의 변화와 글로벌화로 인한 일상 삶의 변화는 화법 연구에도 대 변혁을 요구하고 있다.

화법과 관련된 제반 상황들은 어떻게 변화해 갈 것인가? 디지털이 소통의 중심 매체가 되고 있는 글로벌 시대의 화법은 어떠할 것인가? 이런 변화에 따라 화법은 어떤 모습으로 변화할 것이고, 그래서 화법

---

1) 글로벌화(globalization)는 아직 완성되지 않은 개념으로서, 2007년 발간된 "글로벌화 백과사전"에서는 이를 국제적인 상호의존을 가리키는 국제화(internationalization), 자유롭고 개방적인 국제 시장의 창출을 의미하는 자유화(Liberalization), 서구화, 미국화, 맥도날드화로 대변되는 문화적인 보편화(Universalization), 총체적인 하나의 지구를 의미하는 행성화(Planetarization) 등의 의미로 쓰이고 있다.(원진숙 외, 2010, 16쪽)

교육은 어떠해야 하는가? 이 글은 이런 질문들에 대한 소견이다. 이 글은 디지털언어 소통으로 대변되는 디지털 사회의 화법 환경이 어떻게 변할 것인지를 언어적 사고 양식의 변화의 측면, 소통 구조의 변화 측면, 소통 태도의 변화 측면에서 다루는 것을 목적으로 한다. 변화의 범위가 워낙 광범위하기 때문에 이 글에서는 변화의 제반을 다루지 못하고 각 측면에서 두드러진 한두 가지를 화법 교육의 측면에서 정리하고자 한다.

2. 디지털 언어 소통 시대의 화법

의미 소통의 매체 측면에서 인류의 역사를 살펴볼 때 인류는 문자가 없었던 구술 문화의 시대를 거쳐 문자의 발명과 인쇄물의 발명에 의한 문자 문화 시대에 살고 있다. 이제는 소리, 문자, 그림, 동영상 등이 복합적으로 나타나는 디지털언어가 의미 소통의 중심이 되는 디지털문화 시대, Ong(1986/이기우·임명진 역, 1997)의 지적처럼 2차적 구술성의 시대가 되고 있다. 이 시대에는 문자 문화 시대의 핵이었던 '책은 숲으로부터 인공지능들의 땅으로 가는 길 위에 놓인 과도기적 단계'(Vilem Flusser, 1992/윤종석 옮김, 19981:74)에 놓이게 되어, 도서관이 사라지고 '도서관들과는 다른 그리고 더 나은 인공적인 기억저장소들이 존재하게 될 것이다. 지금까지는 도서관들에서 보존되어졌던 것이 이러한 새로운 기억저장소[2]들로 옮겨질 것이'(Vilem Flusser,

2) CD나 DVD와 같은 디지털 저장소를 의미함. CD와 DVD는 문자로 된 글만 저장하는 것이 아니라 이미지, 동영상 등을 통해 상황 자체를 저장하게 될 것이라는 점에서

1992/윤종석 옮김, 1998:171)다. 어떠한 경로이든 문자 문화를 대표하는 문서와 책은 그 영향력이 크게 쇠퇴할 것이다.

> 문자에 대해 메타적으로 사유하는 문자, 즉 "메타문자"는[3] 본의 아니게 우리가 글쓰기의 몰락을 기대해야만 한다는 결론에 도달하였다. -- 여러 다양한 지평들로부터 출발하여 결국 이러한 결론으로 수렴되는 근거들이 있다. 서로 결합되어 있는 근거들은 다음과 같이 요약될 수 있다 : 즉 어떤 새로운 의식이 형성 중에 있다. 그 의식은, 자기 스스로를 표현하고 전달하기 위해서, 비-문자숫자적 코드를 발전시켜 왔고, 그것은 글쓰기의 몸짓을 하나의 부조리한 행위로 간주하면서, 글쓰기가 이제 자신을 그러한 부조리한 행위로부터 해방시켜야 한다는 것이다. (Vilem Flusser, 1992/윤종석 옮김, 1998:170)

글쓰기 위력의 쇠퇴는 문자의 권력이 디지털의 권력으로 이동한다는 것을 의미하기도 한다. 문자에 의한 위력을 한 마디로 표현하는 것이 '펜의 권력'이다. 이 권력이 '서양문화라는 형태로 현실화되고 있는 사실, 그리고 이러한 의미에서 펜들의 권력의 장이 우리 사회의 "하부구조"로 지칭될 수 있다'(Vilem Flusser, 1992/윤종석 옮김, 1998:231)는 사실에 비추어 볼 때 매체에 의한 힘은 문화의 기반이 되어 왔다. 그런데 이런 펜의 권력이 이제는 트위터의 권력, 인터넷 게시판의 권력, UCC의 권력 등으로 이동한다고 할 수 있다. 신문에 의한 여론보다는 인터넷에 의한 여론, 이제는 트위터에 의한 여론이 점점 더 중요한 가치를 지녀 가고 있다. 실제로 우리가 목도하듯이 디지털

기존의 글과는 다른 차원의 저장소가 된다. 각주는 필자가 첨가함.

3) 의미 소통의 매개체로서의 문자의 성격에 대한 이해를 의미한다. 각주는 필자가 첨가함.

언어가 일종의 문화로 자리를 잡고 있다.

의미 소통의 매체가 변한다는 것은 단순히 매체의 변화에 그치지 않는다. 인간이 언어로 사고하기 때문에 언어(의미 소통의 매체)가 어떤 종류인가에 따라 사고의 양식이 변화한다. 그리고 사고 양식의 변화는 곧 소통 내용과 방법의 변화라는 결과로 나타난다.[4)]

디지털언어 문화의 시대가 되면서 우리가 주변에서 관찰하고 경험하듯이 사고의 양식이 문자 문화의 시대와 판이하게 달라지고 있으며, 이런 변화는 가속화되고 심화되고 있다. 디지털 문화 시대의 사고 양식을 현재의 변화를 중심으로 몇 가지로 예견할 수 있다.

첫째, 디지털언어는 복합적으로 의미를 생산할 뿐만 아니라 인간에게 복합적으로 의미를 수용할 수 있는 능력을 신장시키고 있다. 이런 능력 신장에 힘입어 새로운 세대 사이에서는 멀티태스킹(multitasking)이 의미 수용의 한 방식으로 자리매김하고 있다. 디지털언어는 잔류 여유 사고(이창덕 외 2000:125)를 음악을 보거나 텔레비전을 보는 등 다른 활동에 사용할 수 있게 한다는 것이다.

동시적으로 주어지는 수용은 주어지는 내용들이 서로 연관이 있는 내용일 수도 있고 서로 연관이 없는 내용일 수도 있다. 예를 들어, 서로 관련된 사건에 대한 텔레비전 영상을 관련된 글을 보면서 보고 들을 수 있다. 자막이 있는 텔레비전 시청의 경우이다. 서로 연관이 없는 경우는 요즘 유행하는 음악을 들으면서 수학 공부를 하거나 약속에 대한 대화를 하는 경우이다. 효과적인 소통을 위해 전자의 경우에는 복합적 사고가 필요하지만 후자의 경우는 선택적 사고가 필요

4) 임칠성(2009)에서는 구술에 의한 사고양식과 문자에 의한 사고양식이 어떤 차이를 드러내는지 정리하였다.

하다.

둘째, 사고의 양식이 단편화되고 있다. 단편성은 디지털언어 사고의 대표적인 특징이라 할 수 있다. 다음은 우리의 일상에서 흔히 접하는 대화이다

어른 : 네 꿈이 무어야?
학생 : 모의고사에서 성적 올리는 거요.
어른 : 당장의 목표가 아니라 미래의 꿈이 무엇이냐고?
학생 : 아직 생각 안 해 봤는데요.

문자 문화의 세대에게 이런 학생들은 답답하다. 이런 학생들은 MP3를 귀에 꼽고 공부를 해야 공부가 잘 된다고 한다. 어떤 점이 어떻게 도움이 되느냐고 물으면, 혹은 왜 좋으냐고 물으면 답은 한결같다. "그냥요." 한 단락의 글은 잘 쓰지만 한편의 글은 제대로 쓰지 못한다. 이런 학생들에게 문자 문화 세대는 '사고력이 부족하다.'고 한다. 그런데 이들과 이야기해보면 그것이 그들의 사고방식이다. 짧고 자극적으로[cool] 사고한다. 이런 점을 문자 문화 세대들이 '왜 그런지' 이해하기 어렵다.

그런데 대학생들이나 중등학교 학생들의 디지털언어 소통의 예를 살펴보면 단편적인 사고의 필요성을 쉽게 알 수 있다. 컴퓨터 채팅, 휴대폰 문자, 댓글 등의 소통 구조는 깊은 사고를 허용하지 않는다. 즉각 대응하는 것이 매우 중요하기 때문이다. 따라서 매우 짧은 시간에 사고를 해야 하고, 이런 사고의 경험이 쌓이면서 사고는 단편화의 길로 가고 있다. 즉각적인 사고는 단편적인 사고의 성격을 띨 수밖에 없다.

최근 세계적으로 열풍이 불고 있는 트위터(Twitter)라는 소통 방식은 이런 현상을 심화시키며 가속화시키고 있다. 트위터란 단문 메시지 서비스(SMS)나 전자 우편을 통해 '트윗'(Twit)이라 불리는 한글 70자 이내의 문자를 웹을 통하여 수많은 사람들과 소통하는 것을 가리킨다. 70자란 한글 워드로 작성하면 두 줄이 채 안 된다. 버락 오바마 대통령을 비롯하여 우리나라에서도 수많은 정치인들을 비롯한 유명 인사들이나 혹은 개인들이 이 소통을 하고 있으며, 그 수는 급격하게 늘어나고 있다. 누구나 예견했듯이 아이패드(iPad)나 스마트폰(Smartphone)과 트위터의 결합은 대화의 소통 방식에 대변혁을 초래했다.

의미 소통 매체의 변화에 따라 사고 양식이 변화한 것은 구술 문화가 문자 문화로 이행했을 때도 마찬가지였다. 구술 문화 시대에서 문자 문화 시대로 오면서 목소리나 비언어적 소통과 같은 구두 소통의 역동성이 쇠퇴해지고, 대신 단절된 문자 기호에 의한 소통이 강화됨에 따라 지식이 개인의 주관적인 삶에서 객관적인 대상물이 되었다. 언어가 생동력을 잃게 된 것이다(이창덕 외, 2010:31~32). 또 구술 문화에서는 인간의 기억력에 주로 의존하여 소통하였기 때문에 '일리아드오디세이'와 같은 웅장한 장편의 서사시를 암송할 만한 기억력을 가졌지만 문자 문화 시대로 오면서 그 기억력이 쇠퇴하게 되었다. 그런데 이제는 디지털 문화 시대로 가면서 인간들은 멀티태스킹의 능력을 갖게 되었지만 사고는 단편화되어 가고 있다. 사고의 단편화는 트위터를 통한 단문 의사소통이나 문자 메시지와 같은 소통에서도 드러나지만 요즘 학생들의 사고가 단순화되어 깊이가 없어진 것에서도 드러난다. 학생들은 '왜, 그래서'라는 질문에 깊이 있게 사고

하여 답하지 못한다. 또 한 단락은 잘 구성하거나 짧은 말은 재치 있게 하지만 단락을 유기적으로 연결하여 전체 글을 작성하거나 긴 담론을 하는 능력은 매우 떨어진다. 이는 작문이나 화법 능력의 문제가 아니라 디지털을 매개로 하는 사고에 따라 사고방식이 변화한 것에 의한 것이라 할 수 있다.

사고의 즉시성에 의한 단편성은 의미의 의미를 변하게 하고 있다. 이제는 존재물이 지니는 상징적 의미보다는 존재 그것 자체가 의미를 지녀 가고 있다. 현재(문자 문화)처럼 지식에 의한 판단으로 가치를 부여하는 의미의 의미가 퇴색해지고 있는 것이다. 예를 들어, 단체복에 어떤 이미지를 그려 넣을 때 현재는 그 이미지의 '상징적' 혹은 지식에 의해 판단해서 해석이 될 수 있는 의미가 중요하지만 디지털 문화 세대는 그냥 보기 좋으면 그것이 의미이다. 그냥 좋으면 되는 것이다. 삶이란 무엇인지에 대해 '왜'라는 의문을 가져야 하는지에 대해, 미래의 삶에 왜 고민해야 하는지에 대해 의문을 제기한다. 그래서 아무 의미 없어 보이는 UCC를 제작해서 소통하기도 한다.

셋째, 비판적 문식력을 통한 정보의 선택적 접근 능력이 중요한 의미를 지니고 있다. 첫째와 둘째의 변화는 실현 양상과 관련된 변화이고, 셋째 변화는 요구되는 능력과 관련되는 변화이다. 디지털 매체의 특성은 대용량의 신속한 유통이다. 그런데 대용량의 정보는 그 자체로 혹은 사용자의 필요의 정도에 따라 각양각색의 질적인 차이를 보이며 소통된다. 그래서 디지털언어 소통 참여자들은 자신의 필요에 따라 대용량의 정보를 비판적으로, 그것도 빠른 시간 안에 비판하여 선택하여야 한다.

화법뿐만 아니라 독서에서도 미래 사회가 요구하는 핵심적인 사고

중 하나가 비판적 문식력이라는 지적을 하고 있다. 최미숙 외(2008: 190)에서는 읽기와 읽기 교육의 과거, 현재, 미래를 개관하면서 고대와 중세는 인격 수양을 위한 읽기가 주조를 이루고, 근대와 현대는 읽기 능력 향상을 위한 읽기 교육이 주조를 이루었다면 근래와 미래는 문식적 사회와 비판력이 주조를 이룰 것이라고 밝히고 있다.

> 읽기 능력의 개념이 개인의 인지 능력을 뜻하는 것을 넘어서 사회생활을 누리는 사회적 능력으로 심화됨. 글이 문자언어에서 다매체화되고, 이해의 양상이 의미의 해석을 넘어 맥락에 대한 민감성과 비판의식을 요구함. 읽기 교육은 개인만이 아니라 사회적 차원의 목표를 고려해야 하며, 변화된 환경을 수용해야 함.

그런데 디지털언어의 비판적 문식성은 문자에 대한 비판적 문식성과 몇 가지 면에서 차별화된다. 디지털언어 소통에서는 정보의 유형이 일차원적이고 탈맥락적인 문자적 정보에서 다차원적이고 상황맥락적인 디지털 정보로 변하고, 또 참여자들이 대부분 즉각적으로 비판적 사고를 작동시켜 판단해야 하기 때문이다.

> 그런데 우리는 실제로 글쓰기의 몰락과 더불어 비판적인 능력도 잃어버리게 될 것이라고 염려하고 있다. 이와 같은 모티프가 정당한지 아닌지의 여부를 떠나(계속 글쓰기에 대한 우리의 앙가주망이 이성적이냐의 여부, 그리고 비판이 글쓰기와 결합되어 있느냐의 여부, 또는 비판이 도대체 바람직한 사고방식이냐의 여부와는 상관없이), 그 모티프는 여기에서 사유들을 위한 하나의 새로운 단초로 연결될 수 있기에 충분하다. 이제는 우리의 사유가 더 이상 글쓰기의 몸짓으로부터가 아니라, 씌어진 글의 구체적인 현실로부터 출발해야 할 것 같다.(Vilem

Flusser, 1992/윤종석옮김, 1998:171)

이러한 사고의 변화에 화법 교육도 적극적으로 대처하여 한다. 교육은 학문의 본질을 기초로 하되 시대상황적 요구를 적극 반영하여야 하기 때문이다.[5] 교육의 기초가 되는 화법학 자체도 기실 시대상황적 요구를 반영하여 학문의 방향과 내용이 영향을 받을 수밖에 없다. 디지털 매체의 변화에 의한 세 가지 성격은 이미 학생들에게 일상화되고 있지만 우리 교육은 여전히 '언어중심주의(logocentrism)'[6]를 벗어나지 못하고 근대적인 모습을 보이고 있다. 언어중심적인 교육은 그 본질상 문어 중심적인 교육이 될 수밖에 없다. 디지털언어로 화법 교육을 하더라도 미디어 교육이 소통이 아니라 언어적 의미에 초점을 맞추면 결국 언어중심주의와 같은 길을 걷게 될 것이다.(정현선, 2007:15). 언어중심적인 전통은 문어에 의한 철학만이 순수 학문이

5) 그럼에도 불구하고 우리 국어교육은 언어중심성 때문에 현실의 요구를 제대로 반영하지 못하고 있다. 2007년 개정 교육과정을 위해 교육과정평가원에서 학부모를 대상으로 실시한 설문 조사는 국어 교육에서 강조되어야 할 내용으로 '토의·토론하기'에 59.0%(1위), '발표하기'에 47.6%(3위), '설득하는 말하기'에 26.4%(6위), '면접에 응답하기'에 15.7%(10%)라는 결과를 보였다. 학생들도 학교 국어 교육에서 강조해야 할 점에 대해 '발표하거나 토의·토론을 하는 것'에 22.0%(1위)의 응답을 보였다.

6) 박인기(2009:4)에서는 우리 국어 교육이 "내용에 대한 자극을 학문 범주에서만 받았고, 언어나 문학의 '현상' 범주에서 자극받을 생각을 하지 않"아 전통적으로 문자중심에 치우쳐 있다는 점을 지적하고, 언어중심주의적인 국어교육의 작용태를 네 가지로 정리하고 있다.

첫째, 국어교육의 권역 안에서 '소통현상(능력)'과 언어현상(능력)'이 괴리되는 모습이 나타났다. / 둘째, 순 언어만을 국어교육의 내용 질료로서 우선 배치하는 성향이 강하게 나타났다. / 셋째, 경계역이 뚜렷한(배타적인) 학문 논리가 국어교육의 연구·개발 논리로 재생산되었다. / 넷째, 국어교과의 생태 환경(문화, 미디어, 테크놀로지)에 대한 적응과 진화에 유연하지 못했다.

고 나머지는 응용 학문이라고 생각했던 18세기 이래(Karlfried Knapp and Gerd Antos, 2008:i) 계속되어온 현상이라고 할 수 있다.7) 이런 전통은 인간 중심적 교육보다는 학문 중심적 교육을 초래했다. 이제는 비판을 통한 참여 활동이 핵심이 되어 의미(언어의 내적 구조) 자체가 아니라 인간에 의한 의미의 소통(언어의 사용)에 초점을 둔 교육이 되어야 한다.

교육 내용도 역동적으로 변해야 한다. 단편적인 사고에 의한 의미 소통을 구체적인 교육의 대상에 포함하여야 한다. 즉시적인 소통으로 인한 '문법 파괴 현상'으로만 교육할 것이 아니라 소통의 효과적인 방식을 모색할 수 있도록 교육하여야 한다. 또 단편적인 사고로 인한 소통의 내용을 진중하거나 사려 깊지 못하다고만 단정할 것이 아니라 단편적인 디지털 구조물을 효과적으로 소통할 수 있는 방법, 그리고 나아가 이런 소통을 통해 사고력을 신장시킬 수 있는 방법을 모색하여야 한다. 수많은 정보들을 일괄하여 재빨리 판단할 수 있는 능력과 그 판단을 내 생각과 연결하여 표현할 수 있는 능력을 신장시켜야 한다. 비판적 문식 능력을 강화하되 그 대상을 문어 차원에서 벗어나 동시적으로 주어지는 다차원적인 정보를 대상으로 확대하여야 한다.

Ong이 디지털언어 소통을 이차적 구술성이라 지칭한 것에 보듯이, 디지털언어 소통은 문어 소통보다는 구어 소통과 훨씬 가깝다. 구두 소통은 음성 언어적 의사소통보다는 비언어적 의사소통의 역동성이 의미의 소통에서 중요한 역할을 한다. 언어적 의사소통이 의미 수용

---

7) '응용 학문'이라는 표현이 1751년 스웨덴의 화학자 Wallerius에 의해 처음 소개된 이후 최근까지 (순수) 철학을 제외한 학문들은 대부분 응용 학문이다.(Karlfried Knapp and Gerd Antos, 2008 : i)

과 생산에서 매우 큰 비중을 차지한다(이창덕 외, 2010:129). 더구나 디지털언어의 소통은 역동적으로 입체화되고 있다. 의미의 수용과 생산이 문어 중심에서 복합 양식의 구어 중심으로 넘어가게 되면 다양한 비언어적 의사소통이 의미 수용과 생산에서 중요한 변인으로 떠오를 것이다. 예를 들어, 텔레비전의 '탐구생활'이라는 드라마는 현실을 반영한 언어 표현과 특이한 어조 때문에 높은 시청률을 올렸다.

의사소통이 입체화되면 맥락에 대한 교육이 강화되어야 한다. 맥락이 의미 파악에 매우 중요한 변수로 떠오르게 될 것이고, 또 의미의 수용과 생산에 관여하는 변인들이 복잡해지고 다양해질 것이다. 따라서 입체적인 의미 수용과 생산 능력, 의미의 수용과 생산에서 맥락을 고려할 수 있는 능력이 중요하게 될 것이다.

교육의 환경도 변해야 한다. 인터넷을 활용한 다자간 의사소통을 연습할 수 있는 환경이 조성되어야 한다.

3. 디지털 언어 소통의 구조

화법의 구조를 크게 대인 의사소통(interpersonal communication), 집단 의사소통(group communication), 대중 의사소통(mass communication)으로 유형화할 수 있다. 대인 의사소통이란 사적인 대화를 포함하여 특정한 목적을 위해 모인 집단의 성격이 반영되지 않은 대화들을 말한다. 일상 대화나 면담이나 좌담 등과 같은 것들이 이에 속한다. 집단 의사소통이란 집단의 특성이 반영되는 화법으로서 토의, 토론, 협상 등이 이에 속한다. 한덕웅 외(2005:256)에서는 집단과 집합체

(collectivities)를 구분하여, 집단을 '구성원들이 서로 잘 알고 있으며, 서로 강한 영향력을 미치고, 다양하게 상호작용이 이루어지며, 구성원들이 동일한 집단에 포함된다고 인식하는 두 사람 이상의 집합체'로 정의하고 있다. 대중 의사소통은 대중의 특성이 반영된 화법으로서 연설 등이 속한다.

디지털언어 소통은 대인관계와 집단과 대중의 성격을 변화시켜 새로운 소통의 구조를 새롭게 변화시키고 있다. 새로운 대인관계의 구조는 만남의 방식에서 기인한다. 디지털언어 소통으로 인해 세 가지 종류의 인간관계들이 존재하고 있다. 첫째, 물리적 인간관계이다. 둘째, 사이버 인간관계이다. 셋째, 물리적 인간관계와 사이버 인간관계가 통합된 관계이다. 물리적 인간관계는 물리적 공간에서 면 대 면으로 만나서 이루는 관계이다. 사이버 인관관계는 사이버 공간에서 만남을 생성하고 유지하고 발전시키거나 쇠퇴시키는 관계이다. 통합된 관계는 물리적 만남이 사이버 만남을 동반하거나 혹은 사이버 만남이 물리적 만남으로 발전하여 두 공간에서 모두 만나는 관계이다. 디지털 소통으로 인해 순수한 물리적인 면 대 면 관계는 점점 줄어들고 대신 사이버 관계나 물리적 관계와 사이버 관계가 혼합된 관계들이 늘어나고 있다.

사이버 관계는 예전의 물리적 관계와 매우 다른 관계이다. 사이버 관계에 있는 사람들은 물리적인 공간에서 면 대 면의 관계를 유지하는 것이 아니라 대부분 사이버에서 관계를 맺고 소통을 한다. 개인 블로그(blog)를 통한 소통, 트위터 활동, 싸이월드(Cyworld)를 통한 소통 등이 그것들이다. 이들에게는 나름대로 질서와 규칙을 갖춘 소통 구조와 방식이 존재한다. 예를 들어, 인터넷 채팅의 언어와 그 소통 구조는 기존의 언어 규범으로 보면 일탈이고 파괴이고 그래서 끊임없이 그 잘못을 지적하고 있지만 나름의 규칙과 자율성을 가지고 생명력을 가지고 발전해 가고 있다. 이제는 채팅만이 아니라 각 사이버의 추상적 집단들 사이에서도 소통하는 언어 양식이 존재하고 있다. 문자 메시지의 소통이 그러하고, 블로그 소통이 그러하고, 싸이월드 소통이 그러하고, 트위터 소통 등이 그러하다. 신기술의 발달로 인해 새로운 소통의 구조가 계속 등장하여 나름의 규칙을 가지고 변화하고 있다.

새로운 세대들이 사이버 관계를 맺게 되는 원인을 자기를 드러내고자 하는 욕구, 타인의 삶을 엿보고자 하는 욕구, 타인들이 자신들의 말에 댓글을 통해 말을 걸어오는 것을 통한 자기 존재감의 확인 등으로 설명을 하고 있으니, 전문화되고 세분화된 인간관계 속에서 소외받은 이들이나 이런 관계에 피곤한 이들이 사이버 관계로 쉽게 빠져들 수밖에 없다. 따라서 이러한 사이버 관계는 점차 늘어나고 있다. 인터넷에는 셀 수 없을 정도의 사적인 만남들이 존재하고 있다. 현재 우리나라에서 트위터 활동을 하는 인구가 60만 가량 되고 이 중에는 상당수가 트위터홀릭(twiterholic) 증세[8]를 보이고 있다. 이들은 물리적 관계와는 다른 대화 구조를 통해 자신들의 관계를 생성, 유지, 발전 혹은 쇠퇴시킨다.

사이버와 물리적 관계가 혼합한 경우란 블로그, 싸이월드, 트위터 등을 통해 시작된 만남이 물리적 관계를 동반하는 경우나 물리적 관계가 버디버디(buddybuddy) 등 채팅 사이트를 통한 소통을 동반하는

8) 청소년들이 핸드폰이 없으면 불안해하듯이, 트위터 활동을 하지 않으면 불안 증세를 보이는 현상.

경우 등을 가리키는 것으로 동일한 대상을 물리적인 공간과 사이버 공간에서 함께 만나는 것을 의미한다. 동일한 대상이지만 이들이 물리적 공간에서 소통하는 방식과 사이버 공간에서 소통하는 구조와 방식이 서로 다르다.

사이버 소통의 구조 가운데 물리적 관계와 크게 다른 구조는 평범한 개인의 표현(대화)이 대중의 심리를 움직여 물리적 힘을 과시하게 하고, 심지어 정책을 수정하게 할 수도 있다는 것이다. 평범한 개인의 표현이 사회적 이슈화가 된 사례는 쉽게 찾아볼 수 있다. 2005년 1월에 있었던 서귀포시 부실 도시락 사건이 대표적인 사례이다. 한 네티즌이 사이버 공간에서 초라한 결식아동 도시락의 사진을 제시하면서 이 문제를 제기하자(개인의 말 걸기) 이 소통에 참여한 수많은 국민들이 분노를 표출하여(대중의 말대꾸하기) 사이버 서명 운동을 펼쳤다. 그래서 급기야 열흘도 안 되어 정치권이 이에 반응하여 개선 정책을 세웠다. 이는 인터넷의 소통 구조가 전달자와 수신자 간의 이분법적이지 않고 쌍방향 소통 및 상호작용적 소통 구조로 이루어졌기 때문이고(최현섭 외, 2007:307), 인터넷 소통이 인터넷으로 한 개인이 어떤 정보이든지 대화를 시도할 수 있고 이 대화에 누구나 언제든지 응할 수 있는 소통의 구조를 갖추고 있기 때문이다.

물리적 공간에서 대중과 집단은 구분된다. 그러나 사이버 소통에서는 이들을 쉽게 구분하기 어렵다. 물리적 공간에서 집단은 특정한 가치와 목적을 공유한다는 특성과 함께 참여자의 규모를 일정하게 규제한다는 특성이 있지만 참여와 탈퇴가 가변적인 사이버 공간에서 참여자의 규모로 집단과 대중을 구분할 수 없기 때문이다. 또 물리적 집단에서 집단은 상당 기간 동안 지속한다는 특징이 있지만 사이버 공간의 공동체는 쉽게 사라지고 쉽게 등장한다. 사이버 공동체는 대중의 성격과 집단의 성격을 공유하고 있다. 사이버 공동체는 구성원들이 서로에 대해 잘 파악하기 어려운 익명성에 가까운 성격이 강하다. 그래서 이 글에서는 이들 무리를 '사이버 대중'이라 부르기로 한다.[9)]

이제는 지리적 배경을 바탕으로 한 물리적 공동체 대신 사이버 공간을 바탕으로 하는 사이버 공동체가 삶의 중심으로 떠오르고 있다. 사회 구조의 변화와 의사소통 방식의 변화는 전혀 다른 새로운 공동체를 만들어내고 있다. 우리 사회가 농경 집단 등 지리나 삶의 동일성을 배경으로 하는 일차적이고 물리적인 공동체에서 대학생 집단 등 공동의 이익을 배경으로 한 이차적인 사회적 공동체를 거쳐 추상적인 신뢰를 통한 추상적인 상상의 공동체를 형성해 가고 있는 것이다. 예를 들어, 유럽이 EU라는 하나의 공동체로 묶인 것 등과 같이 추상적 신뢰를 바탕으로 하나의 집단을 형성하고 이 집단은 독특한 문화적 공동체를 형성하고 있는데, 이것이 가능한 것은 디지털 소통이 있었기 때문이다. 디지털이라는 소통 매체가 이러한 공동체의 결속력과 그 위상을 점점 강화해 나가고 있는 현상은 우리 주변에서도 쉽게 볼 수 있다. 우리는 월드컵 응원, 촛불 시위, 대통령 선거 등을 통해 사이버 대중의 위력을 실감한 바 있다.[10)]

이들 사이버 대중은 몇 가지 특징을 지니고 있다. 첫째, 자율적 공동체이다. 원자적이고 개별적인 존재들이 자율적으로 집단을 구성한

---

9) 사이버 대중은 촛불 시위와 같이 특정한 목적을 위해 존재하는 공동체와 '개똥녀 사건'의 경우처럼 일반 대중과 같이 특정 목적을 지니지 않은 구성체로 나뉠 수 있다.

10) 이들 대중의 특징이 '사회 문제의 적극적 참여(Participation)와 열정(Passion)과 잠재된 힘(Potential Power), 사회 구조의 변화(Paradigm-shift)'를 추구하는 것으로 강조되면서 이들을 이른바 'P세대'라고 부르기도 한다.

다. 그래서 참여자들은 그 대중에 참여하는 것에 자기만족을 누린다. 둘째, 유연한 공동체이다. 구성원들의 참여와 탈퇴가 자유스럽다. 남녀노소나 국적을 가리지 않고 누구든 쉽게 가입하고 쉽게 탈퇴할 수 있다. 또 한 사람이 여러 공동체에 동시에 속해 있어서 여러 공동체의 특성에 따라 만나게 된다. 이들의 만남은 물리적 공간의 만남과 성격이 다르기 때문에 '만남'에 대한 의미가 변해가고 있다. 셋째, 비교적 비지속적인 공동체이다. 물리적 집단과 달리 사이버 대중은 강한 존재에 대한 구속력을 가지지 못한다. 특별한 목적이 생기면 한꺼번에 모였다가 그 목적이 사회적 관심을 잃어가게 되면 쉽사리 사라져버리거나 활동이 뜸해지거나 해체하게 된다. 넷째, 수평적 관계의 공동체이다. 남녀노소나 국적을 가리지 않고 참여하고 나름의 조직을 구성하지만 참여자들 사이에 계급이 존재하지 않는다. 참여자들의 관계는 수평적이다. 누구나 동등한 자격으로 의견을 개진하고 토론 활동에 참여한다. 그래서 물리적 집단에서 의사 결정을 위해 사용하는 회의와 같은 형식의 토의가 없다. 누군가 제안을 하면 많은 사람들이 그 제안에 대해 의견을 제시하고 그래서 자율적으로 의견을 결정해 간다. 다섯째, 감성적 공동체이다. 참여자들은 논리적이고 비판적인 사고보다는 감성적인 자극에 민감하여 정서적인 분위기에 쉽게 휩싸인다. 이는 구성원들이 원자화되고 개별화되어 있기 때문에 모든 판단과 결정을 혼자서 해야 하기 때문이라고 생각한다. 여섯째, 정보원(source)이 인터넷과 같은 사이버 공간이다. 사람에게서 정보를 얻던, 예를 들어 길을 모를 때 사람에게 물었던 시대에서 디지털에서 길을 확인하는 시대가 된다. 이런 시대에서 효과적인 설득이라는 개념이나 방법, 효과적인 설명의 개념이나 방법이 문자 시대와 달라질 수밖에 없다. 물리적 집단으로서 가족이나 사회집단의 유대감에 대한 변화가 초래할 수 있고, 따라서 대화의 양상도 바뀔 것이다.

화법의 소통 구조로서 사이버 공간의 집단과 대중만 변하는 것이 아니라 글로벌화에 따라 물리적 공간의 집단과 대중도 변화하고 있다. 우선 가족 집단이 변화하고 있다. 가족 내 부모 역할의 변화로 인해 가족 내 상호작용과 의사소통 양식이 크게 변하고 있는 것이다. Rosanna Wong Yick-Ming(1995/Klaus Schwab ed., 1995/ 장대환 감역 1996:42~43)[11]은 미래 사회에는 부모들이 생활수준 향상을 위해 더욱 많은 돈을 벌어야 하기 때문에 예전 가족이 담당했던 기능을 할 수 없게 될 것이라고 예견한다. 자녀들이 책임 있는 시민으로 성장하는데 예전처럼 도움을 줄 수 없게 되고, 부모가 집으로 돌아오더라도 아이들과 효과적인 대화를 할 수 없게 된다는 것이다.[12] 세계적으로 시장이 '가족 내부와 가족 사이에 나타나는 사회적 상호작용을 변질시키는 - 사실상 그것은 번번이 가족의 상호작용을 약화시킨다. - 상품 획득, 즉 다양하고 유혹적인 소비재를 제공하고' 있기 때문에 아이들은 '부모와 일상적이 접촉이 없는 어린아이들은 돈과 물질적인 상품 획득을 최고의 가치가 되는 정신적 진공 상태 속에서 성장'하게 될 것이라는 것이 되고, 이러한 예견은 앞으로 자녀에 대한 가족 내

11) Klaus Schwab ed.,(1995/ 장대환 감역 1996)은 세계 석학 103명이 21세기 변화를 예측하여 제시한 것들을 모아 놓았다. Klaus Schwab은 당시 유엔 사무총장 직속기구인 유엔 고위감독위원회 위원으로, 세계경제포럼 의장이었다.

12) 가령 텔레비전은 가족간의 대화와 온 가족이 어울리는 오락을 대신하고 있다. 비슷하게, 세탁기를 사용하면서부터 여자들은 공동우물가에서 오순도순 이야기를 나누지 못한다. 젊은이들은 광고를 통해 끊임없이 새로운 기술과 생활방식에 대해 알게 된다. (로잔나 웡 익밍, 1995 / Klaus Schwab ed., 1995 / 장대환 감역, 1996, 43쪽)

의사소통 교육이 제 역할을 하지 못하고 이를 공교육을 통한 교육으로 대체하게 될 것이므로 학교의 화법 교육이 중요하게 될 것임을 예측하게 해 준다. 그래서 그는 '유엔이나 다양한 기구들뿐만 아니라 여러 지도자, 정부, 조직들은 가족생활에 대한 교육과 세대간 커뮤니케이션 프로그램을 지원해야 한다'(같은 책, 44쪽)고 주장하고 있다.

가족 구조의 변화와 함께 사회가 다문화 사회로 변해 가고 있다. 국토연구원이 밝힌 바(2009년 9월 3일 연합뉴스)에 따르면 2050년에는 우리나라 인구의 10%가 외국인이 될 것이라고 한다. 그렇게 되면 한국어라는 단일 언어는 수많은 혼종들로 뒤섞이게 될 것이다. 그리고 한국어 소통 방식도 다양하게 변해 여러 모양의 '중간 화법'들이 존재하게 될 것이다. 이런 상황에서 단일 민족, 단일 언어, 단일 혈통을 강조하여 하나의 가치와 하나의 소통 방식을 가장 가치 있는 것으로 여기게 되면 Karl Popper가 말하는 '열린사회의 적'들이 될 것이다. Paulo Freire(2003: 3~5)의 비판적 교육론에 근거하여 언어 소통의 방식은 혼종의 존재를 인정하고 이런 인정을 바탕으로 소통 능력을 신장시켜야 할 필요성이 대두되고 있다. 다문화사회로 변화하는 것은 문명사적인 흐름인 글로벌화의 결과로서 자연스러운 현상이다. 교통과 통신 기술의 발달에 힘입어 인류의 사회적인 시간의 거리가 획기적으로 단축된 것이다.(원진숙 외, 2010:13-14)

다음으로 사회가 노령화되어 가고 있다. 현재 노령 인구가 20% 정도를 차지하지만 2020년이 되면 거의 1/3에 이르게 되고 점점 경제성장은 둔화될 것이기 때문에 생존 차원에서 세대간 갈등이 증폭될 것이다(Esko Aho, 1995/Klaus Schwab ed., 1995/ 장대환 감역 1996:144). 그래서 세대 간 갈등 해결을 위한 대화가 사회 문제를 해결하는 데 중요한 의미를 지니게 될 것이다.

집단과 사회의 구조 변화는 집단 간 의사소통의 문제가 발생하게 될 것이다. 세대 간 의사소통이나 지역 간 의사소통, 남녀 간 의사소통의 문제뿐만 아니라, 나라와 같은 물리적 공동체들이 사이버 공간을 통해 특정 사이트를 공격하는 것이 점차 확대되어 추상적 공동체로서의 사이버 집단들 사이에 소통 장애가 문제될 것이고, 또 이들 장애를 해결할 수 있는 능력 있는 중재자들이 협상 전문가와 같이 등장하게 될 것이다.

또 집단 간 의사소통에서도 문제 해결력이 중요한 위상을 차지해 가고 있다. 이 능력은 세계화로 치달으면서 국가 간 협상 등 대규모 다자 간 협상이 국가 이익을 위해 중요한 가치를 발하는 것에서 확인할 수 있다. 또 추상적 집단으로 가면서 논리적 설득과 함께 감성적인 자극에 의한 설득이 중요한 역할을 하고 있다. 유머 화법이 성공의 지름길이라고 하는 것이나, 선거에서 이미지가 중요한 표의 원천이 되는 것이 그러한 예이다. 경청이 중요한 사회적 이슈로 떠오르는 것도 이와 무관하지 않다.

그래서 기존의 오륜이 개인과 개인의 관계에 관한 질서였듯이 이제는 개인 간 관계는 물론 집단 간 관계를 포함하는 집단 오륜을 필요로 하고 있다. 즉 부자, 군신, 부부, 장유, 친구와 같이 가족 내 관계, 집단 내 관계, 집단 간 관계, 사회(문화) 내 관계, 사회(문화) 간 관계의 질서가 필요하게 되고 있다. 가족 내 관계는 사적 관계로 확장되고 나머지는 공적 관계의 중심을 이룰 것이다.

그런데 이런 모든 관계의 핵심은 협력에 의한 자기 이익 창출이 될 것이고, 바람직한 협력을 위해서는 상호 인정과 존중에 의한 배려,

즉 상생의 관계가 될 것이다. Patrick Glynn(1995/Klaus Schwab ed., 1995/ 장대환 감역 1996)이 지적하듯이 지식이 집단화되고 여러 사람들이 협조적인 노력을 통해서만 지식을 구축하는 것이 가능해졌기 때문에 '위계질서, 경쟁, 공격이라는 낡은 규칙에 따라 처신하는 개인, 조직, 정치체제는 점점 더 큰 압박을 받는 반면, 평화와 협력이라는 새로운 힘에 따라 일하는 사람들은 큰 재원을 끌어들이게 될 것'이다.(같은 책, 67쪽) 다문화 사회가 되면서 다른 사람들을 받아들이고 다른 사람들과 협력할 수 있는 체제를 구축하는 협력적인 관계들을 모색하게 될 것이다.

집단 내에서는 위계적 질서보다는 역할에 따른 의사소통이 활성화되고 있다. 집단 내 의사소통을 효과적으로 이끌어 주어진 과제를 해결할 수 있는 구성원이 능력자로 인정받기 때문이다. 따라서 협력적인 의사소통을 통한 문제 해결 능력이 중요한 자질로 부상하게 되고 있으며, 집단 내 역할에 따라 의사소통을 할 수 있는 능력이 중요한 가치를 지녀 가고 있다.

집단 의사소통이 강조될수록 한편으로 행복한 삶의 추구를 위한 사적 의사소통이 강조되고 있다. 집단 의사소통이 집단의 문제 해결을 위한 기능적 의사소통이라면 사적 의사소통은 개인의 행복과 관련된 의사소통이다.

4. 디지털 언어 소통의 가치와 자세

디지털언어가 소통의 중심 매체로 되어 가면서, 그리고 인간관계가 복잡해지고 다양해지면서 동양, 특히 동아시아의 전통 가치들이 인류의 삶에 중요한 기여를 하게 될 것이라는 주장은 여러 곳에서 찾아볼 수 있다.[13] 지금껏 아시아의 공동체 가치관, 즉 노동윤리, 가족가치, 팀워크와 같은 아시아의 가치관보다 개인주의, 자유롭고 공정한 경쟁, 합리적인 방법으로 대표되는 서구의 가치관이 경제 사회를 이끌어온 중요한 역할을 해오고 있지만(Masayoshi Morita, 1995/ Klaus Schwab ed.,1995/ 장대환 감역 1996:321), 이제는 '아시아적 가치'가 거론되고(김용운, 1996:67), 이 아시아적 가치가 세계의 중심 가치로 다시 논의되고 있다.(Mahammad Sadil, 1995/Klaus Schwab ed.,1995/ 장대환 감역 1996:332) '인류를 구하는 길은 동양에의 회귀에 있다'(김용운, 1996:383)는 것이다.

John Stewart & Carole Logan(1998:17~18)도 대인의사소통에 설명에서 성공적이고 다양한 상황에서 안정적으로 살아가는 사람들은 인간 세계가 안정적이면서도 역동적이라는 것을 깨닫고 이러한 생각 위에서 의사소통을 하는 사람들인데, 세계나 인간관계가 안정적이면서 역동적이라는 관점은 중국 노자의 음양의 관점에서 비롯된 점을 지적하고 있다.

Tommy Koh(1995/Klaus Schwab ed.,1995/ 장대환 감역 1996:47~48)는 세계가 지난 100년 동안 세계를 지배해 온 서구의 가치체계 대신 동아시아의 전통적 가치 체계를 선호하게 될 것이라 예견하면서, 동아시아인들의 전통적인 가치체계를 다음과 같이 정리하고 있다.

---

13) 디지털언어의 특성인 즉시성과 단편성은 개별화를 바탕으로 한 것이고, 또 인간관계가 복잡해지고 다양해지면서 사회에서 집단의식이나 전체의식보다는 개인의식이 발달했다.

> 대체로 동아시아인들은 대립보다는 합의를 선호한다. 그래서 그들은 개인의 권리가 가정의 권리나 사회의 권리와 균형을 이루어야만 한다고 생각하고 있다. 가정, 교육의 중요성, 절약의 미덕 등이 사회의 기초가 된다고 믿고 있다. 그들은 노동윤리, 국가적 팀워크, 공동사회에 대해 믿음을 갖고 있다.

동아시아 가치의 재조명은 우리의 말 문화와 직접 연관되어 있다. 가치가 직접적으로 드러나는 것은 화법이기 때문이며, 화법의 목적과 목표 혹은 소통 방식이 그 가치를 배경으로 하기 때문이다.

동아시아의 가치를 대변하는 중국의 가치가 인류사에 기여할 것이라는 주장은 오늘에서야 비롯된 것이 아니다. '오늘의 세계에는 중국인의 그러한 지혜가 절대적으로 필요한 것'이라는 토인비(김용운, 1996:383)의 지적과 토인비보다 이보다 반세기 앞선 B. 러셀도 유럽인들이 '서양이 얕보고 있는 중국인의 지혜를 다소라도 배울 수만 있어도, 서양문명이 향하고 있는 철저한 인류 절멸의 길에서 벗어날 수 있을 것'(김용운, 1996:383)이라고 지적하였다.

이러한 지적은 우리의 가치와 그 가치에 바탕을 둔 전통적인 말 문화에 대한 재조명의 필요성을 제기하고 있다. 합리적 사고와 합리적 문제 해결과 함께 우리의 전통적인 말 문화를 계승하도록 하여야 한다는 것이다. 황병순(1996)에서는 우리말 문화를 '가정 중심 문화, 상대 중심 문화, 어른 중심 문화, 집단 중심 문화'로 분류하여 정리하고 있다. 박인기·박창균(2010)에서는 '한국인의 말과 문화'를 '감성(感性)의 범주, 신중(愼重)의 범주, 겸양(謙讓)의 범주, 경애(敬愛)의 범주, 허용(許容)의 범주, 친교(親交)의 범주, 유대(紐帶)의 범주, 논쟁(論爭)의 범주, 체면(體面)의 범주, 인정(人情)의 범주, 해학(諧謔)의 범주, 풍속

(風俗)의 범주'로 나누어 설명하고 있다. 이러한 문화 중에서 미래 인류의 삶에 긍정적인 역할을 할 수 있는 가치들을 화법 등으로 구체화하여 제시하고 실천해 나가야 한다. 화법은 가치의 구체적이고 중요한 실현이기 때문에 화법을 통해 우리의 가치를 계승하여 실현하도록 하는 교육은 디지털언어 사회에서 중요한 의미를 지니는 것이다.

이런 맥락에서 관계 중심의 화법은 중요한 의미를 가진다. 동아시아 가치는 가족 관계, 집단 중심 관계 등 관계를 중요시 한다는 점과 관계에 의해 사회적 질서를 유지해 온 우리나라에서 화법 교육에서 세대 간 대화, 남녀 간 대화, 지역 간 대화 등 간 대화와 상생과 배려를 기본으로 하는 관계 화법을 중시하는 것은 특별한 의미를 가진다. 우리 화법 교육이 지나치게 언어적 측면, 즉 논리적인 구성과 조리 있는 발표를 강조함으로써, 위아래를 몰라보는 화법, 할 말과 하지 않을 말을 가릴 줄 모르는 화법, 말할 자리와 그렇지 않을 자리를 가리지 못하는 화법이 되어, 똑똑하기는 하지만 전통적인 사회적 질서에는 걸맞지 않은 교육으로 흘렀던 것이 사실이기 때문이다.

5. 맺음말

디지털언어 소통은 화법의 근본에서부터 그 방법과 태도에 이르기까지 많은 변화를 초래하고 있다. 사고의 양식을 복합적이고 단편적인 사고 양식으로 변화시키고 있다. 또 대용량 소통 때문에 비판에 의한 선택적 사고를 요구하고 있다. 소통의 구조가 되는 대인, 집단, 대중의 성격을 변화시키고 있으며, 소통의 태도에서도 동아시아적 가치가 중요한 가치로 인식하도록 하고 있다.

디지털언어 시대의 화법과 그와 관련된 상황을 예견하는 것은 지금 우리가 학생들에게 그들이 장차 살아가야 하는 사회가 요구하는 화법 능력을 가르쳐야 하기 때문이다. 학생들은 학문적 지식의 체계와 함께 시대적 변화에 역동적으로 대처할 수 있는 화법을 배워야 한다. 그래야 어떤 시인의 시 제목처럼 '지금 알고 있는 걸 그때도 알았더라면'을 '지금 해야 할 말을 그때 배웠더라면'과 같은 탄식을 하지 않을 것이다.

> 지금 해야 할 말을 그때 배웠더라면
> 선생님이 가르쳐주는 능력에 더 자주 참여하였으리라
> 더 즐겁게 살고, 덜 지루했으리라
> 금방 학교를 졸업하고 머지않아 이런 말하기를 해야 한다는 걸 깨달았으리라

이 글은 『국어국문학』 155호(국어국문학회, 2010)에 수록한 논문을 수정하여 재수록한 것이다.

내·외국인 학생 간의 작문 수정 과정 비교

◎ 김성숙
◎ 정희모

1. 외국인 대학 기초 글쓰기 수업 현황

최근 한국은 외국인 100만 시대에 진입해 국내 거주 외국인의 비율이 전체 인구의 2%를 차지하고 있으며 법무부 추산에 따르면 2020년에는 전체 인구의 5%를 넘을 것이라고 한다. 이와 같은 외국인 증가 추세의 두드러진 특징 중 하나는 한국 유학을 희망하는 외국인과 재외 동포의 수가 급격히 늘고 있다는 점이다. 이는 한국 정부가 국가 이미지 제고와 성장 잠재력 확보를 위해 제3세계 국가를 대상으로 장학 정책을 강화한 결과이다. 현재 한국에는 10만여 명의 유학생이 수학하고 있다.[1] 이들 대부분은 한국어 능력 4급(학점 이수 제한)이나 5급(학점 제한 없음) 이상의 자격을 갖추고 있지만 동일한 한국어 숙달

---

1) 유학생 수는 2003년 이후 연평균 35% 이상의 뚜렷한 증가세를 보이고 있으며 특히 아시아 지역 유학생 비율이 전체의 92% 이상을 차지한다. 이는 경제 성장과 한류의 유행으로 아시아에서 한국의 인지도가 높아진 때문이며 다른 교육 선진국에 비해 유학 경비가 저렴하다는 것도 그 이유가 된다. (교육과학기술부, 2010년 4월 1일 기준)

연도		2003	2004	2005	2006	2007	2008	2009	2010
국내 유학생	대학	12,314	16,832	22,526	32,557	49,270	63,952	75,850	83,842
	어학 연수	7,981	11,121	15,577	22,624	32,056	40,585	55,762	–

〈표 1〉 국내 유학생 체류 현황

수준의 유학생이어도 학술 과제를 수행해 내는 수준은 상이하다. 유학생의 대학 수학 가능 여부를 결정짓는 한국어능력시험은 일상생활의 의사소통 능력 숙달도 평가를 목표로 하므로 학술 과제 수행 능력 수준은 제대로 변별할 수 없고, 그래서 이러한 학술 과제 수행 능력의 차이가 발생하는 것이다.[2)]

글쓰기 수업에서 신입생은 대학 생활을 하는 데 가장 긴요한 학업 기술인 학술 담론 생성 능력을 배운다. 학술 담론(discourse)이란 특정 학문 집단에 속한 개인이 그 집단의 담론 관습을 수용하여 그 집단에 통용되는 언어와 기호로 생산해 내는 담론을 일컫는 말이다. 이렇게 특정한 언어와 기호로 표상되는 특정 공동체의 인위적 담론 양식을 익히려면 일정 시간 이상 교육을 받아야 한다. 가정에서 사용하는 일차적 담론 지식은 자연스럽게 습득되지만, 학교나 직장, 종교 생활을 하는 데 필요한 이차적 담론 지식은 교육을 통해서만 학습된다(Freeman, 2007).[3)] 현재 국내 학부 유학 신입생에게 필요한 것은 이

국가	아시아	아프리카	오세아니아	북미	남미	유럽	총합
유학생(명)	71,838	1,579	1,376	2,302	5,156	1,591	83,842

〈표 2〉 국내 유학생의 출신지 분포

2) 쓰기 수행은 텍스트라는 읽기 결과물을 산출하기 때문에 문어적 표현 능력을 위주로 평가되곤 한다. 또 이 문어적 표현 능력이 어법 관련 숙달도와 함께 어학 지식에 포함되므로 쓰기 능력은 자주 언어학적 지식 수준과 혼동되기도 한다. 그러나 인문계 고등학생의 쓰기 지식과 쓰기 수행 간 상관(0.4 미만)을 조사한 박영민(2009)은 양자 사이의 인과 관계를 추정하기 어렵다고 밝혔다(박영민, 「인문계 고등학교의 쓰기 지식과 쓰기 수행의 상관 및 성별·학년별 차이 연구」, 『국어교육』 128호, 2009, 191쪽). 내국인의 쓰기 지식도 쓰기 수행에 인과적인 영향을 미칠 수 없다면 유학생의 쓰기 지식을 측정하여 쓰기 수행 능력을 평가하는 현행 일반 목적 한국어능력시험 방법은 재고해야 한다.

3) Freeman, Jennifer Maria, 「The writing exam as index of policy, curriculum, and assessment: An academic literacies perspective on high stakes testing in an American

이차적 담론 생성을 위한 학문 목적 기초 한국어 쓰기 능력이다.[4)]

그러나 한국어를 모국어로 사용하는 내국인 신입생에게도 상황 맥락에 맞게 글을 잘 쓰기란 쉬운 일이 아니다. 대학 사회의 "글쓰기 초보자"가 글을 쓰는 방법은 아주 "독특"하다.[5)] 대학 신입생은 자신의 지역 언어와 다른 표준어, 낯선 담론 유형, 학술적 사유 방식의 차이를 헤아리는 데 어려움을 겪는다. 더욱이 이들 글쓰기 초보자가 외국인이라면 대학의 교양이나 전공과목에서 보고서를 작성할 때 내국인에 비해 과제에 대한 부담을 더욱 크게 느낀다. 그래서 내국인과 같이 교양 과목 수업을 들을 경우 상대 평가의 비중에 따라 학기말 성적이 C 이하인 경우가 많다.

〈그림 1〉 2009-1학기 외국인 신입생의 한국어 능력 분포

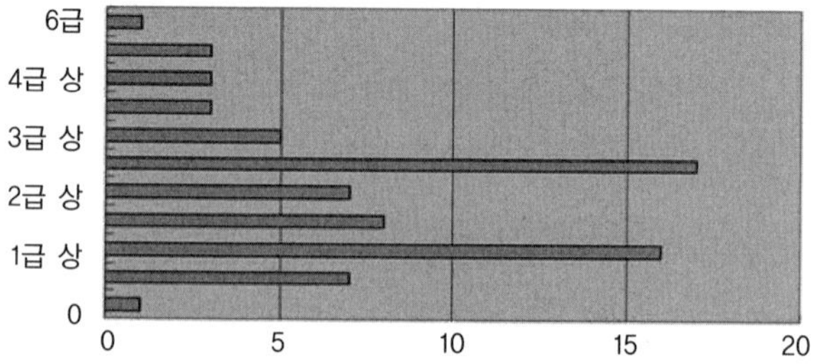

university」, Unpublished dissertation, University of Pennsylvania. 2007, p.4.

4) 이 '학문 목적 기초 한국어 쓰기 능력(Basic Korean Academic Purposes)' 개념은 한국어를 공유하는 학술 공동체 내에서 소통 가능한 담론 텍스트를 생성할 때 필요한 최소한의 문어적 쓰기 능력을 한정하는 개념이다. 반면 '학술적 쓰기 능력(academic writing ability)' 개념은 언어를 초월하여 학술 공동체에 속한 전문 독자를 설득할 목적으로 문서화하는 일반적인 학술 담론 생성 능력을 포괄한다(김성숙, 「학문 목적 기초 한국어 쓰기 능력 평가 척도 개발과 타당성 검증」, 연세대학교 국어국문학과 박사학위논문, 2011, 2쪽).

5) Patricia Bizzell, *College Composition and Communication*, Vol.37, No.3. 1986, p.294.

현재 국내 많은 대학에서는 대학 신입생 구성 비율의 이러한 변화와 그들의 요구에 부응하기 위하여 외국인 유학생을 위한 대학 〈기초 작문〉이나 특례 입학생을 위한 별도의 〈대학 작문〉 수업을 운영하고 있다. 하지만 이 대학 〈기초 작문〉 교과의 목표와 교수요목을 표준화하기가 어렵다. 가장 큰 이유는 〈기초 작문〉 수업을 수강하는 유학생의 한국어 수준이 고르지 않기 때문이다. 위 〈그림 1〉은 2009학년도 1학기에 A대학교 학부대학에서 기초 글쓰기 수업을 들은 학생 60여 명을 대상으로 KPE 한국어능력평가[6] 쓰기 시험을 실시한 결과이다. 이 도표에서 확인할 수 있는 바와 같이 대다수가 4급 이하의 한국어 실력으로 조건부 입학을 허가 받은 외국인 유학생으로, 언어교육기관에서 2급부터 4급까지 과정에 재학해 한국어를 배우면서 제한적 학점 이수를 위해 대학 〈기초 작문〉 수업을 듣는 상황이었다.[7]

국가별로 중등교육과정의 작문 교과는 물론 중등 교수요목을 구성하는 교과 항목과 내용이 다르다는 점도 유학생 대상 작문 수업을 표준화하기 어려운 요인이다. 서구권 유학생은 비교적 체계적으로 에세이 쓰기 기술을 익힌 반면, 명문 대학 입시 경쟁이 치열한 아시아 국적 유학생은 한국과 마찬가지로 작문 시간에 입시 위주의 내용 교과 수업을 한다. 중국인 유학생의 경우 서양 고전이나 근대 예술, 자

6) KPE(Korean Proficiency Examination) 한국어 능력시험은 연세대학교 언어연구교육원이 2007년 7월부터 2008년 6월까지 문항을 개발하고 2008년 10월부터 YBM/si-sa가 시행하고 있는 한국어 능력 평가이다. 기존의 한국어능력시험에 결여된 말하기 평가를 보완하였고 쓰기 평가도 실제적 텍스트 작성 능력을 평가하도록 구성되었다.

7) 한국어능력시험에서 4급 판정을 받거나 현재 언어교육기관에서 4급 이상에 재학 중이어야 국내 대학에 입학할 수 있으나, 이공계열은 이러한 조건을 충족하지 않아도 제한적으로 대학에서 학점을 이수할 수 있다.

본주의 경제 체제에 대한 이해가 부족하고, 특히 종교 문화에 대한 이해는 거의 전무하다. 이렇게 대학의 특정 교양 교과를 수강하기 위해 반드시 알고 있어야 하는 전문 용어나 주요 인물에 대한 이해가 부족하므로, 유학생은 대학 교수자의 기대를 충족시키지 못하고 내용이 빈약한 보고서를 작성하게 되는 것이다.[8)]

그리고 유학생은 내국인에 비해 그 수가 적기 때문에 전공별 〈기초 작문〉 반을 구성하기 어렵고, 그래서 한 반의 구성원이 각기 특화된 내용 지식을 가지고 있는 점도 〈기초 작문〉 교과의 교수 내용을 표준화하기 어려운 요인이 된다.

이들 유학생에게는 대학 강의를 성공적으로 수강하는 데 필요한 학술적 쓰기 능력을 갖추는 것이 시급하겠지만, 과사무실에서 보낸 이메일에 대한 답신 등 대학의 일상생활을 영위하는 데 필요한 의사소통 중심 쓰기 능력도 필요하다. 그러므로 외국인을 위한 대학 〈기초 작문〉 교육에서는 외국어로서의 한국어 작문이 가지는 특수성에 기반을 두고 학습자의 한국어 수준별 요구를 수용하여 교수요목을 수립해야 한다.

하지만 현재 한국어 능력 4급 이하 유학생을 대상으로 한 대학 〈기초 작문〉 수업이나 해외 거주 12년 이상 재외국민을 대상으로 한 〈특례반 쓰기〉 수업 운용은 담당 교수자의 재량에 맡겨지는 경우가 많다. 그래서 유학생 대상 글쓰기 수업 교수자는 진단평가 결과를 기초

---

8) 국내 중국 유학생에게 필요한 고교 수준의 기본적 내용 지식을 요약하면 다음과 같다. ① 문학(현대, 고전, 세계) ② 한국어 문법 현상 ③ 윤리 과목의 주요 개념 ④ 과학의 기본 원리 ⑤ 수학의 기본 원리 ⑥ 사회 과목의 주요 개념(정치, 경제, 남북 관계, 역사)

로 수업 자료를 자체 개발하거나 내국인 대상 쓰기 교재의 일부를 발췌해 사용하는 실정이다. 하지만 개별 교수자가 전체 유학생의 요구에 적합한 자료를 체계적으로 개발하기 어렵고, 또 한 수업에서 효과를 거두었다고 하더라도 그 결과를 전체 유학생에게 일반화하기는 어렵다. 따라서 학부 대학의 교양 교과 수업 지원 담당 부서나 글쓰기 센터 등에서는 유학생의 국적별로 쓰기 문제 원인을 진단하고 구체적 교과과정이나 교재를 개발해야 한다.

이에 본고에서는 외국인을 위한 대학 〈기초 작문〉 교과과정을 수립하는 데 필요한 기본 자료를 얻기 위해 외국인 학습자와 내국인 학습자 간에 수정 과제 수행 양상이 어떻게 다른가를 살펴보고자 한다. 국내 대학에 입학한 인문학 계열의 외국인 신입생과 내국인 신입생이 어휘·문법과 담화 맥락, 내용 면에서 문제가 많은 텍스트를 수정할 때 어휘·문법과 담화 맥락, 내용과 관련된 배경 지식을 적용하는 데 있어서 어떤 차이를 보이는가, 그리고 과제에 대한 수정 교육을 받은 후 2차 수정을 할 때는 어떤 교육적 차이가 있는가를 실험하였다. 이제까지 모국어 필자와 외국인 필자의 수정 양상을 비교한 국내 실험 논문이 없었고 외국인을 위한 대학 〈기초 작문〉 교과의 정립을 위한 논의도 거의 없었으므로 본 실험의 결과가 외국인 학습자를 위한 교과과정, 특히 수정 과제 수행과 관련된 연구를 촉진하는 데 도움이 되기를 기대한다.

2. 수정 과제 수행과 관련한 선행 연구 검토

국내에서 초등학교에서부터 고등학교에 이르기까지 작문 교육을 개선하기 위한 연구는 많이 있지만, 대학생을 대상으로 한 작문 교육에서 숙련된 필자와 미숙련 필자의 수정 양상을 연구한 논문은 많지 않다. 그 중 정희모·김성희(2008)가 대학 신입생을 능숙한 필자와 미숙한 필자 군으로 나누어 양 집단이 작성한 텍스트의 특징을 화제와 화제 구조, t-unit, 응집성 지표 등으로 분석한 논문은 한국어 작문의 질을 비교할 요인을 탐색했다는 점에서 의의가 있다. 이 논문에서 찾아낸 '어휘 수, t-unit 수, 화제 수' 요인은 국내 대학생의 작문 수준을 가늠하는 지표가 될 수 있다.

David L. Wallace와 John R. Hayes(1990)는 대학 신입생이 수정 과제를 어려워하는 이유로 첫째, 기초적 수정 기술이 부족하거나 둘째, 기초적 수정 기술이 있어도 이를 조정하는 과정 실행 능력이 부족한 것, 셋째, 과제에 대한 오인을 꼽는다. 신입생은 과제를 부여한 교수자의 의도와 다른 목적과 실행 과정 상 목표를 가지고 있다는 것이다.[9] Flower, Schriver, Stratman, Carey(1987)는 대학 신입생에게 텍스트의 문제를 탐지하는 데 필요한 기본적 기술이 부족함을 지적하였다. Scardamalia와 Bereiter(1983)는 4, 6, 8학년을 대상으로, Bartlette(1981)는 7, 8학년을 대상으로 실험을 했는데 이들 학생 필자들은 텍스트에 문제가 있음을 인지해도 그 문제를 수정하는 데 필요한 기초 기술이 부족하였다. Bartlette(1981)는 모호한 표현을 고

9) David L. Wallace & John R. Hayes(1990), *Redefining Revision For Freshmen*, Carnegie Mellon University, OP.21, 1990.

치려고 시도한 학생의 60% 이하만 성공했다며 이러한 어려움을 극복하려면 훈련과 연습이 필요하다고 보았다. 또한 Scardamalia와 Bereiter(1983)는 독자가 흥미 있어 할지 여부를 고려하지 못하는 초보 필자의 초인지 조정 능력의 부재를 지적하였다.

미숙련 필자는 수사적 상황에 따라 독자를 고려하거나 텍스트의 목적 및 구성을 조정하는 전반적 수정보다, 어순 도치와 같은 국부적 수정을 더 많이 한다. Stallard(1974)는 12학년의 2.5%만이 어휘나 문장 수준 이상의 수정에 초점을 맞추었음을, Bridwell(1980)도 12학년의 극소수만이 문장 수준 이상의 수정을 할 수 있음을 보고하였다. Sommers(1980)도 "대학생들이 수정 과정을 어휘 재배열 과정으로 이해하고 있으며… 텍스트 내에서 그 어휘가 맡고 있는 역할을 무시하고 자구 자체에만 집중하는 경향이 있다"고 지적하였다. Faigley와 Witte(1981)는 숙련된 필자가 고급 학생 필자나 초급 필자에 비해 내용에 영향을 미치는 전반적 수정을 하는 경향이 있음을 밝힘으로써 Sommers의 결론을 뒷받침한다. Hayes, Flower, Schriver, Statman, Carey(1987)는 프로토콜 연구를 통해 숙련된 필자가, 개별 어휘나 문장에만 주목하는 대학 신입생들보다, 독자의 요구나 필자의 목적에 따라 텍스트 전반에 걸친 수정을 더 많이 한다는 사실을 입증하였다.[10)]

외국인을 대상으로 한 한국어 교육에서는 1990년대 후반부터 과정 중심 쓰기에 대한 연구가 시작되었다. 이 중 수정과 관련된 연구로는 학습자 작문의 오류에 대해 교사의 피드백 방법을 제시한 연구(손연자, 1996; 정현경, 1999; 김정애, 2000; 이미혜, 2000)와, 교사 피드백의 효

---

10) David L. Wallace, John R. Hayes, *Redefining Revision For Freshmen*, Carnegie Mellon University, OP.21, 1990에서 재인용.

과를 실험한 연구(이수민, 2002; 박주현, 2007)가 있다.[11] 이수미(2007)는 문법과 어휘, 담화 오류에 대해 모국어 화자의 재형태화[12] 피드백을 받은 실험 집단이 내용 관련 피드백을 받은 통제 집단보다 다시 쓰기를 할 때 형태적 오류 정정을 더 많이 한다는 사실을 통계적으로 검증하였다.[13] 그러나 이들 연구는 주로 대학 입학 전의 한국어 학습자를 대상으로 한 수정 교육 연구 성과이다. 일정 수준 이상의 형태적 정확성을 가진 대학 신입생의 학술적 쓰기 능력을 개선하기 위해서는 내용 관련 피드백과 수정 교육이 필요하다.

Slotnick와 Rogers(1973)는 형태적 정확성보다 글의 내용을 구성하

11) 한국어 쓰기 교수에 대한 본격적인 논의는 1987년부터 이루어져 왔으며, 쓰기 교육의 원리와 실제, 과정 중심 쓰기 수업 모형, 매체를 활용한 쓰기 교육 방안, 언어권별 쓰기 교육 방안, 학문 목적의 쓰기 교육 방안, 포트폴리오를 활용한 쓰기 교육 및 평가에 관한 연구 등이 주된 연구 주제이다(강승혜·강명순·이영식·이원경·장은아, 『한국어 평가론』, 한국어 교육 총서 3, 태학사, 2006).

12) Cohen(1983)의 정의에 따르면, 재형태화는 모국어 화자가 학습자의 작문 내용을 그대로 보존하면서 최대한 모국어 화자들이 쓰는 것처럼 형태화하여 다시 쓰는 것을 말한다, 학습자는 본인이 쓴 작문(original version)과 재형태화된 작문(reformulated version)을 비교하면서 자신의 오류를 인지하고 수정 역량을 강화하는 것이다. 재형태화 피드백을 하면 학습자는 교사의 서면 피드백(written feedback)을 보면서 능동적이고 자율적으로 수정 인지를 강화하게 된다, Cohen(1983)은 대학에서 영어를 제2언어로 배우는 중국인을 대상으로 300-400자의 짧은 글을 쓰게 한 후 모국어 화자가 재형태화한 작문을 제공하는 수정 교육이 효과적이었음을 밝히고, 모국어 화자로부터 형태와 내용 둘 다와 관련된 재형태화 피드백을 많이 접할수록 제2언어 쓰기 능력을 향상시킬 수 있다고 제안한다.(Cohen, A.D., Reformulating composition, *TESOL Newsletter*, 17(6), 1983, pp.1~5.)

13) 본고에서는 동료 필자가 성공적으로 수행한 수정 과제와 자신이 수정한 내용을 비교해 보며 스스로 오류를 인지하도록 한 수정 교육 결과를 보고하고자 한다. 동료 필자가 작성한 모범 예시문의 오류에 대해서는 모국어 화자인 교사의 설명이 있었다. 모국어 화자가 아닌 동료 필자가 작성한 글을 모범 예시문으로 작성한 이유는 한국어 수준이 높지 않은 외국인 필자에게 2차 수정 시 자신감을 가지도록 하기 위해서였다.

는 아이디어를 개발하도록 강조한 수업을 받은 학생들이 쓰기의 질과 길이에서 높은 성취를 보였음을 입증하였다.[14] Hillocks(1986)[15]와 Smagorinsky(2006)[16]도 문법적으로 정확한 구조나 문장을 쓰도록 연습하는 것이 쓰기 능력 향상에 유의미한 효과를 제공하지 못한다고 밝혔다. 문법적 정확성과 글의 수준이 낮은 상관을 보이는 까닭은 글의 내용을 생성하는 인지 행위와 정확성을 고려하는 인지 행위가 서로 다른 영역에서 일어나기 때문이다.[17]

이상에서 살펴 본 수정 관련 선행 연구들에 따르면 어휘·문법과 담화 맥락이 자동화되어 있지 않은 미숙련 필자일수록 문장의 표면적 오류를 수정하는 데 집착하고 전반적 수정을 하지 못함을 알 수 있다. 본고에서는 내국인 신입생에 비해 한국어 어휘·문법과 담화 맥락 면에서 미숙련 필자라고 할 수 있는 외국인 신입생이 수정 과제를 실시할 때 정말 전체 텍스트의 구조와 내용에 영향을 미치는 전반적인 수정을 실시하지 못하는지, 그렇다면 그 양상이 어떠한지를 분석해 보고 유학생을 위한 효율적 수정 교육 방안을 모색해 보고자 한다.

---

14) Slotnick, H. B. & Rogers, W. T., Writing Errors: Implications about Student Writers, *Research in the teaching of English, 7*, 1973, pp.75~87.

15) Hillocks, G. JR, *Research on Written Composition: New Directions for Teaching*, Illinois: Departments of Education and English, The University of Chicago, 1986.

16) Smagorinsky, P.(ed)., *Research on composition: multiple perspectives on two decades of change*, NY: Teachers College Press, 2006.

17) 서수현(2008)은 글의 기계적인 정확성과 관련된 인지적 부담이 상위 수준의 계획하기를 방해할 수 있음을 지적하고, 표현의 '정확성'이 아닌 '적절성'을 쓰기 평가 준거로 채택할 것을 제안하였다.(서수현, 「요인 분석을 통한 쓰기 평가의 준거 설정에 대한 연구」, 고려대학교 국어교육학과 박사학위논문, 2008, 135쪽)

3. 수정 과제 실험 절차

1) 연구의 목적과 가설 설정

본고에서는 인터뷰 조사법 실험결과에 대한 통계적 분석을 통해 외국인 필자(집단1)의 수정 과제 수행 양상을 내국인 필자(집단2)의 수정 과제 수행 양상과 비교하였다. 이를 통해 외국인의 수정 관련 배경 지식이 수정 과제 수행 국면에서 어떻게 작동하는가를 분석하고자 한다. 그리고 평가 준거와 오류 유형에 관한 수정 학습 이후 재수정 과정에서 두 집단 간에 어느 정도의 성취도 차이가 나타나는지, 또 그런 차이의 원인이 무엇인지를 고찰하고자 하였다. 이런 내용들은 장차 외국인 학부 신입생을 대상으로 한 대학 〈기초 작문〉 수업에서 수정 과제 관련 교수 학습 내용을 보완하는 데 도움이 될 것이다. 유학생의 수정 양상을 분석하기 위해 우리는 다음과 같은 실험 절차를 수행하고자 한다.

첫째, 작문 수정 과제를 평가할 객관적인 기준을 정립하고 다자간 채점 결과를 통해 본고에서 만든 평가 기준표의 신뢰성을 확인한다. 둘째, 내·외국인이 수정 과제를 수행할 때 달라지는 지점을 확인하고 그 변별적 차이의 구체적 양상을 밝힌다. 셋째, 한 달 후 동일한 수정 과제에 대해 교육적 처치를 실시한 후, 이에 대한 효과 내용을 분석한다. 넷째, 실험 결과에 대한 통계적 수치를 바탕으로, 외국어로서의 한국어를 수단으로 대학의 학술 과제를 수행해야 하는 미숙련 필자의 한국어 작문 수정을 효율적으로 도울 방안을 모색한다.

2) 실험 절차와 채점 과정

이 연구는 2009년 1학기 A대학 교양 과목인 〈대학 기초 글쓰기〉 수업을 들은 외국인 대학생 21명과 내국인 대학생 18명을 대상으로 진행하였다. 이들 외국인은 A대학의 인문 및 상경계열 학생들이 중심이 된 정규 학부과정의 대학생이다. 내국인은 다양한 전공이 포함된 자유전공 학부생이며, 이들은 비교 집단의 기능을 담당하였다.

수정 과제 실험은 1차 수정과 2차 수정으로 나누어 실시하였다. 수정을 두 차례 실시한 것은 중점적 수정 교육의 유무에 따른 수정 결과의 차이를 비교하기 위함이다. 그리고 내국인 학생과의 비교를 통해 외국인 학생의 한국어 작문 수정 과정이 가지는 특징을 찾을 수 있을 것으로 기대하였다. 전체적인 수정 실험 과정은 다음과 같다.

첫째, 1차 수정은 학생들이 교수자로부터 수정 과제에 대한 설명을 듣고 과제 텍스트를 수정하여 원고지에 옮겨 적는 과정으로 진행되었다. 수정 과정은 〈대학 기초 글쓰기〉 수업 시간을 이용하여 50분간 이루어졌다.

둘째, 1차 수정 과제를 실시한 지 한 달 후 수정에 대한 교육을 하고 나서 2차 수정을 하였다. 담당 교수는 모범적인 수정 예시문을 보여 주며 어휘·문법과 담화 맥락, 내용에 관한 평가 준거를 50분간 설명하였으며 이어서 50분 동안 동일한 텍스트로 동일한 수정 과제를 다시 한 번 수행하였다.

학생들이 수정해야 할 과제문은 A 언어연구교육원 7급에서 수학하던 중국 학생이 고등학교 후배들에게 쓴 격려문이다. 담당 교수는 이 속에 어휘·문법 및 담화 맥락, 내용 관련 오류들을 여러 하위 평가 항목의 측정을 위해 인위적으로 심어 두었다.[18] 학생들은 의도된 오류를 찾아 담화 맥락에 맞는 문법과 어휘로 적절하게 수정해야 하였다.

수정 과제의 논제는 "'모교에서 발행하는 신문에 싣는 졸업생 선배의 글'에서 잘못 쓰거나 이상한 부분을 모두 고쳐서 원고지 사용법에 맞게 옮겨 쓰고, 신문 기고문의 구조나 내용 전개상 부족한 내용이 있으면 필요에 따라 단락을 나누고 더 쓰십시오."라는 지시문으로 되어 있다. 이 과제 맥락은 실험 대상 학생들이 기고문을 작성하는 주체가 되어 창의적으로 내용을 수정하라는 의미를 담고 있다.

채점을 담당한 평가자 중 1인은 국내 대학생을 담당하는 글쓰기 교수이며, 2인은 외국인 학생의 한국어 교육을 담당하는 교수로 모두 10년 이상의 경력을 가지고 있다. 본 수정 실험의 평가지는 객관식이나 단답식이 아닌 개방형 문항으로 구성되었으므로 채점자[19]의 주관

---

18) 어휘·문법 관련 오류의 5개 영역을 예시하면 다음과 같다. 담화 맥락, 내용 관련 오류에 대한 자세한 내용은 3장을 참조 바람.

(1) 시제, 조사, 맞춤법 관련 오류: 어미5(는→던 등), 시제5(흘렀고→흐르고 등), 조사6(이→을, 한테→을, 에→에서, 힘 합쳐서→힘을 합쳐서 등), 맞춤법5(하교→학교, 였던→이었던, 머리 속→머릿속, 축재→축제, 열심이→열심히)

(2) 어휘의 삭제 및 첨가 관련 오류: 삭제4{나의 2, 역시, 중학교}, 첨가5{나는, 을, 와, 내용의 상세화(가는→달려가던, 학생→고3 학생}

(3) 대체 관련 오류(5개): 시대→시절, 을 그리워한다→이 그립다, 허가→허락, 속→중, 다툰→겨룬, 그러나→그때, 지겨워하다→힘들어하다 등, 연속적으로 이어지는 '그러나'도 다른 어휘로 바꾸어야 함.

(4) 문장의 구조 관련 오류(4개): '부러워했었다. 막상', '생활했다. 올해부터', '흘렀다. 고등학생였던', '낫다. 지금' 등의 4개 부분을 연결하여 복문을 구성해야 함.

(5) 원고지 사용법 관련 오류: 제목 가운데, 각 단락 들여 쓰기, 띄어쓰기 10개

19) 통계 처리를 위한 데이터를 작성할 때 평가자는 그 역할에 따라 실험자의 행위를 관찰하는 관찰자, 급을 산정하는 평정자, 점수를 부여하는 채점자로 나눌 수 있는데 본고의 실험에서 평가자는 평가 문항별 준거에 따라 점수를 부여해 총점을 산출하는 방식을 따랐으므로 채점자라 칭하고자 한다.

적 판단에 따라 채점 결과가 좌우될 수 있다. 따라서 점수 부여의 타당도를 높이는 객관적이고 정교한 채점 기준을 마련하는 것이 본 수정 실험의 신뢰도를 높이는 관건이었다.

〈표 3〉 채점자 간 상관계수

채점자 간 상관계수		채점자1	채점자2	채점자3
채점자 1	Pearson 상관계수	1		
채점자 2	Pearson 상관계수	.962(**)	1	
채점자 3	Pearson 상관계수	.981(**)	.968(**)	1

** 상관계수는 0.01 수준(양쪽)에서 유의함.

평가는 3인의 채점자가 12개 평가 항목에 따라 글쓰기 능력을 점수로 수량화하는 3자 간 중복 채점 방식을 채택하였고 채점자 간 간섭 오류를[20] 줄이기 위하여 동일한 수험자의 답안을 채점하는 채점자 간 정보 교환을 차단하였다. 또한 본 수정 실험의 채점 방식은 틀린 부분을 감점하는 방식이 아니라 평가의 표준 지표를 달성한 정도에 따라 단계별 점수를 부여하는 방식을 따랐다. 그 결과 사전에 모범 답안과 평가 준거를 공유한 세 사람의 채점자 간 신뢰도는 39건의 사례 수에 대해 Pearson 상관계수 .962, .981, .968이며, p값은 모두 $p < .01$로 채점자 간 신뢰도는 상당히 높은 수준을 보였다(〈표 3〉참조).

---

20) 평가자 간 오류는 ① 후광 오류 ② 관대함의 오류 ③ 범주 제한 오류로 구분할 수 있다.(Murphy & Davidshofer, 1991) 후광 오류는 연속적으로 에세이를 읽을 때 한 편의 글에서 강한 인상을 받으면 다음 에세이에도 그 인상이 영향을 미침을 말하고, 관대함의 오류란 너무 높거나 낮은 점수를 주려는 경향을, 반대로 범주 제한 오류는 낮은 점수나 높은 점수 주기를 기피하는 경향을 말한다. (Sue M. Legg, Reliability and Validity, An Overview of Writing Assessment, NCTE, Urbana, IL, p.137에서 재인용.)

신뢰도가 높은 이유는 이번 실험 과제의 평가 준거에 비교적 객관적 측정이 가능한 문법 및 어휘, 담화 맥락 지식의 정도를 묻는 항목이 많았기 때문이다.

4. 과제 평가 준거 설정

글을 쓸 때 필자는 주제와 관련된 정보를 탐색하고 독자를 고려하며 담화 맥락에 맞는 텍스트 유형을 찾는 등 여러 층위의 인지 기능을 동시에 가동해야 한다. 숙련 필자와 미숙련 필자 사이에는 이러한 상황을 조절하는 초인지 능력에 차이가 있다. 고급 수준의 쓰기 교육에서 강조하는 것은 사고의 독창성과 내용의 논리적 적합성이다. 물론 어조나 문체, 문법적 정확성과 같은 언어적 규범도 중요하지만 이러한 형태적 범주는 모국어 필자에게 내용이나 구성적인 측면보다 부차적인 것으로 간주된다. 하지만 외국인이 글을 쓸 때는 제2언어의 문법적 규범과 특정 담화 맥락 관련 지식을 준수하느라 독창적 내용을 생성하는 데에 미처 신경을 쓰지 못할 때가 많다.[21)]

본고에서는 내·외국인이 1, 2차 수정 과제를 수행할 때 적용하는 어휘·문법, 담화 맥락, 내용 지식 양상이 서로 어떻게 다른가를 보기 위해 모두 12개 평가 범주를 설정하였다. 각 범주는 5점 척도이며 세부 평가 점수를 합하여 전체 총점을 부여하였다. 물론 언어적 숙달도가 높은 내국인이냐 아니냐에 따라 평가 영역의 반영 비율을 달리

---

21) Sara Cushing Weigle, *Assessing Writing*, Cambridge University Press, 2005, p.17.

해야 한다. 그러나 본 논문의 실험 목적이 외국인과 내국인 간 수정 과제 수행 양상 비교이므로, 〈표 4〉, 〈표 5〉, 〈표 6〉와 같이 일률적 평가 기준을 적용하여 두 집단의 수정 능력을 수치화하였다.

1) 어휘·문법 영역의 평가 준거

제2언어 학습자는 언어 능력의 하위 기술 발달 정도가 각기 상이하다. 그 때문에 외국인의 작문 평가는 각 평가 영역을 다시 하위 영역으로 나누어 평가하는 분석적 평가 방식을 따르는 것이 적절하다.[22)]제2언어 학습자를 위한 쓰기의 분석적 평가 준거로 널리 쓰이는 Jacobs et al.(1981)의 척도에서는 내용, 구성, 어휘, 문법, 맞춤법과 구두점 같은 기계적 측면 등 다섯 개 영역으로 외국인의 작문을 평가한다.[23)] 본고에서는 내·외국인의 작문 수정 능력 비교가 목적이므로, 양식의 정확성과 구조 및 내용의 적절성 관련 수정 지식의 차이를 알아보고자 Jacobs et al.(1981)의 5개 척도를 어휘·문법, 담화 맥락, 내용 지식 등 3개 영역으로 범주화하였다. 어휘·문법 영역의 평가 준거에서는 맞춤법과 어휘의 정확한 표현 능력을 평가하였다. 유학생이 수정 과제를 수행하면서 동원하는 어휘와 문법, 맞춤법 관련 지식의 정확도를 측정하는 항목은 다음 5개 영역이다.

---

22) 최주리, 「인지구성주의 쓰기 전략 교수가 한국어 쓰기에 미치는 영향 연구」, 연세대학교 교육대학원 석사학위논문, 2008, 50쪽.

23) 내용(30점), 구성(25점), 어휘(20점), 문법(20점), 맞춤법과 구두점 같은 기계적 측면(5점)으로 구성된 이 척도는 미국의 많은 대학 글쓰기 프로그램에서 강사 훈련 자료로 쓰이고 있다. (Jacobs, H., Zinkgraaf, S., Wormuth, D., Hartfiel, V. and Hughey, J.(1981), *Testing ESL composition: A practical approach*. Rowley, MA: Newbury House., Sara Cushing Weigle, 2005, p.115에서 재인용)

〈표 4〉 어휘·문법 영역의 분석적 평가표

범주	평가 기준	세부 지침	점수
어휘·문법	(1) 관형형 어미 등의 시제와 조사 활용, 맞춤법 사용이 정확한가? (쉼표 등 문장 부호의 과용이나 부족, 수동적 표현 사용의 오류도 포함)	문장 간의 자연스러운 연결을 위해 20개의 명백한 오류 수정 이외에도 필요에 따라 조사나 어미를 대체할 줄 안다.	5
		6개 이상 10개 이하의 오류가 있다.	4
		11-20개의 오류가 있다.	3
		21-30개의 오류가 있다.	2
		31개 이상의 오류가 있다.	1
	(2) 불필요한 어휘 및 문법을 삭제하고 적절한 어휘 및 문법을 첨가할 수 있는가?	내용의 자연스러운 흐름과 상세한 설명을 위해 9개의 명백한 오류 수정 이외에도 필요에 따라 어휘 및 문법을 삭제, 혹은 첨가할 줄 안다.	5
		2개 이하의 오류가 있거나 글을 줄여 오류 수정의 기회를 피했다.	4
		3-5개의 오류가 있다.	3
		6-8개의 오류가 있다.	2
		9개 이상의 오류가 있다.	1
	(3) 대체한 어휘 및 문법의 내용과 그 위치가 문장 내·문장 간 결속성에 기여하는가?	내용의 자연스러운 흐름을 위해 7개의 부절적한 표현을 수정하는 이외에도 다양한 어휘를 대체할 줄 안다.	5
		2개 이하의 오류가 있다.	4
		3-5개의 오류가 있다.	3
		6-8개의 오류가 있다.	2
		9개 이상의 오류가 있다.	1
	(4) 초급 수준의 단문을 지양하고 연결 어미나 접속사 등을 써서 중급 수준의 긴 문장을 만드는가?	전체 문장의 구조와 길이가 다양하고, 접속사로 인해 인위적으로 단절된 문장들을 자연스럽게 연결하였다.	5
		단문으로 연결된 부분이나 접속사를 쓰거나 안 써서, 혹은 문장 간 연결이 어색한 부분이 1개 이하이다.	4
		어색한 부분이 2개이다.	3
		어색한 부분이 3개이다.	2
		어색한 부분이 4개 이상이다.	1
	(5) 원고지 사용법을 아는가? (제목 가운데, 각 단락 들여 쓰기, 띄어쓰기, 문장 수정 부호 포함)	원고지 사용법의 오류가 1-2개 정도 있고 실수를 해도 수정 부호를 이용해 오류를 수정할 줄 안다.	5
		3-6개 이하의 오류가 있다.	4
		7-10개의 오류가 있다.	3
		11-14개의 오류가 있다.	2
		15개 이상의 오류가 있다.	1

어휘·문법 평가 영역에서는 오류 표현을 삭제, 첨가, 대체하는 능력을 측정하였다. (1)번 문항에서는 '-게 되다'와 같은 수동적 표현의 오류를 비롯해 '는(→던)', '흘렀고(→흐르고)'와 같은 시제의 오류, 그리고 조사와 맞춤법의 오류[하교(→학교), 였던(→이었던), 머리 속(→머릿속), 축재(→축제), 열심히(→열심히)] 수정 능력을 평가하였다.

(2)번 문항에서는 불필요한 어휘 및 문법을 변별해 수정하는 능력을 측정하였다. 예를 들어 "농구장에서 멋있는 ***중학교*** 선배들한테 응원하는 것"[24]에서 '***중학교***'는 고등학교 시절을 회상하는 글의 내용 맥락에서 볼 때 어울리지 않으므로 삭제하는 것이 좋다. 그리고 글을 줄여 오류 수정의 기회를 원천적으로 피한 것은 회피의 전략을 사용한 것으로 보아 4점을 부여하였다.[25]

(3)번 문항에서는 글의 내용과 문어적 담론 양식을 고려해 대체해야 할 7개의 오류 수정에 관한 능력을 평가하였다[시대(→시절), 을 그리워한다(→이 그립다), 허가(→허락), 속(→중), 다툰(→겨룬), 그러나(→그때), 지겨워하다(→힘들어하다)]. 그리고 이외에도 잘못 대체한 어휘, 즉 '기억에 남는다'를 오류로 인식하여 '기억이 남는다'로 정정하는 것과 같은 경우도 이 항목에서 오류의 개수에 포함시켰다.

---

24) 부록 1 참조, 이후 예시문은 모두 부록에서 발췌함.

25) 김성숙(2008)은 외국인 필자를 대상으로 한 프로토콜 실험 결과를 통해 필자가 가진 초인지 수준에 따라 집필 과정에 전략을 적용하는 데 차이가 있음을 밝혔다. 외국인이 사용하는 긍정적 전략으로는 과제 상황에 알맞은 개요를 작성하고 나서 집필을 시작하는 것, 글 전체의 구성을 감안해 내용을 추가하거나 삭제해 가는 등의 수사적 전략이 있다. 그리고 부정적이기는 하나 외국인이 사용할 때 그 나름의 효과를 거둘 수 있는 전략으로는 자신을 방어하기 위한 심리 기재로 동원하는 과제 회피 전략이 있다.(김성숙, 「외국인의 한국어 작문 과정에 대한 연구」, 『작문 연구』 7집, 작문학회, 2008, 225~228쪽)

(4)번 문항은 한국어 교육의 중급 수준에서 배우는 복문 구성 능력을 측정하기 위한 것이다. 유학생은 적절한 연결 어미나 접속사를 써서 인위적으로 단절되어 부자연스러운 두 개의 단문을 한 문장으로 연결시켜야 한다.

(5)번 문항은 원고지 작성법 관련 지식을 측정하기 위한 것으로, 띄어쓰기와 단락 들여 쓰기 관련 오류 수정 능력을 평가하였다. 아울러 내용에 맞게 제목을 가운데 쓰고 수정 부호를 사용하여 자신의 오류를 스스로 정정하는 능력이 있는지도 평가하고자 하였다.

2) 담화 맥락 영역의 평가 준거

교수자가 유학생에게 학술적 쓰기 과제를 제시할 때는 이들이 해당 제2언어로 글을 쓰게 될 담화 맥락을 고려해야 한다. 유학생이 구체적 담화 맥락에 따른 구체적 독자의 요구를 파악하게 된다면, 쓰기 과제의 목적을 효율적으로 달성할 수 있기 때문이다. 따라서 수정 교육에서도 담화 맥락에 대한 이해는 중요하다.[26)]

보통 외국인 필자는 모국어 글쓰기 기술을 그대로 외국어 글쓰기 과정에 전이시킨다. 그러나 모국어로 해당 주제에 대한 배경지식이 많은 유학생이라도 대상 언어에 능숙하지 않다면 제2언어로 내용을

26) 제2언어로 학술적 글을 쓰는 것과 관련된 그간의 연구에서는 외국인 신입생이 대학 공동체에 진입해 학술적 담화 맥락에 적응해 가는 과정을 보고하면서 학술적 과제의 사회적 측면을 중시하라고 권하고 있다(Spack, R.F., Initiating ELS students into the academic discourse community: How far should we go? *TESOL Quarterly* 22(1), 1988, pp.29~52. Swales, J., *Genre analysis: English in academic and research setting*, Cambridge University Press, 1990.).

확장하는 것은 서툴 수밖에 없다. 그래서 제2언어로 작문을 하는 미숙련 초보 필자는 내용 맥락보다 어휘·문법적 오류나 텍스트의 담화 맥락적 측면을 고려한 수정을 주로 하게 된다. 본 담화 맥락 영역의 평가 준거에서는, 기고문이라는 텍스트의 대사회적 기능을 적절히 수행할 수 있는가, 도입-본문-결말의 문어적 텍스트 구성 지식이 있는가, 그리고 글을 읽는 독자를 고려해 존대 표현을 제대로 쓸 수 있는가 여부를 측정하였다. 담화 맥락 영역의 평가를 위한 소범주는 다음과 같다.

〈표 5〉 담화 맥락 영역의 분석적 평가표

범주	평가 기준	세부 지침	점수
담화 맥락	(6) 도입, 본문, 결말의 텍스트 구조에 따른 단락 구분 능력이 있는가? (① 도입과 고교 시절 회상 부분의 단락을 구분하였다. ② 회상과 결론 부분의 단락을 구분하였다. ③ 전후 맥락을 고려해 다양한 결속 표지를 쓰려는 시도가 있다. ④ 단락 간 구조가 기승전결로 내적 일관성을 이루었다. ⑤ 한 단락을 3문장 이상을 써서 혹은 150자 이상으로 구성하였다.)	위 내용 중 부족한 점이 없다.	5
		위 내용 중 1가지가 부족하다.	4
		위 내용 중 2가지가 부족하다.	3
		위 내용 중 3가지가 부족하다.	2
		위 내용 중 4가지 이상이 부족하다.	1
	(7) 독자 대중에 대한 존대법을 지킬 수 있는가?	8개의 존대법 오류 수정을 포함해 독자 대중에 대한 존대법을 완벽히 지킬 수 있다.	5
		존대법 오류가 1-2개 있다.	4
		존대법 오류가 3-4개 있다.	3
		존대법 오류가 5-6개 있다.	2
		존대법 오류가 7개 이상 있다.	1

	(8) 축약어나 구어체를 안 쓰는 신문 담론 규약을 아는가?	5개의 오류 수정을 포함해 글 전체에 신문 기고문임을 고려한 표현이 고루 있다.	5
		1개의 오류가 있다.	4
		2개의 오류가 있다.	3
		3개의 오류가 있다.	2
		4개 이상의 오류가 있다.	1
	(9) 적절한 관용 표현(속담 포함)을 구별하고 개념어를 다양하게 썼는가?	4개의 오류 수정을 비롯해 글 전체의 관용 표현과 한자 어휘가 다양하고 자연스럽다.	5
		1군데 잘못 쓰이거나 어색한 부분이 있거나 관용 표현이 별로 없다.	4
		2군데 잘못 쓰이거나 어색한 부분이 있다.	3
		3군데 잘못 쓰이거나 어색한 부분이 있다.	2
		4군데 잘못 쓰이거나 관용 표현이 전혀 쓰이지 않았다.	1

담화 맥락 영역에서는 완결성을 갖춘 한 편의 텍스트로 글을 구성하는 능력과 함께, 신문 기고문이라는 쓰기 양식이 가진 담화 규약에 대한 인지 여부를 측정하고자 하였다. 먼저 '도입-본문-결말'의 내용 단위로 단락을 구분하고, 전후 내용 맥락을 고려한 결속성 있는 표현으로 단락을 시작하며, 문장을 내용 맥락의 순서대로 배치하는가 여부를 측정한 (6)번 문항은 텍스트 자체의 구조적 맥락 지식을 평가하는 영역이다. 그리고 나머지 (7) 일관된 존대법 사용 지식, (8) 신문 담론 규약에 대한 인지, (9) 적절한 관용 표현과 한자 개념어 이해 등 3개 항목은 신문 기고문의 담화 맥락과 관련한 지식을 평가하는 영역들이다.

(7)번 문항에서는 공적 텍스트 작성과 관련된 한국어 존대법 지식, 즉 3인칭 객체 및 독자 존대 지식을 측정하였다. 예를 들어 "고등학교

3년 간 ***선생들한테서*** 공부하라는 말을 귀가 못이 박이도록 들었습니다."에서 '***선생들한테서***'는 '선생님들에게서'나 '선생님들께로부터'로 정정해야 한다. 그리고 기고문의 필자가 독자의 선배이기는 하지만 후배를 대상으로 공적인 기고문을 작성할 때는 존대법을 써야 하는데, 이러한 한국어 담론 특유의 존대법 규칙을 알고 있는가를 평가하고자 하였다. 또한 종결 어미를 포함한 존대법에 일관성이 있는가를 살펴보았는데, 예를 들어 "올해부터 A대에서 한명의 대학생으로 ***저의*** 대학생활을 ***시작하셨다.***"에서 '***저의 ~ 시작하셨다.***'는 '나의 ~ 시작하였다'로 바꾸어야 한다. 언어권에 따라 종결 어미나 명사형에서 존대법이 발달되지 않은 모국어를 가진 학습자는 한국어의 존대법 관련 문법 지식을 특히 어려워한다. 그리고 전체 글의 격식체 반말 어미와 다른, 격식체 존대 어미, 즉 '납니다(→난다)', '입니다', '들었습니다' 등도 전체 글의 통일성을 고려하여 일관되게 수정하는가를 평가하였다.

(8)번 문항은 공적 담화에서 축약어나 구어체를 안 쓰는 신문 담론 원칙을 아는가를 평가하고자 한 항목인데 내국인 신입생도 이 영역에서는 1차 수정에서 낮은 점수를 보였다.[27] 1차 수정 후 수정 교육을 통해 공적 담화에서는 축약어[A대(→A대학교), 그땔(→그때를), 축제다

27) 내국인 중에 문법적 오류는 적으나 구어체적 표현이 많아 1차 수정 시 그리 높지 않은 점수를 얻은 학생이 있었다. 구어와 달리 문어적 표현 능력은 교육에 의해 습득되므로 다양한 독자를 대상으로 여러 장르의 글을 써 보는 훈련이 필요하다. 그러나 이들 내국인 신입생은 대학 입학에 필요한 논술문 이외에 다양한 장르를 접해 보지 않아 기고문에 합당한 담화 형태에 익숙하지 않았다. 구어적 표현을 잘 구사하는 외국인의 경우와 마찬가지로 모국어 필자에게 유창한 구어 능력이 작문 능력과 비례하는 것이 아님을 알 수 있다.

(→축제이다)', '거고(→것이고)', '거다(→것이다)]나 구어체[자기(→자신), 진짜(→정말), -을까(→-은가), -이랑(→와/과), 그러니까(→그러므로)]를 지양함을 교육하였고, 그 결과 2차 수정에서 내·외국인 모두 이 영역의 점수를 높일 수 있었다.

(9)번 문항에서는 한국어 능력 중급 수준에서 배우는 관용 표현 가운데 알맞은 표현을 문법에 맞게 쓰는 능력을 평가하고자 하였다. 외국인을 위한 한국어 교육에서 속담이나 한자성어는 4급 이상에서 배우기 때문에 이러한 표현을 적절히 쓴다면 중급 이상이라고 판정할 수 있다. 그래서 연어 관계[영화 필름처럼 흐르다(→영화 필름처럼 지나가다/스치다/펼쳐지다)]나 속담(매도 먼저 맞는 게 낫다→고생 끝에 낙이 온다, 고진감래 등) 대체 능력이 있는가를 측정하였는데 이 항목으로 말미암아 초급과 중급 학생의 변별도가 높아졌다.

3) 내용 지식 영역의 평가 준거

대학의 글쓰기 과제에서는 과제의 내용적 측면을 중시한다. 쓰기 과제를 수행하면서 해당 교과의 논리적 사고 체계에 숙달할 수 있다고 보기 때문이다. 제2언어 학습자를 대상으로 한 학술적 글쓰기 교과과정에서도 언어적 측면보다 내용적 측면에 비중을 두는 평가표를 채택한다.[28] 〈표 6〉의 내용 지식 영역 평가 준거는 글쓰기와 관련된

---

28) Mendelsohn, D and Cumming, A., Professors' ratings of language use and rhetorical organizations in ESL composition. *TESOL Canada Journal* 5(1), 1987, pp.9~26.

Santos, T., Professors' reactions to the academic writing of nonnative speaking students, *TESOL Quarterly* 22(1), 1988, pp.69~90.

선행 연구를 참고하여 미숙련 필자가 내용을 수정해야 할 때 고려해야 할 항목들을 정리한 것이다. 창의적 내용 생성과 관련된 지식을 담화 맥락에 맞게 적용할 수 있는가를 측정하고자 한 내용 지식 영역의 세 가지 소범주는 다음과 같다.

〈표 6〉 내용 지식의 분석적 평가표

범주	평가 기준	세부 지침	점수
내용 지식	(10) '축제'에 대한 예시 단락이 '운동회'에 대한 회상의 분량과 비교하여 적절한 분량으로 추가되었는가?	'축제'에 대한 예시 단락을 추가하였고 내용이 구체적이고 길이도 '운동회'에 대한 설명과 비교하여 적당하다.	5
		축제에 대한 예시 단락을 운동회에 대한 설명보다 1/3 적게 구성하여 추가하였다.	4
		축제에 대한 예시 단락을 운동회에 대한 설명보다 1/2 적게 구성하여 추가하였다.	3
		축제에 대한 언급이나 운동회에 대한 예시를 삭제하였다.	2
		축제에 대한 언급은 그대로 있으나 내용이 추가되지 않았다.	1
	(11) 결론에 해당하는 내용이 추가되었는가? (설득하는 기능이 있는가?)	마무리 단락을 추가하였고 설득하는 기능을 수행하였으며 길이도 적당하다.	5
		마무리 단락을 추가해 설득하는 기능을 수행하였으나 별도의 한 단락으로 구성될 정도로는 길이가 적당하지 않다.	4
		마무리 단락을 1문장 추가하였거나 설득하는 기능을 제대로 수행하지 못했다.	3
		마지막의 불필요한 문장을 삭제하였거나 마지막 문장의 오류만을 정정하였다.	2
		마지막 문장을 그대로 두고 결론 단락을 추가하지 않았다.	1

Boldt, H., Valescchi, M. I. and Weigle, S.C., Evaluation of ESL student writing on text-responsible and non-text responsible writing tasks. MEX-*TESOL Journal* 24, 2001, pp.13~33.

	(12) 각 단락의 논리적 흐름을 위해 창의적으로 추가한 내용이 있는가?	150자 이상 추가하였다.	5
		100자 이상 150자 미만 추가하였다.	4
		50자 이상 100자 미만 추가하였다.	3
		추가된 내용이 거의 없고 단락만 나누었거나 500~600자 정도로 내용을 대폭 줄였다.	2
		내용과 단락 구성 면에서 수정한 내용이 거의 없다.	1

(10)번 문항은 새로운 내용을 생성해 내는 능력을 평가하고자 한 것으로, 제시문에 언급된 '운동회' 관련 내용에 비추어 적절한 분량으로 '축제'에 대한 내용을 추가할 수 있는지를 알아보고자 했다. 제시문에는 고등학교 3년 동안의 추억 중에 가장 기억에 남는 것이 '운동회'와 '축제'라고 되어 있다. 그러나 이후 내용에서 '축제'에 관한 예시 단락이 빠져 있으므로 학생들은 수정을 할 때 글의 응집성을 높이는 데 필요한 '축제' 관련 내용을 추가해야 한다. 이 문항은 내용 생성 능력을 측정하는 것이 주목적이므로 '운동회' 등 고등학교 시절에 대한 회상 내용을 삭제하여 전체 글의 길이를 줄임으로써 내용 생성의 부담을 회피한 시도에는 전체 5점 중 2점의 낮은 점수를 부여하였다.

(11)번 문항에서는 결론부에 누락된 내용을 인식하고 필요한 내용을 새로이 추가할 수 있는가를 측정하였다. 제시문은 마무리 부분이 없이 결론 단락 중간에서 중단되어 있기 때문에, 유학생은 마무리 인사 내용을 추가해야 한다. 따라서 학생들이 내용 맥락에 맞게 적절한 분량으로 마무리 글을 추가했으면 높은 점수를 주었다. 반면에 마지막 단락의 오류를 수정하거나 삭제하여 마무리의 느낌을 살리고자 한 시도에 대해서는 낮은 점수를 주었다. 문법 영역에서는 글의 길이를 줄임으로써 문법적 오류를 줄인 데 대해 과제 회피 전략을

사용한 것으로 보아 부분적으로 점수를 인정하여 주었으나 내용 생성 능력을 평가하는 영역에서는 이러한 전략이 유효하지 않은 것으로 판단하여 점수를 주지 않았다.

(12)번 문항에서는 평가지가 내용을 덧붙이도록 의도한 부분, 즉 '축제'나 결론부의 내용을 보강하기 위해 추가해야 하는 단락뿐만 아니라 전체 글의 내용을 자연스럽게 이어나가기 위해 학생들이 자발적으로 덧붙인 내용 분량에 대해 점수를 부여하였다.

이상에서 살펴본 바와 같이 제시문을 수정하는 과제가 창의적으로 내용을 덧붙일 것을 요구하고 있음에도 불구하고, 실험에 참여한 유학생은 거의 대부분 문장의 표면적 오류를 수정하는 데 그쳤다. 학생들은 실험 후 인터뷰에서 교수자의 설명이나 과제 지시문에 주의를 기울이지 않은 것을 그 이유로 고백하였다. 한국어 교육의 쓰기 수업에서는 일반적으로 문장의 구문론적 오류를 수정하는 연습만을 반복하는 경우가 많다. 이 때문인지 한국어로 글을 쓰거나 수정을 할 때는 문법적으로 오류 없는 글을 생성하는 것이 가장 중요하다는 고정관념이 이들 외국인 신입생에게 고착된 것으로 보인다. 실험 후 인터뷰 과정에서 유학생의 과제 해석이 교수자의 의도와 상당히 달랐음도 확인할 수 있었다. 유학생은 자신의 한국어 작문 능력에 자신이 없기 때문에 수정 과제에 임해서도 문장 단위의 표면적 오류 수정에만 집착하는 소극적인 자세를 취했다.

5. 외국인 신입생의 수정 과제 분석 결과

본고에서는 1차 실험의 영향을 최소화하기 위해 1차 수정 과제를 실시한 지 한 달 후 2차 수정 과제를 진행하였다. 이는 1차 수정을 실시하면서 활성화시킨 어휘·문법, 담화 맥락, 내용 지식의 잔상을 소거하고, 2차 수정을 실시하기에 앞서 진행한 교육적 처치의 효과만을 측정하기 위함이다. SPSS 12.0의 독립 표본 T검정을 이용하여 이 실험에 참여한 외국인 21명과 내국인 18명이 수행한 1차, 2차 수정 과제의 총점을 비교해 본 결과, 1차 수정 과제의 평균 총점은 내국인이 외국인보다 평균 20.2점 높았지만 2차 수정 과제에서는 12.7점의 차이를 보였다. 이는 적절한 수정 교육을 통해 외국인과 내국인 간 수정 능력의 격차를 줄일 수 있다는 사실을 보여준다.

〈표 7〉 1차와 2차 수정 과제에서 내·외국인의 평균 비교

	대상	사례 수	평균	차이	표준편차	자유도	t	유의 확률
수정 1	외국인	21	29.5	20.2	5.0	37	−13.926***	.000
	내국인	18	49.7		3.8			
수정 2	외국인	21	43.8	12.7	6.1	37	−8.217***	.000
	내국인	18	56.5		2.6			

전반적으로 1차 수정의 점수가 낮았던 외국인은 2차 수정 시 여러 문항에서 점수를 올려 교육적 효과를 입증하였다. 그런데 12개의 평가 영역을 자세히 살펴보면 수정 관련 세부 지식 항목의 성장 정도에 차이가 있었다. 본고에서는 1차 수정 이후 수정 교육을 실시하고 그 처치에 대한 효과를 2차 수정의 점수 차이로 살펴보았다. 각 문항의

만점이 5점이었음을 감안하면 0.5점 이상의 성장은 유의한 수준의 교육적 효과라고 할 수 있다. 하지만 본고에서는 두드러진 수정 교육의 효과에 주목하기 위해 어휘·문법, 담화 맥락, 내용 지식 영역별로 1점 이상의 성장을 보인 문항에 한해 집중적인 분석을 해보고자 한다.

1, 2차 수정 결과를 어휘·문법, 담화 맥락, 내용 지식 영역으로 나누어 비교해 볼 때, 외국인과 내국인은 어휘·문법 영역의 성장에서 가장 큰 차이를 보였다.(3.7점 차, 〈표 8〉 참조) 내국인에게는 문법 관련 지식이 자동화되어 있어 수정 교육을 실시하기 전과 후의 성적이 크게 달라지지 않았다.(1.4점 차) 그러나 한국어 능력 초·중급 수준의 외국인은 아직 기본 문법이 숙달되지 않았고, 추상적 개념의 한자 어휘가 부족했지만 이러한 부분을 중점적으로 교육한 결과 높은 교육적 효과를 거둘 수 있었다.(5.1점 차)

담화 맥락 영역은 유학생이 수정 교육 후 가장 많이 개선한 부분이다. 유학생은 신문 기고문이라는 한국어 텍스트의 담화 규약에 익숙하지 않았고, 또 한국어 텍스트의 문맥에서 고등학교 학창시절을 회상하라는 개인적 서사의 과제 맥락에도 당황해했다. 이런 부분들은 사회 문화적 환경의 차이에서 오는 요소들이기 때문에 담화 맥락 교육을 통해서 상당 부분 수정할 수 있었다. 유학생들은 수정 교육을 통해 해당 과제의 문화적·담화적 맥락과 의미, 글의 구조, 기고문에 합당한 종결 어미 등을 교육 받음으로써 오류 문장을 쉽게 개선할 수 있었다.

〈표 8〉 1, 2차 수정 과제에서 내·외국인이 보인 각 수정 영역별 성장의 정도

수정 영역	어휘·문법(25점)			담화 맥락(20점)			내용 지식(15점)		
수정 차수 및 차도	1차	2차	차도	1차	2차	차도	1차	2차	차도
외국인	14.0	19.1	5.1	10.3	16.2	5.9	5.2	8.5	3.3
내국인	22.4	23.8	1.4	17.1	19.7	2.6	10.3	13	2.7
내·외국인의 차이	8.4	4.7	3.7	6.8	3.5	3.3	5.1	4.5	0.6

그러나 내용 지식 영역에서는 내·외국인 모두 수정 교육의 효과가 그리 크지 않았다. 그 원인은 실험 이후 학생들을 대상으로 한 인터뷰를 통해 추정해 볼 수 있었다. 내국인의 경우 처음 수정해야 할 텍스트에 눈에 띄는 어휘·문법적 오류가 너무 많아 편집자적 자격으로 이런 표면적 오류를 고치는 데 역량을 집중했던 것으로 보인다. 그리고 이들에게는 과제가 제시한 내용적 상황이 익숙하기 때문에 수정 교육의 내용적인 측면에 등한시했던 것으로도 보인다. 반면에 유학생은 수정 교육을 통해 잘못된 내용 부분을 충분히 인지했지만, 이에 대한 문화적 맥락 지식이 없어 창의적 내용을 추가할 수 없었다고 밝혔다.

그런데 이 세 영역 총점에서의 변화와 달리 각 영역 세부 문항에서는 다른 변화를 읽을 수 있다. 외국인 필자의 경우 총 5점 중 1점 이상의 성장을 보인 문항은 어휘·문법 영역에 두 문항(3번: 어휘 관련, 4번: 연결 어미 사용)이 있고, 담화 맥락 영역에 세 문항(6번: 텍스트 구조, 8번: 신문 담론 형식, 9번: 관용적 표현)이 있다. 그리고 내용 지식 영역에도 두 문항(10번: 내용 생성 능력, 12번: 창의성 관련 문항)이 있다. 그런데 이 중에서도 2점 이상의 괄목할 성장을 보인 것은 (4)번 연결어미의 사용, (8)번 신문 담론 규약과 관련된 문항이다. 이러한 변화에 대해서는 보다 세밀한 분석이 필요할 것이다.

이제 어휘·문법, 담화 맥락, 내용 지식 영역에 관한 구체적인 성장도를 〈표 9〉, 〈표 10〉, 〈표 11〉를 통해 하나씩 살펴보도록 하겠다.

1) 어휘·문법 관련 수정 지식의 성장도

본 수정 과제 실험에서 외국인 필자의 수정 형태는 수정의 초인지를 내용 영역보다 어휘·문법 영역에 더 많이 투여함으로써 수정 효과를 거두지 못하는 미숙한 필자의 수정 과정과 매우 흡사한 형태를 보인다. 미숙련 필자의 이런 수정 형태는 선행 연구를[29] 통해서도 확인할 수가 있다. 외국인 필자의 이런 수정 특성은 수정 교육에 있어 어떤 방법이 가장 효율적인가를 설명해 준다.

〈표 9〉 어휘·문법 관련 문항의 성장 정도

영역	문항	수정차수	외국인				내국인			
			평균	사례 수	표준편차	성장 점수	평균	사례 수	표준편차	성장 점수
어휘·문법	1	전	3.2	21	0.7	0.1	5.0	18	0.0	0
		후	3.3	21	0.6		5.0	18	0.0	
	2	전	3.4	21	0.4	0.9	4.2	18	0.6	0.3
		후	4.3	21	0.6		4.5	18	0.4	
	3	전	1.9	21	0.7	1.9	4.4	18	0.3	0.3
		후	3.8	21	0.9		4.7	18	0.4	
	4	전	1.5	21	0.8	2.0	4.4	18	0.5	0.4
		후	3.5	21	1.0		4.8	18	0.3	
	5	전	4.0	21	0.5	0.1	4.4	18	0.4	0.5
		후	4.1	21	0.8		4.9	18	0.3	

(▒ 1점 이상 2점 미만 성장, ■ 2점 이상 성장한 문항)

29) Scardamalia와 Bereiter(1983), Bartlette(1981), Stallard(1974), Bridwell(1980), Sommers(1980), Faigley와 Witte(1981), Hayes, Flower, Schriver, Statman, Carey(1987), II장 참조.

(1)번 문항은 문법과 맞춤법 수정 능력에 관한 것으로, 내국인 필자는 1, 2차 수정 모두 만점을 기록했고 외국인 필자도 단지 0.1점의 성장을 보여 성장 폭에 큰 변화가 없었다. 이를 통해서 내·외국인 모두 수정 교육의 효과가 거의 발생하지 않았음을 알 수 있다. 그렇지만 평균 점수에서는 차이가 있다. 앞서 말한 대로 내국인 필자는 이 문항에서 1, 2차 모두 만점을 기록했고, 외국인 필자는 평균 3.2, 3.3을 기록하여 적은 차이지만 향상을 보였다. 문법 영역과 관련하여 성장 폭이 적은 것에는 이유가 있다. 내국인에게는 기초 문법과 관련된 지식이 자동화되어 있어 문법적 오류가 거의 없다. 또 이와 관련된 오류 수정에 대해서도 인지적 부담이 상대적으로 낮다. 따라서 내국인은 2차 수정을 수행하면서 문법 영역을 제외하고 1차 수정에서 상대적으로 낮은 점수를 받았던 문항의 수정에 주력할 수 있었다. 내국인은 어휘·문법 영역 전체에서 1.4점을 올리는 데 그친 반면, 담화 맥락과 내용 영역에서는 각각 2.6점과 2.7점의 성장을 보였다. 이 사실을 통해, 내국인 필자는 수정의 초인지 역량을 담화 맥락과 내용 영역에 집중 투자했음을 어느 정도 추정할 수 있다.

그런데 문제는 문법 영역은 학습이 어려울 뿐만 아니라 학습 기간도 길다는 점이다. 외국인 필자의 (1)번 문항 성장도가 0.1점인 것을 보면 문법 지식이 단시일에 개선될 수 없다는 사실을 알 수 있다. 더구나 한, 두 번의 수정 교육을 통해서 문법적 오류를 만족스럽게 교정할 수는 없다. 그런데도 불구하고 외국인은 수정 과제를 수행할 때 문법 관련 수정에 많은 시간과 노력을 쏟는다. 외국인 필자들은 인터뷰에서 학술적 글쓰기를 할 때 어려운 점으로 문어적 담화 맥락에 필요한 어휘력과 문법 요소의 부족을 꼽고 있다. 내국인이 모국어로 작문 과제를 수행할 때에는 문법 관련 지식이 자동화되어 있기 때문에 내용 생성에만 주력하면 되지만, 모국어가 아닌 한국어로 작문을 하는 외국인 필자는 그렇지 않아 어휘와 문법에 더 많은 신경을 쓰게 된다. 그래서 글 전체의 내용을 장악하지 못한 채 그저 한 문장, 한 단락 수준의 완성도에만 집중하게 된다는 것이다.

위의 표를 통해 유학생은 같은 어휘·문법 영역이라 하더라도 맞춤법이나 조사와 같은 문법 영역을 더 어려워한다는 사실을 알 수 있다. 반면에 필요한 곳에 접속사를 넣는 것이나 적절한 어휘를 대체하는 것과 같은 어휘 영역은 상대적으로 교육적 효과가 높았다. 외국인 필자가 (4)번 문항(연결 어미를 사용한 복문 구성)에서 총 5점 가운데 평균 2점이라는 높은 성장을 보인 것은 지나친 단문을 피하고 문장 간 자연스러운 연결을 위해 알맞은 접속사를 사용해야 한다는 수정 교육의 효과와 명시적으로 관련이 있다. 이러한 결과를 볼 때, 맞춤법이나 문법 관련 지식은 외국인 학습자들마다 오류의 고착 정도가 심해 단시일에 교육적 효과를 거두기 어렵다는 것을 알 수 있으며, 수정 교육에서는 문어적 텍스트 작성에 필요한 어휘 교육이 더욱 효과적이라는 사실도 알 수 있다.

2) 담화 맥락 관련 수정 지식의 성장도

학술 담론을 생성하는 과제 맥락에 맞게 쓰려면 보고서의 구조와 문채(文彩, style), 문어적 어조(tone), 객관적 어휘 관련 지식이 있어야 한다. 그리고 공적 담론 텍스트 가운데 계몽적인 글이나 신문 기고문, 방송 원고와 같이 상황 맥락에 따라 구체적인 독자가 전제되는 경우에는 주체 겸양과 독자 대중 존대 규칙에 의거해 어휘와 문체를 가려 쓸 수 있어야 한다. 본 실험에서는 신문 기고문에 적절한 문어 구사 능력을 평가하기 위해 다음 4개 문항으로 공적 문채(文彩)에 적절한 구조와 어휘, 어조 선별 능력을 측정하고자 하였다.

〈표 10〉 담화 맥락 관련 문항의 성장 정도

영역	문항	수정차수	외국인				내국인			
			평균	사례 수	표준편차	성장 점수	평균	사례 수	표준편차	성장 점수
담화 맥락	6	전	2.3	21	1.3	1.5	4.5	18	0.6	0.4
		후	3.8	21	0.8		4.9	18	0.3	
	7	전	3.9	21	0.5	0.5	4.4	18	0.6	0.6
		후	4.4	21	0.4		5.0	18	0.0	
	8	전	1.8	21	0.7	2.3	3.9	18	1.0	1.0
		후	4.1	21	0.7		4.9	18	0.2	
	9	전	2.3	21	0.6	1.6	4.3	18	0.4	0.6
		후	3.9	21	0.8		4.9	18	0.1	

(1점 이상 2점 미만 성장, 2점 이상 성장한 문항)

외국인 필자는 담화 맥락 영역 중에서 6번(단락 구분 능력)과 8번(신문 담론 형식), 9번(적절한 관용 표현) 문항에서 두드러진 성장을 보였다. 특히 8번(신문 담론 규약)은 1차 수정에서 가장 점수가 낮았던 문항이지만 수정 교육 이후 성장한 정도가 가장 두드러졌다(〈표 10〉에 진하게 음영 표시한 부분 참조). 이는 문법 영역과 다르게 담화 맥락의 특정 영역에서는 집중적 수정 교육의 효과가 있다는 증거로 볼 수 있다. 외국인 필자의 경우 수정 교육에서 해당 과제의 문화적 맥락이나 특성을 효과적으로 지도하면 짧은 시간에 상당한 정도로 작문의 질을 개선할 수가 있다.

문법 영역과 달리 담화 맥락 영역에서 높은 수정 교육의 효과를 보인 점은 외국인 대상 언어 교육에서 쓰기 교육이 위치한 특수성과 밀접한 관련이 있다. 외국인 대상 쓰기 교육은 읽기, 듣기, 말하기 교육보다 학습의 발전 속도가 상대적으로 늦다. 한 편의 글을 작성하기 위해서는 기본적인 언어 규범을 알아야 할 뿐만 아니라, 독자를 고려하는 수사적 상황을 이해해야 하며, 적절한 표현 기교도 익혀야 한다. 그렇기 때문에 학문 목적 한국어 고급 쓰기 교육에서 중점을 두어야 하는 것은 수사적 상황에 대한 필자의 전략적 대처 방식이지 어휘 지식이나 문법 규칙은 아니다. 문법 규칙만을 익히고자 한다면 짧은 단문 쓰기 연습으로도 충분하다.

Kroll(2001)은 교사가 언어 수준의 문제로 인해 쓰기 교육 과정을 문법 교육 과정으로 바꾸는 실수를 해서는 안 된다고 말하고 있다. 그는 작문에 나오는 문법적 오류를 처음부터 수정하고 편집하는 교사의 활동은 비생산적이며, 작문에 대한 외국인 학생의 불안감만 조성할 것으로 보았다. 더구나 이런 활동은 학생이 스스로 관심을 가지고 문제점을 찾을 기회를 빼앗게 될 것이다. 반복되는 오류가 아니라면 문법 오류는 장기적인 관점에서 학생 스스로가 편집 활동을 통해 고쳐 나가도록 유도하는 것이 좋다고 제안한다.[30)]

Kroll(2001)의 관점은 본 실험에서 그대로 증명되었다. 순수하게 문법과 관련된 문항(1번)의 경우 거의 성장이 없었기 때문이다. 또 한국어 존대법에 관한 문항(7번)도 거의 성장이 없었다. 정확한 문법 관련

30) Celce-Murcia, 임병빈 외 역, 『영어교육의 이론과 실제』, 경문사, 2004, 235쪽.

지식은 웬만한 문법 체계가 이미 자동화된 모국어 화자에게도 어려운 것으로, 외국인 학습자가 일회성의 수정 교육을 통해 성취할 수 있는 것은 아니다. 반면에 교사의 피드백을 통해 외국인 필자가 이해하고 수용할 수 있는 수준의 쓰기 지식은 급격하게 성장했다. 어휘 대체(3번), 단락 구분 능력(6번), 신문 담론 규약(8번) 등에서 매우 높은 성장을 이룬 것은 이들 영역이 적절한 피드백을 통해 외국인 필자가 수정 가능한 쓰기 지식 항목이기 때문이다. 수정 교육을 통해 잘못된 어휘를 지적하고, 서론과 결론을 포함하여 단락을 적절히 구분하는 원칙을 가르쳤으며, 구어체나 축약어를 쓰지 않는 신문 담론 규약을 교수한 결과, 이런 사항들은 어렵지 않게 외국인 필자들이 고칠 수 있었다. 그러나 조사나 어미, 존대법과 같은 기본 문법 관련 오류는 쉽게 고쳐지지 않았다. 이는 한국어의 복잡한 어법에 속하는 사항으로 오랜 기간의 숙련과 자동화가 필요한 문법 요소이다.

특히 학생들의 성장 정도가 높았던 문항이 담화 맥락 영역에 가장 많았던 점은 주목할 만하다. 이로써 문법 지식은 고착성이 강하기 때문에 구문 반복 학습과 같은 장기간의 교육이 필요한 반면, 담화 맥락과 문화 맥락 지식은 수정 관련 쓰기 교육에서 단기간의 집중적인 교육으로도 효과를 거둘 수 있음을 알 수 있다. 학술적 글쓰기 능력을 신장하기 위해 〈대학 기초 글쓰기〉 수업을 듣는 유학생의 경우 한국어 능력 수준의 차이는 있겠지만 기본적인 문법 교육은 마친 상태이다. 물론 읽기나 말하기보다 쓰기에서 정확한 문법을 사용하기가 어렵겠지만 그렇다고 하더라도 Kroll(2001)이 말한 대로 〈대학 기초 글쓰기〉에서 이루어지는 쓰기 교육을 문법 교육으로 만들 필요는 없다.[31] 유학생이 대학에서 한국어로 글을 쓰는 데 익숙해지려면 한국어의 학술적 담화 맥락과 문화적인 맥락을 빨리 깨우치는 것이 중요하다. 따라서 〈대학 기초 글쓰기〉 교육에서는 학술적 쓰기 과제의 담화 맥락을 효과적으로 반영할 학습 모형에 대해 고민해 보아야 한다.

6. 내용 관련 수정 지식의 성장도

외국인과 내국인 모두 1차 수정 결과를 보면 (10) 텍스트에 언급된 '운동회' 관련 추억과 유사한 분량으로 '축제' 관련 내용을 추가하는 문항에서 점수가 가장 낮았다(외국인 1.1점: 내국인 2.7점). 본문에서 고등학교 시절을 회상하면서 운동회와 축제가 가장 기억에 남는다고 했지만 제시문의 추후 서술 과정에서 축제 부분은 의도적으로 누락

---

31) Haswell(1988)은 대학교 1, 2, 3학년 학생과 대학원생의 쓰기 샘플 32개를 비교하면서, 글의 내용과 길이 등 쓰기 능력의 전반적 수준은 학년이 올라감에 따라 향상되지만, 소유격, 주술 호응, 대명사, 대구법, 문장 부호, 미완성 문장, 단락 구분, 맞춤법 등 문법 관련 오류는 여전히 잔존함을 확인하였다.(Haswell, Richard H.(1988). Error and change in college student writing. *Written Communication*, 5(4), pp.479~499.) Ojeda(2004:36)는 이 해스웰의 연구 결과를 인용하면서 학년이 올라갈수록 쓰기 능력이 성숙해지는 모국어 화자도 문법적 실수를 완전히 배제할 수 없다면, 고도의 수사법과 복잡한 구문, 개념 어휘를 사용한 제2언어 학습자의 글에 문법적 오류가 많다고 해서 평가 절하할 수 없음을 주장한다. 학술 담론의 최종 목적은 해당 전공 분야의 발전에 기여할 창의적 내용 생성이지 문법적으로 완벽한 문장을 만들어내는 데 있지 않기 때문이다.(Ojeda, Jeanna Howell(2004), English as a second language writing revisited: Grading timed essay responses for overall quality and global assets, Ph.D., University of Florida.) Belanoff(1991:58)도 학술적인 글의 요건을 명료성과 조직력, 맥락적 지식, 응집성, 언어 사용의 정확성 순으로 꼽으면서, 문법 규범의 준수 여부에는 큰 비중을 두지 않았다.(Belanoff, Pat, The Myths of Assessment, *Journal of Basic Writing*, 10(1), 1991, p.58.)

되었다. 따라서 학생들은 수정을 하면서 '축제' 관련 내용을 추가해야 했는데, 외국인과 내국인 모두 이 부분에 대한 개선이 만족스럽게 이루어지지 못했다. 그래서 수정 관련 교육을 통해 '축제'에 관련 내용 오류를 지적한 후 이에 대한 단락을 추가하도록 지도하였다. 하지만 수정 교육 이후 내국인이 총 5점 가운데 1.6점의 두드러진 성장을 보인 데 반해 외국인은 1.3점의 성장에 그쳤다. 물론 1.3점도 수정 교육의 효과를 확인할 수 있는 높은 점수이기는 하지만, 객관적인 점수에서 내국인과는 큰 차이를 보였다. 수정 교육을 받고 난 후 외국인이 받은 2.4점은 내국인의 1차 수정 결과인 2.7점에도 못 미치는 점수이다.

〈표 11〉 내용 지식 관련 문항의 성장 정도

영역	문항	수정차수	외국인				내국인			
			평균	사례 수	표준편차	성장 점수	평균	사례 수	표준편차	성장 점수
내용	10	전	1.1	21	0.4	1.3	2.7	18	1.5	1.6
		후	2.4	21	1.6		4.3	18	1.0	
	11	전	1.5	21	1.2	0.8	3.4	18	1.3	0.5
		후	2.3	21	1.5		3.9	18	1.2	
	12	전	2.6	21	1.0	1.2	4.2	18	0.9	0.6
		후	3.8	21	1.0		4.8	18	0.7	

(▒ 1점 이상 2점 미만 성장, ■ 2점 이상 성장한 문항)

(10)번 문항의 수정 결과를 검토해보면 학창 시절의 문화적 맥락에 대한 내국인과 외국인의 인지 차이는 뚜렷하다. (10)번 문항에서 의도한 것은, '운동회' 관련 내용 단락과 유사하게 '축제'에 관한 내용 단락을 추가하는, 전후 맥락에 맞게 내용을 생성하는 능력이다. 그런

데 내국인에 비해 외국인은 이런 내용 맥락적 요구를 거의 인지하지 못했다. 유학생이 이 문항을 1차 수정한 점수가 총 5점 가운데 1.1점인 것을 보면 수정 교육 이전에 이들 외국인 필자는 내용 요소보다 문장이나 맞춤법과 같은 표면적 요소에 더 많은 인지 역량을 투자하였음을 알 수 있다. 또 사후 인터뷰 결과 고등학교 문화, 즉 운동회나 축제와 같은 행사에 대해 충분한 지식이 없었다는 사실도 확인할 수 있었다. 만약 수정 교육에서 전후 맥락에 맞게 내용을 생성해야 함을 지도하지 않았다면 반복되는 수정 과제 국면에서도 이에 관한 수정은 전혀 고려하지 않았을 것이다.

수정 교육 이후 내국인은 비슷한 분량으로 '축제'에 관한 구체적 경험 내용을 추가한 반면, 외국인은 훨씬 적은 분량으로 간단한 언급을 하는 데 그치거나, 오히려 '운동회'에 대한 예시를 삭제하는 것으로 '축제'에 관해 새로운 내용을 생성해야 하는 부담을 해소하려고 하였다. 유학생의 이러한 수동적 과제 회피 전략은 현행 한국어 쓰기 교육의 한계에서 기인한다. 현재 일반 목적 한국어 교육에서 이루어지는 문법, 형태 중심의 쓰기 교수요목에 학술 담론의 수사적 원칙과 학술 담론 텍스트의 문화적 맥락에 대한 내용이 추가되지 않고서는, 학술적 과제 상황에 적절하게 문제를 해결하는 쓰기 전략은 활용되기 어렵다. 특히 표 〈8〉에서 보듯 어휘·문법, 담화 맥락, 내용 관련 수정에서 내용 영역의 수정 점수가 가장 낮은 것을 보면 유학생이 수준 높은 문어체의 글을 완성하기 위해서는 내용 지식에 대한 능력 함양이 매우 긴요하다는 것을 알 수 있다.

Hillocks(1987)[32]는 수사학적 지식과 담화 지식만으로는 쓰고자 하는 내용을 상세히 글로 옮길 수 없다고 하였는데 이는 외국인 필자가 작문의 질을 개선하는 데 내용 지식이 얼마나 중요한가를 지적한 것이다. Flower(1987)[33]도 절차적 지식과 함께 내용 지식의 중요성을 지적한 바 있다. 국내 대학에 입학한 유학생 역시 한국어 작문을 완성하는 데 필요한 절차적 지식뿐만 아니라 학문 공동체에서 요구하는 과제와 관련된 내용 지식을 갖추어야 과제 수정의 전반적 질을 높일 수 있을 것이다. 유학생에게 부족한 학술적 에세이의 내용 생성 능력을 개선하려면 유학생을 대상으로 한 교양 및 전공과목에서 범교과적으로 읽고 쓰기(reading to write) 교수 방법을 단계적으로 사용하고 이를 적용한 보고서 과제를 주어야 한다.

한편 (11)번 독자를 설득하는 결론 단락을 추가하는 수정 지식이 있는가를 측정한 문항에서 내·외국인은 모두 1차 수정에서 낮은 점수를 보였고 2차 수정에서도 그리 높지 않은 성장을 보였다(외국인: 1.5점→2.3점, 내국인: 3.4→3.9). 이 점수는 내·외국인 모두 2차 수정의 여러 평가 문항에서 가장 낮은 수치이다. 이 부분에 대한 해석은 두 가지가 가능하다. 첫째 제시된 글의 마무리가 부실한 것을 간파하고 결론 단락을 추가해야 하는데, 내·외국인 모두 눈에 띄는 오류 수정과 내용 추가에만 집중하여 정작 이 신문 기고문 담론의 수사적 목표인 설득의 필요를 간과한 것이라고 추정할 수 있다. 둘째, 문제를 인지했더라도 추가할 담론 지식 및 내용 지식이 부족하다면 이를 수정할 수가 없다. 내국인의 경우 이는 담론 지식의 부족 때문에 발생했을

---

32) Hillocks, G., Synthesis of research on teaching Writing, *Educational Leadership*, 1987, pp.71~82.

33) Flower, L., Interpretive Acts: Cognition and the Construction of Discourse, Poetics 16, 1987, pp.110~120.

것이라고 해석할 수 있으며, 외국인의 경우 담론 지식 및 내용 지식 두 가지 모두가 부족하여 생긴 문제로 볼 수 있다.

창의적 내용을 추가하는 (12)번 문항에서는 내국인보다 외국인의 수정 지식 성장 폭이 높았다. 물론 1차 수정 점수에서 내국인이 더 좋은 점수를 얻었기 때문에(내국인 4.2, 외국인 2.6) 창의적 내용을 추가하는 능력은 외국인보다 내국인이 더 높을 것이다. 그러나 적절한 수정 교육을 통해 담화 맥락을 이해하게 한 후 내용을 추가하라고 했을 때 외국인의 수정 능력 성장 폭은 매우 높았다. 그 결과 2차 수정에서 외국인의 추가 내용 생성 능력은 내국인에 비해 1.0점 정도의 차이밖에 나지 않았다. 외국인 대상 쓰기 수정 교육이 담화 맥락과 내용 중심으로 진행되어야 하는 이유를 여기에서도 확인할 수 있다.

이 실험과 별도로 같은 수정 과제를 2009년 한국정부초청 대학원 장학생 과정에 선발되어 어학연수를 하고 있던 예비 대학원생 집단에게도 실시한 바 있다. 이들은 국내 대학의 대학원 과정에 입학하기 위해 한국어를 배우는 학생들로, 학부 유학생과 달리 과제 텍스트의 담화 맥락을 잘 파악하고 있었으며 독자를 고려한 글을 쓰려고 노력하는 경향을 보였다. 그 결과 수정 과제 실험의 최고 점수는 국내 대학원에 입학한 한국정부초청 대학원 장학생 과정의 일본인 유학생이 받았다. 이 대학원생은 인터뷰에서 전공 관련 학술 서적을 읽으며 문어적 담론의 문체를 익히고 있으며, 또 단락별로 내용을 요약하며 학술적 에세이의 구조를 분석하고 있다고 밝혔다. 이 대학원생의 수정 과제 성적과 인터뷰 내용을 통해 볼 때 책을 많이 읽어 배경 지식을 늘리는 것이 어휘·문법과 담화 맥락의 완결성을 갖추는 데뿐만 아니라 내용 수준이 높은 글을 쓰는 데도 도움이 된다는 사실을 알 수 있다.

7. 맺음말

유학생의 한국어 작문 수정 과정에 대해 일정량의 데이터를 표집, 해석함으로써 유학생의 학문 목적 기초 한국어 쓰기 능력(Basic Korean Academic Purposes) 개선 방안을 모색하는 것이 본고의 목적이다. 본고에서 사용한 경험적 실증주의 방법은 경험적 데이터를 수집해 분석하는 통계적 방법으로, 일차 자료를 분석하고 그 결과를 토대로 일반적 경향성을 도출하는 것이다. 물론 교육 현장의 다양한 현실적 변인들 때문에 본 실험의 결과를 일반화하거나 이를 토대로 〈대학작문〉 수업의 수정 관련 교수 내용을 전반적으로 개선할 수는 없을 것이다. 그러나 외국어로서의 한국어 작문과 관련된 실증적 연구 성과가 적은 현실적 여건을 감안할 때 모국어 미숙련 필자와 유사하게 적용하는 외국인 필자의 수정 관련 배경 지식의 적용 양상이나, 수정 교육 후 관련 배경 지식의 변별적 성취도를 밝혔다는 점에서 본 논문의 의의를 찾을 수 있다. 본 논문의 한계는, 총점에 대한 어휘·문법과 담화 맥락, 내용 지식 관련 영역의 기여도가 균등하지 않음에도 요인분석이나 회귀분석 등의 통계적 방법을 통해 정확한 점수역을 재배분하여 표준 점수를 산출하지 않았다는 점이다. 그러나 본 실험의 목적이 내·외국인의 수정 과제 수행 양상의 차이를 살펴보는 것이었으므로 정확한 점수를 산출하기 위해 평가 항목의 요인을 분석하고 점수역을 재배분하는 것은 추후의 과제로 남기고자 한다. 유학생을 대상으로 한 본고의 통계 결과를 바탕으로 다음과 같은 결론을 가정해 볼 수 있다.

첫째, 맞춤법이나 어휘·문법 관련 지식은 외국인 학습자마다 오류의 고착 정도가 심해 단시일에 교육적 효과를 거두기 어렵지만 과제의 담화 맥락만을 잘 파악하게 해도 외국인의 한국어 작문 과제물 수준을 높일 수 있다. 즉, 내국인에 비해 외국인 학습자는 과제를 수정하는 데 필요한 어휘·문법, 담화 맥락, 내용 관련 배경 지식이 부족한 편이지만 과제의 성격에 대해 분명히 인지하고 나면 과제 텍스트의 유형과 관련된 담화 맥락 관련 오류에 대해 가장 수월히 개선할 수 있다.

둘째, 의사소통 중심의 일반적 한국어 교육 과정을 이수하고 대학에 입학한 외국인 신입생은 학술적 공동체가 요구하는 문어적 텍스트 작성 능력, 즉 (6) 삼단 구성 능력과 (3), (9) 적절한 한자 어휘 및 문어적 관용 표현 사용 능력, (10) 단락별로 필요한 내용을 적절한 분량으로 생성, 조정하는 능력 등에서 텍스트 전반에 걸친 수정 능력이 내국인에 비해 부족하므로 대학 〈기초 작문〉 교과에서 이러한 내용을 중점적으로 교육할 필요가 있다.

셋째, 과제가 가진 문제를 인지한 후에도 내용과 관련하여 전반적 수정을 할 수 없는 것은 이들 외국인 신입생에게 내용을 확장할 때 필요한 기본적 배경 지식이 부족한 데 그 원인이 있다. 하지만 유학생이 한국어로 글을 써서 한국의 학술 담론 영역에 기여하는 바는 내국인과 같은 수준의 정확한 문법과 어휘 표현 능력이 아니라 내용의 참신성과 비판적 사유 내용이므로 독해력과 관련해 학술적 문식성 수준을 높일 교육 방안을 마련해야 한다.

외국인 학습자에 대한 쓰기 교육은 한국어 교육의 초급에서는 기본 문법과 어휘를, 중급에서는 한국어 쓰기 텍스트의 기본 구조를 가르쳐야 하겠지만, 궁극적으로 고급에서는 비판적 사고 내용을 표현하는 전략적 기술을 가르치는 데 주안점을 두어야 한다. 새로운 것의 탄생은 기존 사고에 대한 비판을 통해 가능하므로 외국인 학생이 한국인 독자를 대상으로 학술적 내용의 설득적 텍스트를 효율적으로 써 낼 수 있게 하려면 기존 텍스트 이면의 구조와 담론을 분석하는 연습이 필요하다. 외국인에 의한 한국어 작문은 한국어 담론 체계에 익숙한 표현을 써서 한국인이 간과하고 있는 문제를 지적하는 실천적 행위여야 하고, 따라서 유학생을 대상으로 한 한국어 작문 수업에서는 어휘·문법적 숙달도는 물론 한국어 텍스트가 작성되는 과제의 담화 맥락과 비판적 사유를 추동하는 전략적 기술까지 교수하도록 교수요목을 구성해야 할 것이다.

이 글은 『국어국문학』 153호(국어국문학회, 2009)에 수록한 논문을 수정하여 재수록한 것이다.

〈부록 1〉 수정 과제문

◉ 다음 '모교에서 발행하는 신문에 싣는 졸업생 선배의 글'에서 잘못 쓰거나 이상한 부분을 모두 고쳐서 원고지 사용법에 맞게 옮겨 쓰고 신문 기고문의 구조나 내용 전개상 부족한 내용이 있으면 필요에 따라 단락을 나누고 더 쓰십시오.

모교에서 발행하는 신문에 싣는 졸업생 선배의 글

학창 시대 선배의 글을 읽으며 부러워했었다. 막상 이렇게 졸업생이 되어 글을 쓰자니 감회가 새롭다. 고등학교를 졸업한후부터 지금까지 계속 서울에서 생활했다. 올해부터 연대에서 한명의 대학생으로 저의 대학생활을 시작하셨다. 그러나 역시 아직도 나의 고등학교 생활을 그리워한다. 그땔 생각하다보니 추억들이 머리 속에서 영화 필름처럼 흘렀다. 고등학생였던 시절이 쏜살같이 느껴진다. 점심에 식당의 맛있는음식이 떨어질까봐 100m 달리기를 할 때의 빠른 속도로 식당으로 가는 것, 쉬는 시간에 선생님이 흉내 내는 것, 농구장에서 멋있는 중학교 선배들한테 응원하는 것, 방에 기숙사친구들이 서로 비밀을 나누던 것, 이 모든 것을 전부 다시 하고 싶은데 시간은 허가하지 않는다.

고등학교 3년동안은 진짜 여러가지 일이 있었다. 그 속에서도 가장 기억에 남는 것은 고등하교 3학년 때 있은 운동회와 축재이다. 운동회는 반의 단결력을 과시할수 있는 가장 큰 계기가 되었다. 반별로 다투는 경기가 많았기 때문에 반성원모두가 힘 합쳐서 경기에 나섰다. 그러나 매우 즐거웠던 기억이 납니다. 그러나 학생에게 있어서 가장 중요한 것은 학습입니다. 고등학교 3년간 선생들한테서 공부하라는 말을 귀가 못이 박이도록 들었습니다. 아마 너희들이 특히 수능시험을 앞둔 학생들이 매일 어렵고 재미없는 공부를 하는 것을 지겨워하고 있을 거야. 그러나 매도 먼저 맞는게 낫다. 지금 좀 고생하더라도 열심이 노력하면 그에 대한 보상이 분명 있을 것이다. 노력에 대한 배신은 없어. 좋은 풍경은 내일도 여전히 있을 거고 예쁜 여자 잘생긴 남자도 여전히 많을 거다.

외국인을 위한 한국어 발음교재의 분석과 개선방향 연구

박정은
이주희

1. 서론

본고는 외국인 학습자를 대상으로 한 한국어 발음교육을 위해 출간된 교재를 비교·분석해보고 한국어 발음교재가 보완해야 할 점을 제시하는 것을 목적으로 한다.[1] 지금까지 연구된 한국어 교재는 주로 통합형 교재에 중점을 두었고, 문법·어휘 영역의 교육 연구가 활발히 진행되어 온 것에 비해 발음 교재 및 발음 교육에 대한 연구는 상대적으로 미비하였다. 한국어 교육현장에서도 한국어 교사들이 어떻게 문법과 어휘를 가르칠까에 대한 고민은 끊임없이 하지만 학습자들의 한국어 발음 숙달에 대한 고민이나 연구는 부족한 실정이다.

1) 고려대학교 한국어문화연수부 편의 『표준 한국어 발음연습』 1권과 2권은 현재 절판되었다. 『처음 만나는 한국어(건국대)』가 '일러두기'에 제시된 구성 방향에는 "한국어 기본 자모 발음과 음운 규칙을 알고자 하는 학습자를 대상으로 하였다."라고 밝히고 있었기 때문에 2008년 국어국문학 150집 게재 당시에는 발음교재에 포함하여 분석하였으나 전체적으로 보자면 발음교재로 보기에 상당히 부족하다는 결론을 내리게 되었다. 이후에 2009년에는 서울대학교 언어교육원에서 간행된 『외국인을 위한 한국어 발음 47』이 간행되었고 이에 대한 후속연구를 진행 중이다.

이는 아직 한국어 교육 현장에서 사용될만한 한국어 발음교재가 부족하기 때문일 수도 있고, 한국어 교사 스스로가 발음 교육에 대한 필요성을 문법이나 어휘 영역보다 중요하다고 느끼지 못하기 때문일 수도 있다. 또한 교사가 한국어의 음운 체계 및 음운 규칙에 대한 지식이 부족하여 발음 교육이 가능한 항목을 적절히 제시하지 못하는 경우도 있을 것이다.

발음은 모국어의 간섭을 가장 많이 받는 영역이고, 단순 암기로 습득할 수 있는 영역이 아니며 언어의 유창성을 결정짓는 큰 요소 중의 하나이므로 구체적인 교육이 반드시 필요한 부분이다. 한국어는 철자대로 발음하지 않는 경우가 많기 때문에 한국어 교사는 음성 및 음운 규칙이 적용되는 어휘가 수업 중에 제시될 때 그 어휘의 실제 발음이 어떠하며 왜 그렇게 발음되는지를 교육하여 학습자가 한국어의 음운 규칙을 내재화시키도록 도와야 한다. 한국어 발음 교육을 보다 활성화시키기 위해서는 한국어 교사가 발음 교육의 중요성을 깨닫고 어떻게 교육해야 할 것인지 전략적인 교육 방안을 마련하는 것이 중요하며, 발음 교육 및 발음 학습에 적합한 발음 교재도 필요하다. 본고에서는 기존의 한국어 발음교재의 특징을 살펴보고, 더 나은 한국어 발음교재의 개발을 위한 개선 방향을 제시하도록 하겠다.

2. 본론

지금까지 출간된 외국인을 위한 한국어 발음 교재는 총 3종류로, 1991년에 간행된 고려대학교 한국어문화연수부 편의『표준 한국어 발음연습』 1권과 2권, 1995년에 간행된 연세대학교 한국어학당 편의 『한국어 발음』, 2007년에 간행된 건국대학교 언어교육원 편의 『처음 만나는 한국어』[2)]가 있다. 고려대학교와 연세대학교의 발음 교재가 1990년대에 출간되었고, 건국대학교의 발음 교재가 2007년에 출간되어 시기적 간격이 비교적 큼을 볼 때, 한국어 교육에서 발음 교육 및 발음 교재에 큰 관심을 두지 않았음을 알 수 있다. 여기에서는 세 종류의 한국어 발음교재에 나타난 특징을 음운체계, 음운규칙, 연습문제 구성으로 나누어 살펴본 후 이에 근거하여 보완점을 제시하도록 하겠다.

1) 음운체계

(1) 단모음

단모음 체계에 있어 『한국어 발음연습(고려대)』은 8모음으로, 『한국어 발음(연세대)』은 10모음으로, 『처음 만나는 한국어(건국대)』는 6모음으로 제시하고 있다. 『한국어 발음연습(고려대)』은 1권 1-2에서 'ㅏ, ㅓ, ㅗ, ㅜ, ㅡ, ㅣ, ㅐ, ㅔ'를 모음사각도와 함께 단모음으로 제시하고 있으며, 'ㅐ, ㅔ'가 젊은 세대 화자 사이에서는 변별력이 없음을 설명하고 있다. 『한국어 발음(연세대)』은 II-1-1에서 단모음을 어문규

2) 건국대학교 언어교육원 편의 『처음 만나는 한국어』는 고려대와 연세대의 발음교재와 큰 차이를 보인다. '일러두기'와 차례에 음운규칙 단원이 존재하는 점 등을 볼 때 한국어 발음교재를 지향한 듯 보이지만, 실제 교재 구성은 자모 철자 익히기나 단어쓰기와 같은 쓰기연습 형태의 교재에 가깝다고 할 수 있다. 그러나 본고에서는 편찬자의 '일러두기'를 고려하여 『처음 만나는 한국어』를 발음교재에 포함하여 논의를 진행하였다.

정 및 학교문법과 동일하게 'ㅏ, ㅓ, ㅗ, ㅜ, ㅡ, ㅣ, ㅐ, ㅔ, ㅚ, ㅟ'로 제시하고 있으며 그 중 'ㅚ, ㅟ'는 이중모음으로 발음이 가능함을 설명하고 있다. 『처음 만나는 한국어(건국대)』는 1단원에서 'ㅏ, ㅓ, ㅗ, ㅜ, ㅡ, ㅣ'를 단모음으로 제시하고 있다. 『한국어 발음연습(고려대)』에서 제시한 단모음 'ㅐ, ㅔ'와 『한국어 발음(연세대)』에서 제시한 단모음 'ㅐ, ㅔ, ㅚ, ㅟ'를 『처음 만나는 한국어(건국대)』에서는 이중모음으로 분류하였다.

〈표 1〉 한국어 발음교재에서 제시된 단모음체계

교재명	제시된 단모음	비고
한국어 발음연습 (고려대)	ㅏ, ㅓ, ㅗ, ㅜ, ㅡ, ㅣ, ㅐ, ㅔ (8모음)	배주채(1996)
한국어 발음 (연세대)	ㅏ, ㅓ, ㅗ, ㅜ, ㅡ, ㅣ, ㅐ, ㅔ, ㅚ, ㅟ (10모음)	학교문법, 김무림(1992), 이호영(1996), 이병근 외(1997) 등
처음 만나는 한국어 (건국대)	ㅏ, ㅓ, ㅗ, ㅜ, ㅡ, ㅣ (6모음)	-

〈표 1〉에서 한국어의 모음 체계가 10모음으로 구성되어 있다고 보는 견해는 김무림(1992), 이호영(1996), 이병근 외(1997) 등이 있는데, 이는 현재의 장년층 표준어 화자의 모음 음소 체계를 반영한 것이라 할 수 있다. /ㅟ(y)/와 /ㅚ(Ø)/를 단모음으로 보지 않되 /ㅔ/와 /ㅐ/의 구별을 인정하는 8모음 체계로는 배주채(1996)가 대표적이라 할 수 있다. 신지영·차재은(2003)에서는 단모음을 7개로 보고 있는데, /ㅟ(y)/와 /ㅚ(Ø)/가 단모음으로 존재하지 않으며, 전설모음 /ㅔ/와 /ㅐ/가 변별되지 않고 /ㅔ/로 합류되었다는 견해를 제시하고 있다. 이는 한국인 화자의 구어를 반영한 체계라고 볼 수 있다. 『한국어 발음연

습(고려대)』은 /ㅔ/와 /ㅐ/의 변별을 요구하고 있고, 『한국어 발음(연세대)』은 /ㅔ/와 /ㅐ/는 물론 /ㅚ/와 /ㅟ/ 또한 단모음으로 제시하고 있으며, 『처음 만나는 한국어(건국대)』는 앞의 네 모음을 모두 이중모음으로 보는 입장을 취한다. /ㅔ/와 /ㅐ/의 경우는 젊은 세대가 아닌 장년층 이상의 화자가 실제로 변별하여 발음하는 경우가 있고, 학교문법 및 국어어문규정에도 단모음으로 제시하고 있기 때문에, 현재 중부방언을 구사하는 젊은 세대의 한국인 화자의 실제 발음이 7모음임을 따로 밝혀준다면 큰 문제는 없을 것으로 보인다. 그러나 『처음 만나는 한국어(건국대)』의 경우 /ㅔ/와 /ㅐ/를 합류가 아닌 이중모음으로 취급하고 있다. /e/와 /ɛ/는 이중모음이 아닌 단모음인데, 음운으로 /ㅔ/와 /ㅐ/를 분류한 것이 아니라 표기를 기준으로 이중모음으로 분류한 것으로 보이며 이는 반드시 수정되어야 할 부분이다.

『한국어 발음연습(고려대)』 2권 1과에서는 'ㅓ'와 'ㅗ', 'ㅜ'와 'ㅡ' 구별에 대해 제시하고 있다. 이들 발음은 외국인 학습자에게 많은 오류를 일으킬 수 있는 단모음이기 때문에, 따로 제시하여 학습자의 오류를 줄이기 위한 것으로 보인다. 그러나 이들의 발음 구분이 왜 중요한지에 대한 언급은 없으며, 'ㅓ'와 'ㅗ', 'ㅜ'와 'ㅡ'를 어떻게 구별하여 정확하게 발음할 수 있는지에 대해서는 제시하지 않고 있다. 학습자들은 이들 단모음이 다름을 인식할 순 있지만 어떻게 다른지, 어떻게 구별하여 발음하는지에 대한 지식은 얻을 수가 없는 것이다. 무엇보다도 어떠한 언어권의 외국어 학습자들에게 이러한 모음의 상이함이 어려움으로 느껴지는 지에 대한 예시가 있으면 바람직할 것이다. 2권 9과에서는 '간편하게 발음하기(2)'라는 단원명으로 조사나 어미에 쓰인 'ㅗ'는 '[ㅜ]'로 발음되는 경향을 제시하고 있으며, 모음 'ㅓ, ㅕ'는

'[ㅡ]'로, 'ㅔ, ㅕ'는 '[ㅣ]'로 발음되는 경향이 있음을 제시하고 있다. 여기에서 제시된 모음들은 모두 비표준발음인데, 많은 한국어 화자가 이러한 비표준 발음을 하는 것은 아니다. 실제 한국어 화자들의 입말을 교재에 제시하고 반영하는 것은 좋으나, 표준발음이 아닐 경우에는 비표준발음임을 제시해야 하며 모든 한국어 화자들이 그렇게 발음하지는 않음을 언급할 필요가 있다. 그렇지 않으면 학습자들은 교재에 제시된 내용이 표준한국어발음이라고 혼동할 가능성이 생길 것이고, 교재의 내용을 구어가 아닌 문어에도 그대로 적용하는 오류를 범할 수도 있을 것이다.

『한국어 발음(연세대)』 16쪽에서는 단모음 발음 순서를 제시하고 있다. 발음 차이 구별을 위해 제시한 것으로 보이며, 어떤 위치에서든지 '이'를 먼저 제시하고 있다. 단모음 연습을 할 수 있도록 구성되어 있는 17쪽에는 모음의 분화조건에 따라 묶어서 모음만으로 독자적인 발음 연습을 하도록 구성되어 있다. 고모음은 고모음끼리 중모음은 중모음끼리 묶어서 학습하도록 했다는 점은 이들 음들을 정확히 변별함으로써 학습자의 오류를 줄일 수 있다는 점에서 이 교재의 큰 장점으로 생각된다(안주희, 2000:41). 단모음의 조음위치를 제시하기 위해 모음사각도를 보여주고 있으며, 『한국어 발음연습(고려대)』에 비해서는 비교적 조음방법에 대해 구체적으로 설명하고 있다.

『처음 만나는 한국어(건국대)』는 앞의 두 교재에 비해 제시된 모음 항목의 예문 어휘가 학습자가 연습하기 가장 적절한 어휘로 구성되어 있고 많은 지면을 할애하여 학습자가 모음을 충분히 익힐 수 있도록 제시되어 있으나, 단모음에 따라 턱이 내려가는 정도(개구도)나 혀의 전후 위치가 어떻게 되는지에 대한 언급이 전혀 없는 점이 아쉽다.

물론 부록 CD 듣기를 통해 발음을 익힐 수 있겠지만, 외국인 학습자에게 생소한 한국어 모음도 존재하기 때문에 발음할 때의 입술의 모양과 구강의 그림을 통해 혀의 전후 위치나 높낮이(개구도)를 제시하면 학습자의 모음 발음 학습에 도움이 될 것이다. 또한 영상 등을 통해 발음하는 모습이 담긴 구강 내부를 직접 학습자에게 제시하는 것도 정확한 발음 학습에 도움이 될 것으로 보이는데, 듣기 지문만이 담긴 CD 부록에서 한 차원 더 나아가 이러한 영상 등이 담긴 CD를 제공하는 것도 발음교재 개발 시 고려할만한 요소이다.

(2) 자음

한국어 자음은 긴장성과 기식성의 자질이 변별성을 가지고 있어서 '평음-경음-격음'의 삼면대립이 있고, 영어나 일본어 등과 달리 유·무성음의 대립은 없다는 특징을 가지고 있다. 한국어의 자음처럼 긴장성과 기식성을 동시에 가지고 있는 언어는 드물기 때문에 '평음-경음-격음'의 삼면대립이 존재하지 않는 다수 언어권의 학습자들은 이러한 한국어 자음의 발음에 상당한 어려움을 겪을 것이므로 이에 대한 제시가 교재에서 상세히 이루어져야 한다.

『한국어 발음연습(고려대)』 1권에는 평음(ㄱ,ㄷ,ㅂ,ㅅ,ㅈ), 격음(ㅋ,ㅌ,ㅍ,ㅊ), 경음(ㄲ,ㄸ,ㅃ,ㅆ,ㅉ)을 제시하고, 대립쌍을 모음 'ㅏ'를 사용하여 '가, 카, 까' 등으로 나타내고, 각 음가에 해당하는 단어를 예로 들고 있다. 『한국어 발음(연세대)』 Ⅱ-2단원에서는 자음표에서 조음자리와 혀의 위치를 제시하여 '평음-경음-격음'이 다름을 보여준다. 하지만 동일한 위치에서 조음되는 '평음-경음-격음'의 구별은 실제로 [긴장성] 자질과 [기식성] 자질에 의한 발성방법의 차이에서 비롯되는데 두 교재 모두가 이를 제대로 제시했다고 보기는 힘들다. 『처음 만나는 한국어(건국대)』는 한글 단원에서 각 자음이 초성, 중성, 종성일 때의 각각의 음가를 영어 철자로 제시한 점이 앞의 두 교재와 다른 점이다. 한국어의 각 음소를 비교적 여러 단원에 걸쳐 제시하였고, 자음을 'ㄱ, ㄴ, ㄷ, ㄹ' 순으로 그리고 '평음-격음-경음'의 순서로 제시한다. 그러나 자음의 조음위치나 조음방법에 대한 언급이 전혀 없다. 자모를 익히는 것 못지않게 각 글자의 올바른 음가를 학습하는 것이 한국어 학습의 기본인데, 본고에서 살펴본 세 종류의 한국어 발음교재 모두 자음의 음가를 학습자에게 인지시키는 데 별다른 노력을 기울이지 않고 있다고 볼 수 있다. 『한국어 발음(연세대)』의 경우 26쪽에 발음기관도가 제시되어 있는데, 그림에 직접 자음을 제시하고 있어서 조음되는 위치를 한 눈에 알아보기 쉽다는 장점이 있으나, 구체적인 조음방법은 정확하게 파악하기 힘들다. 따라서 학습자들에게 각 음소의 정확한 발음을 위해 청각적인 방법을 비롯해 시각적인 자료를 활용하여 한국어의 발음 학습을 돕도록 해야 할 것이다. 실제로 한국어 학습자의 정확한 한국어 발음을 위한 시청각 프로그램들이 컴퓨터 프로그램을 이용하여 개발되고 있으며, 한국어 교육 현장에서 이 자료들을 활발히 이용하는 것도 큰 도움이 될 것이다.

안주희(2000)는 사용 빈도와 난이도를 생각해 볼 때 어휘나 문법은 많이 사용되지만 어려울 경우 다른 어휘나 문법 형태로 대치가 가능하나 발음의 경우에는 회피할 수가 없고, 따라서 자모 발음 학습의 순서를 결정할 때 우선적으로 고려되어야 할 점은 사용 빈도수가 되어야 한다고 논의하였다. 이 주장에 따르면 사용빈도는 경음보다 격음이 높기 때문에 '평음-격음-경음' 순으로 제시되어야 한다는 것이다. 『한국어 발음연습(고려대)』과 『처음 만나는 한국어(건국대)』는 '평음–격음–경음' 순으로 제시하고 있고, 『한국어 발음(연세대)』은 '평음–경음–격음' 순으로 제시하고 있다. 그러나 발음 학습 순서를 빈도수로 제시하는 것이 과연 바람직한가는 앞으로 연구가 더 필요한 부분이라 생각된다.

일반적으로 철자를 중심으로 한글을 학습할 때는 획을 하나 더 추가한다는 훈민정음 제자원리인 가획에 따라 '평음–격음–경음' 순으로 제시하는 것이 효율적일 수도 있으며, 이런 원리가 음성학적으로는 한국어 자음의 강도 체계가 경음(ㄲ, ㄸ, ㅃ, ㅆ, ㅉ) 〉 격음(ㅋ, ㅌ, ㅍ, ㅊ) 〉 평폐쇄음(ㄱ, ㄷ, ㅂ)의 순으로 분류되므로 자음의 강도차이의 순서와 철자상의 가획의 원리를 접목시켜 교육할 수 있을 것이다.

세 교재 모두 유음 'ㄹ'의 두 가지 실현 양상에 대한 제시가 없는 점은 아쉬운 부분이다. 한국어의 유음은 음소로는 'ㄹ'로 인식하나 이음으로서 환경에 따라 설측음과 탄설음으로 나뉘어 발음된다는 것을 제시해 주어야 한다. 영어권 학습자들은 영어의 'l'과 'ㄹ'의 음가가 음성적인 환경에 따라서 다름을 인식하고 영어의 'r'처럼 발음하지 않도록, 또한 중국어권 학습자들은 특히 권설음으로 발음하지 않도록 보다 자세한 설명이 교재에서 이루어져야 한다.

『한국어 발음(연세대)』은 유성·무성자음 항목이 하나의 단원으로 구성되어 있는데, 이는 『한국어 발음연습(고려대)』과 『처음 만나는 한국어(건국대)』에서는 제시되지 않은 내용이다. 65쪽에서 유성 자음과 무성 자음을 제시하면서 한국어에서 유성음이 의미상의 변별이 없음도 함께 제시하고 있는데, 유성·무성자음이 음소로 대립하지 못하여 의미적 변별 기능이 없는 이상, 외국인 학습자가 다른 영역처럼 따로 중점적으로 학습할 필요는 없는 부분이라고 생각된다.

(3) 이중모음

한국어의 이중모음에는 /j/계 이중모음과 /w/계 이중모음, 그리고 성격이 독특한 /ㅢ/가 존재한다. 이중모음은 표기상으로는 쉽게 구별이 되나, 발음상으로는 구별하기가 쉽지 않기 때문에 한국인들도 많은 발음상의 오류를 범하는 부분이다. 외국인 학습자들은 한국어의 이중모음을 익히는 것이 쉽지 않기 때문에, 교재를 구성할 때 모음으로 묶어 단모음과 함께 제시할지 아니면 단모음과 자음을 제시한 뒤에 이중모음을 배치할 것인지를 고려해야 할 것이다. 한국어의 이중모음은 자음보다는 모음의 성격에 가깝기 때문에 모음과 함께 묶어서 제시하는 것도 한 방법이겠지만, 한국인 화자들도 비슷하게 발음되는 이중모음은 구별하기 어려워하기 때문에 단모음과 자음을 학습하여 한국어의 V, CV, VC의 음절구조를 익힌 뒤, 받침 학습 전에 제시하는 것이 적절하다고 판단된다. 『한국어 발음연습(고려대)』과 『처음 만나는 한국어(건국대)』에서는 이중모음을 단모음과 자음을 학습한 후에 제시하고 있는 반면 『한국어 발음(연세대)』은 단모음과 이중모음을 통해 먼저 모음을 학습한 후 자음을 학습하도록 되어 있다. 『한국어 발음연습(고려대)』과 『한국어 발음(연세대)』에서는 'ㅣ+단모음(ㅑ, ㅕ, ㅛ, ㅠ, ㅒ, ㅖ), ㅗ+단모음(ㅘ, ㅚ, ㅙ), ㅜ+단모음(ㅝ, ㅟ, ㅞ), ㅡ+단모음(ㅢ)'으로 철자를 기준으로 이중모음을 제시하고 있는데, 앞에서 살펴본 모음 및 자음과 마찬가지로 어떻게 발음해야 하는지는 제시되지 않고 있다. 『처음 만나는 한국어(건국대)』는 y계 이중모음인 것과 아닌 것을 분류하여 제시하고 있는데, 'ㅑ, ㅕ, ㅛ, ㅠ, ㅖ, ㅒ'를 함께 제시하면서 'ㅑ'는 'ㅣ+ㅏ', 'ㅕ'는 'ㅣ+ㅓ', 'ㅛ'는 'ㅣ+ㅗ', 'ㅠ'는 'ㅣ+ㅜ'로 표시하고 있다. 그러나 w계 이중모음에서는 y계 이중모음을 식으로 표현한 것처럼 표시하고 있지는 않다. 또한 단모음 'ㅣ'와 활음 'y'는 다른데 『처음 만나는 한국어(건국대)』에서 'y'계 이중모음을 'ㅣ'와 결합하는 것으로 표기해놓았기 때문에 학습자들의 혼동을 초래할 수도 있는 부분이다. 이에 대한 적절한 제시 방법을 고민해봐야 할 것이다.

김선정(2004)은 이중모음 'ㅢ'는 한국어를 배우는 학습자들에게 발음하기 쉬운 모음이 아니기 때문에 'ㅢ'가 들어가는 단어를 선별하여 환경을 달리하여 발음해보도록 하는 세심한 배려가 필요하다고 논의하였다. 세 교재 모두 'ㅢ'의 발음이 환경에 따라 [ㅢ, ㅣ, ㅔ]로 발음됨을 설명하고 있으나, 교재에서 제시하고 있는 순서는 각각 조금씩 차이가 있다. 『한국어 발음연습(고려대)』에서는 1권에서 이중모음을 설명하면서 언급하고 있고 또한 음운 규칙 단원들 사이에 'ㅢ'에 대한 한 단원이 삽입되어 있으며 2권에서는 9과 '간편하게 발음하기 (2)' 단원에서 1권과 동일한 내용을 다시 언급하여 총 세 부분에 걸쳐 제시한다. 『한국어 발음(연세대)』은 이중모음을 제시하면서 함께 'ㅢ'에 대한 설명을 하고 있고, 『처음 만나는 한국어(건국대)』는 음운체계와 음운규칙이 모두 제시된 뒤 제일 뒷부분에 'ㅢ'에 대해 한 단원을 할애하여 제시하고 있다. 'ㅢ'의 성격이 독특한 만큼 세 교재 모두 자세히 다루고 있는데, 일반 통합형 한국어 교재에서 소유격 'ㅢ'가 초급단계에 제시되는 만큼 'ㅢ'의 발음에 대한 설명이 발음교재에서 반드시 이루어져야 한다. 비록 제시 순서 및 구성에는 차이가 있어도 현행 한국어 발음교재 모두 'ㅢ'에 대해 제시하고 있는 점은 바람직하다고 할 수 있다.

(4) 받침

받침에 대한 발음 교육 내용 항목 설정에 있어 세 교재는 큰 차이를 보인다. 『한국어 발음연습(고려대)』은 1권에서 먼저 홑받침을 학습한 후 'ㅎ' 받침과 겹받침들을 별도의 단원으로 설정하여 음운 규칙 단원 사이에 배치하였다. 2권에서는 5과 '겹받침 발음하기' 단원에서 1권에서 제시되었던 겹받침 항목들을 종합하여 제시하고 있으며, 8과 '간편하게 발음하기 (1)'에서 겹받침 발음 규칙의 예외 현상들을 제시하고 있다. 『한국어 발음(연세대)』은 단모음-이중모음-자음-자음과 모음의 결합 순서로 학습한 뒤, 홑받침과 겹받침 두 항목으로 나누어 음운체계 단원 안에서 정리하고 있다. 그리고 『처음 만나는 한국어(건국대)』는 단모음-자음-자음과 모음의 결합-이중모음을 학습한 뒤, 받침을 제시한다. 그러나 홑받침에 대한 제시만 있고, 겹받침에 대한 구체적인 제시가 이루어지지 않았다. 받침 제시의 순서는 다른 두 교재와 달리 독특한 구조를 보여주고 있는데, 음절 끝소리 규칙에 해당되지 않는 'ㄴ, ㄹ, ㅁ, ㅇ'를 먼저 제시하고, 'ㄱ'으로 중화되는 'ㄱ, ㅋ, ㄲ', 'ㄷ'으로 중화되는 'ㄷ, ㅅ, ㅈ, ㅊ, ㅌ, ㅎ, ㅆ', 'ㅂ'으로 중화되는 'ㅂ, ㅍ' 순으로 제시하고 있다.

한국어의 받침을 학습할 때 제시해야 할 부분이 바로 음절 끝소리 규칙인데, 세 교재 모두 7종성으로 끝나는 한국어 받침을 잘 설명하고 있다. 그러나 『한국어 발음(연세대)』 38~44쪽에서 제시하고 있는 7개 종성의 발음 모양 그림은 명확하지 않아 어떻게 발음되는지 알 수 없다. 학습자의 이해를 돕기 위해 시각적인 자료가 풍부할수록 좋으나, 학습자가 보다 정확하게 인식할 수 있도록 구체적으로 제시된 시각 자료를 교재에 싣는 것이 좋을 것이다. 또한 겹받침 중 끝자음이 발음되는 'ㄻ, ㄿ' 제시(51쪽)에서 각각 끝자음인 'ㅁ'과 'ㅍ'가 발음됨을 설명하고 있는데, 모음이 후행할 때는 뒷자음이 뒷 음절로 연음되고 대신 앞자음이 발음되는 현상을 언급하지 않음은 아쉬운 점이다. 『한국어 발음연습(고려대)』 1권 15쪽에는 한국어에서 받침이 어떻게 표기되는지 제시하고 있으며, 받침의 실제 발음을 IPA기호로 표시하고 있는데, 한국어의 받침 발음이 표기와 다름을 쉽게 인지할 수 없게 구성되어 있다. 교재는 학습자가 쉽게 인지할 수 있도록 구성되어야 하기 때문에, 받침의 실제 발음을 IPA 기호를 사용하여 제시하기보다는 이미 자음 음가를 학습한 상태이므로 한글로 표기하는 것이 좋을 것이다.

한국어의 받침에 위치하는 자음은 불파되는(unreleased) 특징을 가진다. 이에 대한 제시가 세 교재 모두 이루어지지 않고 있는데, 학습자가 종성의 소리를 길게 내는 발음 오류를 생산할 수 있는 문제점이라고 여겨진다.

(5) 음절구조

한국어의 음절구조 유형은 크게 네 가지인데(V, VC, CV, CVC) 여기서 V는 이중모음을 포함하고 있다. 받침이라 불리는 종성이 존재한다는 점이 한국어 음절구조의 특징이며, 초성과 종성 모두 자음군을 허락하지 않는다. 이러한 한국어의 음절구조는 외국인 학습자의 모국어의 음절구조나 음절구조제약과 상이하므로 학습자는 한국어의 음절구조를 모국어의 음절구조에 대입하여 발음할 가능성이 높다.

『한국어 발음(연세대)』은 Ⅱ-3에서 음절표와 구조식, 『한국어 발음연습(고려대)』 1권 1과에서는 구조식만 제시하고 있다. 한국어의 정확한 음절구조를 알기 위해서는 음절표와 구조식 모두를 제시하는 것이 바람직하다. 종성의 위치를 정확하게 인지하도록 하기 위해서는 구조식보다 음절표로 제시하는 것이 적절하기 때문이다. 세 교재 모두 음절 개념에 대한 설명이 부족하고 한국어 음절 구조의 유형을 빠짐없이 제시하지 못하고 있다.

『처음 만나는 한국어(건국대)』 한글 단원 8쪽 자모 결합 유형에서는 음절표로 V, CV, CVC, CVCC를 제시하고 있으며, 모음 뒤의 C는 받침임을 표시하고 있다. 이것은 한글의 표기를 기준으로 결합유형을 나눈 것으로 학습자가 한글을 표기하는 방법을 학습하는 데에는 도움을 주지만, 실제 발음은 이러한 구조를 가지고 있지 않기 때문에 학습자에게 자칫 혼동을 줄 수도 있는 부분이다. 자음군이 허용되지 않는 한국어의 음절 구조를 잘못 이해하고 겹받침을 모두 발음하려는 오류를 생성하기 쉽기 때문이다. 따라서 자음과 모음의 결합 유형은 표기법이 기준이 되어서는 안 되고, 실제 발음되는 음절을 기준으로 제시되어야 할 것이다.

2) 음운규칙

(1) 음운규칙 제시 순서

안주희(2000)는 음운 규칙의 교수-학습 내용의 순서로 '1) 음절말 장애음 중화, 자음군 단순화 2) 음절 조정 규칙 3) 경음화와 유성음화 4) ㅎ탈락 5) 비음화 6) 격음화 7) 유음화 8) ㄴ삽입 9) 구개음화'를 제시하고 있고, 김형복(2004)에서는 '1) 일곱 끝소리 되기 2) 겹자음 줄이기 3) 소리 이음 4) ㅎ소리 줄이기 5) 된소리되기 6) 콧소리되기

7) 거센소리되기 8) 입천장소리되기 9) 흐름소리되기 10) 사잇소리현상'을 들고 있다. 음절 끝소리 규칙이 음운규칙 중 가장 먼저 나오고, 사잇소리현상이나 구개음화현상은 비교적 뒤에 위치하고 있는 점은 공통적이다. 그러나 경음화, 격음화, ㅎ탈락, 유음화, 비음화 현상 등은 두 연구자 사이에서 순서상으로 약간의 차이가 있으나, 큰 차이는 보이지 않는다.

자모 학습을 통해 한글의 철자와 발음을 익힌 학습자들은 단어 혹은 문장을 철자대로 읽으려고 할 것이다. 따라서 학습자들에게 한국어의 음운규칙을 제시해주어야 하는데, 다양한 규칙을 한꺼번에 제시하기는 어려우므로 난이도 및 빈도를 고려하여 순서를 정해 제시하는 것이 바람직하다. 종성이 있는 것은 한국어의 가장 큰 특징 중 하나인데, 철자대로 발음되는 것이 아니라 7개의 자음으로만 발음이 되므로, 음절 끝소리 규칙[3]을 가장 먼저 제시해야 한다. 구개음화 현상이 적용되는 어휘는 다른 음운규칙이 적용되는 어휘보다 많지 않으므로 순서상으로 뒤에 배치되는 것이 좋을 것이다. 〈표 2〉에서 한국어 발음교재에는 음운규칙의 순서가 어떻게 배열되어 있는지 살펴보자.

---

3) 음절 끝소리 규칙은 중화규칙, 음절말 장애음 중화, 일곱 끝소리 되기 등으로 언급될 수 있으나 여기에서는 편의상 음절 끝소리 규칙으로 통일한다.

〈표 2〉 한국어 발음교재의 음운규칙 제시 순서

	『한국어 발음연습(고려대)』1[4]	『한국어 발음(연세대)』	『처음 만나는 한국어(건국대)』
음운규칙 제시순서	음절 끝소리 규칙	음절 끝소리 규칙	음절 끝소리 규칙
	연음	겹받침	연음
	비음화(ㅂ+ㄴ,ㅁ)	유무성 자음	경음화('ㄱ'받침 뒤 경음화 현상)
	겹받침(ㅆ,ㅄ)	모음조화	경음화('ㅂ'받침 뒤 경음화 현상)
	구개음화	축약과 탈락	경음화('ㄷ'받침 뒤 경음화 현상)
	격음화(ㅎ)	자음동화	격음화 현상
	비음화(ㅁ,ㅇ+ㄹ)	경음화와 유성음화	비음화('ㄴ, ㅁ'초성 앞 'ㄱ'받침)
	비음화(ㄱ+ㄴ/ㅁ)	격음화	비음화('ㄴ, ㅁ'초성 앞 'ㄷ'받침)
	비음화(ㄷ+ㄴ/ㅁ)	구개음화	
	겹받침(ㄺ)	사잇소리	
	겹받침(ㄼ)		
	유음화		
	연음법칙과 절음법칙		
	ㄴ첨가		

세 교재 모두 음운규칙에서 '음절 끝소리 규칙'을 제일 먼저 제시하고 있다. 『한국어 발음연습(고려대)』은 한 항목의 음운규칙을 분산시켜서 교재에 배치하고 있는데, 동일한 비음화 현상이라 하더라도 네 부분으로 나누어서 제시하고 있다. 또한 겹받침도 1권 내에서만 세 부분으로 나누어서 제시하고 있다. 이는 『처음 만나는 한국어(건국대)』에서도 비슷한 데, 경음화 현상을 세 단원에 걸쳐, 비음화 현상

4) 『한국어 발음연습(고려대)』 2는 1권의 내용을 복습 및 심화 차원에서 다루어지고 있으므로, 음운규칙 제시순서를 알아보기 위해서 2권의 순서도 살펴볼 필요는 없다고 판단하였다.

을 두 단원에 걸쳐 제시하고 있다. 『한국어 발음연습(고려대)』은 동일한 음운 규칙이라 하더라도 교재 곳곳에 분산하여 제시하고 있는 반면 『처음 만나는 한국어(건국대)』는 경음화 현상과 비음화 현상의 내용을 나누어 제시하기는 하지만 '경음화 1', '경음화 2', '경음화 3'과 같이 연이어 제시하고 있다. 그러나 『한국어 발음(연세대)』은 음운 규칙을 한 항목 안에 제시함으로써 반복적인 제시를 피하고 있다. 『한국어 발음연습(고려대)』은 연음 법칙과 ㅎ(격음화) 발음에 대한 내용을 두 번씩 반복하여 다루고 있고 자음동화 또한 자음동화의 세부 항목별로 하나씩 다루고 난 후에 종합적으로 다시 한 번 2권 '11. 자음동화'에서 다루고 있다. 『한국어 발음(연세대)』은 음운 변동 사항을 현상별로 묶어 그 내용을 정리해 놓았다면 『한국어 발음연습(고려대)』은 나름대로의 난이도와 학습순서를 고려하여 간단한 것에서 복잡한 것으로 제시하고, 중요하다고 생각되는 항목의 반복 심화학습을 할 수 있도록 구성하고 있음을 볼 수 있다(이향, 2002:97). 그러나 『한국어 발음연습(고려대)』의 제시순서는 앞에서 살펴 본 선행 연구자들의 음운규칙 제시순서와 많은 차이를 보인다.

안주희(2000)와 김형복(2004)에서는 '구개음화'를 비교적 뒤에 제시하고 있는데, 『한국어 발음연습(고려대)』에서는 다른 음운규칙에 비해 비교적 앞부분에 제시하고 있다. 이는 1권의 '일러두기'에서 "각 과는 실제 생활에서 많이 쓰이는 음운 변화 순으로 배열하였다."라며 빈도순으로 음운 규칙을 제시했음을 밝힌 것과 모순이 있는 부분으로, 구개음화 현상은 다른 음운규칙에 비해 빈도수가 비교적 낮은 편이므로 구개음화 단원은 발음교재 후반부에 위치하는 것이 옳기 때문이다.5) 『한국어 발음(연세대)』와 『처음 만나는 한국어(건국대)』에서 다루고 있는 경음화 현상을 『한국어 발음연습(고려대)』에서는 다루지 않고 있고, 교재 마지막 부분에 사잇소리 현상을 다루고는 있으나 'ㄴ첨가'현상만을 제시하고 있음을 알 수 있다. 반면 『한국어 발음연습(고려대)』과 『처음 만나는 한국어(건국대)』에서는 연음법칙을 다루고 있으나, 『한국어 발음(연세대)』에서는 연음법칙이 빠져있고 대신 앞의 두 교재에서 다루지 않은 유성음화 현상을 다루고 있다.

그러나 유성음화의 경우 한국어에서는 의미상으로 변별력이 없는 이음규칙이기 때문에 발음교재에 반드시 포함되어야 하는 항목은 아니다. 『처음 만나는 한국어(건국대)』는 음절 끝소리 규칙, 연음, 경음화, 격음화, 비음화 현상만을 음운규칙으로 다루고 있고, 비교적 난도가 높은 유음화, 구개음화, 사잇소리 현상은 다루고 있지 않다. 이는 『처음 만나는 한국어(건국대)』가 한국어를 처음 접하는 학습자들만을 대상으로 편찬된 교재이므로 다른 두 교재와 학습자의 수준을 다르게 설정했기 때문인 것으로 보인다. 이 교재에서 빠진 음운규칙들은 발음교재가 아닌 통합 교재 내에서도 다룰 수 있는 부분이므로, 큰 문제가 되진 않을 것으로 보인다. 그러나 겹받침에 대한 제시가 빠진 것은 아쉬운 점이라 할 수 있다. 겹받침에 대한 발음은 경음화, 격음화, 비음화 현상보다 더 선행되어져야 하는 요소로 한국어 학습

5) 발음교재는 한국어 교육기관에서 쓰이는 통합형교재와 배열 및 구성순서가 다를 수밖에 없다. 왜냐하면 통합형 교재 초급 1권에 이미 한국어의 대부분의 음운규칙이 적용된 어휘들이 등장하기 때문이다. 예를 들어 구개음화가 적용된 '같이', 경음화가 적용된 '약속', 격음화가 적용된 '입학' 등의 어휘는 일반적으로 통합형교재의 기초단계에서 제시되는 어휘들이다. 따라서 본고에서의 '교재 후반부'는 발음교재에 한정하는 것이고, 빈도수가 낮고 적용되는 규칙범위가 제한적인 구개음화의 경우에는 선행 연구자들과 마찬가지로 발음교재의 후반부에 제시하는 것이 바람직하다고 본다.

의 초기 단계에 다루어져야 하는 항목이기 때문이다.

(2) 음운규칙학습의 세부내용

『한국어 발음연습(고려대)』은 영어로, 『한국어 발음(연세대)』의 한글판은 한글로 음운규칙을 설명하고 있으며, 『처음 만나는 한국어(건국대)』의 경우 음운규칙에 대한 설명은 전혀 없다. 앞의 두 교재가 음운규칙을 설명한 뒤 예문을 통해 연습하도록 구성된 반면, 『처음 만나는 한국어(건국대)』는 음운규칙에 대한 설명 없이 예문을 통해 학습자들이 음운규칙을 내재화하도록 구성한 것으로 보인다. 이는 초급 단계의 학습자들을 위한 배려로 보이는데, 초급 수준의 학습자들에게 음운규칙에 대한 설명은 한국어 발음 학습에 대한 흥미를 잃어버리게 만드는 요소로 작용할 수 있기 때문이다. 학습자의 수준에 맞추어 가급적이면 용어 사용이나 규칙 설명을 피하면서 해당 음운 규칙을 자연스럽게 습득하도록 제시되는 것이 좋은데, 그런 의미에서 『처음 만나는 한국어(건국대)』는 앞의 두 발음교재가 시도하지 못했던 것을 발음교재에 담았다고 할 수 있다. 그러나 음운규칙의 일부분만을 제시한 것은 발음교재로 보기가 어려운 점으로 작용하였다.

『한국어 발음연습(고려대)』과 『한국어 발음(연세대)』은 음운규칙에 대한 용어를 직접적으로 언급하고 있으며, 규칙에 대한 설명도 제시하고 있다. 그러나 이것은 학습자들에게 크게 도움이 되지 않고 오히려 혼란만 가중시키는 일이 될 수 있다. 음운규칙과 관련된 용어와 그것을 설명하는 문장들은 학습자들에게 난도가 매우 높은 어휘들로 이루어져 있는데, 심지어 모국어 사용자조차도 잘 이해하지 못하는 경우가 있기 때문이다. 그렇기 때문에 굳이 음운규칙과 관련된 어휘들을 제시하거나 학습자가 이해하기 힘든 개념을 동원하여 음운규칙을 설명하는 것은 바람직하지 않다. 특히 『한국어 발음연습(고려대)』과 『한국어 발음(연세대)』은 음운규칙에 대한 언어학적인 설명만 나열하여, 학습자들이 어떻게 발음을 해야 하는지 인식하는 데 많은 어려움을 겪을 것으로 보인다. 『한국어 발음(연세대)』에서는 자음체계를 설명하면서 '입천장소리'라는 용어를 제시하고 107쪽에서는 '구개음화'라는 용어를 제시하였는데, 학습자들이 사전지식 없이는 이 두 용어가 같은 개념임을 이해하기 힘들 것이다. 발음교재에서 제시된 용어간의 통일성은 반드시 필요한 것으로 보인다.

『한국어 발음연습(고려대)』 1권 33쪽에는 구개음화 현상을 설명하면서 'ㅌ이 후행하는 모음 ㅣ와 결합하여 ㅊ로 발음되는 것'으로 제시하고 있다. 그러나 'ㄷ이 후행 ㅣ와 결합하여 ㅈ으로 발음되는 것'도 구개음화 현상인데 이에 대한 설명은 없다. 이는 구개음화 현상의 일부만을 설명한 것으로, 학습자가 혼동을 일으킬 수 있는 부분이다. 또한 가장 좋은 음운규칙 제시는 용어 사용과 규칙 설명을 가급적 피하고 예문을 통해 학습자가 스스로 규칙을 내재화시키도록 구성하는 것이다. 규칙 설명이 필요하다면 'ㅌ이 뒤에 오는 모음 ㅣ와 만나서 ㅊ로 발음되는 것'과 같이 쉬운 말로 제시하는 것이 좋을 것이다. 모음 ㅣ의 발음위치에 맞춰 좀 더 편리하게 발음하도록 'ㅌ'가 'ㅊ'로 바뀐다는 설명을 제시하거나, 이를 직접 발음해보면서 조음위치를 확인하고 스스로 터득하게 하는 학습활동을 넣는 것도 도움이 될 것이다.

마지막으로 수의적인 음운 현상에 대해서는 특별히 언급이 필요할 것이다. 『한국어 발음연습(고려대)』 1권 41쪽의 예문 '전화 왔어요'에서 '전화'의 발음은 'ㅎ의 약화'로 [전와]로 발음되기도 하지만 [저놔]로 연음되는 경우도 있다. 『한국어 발음(연세대)』 86쪽에서는 비음화와 유음화 현상을 제시하면서 /ㄴ/+/ㄹ/→[ㄴ]+[ㄴ]의 규칙이 적용되는 예로 '이원론, 음운론, 공권력'을 들고 있는데, 실제 한국인 화자들이 발화할 때는 비음화 못지않게 유음화 되는 경우도 매우 많다. 음운규칙 적용에 있어서 이러한 수의적인 모습을 보이는 어휘들은 어느 한 규칙의 예문으로 제시할 것이 아니라, 실제 한국인들 사이에서는 양 규칙이 모두 적용될 수 있음을 같이 제시해 주어야 할 것이다.

(3) 초분절적 요소

초분절적인 요소는 크게 소리의 길이, 소리의 높이, 소리의 세기로 나누어 살펴볼 수 있다. 『처음 만나는 한국어(건국대)』에서는 초분절적인 요소에 대한 제시가 전혀 없고, 『한국어 발음연습(고려대)』은 음운 규칙의 학습 중간에 의문문의 억양을 제시하고 있으며, 『한국어 발음(연세대)』의 경우 음운 규칙의 학습이 모두 끝난 뒤에 장단, 어조, 강세의 순서로 다루고 있다. 그러나 표준 한국어는 강세를 가진 언어가 아니고, 장단은 젊은 세대 사이에서 이미 변별력을 상실한 요소이므로 굳이 교육할 필요가 없다. 억양의 경우 한국어는 평서문은 하강조로, 의문문은 상승조로 발화하는 언어 보편적인 억양 규칙에 벗어나지 않으므로 음운체계나 음운규칙 단원처럼 자세한 설명은 필요 없을 것으로 생각된다. 다만 억양에 따라 의미가 달라지는 문장의 경우에는 중·고급 단계의 학습자를 대상으로 제시되어야 할 것이다. 『한국어 발음(연세대)』에서는 억양뿐 아니라 장단과 강세까지 제시하였는데, 이는 외국인 학습자에게 불필요한 교육 내용이라 생각된다.

또한 운소(prosodic features) 단원에서 여러 오류가 눈에 띄는데, 예를 들어 127쪽의 양자택일의 물음의 억양은 영어식이고, 128쪽에서는 소리 세기가 강조 때만 나타난다고 설명했으나 강약을 제시하고 있다. 장단 제시에서는 장·단음이 의미변별 기능이 있다고 제시하고 있는데, 실제로 현대 한국어에서는 변별력을 거의 잃은 요소이다. 이 점에 대해서는 교재에 언급되고 있지 않다.

앞에서 언급한 바와 같이 한국어에서 모음의 장단 교육은 불필요하기 때문에, 문장의 종류에 따른 억양은 문장을 이용한 연습 문제가 시작되는 곳에서 화살표 등과 같은 표시를 통해 제시하는 것이 바람직하고, 어조에 따른 문장의 의미 차이는 대화 상황 등을 통한 맥락 안에서 학습할 수 있도록 구성하는 것이 바람직하다.

3) 한국어 발음교재의 연습 유형

『한국어 발음연습(고려대)』 1에서는 매 단원마다 연습이 있고, 5과마다 듣기 연습이 있는데 이 듣기 연습은 앞 단원에서 배운 내용을 확인 및 복습하는 기능을 가지며, 10과마다 복습단원을 두고 있다. 『한국어 발음연습(고려대)』 2에서는 1권에서 제시된 내용을 반복학습하면서, 11~14과까지 발음연습을 위한 읽기 지문을 제시하여 연습하도록 하고 있다. 『한국어 발음(연세대)』은 각 단원마다 연습이 있고 제4과에서는 앞 단원에서 배운 음운체계를 위한 총복습이 있다. 『처음 만나는 한국어(건국대)』는 음운체계를 다루는 단원에서는 매 과마다 '읽기, 쓰기, 듣기' 활동을 결합한 다양한 연습이 마련되어 있고, 음운규칙을 다루는 단원에서는 '듣기'와 '듣고 빈 칸 채우기' 활동 유형이 있는데, 음운체계를 다루는 단원에서보다 발음 연습 부분이 매우 적다. 세 교재에서 나타난 발음 연습 유형은 다음 표와 같다.

〈표 3〉『한국어 발음연습(고려대)』, 『한국어 발음(연세대)』[6], 『처음 만나는 한국어(건국대)』의 연습 유형

한국어 발음연습(고려대) 1·2	한국어 발음(연세대)	처음 만나는 한국어(건국대)	
읽어보세요	발음해 보십시오	읽으십시오	들어봅시다
써보세요	비교하여 읽으십시오	단어를 찾아 쓰십시오	단어를 만드십시오
잘 듣고 대답하세요	비교하여 발음하십시오	듣고 쓰십시오	읽고 쓰십시오
잘 듣고 써 보세요	발음하고 써 보십시오	듣고 찾아 보십시오	듣고 그려 보십시오
___에 알맞은 말을 넣으세요	발음 나는 대로 쓰십시오	듣고 고르십시오	듣고 연결하십시오
대답을 듣고 질문을 만드세요	구별하여 써보십시오	듣고 칠하십시오	빈 칸 채우기

『한국어 발음연습(고려대)』과 『한국어 발음(연세대)』은 연습 유형이 매우 일률적이고, 학습자 스스로 자신의 한국어 발음의 인지 혹은 발화가 정확히 이루어지고 있는지 확인하는 연습이 부족한 데 비해 『처음 만나는 한국어(건국대)』는 앞의 두 교재에 비해 다양한 연습유형으로 학습자들이 한국어의 발음을 쉽게 학습하도록 구성했다. 특히 음운 체계 단원에서 다양한 연습유형을 보여주고 있는데, '듣고 그려보기, 듣고 연결하기, 단어 찾아 쓰기, 듣고 칠하기, 단어 만들기' 등은 앞의 두 교재에서는 볼 수 없는 연습 활동들로 '알아봅시다'를 통해 배운 음운 체계를 다양한 방법으로 인지할 수 있도록 구성한 점이 눈에 띈다. 다만 학습자가 중·고급 단계에서도 오류를 범하기

6) 『한국어 발음연습(고려대)』과 『한국어 발음(연세대)』의 연습유형은 왕단(2004 : 193)의 표를 참조함.

쉬운 음운규칙 단원에서는 학습자들이 연습할 수 있는 기회가 매우 적은 점이 아쉽다. 이는 『처음 만나는 한국어(건국대)』가 한국어 발음을 전반적으로 다룬 교재라기보다는 음운체계 학습에 초점을 둔 교재이기 때문인 것으로 보인다. 그러나 제대로 된 연습 유형이 있는 발음 교재가 없었던 상황에서 한국어의 음운 체계 학습을 위한 연습 유형을 비교적 다양하게 구성한 것은 한국어 발음 교재가 발전을 보이고 있는 것이라 하겠다.

발음 연습 활동 중 최소대립쌍을 이용하여 발음과 의미의 차이를 인지하도록 하는 연습은 반드시 필요한 유형이다. 모음의 발음 비교를 위해 'ㅣ/ㅡ, ㅡ/ㅓ' 등 뜻이 달라지는 최소대립쌍을 제시한 『한국어 발음(연세대)』 57쪽, 받침의 발음 비교를 위해 '반/방'과 같이 초성, 중성은 동일하고 받침만 다른 대립쌍을 제시한 『한국어 발음연습(고려대)』 1권 17쪽, 평음-경음-격음의 발음 비교를 위해 '자다, 짜다, 차다'의 대립쌍을 제시한 『처음 만나는 한국어(건국대)』의 52쪽에서 살펴볼 수 있다.

음운 규칙 관련 연습 중 제시된 음운 규칙이 적용되는 발음과 적용되지 않는 발음을 함께 제시하면 쉽게 비교할 수 있기 때문에 해당 음운 규칙에 대한 인지가 한층 빨라질 것이다. 『한국어 발음연습(고려대)』 1권 24~25쪽에서는 비음화가 되는 경우와 그렇지 않는 경우의 문장을 동시에 제시하고 있고, 『한국어 발음연습(고려대)』 1권 34쪽에서는 구개음화 연습을 위해 'ㅌ'이 후행모음 'ㅣ'와 결합하는 경우와 다른 모음과 결합하는 경우를 예문으로 제시하고 있어서 학습자들이 다른 모음과 결합할 때는 구개음화가 일어나지 않음을 쉽게 알 수 있도록 했다.

제시된 음운 체계 및 음운 규칙은 연습을 통해 내재화되고 올바른 발음을 생산할 수 있기 때문에 발음교재에 있어 발음연습은 매우 중요하다. 따라서 연습 유형 및 연습 예문의 다양화가 이루어져서 반복 학습으로 인한 지루함을 줄이고 학습자가 발음 연습을 흥미를 가지고 꾸준히 할 수 있게 하는 장치가 필요하다. 그러나 『한국어 발음연습(고려대)』 1권 9쪽 '읽어보세요' 활동의 경우, 앞의 설명에서 사용된 표 등을 똑같이 제시하고 있는데, 이러한 연습 활동은 기계적인 연습이 될 가능성이 크다. 따라서 복습 차원에서 이루어지는 연습이라 할지라도 앞의 제시 부분과 다른 구성의 연습이 제시되어야 한다. 또한 『한국어 발음연습(고려대)』 1권 27쪽 '받침 ㅆ + 자음(ㄱ, ㄷ, ㅂ, ㅅ, ㅈ)'의 경우, 받침 'ㅆ'은 'ㄷ'으로 발음되거나 발음되지 않음을 제시하고 후행하는 자음은 경음화됨을 설명하면서 문장연습을 제시하고 있다. 그러나 제시된 문장연습은 모두 '받침 ㅆ+ㅅ'의 결합만으로 구성되어 있고, '받침 ㅆ'이 다른 자음과 결합되는 경우는 제시되지 않고 있어서, 학습자들에게 충분한 이해 및 연습을 제공했다고 보기 힘든 부분이다.

연습 활동이라 보기에 무의미해 보이는 유형도 발견되었는데, 『한국어 발음연습(고려대)』 1권 제15과 듣기 연습(36쪽)에서 '2. 대답을 듣고 질문을 만드세요.'는 이미 대답이 교재에 나와 있기 때문에 굳이 듣기를 하지 않아도 질문을 만들 수 있는, 듣기 연습이라고 하기엔 문제가 있는 연습이라 할 수 있다. 또한 학습자가 어떤 활동을 해야 하는지 알 수가 없는 유형도 있었는데, 『한국어 발음연습(고려대)』 2권 11~14과의 읽기는 지문만 제시되어 있어서 학습자가 어떤 활동을 해야 하는지 알 수가 없다. 발음 교재이기 때문에 단순히 읽기만이 단원의 목적은 아닐 것이다. 정확한 발음을 하고 있는지 학습자가 스스로 체크하기는 어렵기 때문에 발음 평가 항목 등과 같은 연습 과제나 유형이 제시되거나, 읽기 지문 안에 학습자가 오류를 일으키기 쉬운 글자에 블록체로 표시를 해 두는 등의 좀 더 세밀한 구성이 필요하다.

무엇보다도 연습 활동에 제시되는 문장 및 어휘는 선행 학습 범위 내에서 이루어지는 것이 바람직하다. 학습자가 배우지 않은 음가를 연습활동에 제시하거나 배우지 않은 음운 규칙이 적용된 어휘를 제시하는 것은 바람직하지 않다.

4) 한국어 발음교재의 개선 방향

(1) 음운체계와 음운규칙

『한국어 발음연습(고려대)』, 『한국어 발음(연세대)』에서는 각 자모의 이름이 한글과 IPA기호로 제시되어 있다. 발음 교육에서 자모의 이름을 아는 것보다 각 자모의 음가를 아는 것이 더 중요하다. 『처음 만나는 한국어(건국대)』에서는 자모의 이름이 아닌 음가가 영어 철자로 제시되어 있어서, 학습자가 한국어의 발음을 습득하면서 자모의 이름까지 익혀야 하는 부담감을 덜고 있다.

안주희(2000)에서는 '① 안녕하십니까?[annyəŋhasimnikka]와 ② 안녕하십니까?[안녕하심니까] 중 어떤 발음 표시 방법이 편리한가'라는 설문 조사에서 ①번이 편리하다고 선택한 응답자는 한 사람도 없었다고 밝히고 있다. 따라서 자음과 모음의 음가를 제시할 때 IPA기호의 사용보다는 한글로 표기하는 것이 더 바람직하다고 하겠다.

결국 학습자가 음운 체계에 익숙해지도록 하는 다른 방안이 필요할 것으로 보이며, 음운 규칙이 적용된 어휘나 문장은 실제 발음을 한글로 표기하는 것이 적절할 것이다. 다만 모든 어휘 및 문장에서 실제 발음을 한글로 표기한다면 학습자의 교재 의존도가 높아져서 스스로 발음 규칙을 습득하는 능력을 잃어버릴 수도 있기 때문에 새로운 어휘나 문장이 제시되는 부분에만 표기하는 등으로 한정해야 할 필요가 있다.

한국어 자음에서 평음-경음-격음의 변별은 매우 중요한데, 외국인 학습자들이 인지하기 어려워하는 부분이기도 하면서 동시에 많은 오류를 생산하는 요소이기도 하다. 그러나 이들을 변별하여 인지하기 위해서는 제시순서 또한 중요한데, 어떻게 배열하느냐에 따라 학습자가 발음의 차이를 인지하는 정도가 달라질 수 있기 때문이다. 『한국어 발음연습(고려대)』과 『처음 만나는 한국어(건국대)』는 표기를 기준으로 '평음-격음-경음' 순으로 제시하고 있고, 『한국어 발음(연세대)』은 '평음-경음-격음'의 순서로 제시하고 있다. 앞에서도 밝혔듯이 한글 자모 체계를 익힐 때는 획순 추가에 따라 글자 모양이 바뀌므로 '평음-격음-경음'의 순서로 제시하는 것이 효율적이고, 실제로 이는 소리의 강도가 경음 〉 격음 〉 평음의 순이므로 가획의 원리는 소리의 강도와 밀접한 연관을 갖고 있다고 볼 수 있다. 결국 발음교재에서는 이들의 발음 차이를 인지하는 것이 가장 중요하므로 자음의 강도와 관련이 있는 가획을 기준으로 '평음-격음-경음'의 순서로 제시하는 것이 바람직하다고 하겠다.

안주희(2000)에서는 음운변동 학습을 위해 하나의 규칙과 학습자가 기억하기 쉬운 어휘와의 연결이 보다 쉽게 될 수 있는 장치가 필요하며 『한국어 발음연습(고려대)』이 하나의 규칙을 설명하며 하나의 대화 상황을 제시하는 것은 매우 바람직하다고 언급하면서, 제시 단계에서는 대표 어휘를 선정하여 학습자의 기억을 도우면서 연습 단계에서는 비슷한 환경의 많은 어휘를 접하도록 구성하는 것이 좋다고 논의하고 있다.

『처음 만나는 한국어(건국대)』와 『한국어 발음(연세대)』이 연습단계에서 비슷한 환경의 어휘를 적절히 제시하는 점은 『한국어 발음연습(고려대)』보다 발전되었다고 할 수 있으나 『한국어 발음연습(고려대)』과 같이 하나의 규칙 설명과 하나의 특정 대화 상황을 연결하여 제시하지는 않고 있다는 점에서 아쉽다. 대화 상황 제시가 음운규칙을 이해하는 데 도움이 되는지의 여부는 좀 더 연구가 필요한 부분이지만, 만약 학습자가 음운규칙 이해와 제시된 대화 상황을 연결시키는 것이 용이하다면 해당 음운규칙에 적절한 대화 상황 제시가 도움이 될 것이다.

『한국어 발음연습(고려대)』은 다른 두 교재와 달리 겹받침 및 음운규칙을 여러 단원으로 분산시켜 제시하고 있다. 이에 대해 안주희(2000)에서는 경음화와 같이 나타나는 환경이 다양한 현상은 한 단원에서 설명을 끝낼 것이 아니라 현상이 필수적으로 나타날 때와 수의적으로 나타날 때 등으로 단원을 쪼개어 설명하는 것이 좋다고 논의하고 있는데, 동일한 규칙이 적용되는 현상을 분산시켜 제시하는 것이 효과적인지는 좀 더 연구가 필요할 것이다. 만약 한 음운규칙을 여러 단원으로 분산시키려면 반드시 난이도 및 사용빈도를 고려하여 단계별로 배치해야 할 것이고, 뒤에 배열되는 음운 규칙은 앞서 제시했던 규칙과 관련성이 있음을 반드시 언급하여 연결고리를 만들어줘야 할 것이다.

김형복(2004)은 『한국어 발음연습(고려대)』에서 표준발음으로 인정되지 않지만 현실에서 자주 사용되는 현실 발음을 다루고 있는 점에 대하여 규범적인 음운 변동 현상이 아니므로 교육 내용으로 삼지 않는 것이 좋다고 논의하였다. 그러나 역시 원활한 의사소통 향상을 위해서는 학습자에게 한국어의 현실 발음 교육을 등한시 할 수 없다. 현실 발음 교육은 하되 그것이 표준발음인지 아닌지에 대한 제시, 혹은 수의적으로 채택되는 발음인지에 대한 정보 등을 언급해 주어야 한다.

(2) 연습활동

이향(2002)에서는 『한국어 발음연습(고려대)』과 『한국어 발음(연세대)』이 모두 발음 교육 내용 선정과 그 제시 순서의 기준, 어휘 선정과 문장의 난이도 결정의 기준을 명확하게 제시하고 있지 않기 때문에 단원의 구성이나 교재에서 사용된 어휘나 문장의 난이도를 볼 때 이 교재를 직접 교실로 가지고 가기에는 어려워 보인다고 지적하고 있다. 이향의 논의처럼 두 교재는 교실에서 교사가 가르치기 어려운 교재이기도 하지만, 학습자 스스로 학습하기에는 더욱 어려운 교재라고 볼 수 있다. 학습 대상자의 수준이 결정되지 않은 상태에서 집필된 탓인지 두 교재 모두 전반적으로 난이도 조절에 실패하고 있다. 반면 『처음 만나는 한국어(건국대)』는 학습 대상자가 비교적 분명히 설정되어 있기 때문에[7], 교재 전체가 초급 학습자들이 스스로 학습

7) 『처음 만나는 한국어(건국대)』 '일러두기'에 제시된 구성 방향 1번에는 "한국어 기본 자모 발음과 음운 규칙을 알고자 하는 학습자를 대상으로 하였다."라고 밝히고 있다.

하기에도 큰 무리가 없게 구성되어 있는 것을 볼 수 있다. 음운체계 및 음운 규칙을 제시한 뒤 학습자의 수준에 맞지 않은 어휘 및 문장을 제시하면 학습자의 발음 학습에 부담을 주기 때문에, 연습 어휘 및 문장 또한 난이도 조절이 반드시 필요한 부분이다.

안주희(2000)는 『한국어 발음(연세대)』에서 아직 음운 현상을 학습하기 전인 받침 학습단계에서 '약속, 속다, 저녁녘에, 들녘으로, 믿다[8]'와 같이 경음화 현상을 알아야 정확한 발음이 가능한 어휘를 제시하고 있으며 『한국어 발음연습(고려대)』에서는 받침 학습 단계에서 '악수, 꼭대기, 돋보기, 숟가락, 듣다, 씻다, 젓가락, 잊다, 찾다, 쫓다, 같다, 직업'과 같은 경음화 현상에 대한 지식이 필요한 어휘를 제시하고 있음을 지적하고 있다. 그러나 안주희(2000)에서 논의된 대로 각 음가의 변별력 인지를 위해 모음의 경우 분화조건에 따라 묶어서 학습하도록 연습 활동을 구성한 점은 매우 바람직하며, 자음을 평음-경음-격음의 대립쌍을 활용하여 연습하도록 한 점은 학습자의 자음 음가 인지와 발음 향상에 도움을 줄 것이다. 『한국어 발음연습(고려대)』이 다른 두 교재와 다른 점은 반복적으로 구성되어 있다는 것인데, 'ㅎ'이나 'ㅢ'의 경우 별도의 단원을 마련하여 지속적으로 학습하도록 되어 있다. 또한 겹받침과 자음동화 현상을 나누어서 구성한 점과 숫자 '6'에 대한 발음을 한 단원으로 구성한 점도 다른 두 교재에서는 없는 점이다. 통합형 교재에서는 반복 구성을 통해 학습

8) '저녁녘에, 들녘으로'는 경음화 현상과 관련이 없지만, 안주희(2000)에서 언급한 것을 그대로 인용한다. 안주희(2000:45~47)에서는 "아직 음운 현상을 학습하기 전인 받침 학습에서 '약속[약쏙], 속다[속따], 저녁녘에[저녕녀케], 들녘으로[들려크로], 믿다[믿따], …'와 같이 경음화현상을 알아야 정확한 발음이 가능한 어휘를 제시하고 있다"라고 논의하고 있다.

자에게 복습 기회를 제공한다는 점에서 효율적이겠지만, 발음교재와 같은 기능별 교재에서도 그러한지는 의문이다.[9] 『한국어 발음연습(고려대)』에서는 숫자 '6'의 발음에 대해 한 단원을 할애하고 있는데, 숫자읽기는 한국어뿐 아니라 다른 언어에서도 예외가 많은 특이한 부분이므로 발음교재 안에서 한 단원으로 구성하는 방안도 고려해볼 만하다.

(3) 전체적인 구성

목차는 해당 교재의 학습 순서 및 학습 내용을 한 번에 알 수 있게 해주는 부분이다. 『한국어 발음(연세대)』은 목차에 음운 규칙을 일종의 공식 형태로 제시하여 학습자들이 목차를 통해 어떤 음소가 어떤 환경을 만나면 변화가 된다는 것을 쉽게 인식할 수 있다. 왕단(2004)은 『한국어 발음(연세대)』이 중국어권 학습자들과 영어권 학습자들이 내용에 대하여 충분히 이해할 수 있도록 각 장이나 절의 제목을 제시할 때 한글 제목 뒤에 해당 한자와 영어 번역이 제시되어 있음을 언급하고 있다. 그러나 이 발음 교재가 특정 언어권의 학습자를 대상으로 한 것은 아니기 때문에, 영어권 및 한자어권 학습자가 아닌 경우에는 이러한 제시가 불필요하게 느껴질 수도 있으므로 교재 구성 방안 시 신경을 써야 할 부분이다.

단원 구성은 『한국어 발음(연세대)』의 경우 제시된 음운 현상에 해

9) 안주희(2000)는 반복구성을 『한국어 발음연습(고려대)』의 장점으로 꼽고 있으나, 왕단(2004)은 『한국어 발음연습(고려대)』에서 겹받침에 관한 내용이 교재만을 통하여 한국어에서 겹받침이 모두 몇 개인지, 겹받침들의 발음 양상은 어떠한지 전혀 감을 잡을 수 없다고 부정적인 견해를 보인다.

당되는 어휘를 될 수 있는 한 많이 수록하여 학습자로 하여금 비록 수업시간에 모두 학습하지는 못해도 참고 자료로서 활용할 수 있도록 구성되어 있다(안주희, 2000:43~44). 『처음 만나는 한국어(건국대)』는 음운체계를 자세히 다룬 만큼 해당하는 어휘도 삽화와 함께 풍부하게 제시하여 해당 음운체계를 자세히 복습할 수 있도록 하고 있다. 그러나 음운규칙의 경우에는 자세히 다루고 있지 못하기 때문에 해당 제시 어휘도 음운체계만큼 많지 않다. 외국인 학습자로서는 표기대로 발음하지 않는 한국어의 음운규칙이 어려울 수밖에 없으므로 발음교재는 이에 대해 최대한 상세하게 제시할 필요가 있다. 따라서 『처음 만나는 한국어(건국대)』는 음운규칙에 대한 제시가 더 세밀해져야 하고, 학습자들이 충분히 연습할 수 있도록 음운체계 단원만큼 풍부한 연습이 이루어질 수 있도록 구성되어야 할 것이다.

안주희(2000)는 『한국어 발음연습(고려대)』이 한 단원에 한 시간의 수업 시간에 이루어질 수 있는 분량을 담고 있는 반면 『한국어 발음(연세대)』은 한 단원에 지나치게 많은 분량의 내용이 담겨 있어서 학습 시간에 모든 내용을 다루기에 부적합한 면이 있다고 지적하고 있는데, 앞에서도 밝혔듯이 『한국어 발음연습(고려대)』과 같이 동일한 음운규칙 현상을 단원을 나누어서 제시할 필요가 있는지는 좀 더 연구가 필요한 부분이라 하겠다. 만약 발음 교재의 사용 목적이 한국어 수업 시간에 활용되는 것이라면, 『한국어 발음(연세대)』의 경우에는 '자음동화' 단원이 다른 단원에 비해 분량이 매우 많기 때문에 수업 시간에 따라 배분하기가 쉽지 않을 것이다. 따라서 발음 교재의 사용 목적을 명확히 한 다음 그에 따라 교재를 구성해야 할 것이다. 사용 목적이 한국어 교실 내에서의 교재로서 활용되는 것이라면, 동일한 음운규칙은 한 단원으로 묶되, 교사가 수업 시간에 맞춰 분량을 나누기 쉽게 구성되는 것이 바람직할 것이다.

안주희(2000)와 김형복(2004)에서는 『한국어 발음(연세대)』의 구성이 국어음운론에서 다루고 있는 항목을 그대로 제시해놓고 있음을 언급하고 있는데, 이에 대한 평가는 두 연구자가 견해를 달리한다. 안주희(2000)는 배열이 체계적이고 일목요연함을 장점으로 논의하고 있는 반면 김형복(2004)은 외국인 학습자를 대상으로 한 한국어 발음 교육에 필요한 교수-학습 내용을 선정하고 그것을 단계적으로 제시하여 어떻게 반복·심화시킬 것인가의 문제는 전혀 고려하고 있지 않다는 부정적인 견해를 드러내고 있다. 『한국어 발음연습(고려대)』의 구성에 대한 견해 또한 다른데, 안주희(2000)는 음운 현상과 운소의 내용이 섞여 있고 음운 현상은 받침 중심으로 배열되어 있는데 그 배열 기준이 애매하며, '의문문의 억양'이나 'ㅢ' 발음이 '구개음화'나 '받침', '연음'과 같은 비중으로 한 단원을 차지하고 있는데 그 타당성 여부의 검증이 필요하다고 논의하고 있다. 김형복(2004)은 『한국어 발음연습(고려대)』은 음운론에서 다루고 있는 음운 변동 현상 중에서 외국인 학습자들이 한국어를 발음하는 데 필요한 규칙만을 교수-학습 내용으로 선정하여 단계적으로, 반복적으로 제시하고 있으며, 『한국어 발음(연세대)』에서 제시한 모음 조화, 모음 축약, 모음 탈락 등은 외국어로서의 한국어 발음 교육에서는 필요하지 않기 때문에 교수-학습 내용으로 제시하지 않았다고 긍정적인 평가를 내리고 있다.

그러나 왕단(2004)에서도 『한국어 발음연습(고려대)』 교재가 반복을 하고 있다고 지적하며 부정적인 반응을 보인다. 일반적으로 통합형 교재와 기능별 교재는 학습대상 및 사용목적이 다르기 때문에, 교재 개발 시 그 접근방법을 달리해야 한다. 일반 기능 통합형 교재에서는 발음 항목이 학습 단계별에 따라 반복적인 제시가 필요하지만, 발음 교재는 동일한 내용이 반복될 필요는 없을 것으로 보인다.

오대환(1999)은 초급과정에서 초급 단계에서 접하지 못할 단어들의 변동 규칙인 '구개음화'나 'ㄴ덧나기(ㄴ삽입)'을 가르칠 필요는 없다고 논의하고 있으나, 『한국어 발음연습(고려대)』과 『한국어 발음(연세대)』은 어느 수준의 학습자를 대상으로 하는지 제대로 제시하지 않아서 학습자의 수준에 적절한 교재인지 가늠하기 힘들다. 이 두 교재가 초급에서 고급까지 아우르는 교재라면, 『한국어 발음(연세대)』은 구개음화와 삽입규칙이 음운 규칙 학습 제일 마지막에 제시되어 있는 반면 『한국어 발음연습(고려대)』은 구개음화가 중간에 제시되어 있어서 오대환(1999)의 논의와 다른 배열 형태를 가진다. 초급 학습자를 대상으로 하는 『처음 만나는 한국어(건국대)』는 구개음화와 삽입규칙이 없는데, 이는 오대환(1999)의 논의에 적용되는 형태라 하겠다. 그러나 『처음 만나는 한국어(건국대)』는 다른 두 교재에 비해 음운 규칙 단원이 매우 빈약한 편이고, 구개음화와 삽입규칙 이외에 제시되지 않은 음운규칙들도 존재하므로 현재 간행된 『처음 만나는 한국어(건국대)』를 학습한 학습자가 난도가 더 높은 음운규칙을 학습할 수 있도록 그 다음 단계의 발음교재 간행이 필요하다 하겠다.

왕단(2004)은 한국어 발음 교재에서 꼭 있어야 할 내용, 예를 들어 자모의 발음 방법, 두음 법칙, 음의 연접 등의 내용이 『한국어 발음연습(고려대)』과 『한국어 발음(연세대)』에서 빠져있음을 지적하고 있는데, 이에 대한 내용은 『처음 만나는 한국어(건국대)』에도 동일하게 나타나는 현상이다. 특히 자모의 발음 방법이 빠져 있는 것은 발음 교재에서 가장 중요한 부분을 간과한 것으로, 『한국어 발음(연세대)』에서 제시된 개구도나 자·모음체계표 이상의 내용이 반드시 포함되어야 한다. 앞서 논의한대로 종성의 불파음화나 유음의 환경에 따른 이음으로의 발음 등의 내용도 포함될 필요가 있다.

발음 교재는 그 목적을 '발음'에 두고 있기 때문에, 학습자가 한국어의 발음을 습득하는 데 집중할 수 있도록 구성되어야 한다. 따라서 학습자가 효율적인 발음 학습을 하기 위해서는 교재에 그 단계에 적절한 용어로 규칙 등이 설명되어야만 학습자가 어휘의 뜻을 찾기 위해 사전을 찾아보는, 즉 발음 학습보다 어휘 학습에 더 치중하는 현상을 줄일 수 있다.

이에 대해 안주희(2000)는 음운 현상을 설명할 때 가급적 문법적인 용어는 배제하고 학습자에게 친숙한 어휘를 선정하여 실례를 들어 설명해야 한다고 논의하고 있다. 실제로 초급 외국인 학습자를 대상으로 한 영어 발음 교재들은 설명이 모두 영어로 제시되어 있음에도 불구하고, 초급 영어 학습자들이 이해하기에 별 무리가 없다. 따라서 본고의 본론 2-(2) '음운규칙 학습의 세부내용'에서도 언급했듯이 한국어 발음 교재 또한 한국어로 음운 및 음운 규칙을 제시하되 초급 학습자의 수준에 맞는 용어로 설명되어져야 할 것이다. 『한국어 발음 연습(고려대)』과 『한국어 발음(연세대)』은 학습 대상의 수준을 정확하게 설정하지 않았기 때문에 규칙 설명 등에서 학습자의 수준을 고려하지 못한 용어들이 그대로 제시되고 있다. 반면 학습 대상자를 명확히 밝힌 『처음 만나는 한국어(건국대)』는 학습자의 수준에 적절한 어휘들이 제시되고 있고 언어학적 용어가 다른 두 교재에 비해 거의 사용되고 있지는 않다. 하지만 글자의 음소를 익히는 데 중점을 두기

보다는 자모 체계를 익히는 데 중점을 두고 있기 때문에, 한국어의 발음에 대한 내용을 학습자의 수준에 맞는 용어로 설명하고 있는지에 대한 여부를 판가름하기는 힘들다. 발음 교재에서의 용어 사용에 대한 예를 들어보면 『한국어 발음(연세대)』 15쪽에는 '목청의 떨어 울림'과 같은 표현이 있으며, 23쪽에는 '대조(contrast)'라는 음운론에서 사용되는 용어가 그대로 제시되었고, 자음체계 제시단계에서는 '거센소리'로 표기하고 41쪽에서는 격음화라고 표기하는 등 용어의 통일이 이루어지지 않은 부분이 많이 있었다. 세 발음 교재 모두 전반적인 문법 수준을 보았을 때에는 초급 학습자를 대상으로 하고 있는 것이 분명하나 발음규칙을 설명하는 방식은 초급학습자를 대상으로 하고 있다고 보기 어렵다. 더구나 영어로 용어나 규칙을 설명하는 방식은 다양한 언어권의 학습자에 대한 배려가 부족함을 드러내는 것으로 보인다.

교재 구성에서 부차적으로 중요한 요소가 시각 자료이다. 도표, 삽화나 사진 등의 시각 자료는 학습자가 해당 내용을 이해하는 데 도움을 줄 뿐만 아니라 학습 흥미도도 높여 준다. 『한국어 발음연습(고려대)』은 그림이 전혀 없고, 『한국어 발음(연세대)』은 개구도와 같은 약간의 그림 자료와 자음 및 모음 체계표가 있긴 하나 학습자들의 이해를 돕기에는 불충분하다. 『처음 만나는 한국어(건국대)』는 그림 자료가 비교적 많이 제시된 편이나, 발음 학습과 직접적인 연관이 없는 어휘 이해 차원에서의 삽화만 제시되어 있고, 개구도 등과 같은 시각 자료는 존재하지 않는다.

발음 교재는 학습자로 하여금 정확한 한국어 발음을 듣고 말하게 하는 것이 중요한데 이것은 청각 자료가 도움을 줄 것이다. 『한국어 발음연습(고려대)』과 『처음 만나는 한국어(건국대)』는 각각 테이프와 CD가 존재하지만 『한국어 발음(연세대)』은 청각적인 자료가 전혀 없다. 『한국어 발음(연세대)』은 청각 자료의 빈 부분을 메우기 위해 다른 두 교재에 비해 음운 체계나 음운 규칙에 대해 상세히 설명하고 있으나 결국 음운론 교재라는 인상을 지울 수 없으며, 한국어 교사에게 참고자료로 도움이 될지언정 정작 외국인 학습자에게는 접근하기 어려운 교재가 되고 말았다. 이현복(1992)은 발음 학습을 돕기 위하여 필요한 곳에 입과 입술 및 혀의 모양을 나타내는 그림이나 사진을 제시해야 한다고 제안하였다. 텍스트 자료만 있는 교재보다 시청각적인 자료를 사용한 교재가 학습효과가 훨씬 높다. 특히 발음교재의 경우 한글의 자음과 모음에 대한 음가를 알 수 없으면 발음 교육의 의의가 없다. 『처음 만나는 한국어(건국대)』는 앞서 간행된 두 발음교재에 비해 학습자의 수준을 고려한 형태의 발음 교재이고, 음운 체계의 구성을 쉽고 재미있게 제시했지만 자음과 모음을 어떻게 발음하는지를 제시하는 것은 실패했다. 발음 교재는 청각 자료를 통해 정확한 한국어 발음을 듣는 것도 중요하지만 개구도나 음운 체계표와 같은 사진이나 도표를 통해 학습자의 머릿속에 있는 한국어 발음에 대한 정보를 구체화시킬 수 있다. 시각적인 요소와 청각적인 요소가 결합된 자료는 학습자의 발음 학습에 큰 도움이 될 것이다. 발음할 때 구강 안에서 일어나는 움직임 등을 촬영한 동영상 등은 시각 및 청각적인 요소를 결합한 자료로 단순히 청각 자료나 시각 자료를 각각 제시하는 것보다 발음 학습이 생동감있게 다가오도록 할 것이다.

언어 교재 구성에서 또 하나 간과할 수 없는 부분이 평가인데, 발음 교재 안에 평가 방안이 마련되어야 한다. 연습 어휘 및 문장을 나열한 뒤 "읽어보세요"라는 단순한 발음 연습에 그치는 것이 아니라, 숙달도를 측정할 수 있는 평가가 구성되어야 한다. 『한국어 발음연습(고려대)』은 다섯 단원마다 듣기 평가를 배치해두고 있으나, 학습자의 발음을 위한 평가는 포함되어 있지 않다. 『처음 만나는 한국어(건국대)』는 음운규칙 단원에서 스스로 확인하도록 하는 방안을 마련하고 있긴 하나, 단순히 숫자 1-4를 나열하고, 학습한 횟수를 체크하도록 되어 있는 것이기 때문에 정확한 발음 평가라 할 수 없다. 학습자 스스로 한국어 발음을 평가할 수 있는 도구 및 방안, 교사가 학습자의 발음을 평가할 수 있는 도구 및 방안 등이 개발되어야 할 것이다.

『한국어 발음연습(고려대)』과 『한국어 발음(연세대)』은 교재의 편찬 목적 및 학습 대상자의 수준을 상세히 설정하지 않았기 때문에 두 교재의 많은 문제점들이 이로 인해 발생되었다고 해도 무리가 아니다. 왕단(2004)에서 한국어 발음 교육을 할 때 목적이 분명하여야 그 목적 달성을 위한 내용이나 연습을 바르게 선정할 수 있다고 논의한 것처럼 목적 및 이용 대상에 대한 설정이 구체적일수록 교재 편찬의 기본 요건이라 할 수 있는 난이도 조절에 성공할 수 있는 것이다. 최근에 간행된 『처음 만나는 한국어(건국대)』는 비록 여러 문제점을 안고 있지만, 편찬 목적과 이용 대상자의 수준을 구체적으로 명시했기 때문에 전반적으로 난이도 조절에 실패하지 않을 수 있었다.

교재 편찬 시 해당 교재가 교사와 함께 학습하는 교재인지 혹은 학습자 스스로 학습할 수 있는 교재인지에 대한 설정이 필요하다. 한국어 교실에서 사용되는 교재라면 교사가 한국어 발음을 교육하기 쉽도록 주어진 시간 내에 학습이 가능한 분량만큼 단원이 구성되어야 할 것이며, 자습용 교재일수록 교사의 도움 없이도 충분히 이해할 수 있도록 최대한 자세하고 친절한 설명과 흥미있는 구성이 필요할 것이다. 교재의 사용 목적과 이용 대상자에 대한 설정이 분명할수록 학습자의 요구를 충족시키는 발음교재가 될 것이다.

3. 결론

본고에서는 현재까지 간행된 한국어 발음 교재 세 권을 살펴보았다. 대상 발음교재의 특징을 통해 더욱 발전된 형태의 발음교재가 출간되었으면 한다. 발음교재는 한국어의 발음을 "어떻게" 발음하는지를 담는 것이 중요하며, 교재의 이용 목적이나 대상자의 한국어 수준 등을 고려하여 정확한 한국어의 발음을 학습하고 발화할 수 있도록 도움을 주어야 할 것이다. 본고에서 살펴본 한국어 발음교재의 특징과 개선방향을 정리해보면 다음 〈표 4〉와 같다.

〈표 4〉 한국어 발음교재의 특징과 개선방향

	『한국어 발음연습(고려대)』	『한국어 발음(연세대)』	『처음 만나는 한국어(건국대)』
특징	◈ 반복학습 ◈ 테이프 청각자료 ◈ 실제 발음 제시 ◈ 동일 음운규칙을 여러 단원으로 나누어서 제시 ◈ 듣기평가	◈ 개구도 등과 같은 시각자료 ◈ 대립쌍, 모음분화를 인지하도록 연습구성 ◈ 발음의 전반적인 내용 모두 다룸 ◈ 동일 음운규칙은 한 단원으로 묶어서 구성	◈ 자모 체계에 대해 자세한 학습 가능 ◈ 음운 체계 및 규칙에 대한 언어학적 용어 및 설명 자제 ◈ CD 청각자료 ◈ 다양한 연습유형 ◈ 동일 음운규칙이 여러 단원으로 나누어서 제시 ◈ 교재 편찬 목적과 이용 학습자 선정이 확실

보완점	◈ 어떻게 발음하는지 제시되지 않음 ◈ 비표준 발음을 그대로 제시 ◈ 수의적 현상을 그대로 제시 ◈ 연습 다양성 부재 ◈ 빈도수에 따라 학습에 꼭 필요한 발음 규칙 제시했다고 밝히고 있으나 일부 규칙만 제시 ◈ 교재 개발 목표 불확실 ◈ 시청각 자료 미흡 ◈ 발음 평가가 단순 읽기에 그침	◈ 어떻게 발음하는지 제시되지 않음 ◈ 교재 개발 목표 불확실 ◈ 시청각 자료 및 평가 방안 부재 ◈ 시각자료가 세밀하지 못함 ◈ 연습 다양성 부재	◈ 어떻게 발음하는지 제시되지 않음 ◈ 시청각 자료 미흡 ◈ 발음 평가 구성 미흡 ◈ 겹받침에 대한 제시 부족 ◈ 빠진 음운 규칙에 대한 제시를 다음 단계의 교재로 보충 필요 ◈ 6모음체계 - /ㅔ/와 /ㅐ/는 단모음

이 글은 『국어국문학』 150호(국어국문학회, 2008)에 수록한 논문을 수정하여 재수록한 것이다.

참고문헌

세계화 시대의 국어 정책 방향 p.17

국립국어원, 『2010년도 주요 업무 계획』, 국립국어원, 2010.

국립국어원, 『2011년도 주요 업무 계획』, 국립국어원, 2011.

국립국어원, 『국립국어원 20년사』, 국립국어원, 2011.

국립국어원, 『2012년도 주요 업무 계획』, 국립국어원, 2012.

권재일, 「국어 정책과 국어 교육」, 『국어교육』 129, 한국어교육학회, 2009, 25~38쪽.

권재일, 「세계화 시대의 국어 정책 방향」, 『국어국문학』 155, 국어국문학회, 2010, 5~17쪽.

권재일, 「국어 정책과 국어 보전」, 『재미한국학교협의회 제29차 국제학술대회 논문집』, 재미한국학교협의회, 2011, 11~16쪽.

권재일, 「국어 연구의 응용언어학적 접근」, 『어문학』 144, 한국어문학회, 2011, 1~14쪽.

문화체육관광부, 『문화 창조와 상생, 한국어의 도약을 위한 제2차 국어 발전 기본계획』, 문화체육관광부, 2012.

한국어 변천사 연구에서의 일본 제국주의 식민 사관의 자취 p.35

가나자와, 金澤庄三郎, 『日韓兩國語同系論』, 東京：三省堂書店, 1910.

가나자와, 金澤庄三郎, 『日鮮同祖論』, 東京：汎東洋社, 1943.

강길운, 『국어사 정설』, 대구：형설출판사, 1993.

고노, 河野六郎, 『朝鮮方言學試攷 —「鋏」語考—』, 京城：東都書籍株式會社京城支店, 1945.

고노, 河野六郎, "朝鮮語", 『世界言語概說 下卷』, 東京：研究社出版株式會社, 1955.

고노, 河野六郎, “中國語·朝鮮語”, 『言語の系統と歷史』, 東京 : 硏究社出版株式會社, 1971.

김근수, 「국어사 초」, 『국어학 신강』, 서울 : 청록출판사, 1961.

김동소, 「한국어 역사의 시대 구분에 관한 연구」, 『국어국문학』 118, 1997.

김동소, 『한국어 변천사』, 대구 : 형설출판사, 1998.

김동소, 『한국어 변천사』(수정 제3쇄), 대구 : 형설출판사, 1999.

김동소, 金東昭 著, 栗田英二 譯, 『韓國語變遷史』, 東京 : 株式會社 明石書店, 2003.

김수경, 『세 나라 시기 언어 력사에 관한 남조선 학계의 견해에 대한 비판적 고찰』, 평양출판사, 1989.

김영황, 『조선 민족어 발전 력사 연구』, 평양 : 과학·백과출판사, 1978.

김유동, 『만몽 신흥 대관』, 京城 : 동명사, 1932.

김종훈 외, 『한국어의 역사』, 서울 : 대한교과서주식회사, 1998.

김형규, 『국어사』, 서울 : 백영사, 1955.

김형규, 「국어사 개설」, 『국어사 연구』, 서울 : 일조각, 1962.

김형규, 『국어사 개요』, 서울 : 일조각, 1975.

김형주, 『우리말 발달사』, 부산 : 세종출판사, 1996.

도쿄 요시카와 쇼분도 편집부, 東京吉川獎文堂編輯部, 『最新滿洲帝國及極東地理資料』, 東京吉川獎文堂, 1934.

류렬, 『조선말 력사 ①』, 평양 : 사회과학출판사, 1990.

류렬, 『조선말 력사 ②』, 평양 : 사회과학출판사, 1992.

리득춘, 『조선어 어휘사』, 延吉 : 延邊大學出版社, 1988.

마틴, Martin, Samuel E., "Lexical Evidence Relating Korean to Japanese". *Language* 43, 1966.

마틴, Martin, Samuel E., "Problems in Establishing the Prehistoric Relationships of Korean and Japanese". *Proceedings of the International Symposium*. Seoul, National Academy of Sciences, 1975.

밀러, Miller, Roy Andrew, *Japanese and the Other Altaic Languages*. The University of Chicago Press, 1971.

박병채, 『국어 발달사』, 서울 : 세영사, 1989.

박종국, 『한국어 발달사』, 서울 : 문지사, 1996.

시라토리, 白鳥庫吉(1915), “言語上より觀たる朝鮮人種”, 『白鳥庫吉全集』 第三卷, 東京 : 岩波書店, 1970.

시라토리, 白鳥庫吉, 『白鳥庫吉全集』 第八卷, アジア史論 上, 東京 : 岩波書店,

1970.
시라토리, 白鳥庫吉, 『白鳥庫吉全集』第九卷, アジア史論 下, 東京 : 岩波書店, 1971.
쓰네야, 恒屋盛服, 『朝鮮開化史』, 東京 : 博文館, 1901.
쓰다, 津田左右吉, 『朝鮮歷史地理 第壹卷』, 東京 : 南滿洲鐵道株式會社, 1913.
안병호, 『조선어 발달사』, 沈阳 : 辽宁人民出版社, 1983.
야스이, 保井克己, 『滿洲·民族·言語』, 新京 : 滿洲事情案內所, 1941.
이기문, 『국어사 개설』, 서울 : 민중서관, 1961.
이기문, 『개정 국어사 개설』, 서울 : 민중서관, 1972.
이기문, 『신정판 국어사 개설』, 서울 : 태학사, 1998.
이나바, 稻葉君山, 『滿洲發達史』, 東京 : 南滿洲鐵道株式會社, 1915.
이나바, 稻葉岩吉, 『朝鮮民族史』, 京城 : 朝鮮總督府, 1929.
이마니시, 今西龍, 『朝鮮史の栞』, 京城 : 近澤書店, 1936.
이숭녕, 『국어학 개설 (상)』, 신세계 문고 2, 서울 : 진문사, 1954.
이철수, 『한국어사 (상)』, 서울 : 삼일당, 1984.
장상철·장경희, 『새로 쓴 국사 사전』, 서울 : 교문사, 1999.
최윤갑, "조선어사 강좌", 『중국 조선 어문 24-31』, 延吉 : 中国朝鲜语文雑誌社, 1988~9.
최범훈, 『한국어 발달사』, 서울 : 통문관, 1985.
혼마, 本間泰次郎, 『滿洲史要』, 東京 : 大同館書店, 1933.

디지털 시대의 국어국문학 p.91

김완진, 「국어학 10년의 앞날을 바라본다」, 『국어국문학, 미래의 길을 묻다』, 서강대학교 국어국문학과, 2005.
시정곤, 「21세기 국어학의 방향, 국어학연구 50년」, 이화여대 한국문화연구원, 2002.
시정곤, 「10년 후 국어 연구의 지형도」, 『국어국문학, 미래의 길을 묻다』, 서강대학교 국어국문학과, 2005.
심재기, 「21세기 국어학의 과제」, 『성심어문논집』 22. 성심어문학회, 2000.
이기문, 「21세기와 국어학」, 『국어국문학』 125. 국어국문학회, 1999.
이태영, 「국어학 후속세대의 연구 경향과 특징」, 『국어국문학』 140, 2005.
홍윤표, 「국어학 연구의 새로운 방향」, 『21세기와 한국어문학』, 돈암어문학회,

1999.
홍윤표, 「국어학 연구의 앞날」, 『한국어학』 9. 한국어학회, 1999.

한국문학 연구의 동아시아적 시각과 세계적 지평 p.113

임형택, 『실사구시의 한국학』, 창작과비평사, 2000.
임형택, 『한국문학사의 논리와 체계』, 창작과비평사, 2002.
Lim Hyung-teak, The Meaning of East Asia and Confucian Culture : In Search an Independent Apporoach to East Asian Studies, *Sungkyun Journal of East Asian Studies* Vol.1, No.1, 2001, Seoul.
Lim Hyung-teak, On The East Asian Narrative : The Case *Guunmong* and *Hongloumeng*, *Sungkyun Journal of East Asian Studies* Vol.2, No.1, 2001, Seoul.
조동일, 『한국문학과 세계문학』, 지식산업사, 1991.
조동일, 『동아시아 문학사 비교론』, 서울대학교 출판부, 1993.
백낙청, 「세계시장의 논리와 인문학의 이념」, 『분단체제 변혁의 공부길』, 창작과비평사 1994.
백낙청 엮음, 『현대 학문의 성격』, 민음사, 2000.
최원식, 「한국문학의 안과 밖」, 『민족문학사 연구』 제19호, 2000.
Gomori Yoichi, Nationalism in Modern Japan, *Sungkyun Journal of East Asian Studies* Vol.1, No.1, 2001, Seoul.

문학지리학의 관점에서 본 등주(登州) p.135

권근, 『양촌집(陽村集)』
박재연본 〈김영철전(金英哲傳)〉
사마천, 『사기(史記)』
謝壽昌 외, 『中國古今地名大辭典』(6판), 臺北:臺灣商務印刷館, 1982.
정몽주, 『포은집(圃隱集)』
정인지, 『고려사(高麗史)』
『위키 백과사전』

『인조실록(仁祖實錄)』
『통문관지(通文館志)』
홍익한 저, 정순범 역, 〈조천항해록(朝天航海錄)〉, 『국역 연행록선집』 II, 민족문화추진회, 1976.
국사편찬위원회 편, 『한국사』 제20권, 국사편찬위원회, 1994, 364~368쪽.
권혁래, 「17세기 동아시아 전란의 소설적 수용 양상」, 『고소설연구』 26집, 한국고소설학회, 2008, 77~80쪽.
양승민·박재연, 「원작 계열 〈김영철전〉의 발견과 그 자료적 가치」, 『고소설연구』 18집, 한국고소설학회, 2004, 97~100쪽.
엄경흠, 「정몽주와 권근의 사행시에 표현된 국제관계」, 조규익 외 편, 『연행록 연구총서』 7권, 학고방, 2006, 326~327쪽.
육민수, 「〈목동문답가〉 창작시기 및 이본의 실현 양상」, 『반교어문』 26집, 반교어문학회, 2009, 227쪽.
이승수, 「고려말 대명 사행의 요동반도 경로 고찰」, 『한문학보』 20집, 우리한문학회, 2009, 13쪽.
임기중, 「수로연행록과 수로연행도」, 『한국어문학연구』 43집, 한국어문학연구회, 2004, 9~23쪽.
장동익, 『고려시대 대외관계사 종합연표』, 동북아역사재단, 2009, 390~400쪽.
장석주, 『장소의 탄생』, 작가정신, 2006, 28~34쪽.
최수웅, 『문학의 공간, 공간의 스토리텔링』, 한국학술정보, 2006, 32쪽.
홍만종 저, 이민수 역, 『순오지』, 을유문화사, 1971, 264~265쪽.

『열하일기』의 〈황성기〉, 청 왕조 정통론 p.164

朴趾源, 『燕巖集』
金景善, 『燕轅直指』
徐長輔, 『薊山紀程』
淸, 于敏中 외 편 『日下舊聞考』, 北京古籍出版社, 1981.
李家源, 『燕巖小說硏究』, 을유문화사, 1965, 77쪽.
金明昊, 『熱河日記 硏究』, 창작과비평사, 1980, 123쪽.
이현식, 『박지원 산문의 논리와 미학』, 이회문화사, 2002, 333~363쪽.
金東錫, 「『熱河日記』의 서사적 구성과 그 특징」, 『한국실학연구』 제9집, 한국실학학회, 2005, 111~114쪽.
서현경, 「『열하일기』 정본의 탐색과 서술 분석」, 연세대학교 대학원 박사학위논문, 2008.
이현식, 「문승상사당기, 대비와 가변성의 미학」, 『박지원 산문의 논리와 미학』, 이회문화사, 2002, 333~363쪽.
이현식, 「연암 박지원 문학 속의 백이 이미지 연구」, 『동방학지』 123집, 연세대학교 국학연구원, 2004, 337~343쪽.
이현식, 「〈호질〉, 청나라에 관한 우언」, 『한국한문학연구』 제35집, 한국한문학연구회, 2005, 353~394쪽.
이현식, 「『옥갑야화』, 교역대상으로서의 청나라에 관한 이야기」, 『고전문학연구』 제33집, 한국고전문학회, 2008, 257~290쪽.
이현식, 「『열하일기』의 〈제일장관〉, 청나라 중화론과 청나라 문화 수용론」, 『동방학지』 제144집, 연세대학교 국학연구원, 2008, 55~90쪽.
이현식, 「「도강록서」, 『열하일기』를 위한 위장」, 동방학지 제152집, 연세대학교 국학연구원, 2010, 163~203쪽.

만주망명 여성의 가사 〈원별가라〉 연구 p.197

권영철 편, 『규방가사 1』, 한국정신문화원, 1979.
단국대율곡기념도서관 편, 『한국가사자료집성』 전12권, 태학사, 1997.
이정옥 편, 『영남내방가사』 전5권, 국학자료원, 2003.
임기중 편, 『역대가사문학전집』 제26권, 519~561쪽.
임기중 편, 『역대가사문학전집』 제43권, 아세아문화사, 1998, 373~393쪽.
임기중 편, 『역대가사문학전집』 전50권, 아세아문화사, 1987~1998.
조동일 편, 『국문학연구자료』 제1·2권, 박이정, 1999.
이종숙, 「내방가사자료 –영주·봉화 지역을 중심으로 한」, 『한국문화연구원논총』 제15집, 이화여대 한국문화연구원, 1970, 367~484쪽.
권영철, 『규방가사연구』, 반도출판사, 1980.
권영철, 『규방가사각론』, 형설출판사, 1986.
나정순 외, 『규방가사의 작품세계와 미학』, 역락, 2002.
서영숙, 『한국여성가사연구』, 국학자료원, 1996.
박경주, 『규방가사의 양성성』, 월인, 2007.

신용하, 『한국민족독립운동사연구』, 을유문화사, 1985, 109~119쪽.
울진군, 『울진군지 중』, 2001, 289쪽.
이재수, 『내방가사연구』, 형설출판사, 1976.
이정옥, 『내방가사의 향유자연구』, 박이정, 1999.
정길자, 『규방가사의 사적 전개와 여성의식의 변모』, 한국학술정보, 2005.
고순희, 「윤희순의 의병가와 가사 - 여성주의적 성격을 중심으로」, 『한국고전여성문학연구』 창간호, 한국고전여성문학회, 2000, 241~270쪽.
고순희, 「만주 망명 여성의 가사 〈위모사〉 연구」, 『한국고전여성문학연구』 제18집, 한국고전여성문학회, 2009.
박경주, 「남성화자 규방가사 연구」, 『한국시가연구』 제12호, 한국시가학회, 2002, 253~282쪽.
박춘우, 「가사에 나타난 이별의 양상」, 『한국 이별시가의 전통』, 역락, 2004, 147~191쪽.
서중석, 「청산리전쟁 독립군의 배경」, 『한국사연구』 제111호, 한국사연구회, 2000, 4쪽.
양태순, 「규방가사에 나타난 '한탄'의 양상」, 『한국시가연구』 제18호, 한국시가학회, 2005, 241~297쪽.
이동연, 「가사」, 『한국고전 여성작가 연구』, 이혜순 외, 태학사, 1999, 331-345쪽.
이형대, 「근대계몽기 시가와 여성 담론」, 『한국시가연구』 제10호, 한국시가학회, 2001, 297~298쪽.
이희숙, 「규방가사 〈형뎨원별가〉 연구」, 『사림어문연구』 제11집, 사림어문학회, 1998, 107~133쪽.
조동걸, 「한말계몽주의의 구조와 독립운동상의 위치」, 『한국학논총』 제11호, 국민대학교 한국학연구소, 1988, 47~98쪽.

세계화 시대의 한국문학: 세계문학과 지역문학의 좌표 p.227

김욱동, 「강용흘과 한국문학」, 『세계비교문학연구』 10호, 세계문학비교학회, 2004.
김종욱, 「씌어지지 않은 자서전 - 이미륵의 〈압록강은 흐른다〉」, 『현대소설연구』 32호, 한국현대소설학회, 2006.
김홍규, 「정치적 공동체의 상상과 기억: 단절적 근대주의를 넘어선 한국/동아시아 민족 담론을 위하여」, 『현대비평과 이론』 15권 2호, 한신문화사, 2008.

김홍규, 「한국 근대문학 연구와 식민주의: 김철·황종연의 담론들에 관한 비판적 검토」, 『창작과 비평』 147호, 2010.
박태일, 『한국 지역문학의 논리』, 청동거울, 2004.
신승엽, 「흔들리는 민족문학: 민족문학론을 둘러싼 최근 논의에 대해」, 『창작과 비평』 132호, 2006.
안선재, 「영어권에서의 고은」, 『고은 '만인보' 완간 기념 심포지엄 자료집』, 2010.
윤여탁, 「한국의 문학교육과 정전: 그 역사와 의미」, 『문학교육학』 27호, 한국문학교육학회, 2008.
윤여탁, 『외국어로서의 한국 문학 교육』, 한국문화사, 2008.
윤여탁 외, 『매체언어와 국어교육』, 서울대 출판부, 2008.
윤여탁, 「다문화교육으로서의 한국어교육: 현실과 방법론」, 『국어교육연구』 22집, 서울대 국어교육연구소, 2008.
윤여탁, 「중국 조선족 시문학의 의미」, 『현대시의 내포와 외연』, 태학사, 2009.
이성헌 외, 「특집·왜 '세계 문학'인가?」. 『현대비평과 이론』 15권 2호, 한신문화사, 2008.
이택선, 「앤더슨의 『상상의 공동체』에 대한 올바른 이해와 새로운 민족주의 대안의 모색을 위하여」, 『현대비평과 이론』 15권 2호, 한신문화사, 2008.
조동일 외, 『한국문학강의』, 길벗, 1994.
조영복, 「김기림 시론의 기계주의적 관점과 '영화시'(Cinepoetry) – 페르낭 레제 및 아방가르드 예술관과 관련하여」, 『한국현대문학연구』 26호, 현대문학회, 2008.
정은경, 『디아스포라 문학』, 이룸, 2007.
홍경표, 「한국문학 해외 전파의 현황과 과제: 영·미 문학 사전류에 수용된 사례를 중심으로」, 『국어국문학』 129호, 국어국문학회, 2001.
황종연, 「민족을 상상하는 문학」, 『문학동네』 창간호, 1994.
Banks J. A., 모경환 외 역, 『다문화교육 입문』, 아카데미프레스, 2008.
Guillory J., 박찬부 역, 「정전」, 『문학연구를 위한 비평용어』(프랭크 랜트리키아 외 공편), 한신문화사, 1994.

해외 한인문학과 탈식민의 관점 p.247

강진구, 『한국문학의 쟁점들 : 탈식민·역사·디아스포라』, 제이앤씨, 2007.

고부응, 「식민 역사와 민족공동체의 형성」, 『문화과학』 13, 문화과학사, 1997.
고부응, 「초민족 시대의 민족 정체성과 비교문학 연구」, 『비교문학』 24, 한국비교문학회, 1999.
고부응, 『탈식민주의 : 이론과 쟁점』, 문학과 지성사, 2004.
고부응, 탈식민주의(Postcolonialism), http://blog.daum.net/gangseo.
김명재 등, 『재외한인의 법적 지위와 기본권 현황』, 집문당, 2005.
김미영, 『네이티브 스피커』를 통해 본 우리 시대 본격소설의 가능성, 『문학수첩』 제3권 제3호(가을호), 2005.
김숙자, 『재일한국인문학연구』, 월인, 2002.
김윤규, 「재미 한인 이민소재 소설의 갈등구조」, 『문학과 언어』 24, 문학과언어연구회, 2002.
김정훈·정덕준, 「재외 한인문학 연구-CIS 지역 한인 시문학을 중심으로」, 『한국문학이론과 비평』 31, 2006.
김종회, 『한민족 문화권의 문학』, 국학자료원, 2003.
김종회, 「在外 同胞文學의 어제·오늘·내일」, 『語文研究』 제32권 제4호, 한국어문교육연구회, 2004.
김종회, 「한민족 문화권의 새 범주와 방향성」, 『국제한인문학연구』 창간호, 국제한인문학회, 2004.
김종회, 『한민족 문화권의 문학 2』, 국학자료원, 2006.
김현양, 「민족주의 담론과 한국문학사」, 『민족문학사연구』 19, 민족문학사연구소, 2001.
김현택, 「한국계 러시아 작가 아나톨리 김의 문학 세계 연구」(Ⅰ), 『한국학연구』 10, 고려대 한국학연구소, 1998.
김현택, 「한국계 러시아 작가 아나톨리 김의 문학 세계 연구」(Ⅱ), 『한국학연구』 11, 1999.
김현택 외, 『재외한인작가연구』, 고려대 한국학연구소, 2001.
김환기, 「재일 디아스포라 문학의 형성과 분화」, 『일본학보』 74, 한국일본학회, 2008.
박명림, 「분단시대 한국 민족주의의 이해」, 『세계의 문학』 여름호, 민음사, 1996.
박상기, 「탈식민주의의 양가성과 혼종성」, 『비평과 이론』 6, 한국비평이론학회, 2001.
박수연, 「디아스포라와 민족적 정체성」, 『비교한국학』 Vol.16, No.1, 국제비교한국학회, 2008.

박영호, 「미주 한국 이민소설의 실상」, 『미주문학』 봄호, 2004.
서경식, 『디아스포라 기행』, 돌베개, 2008.
성기조, 「중국 교포 시문학 연구」, 『한국어문교육』 5, 한국교원대 한국어문교육연구소, 1990.
심원섭, 「재일 조선어문학 연구 현황과 금후의 연구 방향」, 『현대문학의 연구』 29, 한국문학연구학회, 2006.
오양호, 「世界化 時代와 韓民族文學 硏究의 地平擴大」, 『한민족어문학』 35, 한민족어문학회, 1999.
오정혜, 『중국조선족 시문학연구』, 인터북스, 2008.
왕철, 「『네이티브 스피커』에서의 엿보기의 의미」, 『현대영미소설』 3, 현대영미소설학회, 1996.
유선모, 『한국계 미국 작가론』, 신아사, 2004.
유숙자, 『재일 한국인 문학 연구』, 월인, 2000.
윤인진, 『코리안 디아스포라』, 고려대 출판부, 2004.
윤정헌, 「중앙아시아 한인문학 연구」, 『국제비교한국학』 10권 1호, 국제비교한국학회, 2002.
이광수, 「조선문학의 개념」, 『新生』, 신생사, 1929.
이동하·정효구, 『재미한인문학연구』, 월인, 2002.
이명재, 『소련 지역의 한글문학』, 국학자료원, 2002.
이명재, 「국외 한글문학의 실체 연구 : 구소련의 고려인 문단을 중심으로」, 『인문학연구』 33, 중앙대 인문학연구소, 2002.
이병기, 『국문학전사』, 신구문화사, 1957.
이영구, 「소수적 문학으로서의 재중교포문학」, 『中國學硏究』 28, 중국학연구회, 1984.
이정희, 「재일 동포 한국어 소설 연구」, 『한중인문과학연구』 20, 한중인문과학연구회, 2007.
이창래, 현준만 역, 『네이티브 스피커①, ②』, 미래사, 1995.
이한창, 「在日 韓國人文學의 역사와 그 現況」, 『日本硏究』 5, 중앙대학교 일본연구소, 1990.
이한창, 「재일 교포문학의 주제 연구」, 『日本學報』 Vol.29, No.1, 한국일본학회, 1992.
장사선·김현주, 「CIS 고려인 디아스포라 소설 연구」, 『현대소설연구』 21, 한국현대소설학회, 2004.

장사선·우정권, 『고려인 디아스포라 문학 연구』, 월인, 2005.
장사선, 「재일 한민족 문학에 나타난 내셔널리즘」, 『한국현대문학연구』 21, 한국현대문학회, 2007.
장영우, 「해방후 재미동포소설 연구」, 『상허학보』 18, 상허학회, 2006.
전성호, 『중국 조선족 문학 예술사 연구』, 이회, 1997.
정덕준, 「재외 한인문학과 한국문학-연구방향과 과제를 중심으로」, 『한국문학이론과 비평』 32, 한국문학이론과 비평학회, 2006.
정덕준·이상갑, 「민족어의 자장, 민족의 경계 넘기」, 『현대문학이론연구』 28, 현대문학이론학회, 2006.
정덕준, 「CIS 지역 고려인 소설 연구-아나톨리 김, 알렉산드르 강의 작품을 중심으로」, 『한국문학이론과 비평』 36, 2007.
정덕준·김기주, 「재중 조선족 소설 전개 양상과 그 특성」, 『한국문학이론과 비평』 21, 한국문학이론과 비평학회, 2003.
정덕준·김정훈, 「일제 강점기 재중 조선인 시문학 연구」, 『현대문학이론연구』 23, 2004.
정덕준·김정훈, 「일제 강점기 재만 조선인 시인 연구-심연수 시의 심미성 연구-」, 『한국문학이론과 비평』 24, 2004.
정덕준·노철, 「중국 조선족 시문학 연구, 『현대문학이론연구』 20, 현대문학이론학회, 2003.
정덕준 외, 『중국 조선족 문학의 어제와 오늘』, 푸른사상, 2006.
정덕준·정미애, 「CIS 지역 러시아 고려인 소설 연구」, 『한국문학이론과 비평』 34, 2007.
정수자, 「문화 대혁명기 조선족 시의 탈식민주의적 성격」, 『韓中人文學研究』 18, 한중인문과학연구회, 2006.
조규익, 『해방전 만주지역의 우리 시인들과 시문학』, 국학자료원, 1996.
조규익, 『해방전 재미한인 이민문학 1~6』, 월인, 1999.
조규익, 「재미 한인 이민문학에 반영된 자아의 두 모습-영문소설 몇 작품을 중심으로」, 『논문집』(인문과학편) 26, 숭실대 인문과학연구소, 2001.
조규익, 「바벨탑에서의 自我 찾기」, 『어문연구』 제34권 제2호, 한국어문회, 2006.
조규익, 「재미한인들의 자아 찾기-욕망과 좌절의 끊임없는 반복-」, 『현대문학의 연구』 29, 한국문학연구학회, 2006.
조규익, 「구소련 고려인 민요의 전통노래 수용 양상」, 『동방학』 14, 한서대 동양고전연구소, 2008.

조규익, 「카자흐스탄 고려인의 한글노래와 디아스포라의 정체」, 『어문연구』 제37권 제3호, 한국어문회, 2009.
조규익, 「고려극장의 존재의미와 가치」, 『한국문학과 예술』 4집, 숭실대학교 한국문예연구소, 2009.
조규익, 「구소련 고려시인 강태수의 작품세계」, 『대동문화연구』 76호, 성균관대학교 대동문화연구원, 2011.
조동일, 「조윤제의 민족사관과 문학의 유기체적 전체성」, 『도남학보』 11, 도남학회, 1988.
조동일, 『하나이면서 여럿인 동아시아문학사』, 지식산업사, 1999.
조동일, 『공동문어문학과 민족어문학』, 지식산업사, 1999.
조동일, 『세계문학사의 전개』, 지식산업사, 2002.
조동일, 『제4판 한국문학통사 1』, 지식산업사, 2005.
조성일·권철, 『중국조선족문학사』, 연변인민출판사, 1990.
조윤제, 『국문학사』, 동국문화사, 1949.
차승기, 『민족주의, 문학사, 그리고 강요된 화해』, 김철·신형기 외, 『문학 속의 파시즘』, 삼인, 2001.
최병우, 「중국 조선족 문학연구의 필요성과 방향」, 『한중인문학연구』 20, 2007.
태혜숙, 「한국 지식인의 탈 식민성과 미국문화」, http://cafe.naver.com/gaury/15125.
허명숙, 「재일동포 한국어 소설문학의 최근 동향」, 『한중인문학연구』 15, 2005.
홍기삼, 『재일 한국인 문학』, 솔, 2001.
가스야 게이스케, 언어 헤게모니, 『언어제국주의란 무엇인가』, 돌베개, 2005.
가야트리 스피박, 태혜숙·박미선 옮김, 『포스트식민 이성 비판』, 갈무리, 2005.
미우라 노부타카·가스야 게이스케, 『언어제국주의란 무엇인가』, 돌베개, 2005.
베네딕트 앤더슨, 윤형숙 역, 『상상의 공동체』, 나남출판, 2007.
에드워드 W. 사이드, 박홍규 역, 『오리엔탈리즘』, 교보문고, 1993.
에드워드 W. 사이드, 박홍규 역, 『문화와 제국주의』, (주)문예출판사, 2007.
피터 차일즈·패트릭 윌리엄즈, 김문환 옮김, 『탈식민주의 이론』, 문예출판사, 2004.
호미 바바, 나병철 옮김, 『문화의 위치·탈식민주의의 문화이론』, 소명, 2002.
Bill Ashcroft, Gareth Griffiths and Helen Tiffin, Key Concepts in Post-Colonial Studies, Routledge, 1998.
Henry Schwarz and Sangeeta Ray, A Companion to Postcolonial Studies, Blackwell Publishers Ltd., 2000

Lee, Chang-rae, Native Speaker, New York : Riverhead Books, 1995.

해이수 소설의 여행·디아스포라·다문화의식 p.275

해이수, 『캥거루가 있는 사막』, 문학동네, 2006.
해이수, 『젤리피쉬』, 이룸, 2009.
강유정, 「환대받지 못한 자의 기도」, 『캥거루가 있는 사막』, 문학동네, 2006, 329~346쪽.
고봉준 외, 「타자·마이너리티·디아스포라」, 『작가와 비평』 제6호 여름언덕, 2007, 25~38쪽.
김아름, 「한국의 다문화주의 현황과 문화적 지원방안연구」, 경희대 석사학위논문, 2009, 1~141쪽.
이경수, 「국경을 횡단하는 상상력」, 『작가와 비평』 제6호 여름언덕, 2007, 55~76쪽.
임헌영, 「한국문학과 다문화주의」, 『세계한국어문학』 제3집, 세계한국어문학회, 2010. 4, 47~81쪽.
정은경, 「이방인의 윤리」, 『젤리피쉬』, 이룸, 2009, 323~345쪽.
강영안, 『타인의 얼굴』, 문학과지성사, 2005.
서경식, 『고통과 기억의 연대는 가능한가?』, 철수와영희, 2009.
서동욱, 『차이와 타자』, 문학과지성사, 2000.
양석일, 김응교 역, 『어둠의 아이들』, 문학동네, 2010.
오경석 외, 『한국에서의 다문화주의』, 한울, 2007.
우석훈 외, 『88만원 세대』, 레디앙, 2007.
윤인진, 『코리안 디아스포라』, 고대출판부, 2004.
이미림, 『우리시대의 여행소설』, 태학사, 2006.
정은경, 『디아스포라문학』, 이룸, 2007.
닝왕, 이진형 외 역, 『관광과 근대성』, 일신사, 2004.
로버트 D 매닝, 강남규 역, 『신용카드 제국』, 참솔, 2002.
L.골드만, 조경숙 역, 『소설사회학을 위하여』, 청하, 1982.
리차드 커니, 이지영 역, 『이방인, 신, 괴물』, 개마고원, 2004.
리처드 세넷, 유병선 역, 『뉴캐피탈리즘』, 위즈덤하우스, 2009.
마르코 마르티니엘로, 윤진 역, 『현대사회와 다문화주의』, 한울, 2002.

마르틴 하이데거, 전양범 역, 『존재와 시간』, 동서문화사, 1992.
M.바흐친, 전승희 역, 『장편소설과 민중언어』, 창작과비평사, 1988.
M.바흐친, 김근식 역, 『도스토예프스키 시학』, 정음사, 1988.
스티브 모튼, 이운경 역, 『스피박 넘기』, 앨피, 2005.
자끄 데리다, 남수인 역, 『환대에 대하여』, 동문선, 2004.
자끄 아탈리, 이효숙 역, 『호모 노마드 유목하는 인간』, 웅진닷컴, 2005.
조르조 아감벤, 박진우 역, 『호모 사케르』, 새물결, 2008.
조르조 아감벤, 김항 역, 『예외상태』, 새물결, 2009.
지그문트 바우만, 이일수 역, 『액체근대』, 강, 2009.

한중수교가 중국조선족 소설에 미친 영향 연구 p.300

리혜선, 『푸른 잎은 떨어졌다』, 민족출판사, 1990.
리혜선, 『폭죽소리』, 길벗어린이, 1996.
리혜선, 『야경으로 가는 여자』, 흑룡강조선민족출판사, 1997.
리혜선, 『빨간 그림자』, 연변인민출판사, 1998.
리혜선, 『코리안 드림, 그 방황과 희망의 보고서』, 아이필드, 2003.
리혜선, 『생명』, 연변인민출판사, 2006.
리혜선, 『사과배 아이들』, 웅진싱크빅, 2006.
우광훈, 『메리의 죽음』, 연변인민출판사, 1989.
우광훈 외, 『사이섬 비바람』, 연변인민출판사, 1989.
우광훈, 『가람 건느지 마소』, 흑룡강조선민족출판사, 1997.
우광훈, 『흔적』, 연변인민출판사, 2005.
윤림호 외, 『불타는 백사장』, 연변인민출판사, 1981.
윤림호, 『투사의 슬픔』, 흑룡강조선민족출판사, 1985.
윤림호, 『고요한 라고하』, 흑룡강조선민족출판사, 1992.
윤림호, 『조막손 로친과 세다리 개』, 료녕민족출판사, 2001.
윤림호, 『승냥이가 울던 계절』, 흑룡강조선민족출판사, 2002.
허련순, 『사내 많은 여인』, 동아출판사, 1991.
허련순, 『유혹』, 과학과사상, 1994.
허련순, 『바람꽃』, 범우사, 1996.
허련순, 『바람을 몰고 온 여자』, 문원북, 1997.

허련순, 『우주의 자궁』, 흑룡강조선민족출판사, 1998.
허련순, 『누가 나비의 집을 보았을까』, 인간과자연사, 2004.
허련순, 『뻐꾸기는 울어도』, 한국학술정보, 2005.
『갈매기』, 『도라지』, 『문학과 예술』, 『문학예술연구』, 『새마을』, 『송화강』, 『아리랑』, 『연변문예』,
『연변문학』, 『연변』, 『은하수』, 『장백산』, 『천지』 등 중국조선족 발간 문예지
권태환 편저, 『중국조선족 사회의 변화』, 서울대출판부, 2005.
김 게르만, 『한인 이주의 역사』, 박영사, 2005.
김시준, 『중국 당대문학사』, 소명출판, 2005.
김종현, 『개혁개방 이후의 중국문예이론』, 늘함께, 2000.
모리스 마이스너, 김수영 역, 『마오의 중국과 그 이후 2』, 이산, 2004.
송현호 외, 『중국조선족문학의 탈식민주의 연구 Ⅰ』, 국학자료원, 2008.
오상순, 『개혁개방과 중국조선족 소설문학』, 월인, 2001.
이광일, 『해방 후 조선족 소설 문학 연구』, 경인문화사, 2003.
이규태, 『현대 한중관계론』, 범한서적, 2007.
이승률, 『동북아 시대와 조선족』, 박영사, 2007.
이장섭 외, 『중국조선족 기업의 경영 활동』, 북코리아, 2006.
이정훈, 「1990년대 중국의 문학장과 지식 담론」(진재교 외), 『문예공론장의 형성과 동아시아, 성균관대 출판부, 2008, 261~309쪽.
임계순, 『우리에게 다가온 조선족은 누구인가』, 현암사, 2003.
임범송, 권철 주필, 『조선족문학연구』, 흑룡강조선민족출판사, 1989.
임향란, 『조선족문학에 나타난 삶의 현장과 의식 변화』, 한국학술정보, 2008.
전성호, 『중국조선족 문학예술사 연구』, 이회, 1997.
정판룡, 『고향 떠나 50년』, 민족출판사, 1997.
최병우, 「우광훈 초기 소설의 주제 특성 연구」, 『한중인문학연구』 22집, 2007. 12, 371~389쪽.
최병우, 「우광훈 소설에 나타난 '고향'의 의미」, 『한중인문학연구』 23집, 2008. 4, 317~339쪽.
최웅용 외, 『중국조선족사회의 경제 환경』, 집문당, 2005.

한국어교육학 연구의 최신 동향 및 전망 p.327

강현화, 「한국어교육학 내용학의 발전 방향 모색」, 『한국어교육학』 19권 2호, 국제한국어교육학회, 2008, 1~28쪽.
강현화, 「문화교수의 쟁점을 통해서 본 문화교수의 방향성 모색」, 『한국언어문화학』 7권 1호, 국제한국언어문화학회, 2010, 1~24쪽.
김영규, 「연구 유형 분류를 통한 한국어교육학 연구의 경향 분석」, 『한국어교육』 제17권 2호, 국제한국어교육학회, 2007.
서상규, 「한국어교육 연구방법론의 문제점과 개선방안」, 제3차 한국언어문화국제학술대회, 경희대학교 대학특성화사업단, 2007.
손호민, 「외국어 교육학에서의 학문 영역과 교과 과정 구축」, 『외국어로서의 한국어교육』 28호, 연세대학교 언어교육연구원 한국어학당, 2003.
Alisan Mackey, Susan M. Gass, Second Language Research –Methodology and Design. Lawrence erlbaum Associates, Inc, 2005.
Brown, J.D., Understanding Second Language Research. Cambridge: CUP, 1988.
Hebert W. Seliger & Elena Shohamy, Second Language Research Methods, Oxford Univ Press, 2005.
Jack C. Richards & Willy A. Renandya, Methodology in Language Teaching – An Anthology of Current Practice– Cambridge: CUP, 2003.
Rod Ellis and Gary Barkhuizen, Analysing Learner Language, Oxford Press, 2005.
Sandra Lee McKay, Researching Second Language Classrooms, Lawrence Erlbaum Associates, Publishers. London, 2006.
Zoltan Dornyei, Questionnaires in Second Language Research, Lawrence erlbaum Associates, Inc, 2003.
Sandra Lee McKay, 『Researching Second Language Classrooms』, 2006.

디지털 언어 소통 시대와 화법 p.371

김용운, 『세계 천년의 시각으로 본 한국의 백년』, 고려원, 1996, 67쪽.
박인기, 「국어교육과 매체언어문화」, 『국어교육학연구』 37집, 국어교육학회, 2010,

143쪽.
박인기·박창균, 『다문화교육 시대에 되짚어 보는 한국인의 말, 한국인의 문화』, 학지사, 2010.
원진숙 외, 『글로벌 시대의 다문화교육』, 사회평론, 2010, 16쪽.
이창덕 외, 『삶과 화법』, 박이정, 2000, 125쪽.
이창덕 외, 『화법교육론』, 역락, 2010, 131~134쪽.
임칠성, 「화법과 작문의 교육내용 대비 고찰」, 『작문연구』 8집, 한국작문학회, 2009.
임칠성, 「바람직한 화법 교육과정 구조와 내용 체계 연구」, 『국어교육』 131호. 한국어교육학회, 2010.
정현선, 『미디어교육과 비판적 리터러시』, 커뮤니케이션북스. 2007, 75쪽.
최미숙 외, 『국어교육의 이해』, 사회평론. 2008, 190쪽.
최현섭 외, 『상생화용, 새로운 의사소통 탐구』, 커뮤니케이션북스. 2007, 307쪽.
한덕웅 외, 『사회심리학』, 학지사. 2005, 256쪽.
황병순, 『말을 알면 문화가 보인다 - 우리말 문화론』, 태학사, 1996.
John Stewart & Carole Logan, *Together-Communicating Interpersonally*, McGrawHill, 1998.
Klaus Schwab ed., *Overcomming Indifference - Ten Key Challenge in Today's Changing World*, 1995; 장대환 감역, 『세계 석학 103명이 제시한 21세기 예측』, 매일경제신문사. 1996, 42~43쪽 외.
Ong, Walter, *Orality and Literacy*, 1982; 이기우·임명진 역, 『구술문화와 문자문화』, 문예출판사, 1997, 144쪽 외.
Paulo Freire's critical pedagogy(Patricia A. Richard-Amato, *Making it Happen - From Interactive to Participatory Language Teaching*, Longman, 2003, pp.3~5.
Vilem Flusser. *Die Schrift: Hat Scheriben Zukunft?*, 1992; 윤종석 옮김, 디지털시대의 글쓰기-글쓰기에 미래는 있는가. 문예출판사, 1998, 74쪽 외.

내·외국인 학생 간의 작문 수정 과정 비교 p.396

강승혜·강명순·이영식·이원경·장은아, 『한국어 평가론』, 『한국어 교육 총서』 3, 태학사, 2006.

김성숙, 「외국인의 한국어 작문 과정에 대한 연구」, 『작문 연구 7집』, 작문학회, 2008, 209~233쪽.

김성숙, 「학문 목적 기초 한국어 쓰기 능력 평가 척도 개발과 타당성 검증」, 연세대학교 국어국문학과 박사학위논문, 2011.

김정애, 「과정 중심의 한국어 쓰기 교육 방안」, 이화여자대학교 석사학위논문, 2000.

박영민, 「인문계 고등학교의 쓰기 지식과 쓰기 수행의 상관 및 성별·학년별 차이 연구」, 『국어교육』 128호, 2009.

박주현, 「학습자 작문의 형태 오류에 대한 교사 피드백 방법의 영향」, 『한국어교육』 18(1), 2007, 195~213쪽.

서수현, 「요인 분석을 통한 쓰기 평가의 준거 설정에 대한 연구」, 고려대학교 국어교육학과 박사학위논문, 2008.

손연자, 「한국어 글쓰기 교육의 실태와 방안」, 『새국어생활, 6(2), 1996, 101~119쪽.

이미혜, 「과정 중심의 한국어 쓰기 교육: 작문 수업을 중심으로」, 『한국어교육』, 11(2), 2000, 133~150쪽.

이수민, 「한국어 쓰기 교육에서 교사 피드백이 학생 수정에 미치는 영향 연구」, 연세대학교 석사학위논문, 2002.

이재승, 『글쓰기 교육의 원리와 방법』, 교육과학사, 2002, 66쪽.

정현경, 「외국어로서의 한국어 쓰기 교육 연구: 과정 중심적 접근을 통하여」, 고려대학교 석사학위논문, 1999.

정희모, 김성희, 「대학생 글쓰기의 텍스트 비교 분석 연구」, 『국어교육학연구』 32, 국어교육학회, 2008.

Celce-Murcia, 임병빈 외 역, 『영어교육의 이론과 실제』, 경문사, 2004, 235쪽.

Applebee, Arthur, N., Writing and Reasoning, Review of Educational Research, 54(4), 1984, pp.577~596.

Belanoff, Pat, The Myths of Assessment, *Journal of Basic Writing*, 10(1), 1991, p.58.

Boldt, H., Valescchi, M. I. and Weigle, S.C., Evaluation of ESL student writing on text-responsible and non-text responsible writing tasks. MEX-*TESOL Journal* 24, 2001, pp.13~33.

Britton, J., *Language and Thought*, Harmondsworth, Penguin, 1970, pp.296~299.

Cohen, A.D., Reformulating composition, *TESOL Newsletter*, 17(6), 1983, pp.1~5.

David L. Wallace & John R. Hayes, *Redefining Revision For Freshmen*, Carnegie Mellon University, OP.21, 1990.

Ditlev Stenild Larsen, Freshman College Student Acquiring Academic Writing: An Examination of Basic Writers and ESL Writers, An Published Dissertation, Minnesota University, 2003, pp.7~13.

Emig, Janet, Writing as a Mode of Learning, *College Composition and Communication*, Vol. 28, No. 2, 1977, pp.122~128.

Flower, L., Interpretive Acts: Cognition and the Construction of Discourse, Poetics 16, 1987.

Freeman, Jennifer Maria, The writing exam as index of policy, curriculum, and assessment: An academic literacies perspective on high stakes testing in an American university, Unpublished dissertation, University of Pennsylvania, 2007, p.4.

Gee, J. Paul., *Social Linguistics and Literacies: Ideology in Discourses*, Bristol, PA: Taylor and Francis, Inc. 1996, p.131.

Halpern, D. F., The "how" and "why" of critical thinking assessment, In D. Fasko, Jr.(Ed.), *Critical thinking and reasoning: Current research, theory, and practice*, Cresskill, NJ: Hampton Press, Inc. 2003, pp.355~366.

Haswell, Richard H., Error and change in college student writing. *Written Communication*, 5(4), 1988, pp.479~499.

Hillocks, G., Synthesis of research on teaching Writing, *Educational Leadership*, 1987, pp.71~82.

Hillocks, G. JR, *Research on Written Composition: New Directions for Teaching*, Illinois: Departments of Education and English, The University of Chicago, 1986.

Jacobs, H., Zinkgraaf, S., Wormuth, D., Hartfiel, V. and Hughey, J., *Testing ESL composition: A practical approach*. Rowley, MA: Newbury House, 1981.

Lorri Neilsen., 「Remaking Sense, Reshaping Inquiry: Reimaging Metaphors for a Literacy of the Possible」, 『*Handbook of Research on Teaching Literacy Through the Communicative and Visual Arts II*』, edited by

James Flood et tal., Lawrence Erlbaum Associates, pp.143-144, 2008.

Maxine Hairston, 「The Winds of Change: Thomas Kuhn and the Revolution in the Teaching of Writing」, *College Composition and Communication*, Vol. 33, No.1, 1982(Feb.).

Mendelsohn, D and Cumming, A., Professors' ratings of language use and rhetorical organizations in ESL composition. *TESOL Canada Journal* 5(1), 1987, pp.9~26.

Newell, William, H., *Interdisciplinarity: Essays from literature*, New York: College Entrance Examination Board. 1998, p.178.

Ojeda, Jeanna Howell, English as a second language writing revisited: Grading timed essay responses for overall quality and global assets, Ph.D., University of Florida, 2004.

Patricia Bizzell, *College Composition and Communication*, Vol. 37, No.3. 1986, p.294·296.

Patricia Bizzell, *College Composition : An Overview*, 1987, pp.178~179.

Santos, T., Professors' reactions to the academic writing of nonnative speaking students, *TESOL Quarterly* 22(1), 1988, pp.69~90.

Sara Cushing Weigle, *Assessing Writing*, Cambridge University Press, 2005, p.18·79.

Slotnick, H. B. & Rogers, W. T., Writing Errors: Implications about Student Writers, *Research in the teaching of English, 7*, 1973, 75~87.

Smagorinsky, P.(ed)., *Research on composition: multiple perspectives on two decades of change*, NY: Teachers College Press, 2006.

Spack, R.F., Initiating ELS students into the academic discourse community: How far should we go? *TESOL Quarterly*22(1), 1988, pp.29~52.

Sue M. Legg, 「Reliability and Validity, An Overview of Writing Assessment」, NCTE, Urbana, IL, 1998, p.137.

Swales, J., Genre analysis: English in academic and research setting, Cambridge University Press, 1990.

외국인을 위한 한국어 발음교재의 분석과 개선방향 연구 p.440

김무림, 『국어음운론』, 한신문화사, 1992.
김선정, 「숙달도 향상을 위한 한국어 파닉스 연구 – 인지언어학적 접근」, 『언어과학연구』 29, 언어과학회, 2004, 45~66쪽.
김선정, 「한국어 발음 교육」, 『외국어로서의 한국어교육학』, 한국방송통신대학교출판부, 2005, 33~67쪽.
김은애, 「한국어 발음 진단과 평가에 관한 연구」, 『국제한국어교육학회 13차 국제학술대회발표집』, 국제한국어교육학회, 2003, 579~586쪽.
김은애, 「발음 교육의 과제와 발전 방향」, 『한국어교육론 2』, 한국문화사, 2005, 29~38쪽.
김형복, 「한국어 음운 변동 규칙의 교수–학습 순서 연구」, 『한국어교육』 15-3, 국제한국어교육학회, 2004, 23~41쪽.
노향숙, 「한국어 발음 교육을 위한 원격 교육 시스템의 설계」, 부산대학교 석사학위논문, 1998.
배주채, 『한국어의 발음』, 삼경문화사, 2003.
성희제, 「한국어 초기학습자를 위한 한국어음운 교육」, 『한국언어문학』 50, 한국언어문학회, 2003, 493~514쪽.
신지영·차재은, 『우리말 소리의 체계』, 한국문화사, 2003.
안주희, 「외국인을 위한 한국어 발음 교육 연구」, 숙명여자대학교 석사학위논문, 2000.
양순임, 「음절말 자음과 관련된 변동규칙 교육 방안」, 『한국어교육』 15~3, 국제한국어교육학회, 2004, 123~146쪽.
이호영, 『국어음성학』, 태학사, 1996.
오대환, 「한국어 발음 교수를 위한 개괄」, 『외국어로서의 한국어교육』 23, 연세대 한국어학당, 1999, 147~168쪽.
왕 단, 「중국인 학습자를 위한 한국어 발음 교재 개발 방안 – 한국어 발음 교재의 비교 분석을 중심으로」, 『이중언어학』 26, 이중언어학회, 2004, 183~210쪽.
이병근·최명옥, 『국어음운론』, 한국방송대학교 출판부, 1997.
이병만, 「발음 평가표 활용을 통한 음소의 발음 지도」, 진주교육대학교 석사학위논문, 2000.
이종은, 「한국어 발음 교수 방법과 모형」, 『교육한글』 10, 한글학회, 1997, 327~347

쪽.
이 향, 「중국어권 학습자를 위한 발음 교재 개발 방안」, 이화여자대학교 석사학위논문, 2002.
이현복, 「말하기·듣기 교과서와 발음 교육」, 『교육 한글』 5, 한글학회, 1992, 49~74쪽.
전나영, 「외국인을 위한 한국어 발음 지도」, 『외국어로서의 한국어교육』 18, 연세대 한국어학당, 1993, 151~169쪽.
허용, 「한국어 교육을 위한 음운론」, 『외국어로서의 한국어학』, 한국방송통신대학교출판부, 2005, 39~73쪽.
허용·김선정, 『외국어로서의 한국어 발음 교육론』, 한국문화사, 2006.
건국대학교 언어교육원 편, 『처음 만나는 한국어』, 건국대학교 출판부, 2007.
고려대학교 한국어문화연수부 편, 『표준 한국어 발음연습 1』, 고려대학교 출판부, 1991.
고려대학교 한국어문화연수부 편, 『표준 한국어 발음연습 2』, 고려대학교 출판부, 1991.
연세대학교 한국어학당 편, 『한국어 발음(한글판)』, 연세대학교 출판부, 1995.
연세대학교 한국어학당 편, 『한국어 발음(영어판)』, 연세대학교 출판부, 1995.

집필진 소개

권재일 서울대학교 언어학과 교수, 전 국립국어원장

김동소 대구가톨릭대학교 국어국문학과 명예교수

이기문 서울대학교 명예교수

홍윤표 (전) 연세대학교 국어국문학과 교수

임형택 성균관대학교 명예교수

권혁래 용인대학교 교육대학원 교수

이현식 서남대학교 국어국문학과 교수

고순희 부경대학교 국어국문학과 교수

윤여탁 서울대학교 국어교육과 교수

조규익 숭실대학교 인문대학 국어국문학과 교수

이미림 강릉원주대학교 여성인력개발학과 교수

최병우 강릉원주대학교 국어국문학과 교수

강현화 연세대학교 국어국문학과 교수

임칠성 전남대학교 국어교육과 교수

김성숙 연세대학교 언어연구교육원 강사

정희모 연세대학교 국어국문학과 교수

박정은 경희대학교 후마니타스칼리지 강사

이주희 경희대학교 국어국문학과 교수

[원고 수록순]

세계화 시대의 국어국문학

2012년 5월 23일 초판 1쇄 펴냄

편저자 국어국문학회
펴낸이 김흥국
펴낸곳 도서출판 보고사

책임편집 황효은
표지디자인 오동준

등록 1990년 12월 13일 제6-0429호
주소 서울특별시 성북구 보문동7가 11번지 2층
전화 02) 922-5120~1(편집), 02) 922-2246(영업)
팩스 02) 922-6990
메일 kanapub3@chol.com
http://www.bogosabooks.co.kr

ISBN 978-89-8433-987-3 93810
정가 30,000원